本书是教育部人文社会科学研究项目成果（批准号：13YJA751056），获得华中师范大学一流学科的资助。

博士生导师学术文库

A Library of Academics by
Ph.D.Supervisors

# 鲁迅小说修辞论

———·———

许祖华 著

光明日报出版社

图书在版编目（CIP）数据

鲁迅小说修辞论 / 许祖华著 . -- 北京：光明日报
出版社，2021.8
ISBN 978 - 7 - 5194 - 6268 - 0

Ⅰ.①鲁… Ⅱ.①许… Ⅲ.①鲁迅小说—小说研究
Ⅳ.①I210.97

中国版本图书馆 CIP 数据核字（2021）第 171949 号

**鲁迅小说修辞论**
**LUXUN XIAOSHUO XIUCILUN**

著　　者：许祖华

责任编辑：李壬杰　　　　　　　　责任校对：云　爽
封面设计：一站出版网　　　　　　责任印制：曹　净

出版发行：光明日报出版社
地　　址：北京市西城区永安路 106 号，100050
电　　话：010 - 63169890（咨询），010 - 63131930（邮购）
传　　真：010 - 63131930
网　　址：http：// book. gmw. cn
E － mail：gmrbcbs@ gmw. cn
法律顾问：北京市兰台律师事务所龚柳方律师

印　　刷：三河市华东印刷有限公司
装　　订：三河市华东印刷有限公司
本书如有破损、缺页、装订错误，请与本社联系调换，电话：010 - 63131930

开　　本：170mm×240mm
字　　数：413 千字　　　　　　　印　　张：23
版　　次：2021 年 8 月第 1 版　　　印　　次：2021 年 8 月第 1 次印刷
书　　号：ISBN 978 - 7 - 5194 - 6268 - 0
定　　价：99.00 元

# 序

刘中树

当许祖华将他的《鲁迅小说修辞论》的书稿发给我，让我为他的书稿提点意见的时候，我非常意外，更为确切地说是有点惊讶。因为，就在前不久，他曾送给我一本他刚刚出版的《翻译梁实秋》的专著，这部研究梁实秋的专著我还没有读完，他就又有专著杀青了。另外，在2012年的时候，我曾为他的另一部专著《鲁迅小说的跨艺术研究》写过一点想法，这本专著他也送给了我。我实在不知道，他怎么在这么几年的时间里就能写出这么多的著作，而且，我还得知他的另一部专著《鲁迅的信念系统与知识系统》也已经于2020年完成，即将出版。这是他2014年获得的另一个国家社科基金项目的最终成果，与他发给我的书稿《鲁迅小说修辞论》一样，也有近四十万字，非常厚实。面对他的这些成果，我只能感慨：后生可畏。

在我读完这部《鲁迅小说修辞论》之后，我也真的很愿意写一点意见。我的意见总的来说就是：这部研究鲁迅小说修辞的书稿很有意义且独具特色，其意义与特色主要有以下四个方面。

首先，这一成果基于现代修辞学、小说修辞学、现代语言哲学及叙事学、文体学等对鲁迅小说修辞的综合研究，突破了既往此类研究主要基于传统修辞学的框架，开辟了一个较为新颖的综合研究鲁迅小说修辞的领域，同时也较好地避免了生硬搬套外国理论或用某种时髦理论框套研究对象的弊端，这无论在观点的建构上还是在方法的使用上，都是很有意义的。

其次，该成果提供了研究鲁迅小说修辞的一种新模式，即"修辞—意义"的研究模式，不仅使其较为深入地分析了鲁迅小说修辞的独特面貌和杰出价值，而且也使其十分有效地追踪了鲁迅小说巨大思想容量与艺术感染力的修辞根源，十分新颖且具有创意。我们知道，研究文学作品的修辞，包括研究鲁迅小说的修辞，最忌讳也最容易犯的毛病是"得意忘言"或"得言忘意"，前者会导致"意"的虚浮与随意，后者则会导致单纯的语言文字游戏而忘记了我们研究的对象是"文学"。因此，像该成果这样，突破文学与语言、言语的界限，进入"修辞与意义"的互动领域，将鲁迅小说的言语和话语修辞、语用修辞等放入小说的具体语境（篇章），社会与时代环境以及鲁迅小说中所反映的反封建、启蒙、为人生等意旨中进行分析、考察，从而克服就语言论语言的弊端。在我看来，这不仅对研究鲁迅小说的修辞有重要的意义与价值，而且对于研究其他作家作品的修辞也有直接的示范意义与参考价值。

再次，该成果是一种回归文学修辞又超越语言修辞的研究，在相当的程度上较为有效地弥合了过往鲁迅小说修辞研究中语言/文学、语言/意义的分裂局面。

最后，该成果不仅较为完整、形象地呈现了一个"语言大师"鲁迅的神采、魅力，对于推动鲁迅小说研究向纵深发展具有相当的价值和意义，而且这种研究思路和方法，还能形成一种示范效应，推动类似研究。其不仅推动鲁迅及中国现代文学的研究，而且也推动其他文学，如中国古典文学的研究。

当然，该成果不是关于鲁迅小说修辞研究的最终成果，随着时代的发展和理论资源的不断丰富，关于鲁迅小说修辞的研究也将得到新的发展。但不管研究怎样发展，从修辞学的角度研究鲁迅小说，将是研究鲁迅小说诗学及鲁迅本人的诗性智慧的一条具有现实性与创新性的路径。这条途径无论如何走或者有什么人走，对于研究鲁迅小说来说都是具有重要意义的途径。通过这个途径，我们既能从一个具体的角度或层面提升关于鲁迅小说语言研究的水平，又能开拓关于鲁迅小说语言研究并进而透视鲁迅的诗性智慧与思想智慧的新领域。所以，对鲁迅小说修辞的研究，无论在什么学术背景和时代背景下，都具有较为广阔的前景和较为重要的学术增长的价值。

# 目　录
## CONTENTS

# 绪　论

**一、问题的提出**

作为奠定中国现代文学发展基础并最早显示了新文学"实绩"的鲁迅小说,从其诞生之日起即受到了学界的密切关注,有关鲁迅小说修辞的问题也不例外。不过,尽管人们很早就注意到了鲁迅小说的修辞问题,但基于现代修辞学、小说修辞学、现代语言哲学及叙事学、文体学等理论,多维、立体地透视鲁迅小说修辞的研究成果却迄今未见。2012 年,有学者就曾指出:"鲁迅小说研究走过八十多年的漫长路程。这八十多年来,究竟出现了多少鲁迅小说研究成果,恐怕已很难统计清楚了。但是有一点这样表述应该没有大碍,即在漫长研究的过程中,无数的研究成果中,真正从鲁迅小说之所以成为小说的内在艺术构成(本体性)出发,通过分析、把握鲁迅小说的内在修辞技巧、叙事策略和叙事结构等来总结、彰显鲁迅小说的形式诗学意义,究竟不多。"①徐冬梅在 2010 年 10 月 25 日发在网上的一篇《鲁迅小说语言研究述评》中也如是说:"迄今为止,还没有一部系统的综合的鲁迅小说语言研究论著问世。这与鲁迅小说研究所取得的成就是不相称的,更与鲁迅先生在现代文学史上的地位不相符合。"仅从鲁迅小说的语言运用(修辞)研究的角度考察,我们也不能不承认这些学者的论述揭示了国内外鲁迅小说研究的一个薄弱方面。

在国外鲁迅小说语言修辞研究的成果中,美国学者威廉·莱尔(WilliamA. Lyell)的《故事的建筑师,语言的巧匠》(见乐黛云编《国外鲁迅研究论集》)一文是特别值得我们关注的。该文不仅梳理了鲁迅小说语言风格与中外文学的关系,而且从辞格、描写、对话和语调等方面较为详细地分析了鲁迅小说语言风格的特点,并且打通了纯粹的语言手段和文章的语言风格研究之间的通道,将

---

① 左怀建. 鲁迅小说诗学结构引论序[M]//曹禧修. 鲁迅小说诗学结构引论. 北京:中国社会科学出版社,2010:1.

语言风格的研究与小说的命意和目的联系起来,给人耳目一新的感觉。但这样的成果在国外鲁迅小说研究中毕竟如凤毛麟角,从总的研究倾向看,国外鲁迅小说研究者由于其文化背景和学术兴趣等原因,他们似乎更注重研究鲁迅小说的思想性、现代性、叙事性、体系性等问题,例如,在欧美学界曾产生了巨大影响的安德森的专著《现实主义的限制:革命时代的中国小说》第三章《鲁迅、叶绍钧与现实主义的道德阻碍》;在澳大利亚学界被公认是鲁迅小说研究最出色的学者 G. 戴维斯的长篇论文《阿 Q 问题的现代性》;被称为是英国的中国现代文学研究权威的卜立德的论文《〈呐喊〉的骨干体系》等。即使是华裔的欧美学者也是如此,如李欧梵的专著《铁屋中的呐喊》;黄维宗(音译)的论文《无法逃避的困境:〈阿 Q 正传〉的叙述者和他的话语》;杨书慧(音译)的《道德失败的恐惧:鲁迅小说的互文本解读》等。在国外鲁迅小说研究中成果最为丰硕的日本学界,情况也是如此,例如,曾在国际学术界产生了广泛影响的丸尾常喜的专著《"人"与"鬼"的纠葛——鲁迅小说论析》;竹内好的专著《鲁迅》和《近代的超克》;伊藤虎丸的专著《鲁迅与日本人》等,在涉及鲁迅小说时,往往更侧重挖掘其中所表达的鲁迅的思想,而不太注重其修辞问题。

在国内,对鲁迅小说修辞的研究随着鲁迅第一部小说集《呐喊》的问世即已展开。最早涉及鲁迅小说修辞的论文是"Y 生"的《读〈呐喊〉》,在这篇发表于 1923年的论文中,他以敏锐的语言修辞的意识指出了鲁迅小说《呐喊》的修辞特点及其修辞特点在确立现代语体文艺术范式方面的杰出意义与价值:"修辞方面,我觉得在近今语体文中,又特出一格,语体文长处是详细,但简明则不如文言,现在往往长到三四十字以上,太倾向欧化,使人读了,总发生不如文言简明了当之反感。这确是语体文还未成熟的小小缺憾!该集中(鲁迅小说《呐喊》——引者注),首先使我们注意的,是句调的单纯与明显,不夹一句方言,没有一句废话,更没有一个废字,而且流利痛快,又似含有自然的声韵。"①茅盾当年也曾特别指出了鲁迅《狂人日记》这篇小说中"冷隽的句子,挺峭的文调"②的风格特点。1930 年李长之在《〈呐喊〉之新评价》中则直接从遣词造句的角度剖析了鲁迅小说语言"转折特别多"的现象。

从那时到 21 世纪的当下,从修辞学角度专门研究或涉及鲁迅小说修辞的代表性著作有:冯文炳先生 1957 年的《鲁迅对文学形式和文学语言的贡献——跟青

---

① 　Y 生. 读《呐喊》[M]//李宗英,张梦阳. 六十年来鲁迅研究论文选(上). 北京:中国社会科学出版社,1981:19.
② 　雁冰(茅盾). 读《呐喊》[M]//李宗英,张梦阳. 六十年来鲁迅研究论文选(上). 北京:中国社会科学出版社,1981:12.

年谈鲁迅》,高名凯、姚殿芳、殷德厚 1957 年合著的《鲁迅与现代汉语文学语言》,朱彤 1957 年的《鲁迅作品的分析》和 1958 年的《鲁迅创作的艺术技巧》,谢卓绵 1979 年的《试谈鲁迅的语言修辞》,陆文蔚 1982 年的《鲁迅作品的修辞艺术》,刘焕辉 1982 年的《语言的妙用——鲁迅作品独特用法举隅》,刘刚 1993 年的《鲁迅语言修改艺术》,等等。还有一些较为优秀的博士与硕士学位论文,如曹禧修 2002 年的博士论文《抵达深度的叙述——鲁迅小说修辞论》(2010 年该论文经过一定修改后以《鲁迅小说诗学结构引论》的题名出版),张雨 2005 年的硕士学位论文《从小说修辞角度谈鲁迅对当代小说的警示意义》,刘艳 2011 年的硕士学位论文《鲁迅小说〈药〉的修辞研究》,等等。涉及此问题的单篇论文中较有代表性的有:孙中田的《语言的魅力——鲁迅作品的艺术札记之二》,楼耀芳的《鲁迅小说的人物语言》,史锡尧的《鲁迅对副词的选用》,钟必琴的《鲁迅作品的用词艺术》,思维、德斋的《谈鲁迅小说的重复描写与重复对白》,刘剑仪的《论鲁迅作品中的拈连》,郑家建的《戏拟——〈故事新编〉的语言问题》,以及杨晓黎的系列论文,刘玉凯引进"语言场"概念对《孔乙己》解读的论文,叶世祥以"反讽"概念重释鲁迅小说"油滑"的论文,还有王本朝在 2012 年发表的《倒装修辞与鲁迅的话语策略》,等等。

国内外的这些研究专著和论文,以细致的解读和较为强劲的思辨,从不同方面剖析了鲁迅小说语言及修辞的相关特点与魅力,有力地彰显了鲁迅小说在语言方面的杰出的成就以及在修辞方面的重要贡献,从一个方面丰富了关于鲁迅小说研究的成果,具有不可忽视的理论意义与学术价值,但也存在一些明显的问题。

就国外鲁迅小说修辞研究的状况看,即使是美国学者威廉·莱尔关于鲁迅小说修辞研究的优秀论文《故事的建筑师,语言的巧匠》,也因研究视野与研究格局的限制留存了一些尚未涉及或未能充分展开的问题。例如,该文高度关注鲁迅小说语言修辞的特点并进行了较为精辟的论析,却没有关注鲁迅小说的话语修辞与"文内"语境等"言语修辞"的特点;该文条分缕析了鲁迅小说的"文体"特点,却没有关注鲁迅小说的文体与语体修辞的密切关系;该文较有说服力地论述了鲁迅小说语用的"艺术化"问题,却完全忽视了鲁迅小说语用的"思想化"问题;该文提出了一些很有启发性的观点,如鲁迅小说的语言风格与小说命意之间的关系,却仅仅是浅尝辄止。

就国内鲁迅小说修辞研究的情况看,也至少存在三个方面的不足:首先,很多研究是"有名无实"的修辞学研究,缺乏明确而严格的修辞学意识。即使具备了修辞学的意识,也呈现出两个极端的走向:或主要恪守传统修辞学的规范,侧重于鲁迅小说的"语言修辞"研究,而忽视了现代修辞学所侧重的"言语修辞"的研究;或不加辨析地搬用韦恩·布斯（Wayne Clayson Booth）等人"小说修辞学"的理论观点，以知识模型的范式框套丰富复杂的鲁迅小说修辞的现象，尽管也不时闪现一些新锐的见解，但终不免陷入削足适履的弊端。其次，很多研究都呈现出这样一个偏向：注重了鲁迅小说"技术性"的语言修辞，却忽略了其"艺术性"的文学修辞，把鲁迅小说当成了语言修辞的试验场，割裂了文学与语言的天然关系；有的虽然关注了鲁迅小说修辞的艺术问题，却往往偏于一隅，或只关涉某个问题，如叙述问题，而悬置了鲁迅小说修辞的其他更为具体、重要的艺术问题；或仅以一篇小说为对象，或仅以现代小说《呐喊》《彷徨》为对象，或仅以历史小说《故事新编》为对象，都是"单一"研究，而非"多维透视"和总体研究。更何况其中的一些观点还有待商榷。最后，大多数的研究都或多或少、或明或暗地悬置了鲁迅小说的修辞与鲁迅丰富复杂的思想及小说多样繁茂"意义"之间的内在联系，未能以开阔视野和多维视角构建更系统、更深入、更具现代性的研究鲁迅小说修辞的框架。

正是基于完善国内外关于鲁迅小说修辞研究不足的目的，我设计了这样一个课题并展开了相应的研究。本书稿就是研究的成果。我研究的基本思路是：在现代修辞学、小说修辞学、现代语言哲学、叙事学、文体学的研究框架内，以鲁迅小说的言语修辞现象及与鲁迅思想的密切关系为研究重点，用"修辞—意义"双向互动的研究模式，在文本细读的基础上，完成从语音、词语、句子、篇章、辞格到话语、语体、语境、文体、叙事的鲁迅小说修辞的综合研究，全面、深入地揭示鲁迅小说修辞的创造性及其背后鲁迅的思考和艺术意图，最终完成一个有坚实基座的"语言大师"和"艺术大师"鲁迅的形象塑造。其研究的目的是：首先，解决三个问题：（1）鲁迅小说修辞的个性特征及这种高超的语言艺术对于实现小说的总体命意起什么作用？（2）在具有个性和现代特征的鲁迅小说修辞背后，鲁迅的匠心、思考和意图何在？即作为小说创作主体的鲁迅是如何自觉而有效地介入小说修辞的？（3）鲁迅小说修辞对后起的中国文学的示范、影响表现在哪里？其次，在解决这三个问题的过程中，具体揭示被遮蔽了的鲁迅小说艺术创造性的神采，并进而追踪鲁迅小说巨大思想容量与艺术感染力的修辞根源。最后，完成一个有坚实基座的"语言大师"和"艺术大师"鲁迅的形象塑造。

**二、研究的主要内容**

本书稿对鲁迅小说修辞的研究主要侧重于两个方面：一个方面是关系研究；一个方面是本体研究。这两个方面各司其职，但又密切联系。

1. 在关系研究中，主要研究三个方面的内容

（1）鲁迅小说修辞的总体风格与鲁迅思想、情感的内在联系。鲁迅小说修辞

的总体风格可以简括为:言简意丰、洗练奇崛、新颖沉敛、好用反语。这种修辞风格既凝聚了语言自身的神采,也凝聚了鲁迅小说要表达的丰厚内容与精神启蒙的艺术意图,还凝聚了鲁迅的思想及思维特点。例如,好用反语就与鲁迅一贯反传统的思想及思维方式密切相关,或者说,正是鲁迅思想和思维的反传统性内在地催生了鲁迅小说好用反语的修辞风格。如《阿Q正传》从篇名到小标题,均与所叙内容相反,这种"文""名"相悖的修辞,正反映了鲁迅对儒家"以名证实"思想的某种程度的否定与颠覆;这种修辞风格既是语言修辞的风格,又超越了一般语言修辞风格的意义,具有"言语"陌生化(用人之未用)与思想陌生化(发人之未发)的双重创造性品格。同时,鲁迅小说的修辞不仅艺术地承载了丰富的理性内容,而且具有浓厚的感情色彩,即使是一般的陈述话语或感叹句也隐含着多样、复杂的情感内容,如"内中一个破碗,空的"(《祝福》);"阿,十月十日,——今天原来正是双十节"(《头发的故事》)等。

(2)鲁迅的修辞观与鲁迅小说修辞的关系。作为一个伟大的作家,鲁迅不仅重视文学对人生和改良人生的社会作用与思想作用,而且也十分重视文学的艺术性问题,其中,对文学的修辞问题也给予了特别的关注,并从内容与形式关系的角度提出了中肯的看法。1935年2月4日,鲁迅在致青年画家李桦的信中曾说:"来信说技巧修养是最大的问题,这是不错的,现在的许多青年艺术家,往往忽略了这一点。所以他的作品,表现不出所要表现的内容来。正如作文的人,因为不能修辞,于是也就不能达意。"①鲁迅的修辞观是透视鲁迅小说修辞的主体性参照,它既包含了提倡简洁、含蓄等文学语言工具论的内容,更包含了"语言依靠思想犹如思想依靠语言"的语言思想本体论的内容,以及兼收并蓄、推陈出新等言语方法论的内容。正是这种形而下与形而上有机结合的修辞观,在创作主体的层面保证了鲁迅小说修辞的生动性、丰富性和独特性。

(3)鲁迅小说修辞风格形成的渊源透视。鲁迅小说能形成自己独特的修辞风格,固然得益于鲁迅对中外既有小说营养的创造性吸收,也得益于鲁迅对绘画、戏剧、散文、诗歌等的艺术智慧的娴熟化运用,更与鲁迅思想的丰厚性与矛盾性密切相关。如鲁迅自身即存在"说与不说"的矛盾:"说"了,怕国人接受不了;"不说",眼见社会、国人如此,于心不安、不忍。鲁迅因此常常纠结于巨大的痛苦中。正是思想的这种状况,内在地规范了鲁迅小说修辞的选择及小说修辞背后各种"意义"的追求。

2. 在本体研究中,主要研究两个方面的内容

---

① 鲁迅. 致李桦[M]//鲁迅全集:第十三卷. 北京:人民文学出版社,2005:372.

（1）从现代修辞学、小说修辞学、现代语言哲学及叙事学、文体学的角度综合研究鲁迅小说的"言语修辞"，并由此揭示被遮蔽了的鲁迅小说艺术创造性的神采。其内容主要包括三个方面。

第一，整合和借鉴布斯、巴赫金等小说修辞学的"合理"观点与方法，突破其过于绝对的修辞观，研究"鲁迅小说的话语修辞与言语体裁"。采用现代白话构造话语的鲁迅小说；无论是文内、文外的叙述者话语，还是人物话语；无论是描述性话语，还是展示性话语；无论是长句构成的话语，还是短句构成的话语，不仅个性显豁、隽永峭拔，而且在"文内"语境中，常常发散出意义叠加、诗性充沛的富瞻信息。如"阿Q十分得意的笑""酒店里的人也九分得意的笑"（文外叙事者话语），"孔乙己是站着喝酒而穿长衫的唯一的人"（文内叙述者话语），"窃书不能算偷"（人物话语）。这是因为鲁迅小说的言语体裁具备了理论家们青睐的理想品格：每个话语及所采用的言语体裁，都是"布局结构的整体、修辞的整体"[①]与语境的有机统一，其话语的言表、言内、言外之意既精当凝练，又纷呈发散；既统一有序，又不乏冲突、对话、反讽甚至驳诘。如《伤逝》的话语修辞及言语体裁的基本类型是"新文艺腔"和新文艺体，然而这种表层的话语形态和言语体裁下却隐含着鲁迅对它颠覆的言外之意，这正是鲁迅小说话语修辞与言语体裁的独特性与深刻性之所在。

第二，鲁迅小说的文体与语体修辞。鲁迅在谈自己的小说时曾使用过这样的一些称谓，即"小说模样的文章"[②]或"小说模样的东西"[③]，并说："我的小说和艺术的距离之远，也就可想而知了。"[④]鲁迅如此称谓自己的小说，不仅是一种谦虚态度的表现，也不仅具有反为艺术而艺术倾向的作用，更是一种如鱼饮水、冷暖自知地对自己小说文体的界定，而且是十分得体的界定。"'小说模样'就暗含着'非小说'的因素，即鲁迅小说作品中有非常明显的小说文体向其他文体的'越界'现象，比如说对散文、诗歌、戏剧的某些文体特征的吸收和使用。"[⑤]鲁迅小说文类"扩张"的结果，既构成了鲁迅小说文体的特有风貌，也带来了语体修辞的独辟蹊径，它不仅卓有成效地化用了古今中外小说修辞的智慧，而且杂糅了散文、诗歌、戏剧、杂文、政论、谈话及外文语体甚至文言文语体的修辞手段，形成了"转益多师"、个性鲜明的"是小说"又不拘泥于小说的语体修辞风格。《呐喊》《彷徨》

---

① 巴赫金.言语体裁问题相关笔记存稿[M]//钱中文.巴赫金全集:第四卷.石家庄:河北教育出版社,1998:221.

② 鲁迅.呐喊·自序[M]//鲁迅全集:第一卷.北京:人民文学出版社,2005:441-442.

③ 鲁迅.我怎么做起小说来[M]//鲁迅全集:第四卷.北京:人民文学出版社,2005:526.

④ 鲁迅.呐喊·自序[M]//鲁迅全集:第一卷.北京:人民文学出版社,2005:442.

⑤ 许祖华,余新明,孙淑芳.鲁迅小说的跨艺术研究[M].合肥:安徽大学出版社,2012:191.

"格式的特别"性与《故事新编》文体张力的"狂欢"性,正与这种综合、杂糅而富有创意的语体修辞风格密不可分,这种语体修辞风格作为丰满的鲁迅小说的重要艺术元素,直接凸显了鲁迅小说文体海纳百川的文化品格与艺术气质。

第三,鲁迅小说语用修辞的艺术化与思想化。鲁迅小说的语用修辞别具一格,具体表现在两个方面:一方面是采用"超常搭配"的方法,通过关联规则使无关联的事物建立深层的联系,在偏离一般语用规范和观念规范的过程中,构造生动、新颖、意味深长的词语搭配,例如,仁义道德与"吃人"的搭配,坟与馒头的搭配,"静到要听出静的声音来"(《孤独者》)的搭配,"学说也就压倒了涛声"(《理水》)的搭配,还有色彩词语、模糊词语、后缀词语、转折词语、熟语、外来语以及人物姓与名的词语搭配等,《故事新编》中诸多现代语、外语与古语、古物、古人的搭配等。这些别具一格的词语搭配,不仅给人耳目一新的审美感受,而且给人心灵震撼的思想冲击力。另一方面是在具体词语运用中,鲁迅小说不仅完成了"寻常词语的艺术化",而且实现了寻常词语的思想化,如"吃""睡"这些寻常词语。"吃"这个词语,在《呐喊》《彷徨》中多与人的肉体被毁灭和精神被麻醉相关,艺术地表达了"意在暴露家族制度和礼教的弊害"的深沉思想;在《故事新编》中则多与日常生活的"吃饭"相关,小说通过"吃"的所指及关涉的一系列问题(如吃什么?好吃否?等),或匠心别具地重塑了传说中的英雄和历史上的名人形象,如《奔月》《采薇》等,或在明快、犀利的反讽中表达对历史与现实的洞见,如《理水》等。"睡"这个词语,在《狂人日记》中侧重描绘狂人"睡不着"的状态,彰显了狂人对现实与历史既定规范的怀疑精神和叛逆性格;在《阿Q正传》中侧重描绘主人公"睡着了"的情景,刻画出一个麻木的"国人的魂灵"。

一般说来,要实现寻常词语的艺术化与思想化,需要充分利用两个条件,一个是词语的"语用功能",一个是具体的语用环境。在这两个条件中,语用环境又是更为重要的条件,因为,一个寻常词语,如果"离开了语用环境,就不会产生语用功能,那么,它仍是一个寻常词语"①。鲁迅小说中所使用的各类平常词语之所以能实现艺术化与思想化,也是因为充分地利用了"语用环境",在话语中,就是充分地利用了话语所构造的"语境"。例如,在这样的话语中所使用的"看""满"这样的平常词语:"刹时间,也就围满了大半圈的看客。待到增加了秃头的老头子之后,空缺已经不多,而立刻又被一个赤膊的红鼻子胖大汉补满了。这胖子过于横阔,占了两人的地位,所以续道的便只能屈在第二层,从前面的两个脖子之间伸进脑袋去。"(《示众》)

---

① 王德春,陈晨. 现代修辞学[M]. 上海:上海外语教育出版社,2001:538-539.

那么,这段话语的语境是什么呢?如果进行概括,可以用一句话归总:"看热闹",这是"看"这个词语所处的具体语境,这个具体语境的基本特征是"热闹",并且是由两类对象所构成的"热闹"情景,一类是"被看"的对象,一类是"看客",而无论是"被看"的对象还是"看客",他们在小说中都具有一个同一的特点,那就是身份的模糊性。如此一来,在这种热闹的情景所构成的语境中,"看"的所指,就具有了双重性,即"看客"们表面上是在看别人,而实际上也等于是在看自己,因为"被看"的对象与"看客"一样都是身份模糊的人,都是名不见经传的人,具有"同质性";"看"这个词语所指的人的一般性的行为的语义也就从单纯的一维,即"看别人"在无形中被扩展为了二维:看客看别人的同时,也等于在看自己。如此的效果,当然不是"看"这个词语的本义所导致的,而是在具体的艺术语境中(不是现实的环境)中形成的,是"看"这个平常的词语艺术化的结果。同时,正因为"看"这个词语具有了这种"双重"的所指,所以,这个词语也就不仅像物质的"镜子"所具有的功能一样,映照出了"看客"们自己的神情,而且,也像精神的镜子一样映照出了"看客"们愚昧、麻木的精神状况,而看客们这种愚昧麻木的精神状态,正是小说所要批判的对象,这也就使鲁迅对"看客""怒其不争"的"情态"通过"看"这个词语"渗透"出来了,"看"这个词语也就这样被"思想化"了。"满"这个词语也是如此。在话语所构成的语境中,"满"不仅具有这个词语语义所指的状态意义——表示一定的空间被充塞尽了,也不仅具有直接的艺术意义——表示"看热闹"的人很多,而且具有了性质的意义。因为看热闹的人很多,即表明看热闹并不是个别人或少数人的行为,而是中国国民的一种普遍的心理状况与精神状况的反映,是中国国民性的一种类型。

在鲁迅的小说中,寻常词语艺术化与思想化的例证还有很多,它们犹如满天的繁星点缀在鲁迅小说之中,将鲁迅小说的艺术世界装点得灿烂闪光。

(2)鲁迅小说修辞的微观研究。主要研究鲁迅小说中"语言修辞"的两个内容:第一个内容是语音修辞。除研究语音修辞特点与效果外,还研究诸如阿Q名字的发音与"阿鬼"的关系,"阿"字的语音意味等。第二个内容是辞格。此研究既遵循一般辞格研究的规范又在其基础之上,从自然符号与人为符号的角度研究鲁迅小说的比喻、象征、反复、戏拟、反讽等辞格的"自然性"与"人为性"的成就与魅力。这些研究既涉及具体的语言修辞内容,也涉及它们与言语修辞的关系,还注意追溯它们在有效地体现鲁迅小说创作意图方面的具体意义与作用。

# 第一章

# 鲁迅小说修辞的基本属性:传统性与创造性

作为 20 世纪前半叶中国现代小说成就集中代表的鲁迅小说,传统性与创造性既是鲁迅小说的本质特征,也是鲁迅小说修辞的基本属性。这种基本属性的概括虽然笼统而含混,但却既在价值的层面标示了鲁迅小说修辞范式构建的基本取向,也在本质的层面表明了鲁迅小说修辞的两个方面的基本性质:一个是民族化的性质,一个是现代化的性质。鲁迅小说修辞的民族化性质,直接表明了鲁迅小说修辞与民族传统文学,特别是民族传统小说修辞的血肉联系,这正是鲁迅小说修辞传统性的意义;鲁迅小说修辞的现代化性质,则表明了鲁迅小说修辞对中国小说修辞的发展与所做出的贡献,这无疑是鲁迅小说创造性的价值。正是传统性与创造性修辞的完美结合,使鲁迅小说不仅当之无愧地成为最早显示五四文学革命的"实绩",并奠定中国现代文学的艺术发展的坚定基石,而且成为中国现代文学在建构自己的艺术世界过程中的一个巍峨而具有本质性与价值性相结合的标杆。这个标杆所标示出的是这样一种尺度:凡是艺术构造既具有创造性,又具有民族性的文学形态,都是好的或成功的,否则就是有缺陷的,甚至是失败的。

关于鲁迅小说修辞的传统性与创造性的透视,我们从各个角度展开都可以获得一个论述的平面。这是因为,鲁迅的小说本身就是在古今中外艺术经验的基础上创造的结果,所以,如果将鲁迅小说所采用的修辞手段与中国传统小说使用的修辞手段进行对照,以此来"证明"鲁迅小说修辞的传统性,这自然也是一种可行的论述方式,也当然能够收获相应的研究成果;同样,如果将西方小说所使用的修辞手段与鲁迅小说所使用的修辞手段进行比较,从而说明鲁迅小说修辞的现代性或创造性,也未尝不可;即使以既有的逻辑框架及理论,如中国传统修辞理论或西方修辞理论等作为论述的预设,然后观照鲁迅小说修辞的特点,以此来论证鲁迅小说修辞的传统性与创造性,虽然存在一些弊端,但也会得到一些有意义的研究成果。不过,这些研究虽然都有一定的价值,但也存在十分明显的论述盲区,这就是,往往会有意或无意地忽视了从民族传统的艺术精神和民族现代的艺术范式,特别是传统汉语和现代汉语的特点出发的概括与分析。所以,本书在研究鲁迅小说修辞的传统性与创造性的过程中,既不排斥使用传统的研究方法,更注重从传统汉语与现代汉语的特点出发来剖析鲁迅小说修辞的传统性与创造性,以期既较为全面,也较为切实并具有一定新意地从修辞的角度揭示鲁迅小说的民族风格及现代风采。

## 第一节　鲁迅小说词语修辞的传统性及创造性

鲁迅小说词语修辞的传统性是鲁迅小说民族性的一个具体方面,也是鲁迅小说艺术性的一个微观存在;作为鲁迅小说民族性的一个具体方面,鲁迅小说词语修辞的传统性具有彰显鲁迅小说民族性本质的功能;作为鲁迅小说艺术性的一个微观存在,鲁迅小说词语修辞的传统性则在文学艺术本体的层面,显示了作为"语言艺术"的鲁迅小说获得成功的基本因素与原因。所以,对鲁迅小说词语修辞传统性的研究不仅是透视鲁迅小说艺术世界构造的杰出性的一个角度,也是揭示鲁迅小说民族性的一个直接而具体的依据,具有显然的学术价值与意义。

鲁迅小说词语修辞的传统性表现在各个方面:遵循汉语自身的规范并充分发挥汉语在表情达意、叙事写人方面的所指与能指特性;遵循消极修辞与积极修辞的原则而灵活调遣、使用词语;充分发挥汉语词语作为"思想的直接现实"的形而上的作用;和汉语词语作为表情达意、叙事写人的形而下的工具的作用。其又是最主要和最显然的方面,而此方面的研究又是之前关于鲁迅小说传统性研究的较为薄弱的方面,众多的研究成果虽然往往有意识或无意识地关涉了这一方面的内容,但大多语焉不详,甚或将鲁迅小说词语修辞所表现的传统性仅仅当作了现代语言学或修辞学研究的资料。所以,本节拟从这一关乎"文学是语言艺术"的艺术本质论问题方面展开相应的探讨,以期剖析鲁迅小说词语修辞传统性中凝聚的诗性智慧及投射出的厚重魅力,直观展示鲁迅小说民族性的一个具体内容,并由此进一步地揭示鲁迅小说在承续民族传统过程中的创造性。

### 一、基于汉语词语能指特性营造的修辞效果

汉语作为一种表达观念、进行交际的人为符号,与其他人为的语言符号一样,也是由其所指与能指在对立统一中构成的一个符号系统。这个符号系统中的符号,与其他语言符号一样,具有其他符号(无论是自然符号还是人为符号)所无法比拟的特点和优势,具有表达人的所思所想,所见所闻的无限可能性。不过,由于汉语是一种以表意文字为载体的语言符号,因此,从它诞生之日起就具有了自己

与生俱来的个性特征,这种个性特征,从汉语的构成来说,既表现在语音方面,也表现在语词方面;既表现在物质外壳的字形方面,也表现在语法构成方面。而从语言功能的角度讲,汉语固然具有所指的功能,但却更具有能指的优势。这是因为,汉语作为一种单音节的分析语,它既没有以表音为特点的印欧语那样复杂的构词形态,也没有印欧语那样确切的构形形态。"汉语也正是由于缺乏形态,才造成了词类的多功能性"①,这种多功能性,既表现在同一个词在由句子构成的话语中能充当不同的成分方面,更表现在各类词语能指的优势方面。如"星期天",在"今天星期天"中充当谓语,在"星期天下雨了"中充当主语,在"星期天的任务完成了"中又充当定语②。又如"好"这个词,请看鲁迅在《阿Q正传》中的使用:

"好了,好了!"看的人们说,大约是解劝的。

"好,好!"看的人们说,不知道是解劝,是颂扬,还是煽动。

鲁迅之所以判断在人们围观阿Q与小D"龙虎斗"的过程中发出"好"的声音时说"不知道是劝解,是颂扬,还是煽动",是因为"好"这个词语,本来就"能指"多种心理倾向,能表达多种情感倾向,能以多种"音响形象"表达人的多种"心理印迹"。

也正是因为汉语具有与生俱来的能指优势,所以,"在几千年的汉语文学史上,中国的大小文人无不纷纷投入诗词曲赋、散文与小说的创作,将大量的心血花在文学作品能指面的营造上"③,并在长期的文学实践中,使"汉语文学一直有一个重视能指的传统"④。鲁迅的小说创作也继承了这一传统,并在词语的运用(修辞)中充分发挥了汉语词语能指的优势,在负载深刻的新思想的过程中,将汉语文学这种重视能指的传统既给予了有效的发扬,更光大了这种传统的魅力,并由此较为直接地显示了自己艺术世界的传统底蕴和在此基础上的革命性创新。

鲁迅小说对汉语文学重视能指传统的发扬与光大,首先就表现在遵循修辞的规律精心选择词语方面。鲁迅小说对词语的选择,一方面,最大限度地运用汉语能指的可能性,在具体的话语中最大限度地体现词语的价值并进而构造繁复而深刻的意义;另一方面,则从大量的汉语词矿中精挑细选,既与所要描写的对象及所要叙述的事情相吻合,又包含着自己或悲凉,或沉痛,或愤懑的情感内容以及睿智而丰富的思想的词语。前者在遵循汉语特点和规范中,以最直接的方式凸显了鲁

---

① 邢福义,汪国胜.现代汉语[M].武汉:华中师范大学出版社,2006:10.
② 邢福义,汪国胜.现代汉语[M].武汉:华中师范大学出版社,2006:11.
③ 张卫中.汉语与汉语文学[M].北京:文化艺术出版社,2006:116.
④ 张卫中.汉语与汉语文学[M].北京:文化艺术出版社,2006:117.

迅小说作为典范的汉语白话文的民族特色;后者则在"文学是语言的艺术"的规范中直接彰显了鲁迅小说化古为新的艺术创造性本质。而这两方面所形成的最终结果,则是小说艺术世界的美不胜收。

汉语能指的可能性,从修辞学的角度看,是巨大的。陈望道先生曾说:"修辞所可利用的,是语言文字的一切可能性;所谓语言文字的可能性,一半是这些语言的习性,另一半是体裁形式的遗产。"①所谓语言的习性,即语言的所指与能指的规范;所谓体裁形式的遗产,即传统的修辞手法,如赋、比、兴等。鲁迅小说修辞在这两个方面都有出色的表现。

语言的能指与所指的规范,主要包括两个方面,一方面,能指与所指的结合具有任意性,即"能指和所指的联系上是任意的"②。这种联系上的任意性,既表现在不同语类中,也表现在同一语类中。在不同的语类中,同一个所指(概念),可以由不同的音响形象(能指)来表现。如"树"的所指,就与用作它的能指的声音没有任何内在的联系,因为"树"这个所指,在汉语中可以用"shù"的音响形象(能指)来表示,在英语中则可以用"tree"的音响形象(能指)来表示。在同一语类中,一个概念(所指)则可以有不同的音响形象(能指),汉语中的"同义词"就是如此。例如,表示太阳光的所指,既可以用"阳光"这个音响形象,也可以用"日光"这个音响形象。另一方面,能指又具有建立在社会的"约定俗成"基础上的不自由性和强制性,即"能指对它所表示的观念来说,看来是自由选择的。相反,对使用它的语言社会来说,却不是自由的,而是强制的"③。也就是说,修辞在利用语言文字的一切可能性时,都必须遵循这些规范,只有遵循了这些规范,修辞才可能使包括词语在内的语言文字的能指功能得到合理而充分的发挥。

鲁迅小说遵循修辞的规律选择词语的时候,毫无疑问是严格地恪守了词语的能指和所指的规范的,并且很好地发挥了消极修辞与积极修辞的特点。不过,鲁迅小说词语修辞的可贵,不仅仅在于遵循了能指与所指的规范,也不仅仅在于很好地发挥了消极修辞与积极修辞的特点,更在于构造了溢出词语所指的丰富意义。这让词语能指的可能性实现了最大化和最佳化,以四两拨千斤的驾轻就熟,显示了汉语词语能指的非凡能量与强劲的魅力,将中国汉语文学重视词语能指的传统发扬光大。如《孔乙己》中的"偷"与"窃"两个同义词的使用,既体现了遵循所指与能指规范,更构造了具有丰富意义的词语修辞效果;既发扬了汉语文学重

① 陈望道. 修辞学发凡[M]. 上海:上海教育出版社,2006:20.
② 索绪尔. 普通语言学教程[M]. 高名凯,译. 北京:商务印书馆,1996:102.
③ 索绪尔. 普通语言学教程[M]. 高名凯,译. 北京:商务印书馆,1996:107.

视推敲字词、重视词语能指的传统以及追求"语不惊人死不休"的精神，又根据表情达意和塑造深刻人物形象的目的给予了创造性的使用。

从词语所指的角度看，"偷"与"窃"两个词语作为概念所指的内容具有完全的同一性，都指将别人的东西占为己有的行为；但从词语能指的角度看，两个同义词的能指却至少具有两重明显的区别：首先，两个词语的音响形象不同，一个发 tōu 音，一个发 qiè 音；其次，两个词语的语体色彩不同，一个是可以在口头交际中使用的词语，一个则是地地道道的书面词语。正是两个词语在能指方面的不同，很有效地完成了小说艺术构造与思想情感表达的多重任务，也具有了从文学批评的角度进行多重阐释的内涵，其显著的艺术效果也是可圈可点的。这些内涵和艺术效果，在我看来，至少可以从四个方面展开阐释：第一个方面，孔乙己用"窃"置换"偷"的言语行为，真切而具体地表现了人物当时的心境，即孔乙己不想让自己做的不光彩的事被人知道，他之所以用"窃"更正别人使用的"偷"这个词，不仅因为"窃"的发音开口较小，而且因为作为书面语的"窃"的所指内容"短衣帮"的人大多不理解。从语言交际的角度讲，当一个词语被说话者说出，而听话者不能理解词语所指的内容的时候，交际也就无法再进行下去。当孔乙己说出的"窃"不能被"短衣帮"的人所理解之时，也就是交际停止之处，而当交际停止之后，孔乙己自己所做的不光彩的事也就在孔乙己自己的感觉中被模糊过去了（尽管事实上并没有被模糊过去）。第二个方面，孔乙己用"窃"置换"偷"的言语行为直接揭示了人物的精神状态，即孔乙己尽管已经潦倒不堪了，却还要显摆读书人的架子，他用地道的书面语"窃"，至少在他自己看来，这正表明他比目不识丁的"短衣帮"要高一等，尽管无论从生存状态还是从谋生能力方面，孔乙己并非高人一等。第三个方面，很有效地揭示了人物的性格特点，并与小说所展示的人物言语的特征相吻合。孔乙己"穷困潦倒，却又摆着'读书人'的架子，平时喜欢说人们半懂不懂的话。他故意不说'偷'字，而说一个文气的'窃'字，不但表现了他的迂腐，而且也表现了他走向穷途末路仍死爱面子的性格特点"[①]。第四个方面，则是以简单而实用的修辞技巧，通过幽默的手段表现了鲁迅对人物哀其不幸，怒其不争的情感态度以及隐含的批判思想。

至于鲁迅小说充分发挥消极修辞和积极修辞的特点，使所选择的词语的能指功能能得到充分体现的例子就更多了。随便列举一例即可由一斑而窥全豹。请看《故乡》这篇小说中的一段文字：

---

① 刘兴策．千锤百炼　一字不易——学习鲁迅《孔乙己》的用词［M］//刘兴策．刘兴策文集．武汉：武汉大学出版社，2010：359.

　　我想：我竟与闰土隔绝到这地步了，但我们的后辈还是一气，宏儿不是正在想念水生么。我希望他们不再像我，又大家隔膜起来……然而我又不愿意他们因为要一气，都如我的辛苦展转而生活，也不愿意他们都如闰土的辛苦麻木而生活，也不愿意都如别人的辛苦恣睢而生活。

　　在这段话语中，有三个词语的使用是颇具匠心的，一个是"一气"，一个是"隔绝"，还有一个是"隔膜"。这三个词语在这段话语中的存在，从修辞的角度讲，既符合消极修辞的基本要求，更符合积极修辞的最高标准。消极修辞的基本要求是运用词语把意思表达明白、准确、纯正，即陈望道在《修辞学发凡》中所说："消极修辞的总纲是明白。"①消极修辞的基本艺术效果是"消极修辞手法能呈现出一种明晰、晓畅、朴素的美"②。这三个词语在话语中的存在正具备了消极修辞的品格，也达到了消极修辞的艺术效果。语言学家周振甫先生结合小说《故乡》所写的内容分析这三个词语达意的确切性时，曾写下了这样一段评说："在这里，两次用了'一气'，这是说宏儿在想念水生，宏儿和水生两个孩子相处得好。用'一气'指两个孩子在几天的相处里，亲密无间的意思。这里不用'一起'而用'一气'，'一起'只能说明在一处，没有亲密无间的意思，用'一气'才是亲密无间。这里前面用了'隔绝'，后面用了'隔膜'，都有讲究。'隔膜'只是因为大家不在一处，又不通音讯，不了解彼此的情况，变得'隔膜'。这种'隔膜'，要是大家又聚在一起，彼此情况又有了了解，就可打破。'隔绝'是两人的思想感情完全不同了，'我'叫他'闰土哥'，他却叫'我''老爷!'，'我们之间已经隔了一层可悲的厚障壁了。'即使'我'不走，闰土仍在'我'家打杂，这层厚障壁也无法打破了，所以称为'隔绝'。"③周振甫先生的分析，既基于三个词语的所指，又基于三个词语的能指，不仅言简意赅地解说了三个词语作为概念的所指特征及与作品中内容的高度一致性和严密的契合性，又切中肯綮地解说了三个词语能指的联想性意思，从而有力地揭示了这三个词语表情达意、叙事写人的明白性、准确性的修辞效果，可谓言之成理而持之有据。

　　如果说消极修辞追求的表达效果是准确的话，那么，积极修辞追求的目标则是词语表达的生动、深刻且意味深长，"积极修辞手法能呈现出一种生动、形象、华

①　陈望道. 修辞学发凡[M]. 上海：上海教育出版社，2006：49.

②　宗廷虎. 修辞学与语言美[M]//修辞学研究：第一辑. 上海：华东师范大学出版社，1983：82.

③　周振甫. 谈谈修辞[M]//现代汉语讲座. 北京：北京知识出版社，1983：303.

丽的美"①。其审美意蕴套用一句俗语来说就是"增加一寸则长,减之一分则短",换一个词则意蕴锐减甚至全无。汉语文学史上众多作品的成功,很好地说明了这一点,如王安石的名句"春风又绿江南岸"中名词动用的"绿"字的使用就是一个众所周知的例子。这种积极修辞,从词语运用的角度讲,更能充分发挥词语的能指功能,这也就是为什么中国古代文人在文学创作中如此重视积极修辞,甚至达到"吟成五字句,用破一生心"的地步的重要原因之一。

上面所列举的鲁迅小说《故乡》中的三个词语的使用,不仅达到了消极修辞的境界,更具有积极修辞的效果,这种效果的最明显表现就是它们无法被置换,例如,如果将"一气"换成"一起",虽然在表达宏儿与水生在一起玩耍的意思上没有根本性的影响,但是,却使小说所描绘的情景:宏儿与水生的亲密无间的韵味荡然无存了,呈现在作品中的除了一种事实之外,留给人品味的审美内容则没有了依凭的文字和寻索的线索,更为重要的是,也使后面"宏儿不是正在想念水生么"的叙述,没有了直接的依据。至于将"隔膜"与"隔绝"对换也是如此。所以,周振甫先生说:"这里的'一气',要是用了'一起',就不能表达出亲密无间的意思,就显得分量不够。要是这里的'隔绝'用'隔膜',那么无法打破的厚障壁的意思表达不出来,分量也轻了。要是这里的'隔膜'用了'隔绝',那又显得太重,使上面用'隔绝'处的用意反而模糊了。"②周先生虽然主要是从达意的角度做出的判断,但也用简洁的判断说明了这三个词语与小说审美意蕴的关系,所谓"分量轻了""显得太重"其意所表达的就是小说审美的平衡性被打破了,当这种平衡性被打破之后,小说的审美价值也就直接受到了损伤,甚至是伤筋动骨的致命的损伤。鲁迅小说这种精心运用词语的匠心与中国传统文人们千锤百炼词语的慧心如出一辙,都表现了对词语能指的倾情与倾心。

### 二、罕见文言词语使用的修辞效果

就"体裁形式的遗产"的运用来看,鲁迅小说的修辞可以说是集大成,中国传统修辞学所青睐的各种修辞手法、辞格,汉文学,尤其是叙事文学所采用的修辞方法、技巧,鲁迅小说虽然没有全部含纳,但至少主要的修辞手法在鲁迅小说中都有杰出的采用。不过,从发挥汉语词语能指特长的角度来看,我这里只准备选取这样一个内容,即鲁迅小说对传统文言词语的运用及所形成的修辞的创新性。鲁迅

---

① 宗廷虎. 修辞学与语言美[M]//修辞学研究:第一辑. 上海:华东师范大学出版社,1983:82.

② 周振甫. 谈谈修辞[M]//现代汉语讲座. 北京:北京知识出版社,1983:304.

小说对这些文言词语的采用,不仅在最基层的意义上构成了鲁迅小说修辞的传统性,而且,鲁迅小说对这些文言词语与白话词语的有机结合所形成的修辞效果,还以最显著的事实实现了五四新文学兴起之初,新文学先驱所提出的白话与文言合一的愿望,并由此显示了白话文学在语言层面的继承与革新。

鲁迅在谈自己的文学创作时曾说,如果"没有相宜的白话,宁可引古语"①。正是这样一种务实的态度和随物赋形的遣词方式,使鲁迅小说所采用的文言词语(古语),不仅得心应手地完成了用白话无法完成的表情达意、叙事写人的任务,而且也激活了文言词语的生命活力,使这些文言词语如出土的文物一样显示出自己无与伦比的价值和意义。不仅那些已经成为文学作品经常使用的词语,如成语的使用是如此,如《阿Q正传》中的"敬而远之""著之竹帛""刮目相看"等(将在下一部分分析),即使是那些在今天看来是比较罕见的,在传统的叙事文学中也鲜有采用的文言词语也是如此,如《故乡》中的"辛苦""恣睢"等。但在鲁迅的小说中,不管是哪一类文言词语的使用,都不能简单或仅仅从词语的"所指"性来解释,而必须从词语的"能指"性来解读;都不能只按消极修辞的原则来衡量,而应该同时按积极修辞的效果来看待。这是因为,鲁迅小说对文言词语的使用,从来就没有局限于文言词语的所指。其词语修辞的效果,有时虽然与消极修辞的原则相一致且达到了消极修辞所要求的基本效果,但更为常见的则是与积极修辞的准则相吻合并实现了积极修辞的目的。所以,我们分析鲁迅小说对文言词语采用的艺术效果,就必须要有全面的眼光,采用较为多样的视角,并从多个层面展开论析。这样我们才有可能较为得体地把握鲁迅在自己精粹的白话小说中使用文言词语的匠心以及这些文言词语使用的意义和价值;也才有可能言之成理地揭示这些文言词语所指的传统性内容与鲁迅小说民族性风格的关系;也才有可能剔析这些文言词语能指的艺术能量在提升鲁迅小说艺术和思想境界中的重要作用以及鲁迅小说在词语使用方面的创造性和杰出性。否则,误读和误解也就不可避免。其中,对《故乡》中"恣睢"一词的阐释与解答就是一个有代表性的例子。

有人曾将《故乡》中的"恣睢"作为一个贬义词解释为"任意胡为"②,此说并非没有道理,从历史文献来看,《荀子·非十二子》中即有"纵情性,安恣睢,禽兽行"之说;《风俗通·怪神·城阳景王祠》中也有"吕氏恣睢,将危汉室"之说;《史记·伯夷传》中也有"暴戾恣睢"之说;近代陈少白《兴中会革命史要》中也有"那时候日本人在台湾恣睢暴戾,台湾人民畏之如虎"之说;等等。这些文献中使用的

---

① 鲁迅.我怎么做起小说来[M]//鲁迅全集:第四卷.北京:人民文学出版社,2005:526.
② 周振甫.谈谈修辞[M]//现代汉语讲座.北京:北京知识出版社,1983:304.

"恣睢"一词,均可以解释为"任意胡为"。但是,将鲁迅《故乡》中使用的"恣睢"一词解释为"任意胡为"似乎不妥。不妥主要表现在三个方面:首先,这一词语的"任意胡为"的意思与前一个词"辛苦"的意思放在一起,不仅难以达到消极修辞明白、准确的基本要求,而且还因为不协调而难以从逻辑上得到自圆其说。从逻辑上看,如果将"恣睢"解释为"任意胡为",那么将它与"辛苦"并列,在逻辑上就形成了矛盾,经不起推敲,既然是"任意"的行为,也就自然不需要"辛苦"地筹划、奔波,也不需要寻找理由、对象;既然是"胡为",那么,高兴了就可以"为",不高兴了也可以"为";在这个地方可以"为",在那个地方也可以"为";既不受时间、场所、对象的限制,更不受法律与舆论的约束,何"苦"之有呢? 其次,如果将这个词语所在的整个句子"也不愿意都如别人的辛苦恣睢而生活"与前两句"都如我的辛苦展转而生活""也不愿意他们都如闰土的辛苦麻木而生活"结合起来看,鲁迅所要表达的意思不仅更模糊了,而且完全"落空"了。鲁迅说"我"的生活是"辛苦展转",闰土的生活是"辛苦麻木",这符合所写的实际,也可以在作品中找到相对应的描写,但如果说"别人"的生活是"辛苦而任意胡为"的,则在作品中找不到任何证据,因为,整篇小说中既没有一个人有"任意胡为"的资格,也没有一件能称得上是"任意胡为"的事,如果将"恣睢"解释为"任意胡为",那么"恣睢"一词在小说中的所指就失却了依据,成了无本之木和无源之水。当年,《故乡》问世后,有人曾认为,鲁迅在小说中使用"恣睢"这一词语显得不妥帖,抗战时期,更有人批评这个词在这篇小说中使用得太"专横",这些指责虽然主要是因为没有注意这一词语的"能指"性,而主要是只注意了这一词语的"所指"性导致的,但这种带着一定偏颇的批评正启示我们,如果将"恣睢"一词解释为"任意胡为",的确在作品中找不到任何情节或事实的依托。最后,由此还直接影响了对这个词语所在的句子中别的词语所指(概念)的理解。例如,有人就将"恣睢"所在句子中的"别人"解释为剥削阶级的人①。之所以将"别人"解释为"剥削阶级的人",是因为似乎只有剥削阶级才可以"任意胡为"。姑且不论此说的历史局限性和思想方法的生硬性,也姑且不谈鲁迅在创作《故乡》时是否具备了鲜明的阶级意识,即使从"恣睢"与"辛苦"两个词语搭配的角度来看,此说也难以自圆其说。"辛苦"虽然在词性上是一个中性词,但在使用中却多带褒义性,如在日常交际中我们常说"您辛苦了"或"辛苦地劳作",却没有谁说"辛苦地偷窃""辛苦地杀人";而意指"任意胡为"的"恣睢"又具有贬义性。一个具有褒义性的词与一个贬义词如此搭配,不仅不伦不类,而且莫名其妙。而如果进一步地将整句话一起来解释那就更无法自圆其说了,难道鲁

---

① 周振甫.谈谈修辞[M]//现代汉语讲座.北京:北京知识出版社,1983:304.

迅是说不要如"剥削阶级的人的辛苦而任意胡为一样的生活"？这显然不符合鲁迅所要表达的意思。而如果说"辛苦"与"恣睢"并列搭配，表达的是鲁迅对剥削阶级的讽刺之意，但这种所谓的讽刺又与整句话所针对的"我们的后辈"的"真诚"希望相悖，也与小说中始终贯穿的沉痛、悲凉的情感相左。可见，仅仅从词语所指的内容并按照消极修辞的准确性原则来解读、分析鲁迅对"恣睢"这个文言词语的使用，不仅难取鲁迅小说使用文言词语的"真经"，而且还会陷入无法自圆其说的境地，更会损害鲁迅小说艺术的杰出审美价值。所以，应该换一个角度来解读这个文言词语，即从能指和积极修辞的角度来分析鲁迅在小说中对这样一些文言词语的使用。

　　不错，"恣睢"这个文言词的所指的确有"任意胡为"的意思，在上面所列举的文献中，"恣睢"这一词语常与"暴戾"一起使用，描摹的是"日杀不辜，肝人之肉"的暴行，饱含了文献作者们对这种暴行的憎恶之情与批判之意。在这里，不管是按照上下文的所指，还是按照词语本身的概念内涵，将"恣睢"解释为"任意胡为"都是十分明了、准确并完全符合消极修辞的标准的。但如果按照《故乡》中使用"恣睢"这一文言词语的上下文的能指和积极修辞的要求来看，这个文言词语就不能解释为"任意胡为"。因为，词语（符号）所指和能指的组合固然具有任意性，但又可以具有动机性，其动机性主要由词语的能指体现出来，因为符号的音响形象（能指）包含着人的"心理印迹"。如果说所指和消极修辞讲究的是明白、准确，那么能指和积极修辞则更讲究灵动、鲜活，更讲究"化腐朽为神奇"，在文学领域，则更讲究通过词语的变异或超常搭配将平常词语艺术化，将古典词语现代化。鲁迅自己就常常如此。他不仅在杂文中常常"任意而为"地使用古语，在小说中也频频如此。例如，在杂文《华盖集·导师》中鲁迅就"任意"改造了"笑容可掬"这个古语，而自创了"灰色可掬""老态可掬"等词语；在小说《阿Q正传》中，鲁迅不仅任意改造了一些古语，如"牢不可破"，并在"老尼姑见他失了锐气，便飞速的关了门，阿Q再推时，牢不可开"这样的句子中使用，而且还"有意"地拆分了一些古语，如"肃然起敬"，并在"其时几个旁听人倒也肃然的有些起敬了"这样的句子中使用；鲁迅不仅常常改造、拆分古语，而且还常常"腰斩"古语，如《头发的故事》"顽民杀尽了，遗老都寿终了，辫子早定了，洪杨又闹起来了"中的"寿终"就是"腰斩"古语"寿终正寝"的结果。鲁迅在小说中不仅喜欢任意或有意地改造、拆分、腰斩古语，而且还常常"反其意"地使用文言词语，如《示众》中的"首善之区"中，对"首善"这一文言词的使用；《阿Q正传》中"颇可以就正于通人"的"通人"这一文言词语的使用，以及"阿Q……本来几乎是一个'完人'了"中的"完人"这一文言词语的使用等，都与这些词语所指的正面意思相反。总之，在我看来，鲁迅在自己的白话小说中使用文言词语的时候,他更多地是依据这些词语的"能指",而不是所指将它们安放于相应的句子中的。他既没有将文言词语"用死",更没有"死用"文言词语。所以,我们解读鲁迅小说中的文言词语,也应该而且必须考虑鲁迅这个语言大师使用语言,包括使用文言词语的习性,如此这般,我们才有可能最大限度地接近这些词语在小说中的作用和效果的应有境界,才有可能更好地解说鲁迅小说修辞的传统性与创造性关系以及鲁迅小说修辞的杰出性与典范性。

如果按照上面的论述来解读"恣睢"这个词语的能指,即根据鲁迅遣词造句的习性,特别是鲁迅用文言词而不将文言词"用死"或"死用"的习性,并根据这个词语存在的上下文和《故乡》这篇小说的主旨及情感倾向来进行解释,我认为,"恣睢"这个文言词语可以"翻译"为"放任自得"或具有现代意味的"随意而为"以及"为达目的而为"。这是因为,在历史文献中,古人在运用这一词语时,本身就曾在"放任自得"的层面上使用过,如《庄子·大宗师》就有"汝将何以游夫遥荡恣睢转徙之途乎?"成玄英疏:"恣睢,纵任也",陆德明释文:"恣睢,自得貌。"我之所以如此"翻译""恣睢"这个文言词语的意思,除了上面的一些事实、文献依据和鲁迅使用这一文言词语的动机依据之外,其实还有理论的依据,其理论依据主要有两个:一是能指本身的特性;二是文学语言生存的条件。关于能指本身的特性,索绪尔曾经指出:能指作为音响形象,它总带着人的"心理印迹",具有联想的可塑性,它不似所指(概念)那样具有约定俗成的固定、明确的内容,而是充满了多种的"可能性";关于文学语言生存的条件,索绪尔曾经指出:"文学语言是凌驾于流俗语言即自然语言之上的,而且要服从于另外的一些生存条件。"①这些生存条件除了别的以外,最重要的就是文学的情境、语境和上下文,而词语的所指一般是不受这些生存条件限制的,如"松柏"这个词组,无论在什么文本中出现,它们的所指都是两种植物,但它们的能指却会因情境、语境的不同而形成不同的联想,如"岁寒,而后知松柏之后凋",在能指的层面,这里的松柏就不仅指植物,更是指人的人格和某种品格。这也就告诉我们,既然语言的能指具有这样的特性,我们就应该按照语言能指的特性来解读相应的词语;既然文学语言的生存,要依赖其所处的情境、语境和上下文,那么我们当然也应该从情境、从语境、从上下文的关系解释具体的词语,包括"恣睢"这个词语。

既然词语的"能指"具有心理印迹的特性,还具有联想的可塑性,那么通过"恣睢"所指的"任意胡为"或"放任自得"联想到"据意而为""为达目的而为",套用

---

① 索绪尔.普通语言学教程[M].高名凯,译.北京:商务印书馆,1996:194.

鲁迅在《阿 Q 正传》中的话来说，"大约也就没有什么语病的了"①。而且，从小说的情境、语境和词语的上下文来看，如果将"恣睢""翻译"为"据意而为"或"为达目的而为"，则不仅可以使"辛苦"与"恣睢"的搭配得到较为合理的解说，并由此而与这两个词语所在的句子的意思形成一个整体，而且其他的一些解释也可以水到渠成。例如，句子中的"别人"，我们就不需要非将其解释为"剥削阶级"，完全可以将其看作是泛指"一类人"，一类"为达到自己的目的""辛苦""而为"的人，如小说中的"豆腐西施"就属于这类人。那么，鲁迅希望"我们的后辈"不要像"别人的辛苦恣睢而生活"的意思，也就可以有理有据地解释为"不要像豆腐西施这样的小市民一样，为了得到一点小便宜而辛辛苦苦、费尽心机"。因为小说中的确言简意赅地写了豆腐西施为从"我"这里得到一点好处而"辛苦""费尽心机"的言语、行为，所以如此地解释和"翻译"不仅符合事实，而且，"恣睢"一词的所指也能落到"实处"，这样的解释也符合鲁迅对像豆腐西施一样的小市民的基本态度：既讨厌，也同情；同时也符合鲁迅对这些人"辛苦"的认识。

关于这一点，如果我们结合鲁迅后来在反驳提倡人性论的梁实秋的观点来看，就更清楚了。当年梁实秋说："一个无产者假如他是有出息的，只消辛辛苦苦诚诚实实地工作一生，多少必定可以得到相当的资产。这才是正当的生活斗争的手段。"鲁迅则说："梁先生的忠告，将为无产者所呕吐了，将只好和老太爷去相互赞赏而已了。""但可还有想'辛辛苦苦诚诚实实工作一生，多少必定可以得到相当的资产'的'无产者'呢？自然还有的。然而他要算是'尚未发财的有产者'了。"②在这里，鲁迅虽然否定了梁实秋提出的无产者通过"辛辛苦苦"的劳动就能成为"有产者"的观点，但却认可了那些"尚未发财的有产者"则的确是"辛辛苦苦诚诚实实"的，而这些"尚未发财的有产者"不是别人，正是如"豆腐西施"一类的小市民、小有产者，他们的辛辛苦苦就是为了爬上"资产者"的地位，实现自己的发财梦，虽然他们的梦想与要解放全人类的无产阶级的梦想不同，但他们为实现自己的梦想的"劳动"，也完全可以说是"辛苦"的。

同时，从鲁迅使用文言词语的目的来看，前面我曾引用过鲁迅所说的"没有相宜的白话，宁可引古语"的观点，如果将"恣睢"这个文言词语从能指的角度"翻译"为"据意而为"或"为达目的而为"，那么，鲁迅引用"古语"的匠心也可以得到较为合理的解释。的确，我们搜罗白话词语，不管依据什么样的《现代汉语词典》，

---

① 鲁迅. 阿 Q 正传[M]//鲁迅全集：第十七卷. 北京：人民文学出版社,2005:534.
② 鲁迅. "硬译"与"文学的阶级性"[M]//鲁迅全集：第四卷. 北京：人民文学出版社,2005:206-207.

也不管是依据书面语,还是依据口语,我们会发现,在白话中,没有一个现成的词语能替代"恣睢"这个古语在整句话中的能指,也没有一个现成的白话词语能在与"辛苦"的搭配中构成与"辛苦展转""辛苦麻木"相匹配的词组。这正是鲁迅小说使用文言词语的匠心之所在,也是鲁迅小说"化腐朽为神奇",将古语现代化的神采之所在。

### 三、成语使用的修辞效果的传统性及创造性

成语的使用,从修辞学上讲就是"引典"。陈望道曾经指出:"文中夹插先前的成语或故事的部分,名叫引用辞。"①而"引典"又是中国文学创作的一个重要的艺术手段,不仅在诗歌创作中被普遍使用并逐步成为一种显示诗歌古典高雅的基本方法与原则,而且在小说,特别是白话小说创作中也屡见不鲜,《三国演义》《水浒传》《西游记》《红楼梦》等优秀小说中就常常通过"引典"而言简意赅地完成其叙事、写人、表情达意的任务。鲁迅小说对成语的使用,很明显是继承了中国古典文学的传统,不过,作为开一代文学风气的鲁迅小说又自有不同凡响之处,这种不同凡响集中体现在对成语使用的目的性方面,即鲁迅小说使用成语,并非为引典而引典,而是一方面充分注意了成语的使用对提升小说艺术性的功能,另一方面则是充分注意了成语的使用与"世相"的关系。鲁迅在《集外集拾遗·〈何典〉题注》一文中曾经从自己使用成语的艺术体验和理性认识出发,十分深刻地指出,"成语和死古典不同,多是现世相的神髓,随手拈掇,自然使文字分外精神;又即从成语中,另外抽出思绪:既然从世相的种子出,开的也一定是世相的花"②。从这里我们可以发现,鲁迅对成语的青睐,主要集中在两个方面:一方面,在创作(包括一般的语言交际)中使用成语,能"使文字分外精神";另一方面,成语多少凝聚了"世相的神髓",在文学创作和一般交际中使用成语,能言简意赅地描摹或揭示历史与现实的"世相"。他自己在小说中使用成语,也主要遵循了自己的认识,也完好地实现了自己使用成语的两个目的并潇洒自如地发挥了成语在小说中的其他作用。这两个目的的实现及对成语作用的发挥,不仅卓有成效地凸显了鲁迅小说醇厚、典雅的传统审美情趣和深沉、聚合的现代思想内涵,而且彰显了鲁迅小说流利通脱的修辞魅力,从而使成语这种特殊的汉语词语的能指功能得到了充分的发挥,使小说的艺术世界在美轮美奂中焕发出了无与伦比的个性风采。

鲁迅创作的三十三篇白话小说,无论是现代小说,还是历史小说,大多数都使

---

① 陈望道. 修辞学发凡[M]. 上海:上海教育出版社,2006:99.
② 鲁迅. 集外集拾遗·何典[M]//鲁迅全集:第七卷. 北京:人民文学出版社,2005:308.

用过成语。不过,鲁迅小说中使用的成语,有的是"原生态"的成语,即规范的成语,如《狂人日记》中的"食肉寝皮""易子而食",《孔乙己》中的"君子固穷",《一件小事》中的"耳闻目睹",《补天》中的"莫名其妙"等;有的则是根据表情达意的需要改造过了的成语或化用的成语,如《一件小事》中的"头破血出",就是从成语"头破血流"改造而来的,还有前面我曾经提到过的"牢不可开",就是从成语"牢不可破"改造来的,还有通过对成语的"拆分""腰斩"等改造的成语。至于像《祝福》中所叙写的"豆一般大的黄色的灯火光"则是从成语"一灯如豆"化用的;"背上也就遭了芒刺一般"则是从成语"芒刺在背"化用的。但不管使用的是什么形态的成语——原生态的抑或是改造过的,也不管是"直用"成语还是"化用"成语,鲁迅对成语的使用不仅达到了"使文字分外精神"并凝练地显现"世相"的艺术与思想目的,而且还常常成为小说中的一个个亮点;这些成语的使用,不仅为小说叙事、表情、达意、写人奠定了基础并使小说锦上添花,而且,还往往很有效地"以一斑而窥全豹"地彰显了主旨。如《狂人日记》中"食肉寝皮""易子而食"两个成语就直接与小说的主旨相关,两个成语的使用又以中国文学最传统的修辞手法——引典,简洁地表达了小说主旨的根本内容。

众所周知,鲁迅创作《狂人日记》就是为了暴露家族制度与礼教的弊害,而家族制度和礼教的根本弊害鲁迅将其概括为"吃人",而"食肉寝皮""易子而食"这两个成语的所指就是"吃人",而且是"概念"所指的吃人,即"吃人的肉"。同时,由于这两个成语都是历史掌故的凝聚,即"典故",反映的是中国历史长河中上演的一幕幕"吃人"的惨剧。因此,这两个成语在思想层面凝聚的就是残酷的吃人"世相",在艺术的层面,这两个成语的使用则形成了历史与现实情景的自然勾连,即中国历史上吃人的情况与现实吃人情况的勾连。历史上有"食肉寝皮""易子而食"的怪象,现实中则有"狼子村的现吃"的惨象,从而,使现实的"吃人"与历史上的"吃人"连成一气,增加了小说的历史纵深感和现实的厚重感,也使小说中狂人的惊人发现,即"我翻开历史一查,这历史没有年代,歪歪斜斜的每页上都写着'仁义道德'几个字。我横竖睡不着,仔细看了半夜,才从字缝里看出字来,满本都写着两个字是'吃人'"。有了历史的依据并由此使狂人的这一发现与"食肉寝皮"等成语所凝聚的史实构成了"互文"性:狂人发现的是仁义道德等封建精神文化的吃人;"食肉寝皮"等成语揭示的是本义和物质意义上的吃人。两者结合,则全面地揭示了封建制度与礼教吃人的本质:不仅麻醉人的精神,而且还直接毁灭人的肉体。从两个成语使用的艺术效果来看,则不仅使"文字更精神"了,而且它们还以文献资料的形式,为小说全面揭示封建制度与礼教吃人的本质提供了历史的依据,而这个历史的依据并不是长篇的文献资料,仅仅是两个成语,这又在艺术的叙事方面,大大地减轻了叙事的负荷和文字的负荷,使小说真正具有了"以一当十"的审美效果。在修辞的层面则形成了"其称也小,其意却张"的积极修辞效果。中国传统文学遣词注重能指,修辞讲究"引典"而实现言简意赅的艺术追求的神髓,在这里也得到了发扬光大。

同样,《孔乙己》中的"君子固穷"这个成语,也具有这种积极修辞的效果。"君子固穷"虽然只有四个字,从其所指和能指来看,却几乎概括了小说主要人物孔乙己外在与内在的主要特征及微妙的心理活动和精神状况,也巧妙地揭示了主要人物与周围"短衣帮"的关系,还不露斧痕地显示了鲁迅对人物的情感态度及讽刺意味。从词语的所指来看,"穷"可以说是孔乙己真实的生存状态的概括,他一贫如洗的境况,正符合"穷"这个词语所指的生活资料缺乏的本义。"君子"的本义是有修养的人,而这些人大多是读书人,孔乙己正是读了书的人,所以这个词正是孔乙己作为读书人身份的概括。但从"固穷"这个词组的所指来看,孔乙己的所作所为,如"偷书",又恰好与"固穷"这个词语具有的本义"固守其穷,不以穷困而改变操守"的意思相反,由此,鲁迅"含泪的微笑"的讽刺之情、之意也就渗露出来了。从词语的能指来看,由于这个成语是从孔乙己口中说出的,作为"言为心声"的这个成语的"心理印迹"烙下的正是孔乙己虽穷困潦倒却自命不凡的精神状态和穷酸迂腐性格特征。如果再结合这个成语后面的"小人穷斯滥矣"来看,我们则更会发现,原来孔乙己不仅自觉地将自己与"短衣帮"分开了,而且在他心里,只有"小人",如"短衣帮"才会穷斯滥矣。自己一个读书人,一个君子,是能"固穷"的,这也就难怪他一个穷困潦倒到只能与"短衣帮"一起"站着喝酒"的"读书人"敢于理直气壮地申辩:"窃书不能算偷""读书人的事,能算偷么?"很显然,孔乙己的强词夺理不是来自现实的依据(事实上,在现实的层面他也实在找不到任何依据),而是来自他心里的自我感觉,即他还认为自己是"君子",既然他自认为自己是君子,那么,他拿别人的书,也不过是为了读书,自然就不能算偷了。他的思想逻辑就是如此,尽管这种逻辑十分荒唐,但对孔乙己来说,却是顺理成章的。鲁迅在小说中如此展开相应的叙述与描写,也就同样显得顺理成章了。"君子固穷"一个成语的能指性也就不仅仅作为一个"言为心声"的词语烙印了孔乙己的"心理印迹",也表现了鲁迅在发扬传统中国文学重视词语能指功能,使用引典修辞手法方面的卓越才能和所取得的艺术成就。

还有《一件小事》中改造过了的成语"头破血出"的使用①,也别具慧心,其审

---

① 关于"头破血出"这个词,学界有不同看法,有的认为它就是成语,有的认为是从"头破血流"改造而来。这里从"改造"说。

美性同样既具有消极修辞的艺术效果，又具有积极修辞的艺术效果。其艺术效果不仅达到了鲁迅所说的使用成语的两个境界，而且还超越了中国古代最杰出的小说《红楼梦》对这一词语的使用。这也正是这一词语在小说《一件小事》中使用的杰出意义之所在，也是我之所以专门分析这一词语的使用效果的重要原因。

从小说所写之事来看，这个词语，既与小说所描写的情况相吻合，又与"我"当时责怪车夫多事的心理活动一致。从小说情节展开的角度来看，完全可以这么说，正是由于这个被改造了的成语的使用，才不仅使小说内容的叙事得以顺畅地展开，而且也为情感的表达提供了真实的基础。小说前面写"我"看到女人是"慢慢地"倒下的，而车夫拉车的速度也不快，且已经开始停车了，所以车子即使将女人碰出了血，也只能是"出"血，而不会"流"血；正因为女人是"出"了点血，而不是"头破血流"，也就表明女人完全没有生命危险，"我"这个正"为了生计"赶着要去办事的人责怪车夫"多事"的心理活动也才有了依据。同时，也是因为女人仅仅可能是"出"了点血，而车夫却并没有因此而马虎处理或根本不理，而是毫不犹豫地、负责任地扶起她走向警察所，车夫的形象在"我"的眼中，特别是在"我"的心中的"高大"也才有了依托，而"我"最后的反省也才显得"真实"，小说的题目"一件小事"也才显得"名副其实"了。如果车夫真将女人撞得"头破血流"，直接危及女人的生命安全，那就不是一件小事而是"一件大事"了。所以，这个被鲁迅改造了的成语在小说中的使用，的确就有鲁迅在论成语时所说的各种妙处：既增加了文字的精神，又展现了现实"世相"中不同人的不同精神境界，即车夫崇高的精神境界和"我"渺小的精神境界；即使小说叙事的展开在逻辑上具有了无懈可击般的坚挺性，经受得住"千锤百折"，又使"自我反省"的思想表达具有了坚实的事实基础，同时也与小说开头"我"对"耳闻目睹"的所谓国家大事的反感形成了修辞学上的对比。

其实，这个成语并非鲁迅最早使用，在中国古代最优秀的小说《红楼梦》中就有使用，如《红楼梦》第九十三回即有："那些赶车的但说句话，打的头破血出的。"这里使用"头破血出"，姑且不从词语的能指和积极修辞的角度来看这个词语在这里的使用效果，也不按我前面分析鲁迅小说时所说的为小说叙事、描写的展开提供基础的要求来分析这个词语使用的艺术性效果，即使按照消极修辞准确性的标准来衡量，也不能不说这个词语在这里使用显得很牵强。因为这个词语所描摹的情况和使用的情境，在事实逻辑和艺术逻辑上都捉襟见肘，难以得到圆满的解释。在"头破血出"这个成语之前作者使用的动词是"打"，从小说所叙之事的情景看，这种"打"并非是朋友之间的嬉闹、开玩笑的"打"，而是车夫为了自己的利益的"打"，可见不会"手下留情"，而如此凶猛地"打"得人流了血，可以想象不会是

"出"那么平和,而只能是"流"那么恐怖;可这里却偏偏用"出"不用"流",所以显得不是很恰当。当然,也许有人会说,这并不能代表《红楼梦》的艺术水准,的确如此,这不能代表《红楼梦》的整体艺术水平,但《红楼梦》使用词语,至少在这一回中使用这个词语的牵强性,却也同样不能否认。也正是从这个意义上,我认为鲁迅使用这个成语的成功,超越了中国最杰出的小说的艺术水准,而这种超越的文学史意义则在于:从一个具体的方面体现了以鲁迅小说为代表的中国现代小说对中国古典小说艺术传统的发扬及光大、继承及超越、吸收与创造的品格。

鲁迅小说使用成语的神采,虽然在各种小说中都可以找到言说的内容,但最有特色,也最可分析的是《阿Q正传》中使用的成语。《阿Q正传》不仅是鲁迅使用成语最多的小说,也不仅是鲁迅使用成语类型——原生态类型或改造性类型最集中的小说,而且还是鲁迅使用成语最精彩的小说。这些成语使用的作用,无论从什么角度展开论述,都可以形成持之有据的判断。就鲁迅在《阿Q正传》中使用原生态成语的特点和效果来看,往往是庄词戏用,构成的是讽刺性的修辞效果,如"著之竹帛""刮目相待""咸与维新"等。"著之竹帛"一语出自《吕氏春秋·仲春纪》,其意是指将庄生的功绩记录下来,传之后世,是一个庄重之词,但在小说中却用来指为一个不仅没有所谓"功绩",甚至连名字和姓都不确定的阿Q作传这件事,实在是戏用,戏用中饱含讽刺。"刮目相待"语出《三国志·吴书·吕蒙传》,其意是指对对方有了新的好的认识,在小说中却用来指人们对从城里回到未庄的阿Q的认识和态度,也直接地构成了讽刺,其讽刺不仅指向阿Q,更指向未庄的人们。当阿Q从城里回来出现在人们面前时,的确显得有点钱财了,但阿Q的钱财又非从正途所得,他得到人们的"刮目相待"不过是一场误会;而未庄的人们在之前阿Q闹了"恋爱风波"后对阿Q的躲避、排斥与现在对阿Q的"刮目相待"所形成的"前倨后恭"的态度,正反映了人们庸俗、势利的"笑贫不笑娼"的扭曲心理。所以这个成语的使用不仅讽刺了阿Q的"有钱"和"有钱"的阿Q,更讽刺了势利的民情、民心和民情、民心的势利。"咸与维新"一语出自《尚书》,"原意是指对一切受恶习影响的人都给以弃旧从新的机会。这里指辛亥革命时革命派与旧势力的妥协,地主官僚等乘机投机的现象"①,即小说中的赵秀才拜访那"历来也不相能"的假洋鬼子的背景。鲁迅在这里使用这个成语,在我看来,至少构成了三重讽刺:一是讽刺了赵秀才、假洋鬼子这些人的投机行为。他们本是反对革命的,因为革命就是要推翻他们的统治,直接威胁到了他们的政治、经济等利益,但当他们发现革命可以用来谋私利时,便摇身一变,投入了所谓的"革命"。二是讽刺了

---

① 鲁迅. 鲁迅全集:第一卷[M]. 北京:人民文学出版社,2005:295.

这两个人"臭味相投"的行为的本质。他们之前本来因为利益关系和其他关系是"历来也不相能"的,却因为要投机革命而走到了一起,可见,这些人为了利益是没有什么人格、品格、操守可言的。三是对辛亥革命的讽刺。辛亥革命的本意是要推翻封建统治,解放广大受压迫的民众,但在"咸与维新"之下,封建统治不仅没有被推翻,封建统治阶级的人物还借助"咸与维新"的便利,冠冕堂皇地成为了新的统治者:"未庄的人心日见其安静了。据传来的消息,知道革命党虽然进了城,倒还没有什么大异样。知县大老爷还是原官,不过改称了什么,而且举人老爷也做了什么——这些名目,未庄人都说不明白——官,带兵的也还是先前的老把总。"①广大受压迫的民众不仅没有得到解放,他们中的绝大多数人还被排斥在"咸与维新"之外,小说中"不准革命"一节所描绘的就是这种情景。

就其对改造了的成语的使用来看,在小说中鲁迅通过对成语的改造,不仅使这些成语更切合小说所要表达的意思,达到了消极修辞明白、准确的基本要求,而且在构成积极修辞所具有的讽刺效果的同时,增大了成语能指的能量,如上面提到的"素不相能""历来也不相能""肃然的有些起敬"等成语的使用就是如此。

"素不相能"和"历来也不相能"是从成语"素不相识"改造而来,鲁迅将"识"改为"能",虽只改动了一个字,却使所指意思发生了质的变化,并准确地勾画了人与人之间的实际关系,更丰富了词语的能指性。这个改造了的成语描摹的是城里的举人老爷与未庄的赵秀才以及赵秀才与假洋鬼子三人的关系,这三个人作为同一地区的有钱人,他们虽然在社会中所扮演的角色不同,但由于都属于绅士阶层,都在地方上颇有名气,且有着相同或相近的利益诉求,因此,如果说他们"素不相识",则不仅于情不合,也于理不通。姑且不说赵秀才与假洋鬼子同住未庄不可能"素不相识",即使是举人老爷与赵秀才虽然一个在城里,一个在未庄,小说中也没有具体交代他们是否"相识",但在小说第七章,当城里发生"革命"的时候,举人老爷将自己的东西从城里运到未庄请赵秀才帮忙保管,就已经表明他们至少是"不陌生"的。但他们固然都不陌生,却也并非"有'共患难'的情谊",所以用"素不相能"来指称他们之间这种微妙而难以一下言说清楚的关系,可谓准确之至而意义丰富。"能"在古语中同"耐",其"所指"为"受得住",将这个被改造了的成语翻译出来,就是"历来相互之间就受不了",以此来观照举人老爷与赵秀才的关系,可谓十分精当。举人老爷固然对赵秀才"不陌生",但作为科举功名和社会地位都在赵秀才之上的人物,自然不可能瞧得上赵秀才,当然也就不会主动与之"相识",如果主动相识,则在他自己是"受不了"的,尤其在我们这样一个等级观念根深蒂

---

① 鲁迅. 阿 Q 正传[M]//鲁迅全集:第十七卷. 北京:人民文学出版社,2005:542.

固的民族，不仅举人老爷自己受不了，大众也接受不了，举人老爷与赵秀才的关系也就只能是"鸡犬之声相闻，老死不相往来"的"素不相能"；从赵秀才的角度讲，他固然想巴结举人老爷，但由于举人老爷并非是可以随意"相识"的，加上也没有什么非要求助于举人老爷的事情，如果让赵秀才无事而去巴结举人老爷，他也"受不了"。也正是因为双方都是如此的心态，那么，他们之间也当然无法建立"共患难"的情谊。同理，赵秀才与假洋鬼子也是一样，虽然不陌生且同住未庄，但作为"平级"之间要无事而相互巴结，也都"受不了"，所以，他们要建立"共患难"的情谊也实在不容易。这三个人之间的微妙关系就是这样一种"素不相能"的关系，而不可能是"素不相识"的关系。从这里可以看出，鲁迅使用这样一个被改造了的成语来描摹这三人的关系，不仅切合了作品所描写的内容，达到了消极修辞准确性的要求，而且超越了消极修辞的要求，十分恰当地映射出了这些人因身份、地位所具有的相应心态。

　　如果从"素不相能"的所指分析，我们能发现这一词语使用的"准确、精当"的话，那么从这一词语的能指分析，我们则更能发现鲁迅对这些人情感态度的鲜明性及对这些人的所作所为的理性认识的深刻性。这些人之间的关系本是"素不相能"的，但当面对重大的政治事件"革命"的时候他们却又走到了一起，甚至达到了"立刻成了情投意合的同志"①的地步。鲁迅通过具体的描写实际上是揭示了这些人的这样一种本质：在关涉他们共同利益的时候，他们又是"相能"的，不仅"能"走到一起，而且还必然会走到一起，这既是个体的需要使然，也是阶级的利益使然。创作《阿Q正传》时的鲁迅，虽然按学界通用的说法，还没有掌握科学的阶级论，但"素不相能"一词的使用以及在小说中展开的具体描写却表明，他早已具备了朴素的阶级意识，他不仅通过这个被改造了的成语的使用表明了他对"上层阶级"心理和社会交际状况的洞悉，表明了他对俗话所概括的"物以类聚，人以群分"道理的认可，同时，也表明了他对这些所谓上等人的思想、行为发自内心的讽刺与批判。这一被改造了的成语"素不相能"的使用，不仅在艺术表达方面显示了鲁迅驾驭汉语词语并创造性地使用成语的非凡能力，而且从一个方面显示了鲁迅思想意识的通透性、杰出性，甚至是超前性。从一定的意义上讲，正是鲁迅思想意识的这种通透性、杰出性和超前性，才内在地导致了鲁迅小说在词语使用方面，包括在改造并使用成语方面的准确性与深刻性，也在直接的意义上保证了鲁迅小说思想与艺术水平的超前性。同时，这个成语改造的结果也表明，鲁迅在改造成语的时候，并非是随意而为的，也并非是仅仅从艺术效果的角度展开的，而是从意义

---

① 　鲁迅．阿Q正传［M］//鲁迅全集：第十七卷．北京：人民文学出版社，2005：542．

表达的需要出发的,从情感透射的角度进行的。这正是鲁迅改造和使用成语的匠心之所在,也是鲁迅小说修辞传统性的魅力之所在:所使用的虽然是传统的词语,但经过改造后负载的思想意义乃至于情感倾向却是现代的。

还有如"肃然的有些起敬"(拆开使用成语"肃然起敬"),等等。

在《阿Q正传》这篇小说中,鲁迅使用的一些成语或被改造了的成语,有时候不仅与"世相"有关,还与故乡绍兴的某种风俗以及小说的主旨有关,如其中的成语"敬而远之"就是一例。这一成语,是古语"敬鬼神而远之"的缩写。关于这一成语与鲁迅故乡"鬼文化"的关系,以及这一成语中的鬼与鲁迅创作这部小说的主旨的关系,日本学者丸尾常喜有相关的论述:"'敬而远之'是由《论语·雍也》里所说的'敬鬼神而远之,可谓知也'而来的。在这里我们也可以看到隐藏着'鬼'的影子。在这一章(小说的第六章从中兴到末路)里,全村人对阿Q'怕结怨'的态度,和他们对待幽怨鬼的态度实在是一样的。"[1]在丸尾常喜先生看来,未庄的人们在听说了阿Q钱财的来路后对阿Q的"敬而远之",实际上也是对"鬼"的"敬而远之",而"鬼文化"又是绍兴地区文化的一个重要组成部分(下一部分将论述)。鲁迅不仅在《无常》《女吊》等散文和杂文中生动地描写过故乡"鬼文化"盛行的状况,而且在《阿Q正传》中,他也经常用"鬼"这个词来表达某种复杂的思绪或意义,如第一章序的第一段的结尾:"仿佛思想里有鬼似的",第九章阿Q在被押赴刑场时想起的那只狼的眼睛"又凶又怯,闪闪的像两颗鬼火"等。有时鲁迅还直接引用古文中与"鬼"有关的句子,如"若敖之鬼馁而"等。这些"鬼"的所指与能指一方面当然与鲁迅故乡的"鬼文化"有关系,另一方面更与鲁迅在小说中所要呈现的人情世故以及所要表达的思想有关系。前一个方面的内容将在下一部分论述,这里只论述后一个方面的内容。就"敬而远之"这个被提炼了的与鬼有关的成语在小说中的使用来看,其所指描摹的是人们在得知了阿Q在城里"发财"的底细后疏远阿Q的"世相",即作品中所叙的:"其次,是村人对他的敬畏而变相了,虽然还不敢来放肆,却很有远避的神情,而这神情和先前的防他来'嚓'的时候又不同,颇混着'敬而远之'的分子了。"其能指所揭示的则是未庄人明哲保身不愿与阿Q"结怨"的心理以及与这种心理密切相关的根深蒂固的态度,即小说中所说的:"未庄老例,看见略有些醒目的人物,是与其慢也宁敬的。"两者合一,揭示的则是国民的一种劣根性:宁愿"敬"鬼,也不愿"打"鬼,尤其是对"恶鬼",则宁愿敬而远之,也不愿意与之"结怨",更不愿意"打"。小说所揭示的就是民众的这样一种心

---

① 丸尾常喜.阿Q人名考——"鬼"的影像[M]//伊藤虎丸,刘柏青,金训敏.日本学者研究中国现代文学论文选粹.长春:吉林大学出版社,1987:158.

理,而小说所要表达的主旨则是对这种心理的批判,即改造国民性。这也正是鲁迅小说使用成语的一个重要特征:不仅直接体现了词语所指与能指的地域特色与民族特色,而且直接体现了小说所要表达的意义与主题,而且是最根本的意义与主题,如启蒙与改造国民性的意义与主题。

## 第二节　鲁迅小说人名修辞的风俗化及其意义

鲁迅小说人名修辞的风俗化,不仅从一个特殊的角度彰显了鲁迅小说的民族性、传统性,而且更从一个特殊的方面显示了鲁迅小说的艺术匠心和非凡的创造性魅力。

在为自己小说中的人物取名时,鲁迅曾说,为了免除一些人的"白费心思,另生枝节起见"①,他往往采用最简单的方式,或从《百家姓》上的最初两个字为人物取名,如《阿 Q 正传》中的"赵太爷""钱太爷";或从"描红字帖"上随意拿下几个字作为人物的名字,如"孔乙己";或根据中国历法的天干地支为自己虚拟的人物命名,如《奔月》中的女辛、女乙、女庚等。也许是出于同样的目的,鲁迅还有意依据越地绍兴取名的习俗,给自己小说中的人物冠以九斤、七斤、阿毛等人名。如果说前几种为小说人物命名的方式,仅仅具有避免"谣言家"穿凿附会的功能的话,那么,鲁迅依据越地风俗为小说中人物的命名,则不仅有效地塞阻了"谣言家"的口实,而且在成功彰显小说地域特色的同时,产生了意味深长的修辞效果。这些修辞效果正是鲁迅小说艺术性的一个特殊方面,也是鲁迅小说修辞的传统性的一个特别方面。

### 一、数字人名的语用修辞效果

鲁迅小说中有些人名是用数字来称谓的,如《风波》中的九斤老太、八一嫂、七斤、六斤;《社戏》中的六一公公;《离婚》中的七大人、八三等。这种命名方式,与绍兴地区的风俗密切相关。在绍兴的风俗中,用数字给人取名,一般有三种惯常的习俗:或按照孩子出生时的体重取名,也就是鲁迅在《风波》中所说,"这村庄的习惯有点特别,女人生下孩子,多喜欢用秤称了轻重,便用斤数当作小名";或用婴儿出生时祖父的年龄命名,鲁迅小说《风波》中的"八一嫂"、《离婚》中的"八三"和《社戏》中的"六一公公",就是其中的几个例子;或按家族男丁的排行取名,如老

---

① 鲁迅．答《戏》周刊编者信[M]//鲁迅全集:第六卷．北京:人民文学出版社,2005:149.

大、老二、老三等,鲁迅小说《离婚》中的庄木三、七大人就是如此取名的例子。

绍兴这种以数字为取名依据的风俗,包含了绍兴人美好的意图,它们或表明了某种纪念意义,或表达了祝愿祖孙健康、长寿的意思,或曲折地隐喻了家族兴旺发达的意思。从绝对的意义上讲,以这种风俗取名,不管依据的是什么,其价值取向都是善良的。也许正因为这种风俗包含了绍兴地区人们善良的企望,所以,这种用数字取名的风俗一直延续到今天。据最新的人口普查登记资料显示,进入21世纪,绍兴全市名叫"六斤""七斤""八斤"的人还相当多。鲁迅的小说,尤其是现代小说的取材,很多都与自己的故乡绍兴有关,他依据这种习俗为自己小说中的人物取名也在客观上反映了故乡的普遍风俗和与之相伴的普遍社会心理,所采用的修辞手法与绍兴人传统的手法一样,即"纪实"的手法,这种纪实的手法,在中国传统修辞学中也就是"赋"的手法。"赋"这种修辞手法的最突出特点及效果就是宋代大儒朱熹概括的:"敷陈其事而直言之者也。"①即写实与"直言"。这种修辞手法及所获得的效果,不仅十分形象地凸显了鲁迅小说与民间文化的密切联系,而且也从一个特殊的层面显示了鲁迅小说这个海纳百川的艺术体的美学意义和个性风采。

鲁迅小说中这些具有鲜明风俗色彩的数字人名的语用修辞效果,主要体现在两个方面,一个是构成人名的语言单位;一个是话语组合。

就构成人名的语言单位来看,这些数字语言单位作为指称人物的符号,在语言体系中其性质是等价的,都具有别的语言单位无法替代的指称功能。如八斤就无法替代七斤的指称,反之也一样,它们的语用价值也不存在高低之分和良莠之别,在语用功能上都能较为客观地传递某种信息以及与这些信息相关的某种心理内容和主观愿望。所谓七斤、八斤、六一等人名所负载的信息内容就是这些人物在出生时某种客观情况的如实反映,也是身处绍兴地区人们的一些美好愿望的曲折而形象的表达。鲁迅在小说中用数量词为这些人物取名的时候,没有疑问,也是依据当地的风俗习惯进行的。不过,当鲁迅在叙事的过程中,立足于这些以数字为名的人物的性别、身份及行为方式、生活方式、社会处境给他们冠以老太、大人、公公的时候,却不仅使这些人名具有了指称身份的意义,而且巧妙地完成了这些人名的艺术化处理,形成了生动形象、意味深长的修辞效果,如"老太""大人"这些语言单位。"老太"这个语言单位,其本义是指上了年纪的女人,在词义性质上仅仅只是一种年龄和身份的标志,不具有价值取向。但当这种年龄和身份的标志被鲁迅安放于《风波》中的那个常常抱怨"今不如昔"的九斤人名之后,构成"九

---

① 郭绍虞. 中国历代文论选:第一册[M]. 上海:上海古籍出版社,1979:68.

斥老太"的称谓,则不仅具有了某种讽刺意味,而且也为小说艺术描写的展开和人物通过自己的言行表露思想观念,塑造自身倚老卖老的性格特征,提供了话语组合的基础。"大人"这一语言单位,虽然带着价值倾向,含有"尊敬"的意思,但当鲁迅在小说《离婚》中将其安放在标志着排行的"七"字之后,构成"七大人"的称谓,则同样具有了讽刺意味,也同样为艺术描写的展开和人物性格的揭示提供了话语组合的基础。而当小说的话语组合一步步展开,数字和身份构成的人名"九斤老太"和"七大人"的修辞意义也就得到了更为生动的展示。

话语组合,是这些数字人名语用修辞效果更充分、更重要、更有深意的体现。美国结构修辞学的代表人物雅科布逊曾经指出:"修辞效果既依赖于语言单位的性质,更依赖于话语组合。"①的确,在鲁迅的小说《风波》和《离婚》中,无论是九斤老太的话语组合,还是七大人的话语组合,不仅意味更深长,而且修辞效果也更为可圈可点,但他们话语组合的基础,却是以这些数字人名的语言单位,也就是他们的名字的指称为基础的。如《风波》中九斤老太的话语组合的基础就是"九斤老太"这个人名所标示的事实,而这个事实又正是鲁迅能在小说中对人物言行展开真切、生动描写的艺术性依据。九斤老太之所以根深蒂固地抱定"一代不如一代"的价值判断和价值观念并只要有机会就喋喋不休地展开言说,是因为她的名字和身份表明她的确具备了如此言说的资历——年近八旬的"老太",是家中最年长者,也是家长辈分最高者;她"一代不如一代"的话语之所以常常显得"理直气壮",也是因为有她的名字所标示出的九斤的历史事实和她的孙子七斤的名字、曾孙女六斤的名字所标示出的历史事实作为直接的证据。无论从什么意义上讲,也不管以什么为衡量的标准,六斤的确"不如"七斤多,七斤也的确"不如"九斤重,这是客观的事实,九斤老太据此认定"一代不如一代"自然合情而合理,众人面对这样的客观事实,既无法否定,也无法反驳。而鲁迅在小说中如此描绘"九斤老太"的话语,从艺术的构成来讲,也当然顺理成章,真实可信,且生动而深刻,很充分地发挥了"赋"这种修辞手段的功能,达到了朱熹在谈修辞的时候所说的"修辞见于事者,无一言之不实也"②的艺术境界。或者说,正是因为鲁迅根据"赋"这种修辞手段"写实"特点为人物命名,才使所写的人物话语具有了"无一言之不实"的艺术效果,具有了能被事实和艺术逻辑充分验证的艺术效果。这也许就是写实性的"赋"这种修辞手段对小说友好的艺术报偿吧。

同样,《离婚》中的"七大人"的话语组合的修辞效果,也与其数字加身份的名

---

① 王德春,陈晨. 现代修辞学[M]. 上海:上海外语教育出版社,2001:22.
② 王力,等. 现代汉语讲座[M]. 北京:北京知识出版社,1983:302.

字有直接关系,或者说,鲁迅对他的话语的描绘,所依据的正是他的名字所标示的规范及义指。"七大人"这一称谓中的"七"作为排行的数字表明,他家里至少有七个兄弟姐妹,这么多的兄弟姐妹正表明他的家族人丁兴旺,这也说明由他来裁定与"人丁"密切相关的婚姻事宜是恰切的;而他被乡下人尊崇为"大人"的身份,又表明他有裁定爱姑离婚事宜的资格。尽管他的所作所为和所思所想实在没有让人尊崇的内容,尽管他在私下与人交流的话语庸俗不堪,但既然乡下人都尊称他为"大人",且是家族中排行为"七"的"大人",他在公开场合的话语,也就自然具有作为绍兴地区"上等人"的特点:短促而具有权威性。鲁迅在《答〈戏〉周刊编者信》中曾十分明了地指出:"同是绍兴话,所谓上等人和下等人说的也并不同,大抵前者句子简,语助词和感叹词少,后者句子长,语助词和感叹词多,同一意思的一句话,可以冗长到一倍。"①从这方面看,"七大人"在"正式"场合的话语与他的资格和身份是一致的,也是"名符(副)其实"的,但当名字所标示的资格和身份与他这个人在"私下"和"公开"两个不同场合中的话语的内容和特点相互对照,其讽刺和相互否定的意味也就跃然纸上了,名字和称谓所表示出的良好和尊崇之意,也就如泥菩萨掉入水中一样被消解了,鲁迅讽刺批判的意图和对这些上层人深恶痛绝的情感倾向也就直观而生动地体现出来了。

### 二、拟音人名主旨化的修辞智慧

在鲁迅的小说中,与绍兴风俗有关而又最有意味,最值得分析的拟音人名当首推《阿Q正传》中的阿Q。

之所以说阿Q这个拟音的名字与绍兴风俗有关,是因为鲁迅在小说中谈到为阿Q取名时曾如是说:"我又不知道阿Q的名字是怎么写的。他活着的时候,人都叫他阿Quei……我曾经仔细想:阿Quei,阿桂还是阿贵呢?"鲁迅通过阿Quei的发音推测阿Q的名字可能叫"阿桂",这并非随意而为,而是有越地绍兴取名风俗依据的。在绍兴的取名风俗中,有这样一种风俗:按孩子出生的月份取名。而一年十二个月,绍兴人又分别按每个月作物生长的特性给月份命名,如称一月为茶月,二月为杏月,三月为桃月,四月为梅月,五月为榴月,六月为荷月,七月为凤仙月,八月为桂月,九月为菊月,十月为芙蓉月,十一月为荔枝月,十二月为腊月。并由此给在相对应的月份中出生的子女取名为"阿茶""杏生""梅仙""荷姑""桂香""蓉英"和"春芳""秋芬"等。再加上绍兴人又有崇拜树神、祈祷树神辟邪护生的习俗,特别是对一些名贵的树种,如樟树、桂树等更是崇拜有加,并将这种习俗

---

① 鲁迅. 答《戏》周刊编者信[M]//鲁迅全集:第六卷. 北京:人民文学出版社,2005:150.

用在了取名上,鲁迅的乳名"樟寿"正是这种习俗的反映,鲁迅说阿 Quei 可能是阿桂,也是依据绍兴地区这种特有的习俗做出的判断。正是从这个意义上,我认为阿 Q 的名字具有风俗性,尽管鲁迅在小说中说,由于无法确认是阿桂还是阿贵,只好按英语的规范取了英文字母 Q 为人物命名,也无法遮蔽其本土色彩。

如果从阿桂的"桂"字所标示的对象的关系中我们可以直观地发现这一名字的风俗特征的话,那么从 Quei 的语音修辞中则可以发现阿 Q 这个名字不仅与绍兴的民间文化有直接关系,具有鲜明的风俗性,而且与鲁迅小说的主旨有深层的联系,具有艺术的独创性。因此,这一名字的语音修辞"最有意味、最值得分析"。

语音作为语言的物质外壳,它不仅具有语言的形式功能,更具有表达意义的作用,在其所指和修辞的层面上"语音是与意义紧密地结合在一起的"①。Quei 这个语音也不例外。尽管鲁迅在小说中针对 Quei 这一语音的"能指"特性否定了与之对应的几个具有"所指"性的汉字,但却并没有否定也无法否定 Quei 表达某种意义的功能,如果从语音表达意义的角度来诠释、破译 Quei 的所指,这样的判断是经得起事实与逻辑验证的,即 Quei 这个语音的意义所指与鲁迅塑造阿 Q 这个人物以及所要表达的思想意图有关,而能承担这个所指功能的汉字只有一个,就是"鬼"。关于这一点,日本学者丸尾常喜在《阿 Q 人名考——"鬼"的影像》一文中曾十分肯定地指出:"'阿 Q'这个人物的名字的全称'阿 Quei',实际上是'鬼'的意思。"②也就是说,Quei 的意义等于鬼。丸尾常喜先生如此认为,主要基于两个重要的依据:一个是鲁迅故乡绍兴的"鬼文化";另一个是鲁迅在谈创作《阿 Q正传》的目的时所说的"写出一个现代的我们国人的魂灵"③。前者关乎阿 Q 这一名字的风俗性特征,后者关乎阿 Q 这一名字与鲁迅创作《阿 Q 正传》的主旨的关系。

鬼文化,是绍兴传统文化尤其是民间文化不可分割的一部分。在绍兴传统的迎神赛会和各种戏剧表演中,扮鬼、演鬼是常事,与鬼有关的建筑物,如土谷祠、城隍庙、东岳庙等在绍兴也屡见不鲜,迎鬼和看鬼戏,供鬼和拜鬼本来就是绍兴的一种风俗,而绍兴人也就养成了"爱鬼"的习惯,尤其是对一种叫无常的鬼,更是情有独钟。鲁迅在自己回忆性的散文《无常》中曾有具体的描述,"人民之于鬼物,惟独与他(无常鬼——引者注)最为稔熟,也最为亲密,平时也常常可以预见他。譬如

---

① 叶国泉,罗康宁. 语言变异艺术[M]. 广州:广东教育出版社,1992:37.

② 丸尾常喜. 阿 Q 人名考——"鬼"的影像[M]//伊藤虎丸,刘柏青,金训敏. 日本学者研究中国现代文学论文选粹. 长春:吉林大学出版社,1987:142.

③ 鲁迅. 俄文译本《阿 Q 正传》序及著者自叙传略[M]//鲁迅全集:第七卷. 北京:人民文学出版社,2005:83.

城隍庙或东岳庙中，大殿后面就有一间暗室，叫作'阴司间'，在才可辨色的昏暗中，塑着各种鬼：吊死鬼，跌死鬼，虎伤鬼，科场鬼……而一进门口所看见的长而白的东西就是他（无常鬼）"。更何况，鲁迅小的时候，不仅逢迎神赛会喜欢看无常鬼，也不仅喜欢看以鬼为主角的绍兴地方戏，而且他自己在少年时代也扮演过"鬼卒"的角色。在《女吊》一文中，鲁迅就曾说："我在十余岁时候，就曾经充过这样的义勇鬼。①"正是因为鲁迅的故乡盛行"鬼文化"，而鲁迅又与家乡的"鬼"有如此密切的关系，所以丸尾常喜先生据此认为《阿Q正传》中的Quei就是鬼，并非全无道理。

不过，丸尾常喜先生以鲁迅家乡的"鬼文化"和鲁迅本人与这种文化的密切关系为依据得出Quei就是鬼的判断，虽然不无道理，也具有建立在事实基础上的一定的说服力，但由于丸尾常喜先生在论述逻辑上没有细致区分鲁迅对家乡鬼的认识的不同层次，即感性与理性的层次，也没有在认知逻辑上辨析鲁迅爱鬼、扮鬼的具体时期，以及鲁迅在这样的时期对鬼的认识还主要是跟着感觉走的特殊规定性，因此，他也就只能从鲁迅对家乡的鬼有"好感"的角度来解说Quei等于鬼，由此也就影响了他对与鲁迅《阿Q正传》有关的一些重要表述的判断。他简单地将鲁迅创作《阿Q正传》的目的"写出一个现代的我们国人的魂灵"中的"魂灵"和鲁迅在小说第一章序中所说的"仿佛思想里有鬼似的"的"鬼"解释为"阿Q的亡灵"，除了别的原因以外，这可以说是一个很重要的原因。正因为如此，丸尾常喜先生在自己的文章中才无法有效而有理地解释鲁迅要"写出""魂灵"、写出思想里的"鬼"与鲁迅启蒙和改造国民性意图的密切关系，无法言之成理地解释一个对家乡的鬼如此有好感的鲁迅为什么却要执意以如椽之笔在自己创作的小说中"无情"地"打鬼"，即鲁迅后来所说的"我自己总觉得我的灵魂里有毒气和鬼气，我极憎恶他，想除去他"②等重要问题。

不错，鲁迅在少年时代的确与家乡的鬼关系十分密切，但少年时代鲁迅与鬼的关系更多的是一种感性的关系，他对鬼，特别是无常鬼、女吊鬼所表露出来的好感，都是建立在这种感性认识基础上的，他的"爱鬼""扮鬼"不过是少年人跟着感觉走的情感倾向的直接表露。但当他经过新文化的洗礼，将自己昔日对家乡的各种鬼的感性认识理性化后，他发现即使是逗人喜欢的鬼，也有不同的类型和不同的价值意义，如"女吊"鬼，虽多为女性却具有复仇性，因此他认为这种鬼"比别的一切鬼魂更美，更强"；而无常鬼，虽多为男性，却只表现了"对于死的无可奈何，而

---

① 鲁迅. 女吊[M]//鲁迅全集：第六卷. 北京：人民文学出版社，2005：639.
② 鲁迅. 致李秉中[M]//鲁迅全集：第十一卷. 北京：人民文学出版社，1981：78.

且随随便便"①。前者负载了"会稽乃报仇雪耻之乡"的优良传统,后者虽也让人感到可爱,却负载着国民妥协、敷衍等劣根性。辨析了鲁迅对鬼的不同认识之后,我们再来解说 Quei 等于鬼的判断,一切就顺理成章了。正因为创作《阿 Q 正传》时的鲁迅,对家乡的鬼有了清醒的认识,对各种鬼所负载的文化内容和思想内容有了自己的判断,所以,我们认定阿 Quei 就是阿鬼,也就有了坚实的依据。这个鬼很显然不是"女吊"似的鬼,而是"无常"似的鬼,这个鬼身上所负载的不是绍兴的优良传统和积极的文化精神,而是消极的国民的劣根性。如此,鲁迅要"写出一个现代的我们国人的魂灵"的创作意图与鬼的关系也好解释了,这里的魂灵,所指的不仅仅是阿 Q 的亡灵,更多的指的是负载了国民劣根性的亡灵。鲁迅在小说中所说的"仿佛思想里有鬼似的"的鬼,也是指这种负载了国民劣根性的鬼。鲁迅要"打的鬼"也是这种负载了国民劣根性的鬼,而不是别的鬼,小说批判性的主题与阿 Q 这一名字的深层联系性就在这里,鲁迅改造国民性的创作意图与他别具匠心地为小说的男性主人公取名阿 Q 的用意也在这里。

当我们如此来解说 Quei 所指的内容后,那么丸尾常喜先生由衷地得出的这样一个结论也就好解释了,这个结论就是:"《阿 Q 正传》的写法更为复杂,更具有独创性。我想作者的独创性,首先表现在这个以阿 Quei 为名字的主人公的设置上。"②以阿 Quei 为名字的主人公的设置之所以具有非凡的创造性,就是因为这个名字不仅含纳了包括风俗在内的丰富的内容,而且直接体现了鲁迅这篇小说创作的主旨。这正是鲁迅杰出的修辞智慧在取名上的充分体现,他采用语音修辞学的"谐音"技巧为自己小说的主要人物命名,不仅使这一人名具有了浓厚的地域色彩,也不仅使自己创作小说的主旨通过这一似乎不起眼的人名获得了以一斑而窥全豹的思想效果,而且更为重要的是,他将一般的修辞技巧的功能发挥到了无以复加的地步,将普通的语言符号——阿 Quei 艺术化了,将艺术形式的因素——语音(能指)思想化了,形成了发人之未发,用人之未用的具有艺术独创性的审美效果。

### 三、具有掌故色彩人名的写实与反讽的修辞性

越地绍兴乃人杰地灵之处,有很多闻名遐迩的历史掌故,如大禹治水、越王"卧薪尝胆"、美女西施的掌故等。早在投身新文化与新文学事业之前的 1912 年,

---

① 鲁迅. 女吊[M]//鲁迅全集:第六卷. 北京:人民文学出版社,2005:637.
② 伊藤虎丸,刘柏青,金训敏. 日本学者研究中国现代文学论文选粹[M]. 长春:吉林大学出版社,1987:144.

在《〈越铎〉出世辞》一文中,鲁迅就曾自豪地说:"于越故称无敌于天下,海岳精液,善生俊异,后先络驿,展其殊才;其民复存大禹卓苦勤劳之风,同勾践坚确慷慨之志,力作治生,绰然足以自理。"①这些掌故的历史遗迹和精神内容是中华民族瑰丽而宝贵的文化遗产的有机组成部分,也是越地绍兴地方文化特色的标志性内容。鲁迅小说中有些人名就直接出自这些历史掌故,历史小说中的人物姑且不论,即使是现代小说也有与绍兴历史掌故相关的人名,《故乡》中的"豆腐西施"可为代表。

"豆腐西施"是小说中杨二嫂的诨名。鲁迅为人物取这样一个诨名并非随意之举,而是鲁迅深邃的艺术智慧的凝聚。鲁迅在《五论"文人相轻"——明术》一文中曾说:"创作难,就是给人起一个称号或诨名也不易。假使有谁能起颠扑不破的诨名的罢,那么,他如作评论,一定也是严肃正确的批评家,倘弄创作,一定也是深刻博大的作者。"②鲁迅为杨二嫂所取的这个诨名"豆腐西施"的确有"颠扑不破"的属性与意义。说到这个人物,想来读过鲁迅《故乡》的人都会或多或少的有印象,对于学界同人来说,这个人物因鲁迅在小说中言简意赅地卓越描绘,使之成为除闰土之外的又一个典型人物,所以学界同人不仅对这个人物有印象,而且有关这个人物的典型性及其意义,历来的研究成果虽不能说已经达到了浩如烟海的地步,但也是非常可观的。不过,既往的研究,无论从什么角度展开,也不管基于什么价值目的,其所关注的往往都是这一典型人物的属性和性格等内容问题,鲜有人关注这样一个问题,即鲁迅为什么给这一人物取这样一个名字?更没有人对鲁迅为这一人物取名的匠心以及这一人名修辞的功能和意义等艺术性问题展开研究,我自己也不例外。事实上,"豆腐西施"这一人物的言语行为所表现出的性格特征和思想属性的代表性与深刻性固然值得探讨,但这一人物别具一格的名字也同样值得探讨。因为,从这一人名的艺术功能来看,它不仅具有标示这一人物的职业并进而反映这一人物性格规定性的功能,而且凝聚了浓厚的绍兴文化色彩;它不仅具有表现鲁迅对故乡的历史、现实以及故乡人的复杂情感倾向和同样复杂的理性判断的功能,而且以小见大地体现了鲁迅运用反讽修辞的非凡能力。

如果结合小说所写之事、之情、之境对"豆腐西施"这一人名细细品味,并将这种从艺术审美感受的角度进行的品味逐步沉淀为一种理性的分析,那么,我们不能不说,这一人名的确很有意味,也很值得分析。"豆腐西施"这一人名,从词语的

① 鲁迅.《越铎》出世辞[M]//鲁迅全集:第八卷.北京:人民文学出版社,2005:41.
② 鲁迅.五论"文人相轻"——明术[M]//鲁迅全集:第六卷.北京:人民文学出版社,2005:396.

形态来看，是一个组合式的人名，即由两个词语组成的人名，这两个词语分别指称人物的两个方面："豆腐"是人物职业的代名词，其意是指"卖豆腐的人"；而"西施"则是人物外在与某种内在特征的修辞性指称。前者的指称，具有较为明显的写实性，它标示的是人物在现实社会中的谋生手段和社会职业；后者则具有借代的修辞性，意指人物"像什么"。前者具有直接反映人物性格特征的艺术功能和反映越地民风民俗的文化功能；后者则在反映鲁迅的情感倾向和娴熟运用反讽修辞技巧能力的同时，也反映了越地掌故文化的魅力。两者合一，则综合地体现了鲁迅为人物命名的艺术匠心。

"豆腐西施"这一人物的性格特点概括起来说是精明而势利，这种性格特征正是一般小商人共有的特征，具有典型性和代表性。当然，作为一个卖豆腐的小商人，"豆腐西施"的精明和势利又是充分个性化的，这一点在作品中以简洁的笔墨给予了形象的刻画。例如，为了达到从"我"这里得到好处的目的，她一进门就主动而热情地与"我"套近乎，正显示了她特有的精明和世故；但当她发现"我"竟然完全忘却了她后又马上"显出鄙夷的神色"等，正是这一人物十分个性化的势利性格的表现。所以说，鲁迅在小说中用"豆腐"（卖豆腐的人）来称谓人物，使这一人名不仅具有了表明人物职业身份的作用，也具有了揭示与人物的职业相关的性格的规定性的功能。同时，豆腐作为绍兴人喜爱的一种食物，是绍兴饮食文化的重要组成部分，"油豆腐"就是绍兴的一道最普通和常见的地方菜，鲁迅在自己的作品中也有相应的提及，例如，在小说《在酒楼上》中鲁迅就有这样的叙述："一斤绍酒。——菜？十个油豆腐，辣酱要多！"所以，在绍兴，吃豆腐是绍兴的一种饮食文化，这种饮食文化源远流长，不仅昔日的绍兴人爱吃油豆腐，今天的绍兴人也爱吃；不仅绍兴人爱吃，到绍兴的外地人也爱吃。按照市场经济学的原理：有消费和需求，就自然有生产和销售。正因为绍兴人爱吃油豆腐，所以从事豆腐的生产和销售，也就成了绍兴人的一种职业，不仅成了一种职业，而且在长期的历史过程中，还逐步地成了具有绍兴地区特色的物质生产文化和商业文化的有机组成部分。鲁迅用"豆腐"来为人物命名，指称的就不仅是一个有个性特征的典型人物，而是直接地反映了绍兴地区的生产与生活内容以及与这些内容相关的绍兴人的生活习惯和文化特色，从而使小说的"故乡"色彩和民族色彩在这样一个似乎不太起眼的方面机智地得到了体现。鲁迅小说使用词语（修辞）的传统性在这样一个特殊的层面也有机地得到了再现，而且是意味深长地再现。

西施作为越地历史上的美女，不仅因其倾城羞花之貌为人艳羡，更因其"柔肩担道义"的行为而受人敬爱，她的事迹的广为流传所形成的知名度，不仅使她的故事家喻户晓，而且也使她的名字成为具有修辞功能的名词。在人们的日常交流和文学作品中,这一"名词"常常用来指称那些与西施一样,不仅有姣好、美丽的外貌,而且有善良、义勇品性的女子,其价值取向多为赞美。如《红楼梦》中曹雪芹在描写林黛玉时就曾有这样的形容:"态生两靥之愁,娇袭一身之病。泪光点点,娇喘微微。娴静似娇花照水,行动如弱柳扶风。心较比干多一窍,病如西子胜三分。"①这里的"西子"就是西施,曹雪芹用西施之态,特别是"病西施"之态来比喻林黛玉之相,其意就是赞美林黛玉之美,所用的比喻也十分恰当,生动、形象地表达了林黛玉第一次在小说中出现时给人的印象。

但是,与曹雪芹相反,也与我们日常交流中用西施来称谓美女的习惯相左,鲁迅在《故乡》中用这一人名来称谓自己所创造的这个人物,却恰恰没有按照这一"名词"应有的修辞规范和所指来使用,而是"反其道而行之"地刻画了一个样子像"圆规"(外貌不美),德性充满小市民习气(内心也不善)的人物。鲁迅如此地使用西施这一人名的修辞性功能,我们当然不能,也无法从"西施"这一人名应有的修辞性来解读,而应该从更为复杂的内容和目的来解读。的确,无论从其外貌,还是从其言行来看,《故乡》中的这一人物都与越地掌故中的西施完全搭不上边。尽管鲁迅在小说中没有细致地交代,这个"我"已经二十余年未见的五十岁上下的女人,当初是否也有越地美女西施的容貌,其在"卖豆腐"的过程中,是否具有职业道德,是否受人赞赏等,但也无碍于我们对"豆腐西施"这一人名的解读。从这一人名构成的艺术手法来看,如果说"豆腐"采用的是写实的手法的话,那么"西施"则完全没有写实性,也没有一般修辞格所包含的象征、借代、比喻所应有的指示性,而是一种语言艺术变异的产物,所采用的修辞手法是反讽。从功能的角度看,如果说"豆腐"的写实性具有标明人物的职业及其性格特征的功能的话,那么"西施"的反讽性,则具有表达鲁迅的情感倾向的功能,它们功能不同,各司其职,分别从不同的方面显示了鲁迅塑造这一人物的艺术意图和思想、情感倾向。

当然,提到这一人名中的两个词语各司其职,并不意味着这两个词语所指的内容和发挥的功能没有关系,恰恰相反,两个词语的各司其职仅仅只是表象,密切联系才是"豆腐西施"这一人名的本质。不过,这种联系不是两个名词相加所构成的一般性词组的关系,即两个词语之间的关系,既不是语言学上偏正关系、平行关系,也不是修辞学上的一般比喻、借代关系,而是两个因素之间"张力"的关系。这种张力,既表现在两种手法的相互对立与联系方面,也表现在鲁迅对故乡文化的复杂情感方面。

写实与反讽作为两种规范、功能都不相同的艺术手法,它们是既对立又有联

---

① 曹雪芹. 红楼梦[M]. 郑州:中州古籍出版社,2001:20.

系的,不过,对立是相对的,而联系则是绝对的。就"豆腐西施"这一人名的"名"与"实"的关系来看,"豆腐"如实地表明了人物的职业和性格特征,具有名与实对应的一致性;而用反讽的手法描写的"西施"的外在特征与内在心理却与具有修辞功能的"西施"的应有之义相反,完全是"名不副实",这正是两种修辞手法不同的规范所导致的名与实的不同与对立性。就联系来看,"西施"所指的落空与反讽形成的基础,则恰恰是建立在关于"豆腐"的言语行为的如实描写之上的。正是有了关于"豆腐"像个圆规的外在特征和小商人、小市民习气浓厚的言语行为的精细描写,才为反讽的形成提供了强有力的文本内部的语境,也正是因为有了这个文本内部的语境作为坚实的基础,也才使"西施"所指的"名不副实"具有了艺术逻辑的依据,鲁迅对这一人物否定的思想倾向与艺术意图也才有了按图索骥的线索,也才最终形成了反讽性的艺术效果。这正是"豆腐西施"这一人名中两个词语及其所指的联系性之所在,而这种联系性所凸显出来的正是鲁迅对故乡文化的复杂情感和态度。

毫无疑问,鲁迅对民众身上沾染的故乡的"劣性文化气"是深恶痛绝的。在《〈越铎〉出世辞》中,他曾很痛心地指出了这种"劣性文化气"的具体表现:"世俗递降,精气播迁,则渐专实利而轻思想,乐安谧而远武术,鸷夷乘之,爰忽颠陨,全发之士,系踵踵渊,而黄神啸吟,民不再振。"[1]他在《故乡》中对豆腐西施这个人物身上的"豆腐"气的刻画就已经表明了他对故乡劣性文化气深恶痛绝的情感和理智的倾向,但对故乡的优良文化传统,鲁迅却是赞赏的,也是常常引以为豪的。他在《女吊》一文中曾说,"大概是明末的王思任说的罢:'会稽乃报仇雪耻之乡,非藏垢纳污之地!'这对于我们绍兴人很有光彩,我也很喜欢听到,或引用这句话"[2]。对优良文化的代表人物,鲁迅也是赞赏的,如辛劳治水的大禹、卧薪尝胆而完成复仇大业的越王勾践等,但对同为越地美好人物且与"报仇雪恨"的优良文化传统密切相关的人物西施,鲁迅的态度却是复杂的。在《阿金》一文中鲁迅曾写下了这样一段话:"我一向不相信昭君出塞会安汉,木兰从军就可以保隋;也不相信妲己亡殷,西施沼吴,杨妃乱唐的那些古老话。"[3]鲁迅这里说的"西施沼吴",就是"卧薪尝胆"、报仇雪恨的掌故。这里的"沼吴"语出《左传》,其内容为,哀公元年,当越王勾践战败向吴王求和时,吴王的幕僚伍员向吴王夫差谏言拒绝越王勾践的求和,但吴王夫差不听,于是伍员"退而告人曰:越十年生聚,而十年教训,二

---

① 鲁迅.《越铎》出世辞[M]//鲁迅全集:第八卷.北京:人民文学出版社,2005:41.

② 鲁迅.女吊[M]//鲁迅全集:第六卷.北京:人民文学出版社,2005:637.

③ 鲁迅.阿金[M]//鲁迅全集:第六卷.北京:人民文学出版社,2005:208.

十年之外,吴其为沼乎!"结果也真如伍员所预料的一样,二十年后,越王勾践灭了吴国。而在二十年的休养生息中,为了迷惑吴王,越王勾践将越国的美女西施送给吴王,西施也以她的美貌和能歌善舞获得了吴王的宠信,完全消除了吴王对越王勾践的警惕,使越王勾践顺利地完成了向吴国复仇的各项准备。这个掌故不仅在绍兴地区家喻户晓,而且在全国其他地方也妇孺皆知。在这个掌故中,西施不仅被当作一切美丽女性的代名词,而且也似乎成为越王勾践报仇雪耻的功臣。而鲁迅却说他"不相信",他不仅不相信西施有这样的力量和伟业,而且也完全否定了"西施沼吴"这一掌故中对西施忍辱负重行为的赞美。从这方面看,鲁迅对西施的态度的确复杂,其价值取向具有鲜明的"反潮流"倾向,但这种复杂不是无缘无故的,其"反潮流"也并非意气用事。

鲁迅之所以"不相信""西施"能够帮助越王勾践灭亡吴国,是因为他认为,"在男权社会里,女人是决不会有这种大力量的"①,也就是说,在理智的层面,鲁迅清醒地认识到故乡掌故中对西施帮助越王勾践向吴国雪耻的赞美甚至拔高的"反历史"的性质。按鲁迅的历史观来看,中国的社会是男权社会,女子只是附庸,作为统治者的男人是绝对不会给予女子权力的,历史的事实也的确如此。而绍兴的掌故中对西施的赞美甚至拔高,不仅无视历史的事实,而且也与鲁迅所保有的历史观相乖,所以鲁迅"不相信""西施沼吴"的态度,不仅体现了鲁迅一贯的特立独行的思想本性,而且体现了鲁迅对中国历史的深刻洞悉。但另一方面,在情感的层面,鲁迅对像西施一样的女子们又是同情的,甚至为她们常常被男子当作推卸责任的对象而愤愤不平。他曾断然地说:"兴亡的责任,都应该男的负。但向来的男性作者,大抵将败亡的大罪,推在女性身上,这真是一钱不值的没有出息的男人。"②其实,早在写作《我之节烈观》一文时,鲁迅就已经发出过这样的质疑:"何以救世的责任,全在女子?照着旧派说起来,女子是'阴类',是主内的,是男子的附属品。然则治世救国,正须责成阳类,全仗外子,偏老主体。决不能将一个绝大题目,都阁在阴类肩上。"③正是从这个意义上,鲁迅借用"西施"来给一个市民习气很重的人物命名,不仅表现了他对故乡文化,包括掌故中所包含的文化的复杂情感,而且也表明了他对现实中女人的复杂态度:一方面,他不相信在男权社会里像"西施"这样的女人有什么大的力量;但另一方面,现实中的这个"西施"的精明、势利和行为特点及显示的"力量",又以无法回避的事实,彻底颠覆了鲁迅"一

---

① 鲁迅.阿金[M]//鲁迅全集:第六卷.北京:人民文学出版社,2005:208.

② 鲁迅.阿金[M]//鲁迅全集:第六卷.北京:人民文学出版社,2005:208.

③ 鲁迅.我之节烈观[M]//鲁迅全集:第十七卷.北京:人民文学出版社,2005:123.

向不相信""在男权社会里，女人是决不会有这种大力量的"的观念，而现实中这个"西施"为自己得到"好处"所显示的力量及产生的能量，又并不是什么积极的力量和什么"正能量"，而恰恰是小市民气漫溢的消极力量和负能量，是让鲁迅深恶痛绝的消极力量和负能量，这又在现实性上消解了鲁迅对像西施一样的女人曾经抱有的同情心，至少是使鲁迅对像西施一样的女人的同情心的浓度大大地降低了。所以，对现实中的这个"西施"，除了用文字进行讽刺批判之外，似乎别无他法。于是，小说改造国民性的题旨也就这样地被导引出来了。

"豆腐西施"这一人名的魅力就在这里，鲁迅为杨二嫂这一人物取这样一个诨名的艺术匠心也在这里。

## 第三节　白描手法的使用及修辞的传统性与创造性

白描手法，是中国传统文学，尤其是叙事文学常常使用的艺术手法，这种手法的修辞特点和效果，既与中国传统的"赋"格相近，又有不同。相近在于都强调铺陈其事，客观地陈述了对象的特点、形态、方式，少修饰；不同在于，赋更强调清楚明了，白描则更强调简洁传神。在艺术技巧的层面，鲁迅小说修辞传统性的最明显表现就是白描手法的普遍而杰出的运用。正是在普遍而杰出地使用白描手法的过程中，鲁迅成功地构造了具有民族特色的小说世界，凸显了民族艺术的特有魅力，彰显了白描这种艺术手法的生命活力，同时，也显示了鲁迅通过相应的修辞对白描这种传统的艺术手法使用的创造性。

### 一、鲁迅的白描观

白描观，作为鲁迅整个文学观的一个有机组成部分，是学界同人论鲁迅的文学观时常常关涉的一个研究对象，更是谈鲁迅论文学的艺术性时常常被人提及的一个问题。但既往的研究文章或论述，固然高度地评价了鲁迅白描观的意义和价值，却鲜有详尽的梳理和细致的辨析，即使有这样的文章或论述面世，在辨析或论述鲁迅的白描观时，思维的触角和论述的框架也往往只将鲁迅的白描观局限于文学，尤其是小说艺术技巧的领域，关涉的也只是作为文学技巧的白描在鲁迅论文学的艺术性中的内容。这样的研究虽然也有一定的学术性，也能构成一定的研究价值，但视野的狭隘和研究格局的局促，却使此类论述不仅难以抵达论述的深度，难以通过相应的条分缕析有力地彰显鲁迅白描观的深刻内容，而且也难以有效地呈现鲁迅白描观的整体内容以及这些内容之间的相互关系，更无法深入地透视鲁迅白描观在整个中国文学批评史上的意义与价值。所以,我们有必要突破已有研究的视野与格局,将鲁迅的白描观放在中国文学批评史的背景下,一方面,梳理鲁迅对中国文学批评史上关于白描理论成果的继承性;另一方面,则从鲁迅论白描的具体内容中,透视鲁迅白描理论的个性和这种个性中所包含的丰富而又深刻的思想,从而更好地认识鲁迅的白描观对中国文学批评史上的白描理论所做出的杰出贡献。

（一）白描作为文学批评术语的由来及鲁迅的白描观与传统白描理论的关系

白描作为文学批评的术语,是地地道道的"国货",具有鲜明的民族性。它是从绘画技法,尤其是中国画的技法术语中借鉴过来的一个术语,是中国人根据中国绘画的艺术经验和法则概括出来的文学批评,尤其是小说批评的概念。最早借鉴这一概念评说小说的人是中国清代杰出的文学评论家金圣叹。"'白描'原指绘画中单纯用墨线勾描、不着颜色的手法。最先把这个术语运用到小说批评领域中来的是金圣叹。金圣叹在《水浒传》第九回描写雪景的文字后面批道:'真是绘雪高手,龙眠白描,庶几有此。'"①这是人类文学批评史上第一次使用"白描"这一术语对文学对象的批评实践。在这第一次的批评实践中,金圣叹虽然使用了"白描"这一术语,但很明显,他还不是自觉地将这一术语作为一个纯粹的文学批评的术语来使用的,仅仅从比喻和跨艺术的意义上使用了这一术语,还留存着十分明显的借鉴痕迹。不过,也正是这种借鉴痕迹的存在,使我们看到了一个清楚的事实,即作为文学批评术语的白描,就是从中国绘画的技法术语借鉴过来的。金圣叹这里所说的"龙眠白描",指的就是宋代大画家李龙眠开创的一种白描画法,即"铁线描",这种画法,鲁迅在与青年画家谈绘画的时候就曾特别地提到,他认为这种"铁线描"的画法是一种"粗笔写意"的画法,属于与工笔画法不同的"细而有劲的画法"②,"细"是其基本形态,而"有劲"则是其良好的艺术效果和最突出的特征。

真正将"白描"作为一个纯粹的文学批评术语使用的人物,是清代的另一位杰出的文学批评家张竹坡。张竹坡不仅频繁地使用这一术语评点小说,而且,在文学批评的实践中还进一步对白描这种手法的特征给予了相应的论述。"张竹坡在评点《金瓶梅》中多次谈到白描手法。所谓'白描',从修辞的角度分析,就是用朴实的、平白的、极为精炼的语言,把人物的动作、神态甚至性格栩栩如生地勾勒出

---

① 易蒲,李金苓. 汉语修辞学史纲[M]. 长春:吉林教育出版社,1989:492.
② 鲁迅. 致魏猛克信[M]//吴子敏,等. 鲁迅论文学与艺术(下). 北京:人民文学出版社, 1980:659.

来。往往是淡淡数笔，却能以少胜多，形神毕现。"①中国清代两位杰出的小说评论家，虽然没有对"白描"作为小说的艺术手法的原则、规范、特点等做出细致、充分的叙说，更没有对这一术语与中国绘画技法的关系做详细的比较、梳理，但在具体的小说评点中，他们却分别从叙事、写景与写人的角度点明了白描作为小说的艺术手法的优长效果，这种优长效果概括起来就是：简洁显豁，形神皆备。他们开创性地使用这一术语对中国小说展开的批评实践，不仅使他们在文学批评的实践中有效地剔析出了中国小说在叙述事件、描写景象、塑造人物等方面的民族特色，也不仅仅通过他们的批评实践使这一概念最终得到了定形，而且也极大地推动了这一术语在中国文学评论界的使用，鲁迅就是现代中国使用这一术语的代表。"金圣叹，尤其是张竹坡的总结和评论，对这一手法的推广，起了推动作用，也给后世以较大影响。鲁迅有关'白描'的著名论述，就是深受影响的表现之一。"②

鲁迅对"白描"这一文学批评术语的使用，主要有两处，一处是在《中国小说史略》中评中国近代著名小说《孽海花》时；一处是在杂文《作文秘诀》中谈作文的"秘诀"时。在评《孽海花》时鲁迅指出："书于洪傅特多恶谑，并写当时达官名士模样，亦极淋漓，而时复张大其词，如凡谴责小说通病；惟结构工巧，文采斐然，则其所长也。书中人物，几无不有所影射；使撰人诚如所传，则改称李纯客者实其师李慈铭字莼客，亲炙者久，描写当能近实，而形容时复过度，亦失自然，盖尚增饰而贱白描，当日之作风固如此矣。"③在《作文秘诀》一文中，鲁迅在谈白描时，则较为集中地概述了"白描"的基本特征，这个特征就是："'白描'却并没有秘诀。如果要说有，也不过是和障眼法反一调：有真意，去粉饰，少做作，勿卖弄而已"④。在使用白描这一术语评价《孽海花》时，鲁迅主要从否定的方面彰显了"白描"的特性，即白描是与"张大其词""形容过度""增饰"等相反的艺术手法；在概述白描的基本特征时，鲁迅则既从肯定的方面指出了"白描"应有的基本品性，即"有真意"，也从否定的方面指出了白描与"粉饰""做作""卖弄"相对立的特性。但不管鲁迅是从否定方面对白描作为文学的艺术手法特征的叙说，还是从肯定方面对白描的艺术特性的界定，从修辞学的角度看，都既包含着"消极修辞"的基本原则，又包括"积极修辞"的一般规范。其中，恪守消极修辞的基本原则，是鲁迅使用和论述白描特征的基础，而追求积极修辞的效果，则是鲁迅使用、论述、倡导白描这一艺术

①　易蒲，李金苓. 汉语修辞学史纲[M]. 长春:吉林教育出版社,1989:492.
②　易蒲，李金苓. 汉语修辞学史纲[M]. 长春:吉林教育出版社,1989:492.
③　鲁迅. 中国小说史略[M]//鲁迅全集:第九卷. 北京:人民文学出版社,2005:300.
④　鲁迅. 作文秘诀[M]//鲁迅全集:第四卷. 北京:人民文学出版社,2005:631.

手段的目的。正是两者的有机结合使我们看到了鲁迅关涉白描的各种论述，与中国传统文论对白描作为文学，尤其是小说的重要艺术手法特征的论述，在基本观点上的继承性。

中国清代两位杰出的小说评点家金圣叹和张竹坡，在使用白描这一术语评点中国传统小说时，无论是对小说白描化的叙事、写景的赞赏，还是对小说白描化的记事、写人的击节，所倾心的都是白描这种艺术手法的消极修辞特征和积极修辞效果。尽管限于传统思维的惯性和文论习惯，他们没有对白描所形成的消极修辞特征和积极修辞效果进行相应的区分和理论说明，但他们在具体的小说评点实践和相关的理论论述中所提倡的观点，事实上是包含了对遣词为文的两大基本修辞特征的肯定的。如金圣叹涉及白描的著名评点"'寻着踪迹'四字，真是绘雪高手。龙眠白描，庶几有此"就是如此。他认为"寻着踪迹"这一叙事性白描真是"高手"，从其价值判断来看，其"高"就高在"寻着踪迹"这一叙事性白描不仅在情节展示上清楚明了、严谨准确，而且其艺术性的效果生动传神、言简意赅。而清楚明了、严谨准确，正是消极修辞的基本特征，这一基本特征的标准就是，所叙之事符合事理，能经受事实和理论的多维检验，具有能被经验证明和被逻辑匡正的真实性与合理性。陈望道在《修辞学发凡》中曾经指出："大概消极修辞是抽象的、概念的。必须处处同事理符合。说事实必须合乎事情的实际，说理论又须合乎理论的联系。"①陈望道虽然是从一般语言学的层面论述了消极修辞的特点，但对我们分析文学中的消极修辞，仍有直接的指导意义。从《水浒传》的文本来看，"寻着踪迹"这一叙事性的白描的清楚明了和严谨准确的特征，也正在于其符合事理；换一句话说，正是因为"寻着踪迹"这一叙事性白描符合事理，既在叙事逻辑上经得起推敲，而所叙之事也经得起事实的检验，才不仅清楚明了，而且严谨准确。从叙事逻辑上推敲，我们发现，众庄客在"不见了林冲"时能"寻着踪迹"找林冲，是因为林冲留下了"踪迹"；而林冲能留下踪迹，从事实来看，是因为此时"那雪正下得紧"，曾在雪地上行动的林冲留下踪迹也就合情合理了。而"寻着踪迹"虽然只有四个字，却既写出了众庄客"寻找"林冲的神态——跟着林冲在雪地上留下的踪迹寻找，又减少了叙事的负荷，完全符合积极修辞生动传神、言简意赅的要求。正因为"寻着踪迹"四个字的叙事，既符合清楚明了、严谨准确的消极修辞的特点，又具有生动传神、言简意赅的积极修辞的艺术效果，所以金圣叹高度赞赏"寻着踪迹"四字的叙事有如"龙眠白描"一样既明了又传神，既简洁又丰厚。至于张竹坡在评

---

① 陈望道. 修辞学发凡[M]. 上海：上海教育出版社，2006：44.

点《金瓶梅》时,虽然使用"白描"这一术语的频率远远高于金圣叹,达到了 29 次①,但仔细分析起来,其基本的价值判断,也无非是既重视白描的消极修辞特征,也注意白描所形成的积极的修辞效果。

(二)鲁迅的白描观对传统的超越及理论贡献

当然,鲁迅对白描这一术语的使用和论述,一方面,继承了中国传统文论的观点;另一方面,作为具有自觉创新意识的鲁迅,又以建立在自己的文学创作,包括小说创作实践基础上的关于白描的论述,以及在新的时代所形成的新的文学观,拓展了"白描"这一概念的外延与内涵,提升了白描作为文学批评术语的理论水准,从而真正地完成了白描这一中国绘画的技法术语向文学批评术语的转化。这正是鲁迅"白描观"在中国文学批评史上的重要地位,也是鲁迅"白描观"最可贵的价值和意义。

鲁迅白描观的理论贡献,首先就表现在鲁迅对《孽海花》的文学批评中。很明显,鲁迅在使用白描这一术语评论《孽海花》时,主要是在两个层面展开的:一个是"写"的层面,包括写人物和文词使用的优势和缺点。写人物的优势是"写当时达官名士模样,亦极淋漓",其文词则"文采斐然",其缺点是"张大其词,如凡谴责小说通病"。另一个是文风的层面。在这一层面,鲁迅特意指出了《孽海花》"尚增饰而贱白描"的倾向与当时文风的直接关系,换一个说法是,在鲁迅看来,《孽海花》"尚增饰而贱白描"既是受到当时文风的影响的结果,也在客观上显示了当时文风的一般面貌,是当时这种文风的代表。鲁迅使用白描这一术语在两个层面展开的批评,一方面,在彰显了白描作为文学的一种艺术手段特点的同时,又拓展了其外延与内涵;另一方面,则从文学风格的角度提升了白描作为文学批评术语的理论水准。

在中国传统文论中,以金圣叹和张竹坡为代表的白描论者,其白描论有两个明显的局限:第一个局限是"白描偏重叙述。或者说,它只涵盖了动作描写、语言描写和细节描写。这之中又偏重于细节描写。它不包括现今在我们意识中占更大比重的肖像描写、景物描写及心理描写等"②。第二个局限是,金圣叹和张竹坡两位白描论者,无论怎样赞赏白描的神奇艺术效果,更多的是将白描作为文学,特别是小说这一种艺术手段来看待的。金圣叹评《水浒传》中使用白描这一术语,侧

---

① 谭光辉."白描"源流论——从张竹坡对《金瓶梅》评点看"白描"内涵的演变[J]. 张家口师专学报,2003(4):4.
② 谭光辉."白描"源流论——从张竹坡对《金瓶梅》评点看"白描"内涵的演变[J]. 张家口师专学报,2003(4):4.

重于白描"绘"的效果,即白描作为小说的一种叙事方法、艺术手段的效果,这是十分明显的,他将《水浒传》中"寻着踪迹"的叙事比喻为"龙眠白描",从论述方式上看也是侧重于将白描作为艺术的手段来看的。张竹坡对白描这一术语的使用也没有脱离这一局限,仍然是将白描作为一种优良的艺术手段来肯定、使用的。他在《批评第一奇书〈金瓶梅〉读法》一文中谈《金瓶梅》的艺术魅力时,曾十分倾心而诚恳地指出:"读《金瓶梅》当看其白描处。子弟能看其白描处,必能自做出异样省力巧妙文字来也。"①这段话,可以说集中地反映了张竹坡对"白描"特征和属性的基本认识,在他看来,白描主要是一种驾驭文字的技巧,这种技巧能形成"异样省力巧妙文字"。他29次使用白描这一术语评点、赞赏《金瓶梅》,也主要侧重于赞赏《金瓶梅》用白描的手段叙事、写景、写人的艺术效果,始终没有突破"技巧"的规范,这既是张竹坡使用白描这一术语批评《金瓶梅》的特点,也是他留存下来的明显的缺憾。

在中国传统文论关于白描的两个局限中,前一个局限主要来自批评的对象本身,即中国传统小说本身的特点,金圣叹和张竹坡仅限于白描的艺术性效果,特别是仅用白描来评价中国小说对人物的动作、语言和细节的描写特点以及写景的叙述性特点。从一定意义上讲,与其说这是局限,还不如说是对中国小说固有特点的准确发掘。因为中国传统小说本来就不大重视工笔画似的人物肖像描写,而侧重以简括的语言写出人物的外貌,如身高八尺,枣红面庞等;更不喜欢静态地对人物的心理作大段的描写,而喜欢通过人物的动作写出人物的心理活动,所以金圣叹和张竹坡,尤其是张竹坡使用白描评点小说时"偏重叙述"也就在情理之中了。而第二个局限,则是思想方法的局限,是视野的局限,也是真正应该弥补的局限,而鲁迅的白描论,就恰恰在这一方面显示了自己的价值和意义。

鲁迅将《孽海花》"尚增饰而贱白描"的倾向与当时的文风结合,在思想方法和视野上很明显地具有了开拓性。尽管他也从否定的角度涉及了白描的特点,但他没有就白描谈白描,没有局限于一般艺术手法的层面来谈《孽海花》"尚增饰而贱白描"倾向的具体表现,而是将《孽海花》所表现的"尚增饰而贱白描"的倾向,从一般的艺术手段的层面,提升到风格的层面,将白描不仅作为艺术手段的术语来使用,更将白描作为一种风格类型的术语来使用。不仅由此而指出了《孽海花》本身在风格方面的缺憾——贱白描,而且由此而对一个时期文学风格方面的倾向及这种倾向中所表现出来的局限——"尚增饰而贱白描"以言简意赅地评说揭示出来了。正是这种有意识地开拓和在使用白描这一术语方面所表现出来的创造

---

① 易蒲,李金苓. 汉语修辞学史纲[M]. 长春:吉林教育出版社,1989:493.

性,使鲁迅的白描观和关于白描的论述,不仅突破了中国传统文论在使用白描这一术语批评文学时的种种局限,丰富了中国文论关于白描的理论,切合了文学所应该追求的最高境界的要求,而且在理论上还使"白描"这一概念真正获得了它应该获得的所指与能指,并在完整的意义上完善了作为文学批评术语的"白描"这一概念的外延与内涵。

毫无疑问,文学的风格包含着文学的技巧,但同样毫无疑问的是,文学的风格无论在外延上,还是在内涵上都不等于文学的技巧或手段。两者不仅在包容度方面有明显的区别,而且在艺术的境界上也有根本的不同。就包容度而言,风格的包容度要远远大于艺术手段。中国现代小说大家茅盾在谈风格时曾经明白地指出:"自然,所谓风格,亦自多种多样,有的可以从全篇的韵味着眼,用苍劲、典雅、俊逸等形容词概括其基本特点,有的则可以从布局、谋篇、炼字、炼句着眼,而或为严谨,或为逸宕,或为奇诡,等等不一。"①在茅盾看来,风格不仅包含了炼字、炼句等艺术手段,还包含了谋篇布局等艺术匠心,同时,风格更是文学作品"全篇的韵味"的综合体现。很明显,风格在外延与内涵方面都比"艺术手段"广大和丰富。从这方面看,鲁迅将白描这一术语从专指文学的一种艺术手段的层面,提升到文学风格的层面,无疑是拓展了白描这一术语的适应度,也丰富了这一术语的内涵。这正是鲁迅白描观的创造性内容之所在。

从艺术境界来看,文学的技巧或手段,是文学存在的一般境界,而能被称为文学的对象,一定都是具有一定的艺术技巧或手段的。从一般修辞学的角度讲,文学之所以被称为"语言艺术",就是因为文学使用的语言不仅符合消极修辞的要求,而且更符合积极修辞的一般规定性,而风格则是文学(包括其他艺术)所应该追求的"最高境界"。德国伟大诗人歌德曾经在《自然的单纯模仿·作风·风格》这篇谈风格的文章中如是说:"风格,这是艺术所能企及的最高境界,艺术可以向人类最崇高的努力相抗衡的境界。"②也就是说,作为文学艺术"所能企及的最高境界"的风格,在逻辑上必然包含着一定的艺术技巧或手段,但反过来说,文学艺术具有了一定艺术技巧或手段却不一定就具有了风格。在事实上也是如此。在古今中外的文学艺术中,我们还真无法找出只有艺术技巧而没有风格却能彪炳史册的作品,但我们却能很轻易地在中外文学史上发现这样的事实,即凡是彪炳史册的作品没有一件不是因为具有风格,而且是独特的风格而引人注目的;同样的

---

①　北京师范大学中文系文艺理论教研室. 文学理论学习参考资料(下)[M]. 沈阳:春风文艺出版社,1982:866.

②　歌德,等. 文学风格论[M]. 王元化,译. 上海:上海译文出版社,1982:3.

事实也是屡见不鲜的,即没有哪一件伟大的具有了风格的作品是没有艺术技巧的。而相反,我们却无法找出仅仅因为有"艺术技巧"而无风格却能彪炳史册的文学作品(当然也包括其他艺术作品)。正因为风格的包容度更大,其境界也更高,所以在文学批评中,对风格的文学批评则不仅内容更为丰富,而且由于是基于对文学艺术的"最高境界"展开的批评,故对作品的价值定位的层级也更为客观,其理论性也当然更强。鲁迅从文学风格的层面使用白描这一术语,也正因为是基于文学艺术的"最高境界"展开的,所以他对《孽海花》的批评,不仅是同时代的批评者中最为凯切的,而且批评的视野也是最开阔的。而凯切的批评和开阔的视野,又在客观上使他对白描这一术语的使用,具有了不同于传统白描理论的全新的理论意义。

(三)鲁迅白描观的崭新内容:白描的原则

在《作文秘诀》中,鲁迅更将对白描的论述,推进到了一个新的理论高度,丰富了白描的理论内容,其所丰富的理论内容就是提出了使用白描的一个原则,这个原则就是鲁迅所认为的白描的第一个特征是"有真意"。

将"有真意"与白描联系起来并作为谈白描的第一要点,这是鲁迅的首创,在中国传统文论的有关白描的论述中,从来也没有过。即使是现代人涉及白描问题,也没有如此明白清楚地在白描与"有真意"之间建立联系,更没有将"有真意"作为白描的一个原则来使用。从这方面看,鲁迅为白描所设定的"有真意"的原则,真可以说是堪称独步,具有开创性。鲁迅这里说的"有真意",可以从两个方面来理解,一方面,可以将其理解为是指白描手法的使用要符合语言的消极修辞所要求的准确性、明了性和真切性;另一方面,可以将其理解为是文学创作的一种原则,即"真实性"原则。后一方面的理解,不仅更符合鲁迅在《作文秘诀》中的本来意思,而且,更能从一个具体的层面揭示鲁迅对白描理论的不可磨灭的贡献。这一原则又包括两个方面的所指,一指"艺术的真实性",即所写之景、所叙之事、所塑之人乃至于所描之物等要经受得起事实与逻辑的检验与推敲,也就是鲁迅在写《作文秘诀》的同一年(1933年)给青年作家徐懋庸的一封信中凯切地指出过的:"他所据以缀合,抒写者,何一非社会上的存在,从这些目前的人,的事,加以推断,使之发展下去,这便好像预言,因为后来此人,此事,确也正如所写。"①二指思想和情感的真实性。其中,思想和情感的真实,又是鲁迅在谈白描时重点强调的原则。之所以如此认为是依据以下三点。

首先,从"真意"这一概念的所指与能指看,所谓"意"很显然不是指文学艺术

---

① 鲁迅. 给徐懋庸[M]//鲁迅全集:第十二卷. 北京:人民文学出版社,2005:526.

层面的"技"，即白描手法的使用，而是指思想、情感层面的内容。这些内容就作者而言是以观念的形态存在于作者头脑里的东西，就文学艺术的作品而言，则是通过具体的物化形态——形象等体现出的作者的思想、情感及相应的价值取向，也就是鲁迅在《做古文和做好人的秘诀》这篇文章中所说的"立意"①。所谓"真意"应该是指这些思想情感，无论以什么形态存在——观念的，抑或形象的，也不管其具有怎样的价值取向和内容，在基本属性上都应该是"真"的，是作者在生活中基于对人与事的切身的感受、把握、认识形成的思想观念和喜怒哀乐等情绪感受，具有生活赋予的真实性、鲜活性和个人体验的唯一性、生动性。而这种具有生活的真实性、鲜活性和个人体验的唯一性、生动性的真情实感，正是文学创作者所必须具备的主体条件，而且是深层的基本条件。这一条件不仅是实现文学的艺术真实的根本性主体条件，而且也是运用白描手段形成良好的艺术效果的充分而必备的条件。没有这个条件，或者这个条件不充分，即使艺术手法的锻炼再充分，驾驭语言的能力再强劲，结构布局的手段再高明，一个作家也不可能写出震撼人心的作品，更不可能创作出如中外文学史上那些彪炳史册的文学巨著，即使勉强地展开了所谓的艺术的创作，其所创作出的作品的结果也只能是"他的诞生，也就是他的死亡"。更何况，重视包括思想情感在内的文学的真实性，是鲁迅"弃医从文"以来一直恪守的文学观。早在1924年，在评《红楼梦》时他就认为，《红楼梦》成功的"要点在敢于如实描写，并无讳饰"，正是这种"要点"的贯彻，使《红楼梦》打破了"传统的思想和写法"②。1925年在《论睁了眼看》一文中，他又大声疾呼要作家们"真诚地，深入地，大胆地看取人生并且写出他的血和肉来"③；1935年在谈与白描一样的既是一种艺术手段，也是一种艺术风格的讽刺的时候，鲁迅也如此认为："'讽刺'的生命是真实。④"。所以，鲁迅提出白描的第一要求是"有真意"，与其说是对作为艺术手法的白描的一种品性的要求，不如更准确地说是对使用白描这种艺术手法的原则的强调，是对文学艺术的真情实感的强调。

　　其次，从这一观点提出的背景和论述的具体语境来看。鲁迅提出白描，有鲜明的针对性，直接针对"我们的古之文学大师"和今之文学达人修辞方面的两个所

---

① 鲁迅．做古文和做好人的秘诀[M]//鲁迅全集：第四卷．北京：人民文学出版社，2005：277.

② 鲁迅．中国小说的历史的变迁[M]//鲁迅全集：第九卷．北京：人民文学出版社，2005：348.

③ 鲁迅．论睁了眼看[M]//鲁迅全集：第十七卷．北京：人民文学出版社，2005：255.

④ 鲁迅．什么是"讽刺"[M]//鲁迅全集：第六卷．北京：人民文学出版社，2005：340.

谓"秘诀"："一要朦胧，二要难懂"①的不良倾向。鲁迅认为，这些人作文的朦胧也好，难懂也罢，"从修辞学的立场看起来"②无非是为了"借此掩掩丑"，而他们之所以要遮掩丑，实在是因为言之无物，大多不过是"要做到'今天天气，哈哈哈……'而已"，这正是"骗人的古文的秘诀了"。而这些朦胧、难懂而言之无物的作文法，不过是"为赋新词强说愁"的遮羞法，其文也好，其言也罢，由于都不是建立在真情实感之上的表达，只不过是虚情假意的装饰，因此，当剥去其朦胧、难懂的装饰之后，露出的就只有空洞的文词。鲁迅在文章中就曾一针见血地指出："现在还常有骈四俪六，典丽堂皇的祭文，挽联，宣言，通电，我们倘去查字典，翻类书，剥去它外面的装饰，翻成白话文，试看那剩下的是怎样的东西啊!?"③总之，那些所谓的"文学大师"，之所以力求作文的"朦胧""难懂"，固然包含了文章做得朦胧、难懂有"古意"，就显得自己高明有学问，就能"使读者三步一拜"④的古怪心理和畸形的价值追求，但更直接的是包含了这些人掩饰自己没有真情实感的基本精神状态和可鄙心理。正因为鲁迅清楚地洞悉了这些所谓的"文学大师"作文力求朦胧、古奥、难懂背后的真正原因，即主体条件的缺失——缺乏真情实感，所以，当鲁迅提出"反一调"的白描时，就直接从批判所谓的"文学大师"们作文力求古奥、繁难的畸形追求中反弹出了一种正面的主张，强调要"有真意"，强调要反虚情假意。这种强调，虽然是有直接的针对性的，但却又在艺术创作的层面上切合了文学写作的一般规律，完全符合创作，尤其是优秀创作的一般要求。因此，鲁迅在谈白描时强调"有真意"，也就不仅仅具有批判所谓的"文学大师"们作文的古奥法的意义，也不仅仅具有一般性的对文学艺术真实性强调的意义，而且更具有在理论上将中国古人仅从文学艺术手段层面对白描的论述，有意识而成功地提升到了文学创作的原则高度的意义，充实了关于白描的理论内容，并且是曾经被白描概念的使用者们都忽视了的、十分重要的内容。从而，也使自己对白描这种艺术手法的论述，具有了更为丰富的理论内容和更为显然的理论深度。

最后，从鲁迅阐述白描特征的这段话的顺序来看，鲁迅将"有真意"放在谈白描"秘诀"的第一位，这绝对不是随意为之，而是包含着鲁迅的价值取向的。这种价值取向如果按照鲁迅谈白描"秘诀"时的逻辑顺序来梳理，那就是在鲁迅看来，只有当"有真意"这一条件具备后，才可能"去粉饰，少做作，勿卖弄"。其反向的

---

①　鲁迅.作文秘诀[M]//鲁迅全集:第四卷.北京:人民文学出版社,2005:629.

②　鲁迅.作文秘诀[M]//鲁迅全集:第四卷.北京:人民文学出版社,2005:630.

③　鲁迅.作文秘诀[M]//鲁迅全集:第四卷.北京:人民文学出版社,2005:630.

④　鲁迅.作文秘诀[M]//鲁迅全集:第四卷.北京:人民文学出版社,2005:630.

逻辑则是:如果没有"真意",那就难免"粉饰、做作、卖弄"。在我所梳理出来的鲁迅谈白描的这种逻辑顺序中,很明显,在鲁迅的思想意识中,"有真意"并不是与"去粉饰"等要求并列的一个主张,而是"去粉饰"等要求的一个前提与条件,或者更为准确地说,"有真意"在逻辑上是白描这种艺术手法达到"去粉饰"等修辞性效果的一个充分而必要的前提条件,是一个绝对不能或缺的条件。鲁迅在论述白描的"秘诀"时,虽然没有明确地标明"有真意"是"去粉饰"等白描效果的前提条件,但他将"有真意"放在第一位,其论述的逻辑却直观地显示了自己的心以为然的意思。

正因为"有真意"身处这样的地位,所以,无论从形式逻辑的角度,还是从鲁迅谈白描的主观意图来看,"有真意"就不是文学创作中使用白描这种艺术手段的某种技巧,也不是白描这种技艺特点的一个方面或一个方面的规定性,而是使用白描这种艺术手段的"纲",是保证使用白描这种艺术手段达到相应目的的原则。正是从这个意义上,鲁迅在文章中提出的白描的第一要著是"有真意",这主要不是对白描艺术特征的概括,而是对白描原则的一种强调,其所指并不仅仅是指向语言修辞层面的"真",也不仅仅是指向艺术的真实性的"真",而是重点指向创作主体思想情感的"真"。因为从文学创作的一般逻辑关系看,创作主体思想情感的形成,总是在创作展开之前,而创作主体思想情感的"真",无论从文学生产的一般顺序来看,还是从文学生产的结果来看,都毫无疑问的是创作能够展开的基础,当然也是使用白描手法表情达意、叙事写人的基础。这就是鲁迅在谈白描时,将"有真意"放在第一位的"真意",也是鲁迅对白描理论阐述的"真意"。这种"真意"不仅丰富了中国传统白描的理论,而且也通过形式上排列的顺序,显示了运用白描手法达到良好艺术修辞效果的基本路径。

由此我们也发现,鲁迅对白描原则的强调在修辞学的层面与中国传统的"修辞立其诚"的观点吻合了,或者说鲁迅对白描这种艺术手段的强调具有了修辞学的意义。

### 二、鲁迅小说白描及修辞的传统性与创造性

白描作为中国传统文学的一种艺术技巧,它涉及的主要就是文学世界,特别是小说世界里塑造人物、表情达意的一种遣词造句的方法及由此而显示的特色。或者说,白描这种艺术技巧,它得以显现自己存在的基本途径和最主要的方法就是文词与文句的修辞,它特有的形态以及所形成的艺术效果与魅力,也通过狭义的修辞(遣词造句)得以显现。鲁迅小说对民族文学这一传统艺术技巧的继承及所形成的创造性,也集中地体现在鲁迅小说所采用的艺术修辞方法及所形成的特

色方面。

(一)放重拿轻的低调修辞——事件书写

"放重拿轻"是中国清代小说评论家张竹坡对《金瓶梅》白描效果的一种肯定性批评。他在评点《金瓶梅》第一回时曾如此赞赏道:"妙,纯是白描,却是放重笔拿轻笔法,切学之也。"所谓"放重笔拿轻笔法""用今天的话来讲就是把重大严肃的事情用轻描淡写的笔触表达出来①"。当今学者对这一笔法的解说,如果回到张竹坡评说《金瓶梅》的具体语境及所针对的具体对象,应该是符合张竹坡使用这一评说的基本意思的,但却过于抽象不够具体。因为,"笔触"或"笔法"本身就是抽象的,具体体现笔触、笔法特点的技巧则是修辞,是文词或文句的修辞。按照张竹坡使用"放重笔拿轻笔法"评说《金瓶梅》的语境和所针对的对象来看,其所指与其说是"笔法"或"笔触",不如说是文句与文词的修辞,其修辞不仅包括用轻描淡写的文句表达重大严肃事情的修辞,而且也包括用四两拨千斤的文句排列的方法表达创作主体含而不露的思想情感以及相应的价值取向的修辞;不仅包括用一个动词使所叙述的事件的过程体现传神的修辞效果,而且也包括用一个形容词甚至副词使所叙述的事件的基本面貌与特征体现生动的修辞效果,而这正是中国小说在使用白描展开叙事的时候最常见的笔法,也是张竹坡"放重拿轻"笔法的具体所指。这种具体所指的笔法,在修辞的层面可以用一个概念来表示,即"低调修辞"。

毫无疑问,"低调修辞"这一概念,在各类汉语修辞学的著作中,是不存在的,也没有一部关于汉语修辞的著作对这一概念进行过诠释。这一概念是我根据英文中常用的一种修辞手法"低调叙事"(understatement)"生造"出来的,其所指与其基本一致。这种修辞手法与化小为大的夸张修辞手法相反,它的基本特征是故意使用有节制的措辞来陈述事实,故意化大为小,化重为轻,有意识地借助低调与弱化语言形式达到强调的艺术效果。这一概念虽然不具有民族性,是一个地地道道的舶来品,却由于与民族的白描手法中"放重笔拿轻笔法"颇为近似,所以,我在借鉴的基础上生造了"低调修辞"这一概念。之所以不直接使用"低调叙事"这一概念,是因为这一概念的"叙事"的外延较为狭窄,它只包括对事件或事实的"叙述",却将小说中更为重要的"描写"隔离在外了,这种隔离,与西方人的观念有直接的关系。西方人认为,叙述与描写属于不同性质的艺术手段,叙述具有主观性,而描写则具有客观性,这是西方人根深蒂固的主、客二元对立思维在观念形态中

---

① 谭光辉."白描"源流论——从张竹坡对《金瓶梅》评点看"白描"内涵的演变[J].张家口师专学报,2003(4):7-10.

的体现，而我们中国人的思维则是"圆形"的，更讲究相互包容，所以我放弃了西方人创造的"低调叙事"的概念，而造出了"低调修辞"的概念。

同时，就"白描"本身的所指来看，其"描写"又是不可或缺的内容。由此可见，如果直接搬用"低调叙事"这一概念，我们虽然能省略对这一概念的各种解释，也不需要构造新的论述模式，但从实际研究的角度来看，搬用的结果，一方面对于"白描"这一概念的所指来说存在着显然的隔膜；另一方面也不利于对鲁迅小说采用白描手法的各种特色的分析。即使运用"低调叙事"这一批评术语展开分析，其分析的思路也不可避免地会落入抽象的"笔法"或"笔触"的窠臼，不仅背离了笔者要对鲁迅小说修辞的传统性进行分析的目的，而且也不利于有效地对作为"典范的汉语白话文"的鲁迅小说进行汉语修辞学的具体分析。其结果不仅难以实现研究创新的目的，而且也会妨碍从具体的层面对鲁迅小说使用白描这种艺术手法的特有规范与魅力的分析。同时，我的这一概念，也是基于鲁迅的白描观提出来的。鲁迅在谈"白描"的时候曾经指出，白描的秘诀之一就是"勿卖弄"。而鲁迅提出的"勿卖弄"的所指，并非针对抽象的"笔法"或"笔调"，而是直接针对语言文字的"修辞"。他认为，"我们的古文学大师，就常常玩着这一手"，"至于修辞，也有一点秘诀：一要朦胧，二要难懂。那方法，是：缩短句子，多用难字"①。而白描的"勿卖弄"则正是与这种"朦胧""难懂"的修辞"反一调"的修辞之一。所以，我这里所使用的"低调修辞"的概念，并不是在简单模仿的层面"生造"的一个概念，而是从具体分析鲁迅小说白描特色需要的层面"造"出的一个概念。这个概念所指的是"修辞"，而体现的却是鲁迅小说白描手法存在的基本形式，也是鲁迅小说白描手法的艺术效果的具体内容。

鲁迅小说放重拿轻的低调修辞，体现在各个方面。其中，最集中、最直接也最具体地体现这种修辞的特点与魅力的，是对事件，特别是重大事件的白描。

鲁迅小说中所叙述与描写的重大事件，从其性质和在小说中的作用来看，大致可以分为三大类型：一类是社会性的事件，如辛亥革命，皇帝坐了龙庭，革命党人被杀，吃人等；一类是由小说中的人物自己制造或承担的重要事件，如女娲造人，补天，大禹治水，墨子非攻等；一类是直接影响人物命运的事件，如科举不第，天灾人祸，生病，坐牢，剪辫子，狩猎，婚变，出关等。第一类事件主要是现实事件；第二类事件主要是历史事件，有的还是带有神话或传说色彩的事件；第三类事件则既有现实事件，也有历史事件。这些事件，从小说内容的角度看，不仅是鲁迅小说选取的重要题材，是支撑丰满的鲁迅小说的内容，而且还是鲁迅小说绝对不可

---

① 鲁迅. 作文秘诀［M］//鲁迅全集：第四卷. 北京：人民文学出版社，2005：629.

或缺的内容。其不可或缺性甚至达到了这样的程度:在鲁迅的有些小说中,可以没有具体的人物形象,或者根本就不以塑造人物为主,但却绝对不会没有事件。如《示众》就是最典型的例子,这篇小说通篇没有一个有名有姓的人物,但却写了一件有头有尾"看"与"被看"的事;《鸭的喜剧》虽然写了人物,但其重心并没有放在塑造人物方面,而是侧重地写了鸭子吃掉蝌蚪的事件。从艺术构造的角度看,这些事件对于塑造人物、表情达意往往具有十分重要的作用。鲁迅很多小说所表达的深刻的主题及深厚的情感,往往或者直接寄予于对这些事件的书写之中,如《示众》等;或者通过人物与这些事件的关系的描写表达出来,如《狂人日记》等。鲁迅小说塑造的含蕴丰富、个性鲜明、经典独特的人物形象,也常常与鲁迅对这些事件匠心独运的书写密切相关。从绝对的意义上讲,没有这些事件的书写,也就没有意蕴深刻、艺术精湛的鲁迅小说;没有这些事件的书写,我们对鲁迅小说人物、思想、情感以及艺术特色的分析、阐释也就失去了重要的依据,鲁迅小说的神采也就绝对不会如现在这样的绚烂多彩、奇崛耐读,绝对不会如现在这样精粹博大、深邃灵动。尽管这些事件不仅直接与小说的表情达意功能密切相关,而且本身就是小说的内容,甚至是小说中最重要的内容,但是鲁迅却常常用白描来处理。所使用的修辞是放重拿轻的低调修辞,其艺术效果往往与中国传统小说使用白描手法所形成的修辞效果十分相似,但其修辞的艺术功能却远远超过中国传统小说。这一点,我们从鲁迅小说对三类事件的白描处理所形成的修辞特点中可以得到直接的证明。

1. 社会性事件

社会性事件,是鲁迅小说中最具有时代意义的事件,它们不仅对小说主题的凸显具有重要意义,而且对人物形象的塑造也具有直接的价值,甚至完全可以说,这类事件的有或者无,往往直接关乎小说思想的表达,关乎对人物形象质的规定性的揭示。但是,对于这类重要的事件,鲁迅小说基本上都没有正面的叙述与描写,更没有进行浓墨重彩般的处理,而是采用了间接的叙述或描写,在间接的叙述与描写中,又往往采用白描进行处理,其文句与文词的修辞往往既轻又低调。

(1)社会性事件书写的传统性

这里有这样一些例子:

> 从徐锡林,又一直吃到狼子村捉住的人。(《狂人日记》)
>
> 船的使命,赵家本来是很秘密的,但茶坊酒肆里却都说,革命党要进城,举人老爷到我们乡下来逃难了。(《阿Q正传》)
>
> 七斤慢慢地抬起头来,叹一口气说,"皇帝坐了龙庭了。"(《风波》)

　　这里列举的三个例子,分别书写的是三桩社会性事件,第一例写的是"吃人"的事件;第二例写的是辛亥革命;第三例写的是袁世凯复辟帝制的闹剧。这些事件,从中国历史的角度来考察,都是中国近代史上重要的社会事件,有的甚至是改变中国社会历史进程的政治性事件,如辛亥革命;从它们在小说中的功能来看,这些事件都是小说中不可或缺的内容,具有重要的思想与艺术方面的作用。"吃人"的事件,包括政治人物徐锡林被吃的事件和平民百姓被吃的事件,不仅与小说情节的发展和所要揭示的反封建的思想主题密切相关,而且对小说中的主要人物形象——狂人的塑造也起着至关重要的作用,特别是对狂人思想逻辑的揭示,具有关键的作用。狂人半夜查历史,他之所以能从写满仁义道德的字里行间发现"吃人"二字,除了其他原因之外,最为直接,也最为重要的依据是现实中存在的"吃人"事实,正是从现实的这些"吃人"的事件中,狂人在思想上清醒地认识到了中国历史就是一部吃人的历史,中国人中"难见真的人",无论是过去的中国人,还是现在的中国人,他们不是吃人者,就是被吃者。辛亥革命这场完整意义上的资产阶级革命,虽然终结了存在于中国的几千年的封建王朝的命运,但却并没有使中国人,尤其是最广大的民众真正获得解放。这一事件在《阿Q正传》这篇小说中,至少有三个显然的作用:一是推动故事情节的发展(有了这一事件,才有了后面"革命"与"不准革命"等故事情节);二是对这场革命的不彻底性进行反思;三是由此而揭示主要人物身上的某种革命性因素,即人物性格中的一种"质"的规定性(有了这一事件,潜伏于下层的人阿Q身上的革命性本质才有了显现的机会,即鲁迅自己所说的,中国如果不革命,阿Q也不会革命,但中国既然革命,阿Q也会革命)。至于"皇帝坐了龙庭"的事件,在小说中同样有着绝对不可或缺的思想与艺术的作用,小说以"风波"命名,其所指也主要是这一事件在一个相对封闭的乡村所产生的影响,特别是对人的生活、思想、心理以及人与人之间的关系和人的价值意识的影响。

　　可是,对于这样一些具有社会历史意义和小说艺术世界构建意义的重要事件,鲁迅的叙述与描写却如此简单与低调。在艺术手法方面,除了白描,其他我们所熟悉的具有文学性的手法都没有使用;在文句和词语的修辞方面,除了"直陈其事"的修辞方法,其他的修辞方法也都没有使用。这与中国传统小说在使用白描手法书写重大事件时的修辞方法十分相似,或者说,在书写重大的社会事件方面,鲁迅是有意识地继承了中国传统小说在使用白描这种艺术手法时所采用的修辞方法。被张竹坡所高度评价的《金瓶梅》在使用白描这种手法时的修辞方法我们姑且不论,即使是具有浓厚的"英雄传奇"色彩的一百二十回的《水浒传》,在使用白描手法处理重大事件时,其修辞方法也是如此。《水浒传》中重大的社会性事件主要有两件：一件是上卷中写到的嘉祐三年的瘟疫盛行的事件；一件是下卷中的"宋公明全伙受招安"的事件。两个事件不仅是有案可稽的重大的历史事件，而且对于小说的主题的表达、情节的发展以及艺术方式的采用，其作用也是十分巨大的，但小说在叙述和描写这两桩重要的社会事件时，分别使用的是这样两段文字：

> 嘉祐三年上春间，天下瘟疫盛行，自江南直至两京，无一处人民不染此症。①

> 且说宿太尉奉敕来梁山泊招安，一干人马，迤逦都到济州。②

将这两段书写重大的社会事件的文字与上面我所列举的鲁迅小说书写重大的社会事件的文字进行比较，我们会发现，尽管在这两段文字中对重大事件的书写采用的是直接书写的方式，与鲁迅小说间接书写重大的社会事件的方式有明显的不同，但所采用的艺术手法却没有例外，都是白描，所使用的修辞方式也是放重拿轻的低调修辞。瘟疫横行虽为"天灾"，但由于直接威胁到了人的生命，直接影响到了社会的秩序，所以，这样的"天灾"其本质已不是自然性的灾祸，而是社会性的重大事件。更何况，这样一桩重大的社会事件，还是直接导引出小说后面一系列故事的铺垫性事件。正是有了这样一桩重大的社会事件，才牵出了后面一百单八将的英雄传奇，也才有了对这些英雄的传奇事迹的洋洋洒洒的叙述与描写，也才有了我们今天所读到的一个个神采飞扬的故事，所以，该事件在小说的艺术功能方面具有重要意义。但小说在书写的时候，却仅仅陈述了事实，白描了状况，既没有形容性的修辞文句，也不见流露情绪的修辞性词语，即使是最可使用的"重词"，诸如"哀鸿遍野""民不聊生"等成语也没有信手拈来，中国传统小说家最喜欢采取的用诗词来描写景象或叙述事件的方式更不见踪影；宿太尉奉旨去招安与朝廷分庭抗礼良久的宋江一伙，无论从什么角度看，都是重大的社会事件，而且是当时社会事件中的最重大的政治事件，从艺术功能的角度看，也是直接影响小说后面叙事的重大事件（也就是从这件事情之后，小说开始叙述以宋江为首的那些昔日的造反英雄帮助朝廷镇压其他造反者的故事），但对这件具有重要作用和意义的事件，小说的书写却平平淡淡，甚至有点过于平淡，仿佛以宿太尉为首的一干人不是奉旨去处理一件重大的社会事件，而是去旅游一般。

（2）社会性事件书写的个性及创造性

当然，作为20世纪中国小说中最具有经典性的鲁迅小说，在使用白描这种手

---

① 施耐庵,罗贯中.水浒传(上)[M].长春:时代文艺出版社,2003:2.

② 施耐庵,罗贯中.水浒传(下)[M].长春:时代文艺出版社,2003:969.

法时,其修辞方法虽然与中国传统小说有一脉相承性,其放重拿轻的低调修辞所透射出来的传统性的魅力也力透纸背,但鲁迅小说修辞的传统性并不仅仅表现在其对传统的有效继承方面,更在于其对传统的发扬光大方面。其发扬光大的主要表现是,鲁迅小说在采用白描手法书写重大的社会事件所采用的放重拿轻的低调修辞,不仅在语言风格上有别于中国传统小说,既具有个性特征,又具有现代特征,而且还形成了自己的艺术修辞的规范;不仅十分有效地丰富了放重拿轻的低调修辞的方式与类型,而且也极为有效地提升了这种修辞的审美价值与意义,更开创了通过修辞规范的丰富而丰富白描手法的先河。同时,这种修辞规范由于十分有效地传递了丰富的信息,从而使这种艺术修辞的生命力也得到了强有力的显示。我上面所列举的鲁迅小说中的三段文字,就是这种修辞规范的具体例证,它们很有效地显示了鲁迅小说这种艺术修辞规范的特点,也从一个具体的方面卓有成效地显示了鲁迅小说的艺术神采。

无论是中国传统小说,还是鲁迅的小说,在采用白描手法书写重大社会事件时,使用放重拿轻的低调修辞所遵循的基本规范,是消极修辞的规范,其修辞的基本效果,是伦次顺畅、清楚明了地勾画出了事件的基本内容与特征,简洁稳妥地完成了对事件的叙述与描写。但与中国传统小说采用白描手法,通过放重拿轻的低调修辞书写重大社会事件不同的是,鲁迅小说在书写重大社会事件时,其放重拿轻的低调修辞既遵循了消极修辞的规范,更匠心独运地展开了积极修辞的追求;既清楚明了地叙述和描写了事件,又在使用放重拿轻的低调修辞白描重大的社会事件中构造了卓绝典范的具有艺术辩证法的修辞规范。这种具有艺术辩证法的修辞规范,主要有两种形态:第一种形态是“轻”中有重,“低”中含高的修辞规范;第二种形态是低调的直陈中有委婉的意味,“拿轻”的叙述里有含蓄的倾向的修辞规范。

先看第一种形态的修辞规范。这种修辞规范最集中地表现在《狂人日记》这篇小说对“吃人”事件的书写所采用的修辞中。小说对“吃人”事件的书写所采用的文句和使用的词语都很“轻”,也很低调,文句是十分口语化的陈述句,语调平和而舒缓,词语是十分平常的词语,不带任何感情色彩,其词义除指事、叙事外,不具备表达任何思想或价值取向的功能。也就是说,文句和词语的修辞性意义完完全全规范在书写事件、陈述事实的层面,但“轻”、低调都只是呈现在文句和文词表面的修辞现象,潜藏在文句与文词之中的内核却一点都不轻,也不低调,其修辞所形成的审美效果更是让人振聋发聩。这主要表现在两个方面。

第一方面是,“吃人”事件本身就是震撼人心的事件,无论鲁迅在小说中怎样“轻松”地书写,无论鲁迅在小说中使用怎样不露情绪与价值取向的文句与词语来白描吃人的事件,也无法淡化或遮蔽事件的严重性质,无法销蚀掉吃人事件与生俱来的非人道性和残忍性本质。这也就决定了,虽然小说对这种重大社会事件的书写是轻松舒缓而低调的,但由于这种轻松舒缓而低调修辞传递的是如此沉重的客观信息,呈现的是如此触目惊心的血淋淋的事实。因此,阅读者面对使用轻松舒缓的文句和低调的修辞白描出来的这种重大社会事件,审美的触角也实在难以被其轻而低调的修辞所吸引,也当然无法形成欣赏轻音乐一样的审美感受,只能是犹如突然听到了一首重音乐曲,不仅被震得头晕目眩,灵魂被重重触动,而且心里也是沉甸甸的,轻松不得。

第二方面是,鲁迅在书写吃人事件时,并列地叙写了两桩具体的吃人事件,同时,在两桩具体的吃人事件之间,巧妙地使用了"一直"这个词语。毫无疑问,这个词语也不带任何倾向与色彩,是一个地地道道的中性词,其修辞的功能与效果完全符合白描手法的艺术要求。但就是这样一个词语的使用,却在意义的链条上使两个孤立的吃人事件形成了历史的联系;而在艺术的链条上,则在两桩吃人事件之间留存了大量的空白,让人有了联想的余地:从徐锡林被吃,到狼子村被捉住的人的被吃之间,到底还有多少人被吃了呢?如此一来,也就使书写吃人事件的这个句子表面的轻松与低调的氛围被彻底打破了,并在轻松、低调的文句、词语与厚重的内容之间形成了一种张力,在放重拿轻的低调修辞与深沉的表意之间形成了一种辩证的关系。这种艺术修辞的规范,我们无论从什么方面看,都不能不说是鲁迅小说使用放重拿轻的低调修辞白描重大社会事件过程中,对传统修辞的"发扬光大",既发扬了传统小说放重拿轻的低调的消极修辞的规范,又"光大"了其修辞的范式,形成了具有个性特色的积极修辞的效果。陈望道先生在谈积极修辞与消极修辞的区别时曾经很明了地指出:"积极的修辞和消极的修辞不同。消极的修辞只在使人'理会'。使人理会只需将意思的轮廓,平实装成语言的定形,便可了事。积极的修辞却要使人'感受'。使人感受,却不是这样便可了事,必须使听读者经过了语言文字而有种种的感触。"①

再看第二种形态的修辞规范。这种修辞规范在对辛亥革命和"皇帝坐了龙庭"事件的白描中体现得最为鲜明。

我们知道,白描的主要目的就是客观地叙述事件是什么,放重拿轻的低调修辞也是为了客观地呈现事件是怎样的事件,它们都具有刻意让创作主体作家隐身的意图,也是作家隐蔽自身的一种艺术手段和修辞方法,而且是十分有效的手段与方法。中国传统小说可以说是淋漓尽致地体现了这种艺术手法与修辞方法的

---

① 陈望道.修辞学发凡[M].上海:上海教育出版社,2006:66.

特征和妙处，上面列举的《水浒传》中的两个例子就是如此。鲁迅小说的白描及所使用的放重拿轻的低调修辞，也尽得传统小说的精髓，但鲁迅小说也在不影响整体的白描和放重拿轻的低调修辞效果的同时，似乎是不经意地传达出了对事，包括对人的倾向。在用放重拿轻的低调修辞白描辛亥革命的情景时，鲁迅小说用了这样一个句子："但茶坊酒肆里却都说"，这个句子，虽然在文中是作为间接叙述的文句出现的，其主要功能是为了转述"革命党人进城"即辛亥革命爆发的事件，使用的是白描的手法和放重拿轻的低调修辞，既没有使用任何具有情感色彩或表示某种意味的词语，也没有使用任何表示倾向的修辞手段，仅仅是直白地传达了一种信息。就是在这段十分直白传递信息的文字中，却暗含了对辛亥革命的讽刺性意味，而这种讽刺性的意味恰恰不在别处，就在这几个似乎完全客观不带任何倾向的文句之中，就在这纯粹的白描和轻松地转述的文句形成的低调修辞之中。辛亥革命作为20世纪之初中国社会最重大的政治事件，无论它的性质是什么，但这次革命的目的却是为大众的。可是，这场为大众的革命，大众却并不了解它，更没有人参与其中，当它爆发的时候，大众只是在"茶坊酒肆里"谈论它，而且谈论的语调又是如此的平淡，与大众在茶坊酒肆里谈论身边的家长里短的事情并没有什么区别。辛亥革命这件本来是中国近代史上具有重大意义的社会事件，在大众看来，也不过如自己身边的家长里短一样，是茶余饭后的消遣性谈资而已，既与自己无关，也对自己没有任何实际的生活意义和人生价值，至于这件事究竟是一件什么性质的事，革命党人又是一些怎样的人等更为深远的问题，自己既不了解，也似乎根本就不需要了解。由此，辛亥革命这场看起来似乎十分重大的事件，它的"重大性"也就在鲁迅小说有形的白描和低调的修辞中被委婉地解构了，而且解构得是如此的不露痕迹，如此的轻巧，如此的低调，如此的炉火纯青。

同样，《风波》中对"皇帝坐了龙庭"事件的叙述和描写也是如此。皇帝坐龙庭的事件，尽管在中国近代史上是一件不具有积极意义的事件，但就其影响来说，也仍然是中国近代史上的一桩重大事件，在作品中也起着重大的作用。对于这桩重大的社会事件，小说采用的仍是转述的方式，转述中使用的仍是白描的手法和低调修辞的文词与文句，仍然在白描的手法和低调的修辞中包含了否定性的意味，这种否定性的意味也仍然通过对人物态度的描写体现出来。不过，《阿Q正传》中否定性的思想倾向是通过对大众"漠不关心"的态度的白描表现出来的，而《风波》中否定性的思想倾向则是通过白描人物对事件特别关注的态度和忧心忡忡的心理表现出来的。本来，皇帝是否"坐龙庭"，与普通百姓，尤其是身处较为闭塞地区的百姓没有什么关系，无论是哪个皇帝登基，老百姓都是被统治者。但由于小说中的人物七斤，是一个被别人强行剪掉了辫子的人物，而在七斤所生活的乡村人们的观念中,皇帝坐了龙庭是与辫子有密切关系的,所以,当皇帝坐了龙庭的事件被七斤转述后,首先在七斤家里掀起了一场"风波",并进而迅速扩展到整个村庄。对于这场"风波"的思想意义,学术界有一种较为普遍认可的解说,即"风波"中所暗含的是对大众不觉悟的一种精神状态的揭示与批判,具有"改造国民性"的思想意义。这样的解说是不错的,其观点也完全经受得起小说描写的事实与鲁迅创作意图的检验,但却鲜有人从另外一个角度给予解说,即鲁迅对引起这场风波的事件本身的否定。如果鲁迅对国民精神状态的否定与批判是小说的核心思想的话,那么鲁迅对引起这场风波的直接事件"皇帝坐了龙庭"的否定,则是小说最显在的思想,也是鲁迅在小说中描写这桩"重大"事件的直接的思想意义与艺术意义。当然,也许有人会说,对这一本来就不具有积极意义的所谓重大的社会事件的否定是鲁迅这篇小说不言而喻的思想倾向。我也同意这种观点,但小说中这种不言而喻的否定性的思想倾向,鲁迅是如何在小说中表露出来的呢? 具体的依据是什么呢? 在表露这种否定性的思想倾向的过程中,鲁迅的艺术匠心又何在呢? 这种艺术匠心的魅力是什么呢? 这些问题,是学界同人们都忽视了的问题,当然这也是没有人展开相应的探讨与论述的问题。事实上,对这些问题展开分析及分析所形成的判断与所得出的结论,不仅能有效地为鲁迅在小说中对这件引起"风波"的事件本身的否定提供直接的证据,而且还可以从一个微观的方面具体透视鲁迅小说杰出的艺术造诣及所形成的杰出的修辞效果。所以对鲁迅白描这一所谓重大社会事件的分析,不仅必要,而且必须。

鲁迅对"皇帝坐了龙庭"这桩所谓重大社会事件的否定性倾向是如何表露的呢? 其直接的途径就是对主要人物之一的七斤在叙述这件事的动作、神情的白描。鲁迅白描这一所谓重大事件使用了两个分句,而且是很短的分句,两个分句的总字数只有 21 个,使用的词语也平和、淡然,使用了三个动词,其中两个动词分别描写七斤的两个动作,一个是抬头,一个是叹气;一个副词描写七斤的神情,慢慢地抬起头;一个量词描写七斤叹气的次数"一口"。从修辞的角度看,此白描没有使用任何形容词,也没有使用任何具有"分量"的词语,更没有使用具有色彩感或具有思想与情绪意味的词语,无论是语句还是词语,都十分低调而轻,但就是这些低调而轻的语句与词语,却白描出了七斤对这一所谓重大事件忧心忡忡的心理状况。而七斤这种忧心忡忡的心理状况的价值取向所传达出来的信息则表明,"皇帝坐了龙庭"这件事不是什么好事,尤其对七斤这个平民百姓来说不是什么好事,而恰恰是可能会给他带来杀身之祸的事,如果这是一件让七斤觉得是与他有利的好事,或者是与他没有什么关系的事(就如《阿 Q 正传》中辛亥革命与大众没有什么关系一样),七斤也不会"慢慢地抬起头来""叹气"地叙述这件事。他"慢慢地抬起头来"叙述这件事,则正表明他叙述这件事是很勉强的,并非出于本心;他"叹气",则表明他对这件与自己有关的事十分担心而又无可奈何。而他之所以十分担心,是因为"皇帝坐了龙庭"这件事与百姓头上的辫子有密切关系,而他恰恰被人剪掉了辫子;他之所以无可奈何,是因为他无法让被剪掉了的辫子在很短的时间里长出来,更无法阻止"皇帝坐了龙庭"事件的发生。正因为他是如此地纠结,所以当他叙述"皇帝坐了龙庭"这件事的时候,其动作是"慢慢地抬起头来",其语气是"叹一口气"。而七斤对这件所谓的重大社会事件的态度和复杂的心理,正表明这件事不是值得肯定的事,因为它无法给人物,尤其是广大的下层人物带来什么好处,而只能带来"祸害"。而只能给广大的人们带来祸害的事,不管它是大还是小,从本体上或情理上,都是没有积极价值的事件,而没有积极价值的事件,当然是应该否定的事件。

鲁迅对"皇帝坐了龙庭"这件所谓的重大的社会事件的否定性思想就是这样被含蓄地表露出来的。或者说,鲁迅在小说中对这件所谓重大的社会事件的否定性思想倾向,不是直接地表达出来的,而是通过对人物心理和态度的白描曲折而含蓄地表达出来的。尽管在表达的过程中,鲁迅没有使用任何具备表达自己"思想"功能的词语,没有在文句的构造中经意或不经意地塞进自己否定这件所谓重大事件的任何要素,但仍然巧妙而成功地实现了自己的思想意图与艺术意图,而且,实现得是如此的"轻松"而"低调",如此的"放重拿轻",如此的美不胜收,如此的具有风采。这正是鲁迅小说杰出的艺术特色之一,也当然是鲁迅小说卓绝的修辞技巧之一。

#### 2. 个人制造或承担的重要事件

个人制造或承担的重要事件,是鲁迅历史小说中常常书写的事件。在鲁迅的现代小说《呐喊》《彷徨》中,此类重大事件几乎不见踪影。这是因为,鲁迅的历史小说书写的大多是名人或伟人之事,而现代小说书写的都是常人或庸人之事。名人或伟人自然是制造重要事件或承担重要的历史任务的人,也自然会制造或承担一些重要的事件,如女娲造人、补天的事件,大禹治水的事件,墨子阻止楚国攻宋的事件等;而小人物没有这样的伟力,自然也就不会制造或承担什么重要的事件。在书写名人或伟人制造或承担的重要事件时,鲁迅使用的艺术手段和修辞手段都是丰富多彩的,我这里只分析其中的一种,即白描时所使用的放重拿轻的低调修辞方法。

(1)书写个人制造或承担的重要事件的传统性

先看几个例子:

但伊自己并没有见，只是不由的跪下一足，伸手掬起带水的软泥来，同时又揉捏几回，便有一个和自己差不多的小东西在两手里。（《补天》）

然而关于禹爷的新闻，也和珍宝的入京一同多起来了。百姓的檐前，路旁的树下，大家都在谈他的故事；最多的是他怎样夜里化为黄熊，用嘴和爪子，一拱一拱的疏通了九河，以及怎样请了天兵天将，捉住兴风作浪的妖怪无支祁，镇在龟山的脚下。皇上禹爷的事情，可是谁也不再提起了，至多，也不过谈谈朱太子的没出息。（《理水》）

只见这样的一进一退，一共有九回，大约是攻守各换了九种的花样。这之后，公输般歇手了。墨子就把皮带的弧形改向了自己，好像这回是由他来进攻。也还是一进一退的支架着，然而到了第三回，墨子的木片就进了皮带的弧线里面了。

楚王和侍臣虽然莫名其妙，但看见公输般首先放下了木片，脸上露出扫兴的神色，就知道他攻守两面，全都失败了。（《非攻》）

第一例写的是女娲"造人"的事件；第二例写的是大禹治水的事件；第三例写的是墨子运用自己的智慧，通过具体的事实说服楚王和公输般放弃攻打宋国的事件。这三件事，虽然有的是带神话色彩的事件，有的是据传说书写的事件，有的是根据历史文献资料描写的事件，但就其本质或对中国社会发展的作用来看，没有例外。这三个事件，都是具有重要性的事件，都是由充满了浪漫色彩的神话人物创造的事件，或由杰出的历史人物承担的事件。不管鲁迅在创作小说之时依据的是什么，也不管鲁迅书写这三件事的时候主观意图是怎样的，但十分明显的是，对如此具有重大性的事件，从上面所列举的例子来看，鲁迅在小说中却叙写得如此简略、平淡，使用的手法基本是白描，采用的修辞也完完全全的是放重拿轻的低调修辞，没有渲染，没有形容，更没有抒情表意的词语和文句，其特点与中国传统小说十分一致。例如，在《三国演义》中，对人物制造或承担的重大事件就有这样的书写：

却说曹操领兵夜行，前过袁绍别寨，寨兵问是何处军马。操使人应曰："蒋奇奉命往乌巢护粮。"袁军见是自家旗号，遂不疑惑。凡过数处，皆诈称蒋奇之兵，并无阻碍。及到乌巢，四更已尽。操教军士将束草周围举火，众将校鼓噪直入。（第三十回，278页）

黄盖用刀一招，前船一齐发火。火趁风威，风助火势，船如箭发，烟焰涨天。二十只火船，撞入水寨，曹寨中船只一时尽着；又被铁环锁住，无处逃避。隔江炮响，四下火船齐到，但见三江面上，火逐风飞，一派通红，漫天彻地。

（第四十九回,453 页）

　　除更时分,东南风骤起。只见御营左屯火发。方欲救时,御营右屯又火起。风紧火急,树木皆着,喊声大震。（第八十四回,769 页）

　　《三国演义》作为专门书写人物制造与承担的重大事件的小说,其所书写的重大事件可以说是比比皆是。其中,仅书写的大小战争就不下百次,这里只摘录了直接书写战争的三个例子。这三个例子所书写的不仅是三次著名战役的最后结果,而且也是书写得最为精彩与成功的重要事件。更何况,这些事件在《三国演义》这部小说中,不仅本身具有重大意义,而且其艺术的作用也是十分重要的,对于塑造人物,尤其是几个主要人物,如曹操、诸葛亮、周瑜、刘备等,发挥着极其重要的作用;对于表达意识与情感,也有十分重要的意义。

　　第一例写的是曹操一生中指挥得最杰出的一场战斗,即官渡之战中曹操带领众将士火烧敌军粮草的事件,正是有了曹操制造的这一事件,才使本来势力弱小的曹操完胜了对手,也才奠定了曹操在群雄逐鹿的三国时代的重要历史地位,显示了曹操过人的胆识与杰出的军事智慧。这一事件虽是曹操这一重要的历史人物自己一手制造的,且对小说情节的展开、人物的塑造都具有重要的意义与价值,但是对于具有如此重要意义的事件的叙述和描写,小说却只用了几句话交代了主要的过程与结果。第二例写的是著名的赤壁之战,尽管在《三国演义》中,对赤壁之战过程的书写很长,曲折、生动,且所占据的篇幅也很多,但对这件重大事件最后结果的叙述与描写却也只用了这么几句话。第三例写的是"陆逊营烧七百里"的事件。这一事件是直接导致刘备集团全面崩溃的事件,也就是从这件事之后,刘备集团的势力全面式微,即使有才高八斗的孔明辅佐,也无力回天。所以这一事件无论从哪种意义上看,都是重大的事件,而且是由小说中的人物制造和承担的事件,但对"火烧"的过程和结果的叙述与描写,也只用了这么短的篇幅。

　　如果将《三国演义》中这些描写重大事件的文字与鲁迅小说中描写重大事件的文字进行比较,我们可以发现,无论是采用的艺术手法,还是修辞方式,都是十分接近的。这种十分接近的艺术和修辞的特点,固然直接地表现在白描手法的使用方面,也表现在放重拿轻的低调修辞方面,但更表现在现代修辞学,尤其是小说修辞学所十分注重的作者在小说中的存在形式方面。

　　现代小说修辞学关于作者在小说中存在的形式有不同的认识,也使用了不同的概念与表述,这些概念与表述所揭示的作者在小说中存在的形式归纳起来无非两种:一种是介入的形式;一种是隐身的形式。对于作者在小说中存在的这两种形式,不同的人有不同的看法。持"介入说"的人认为,作者积极介入小说中不仅必要,而且必须。作家的积极介入不仅符合小说创作的规律与本质(因为,小说本来就是作家创作的,在本质上,小说就是作家精神劳动的产品,是作者将所见、所闻、所思、所感用文字物态化的过程,本身就具有主观性),而且能产生更好的艺术审美效果,能有效地帮助读者把握人物、事件的性质、特征乃至于小说所要表达的思想、情感等。持"隐身说"的人则认为恰恰相反,小说固然是作家创作的,但小说中的人物、事件等一旦出现于小说中,就具有了自己的独立性,他们或它们要按自己的规律发展,作家不应该干涉,也无权干涉①。正因为对作者在小说中的存在形式及所产生的艺术效果有不同的观点与认识,所以,也由此形成了关于小说修辞的不同看法。持"介入说"的人认为,小说的叙述与描写越带主观倾向性则其修辞效果越好;而持"隐身说"的人则认为,小说的叙述与描写越客观则修辞效果越好。在我看来,两种观点其实并不矛盾,作者介入与作者隐身的艺术审美效果和修辞效果应该是各有千秋,不存在谁更优或谁更劣的问题。从修辞学的角度看,持"介入说"的人更倾向小说的积极修辞效果;持"隐身说"的人则更倾向小说的消极修辞效果。积极修辞与消极修辞不仅各有自己的价值追求,而且也都具有自己存在的必要性,对于小说来说,两类修辞都是不可或缺的,如果只采用一类修辞手段建构小说的艺术世界,则犹如人只用一条腿走路一样,难以稳健地达到目的。事实上,查找古今中外文学史,我们还真难以找出只采用消极修辞或只采用积极修辞建构的小说作品。从作者介入或作者隐身的角度看,在一部小说作品中,尤其是那些彪炳史册的小说巨著中,作者的介入与作者的隐身也是常常交替出现的,也不存在纯粹的介入或纯粹的隐身。如《三国演义》中就是如此,有时候作者是隐身的,有时候作者不仅直接介入对小说中的人物、事件、时势的评价,如小说开篇和结尾处的"话说天下大势,分久必合,合久必分",而且在修辞方面还直接用提示性的话语,如,"也是合当有事""说时迟、那时快""正是""却说"等,提醒读者注意。当然,作者的介入与作者的隐身虽然在一部小说中是常常交替出现的,但其修辞性的效果和艺术审美的效果却是各不相同且各具千秋的,这种各不相同与各具千秋,也就使我们进行分析的时候,当然应该具体对象具体分析,具体问题具体研究,如此,我们才可能形成较为公允和较有说服力的结论。就上面列举的例子来看,无论是鲁迅小说中对重要事件的叙述与描写,还是《三国演义》中对重要事件的叙述与描写,作为创作主体的作者都有意地隐退了,叙述与描写所呈现的

---

① 当然,还有一种折中的观点,这就是布斯在《小说修辞学》中提出的"隐含作者"的观点。这一观点有一定的合理性,但也存在很明显的逻辑漏洞,辨析起来需要花费大量篇幅,这里从略。

只是事件本身的样态与结果。

那么,这种作者隐身的叙述与描写的好处何在呢？中国现代著名的语文教育家夏丏尊先生在 1925 年时就曾经指出:"在文学的形式上要看不出有作者在,方能令人读了如目见身历,得到纯粹的印象。一经作者逐处加入说明或议论,就可减杀读者的趣味。"①尽管夏先生的判断存在过于绝对化的倾向,在逻辑上也具有明显的不周密性,其判断也很容易被有案可稽的艺术事实所消解。按照夏先生的逻辑,只有作者完全隐身了,"才能"产生"如目见身历"的良好的艺术审美效果。其实,作者不隐身并直接出来展开议论,也同样可以取得良好的艺术效果,这不仅在《呼啸山庄》《战争与和平》等欧洲小说中是如此,而且在中国小说《三国演义》《红楼梦》等中也是如此。但是,夏先生对作者隐身所能产生的艺术效果的论述还是可取的,也是可以在中外众多小说中找到大量的例证来说明的,前面列举的鲁迅的历史小说中的例子以及《三国演义》中的例子当然也能有效地支撑夏先生的这一观点。夏先生所说的作者隐身后所形成的叙述与描写"如目见身历"的审美效果,在前面列举的鲁迅小说和《三国演义》对人物所制造或承担的重要事件的白描中也存在,这无须赘述。但如果此类白描及所采用的修辞方法仅仅产生如此的艺术效果,或只有这么一个方面的艺术效果,那么这不仅狭义化了夏先生观点的本意,而且也怠慢了这些例证所提供的艺术经验及修辞方面的杰出意义,所以,我们应该从更为广泛的意义上来分析这些例证的艺术效果与修辞意义。

从中国小说的艺术渊源来看,中国小说所承续的艺术资源与西方小说不同,其不同体现在:西方小说主要承续了西方成熟的史诗与戏剧的传统,而中国小说则更多地承续了中国丰富的史传文学传统。有学者甚至认为,中国的小说不仅与史传文学有密切关系,而且它本身就是"史家之支流"②。更何况,鲁迅的历史小说与《三国演义》,都是依据历史史实或神话传说铺衍而成的艺术作品,其与史传传统的密切关系更是不言而喻,其对史传传统的继承也更为方便。由此,在鲁迅小说与《三国演义》这类小说中,作者们所采用的隐藏自身的白描及所采用的修辞手法,与我们民族的史传传统密切相关;或者说,鲁迅小说与《三国演义》中对名人与重要人物所制造、承担的重要事件的白描及所采用的放重拿轻的低调修辞,是我们民族史传传统在不同历史时期,在不同的小说中的再现。而这种史传传统的基本原则就是"秉直笔",即如实、公正、客观地书写事件与人物,不溢美,不饰恶,

---

① 夏丏尊.论记叙文中作者的地位并评现今小说界的文字[M]//严家炎.二十世纪中国小说理论资料:第二卷.北京:北京大学出版社,1997:409.

② 王钟麒.中国历代小说史论[M]//文学理论学习参考资料(下).沈阳:春风文艺出版社,1982:73.

不为贤者讳，亦不为恶者张，作者或者记事者完全置身事外，其主观的意图、倾向不在文字或文句中显然流露。这种"秉直笔"的史传传统，不仅与中国诗歌中"笔补造化天无功"①反一调，也与中国史传文学中的"春秋笔法"有严格的区别。它不追求在改造自然与重塑自然中运笔，而追求"随物赋形"地运笔；它不追求以一字或一句对所记之事或所写之人定褒贬，而追求如实地呈现其人做了什么事，其事又是什么。其主要手法不是"补"自然、"补"事件，也不是要褒扬对象或贬损对象，而是"敷陈其事而直言之"②，人做了什么就怎么写，事情是怎样就怎样写，即使要表露"记者"的倾向，也不似"春秋笔法"般的通过修辞直接表露，而是基于中国源远流长而厚重的"赋"的修辞方式来表露。其基本特征与鲁迅在评价中国古代小说《儒林外史》中所说的"无一贬词，而情伪毕露"的白描手法和"诚微词之妙选"③的放重拿轻的低调修辞较为一致。其艺术效果就是"不著一字，尽得风流"，其修辞效果则是"语不涉己，若不堪忧"④，即吴组缃先生说的"我国传统的史笔，极其讲究'概括''集中'的手法，以及行文造语的简约凝练。所谓'略小明大''举重若轻'"⑤等。也就是说，作者隐身所采用的白描及所使用的放重拿轻的低调修辞，在艺术效果与修辞效果方面，不仅自然、如实地呈现了现象或事件应该有的或本来就具有的面貌与特征，使读者读来有"如目见身历"的感受，而且含蓄、深藏不露地在客观呈现的过程中形成一种具有全局性的"尽得风流"的整体性与整体美，形成一种"纲举目张"的修辞性效果与艺术审美的效果。《三国演义》中白描的三场重要事件，就是如此。作者白描出的虽是这些重要事件的最后结果，也没有使用表达评价的任何词语，只是直陈了事实，但这种被直陈出来的事实，却犹如绘画中的"画龙点睛"一样，不仅使人物制造的事件的结果有了交代，而且也由此使结果之前的过程的意义、作用和价值得到了体现，如"赤壁之战"中的诸葛亮舌战群儒、草船借箭、借东风等，都属于"赤壁之战"结果之前的过程。如果小说没有对结果的直陈，那么这些属于过程的意义和价值也就无法得到体现。甚至完全可以说，没有对结果的直陈，或者说事件没有结果，那么过程的价值也就失去了实现的最后依据。正是由于小说白描出了结果，尽管在白描中使用的是放重拿轻的低调

---

① 钱锺书. 谈艺录[M]. 北京：中华书局，1984：60.

② 朱熹. 朱子语类[M]//郭绍虞. 中国历代文论选：第一册. 上海：上海古籍出版社，1979：68.

③ 鲁迅. 中国小说史略[M]//鲁迅全集：第九卷. 北京：人民文学出版社，2005：231.

④ 北京师范大学文艺理论教研室. 文学理论学习参考资料（下）[M]. 沈阳：春风文艺出版社，1982：843.

⑤ 吴组缃. 儒林外史的思想与艺术——纪念吴敬梓逝世二百周年[M]//李汉秋. 儒林外史研究论文集. 北京：中华书局，1987：85.

修辞,并没有作者主观介入的任何议论或说明性文字,但从艺术效果上看,如此的白描和修辞却在事件的结果与过程的逻辑关系中("结果"是"过程"的完成,是过程价值的最后,也是最集中的体现)自然地使尾(结果)、中(过程)、首(事件的开始)的意义连成一气。不仅"纲举目张"地完成了对整件事的整个过程的意义的表达,而且也形成了一种整体性的艺术效果,让"赤壁之战"这件曲折多变、荡气回肠的重大的历史事件的宏伟场景,通过最后一段简洁的白描,高度聚合地得到了整体性的再现,充分地彰显了这种作者隐身的白描手法和放重拿轻的低调修辞的非凡魅力,这正是《三国演义》这部经典小说杰出的艺术特色及艺术成就的一种具体表现和一个具体的方面。

(2)书写个人制造或承担的重要事件的创造性

与《三国演义》中白描的三件重要的事件的艺术效果相比,鲁迅小说白描的三件重要的事件的艺术效果与之既有显然的一致性,又有同样显然的差异性。这种艺术效果的一致性表明,鲁迅小说在白描人为的或著名的人物所承担的重大事件过程中,使用的艺术方法与修辞方法的传统性;差异性则表明了鲁迅小说在继承传统过程中的创造性,而这种创造性正是作为现代中国小说的代表的鲁迅小说最可贵的品质,因此,更值得关注。

鲁迅小说在白描人为的重要事件中的创造性,主要就表现在,"拿轻放重的低调修辞"是名副其实的,即鲁迅轻松地白描这些重要事件,其采用的修辞是低调的。从小说的主体内容与作者的创作意图来看,是与事件本身在小说中的作用相吻合的,因为这些事件本来就不是小说要书写的最重要的内容,鲁迅也无意重点书写这些内容,特别是事件的结果。这在鲁迅小说所白描的三件重要的人为事件中都有体现,其体现的基本方式是,鲁迅固然采用放重拿轻的低调修辞白描了重要的人为事件。但从小说整体来看,其书写的重心却并不在事件本身,其书写的主要意图也不在交代事件本身的结果方面,而在另外的方面,这一点与我上面所列举的《三国演义》对重要的人为事件的书写有重大的差异。《三国演义》对重要的人为事件的书写,都写到了结果,并且是匠心别具地写出了结果,而这些结果不仅是事件过程的重要扭结点,且具有重要的作用与意义,而且也是小说对事件书写的直接目的。而鲁迅小说则不同,这种不同体现在前面列举的三个例子,总的方面的不同是,对事件结果书写的完成,并不等于对事件意义发掘的完成。前面列举的三个例子,情况各不相同,思想的意味与艺术的意味也各有千秋,它们以多彩的意味,从一个个具体的方面凸显了鲁迅小说非凡的创造性和非凡的魅力,也从一个具体的方面,显示了鲁迅思想的独特性。而这些独特的思想、非凡的艺术创造性,正是鲁迅的《故事新编》这部历史小说具有强大生命力的直接原因。

对女娲造人事件结果的书写是一种类型。这种类型的基本价值取向是,对事件结果书写的完成,仅仅是对意义,而且是小说中最重要的意义的发掘的开始。对女娲造人事件结果的书写,小说只用了几句话,采用的手法是白描,修辞也完全是放重拿轻的低调修辞,但对这件事意义的发掘却还仅仅是开始,其重心也并不在这一事件的结果,意图也不在事件本身。那么重心在哪里呢? 意图又是什么呢? 鲁迅自己有回答:"第一篇《补天》——原先题作《不周山》——还是一九二二年的冬天写成的。那时的意见,是想从古代和现代都采取题材,来做短篇小说,《不周山》便是取了'女娲炼石补天'的神话,动手试作的第一篇。首先,是很认真的,虽然也不过取了弗洛伊德说,来解释——人和文学的——的缘起。"①很明显,书写的重心是人是怎么来的,其基本的意图就是要解说人为什么会被创造出来。从小说的内容来看,人是怎么来的这个问题在笔者上面所引述的文字中已经有了清楚的交代:是由女娲创造的。人为什么会被创造出来呢? 或者说女娲为什么要造人呢? 鲁迅按照弗洛伊德的理论,运用小说的形式进行了解说:性被压抑了而转换为了创造。但小说写出了结果后,并没有结束,更没有对这一重要事件的积极意义展开书写,相反,却对这一事件所产生的消极结果展开了"油滑"似的描写和尖刻的讽刺:"伊将手一缩,拉近山来仔细的看,只见那些东西旁边的地上吐得很狼藉,似乎是金玉的粉末,又夹杂些嚼碎的松柏叶和鱼肉。他们也慢慢的陆续抬起头来了,女娲圆睁了眼睛,好容易才省悟到这便是自己先前所做的小东西,只是怪模怪样的已经都用什么包了身子,有几个还在脸的下半截长着雪白的毛毛了,虽然被海水粘得像一片尖尖的柏杨叶。""他们中的许多也都开口了,一样的是一面呕吐,一面'上真上真'的只是嚷,接着又都做出异样的举动。伊被他们闹得心烦,颇后悔这一拉,竟至于惹了莫名其妙的祸。"而小说对女娲造出的人的讽刺与批判,即对事件的结果的讽刺与批判才是小说的重心。也正因为小说书写女娲造人这一重要事件的重心并不在事件本身,所以小说采取白描的手法而运用"放重拿轻的低调修辞"来书写这一事件,是完全名副其实的。更何况,对女娲造人这一神圣事件,也不需要鲁迅来肯定、来赞赏,历史文献及相关的神话传说中早已有了。而鲁迅作为一位具有非凡创造性的作家,对于古人已经表达了的情感倾向与主题,他从来不喜欢亦步亦趋,更不喜欢炮制"狗尾续貂"的作品,他轻描淡写女娲造人的事件,也是完全符合他的艺术个性的。同样,他重点书写女娲造人的消极后果,是因为这是他的独特认识和对生命、生活的独特感受,具有原创性,所以,他

① 鲁迅.故事新编·序言[M]//鲁迅全集:第二卷.北京:人民文学出版社,2005:353.

在"只取一点因有,随意点染"①了一番女娲造人的事件后,即风格独到地大写特写这一事件所带来的消极后果。

对墨子阻止楚王攻打宋国这一重要事件的书写,在某些方面与对女娲造人事件的书写有相同性,但也有不同性。相同性在于,小说在书写了墨子成功地阻止了楚王攻打宋国的结果后,小说的书写却并没有结束,而是接着书写了墨子回到宋国的遭遇,从一个独特的方面表达了小说所要表达的一个方面的重要意义及主旨:英雄的寂寞,以及民众与英雄的隔膜。而从意义和主旨的角度看,墨子阻止楚王攻打宋国的意义固然重要,对墨子行为及其结果的肯定也是小说所要表达的一个重要主题,但对墨子的寂寞及民众与墨子隔膜书写的意义似乎更为深远,其否定性的主旨也似乎更为深刻,更有发人深省的意味。从"发人之未发"的思想创造的角度来看,后一个主题才是鲁迅的创造,是鲁迅独特的思想认识的凝聚与表达,所以其价值与意义也更为重要;前一个主题,无论从文献资料所提供的内容来看,还是从文学作品本身的发展来看,都不是鲁迅的首创与发现,而是古已有之的,鲁迅不过是用自己特有的艺术构思进行了具有个性的表达。也许正因为"墨子非攻"的事件古已有之,赞赏墨子"非攻"的主题也早已有之,不具有新鲜性,所以在书写和表达这一主题的时候,鲁迅采用了白描,采用了放重拿轻的低调修辞,而白描的手法与低调的修辞,也正与这个不新鲜的事件和主题相吻合,也是名副其实的。不同性主要表现在,鲁迅对女娲造人过程的书写很简单,不仅对女娲第一次造人结果的书写使用的文字很少,而且对女娲后来"大量"造人的书写的文字也不多。而与之相反,鲁迅在《非攻》中对墨子完成"非攻"任务的过程的书写却很多,包括他如何准备,如何历经艰辛地奔赴楚国去完成为自己选定的重要任务的过程,都写得很细致;同时,对墨子阻止楚王攻打宋国的结果的书写也比较详细,不仅有过程的叙述,还有人物表情的描写,甚至心理描写。

对大禹治水这一重要事件的书写,是另一种类型。不过,其艺术效果却与上面所论的两例有异曲同工之妙。小说没有像《补天》和《非攻》一样采用直接书写的方式交代事件的结果,而是采用了鲁迅比较喜欢的间接书写的方式,用充满神话色彩的"传说",轻描淡写地交代了大禹采取的切合实际而与自己的父亲不同的治水方式治愈了泛滥的洪水的结果,其书写的文字不仅很少,而且还有意识地对大禹完成了如此重要的工作的意义、价值等从民众的角度进行了淡化。民众虽然知道大禹治愈了让他们饱受困苦的洪水,但民众既不知道大禹在治水的过程中经历了怎样的辛劳,克服了怎样的艰险,也不知道大禹采取了怎样的方法,而这些方

---

①　鲁迅.故事新编·序言[M]//鲁迅全集:第二卷.北京:人民文学出版社,2005:354.

法又是如何有效、如何切合实际，他们只听说（而不是亲见）大禹是因为"夜里化为黄熊，用嘴和爪子，一拱一拱的疏通了九河"，才最终治愈了洪水的。也就是说，在民众看来，大禹能治愈洪水，并非是大禹具备令人羡慕的智慧，也并非是大禹有令人钦佩的牺牲精神和奉献精神，而只是因为大禹能变成他们所无法变成的黄熊，所以，大禹能治愈滔滔洪水，这不仅没有什么奇特性，而且也没有什么值得特别赞扬的。如此一来，大禹"三过家门而不入"，带领一群"像铁铸的一样"的"白须发的，花须发的，小白脸的，胖而流着油汗的，胖而不流油汗的官员们"治水的意义和价值，也就在民众的这种谈论中被淡化了，大禹这个"人物"的崇高性也被解构了。这种淡化本身是很有匠心的，其匠心不仅使所采用的放重拿轻的低调修辞与所书写的内容之间形成了相互的协调，而且暗示了小说书写的重心并不在大禹治水这件重要事件本身，而在其他方面。就小说书写的内容来看，小说既没有过多地书写大禹治水的结果，也没有较为细致地书写大禹治水的过程，甚至对大禹"三过家门而不入"的事情，也只进行了间接书写，而恰恰充满讽刺地书写了一帮无聊文人和愚蠢官吏在洪水泛滥时期的所作所为，书写了一帮自以为是的官吏对大禹采用新的方式治水的反对、阻挠、诘难。也就是说，小说的主旨并不在于对大禹治水行为与结果的赞赏，而在"社会批评与文明批评"以及启蒙与改造国民性方面。而后一个主旨恰恰是历来的文献与文学作品中没有提供的，是鲁迅的首创，也就可以理解为什么鲁迅要重点书写了，而前一个主旨与《非攻》中对墨子赞赏的主旨一样不具有原创性，所以，也就同样可以理解鲁迅为什么要对负载着这一"赞赏"主旨的"大禹治水"的事件采用"放重拿轻的低调修辞"了。

从上面的分析我们可以发现，鲁迅小说在书写人为的重要事件的时候，之所以会采用如此的手法与修辞，不仅仅是为了追求白描及放重拿轻的低调修辞特有的艺术效果，更不仅仅是为了刻意显示对中国古典小说传统的继承性，而完全是由艺术创新与思想创新的目的所规约、所制导的必然结果。这也许就是导致鲁迅小说在采用白描及放重拿轻的低调修辞时，其神采及意味与中国传统小说采用同类手法与修辞时的神采与意味不同的最根本原因，这也当然是鲁迅小说杰出而独特的艺术风貌能构成的最内在的原因。茅盾当年在评说鲁迅《故事新编》的时候，曾经说过一段话，他说："鲁迅的此类小说，我们只可以欣赏，可以玩味，但我们是不能学，也无法学的。"茅盾虽然没有直接指明为什么鲁迅的此类小说我们不能学，但通过前面的分析，我们也能明白为什么鲁迅的此类小说我们不能学，也无法学。我们之所以无法学，不是因为我们不懂艺术的技巧，也不是我们没有鲁迅驾驭语言文字的超强能力，最根本的是我们无法达到鲁迅的思想境界，更没有能力将高远而富有创意的思想与艺术的书写有机地结合。这也正是鲁迅伟大的一个方面，这也正是鲁迅能创作出迄今仍然具有强大生命力的小说作品的内在依据。

### 3. 与人物命运密切相关的重要事件

与人物，特别是主要人物命运密切相关的重要事件，是鲁迅小说中书写得最多，同时也是最有意味的事件。正由于这些事件太多，笔者无法一一列举，更无法一一展开论析，所以只能摘其具有相当代表性的三例，一方面由此论证鲁迅小说采用的白描手法所形成的放重拿轻的低调修辞的传统性；另一方面由此透视鲁迅小说修辞的个性特征以及这种个性特征对鲁迅小说思想境界与艺术境界升华的杰出作用。

（1）科举不第事件

科举不第，作为与个人，尤其是与中国传统读书人的命运密切相关的重要事件，在中国传统小说，特别是在"机锋所向，尤在士林"①的经典讽刺小说《儒林外史》中，有生动而深刻的书写。鲁迅在自己的小说中也对这一与中国传统的读书人命运密切相关的重要事件进行了书写，其中最集中书写这一事件的小说有两篇，一篇是《孔乙己》，一篇是《白光》。

①书写人物科举不第事件的传统性。

在《孔乙己》和《白光》这两篇小说中，鲁迅对人物科举不第事件是分别这样书写的：

> 听人家背地里谈论，孔乙己原来也读过书，但终于没有进学，又不会营生；于是愈过愈穷，弄到将要讨饭了。
>
> 孔乙己喝过半碗酒，涨红的脸色渐渐复了原，旁人便又问道，"孔乙己，你当真认识字么？"孔乙己看着问他的人，显出不屑置辩的神气。他们便接着说道，"你怎的连半个秀才也捞不到呢？"（《孔乙己》）
>
> 陈士成看过县考的榜，回到家里的时候，已经是下午了。他去得本很早，一见榜，便先在这上面寻陈字。陈字也不少，似乎也争先恐后的跳进他眼睛里来，然而接着的却全不是士成这两个字。他于是重新再在十二张榜的圆图里细细地搜寻，看的人全已散尽了，而陈士成在榜上终于没有见，单站在试院的照壁的面前。（《白光》）

孔乙己与陈士成两个传统文人，当他们出现在小说中的时候，都是穷困潦倒

---

① 鲁迅．中国小说史略［M］//鲁迅全集：第九卷．北京：人民文学出版社，2005：228.

的文人,而他们之所以会生活得如此困苦,如此不如意,又如此被人瞧不起,除了他们自己的性格等原因之外,对他们来说,最重要的原因就是他们没有完成"鲤鱼跳龙门"的过程,没有在科举考试中榜上题名。所以科举成为他们人生中最重要的事件,"他们活在世上没有第二个目的,也没有任何乐趣,整个的生命都为着科举"①。而科举不第,对他们来说,不仅是观念中最让他们放不下的事件,也是情感世界中最让他们感到悲惨的事件,更是现实生活中对他们打击最大的事件。但是小说在对孔乙己科举不第事件的书写中,如果抛开对事件呈现的具体场景的描绘的文字,我们会发现,其手法也是白描,其修辞也是低调而轻的,并且还是通过别人转述的。在对陈士成科举不第的书写中,虽然采用的是直接的白描,但直接的白描所采用的也仍然是放重拿轻的低调修辞。两篇小说书写人物科举不第事件所采用的修辞,如果与中国传统小说《儒林外史》对同样事件的白描进行比较,其手法与修辞法都是十分相近的。例如,《儒林外史》中对周进科举不第事件的书写:

> 那年却失了馆,(周进)在家日食艰难。一日,他姊丈金有余来看他,劝道:"老舅,莫怪我说你,这读书求功名的事,料想也是难了。人生世上,难得的是这碗现成饭,只管'良不良莠不莠'的到几时?"

至于对小说中另一个重要人物范进在没有中举前的遭遇的书写也是如此。不仅书写的手法、文句、语调与之相似,而且对范进未中举前"日食艰难"的遭遇的书写,似乎还更为细致,更有情趣。小说既书写了范进在未中举前范进的丈人对其的小觑及难堪的责骂,又以纯然白描的手法书写了范进在接到"中举"喜报前穷困潦倒到"抱鸡换米"的窘况。但无论是简要的叙述,还是较为细致的描写,都尽显了白描及其放重拿轻的低调修辞的应有神采,都客观地呈现了科举不第对他们的沉重打击及对他们人生命运的巨大影响,形象而深刻地展示了科举不第对人物的直接而重要的意义与价值。这既是《儒林外史》用白描及放重拿轻的低调修辞书写这一对人物有重要意义事件形成的良好的艺术效果,也是鲁迅小说采用同样的手法与修辞对此类事件进行书写在艺术效果方面所具有的传统性的直接证据。鲁迅一生,不仅十分推崇《儒林外史》这部杰出的讽刺小说,并在不同的场合对否定这部杰作的倾向给予了反驳,"《儒林外史》作者的手段何尝在罗贯中下,然而,留学生漫天塞地以来,这部书就好像不永久,也不伟大了。伟大也要有人懂"②。

① 姚雪垠. 试论《儒林外史》的思想性——吴敬梓逝世二百周年纪念[M]//李汉秋. 儒林外史研究论文集. 北京:中华书局,1987:53.
② 鲁迅. 叶紫作《丰收》序[M]//鲁迅全集:第五卷. 北京:人民文学出版社,2005:322.

而且，正如吴组缃先生所说："我们的鲁迅，在思想与艺术方面所受此书的影响很大。"①我这里所分析的例子，也正好印证了吴组缃先生的观点。

与此同时，如果进一步对人物科举不第事件书写的艺术效果进行考察，我们还可以发现鲁迅小说与《儒林外史》对这类事件书写的另外一个共同的特性，即这两类小说对这样的事件的书写，不仅具有直接揭示人物科举不第遭遇的艺术效果，而且还有另一个十分重要的艺术效果：揭示主要人物生存的社会环境，尤其是人与人之间的关系所构成的环境。吴组缃先生在谈《儒林外史》时曾特别提醒读者："必须从各个场合形象的关连上、发展上来作体会和了解。比如周进在薛家集教馆时，村上人怎样看待他，尤其梅玖对他怎样态度，说了些什么；后来周进做了学道，村上人怎样看待他，梅玖怎样看待他。范进未中举时，胡屠户怎样看待他，对他讲些什么；后来范进中了举，又怎样态度，讲了些什么。这些，都要前后关连起来看看，想想，不能看到后面丢了前面。"②吴组缃先生提醒读者在读《儒林外史》的时候要注意"各个场合形象的关连"，也就是要注意人与人之间的关系，他特别提到了要注意围绕着周进与范进的各位亲朋好友对周进与范进没有中第之时和中第之后的态度，这是十分得当的。因为，围绕着周进与范进的各位亲朋好友，正是构成周进与范进生活的具体环境，这些亲朋好友对他们的态度，不仅直接影响着他们的生活，而且更直接影响着他们的思想、情感及相应的价值观。还有研究者更为直接地指出："吴敬梓对胡屠夫和张静斋这两个人物与范进的关系和矛盾冲突的描写，实际上是创造了一个像范进这样的典型性格赖以形成和发展的典型环境，极为深刻地说明了他这样醉心举业的社会原因。"③尽管围绕周进的亲朋好友对科举不第的周进的态度是友好的，而以范进的岳父为代表的范进的亲朋好友，对没有中第的范进的态度是恶劣的，非辱即骂，但在客观上都构成了人物生活的环境，而且是十分重要的环境。这种环境的具体形态虽然不同，但在现实性上都直接地强化了周进与范进誓死也不放弃参加科举考试的心态与行为，强化了他们无论采取什么手段，也一定要获得功名，一定要做官的价值追求。最后，周进与范进都如愿以偿地"中第"了。他们之所以能如愿以偿，从小说的描写来看，都不是因为他们具有真才实学，而恰恰是由于环境提供的机会。周进是因为亲朋好友

① 吴组缃. 儒林外史的思想与艺术——纪念吴敬梓逝世二百周年[M]//李汉秋. 儒林外史研究论文集. 北京：中华书局，1987：5.

② 吴组缃. 儒林外史的思想与艺术——纪念吴敬梓逝世二百周年[M]//李汉秋. 儒林外史研究论文集. 北京：中华书局，1987：33.

③ 苏鸿昌. 论《儒林外史》中的"笑"的美学特征和美学意义[M]//李汉秋. 儒林外史研究论文集. 北京：中华书局，1987：425.

凑钱帮助他，使他得了个"贡监首卷"，而后才一路顺畅地中了第；范进之所以能中第，则更是直接得益于构成他的生活环境一维的人物——不学无术的周进。所以，从小说的艺术效果上看，小说通过对周进与范进周围人与人之间关系的交代，不仅为全篇的尖刻讽刺提供了合理坚实的途径和依凭，而且，也使对周进与范进这两个人物科举不第事件书写的意义与价值得到了进一步的显现。

鲁迅两篇小说中对人物科举不第事件的书写，也有这样的艺术效果，尽管在《白光》中其书写的此类艺术效果显现得较为含蓄，在《孔乙己》中则显现得十分鲜明，但鲁迅小说对两个人物科举不第事件的书写也十分有效地实现了既揭示人物的遭遇，又展示人物生活的环境的艺术意图，达到"一笔写两面"的艺术效果。这种"一笔写两面"的艺术效果，不仅由于包容性大而减轻了小说对人物生活环境书写的负荷，而且更为重要的是，它有效地黏合了人物的遭遇与环境的关系，有效地凸显了人物生活的具体环境的本质与特征。例如，孔乙己的科举不第事件，都是由别人转述的，并且都是用事不关己的口吻转述的，第一次的转述者，是文内的叙述者，咸亨酒店的小伙计"我"；第二次的转述者，是一群站着喝酒的"短衣帮"。这些转述者，虽然都与孔乙己没有什么联系，既不是孔乙己的朋友与亲属，也不是与孔乙己有什么社会关系或其他关系的人，他们仅仅是与孔乙己生活在同一个镇子里的人，但就是这样一群本来与孔乙己没有任何血缘、情感和利益关系的人，却以自己对孔乙己的不屑与嘲弄，构成了孔乙己生活环境的一维，使孔乙己科举不第、生存维艰的个人遭遇通过这些人不屑与嘲弄的转述，被自然地社会化了。尽管孔乙己的科举不第和生存维艰的现实遭遇，并不是由这些人直接或间接造成的，但他们对孔乙己科举不第的不屑与嘲弄，却从反面表明了社会对科举的价值认同，对读书人"读书做官"的人生价值追求的认可。这样的社会环境，从本质上讲就是科举中第者的天堂（小说中侧面书写到的丁举人的生活状况就是其直接的证明），是像孔乙己这样科举不第之人生活的地狱。孔乙己科举不第的遭遇虽然是个人性的遭遇，但这种个人性的遭遇映现出的却是社会的本质。所以，尽管鲁迅在书写孔乙己科举不第事件的时候，采用的是白描和放重拿轻的修辞，其简洁的书写，关涉的却是重大的社会问题。

②不同的艺术追求与思想情感所导致的不同的艺术效果。

当然，鲁迅小说，虽然在用白描的手法书写读书人科举不第的现状方面，其修辞与中国最杰出的讽刺传统读书人对待科举的心态、言语及其所作所为的传统小说《儒林外史》有诸多的相似之处，而且这些相似之处的艺术效果，也都没有例外地具有十分积极的价值。但十分明显的是，产生于不同时代的《儒林外史》与鲁迅的小说，既有相似之处，但也有不同之处。这种不同就主要表现在两者的韵味是不一样的,这种不一样的韵味主要表现在三个方面:一是艺术的意图与艺术效果方面;二是表露的思想与情感的内涵方面;三是由白描手法及放重拿轻的低调修辞所构成的艺术风格方面。

从艺术的意图与艺术的效果看,作家在小说中采用相应的艺术手段及修辞方法,都是为小说的艺术意图与思想意图服务的,在绝对的意义上,完全可以说小说创作的艺术与思想意图直接左右着小说的艺术手段与修辞方法。从艺术的意图来讲,《儒林外史》的艺术意图就是为了讽刺与批判那些热衷科举之人,甚至形成了这样一种讽刺与批判的倾向,即对于越热衷科举之人,其讽刺与批判也越尖刻。鲁迅对此洞若观火,他曾经十分中肯地指出:"吴梓又爱才士,汲引如不及,独嫉时文士如仇,其尤工者,则尤嫉之。"①而《儒林外史》采用白描手法和放重拿轻的低调修辞来书写这些读书人所遭遇的科举不第事件,正是为达到这样一种"疾恶如仇"的批判目的服务的。小说先采用白描和放重拿轻的低调修辞书写周进、范进这些读书人科举不第的遭遇,是为了达到"欲扬先抑"的书写效果,为后面书写这些人物的如愿以偿做铺垫。而从小说实际的艺术效果上看,小说对这些读书人科举不第的遭遇的书写越低调,作为修辞的词语、文句越平淡,也就犹如用堤坝储蓄了更多的水一样,当闸门放开,当这些读书人终于如愿以偿后,作者的书写也就可以越热闹。例如,周进中第后,作者写道:"直到放榜那日,巍然中了。众人各各欢喜,一齐回到汶上县。拜县父母、学师,典史拿晚生帖子上门来贺。汶上县的人,不是亲的也来认亲,不相与的也来认相与。忙了个把月。"②范进中举后,作者写道:"范进不看便罢,看了一遍,又念一遍,自己把两手拍了一下,笑了一声道:'噫!好了!我中了!'说着,往后一跤跌倒,牙关咬紧,不省人事。老太太慌了,慌将几口开水灌了过来。他爬将起来,又拍着手大笑道:'噫!好!我中了!'笑着,不由分说,就往门外飞跑,把报录人和邻居都吓了一跳。"③而作者对这些读书人如愿以偿地"中第"后的行为、言语及其客观境遇的书写越高调、越浓墨重彩,与前面使用白描的放重拿轻的低调修辞所叙述和描写的这些读书人科举不第的落拓境遇的对比也就越鲜明、越强烈,由此,情感与思想层面的讽刺性也就越尖锐、越深刻,即使作者不置一贬词,也客观地收获了如鲁迅所评价的"情伪毕现"的良好艺术效果。同时,也自然地使小说的艺术效果,从最初白描周进与范进科举不第时的悲剧性效果,自然、顺畅地转化为了深刻、丰富、魅力四射的喜剧性的艺术效果。这

---

① 鲁迅. 中国小说史略[M]//鲁迅全集:第九卷. 北京:人民文学出版社,2005:229.

② 吴敬梓. 儒林外史[M]. 北京:人民文学出版社,1978:34.

③ 吴敬梓. 儒林外史[M]. 北京:人民文学出版社,1978:41.

种天衣无缝的艺术效果的转化，不仅使整篇小说的艺术意境得到了拓展与深化，而且也有效地凸显了小说对周进与范进科举不第事件的白描及放重拿轻的低调修辞的成就与意义。这正是《儒林外史》在白描这些读书人科举不第事件时采用放重拿轻的低调修辞的艺术价值之一，而且是十分杰出的艺术价值之一，也是这部当之无愧的卓越的讽刺小说在修辞方面的深刻匠心之一。

鲁迅书写孔乙己与陈士成两个读书人的科举不第事件，其艺术的意图很显然不是像《儒林外史》一样为书写后面周进与范进的"科举中第"做铺垫。而是为孔乙己与陈士成这两个传统的读书人最后更为悲惨的遭遇——生命的毁灭做铺垫。其白描及放重拿轻的低调修辞的艺术效果，也没有发生相应的转化，而是始终呈现出悲剧性的艺术效果，并匠心别具地在"将人生有价值的东西毁灭给人看"的过程中不断地拓展并深化这种悲剧的艺术效果。其拓展主要表现在，小说不仅对孔乙己与陈士成这两个传统读书人的生活悲剧展开了细致地书写，直接地书写了两个穷困潦倒的读书人上无片瓦、下无立锥之地、吃了上顿不知下顿的悲惨的生活现状，而且在书写他们生活悲剧的同时，还书写了他们的精神悲剧。例如，两人虽然都屡试不第，但两人却在精神上都没有觉悟，小说很直接地书写了孔乙己对自己的屡试不第感到"汗颜"的表情，直接书写了陈士成屡试不第后精神崩溃的后果，正是通过这样一些书写，将这两个读书人被科举的牢笼深深锁闭而不能自拔的精神悲剧挖掘出来了，从而也拓展了对两个人物悲剧的书写领域。其深化则主要表现在两个方面，一方面是对这两个读书人科举不第后生活悲剧的书写；另一方面是对这两个人精神悲剧的书写。鲁迅小说在书写科举不第这一与人物命运密切相关的重要事件的过程中，对两个读书人生活悲剧的书写是逐步展开的，而逐步的展开，并不是平行地陈列这两个传统读书人的生活悲剧，而是不断揭示这两个人生存状况的"每况愈下"，不断揭示他们的生活悲剧的日益深重性。他们生命的最后的毁灭，既是他们生活悲剧的自然结果，也是鲁迅小说对他们生活悲剧书写的深化。这种深化就在于，鲁迅将在艺术上的对他们生活悲剧的书写，深入到了对他们的生命终极关怀的书写。同样，鲁迅小说对两个人精神悲剧的书写与揭示，也是不断深化的。这种深化不仅表现在鲁迅小说将这种对人物精神悲剧的书写保持到了小说的最后，使这种对人物精神悲剧的揭示，成为小说一条最重要的线索，而且更表现在，在对两个人物精神悲剧的书写过程中，逐步地让这种书写凝聚成了小说所要表达的最重要的主题，将启蒙与改造国民性的时代意识，形象而震撼地表达了出来。

如此的悲剧性审美效果，是《儒林外史》中所不具备的。有研究者在比较《儒林外史》与鲁迅的《孔乙己》中人物的审美属性时曾经认为："范进和孔乙己可以说都是封建科举制度的牺牲品，但前者是喜剧性的，后者却具有悲剧的成分和因素。因为范进仅仅是一个封建功名利禄的狂热追求者，甚至因中举而喜得发疯了的人物，在性格上没有正面素质的成分……所以我们可以说，如果范进是一个十足可笑的喜剧人物，那么孔乙己虽然也是可笑的人物，但同时也是为人所同情的可悲的人物。"①这种观点很明显具有片面性，特别是对范进这一人物形象只具有"喜剧性的"审美属性的判断，其片面性更为明显。论者只注意了《儒林外史》对范进"科举中第"言语行为的书写，并基于这方面的书写得出了范进这个人物只具有喜剧性的判断，而没有顾及《儒林外史》对范进"科举不第"时的一系列生活遭遇的书写。但就是这个具有片面性的观点，却揭示了一个基本的事实，即两类小说中塑造的两个人物的主要审美属性是不一样的，《儒林外史》中塑造的范进的基本审美属性是喜剧性的，而《孔乙己》中所塑造的孔乙己的基本审美属性除了喜剧性外，更具有悲剧性。

即使我们承认，《儒林外史》中对周进与范进科举不第遭遇的书写，客观地书写出了人物的生活悲剧，但却并没有深刻地揭示人物的精神悲剧；即使我们也承认，小说对周进在看到"贡院"之时不由悲从心来而晕倒事件的书写，可以说是对周进精神不觉悟的精神悲剧的书写，但是小说却没有将这种可贵的悲剧性书写保持到底。小说随后对周进这一人物"如愿以偿"科举中第的团圆性的书写，却在艺术效果上不仅极大地淡化了小说对人物遭遇的悲剧性书写的意义，而且也完全销蚀掉了小说的悲剧性性质。这样的艺术效果不仅《儒林外史》这部杰出的中国传统小说是如此，而且即使是中国最杰出的传统小说《红楼梦》也是如此。鲁迅在《论睁了眼看》这篇文章中曾很中肯地说："《红楼梦》中的小悲剧，是社会上常有的事，作者又是比较的敢于实写的，而那结果也并不坏。"②鲁迅这里所说的"结果并不坏"，不仅指《红楼梦》最后"贾氏家业振，兰桂其芳"的"团圆"的结局"不坏"，而且也指小说对具有悲剧性的人物贾宝玉最后结局的处理也"不坏"，"即宝玉自己，也成了个披大红猩猩毡斗篷的和尚"。鲁迅认为："和尚多矣，但披这样阔斗篷的能有几个，已经是'入圣超凡'无疑了。"③可见，《红楼梦》虽然写了"小悲剧"，但却并没有将"小悲剧"书写到底，而是通过不同的方式，或轻或重、有意或无意地消解了其本来具有的悲剧性。事实上，《红楼梦》即使将"小悲剧"书写到底了，其悲剧性的效果也主要呈现在社会或生活的层面，而没有深入人物精神的层

---

① 施昌东．"美"的探索［M］．上海：上海文艺出版社，1980：391-392．
② 鲁迅．论睁了眼看［M］//鲁迅全集：第十七卷．北京：人民文学出版社，2005：253．
③ 鲁迅．论睁了眼看［M］//鲁迅全集：第十七卷．北京：人民文学出版社，2005：253．

面,没有揭示人物的精神悲剧,更没有将对人物精神悲剧的揭示作为小说最基本的线索和最重要的主题来处理。如果更进一步地考察,我们还可以说,这样的艺术效果,即使是与鲁迅小说同一时期出现的小说,包括十分杰出的一些小说,如郁达夫的小说、叶圣陶的小说,以及后来的巴金的小说、茅盾的小说、老舍的小说等也不具备。这是鲁迅的独创,是鲁迅小说对中国小说的杰出贡献,也当然是鲁迅小说在继承中国小说传统的过程中,对中国小说已有传统的发扬光大。

同时,从思想与情感内涵来看,鲁迅小说不仅表露了对科举不第的传统读书人的生活悲剧及精神悲剧的"哀其不幸",而且表露了对他们的生活悲剧,尤其是精神悲剧的"怒其不争"。这样较为复杂而多样的思想与情感内涵,较之《儒林外史》不仅是一种思想、情感的丰富,同时也是一种书写意义与艺术效果的拓展。

《儒林外史》对周进与范进的生活悲剧和精神悲剧的书写虽然也十分杰出,且达到了鲁迅所高度评价的"能烛幽索隐,物无遁形"①的地步,但由于其思想与情感只有单纯的、不动声色的、"疾恶如仇"的、"怒"的内容,而基本没有同样"不动声色"的"哀"的内容,因此,其思想与情感的内涵只具有单一性。尽管这种单一的思想与情感的存在也是一种特色,而且是一种价值极高的特色,但终究缺乏多样性及在多样性基础上的丰富性。这种思想与情感的单一性,不仅表明了"吴敬梓的反对功名富贵和科举制度,正是从正统儒家的经世致用和山林隐逸相结合的思想立场上出发的。同样,他抨击官僚制度、人伦关系以至整个社会风尚,也都是从同样的观点立场出发的"②思想认识的局限性,更为重要的是,就小说所书写的两个人物的本性来看,也有失公允。周进与范进两个传统的读书人,固然深陷科举的泥沼而不能自拔,但这两个人的本性并不坏,从小说对两个人科举不第遭遇的书写来看,两个人虽然科举不第,但却从来没有做过什么危害别人的事情,也从来没有滋生过害人之心,相反,他们还在别人的冷眼与嘲讽中,通过自食其力的方式笨拙而艰难地维持着自己的生存,并保持了一个普通人应有的一些传统的善良的品行。如周进因母亲生病而恪守传统的吃斋要求,范进考秀才时老实地说出自己的实际年龄等。他们科举不第的遭遇,固然与他们自己精神上的不觉悟有关,但更为主要的是因为他们生活在一个良心枯萎的社会,这个社会对读书的价值认可只有一个:读书做官,而对于一切不能达到这一价值标准的读书人,这个社会给予他们的就只有抛弃。所以,从根本上讲,周进与范进科举不第的遭遇,尤其是科举

① 鲁迅. 中国小说史略[M]//鲁迅全集:第九卷. 北京:人民文学出版社,2005:229.
② 白盾. 吴敬梓创作思想初探[M]//李汉秋. 儒林外史研究论文集. 北京:中华书局,1987:338.

不第时的生活遭遇，是这个社会一手制造的，身处这样的社会环境中的周进与范进，他们深陷科举泥潭而不觉悟的精神悲剧，固然应该嘲笑，应该批判，应该否定，但他们的生活遭遇，却是应该同情的。《儒林外史》的作者似乎没有认清这一点，也没有对两个读书人的悲剧进行相应的区分，只将满腔的怒火通过无情嘲笑的方式，发泄在了对这两个不幸的读书人遭遇的书写中，而将对两个读书人应有的同情完全从书写中剔除了，这不能不说是这样一部杰作在用白描和放重拿轻的低调修辞书写周进与范进科举不第事件过程中的遗憾。有学者曾从阅读者的角度指出："《儒林外史》虽讽刺热衷功名的儒生辛辣无比，在技巧上又较鲁迅更为圆熟，但总让我感到不满足，而且其中刻薄寡恩笔调让人读后反倒感到一种无名的冷酷与恐怖。"①这种阅读的"不满足"和"无名的冷酷与恐怖"的感受，反映的正是《儒林外史》这部杰出小说在情感方面"同情心"缺失的遗憾。

与之相比，鲁迅对孔乙己与陈士成两位传统读书人科举不第遭遇的书写所表达的思想与情感的内涵，则要丰富得多。既包含了具有否定性的"怒"的内容，也包含了具有同情性的"哀"的内容，其"怒"与"哀"的内容，不仅指向明确而得当——"怒"主要指向人物的精神悲剧，"哀"则主要指向人物的生活悲剧，而且与所塑造的两个落拓读书人的本性相一致，经得起分析与推敲。

孔乙己和陈士成两人对科举不第的态度及深陷其中不能自拔的状态，作为其不觉悟的精神悲剧的具体表现，无论从现实意义，还是从思想意义上看都是无价值的。从现实意义上看，面对科举不第，他们既没有采取继续奋发的行动，更没有进行必要的自我人生道路的调整，而只是沉溺于失败之中，用"汗颜"来抵挡别人的嘲弄，如孔乙己用疯狂的寻宝来发泄自己科举不第的情绪，如陈士成，就是不采取任何切实的行动，更没有将失败作为继续奋斗的动力，而只是一味地沉溺下去，直至生命的毁灭；从思想意义上看，他们既没有反省过自己为什么会科举不第，也没有像《儒林外史》中的周进那样，在科举不第的时期，因为思想上太想科举中第而在亲见科举考场时"大叫一声"地昏厥，甚至连盲目地"祈求"上苍保佑自己科举中第的想法都没有，更没有清醒地认清科举的弊端，只孤独地背负着科举不第的思想负担和现实的打击，一直走到人生的尽头，完结了自己毫无价值的一生。正因为两个人物的精神悲剧是毫无积极价值的，所以当然应该毫不留情地否定与批判。鲁迅在小说中也的确是如此做的，他不仅对两个人的精神不觉悟的书写十分突出和集中，而且对其精神不觉悟的批判还达到了入木三分的程度。从小说所

---

① 彭明伟. 悲哀的推移——谈鲁迅小说叙事的特点[C]//刘孟达. 经典与现实——纪念鲁迅诞辰130周年国际学术研讨会论文集. 杭州：西泠印社出版社，2012：196.

书写的重心来看,基本是围绕揭示两个人精神悲剧展开的,如对孔乙己穷困潦倒还不愿意放下读书人的架子的行为和言语的书写,所突出的正是孔乙己的精神悲剧,即使是对孔乙己科举不第事件的书写,也匠心独具地揭示了孔乙己的精神悲剧。孔乙己对自己科举不第事件的汗颜,可以说是形象、生动而深刻地揭示了其精神的悲剧;对陈士成所有行为的书写,更是主要在于揭示人物的精神悲剧,或者说,陈士成在得知自己科举不第的结果后所做的寻宝、外出、死亡等事件,本身就是由于其精神悲剧导致的,陈士成最后的死亡,正以有形的事实,揭示了精神悲剧的巨大危害性。而在另一方面,面对两个人科举不第的生存遭遇,鲁迅却采取了相应从容的书写方式,在客观地展示两个人不幸的生存状况和生活悲剧的同时,或隐或显地灌注了相应的同情,并随着书写的不断展开,将这种同情表现得更为充分。鲁迅如此进行处理,也是与所塑造的这两个人物形象质的规定性一致的。这两个人虽然百无一用,但本性并不坏,他们既不属于十恶不赦的大奸之人,也不属于城府很深或斤斤计较的小市民,他们只是有毛病的下层人。两个人虽然有很多毛病,甚至是品德方面的毛病,如孔乙己"偷书"的毛病,但两个人身上还有很多善良的品性,如孔乙己逗小孩玩,教小伙计写字,陈士成教孩子读书等。正因为他们是属于那种不坏而有点好的下层人,所以鲁迅对他们由于科举不第而遭受的生活困苦给予了一定的同情,而且这种同情还不是廉价的同情,也不是施舍性的同情,而是"一种发自肺腑的同情"①。

鲁迅小说对两个读书人科举不第事件书写所表露的多种思想与情感,不仅使小说的内涵更为丰富了,而且其与人物形象规范的一致性,则更使其所塑造的人物形象具有了立体性的审美价值。五四时期的小说家庐隐,在中国现代小说刚刚出现不久的1921年曾经撰文说,中国现代社会悲剧遍地,中国现代小说当然要描写悲剧,并且应该着力而充分地将社会悲剧中所包含的人生悲剧、性格悲剧等用恰当的方式给予生动的反映,但是她认为:"创作家对于这种社会的悲剧,应用热烈的同情,沉痛的语调描写出来,使身受痛苦的人,一方面得到同情绝大的慰藉,一方面引起其自觉心。"②本文发表时,鲁迅的小说《孔乙己》已经发表,我们当然不能猜想说,庐隐关于创作家对悲剧书写的观点,是根据鲁迅小说对悲剧的书写提出的,但她所提出的关于悲剧的书写"应用热烈的同情"的观点,则是与鲁迅小说对孔乙己和陈士成两人科举不第悲剧的书写十分吻合的。而鲁迅小说在书写

①　彭明伟. 悲哀的推移——谈鲁迅小说叙事的特点[C]//刘孟达. 经典与现实——纪念鲁迅诞辰130周年国际学术研讨会论文集. 杭州:西泠印社出版社,2012:196.

②　庐隐女士. 创作的我见[M]//严家炎. 二十世纪中国小说理论资料:第二卷. 北京:北京大学出版社,1997:189.

传统读书人科举不第事件中所表达出来的怒与哀相交融的思想与情感，以及这种多样思想与情感表达的合理性，也正从一个方面直接显示了鲁迅小说在书写此类事件的过程中，对中国传统小说艺术经验的突破与丰富，这也正是鲁迅小说为中国小说的发展做出的一个方面的贡献。

③悲喜交融的创造性艺术风格。

从艺术风格来看，鲁迅在书写传统读书人科举不第事件的时候，审美的方式是用喜剧的形式写悲剧，其白描手法及放重拿轻的低调修辞的艺术风格是"喜"中含"悲"。与之相比，《儒林外史》尽管在很多方面都做到了"感而能谐"①，但在书写周进、范进科举不第事件的时候，所使用的白描手法及放重拿轻的低调修辞的艺术风格则既不"感"，也不"谐"，而是"冷峻"，"像社会解剖学家那样冷静而严峻"②，并且，这种冷峻的风格，还不仅仅表现在对周进与范进科举不第事件的书写中，而是全书"主导性的语言风格"③。悲喜交融和冷峻这两种艺术的风格，虽然各有各的价值，它们以自己不同的规范与特色，十分有效地凸显了鲁迅小说与《儒林外史》各自的个性，但由于两种风格的韵味不一样，规范不一样，也就直接地导致了两种风格在书写不同人物科举不第事件时的艺术效果的不一样。

《儒林外史》冷峻风格的基本韵味是"素处以默"④，即在书写与人物命运密切相关的科举不第事件的时候，以平实的词语呈现对象的"素面"，犹如绘画"留白"一样，不着任何色彩，直接呈现画纸的本真样态，其基本的范式是"客观直叙"，其艺术的效果是"妙机其微"⑤，即美妙的审美意味，就潜藏在这种客观的直叙之中，并通过平实的词语力透纸背地表现出来。鲁迅小说在书写这类事件时采用白描手法及放重拿轻的低调修辞所表现出的这种悲喜交融的风格，其基本的韵味是"含泪的笑"，基本的范式是对立的统一，其艺术的效果是一笔写多面。例如，在第二次书写对孔乙己本人具有重要意义的科举不第事件的时候，小说采取的形式就是喜剧的形式，一群短衣帮，一边喝酒，一边打趣孔乙己怎么连半个秀才都没有得到，间接地揭示了孔乙己科举不第的遭遇，其场景，其姿态，其话语，无不具有明显

---

① 鲁迅. 中国小说史略［M］//鲁迅全集：第九卷. 北京：人民文学出版社,2005：228.

② 傅继馥.《儒林外史》语言的艺术风格［M］//李汉秋. 儒林外史研究论文集. 北京：中华书局,1987：338.

③ 傅继馥.《儒林外史》语言的艺术风格［M］//李汉秋. 儒林外史研究论文集. 北京：中华书局,1987：338.

④ 司空图. 二十四诗品［M］//北京师范大学中文系文艺理论教研室. 文学理论学习参考资料（下）. 沈阳：春风文艺出版社,1982：841.

⑤ 司空图. 二十四诗品［M］//北京师范大学中文系文艺理论教研室. 文学理论学习参考资料（下）. 沈阳：春风文艺出版社,1982：841.

的喜剧色彩。而在这种喜剧色彩中，孔乙己"立刻显出颓唐不安模样，脸上笼上了一层灰色"的窘态，又分明具有"泪痕悲色"。同时，"短衣帮"用如此随意、嬉闹的形式揭示孔乙己人生中最不幸的科举不第的事件，这对短衣帮们来说，本身也是一种喜剧，一种撕开他们身上"无价值东西"的喜剧。他们在嘲弄孔乙己的时候却不知道，他们同时也在嘲弄他们自己，嘲弄他们的没有同情心，更没有所谓的正义感，而他们将他们这些下层人身上本来应该具有的同情心等良知的毁灭，又无疑具有悲剧性。所以，在对孔乙己科举不第事件的书写中，鲁迅虽然只用喜剧的形式写了"一笔"，但这一笔却写出了多面的内容，既写出了孔乙己的悲剧，也写出了短衣帮的悲剧与喜剧；既揭示了孔乙己的心理与精神状态，又画出了短衣帮的心理与精神状态。同样，对陈士成科举不第事件的书写也是如此。小说写陈士成"一见榜，便先在这上面寻陈字"的样态，本身就具有喜剧性，"陈字也不少，似乎也都争先恐后的跳进他眼睛里来"，如此的书写，则进一步加强了其喜剧色彩。而当陈士成在榜上没有搜寻到自己的名字，"重新再在十二张榜的圆图里细细搜寻"时，则使其喜剧性达到了高峰。而就在这些具有喜剧性的白描中，鲁迅虽然没有使用任何具有悲剧色彩的词语，完全采用的是白描及放重拿轻的低调修辞，但人物的神情所透露出的悲剧性却如影随形，甚至构成了一种水涨船高的悲剧性书写效果，即小说将陈士成"看榜"的神态白描得越具有喜剧性，则越有效地揭示了人物深陷科举的泥淖而不能自拔的精神痛苦，从而也就使其悲剧意味越浓。小说越生动地采用放重拿轻的低调修辞白描出人物的喜剧性动作，如"先在这上面寻陈字""重新再在"榜上搜寻等，这些喜剧性动作中所透射出的悲剧内容也越丰富。不仅透射出了人物的精神悲剧的内容，而且也透射出了人物生命悲剧的内容；不仅透射出了人物性格悲剧的内容，而且也透射出了社会悲剧的内容。最后，当白描到"看的人全已散尽了，而陈士成在榜上终于没有见"，只有陈士成还形单影只地"站在试院的照壁的面前"时，虽然所使用的仍然是放重拿轻的低调修辞，但这种低调的修辞却不露痕迹地使整段关于陈士成科举不第事件的喜剧性书写，完全定格在了悲剧性的结果中。成仿吾1924年在《〈呐喊〉的评论》一文中，曾以文学是表现而不是再现的标准十分偏颇地对鲁迅《呐喊》集中的诸多小说作了否定性的评论，但他也不能不承认："读《呐喊》的人都赞作者描写的手腕，我亦以为作者描写的手腕高妙。"①仅从上面我们对鲁迅小说采用白描及放重拿轻的低调修辞书写孔乙己与陈士成科举不第事件的手腕来看，成仿吾所赞赏的鲁迅小说"描写

---

① 成仿吾.《呐喊》的评论[M]//严家炎.二十世纪中国小说理论资料:第二卷.北京:北京大学出版社,1997:359.

的手腕高妙"也可以窥见一斑了。

鲁迅小说在书写两个读书人科举不第遭遇时采用的白描及放重拿轻的修辞所呈现的悲喜交融的风格,在韵味、范式及艺术效果方面与《儒林外史》的不同。不仅在直接的意义上显示了鲁迅小说对中国传统小说《儒林外史》书写这类事件方法的革新,而且从中国小说发展的历史来看,也直接地显示了鲁迅小说在书写此类事件时的一种十分可贵的创造。1925 年,也就是鲁迅的第一部小说集《呐喊》出版后不久,张定璜在比较鲁迅的小说《呐喊》与中国传统小说的不同审美效果时曾经指出:"《水浒》若教你笑,《红楼梦》若教你哭,《儒林外史》之流若教打呵欠,我说《呐喊》便教你哭笑不得,身子不能动弹。"①张定璜的比较虽然简单,也存在很明显的不全面性,但他却从鲁迅小说让人"哭笑不得"的审美效果中,揭示了鲁迅小说与中国三部最优秀的小说审美效果的不同及所增添的艺术的新质,这种艺术的新质,也就是鲁迅小说在继承传统中的创造性的具体内容。从修辞的角度说,鲁迅小说的这种创造的结果,不仅为中国传统的白描手法及放重拿轻的低调修辞建构了新的艺术范式,丰富了中国小说叙事、写人、表情达意的艺术手法,提升了中国小说艺术书写的境界,而且这种具有艺术辩证法的范式,还极为有效地丰富了鲁迅小说的审美意味,彰显了新文学发轫时期文学创作的新面貌及强大的艺术生命力,既具有文学史的意义,又具有极为丰富的审美的意义与价值。

（2）人物生病的事件

人物生病的事件,是中国传统小说,尤其是几部经典长篇小说书写的强项之一,如《三国演义》对三位重要的人物——周瑜、刘备、诸葛亮生病事件的书写;《水浒传》对武大郎生病事件的书写,都是可圈可点的例子。至于《红楼梦》则更是将中国传统小说书写人物生病事件的神采、特征、意味提升到了无与伦比的地步并形成了丰富多彩的书写样式。也许因为《红楼梦》对人物生病事件的书写太丰富也太杰出了,以至于有的研究者还专门从中医学的角度对《红楼梦》展开了研究并取得了不俗的成就。不过,《红楼梦》对人物生病事件书写固然涉及了很多中医学的内容,也提供了很多具有"医药"性质的药方,其书写人物生病事件的时候所采用的方式尽管丰富多彩,但有一点却是共同的,那就是白描的手法及放重拿轻的修辞。

人物生病的事件,也是鲁迅小说中常常书写的事件。尽管有时人物的生病只是小说中与人物相关的一般性事件,如《孤独者》《弟兄》《理水》等所书写的人物

---

① 张定璜 . 鲁迅先生[M]//严家炎 . 二十世纪中国小说理论资料:第二卷 . 北京:北京大学出版社,1997:366.

的病状,有时人物生病则是小说中最重要的事件,如《狂人日记》《药》《明天》等小说中所书写的人物生病的事件,但从"生病"对人的生命的意义来说,都毫无疑问是重要的事件。其重要性不仅因为有些病是人自身免疫系统完善的一个重要环节,如出水痘,而且更重要的是因为绝大多数的疾病对人来说是有损健康甚至是致命的。所以,为了抵御疾病保证人自身的健康,自从人类进入文明社会以后,与疾病密切相关的医学,无论在东方还是西方,都得到了长足的发展,并形成了完整的医学体系,如我们中国的中医体系,西方的西医体系等。医学的长足发展则以最直接的事实说明了,即使不是感染的具有普遍传染性的流行病,而仅仅是一般性的疾病,对个体的人或群体的人来说,都绝对是一件不可忽视的重要事情,是一件应该认真对待的事件。更何况,在鲁迅的小说中,无论是将人物的生病作为一般性的事件进行的处理,还是作为最重要的事件进行的书写,都包含了与小说的主旨密切相关的艺术的匠心,具有可资分析的重要内容(中国传统小说,尤其是经典性的长篇小说,也是如此)。所以,人物生病事件也就成了我们研究鲁迅小说不应该忽视的重要事件。透过对这些事件的分析,我们不仅可以发现鲁迅小说中修辞方面的一些个性鲜明的特点,也不仅仅可以从一个新的角度挖掘隐含在对这些事件书写及修辞中的独特思想,也不仅仅可以欣赏鲁迅对人物生病事件书写的艺术魅力,而且由此我们还可以直观地发现鲁迅小说对人物生病事件书写及所采用的白描和放重拿轻的低调修辞的传统性,以及在这个基础之上的创造性。

①病历似的书写与文学性书写的传统性。

鲁迅作为一位学医出身的作家,他对疾病与人的关系当然有着非学医人士所无法企及的透彻认识,他在自己的小说中对人物生病事件展开的书写也当然具有非学医人士对人物生病事件书写所无法具备的特色与意味。同时,鲁迅学医,学的不是中医而是西医,学西医的人生经历,不仅赋予了他与中医完全不同的医学知识,而且也培养了他西医似的习惯和相应的思维方式。因此,在鲁迅的小说中我们发现,鲁迅对人物生病事件的书写不仅往往根据小说所要表达的思想、情感展开,而且还常常在不经意间使用了一个西医习惯地使用的书写方式,或者在不经意间构造了医生在给病人诊断的情景,并将病人的生病经历按照西医的习惯记录下来。从一定意义上讲,鲁迅小说对人物生病事件的书写,正是在医生的习惯与文学家的想象相结合的过程中完成的,作为这种结合的结果之一,就是鲁迅往往采用白描的手法来书写人物生病的事件,用放重拿轻的低调修辞,像医生(主要是西医)书写病人的病历时所使用的修辞一样,或者如病人或病人的家属向医生陈述病人的状况及过程一样完成对人物生病事件的书写。具有如此书写特征的最典型例子存在于鲁迅的两篇小说中,一篇是《药》,一篇是《明天》。

《药》，从题目来看就与人物生病有关，尽管这个题目包含了多重意义，有着丰富的内涵，但在多重意义和丰富内涵中，最基本的意义和内涵是指治疗人的生理疾病的"药"。从小说实际书写的内容来看，华老栓天没有亮就出门去"买药"，就是为了治疗他儿子华小栓生理方面的病，而对华小栓这个人物生理方面的病，鲁迅在小说中有这样两段书写文字：

> 那屋子里面，正在悉悉窣窣的响，接着便是一通咳嗽。
>
> 小栓坐在里排的桌前吃饭，大粒的汗，从额头滚下，夹袄也帖住了脊心，两块肩胛骨高高凸出，印成一个阳文的"八"字。

这两段文字有叙述，也有描写，即使不除去描写性的文字，仅仅只将交代地点（屋子、桌前）、事件（吃饭）的文字遮蔽，那么我们就会发现，这就似一位西医根据对病人的实际病态的观察为病人书写的病历。如果再结合两段书写病人病象的文句中所涉及的时间来看，那么我们完全可以说，这两段病历似的书写文字，不仅如实地记录了病人表现出的"咳嗽"、非正常的流汗等显然的病象，而且还写出了病人的这些病象存在的时间。病人"一通咳嗽"的时间是凌晨天还没有亮，而病人"大粒的汗"流淌的时间是早晨天已经大亮。当然，书写病历的文字，毕竟不是艺术性的文字，鲁迅在小说中也不是为了写病历才如此书写的，他的直接目的是创作小说。所以在这段似书写病历一样记录病人病象的文句中，也出现了文学性的文句，如"两块肩胛骨高高凸出，印成一个阳文的'八'字"。也就是说，鲁迅小说这段关于人物生病事件的叙述与描写，既具有西医书写病历的特点，又具有作家书写事件的特点，既具有病历文本所要求的书写特点，又具有小说文本所要求的艺术性的书写特点。

小说书写的艺术性特点虽然不同的作家有不同的追求，我们也难以穷尽小说书写的艺术性特征，但无论具有怎样不同的艺术追求的小说家，也不管各类小说书写的艺术性特征具有怎样丰富多彩的面貌，小说书写的艺术性的一个基本特征应该是"有意味"。不管是形象、生动的意味，还是幽默风趣的意味；不管是激情澎湃的意味，还是平淡冲和的意味，总之，有意味是艺术性的书写与一般文章书写的基本区别，也是小说书写与病历书写的最主要的区别。病历书写的特点是什么呢？作为非医生的我们固然无法说出它的一系列的规则与要求，但从病历作为医生记录病人的状态的文本的功能来看，病历的书写在文字和文句上，最基本的要求就是要真实、准确。这一点在 2010 年中国卫生部发布的《病历书写的基本规范》中有明确的表述：病历书写应当客观、真实、准确、及时、完整、规范。如病人曾经有过大汗淋漓的经历，就最好不要抽象地写"出汗"，因为一般性的出汗与大汗淋漓所表现的病人的病症是不相同的。同样,如果病人只出了一点点汗,也应该如实记录,用词不能夸张,也不能化大为小或化小为大。对照鲁迅上述书写华小栓病象的文字,艺术性书写的"有意味"是不言而喻的,病历似的书写所要求的真实、准确的特点,也基本具备了。虽然没有直接的证据表明,鲁迅上述书写人物病状的两段文字是鲁迅自觉地按照一个医生书写病历的要求书写的,但我们却完全可以说,在基本的书写效果方面,鲁迅所使用的文字、文句与医生在书写病人的病历时所使用的文字、文句的真实、准确的效果却是一样的。更为重要的是,在这两段关于人物生病事件展开的书写中,不管是病历似的书写,还是艺术性的书写,从手法上看,采用的都是白描——如实而简洁地描出了人物的病象,从修辞上看,采用的都是放重拿轻的低调修辞——既没有刻意地渲染人物病象的严重或可怕,也没有故作轻松或主观地叙说人物病象的无所谓。

当然,分开来说鲁迅小说对人物生病事件书写的这两段文字,既具有病历书写的特点,又具有艺术书写的特点,这不过是一种论证方面的需要。事实上,在上述的两段书写人物生病事件的文字中,病历似的书写文句与艺术性的书写文句组成的本是一个整体。虽然文句排列有先有后,文学性的文句出现在病历似的文句之后,而文学性的文句又很明显的是在病历似的文句书写的基础上出现的,但两种不同文本(病历文本与文学文本)类型的文句却是相互依存密不可分的。如果将文学性的文句从整个文段中剔除,那么病历似的文句的语义就不仅缺少了"意味"性,缺少了可资分析的内容,而且病历似的文句"肩胛骨高高凸出"也因失去了"印成一个阳文的'八'字"文学性书写的具体性而变得抽象了,不具有针对性了;同样,没有了病历似的文句作基础,文学性的文句的出现就失去了依托,因为,"印成一个阳文的'八'字"正是形容病历似的文句所客观描述的"肩胛骨高高凸出"的具体情况的,所以,如果没有了病历似的文句所写的病人的病象,文学性的文句的形容也就不知所指了。正因为在小说中病历似的文句与文学性的文句是如此密不可分的,所以在效果上就形成了一加一大于二的效果。这种效果如果具体描述则是,病历似的文句因为有了文学性的文句托底而消除了枯燥性,具有了艺术的活力;文学性的文句因为有了病历似的文句作基础,则不仅增强了描写的真实性效果,而且使这种描写起到了拓展病历似的文句功能的作用,使病历似的文句不仅具有了直接呈现病人病象的功能,而且具有了为小说后面进一步书写人物的遭遇做基础的功能。华小栓最后终于病故,一方面,当然是由于华小栓吃了愚昧的华老栓求来的完全不具有任何医疗作用的"药"的结果,活生生地耽误了治疗;另一方面,从上面鲁迅用病历似的文句与文学性的文句对华小栓病情的叙述与描写看,华小栓可以说是已经病入膏肓了。所以,当最后小说写华小栓病故的结果,就显得十分顺理成章、十分自然、十分真实,不仅经受得起艺术逻辑的验证,也经受得起医学科学的检验。这也许就是鲁迅小说如此书写人物生病事件的一个方面的艺术特色,也是鲁迅小说采用白描及放重拿轻的低调修辞书写人物生病事件的良好的艺术效果。这种效果中所包含的改造国民性的思想内容,是学界早就注意到了的,但学界没有注意到的是,在这种效果中同时也包含了科学思想与迷信观念及行为的尖锐冲突和不可调和的矛盾,同时也包含了鲁迅青睐西医的情感倾向,他用西医惯用的书写病历的文句书写人物的病况,就是一个最明显的例子。

鲁迅这样的书写及在艺术手法和修辞方面所表现出来的特点,与《红楼梦》从贾宝玉观察的角度对林黛玉生病事件展开的书写十分类似。这是《红楼梦》在第六十三回中对林黛玉生病事件的书写:

> (宝玉)走入屋内,只见黛玉面向里歪着,病体恹恹,大有不胜之态。(第六十三回)

从创作主体作家的知识背景来看,鲁迅接受过系统的医学教育,具有较为深厚的医学知识背景,而且是西医学的知识背景,不是中国传统的中医学的知识背景;而从曹雪芹撰写的《红楼梦》的内容来看,曹雪芹所具备的医学知识主要是中国传统的中医学的知识。虽然,中国传统的中医学在医疗规范上只有药方的规范而没有病历的规范,中国传统的医生也没有书写病历的习惯(书写病历,是西医的习惯),但是,从《红楼梦》对人物病象的书写来看,却毫无疑问地也具有西医书写的病历的特点,并且在这种病历似的书写中还适当地采用了文学性的文句,所使用的艺术手法也是白描,所使用的修辞也是放重拿轻的低调修辞。将鲁迅在《药》中对人物生病事件书写的特点与曹雪芹对林黛玉生病事件书写的特点放在一起进行比较,几乎不需要太多的论证,我们就可以发现,虽然鲁迅在《药》中书写人物生病事件时采用的是像西医书写病历一样的形式与手段,而《红楼梦》的作者没有西医学的知识背景,其对人物生病事件的书写也不可能是根据西医书写病历的习惯展开的,但从艺术手法及修辞特点来看,鲁迅在书写人物生病事件时所采用的白描及放重拿轻的低调修辞与《红楼梦》在书写人物生病事件时是十分接近的。这正是鲁迅小说书写人物生病事件传统性的一个直观的方面。

鲁迅的小说《明天》,也是一篇主要书写人物生病事件的小说。作为不喜欢重复一种书写习惯并时时创造新的书写规范的鲁迅,在这篇同样是书写人物生病事件的小说中,其书写的方式与《药》是不同的。小说开头即通过间接叙述就交代了一个少不更事的小孩的病:"没有声音,——小东西怎了?"接着又以直接叙述的方式书写被泼皮们称为"小东西"的宝儿的病:

这时候,单四嫂子正抱着他的宝儿,坐在床沿上,纺车静静的立在地上。黑沉沉的灯光,照着宝儿的脸,绯红里带一点青。单四嫂子心里计算:神签也求过了,愿心也许过了,单方也吃过了,要是还不见效,怎么好? ——那只有去诊何小仙了。但宝儿也许是日轻夜重,到了明天,太阳一出,热也会退,气喘也会平的:这实在是病人常有的事。

这段书写宝儿生病事件的文字与《药》中书写华小栓生病事件的文字很明显不一样,不仅书写的风格不一样,而且角度也不一样。从风格来看,《药》对人物生病事件的书写直接而简洁,对人物病症的外在症状,如咳嗽、流汗等书写得一目了然;《明天》对人物生病事件的书写则要委婉而淡然得多,即使是直接书写人物的病状,也没有一目了然地写,而只写了灯光照射在人物脸上呈现出的"绯红里带一点青"的病状,大量的文字都在书写单四嫂子的心理活动。从书写角度看,如果说《药》是从医生观察病人的角度展开的书写的话,那么《明天》则是从病人家属的角度展开的书写;《药》中对人物生病事件的书写的文句,很像医生一边观察病人一边书写的文句,《明天》中对人物生病事件书写的文句则更像是病人的家属,也就是作品中的主要人物单四嫂子一边向医生叙述宝儿的病情及求医的过程,医生一边记录的文句。两者尽管在书写风格及书写的角度方面有显然的不同,但也有明显的一致性,这种一致性就是病历似的书写样式与文学性的书写样式的结合,客观、真实、准确的叙述与具体、形象、直观的描写相结合,冷静的病情诊断似的记叙与周全的环境、状况的展示相结合,而无论是病历似的书写,还是文学性的书写,在手法上采用的都是白描及放重拿轻的低调修辞。

这种书写的角度、方式及所呈现的特点,与《红楼梦》也有异曲同工之妙。《红楼梦》在书写秦可卿生病事件的时候,也是从病人家属的角度展开的书写。这是《红楼梦》书写秦可卿生病事件的一段文字:

他(秦可卿)这些日子不知怎么着,经期有两个多月没来。叫大夫瞧了,又说并不是喜。那两日,到了下半天就懒待动,话也懒待说,眼神也发眩。(第十回)

如果对照上面我已经分析过的鲁迅在《明天》中对宝儿生病事件的书写,不仅角度十分相似,而且手法及修辞方式也十分相近。这也是鲁迅小说在书写人物生病事件过程中所表现出的传统性的一个方面。

②鲁迅的个性特征及小说与《红楼梦》书写人物生病事件的"异曲同工"。

不过,鲁迅在自己的小说中书写人物生病事件,虽然在白描的笔法和放重拿轻的修辞方面显示了鲜明的传统性,但作为具有非凡的创造能力并自觉地进行创造性书写的鲁迅,在继承中国传统小说书写的过程中,也不断地进行了创造,并在不断创造的过程中形成了自己独有的特性。这种独有的特性就在于,鲁迅小说使用白描与放重拿轻的低调修辞手段书写人物生病的事件,不仅很直接地体现了学医出身的鲁迅的特点及作为作家的鲁迅对下层不幸人们的情怀,而且这种白描与放重拿轻的低调修辞手段还很好地吻合了作品所要表达的深沉主旨,充分地显示了"艺术是思想的结晶"①的创作规律。反过来说,鲁迅在《药》和《明天》中书写人物生病事件的时候,之所以采用白描及放重拿轻的低调修辞,正是主体的个性特征及深沉的创作意图导致的结果。

作为学医出身的鲁迅具有什么特点呢? 如果要概括可以用一个词:冷静。1925 年评论家张定璜在《鲁迅先生》一文中曾写下了一段十分中肯而精辟的文字:"鲁迅先生的医究竟学到了怎样一个境地,曾经进过解剖室没有,我们不得而知,但我们知道他有三个特色,那也是老于手术富于经验的医生的特色,第一个,冷静,第二个,还是冷静,第三个,还是冷静。"②冷静,是医生的职业心态,尤其对于"老于手术富于经验的医生"来说更是如此,即使面对再严重的病情,医生都不能不冷静,否则就会影响对病情的判断,也将直接影响对疾病的治疗。也许真的是因为鲁迅是一位学医出身的作家,即使在文学作品中书写人物生病的事件,他也像一位"老于手术富于经验的医生"一样的冷静。在《药》和《明天》这两篇小说中,面对两个孩童的重症病状,他不带任何感情色彩地记录下了他们呈现出的病态,如实地书写了他们病态的基本的外在特征及具体表征,如实地记录了病人求医的过程,即使是采用文学性的手段进行的书写,其语言文字的风格,也与医生书写病历的风格一样,"第一个,冷静,第二个,还是冷静,第三个,还是冷静"。所以,像医生一样具有冷静特点的鲁迅,在小说中书写人物生病事件时采用白描及放重拿轻的低调修辞,也就是再自然不过的事情,更何况,文学上的这种白描的手法及放重拿轻的低调修辞风格,与医生书写病历所采用的客观的手法及真实、准确的风格还是正好吻合的。

曹雪芹毕竟不是学医出身,即使他懂中医,但他不懂西医,他虽然能在作品中为生病的人物开列出十分详细的药方并对各种中药的性能、特点如数家珍,但在主体修养方面却不具有一个医生应该具有的基本特征:冷静。于此,也就使他在书写人物生病事件的过程中,无法像一个医生一样对生病人物的病象进行直观、

---

① 巴尔扎克. 论艺术家[M]//古典文艺理论译丛:第十册. 北京:人民文学出版社,1965: 100.

② 张定璜. 鲁迅先生[M]//严家炎. 二十世纪中国小说理论资料:第二卷. 北京:北京大学出版社,1997:365.

具体的书写。他在书写人物生病事件的过程中虽然也采用了白描与放重拿轻的低调修辞记录人物的病象,但一旦溢出记录的范围,采用文学性的文句,就立刻显出了一个非学医出身的作家的特点。例如,在从宝玉的角度书写林黛玉的病象时,"只见黛玉面向里歪着"是客观形态的记录,而"病体恹恹,大有不胜之态"则是文学性的书写。其中,"恹恹"是写人物"有病的样子",而这种书写很明显过于抽象,只说明了人物"有病",至于人物具体的病症是怎样的,病状的外在表现是怎样的,脸色是怎样的等,从其书写中都看不出来。"大有不胜之态"虽然写出了林黛玉"病得不轻"的状态,但同样没有书写出其病的外在的具体症状与具体表现。

不可否认,曹雪芹如此地书写人物生病的事件以及所表现出的特点也是有价值的,也是很成功的,但这种价值、成功,更多的是艺术上的价值和成功,却没有医学科学的依据。没有医学科学的依据虽然无损于曹雪芹塑造的林黛玉这个人物形象的审美价值、社会价值、心理乃至文化的价值,也无损于曹雪芹对林黛玉生病事件本身书写的艺术价值,但毕竟缺少了可以从医学的角度对人物病状进行研究的内容,这不能不说是一个损失或遗憾,特别是对于像百科全书一样的《红楼梦》来说,更是遗憾中的遗憾。在关于《红楼梦》研究的成果中,我们虽然可以寻索到从中医学的角度对《红楼梦》研究的成果,而且是很不错,很有价值的研究成果,但却无法寻索到从医学的角度对人物,包括对林黛玉的研究的成果,这实在不是古今中外研究者们无能,而是研究者们"巧妇难为无米之炊"的无奈,因为曹雪芹在小说中本来就没有提供可资分析的内容。

而与曹雪芹相比,鲁迅对人物病象书写的主体性优势立刻就显示出来了,因为鲁迅毕竟是学医出身的,他不仅具备一个医生应该具备的冷静特征,而且在书写人物生病事件时,即使采用的是文学性的书写,也都具体、直观地显示了人物病状的具体表现,如前面已经分析过了的鲁迅在《药》中对华小栓病状的书写就是如此。鲁迅的如此书写,不仅在艺术上具有很鲜明的价值,而且还提供了可资从医学的角度分析的内容。所以我们也就完全可以说鲁迅对人物生病事件的书写,不仅具有与曹雪芹在《红楼梦》中对人物生病书写相似的艺术特点、修辞特点,而且还通过艺术手段及修辞方式提供了曹雪芹在书写人物生病事件时所没有提供的特点——医生的特点,这正反映了鲁迅作为一个学医出身的作家在继承中国文学传统的过程中的创造性。

当然,鲁迅虽然具有一个医生的冷静的性格,但作为一个作家,他还具有一个作家面对自己所叙之事与所写之人应该具有的情怀。因为没有情怀的作家是无法对所叙之事与所写之人进行价值评判的,而没有价值评判的作品,那就真如医生的病历一样,只是病历而不是文学作品。文学作品与病历的区别除了别的方面之外，最重要的区别就是，病历不包含书写者的任何人生价值取向与情感倾向。而文学作品则无论是"表现"还是"再现"，无论是描绘还是展示，无论是第一人称叙事还是第三人称叙事，都不可避免地会夹带着作家的人生价值取向和情感倾向，尽管有的文学作品所表现的作家的人生价值取向与情感倾向要明显些，有的却隐晦些，但却不存在不带任何人生价值取向与情感倾向的文学作品。

　　作为一个作家的鲁迅具有怎样的人生价值取向与情怀呢？应该说，面对不同的对象，鲁迅的人生价值取向与情怀是不一样的，其臧否、爱憎也是泾渭分明的。就《药》与《明天》中所涉及的主要对象来看，这些对象都是下层不幸的人们，对这些下层不幸的人们，鲁迅的人生价值取向与情怀主要具有两个方面的内容，一方面，对他们的精神悲剧往往"怒其不争"；另一方面，对他们的生活悲剧则常常"哀其不幸"。"鲁迅以他悲悯的目光注视着社会生活悲剧最痛苦的承受者——底层的劳动人民，但并不是停留在一般的人道主义水平上，洒匆忙的同情之泪，而是以更犀利的笔锋刺进他们受到伤害的，甚至变麻木、呈愚昧状态的灵魂深处，从精神疗救、思想改造的深刻意义上，倾自己的一腔心血。"①这是因为，"鲁迅和当时的早期革命家，同样背负着士大夫阶级和宗法社会的过去。但是，他不但很早就研究过自然科学和当时科学上的最高发展阶段，而且他和农民群众有比较巩固的联系。他的士大夫家庭的败落，使他在儿童时代就混进了野孩子的群里，呼吸着小百姓的空气"②。所以，作为经受过现代科学熏陶的鲁迅，从现代科学出发，在理智上对下层人的精神悲剧常常"怒其不争"，其"怒"不仅鲜明，而且十分决绝，毫不怜惜地对下层人的精神悲剧展开批判与否定；但从他自己的人生经历出发，在情感上，作为曾经和现在一直"呼吸着小百姓的空气"的鲁迅，对下层人不幸的遭遇则从心底"哀其不幸"，并通过具体的形式表现出来。生病，很显然是这些下层人所遭遇的生活不幸，面对这些下层人所遭遇的生活不幸，鲁迅不仅是同情的，而且这种同情还具有爱屋及乌的特点，他不仅同情那些生病的下层人物，如华小栓、如宝儿，而且对与这些生病的人物相关的下层人物，尤其是他们的亲人，如华小栓的父母、宝儿的母亲单四嫂子，也是充满同情的。正因为鲁迅对下层人的生活遭遇及生活悲剧保有这样一种"哀其不幸"的人生价值取向与情怀，所以在小说中书写下层人物生病的事件，即使人物生病的事件对于人物自身和人物周围的亲人来说都是十分重要的事件，即使人物的病情呈现的是十分严重的状况，甚至已经到

---

了病入膏肓的地步,他也"不忍心"进行任何渲染,而仅仅只采用白描及放重拿轻的低调修辞来进行书写。这样的书写不仅仅是一种艺术的技巧,也不仅仅是一种风格的表现,还是鲁迅对下层人哀其不幸的人生价值取向与情怀的表现。同时,这样的书写,也与小说所要表达的思想及所要书写的主要内容吻合了。

两篇小说所要表达的思想及所书写的主要内容是什么呢?《药》所要表达的思想较为丰富,其中最主要的思想是启蒙与改造国民性的思想,而这一思想的寄植事件,主要是买药、吃药的事件,人物生病的事件不过是买药与吃药事件的引子。虽然人物生病的事件对人物来说是重要的事件,在小说中也是绝对不可或缺的内容,如果这一内容或缺了,那么不仅小说主旨的表达失去了依托,而且从绝对的意义上讲,小说的其他内容,如"买药""吃药"的内容也就没有了存在的依据,但对主题的表达来说,它仅仅是一个引子,不是小说所要书写的主要内容。所以,在小说中,鲁迅在书写华小栓生病事件的时候,不仅对华小栓病状的书写直接而简洁,而且对华小栓生病后的求医过程也直接省略了,甚至连暗示性的书写也没有,开头即进入对华老栓外出购买"特殊药"的书写。从医学的角度看,这是不合常理的,因为一个人生了病,一般都有一个求医的过程,只有当一般的求医过程无法解决问题后,才可能去寻找"特殊的药"。鲁迅如此处理并不是他的疏忽。作为一个学医出身的作家,对于生病、求医,鲁迅应该是不陌生的,更不会疏忽。他之所以对人物生病的事件只进行一目了然的书写并略去了关于人物生病后求医过程的书写而直接进入对华老栓购买"特殊药"的叙述,完全是出于表达主题的艺术需要。他对华小栓的病况采用白描及放重拿轻的低调修辞进行一目了然的书写,主要是因为小说书写的重心不在人物的病而在买药、吃药的过程;不在人物病的状况,而在"药"的含义;小说的主题主要不在揭示人物的生存遭遇,而在展示国民的愚昧并由此引出改造国民性的思想意识。

《明天》之所以采用白描及放重拿轻的低调修辞委婉书写人物生病事件,也是出于表达小说主旨的需要。小说的主旨主要是揭示下层人不幸的遭遇,表达对下层人精神悲剧的"怒其不争"及对下层人悲剧命运的"哀其不幸"的人生价值取向与情感倾向。围绕这一主旨,小说同时书写了下层人生存的社会环境的恶劣性,从显在的方面揭示了造成下层人不幸命运的客观原因,并在对下层人恶劣的生存环境的揭示中直接表达了鲁迅根深蒂固的"中医误人"的观念。而不管是小说主旨的表达,还是小说对下层人生存环境的揭示以及对"中医误人"的观念的表达,其寄植性的事件都是人物的生病及其病故。

小说的主旨虽然是寄植于人物的生病及病故的事件中的,但由于鲁迅对下层人的不幸遭遇所保有的深切的"哀其不幸"的情怀,以及在理智上如"在《明天》里也不叙单四嫂子竟没有做到看见儿子的梦，因为那时的主将是不主张消极的"①
作用。鲁迅固然在小说中写了宝儿生病这一悲剧事件，写了单四嫂子的不幸遭
遇，但同时也写了单四嫂子的希望。不仅写了单四嫂子对"明天"的希望，希望生
病的宝儿"也许是日轻夜重，到了明天，太阳一出，热也会退，气喘也会平的"，而且
也写了在宝儿因病夭折后，单四嫂子对"夜"的希望，希望在夜里宝儿能托梦给她，
让她在睡梦中能与自己心爱的儿子相见。因此，为了希望，为了表达同情，为了不
显示出"消极性"，鲁迅在书写人物生病事件的时候采用了白描及放重拿轻的低调
修辞。鲁迅如此的处理，不仅与小说的主旨相吻合了，而且与鲁迅创作的"不消
极"的思想原则和哀其不幸的情怀相吻合了，或者说正是这样的理智原则与情怀
的作用，使鲁迅在书写人物生病事件时采用了白描及放重拿轻的低调修辞。

　　小说对下层人生存环境的揭示以及对"中医误人"的观念的表达的寄植性事
件，虽然也是宝儿的生病及病故的事件，但从艺术功能来看，宝儿的生病及病故与
《药》中华小栓的生病事件一样，只是一个引子或测试社会人心的试金石。作为引
子，宝儿的生病是为了引出单四嫂子抱着宝儿看医生的过程。而宝儿看医生的过
程，在意义表达上则有两个很明显的作用，一个是直接地揭示了庸医误人的客观
事实，这个客观事实所反映的正是宝儿与单四嫂子生活的客观的社会环境；一个
是直接表露了鲁迅对中医误人的根深蒂固的观念。为了揭示庸医误人的事实以
及如宝儿和单四嫂子这些下层人生活的恶劣的客观社会环境，为了表达中医误人
的观念，惜墨如金的鲁迅不惜在这篇文字精粹的小说中，用了近七分之一的篇幅
来详细书写单四嫂子抱着宝儿看医生的情景，并几次写到了所谓的医生何小仙在
给宝儿看病的过程中使用的中医术语，诸如什么"中焦塞着""火克金"以及中药
"保婴活命丸"等。如果将单四嫂子抱宝儿看病、买药、回家的过程一起都算在内，
那么我们会发现其篇幅则又增加了一倍，占到了整篇小说的七分之二。很显然，
鲁迅如此处理表明了小说书写的重心正是在这里，宝儿的生病这一事件不过是为
这一重心服务的，是为小说所要揭示的人物生存的环境及所要表达的思想观念服
务的，所以，对宝儿生病的事件采用白描及放重拿轻的修辞，也正在情理之中。

　　宝儿生病事件作为测试社会人心的试金石，不仅测试出了围绕着宝儿与单四
嫂子周围人的各种心态与心思，而且也有效地测试出了宝儿与单四嫂子生活的具
体环境的状况。围绕着宝儿生病事件，漠不关心且恶语相向者有之，如红鼻子老
拱；关心者有之，如王九妈、蓝皮阿五。不过，在关心者中，有的关心者是出于邻居
间的客气，如王九妈；有的关心者则是别有所图的，如蓝皮阿五，他关心宝儿的病

━━━━━━━━━━

①　鲁迅．呐喊·自序[M]//鲁迅全集：第十七卷．北京：人民文学出版社，2005：441．

并在单四嫂子抱着宝儿看病回来时主动上前帮单四嫂子抱宝儿,不过是希望据宝儿生病的事件能占单四嫂子的便宜,在帮单四嫂子抱宝儿的过程中,他也的确不失时机地占了一点便宜。单四嫂子就生活在这样的环境中。鲁迅如此书写,实际上是揭示了单四嫂子悲剧的必然性,这个必然性就在于,单四嫂子是生活在一个没有现代科学包括医学的环境中,是生活在一个人与人隔膜,甚至人心叵测的环境中。生活在这样环境中的单四嫂子,当儿子得病后自然不可能得到有效的医治,儿子夭折的悲剧的发生也就不可避免;生活在这样环境中的单四嫂子,即使儿子无病无灾,由于人与人的隔膜甚至人心的叵测,单四嫂子的命运也不会好到哪里去。正是因为宝儿生病的事件在小说中的功能主要是"测试功能",其艺术的目的是通过测试人心来揭示了人物生活的社会环境,揭示小说一个方面的重要主旨,所以小说对宝儿生病事件进行白描及采用放重拿轻的低调修辞也就顺理成章了(《药》中人物生病的事件,也具有同样的艺术功能)。

鲁迅在《药》与《明天》中书写人物生病事件所表现出来的为揭示人物生存的环境服务的特点,与《红楼梦》书写秦可卿与林黛玉两个人物生病事件异曲同工,其"异曲"与"同工"都具有三个方面的内容。

"异曲"之一,那就是鲁迅在《药》和《明天》中并没有交代人物生病的原因,而《红楼梦》书写的秦可卿与林黛玉的病象虽然不一样,但《红楼梦》却直接揭示了两人生病的原因,而且两人生病的原因还惊人的一致:心思太重。由此导致了两类小说的"异曲"之二,《药》与《明天》中书写的人物生病事件具有自然性,与社会环境无关,即华小栓与宝儿生病,主要是由自然界的病菌或其他自然因素导致的,与社会环境无关(这也反映出学医出身的鲁迅的特点);而《红楼梦》书写的人物生病事件则具有社会性,与人物身处的社会环境,尤其是人与人之间的关系密切相关,或者说秦可卿与林黛玉之所以生病,最主要的原因是由于社会环境作用的结果,而不是由自然因素作用的结果。"异曲"之三是,鲁迅在《药》和《明天》中对人物生存环境的揭示,是由"因"到"果"的揭示,即先有了人物生病的事件,才通过人物生病事件作引子和测试器,逐步揭示出生病的人物生活的社会环境;而《红楼梦》对两个人物生存环境的揭示则是由"果"到"因"的揭示,即通过追溯人物得病的原因——心思太重来揭示的。秦可卿与林黛玉两人为什么会心思太重呢?小说中给予了直接的揭示,例如,小说第十回中,看病的先生对秦可卿病因的分析,"据我看这脉息:大奶奶(秦可卿)是个心性高强、聪明不过的人;聪明忒过,则不如意事常有;不如意事常有,则思虑太过。此病是忧虑伤脾,肝木忒旺,经血所以不能按时而至"①。再看贾宝玉对林黛玉的开导,"宝玉笑道:'妹妹脸上现有泪痕,如何还哄我呢。只是我想妹妹素日本来多病,凡事当自宽解,不可过作无益之悲'"②。这些话可以说是在巧妙地揭示了两个人物生病的主要原因的同时,也直接地揭示了两个人物生存的环境,而这两个人物生存的环境虽然在物质的层面是富足的,但在人与人之间的关系方面却是十分险恶的。正因为她们是生活在这样一个十分险恶的环境之中,生活在不是尔虞我诈,就是你死我活,不是当面说好话背后下毒手,就是背后说坏话当面下毒手的人与人之间的关系中,所以她们生病也就是必然的,她们最后的毁灭也是必然的。

《红楼梦》与《药》《明天》的"同工"之一表现在,两类小说无论是书写人物的生病也好,毁灭也罢,都不仅注意了人物的悲剧与他们自己的主体因素的直接的关系,如秦可卿与林黛玉的聪明、敏感,华老栓、华小栓、单四嫂子的愚昧、迷信,更注意了人物的悲剧与他们生活的环境的直接关系。"同工"之二表现在,《红楼梦》与《药》《明天》对人物生病的事件的书写,之所以采用白描与放重拿轻的低调修辞,都是从小说所要表达的更为重要的主旨出发的,人物的生病事件的主要作用之一就是为表达主旨服务的,都具有内容与形式的完美统一性。"同工"之三表现在,两类小说都很有效地利用了人物生病的事件,也都很顺畅地达到了各自的思想与艺术的目的。

③鲁迅小说书写人物生病事件的创造性。

当然,与《红楼梦》相比,鲁迅对人物生存环境的揭示也有自己的特性,这种特性正是鲁迅小说在继承传统中的创造性的具体内容。这主要表现在以下四个方面。

首先,《红楼梦》通过人物生病事件对人物生存环境的揭示,是通过人物的性格与人物生存环境的对立、矛盾、冲突来实现的。其基本的艺术思路与逻辑就是:秦可卿与林黛玉为什么会生病? 因为她们的"心思太重";她们为什么会心思太重? 主要是因为她们都是极为聪明而又敏感的女性,对于环境的刺激往往具有很强烈的反应,甚至是过于强烈的反应,正是这种过于强烈的反应,加重了她们的心思,而她们过重的心思又直接地导致了她们生病的悲剧。而《药》与《明天》通过人物生病事件对人物生存环境的揭示,则是通过其他人对人物生病事件的言语、行为及态度来实现的。其基本的艺术思路与逻辑就是:人物生病,本是生命发展过程中的常见现象,而围绕生病人物周围的人,却对这种现象表现出了不同的态

---

① 曹雪芹. 红楼梦[M]. 郑州:中州古籍出版社,2001:66-67.

② 曹雪芹. 红楼梦[M]. 郑州:中州古籍出版社,2001:429.

度、言语、行为，从而显示了这些人与生病的人，包括他们的亲人的不同关系，而这些不同的关系就构成了人物生活的具体环境。也就是说，《红楼梦》更重视通过生病人物自身的遭遇揭示自身生活的环境，而《药》与《明天》则突破了这种内敛于自身的方式，而通过外在于生病人物的其他人物来揭示生病人物生活的环境。

其次，《红楼梦》揭示生病人物生活的环境，其主要目的是"反过来"揭示生病人物的性格特征，如秦可卿的聪明、勤劳、能干，林黛玉的多愁善感等，从而在人物的性格与环境的冲突中完成了对人物的塑造，而且是十分生动、深刻而成功的塑造。而《药》《明天》揭示生病人物生活的环境，则不是为了揭示"生病人物"的性格，因为《药》中的生病人物华小栓只是一个孩子，《明天》中的生病的人物更是一个少不更事的三岁孩子。小说揭示或不揭示人物的性格，从小说本身来看都不影响小说的意义表达，更不会损伤小说的艺术价值。事实上，在小说中，鲁迅也的确没有过多地书写生病人物华小栓与宝儿的性格，我们除了在《明天》中通过单四嫂子的回忆知道宝儿具有乖巧、孝顺的天性外，其他一无所知，而在《药》中，我们甚至连华小栓的年龄都不知道，更不要说其性格是怎样的了。鲁迅在《药》和《明天》中如此处理，实在不是鲁迅"不能"，更不是鲁迅的疏忽，而是鲁迅创作小说的思想与艺术的目的性使他将一切与中心思想不贴近的书写，削减到最少的自然结果。鲁迅匠心别具地揭示生病人物生活的环境，是为了"正面"地揭示构成环境的人们身上所表现出的"国民的劣根性"。不仅直接揭示围绕着生病人物的邻居、街坊身上所表现出的国民的劣根性，而且更直接地揭示了生病人物的亲人身上所表现出的愚昧的国民的劣根性。也就是说，《红楼梦》揭示人物生活的环境，更重视社会环境对人物性格的作用，在艺术规范上不仅体现了中国经典现实主义的原则，而且将这种原则作了透彻、全面、成功而杰出的实践，取得了迄今也难以超越的成就。而《药》和《明天》则突破了这种传统现实主义的艺术规范，而将艺术的焦点对准环境本身，更注重环境"本身"，即构成环境的"人们"身上所包含的意味以及所具有的重大意义，并同样取得了迄今仍让人高山仰止的"高义的现实主义"的成就。由此，也就直接导致了《药》与《明天》对《红楼梦》的第三个方面的突破。

再次，如果说《红楼梦》更重视对人物性格的揭示并显示了经典现实主义的神采的话，那么《药》和《明天》则更重视对人物精神状态的揭示并显示了"高义的现实主义"的特色，即通过人物所生活的环境塑造了人物的性格，如小说中的主要人物华老栓的"愚钝"、单四嫂子的"粗笨"等性格特征。小说不仅通过这些人物行为、心理的刻画直接揭示了他们这些方面的性格特征，而且还"有意"地特别给予了"强调"。例如，对单四嫂子，鲁迅就在小说中如此写道："我早经说过，他是粗笨的女人。"鲁迅如此"站出来"强调，也是别具匠心的，限于论题，此处不做展开分析,但对《药》和《明天》来说,塑造了人物的性格,并非就达到了目的,甚至,塑造人物的性格并不是小说最主要的目的,小说最主要的目的是要深入地展示人物的精神状态,展示人物精神的"病苦"。所以,《药》与《明天》对人物生病事件的书写以及采用的白描和放重拿轻的低调修辞的意义,也就不仅仅在于前面已经分析过的那些方面,还有更为重要的方面,即人物生病的事件,不仅具有引出人物生活环境的作用,更具有展示人物精神状态,特别是主要人物精神状态的作用。《药》与《明天》通过人物生病的事件首先展示的就是生病人物的"家长"愚昧的精神状态,如面对华小栓的生病事件,华老栓听信别人的所谓"人血馒头可以治病"的传言,并不辞劳苦地去求这种"良药";面对宝儿的生病事件,单四嫂子采取了哪些措施呢? 在前面所引用的鲁迅的书写中都直接地交代了:求神拜佛;在求神拜佛不管用的情况下才去看中医。也就是说,鲁迅在《药》与《明天》中对人物生病事件的书写,不仅具有前面已经分析过的功能,还有一个更为重要的功能,就是揭示生病人物的家长,他们也是构成生病人物华小栓、宝儿生活环境的人物的"愚昧"的精神状态。这一点,在《红楼梦》对人物生病事件的书写中是没有的,《红楼梦》所书写的两个人物生病的事件也根本没有这样的功能。当然,也许有人认为,人物的性格总是与人物的精神状态密切相关的,秦可卿与林黛玉的性格,也与她们的精神状态密切相关,这是不错的。即使我们承认《红楼梦》通过人物的生病在揭示人物性格的同时,也揭示了"生病人物"的精神状态,但《红楼梦》是否也通过人物生病事件揭示了"周围人"的精神状态呢? 很明显没有。如转述秦可卿病情的秦可卿的婆婆尤氏,观察林黛玉病情的贾宝玉等。即使我们也承认《红楼梦》揭示了秦可卿的婆婆尤氏和贾府的公子贾宝玉的精神状态,但很明显,对他们精神状态的揭示,主要不是由秦可卿与林黛玉这两个人物生病的事件完成的,而是由其他更为典型的事件完成的。秦可卿与林黛玉这两个人物的生病事件,在《红楼梦》中不具备揭示尤氏和贾宝玉这两个人物精神状态的艺术功能,应该是经受得起事实检验的。

最后,《红楼梦》对人物生病事件的书写是基于人物的命运与环境的冲突展开的,即人物都是善良的,而环境却是恶劣的,善良的人物的最后灭亡,是由于她们的善良本性不被恶劣的环境所接纳的必然结果,是她们善良的性格与恶劣的环境冲突的结果;《药》与《明天》却恰恰相反,小说对人物生病事件的书写是基于人物的命运与环境的一致性展开的,这种一致性就在于,华小栓与宝儿最终的灭亡,并不是环境不接纳他们,恰恰相反,他们所生活的环境不仅接纳了他们,而且在接纳他们的过程中,还显示了某些方面的温情甚至是过于热烈的温情。如宝儿生病后,邻居王九妈的过问;华小栓生病后,"花白胡子的人""驼背五少爷"的关注,特别是那个"卖"特色药给华老栓的"康大叔""包好,包好"的"慷慨"等,都直接地表明了生病的人物生活在一个怎样具有人情味的环境中。如果说《红楼梦》中秦可卿与林黛玉是直接被环境"棒杀"的话,那么《药》与《明天》中生病的人物则是被环境"捧杀"的。正是大家都说"人血馒头"可以治病并热心地向华老栓推荐,正是单四嫂子周围的人在生病后都去求签,而生活在这样环境中的愚昧的华老栓与单四嫂子自身又不能依靠自己的理性来分析问题、解决问题,所以,生病人物也就在人们"热情"地帮忙中,在大家的示范中,耽误了医治而不幸夭折。

毫无疑问,《红楼梦》基于人物的性格与环境冲突书写人物生病的事件及所揭示的人物的悲剧,与《药》《明天》基于人物的精神状态与环境的一致性书写人物生病的事件以及所揭示的人物的悲剧,两者各有特点,也各有艺术魅力。但是,两者的悲剧类型及悲剧的意味是不一样的。这种不一样不仅以审美的形态直接地标示了《红楼梦》所书写的悲剧与《药》《明天》所书写的悲剧的差异性,而且以审美的效果有效地显示了鲁迅小说对《红楼梦》的超越及其在新的时代的创造性。

就悲剧的类型来看,如果说《红楼梦》通过对人物生病事件的书写所揭示的悲剧主要是性格悲剧,那么《药》与《明天》通过对人物生病事件书写所揭示的悲剧则主要是精神悲剧;如果说《红楼梦》通过对人物生病事件的书写所揭示的性格悲剧主要是"有事的悲剧",即可以从人物的性格与环境的冲突中把握的悲剧,那么《药》《明天》通过人物生病事件书写所揭示的精神悲剧则应该是"无事的悲剧",即消失于人物与环境的一致性中的悲剧,这种悲剧不仅难以直观把握,而且还难以感受。

就悲剧的意味来看,性格悲剧与精神悲剧、有事的悲剧与无事的悲剧,虽然都有巨大的审美价值,从《红楼梦》和《药》《明天》中所揭示的悲剧来看,各自的审美价值是毋庸置疑的,不仅不需要置疑,而且两种悲剧类型的成就也都是很高的,但性格悲剧与精神悲剧、有事的悲剧与无事的悲剧的意味是不一样的。鲁迅在《几乎无事的悲剧》一文中曾经指出:"人们灭亡于英雄的特别的悲剧者少,消磨于极平常的,或者简直近于没有事情的悲剧者却多。"①这是鲁迅对人生现象的一种概括,其概括是十分准确的。无论从"古今"的时间维度来考察,还是从"中外"的空间维度来寻索,我们都会发现,"英雄悲剧"毕竟是少数人的悲剧,"近于没有事情的悲剧"才是大多数人的悲剧。事实上,"近于没有事情的悲剧"不仅存在于大多数人之中,而且也存在于古今中外的英雄之中,如鲁迅历史小说《故事新编》中所书写的那些英雄人物的悲剧,就不仅具有"英雄悲剧"的特性,而且也具有"近于没

---

① 鲁迅. 几乎无事的悲剧[M]//鲁迅全集:第六卷. 北京:人民文学出版社,2005:383.

有事情的悲剧"的特性。但是，在中国传统的小说世界中，少数人的悲剧，恰恰是书写得最充分的悲剧，如《三国演义》《水浒传》等就是典型例证，大多数人的悲剧恰恰又是书写得最不充分的悲剧，这几乎就是中国传统文学的一个普遍现象。如果我们不拘泥于字面意义来理解"英雄"的所指，而是从"英雄"即"少数人"的层面来理解"英雄"，那么像《红楼梦》这部书写大家族生活及其人物的小说，应该也可以归于书写"少数人"的悲剧的小说之列。事实上，能入豪门且非富即贵的贵族女性如秦可卿和林黛玉，无论是在中国文明社会发展的什么阶段，都毕竟是少数。书写她们的悲剧，当然也能产生如《红楼梦》一样震撼人心的审美效果，并且这种审美效果不仅在具有一定文化背景的人之间存在，即使是下层百姓中也客观存在。连鲁迅这种"骨头最硬"的硬汉，面对贾宝玉、林黛玉的悲剧，也不禁声称："《红楼梦》里面的人物，像贾宝玉林黛玉这些人物，都使我有异样的同情。"①至于一般读者，则更是"莫不为宝、黛二人咨嗟，甚而至于饮泣。②"但在"一般读者"即大多人中，这种被震撼的审美效果却缺乏"感同身受"的意味，正如鲁迅曾经形象而深刻地指出过的一样："自然，'喜怒哀乐，人之情也'，然而穷人决无开交易所折本的懊恼，煤油大王那会知道北京捡煤渣老婆子身受的酸辛，饥区的灾民，大约总不会去种兰花，像阔人的老太爷一样，贾府上的焦大，也不爱林妹妹的。"③鲁迅虽然是从"文学的阶级性"方面指出的现象，但他所指出的"贾府上的焦大，也不爱林妹妹"的观点，却切中了"审美的隔膜"性问题。既然贾府上的焦大，在情感的层面"不爱林妹妹"，那么在文学审美的层面，即使焦大被林妹妹的悲剧震撼了，他也难以形成"感同身受"的共鸣。这是因为，诚如鲁迅所说："文学有普遍性，但有界限；也有较为永久的，但因读者的社会体验而生变化。北极的遏斯吉摩人和非洲腹地的黑人，我以为是不会懂得'林黛玉型'的；健全而合理的好社会中人，也将不能懂得。"④

与之相比，鲁迅所书写的悲剧，恰恰就是"大多数人"的悲剧，仅这一方面的贡献，在中国小说史上就值得大书一笔，更何况他所书写的悲剧，不仅是大多数人的悲剧，还是大多数人在平时的日常生活中"没有感觉"的精神悲剧。这种悲剧也许无法像秦可卿、林黛玉的悲剧那样让人接触后会"流泪"甚至悲从心来；也许无法

---

① 鲁迅. 文艺与政治的歧途[M]//鲁迅全集：第七卷. 北京：人民文学出版社,2005：115.
② 花月痴人. 红楼幻梦自序[M]//古典文学研究资料汇编（红楼梦卷）. 北京：中华书局，1963：54.
③ 鲁迅. "硬译"与"文学的阶级性"[M]//鲁迅全集：第四卷. 北京：人民文学出版社,2005：208.
④ 鲁迅. 看书琐记[M]//鲁迅全集：第五卷. 北京：人民文学出版社,2005：560.

让人在社会学的层面直接地认识大家族及其所代表的社会制度"把人不当人"的专制的罪恶,但它们留存下来的意味,却不仅能让人"感同身受",更能让人从这样的书写中重新地认识自己那没有诗情画意的平常生活的价值,重新认识自己所处的生活环境的意义;不仅能更直接地启发人认识周围的环境,更能从"国民性"所负载的内容中认清中国文化的弊端乃至于我们自己。张定璜曾说:"鲁迅先生是一个艺术家,是一个有良心的;那就是说,忠于他的表现的,忠于他自己的诚实。他看见什么,他描写什么。他把他自己的世界展开给我们,不粉饰,也不遮盖。那是他最熟识的世界,也是我们最生疏的世界,我们天天过活,自以为耳目聪明。其实多半是聋子兼瞎子,我们视而不见,听而不闻。且不说别的,我们先就不认识我们自己,待到逢见少数的人们,能够认识自己,能够辨认自己所住的世界,并且能够把那世界再现出来的人们,我们才明白许多不值一计较的小东西都包含着可怕的复杂的意味,我们才想到人生、命运、死,以及一切悲哀。鲁迅先生便是这些少数人们里面的一个。"①

这也许就是鲁迅小说《药》《明天》采用白描及放重拿轻的低调修辞书写下层人生病事件在继承传统中的一个十分明显的创造,甚至可以说是填补中国传统小说空白的一个创造。这种创造不仅就小说总体的价值意义来说是重要的,而且仅仅就局限于白描与放重拿轻的低调修辞而言,也可以说鲁迅在小说中将白描这种手法及放重拿轻的低调修辞,进行了创造性的运用。

(3)婚变事件

由于中国传统社会及其文化在婚姻方面强调男权主义,强调"夫为妻纲"及嫁鸡随鸡、嫁狗随狗的伦理规范,因此在中国传统社会中,只有男子"休妻"的事件。以"离婚"为基本形式的"婚变"事件十分稀有,尤其是以女子主导的离婚现象更是少之又少,从而使中国传统小说很少书写此类事件。即使《水浒传》《金瓶梅》等杰出的长篇小说及优秀的短篇白话小说《蒋兴哥重会珍珠衫》等书写到了人物婚变的事件,但这些小说所书写的婚变事件,与其说是"婚变"事件,不如说是"偷情"事件更为准确;创作者们与其说是写出了男女双方偷情的林林总总,不如说是写出了男子对女子千方百计地引诱及女子的"祸水"本性更为恰当。

不过,尽管书写人物婚变事件的中国传统小说寥若晨星,尽管以女子主导的婚变事件在中国传统小说中十分罕见,但中国传统小说只要书写到真正意义上的人物婚变的事件,尤其是由女性主导的婚变事件,则往往笔走龙蛇,气冲云天,荡

---

① 张定璜. 鲁迅先生[M]//严家炎. 二十世纪中国小说理论资料:第二卷. 北京:北京大学出版社,1997:367.

气回肠而美不胜收。从一个特殊的方面彰显了中国传统小说,特别是白话小说杰出的艺术造诣。最典型的例子当首推明代冯梦龙"再创作"的话本短篇小说《杜十娘怒沉百宝箱》。"《杜十娘》经过冯梦龙的再创作,成为拟话本短篇小说少有的精品,女主人公的肮脏职业与美丽心灵,下贱身份与聪明智慧,屈辱地位与坚强人格,执着的美好追求与勇决的自我毁灭,形成一系列的巨大反差,震撼人心地控诉了罪恶社会,表现了壮烈的悲剧美,是一曲卑贱者伟大人格的颂歌。"①

人物的婚变事件,虽然不是鲁迅最喜欢选取的题材,也自然不是鲁迅小说中书写得最多的事件,但鲁迅小说只要偶尔涉及人物的婚变事件,其书写即臻佳境,其情趣意味深长,甚或成为文坛的绝唱。

①鲁迅小说书写人物婚变事件的杰出性。

鲁迅小说书写人物婚变事件的杰出性我们可以从《伤逝》这篇小说的成功以及显示的意义中得到直观的验证。

《伤逝》作为鲁迅小说中唯一一篇以青年知识分子的爱情婚姻为题材的小说,是在五四新文学兴起之后大量书写青年知识分子婚姻爱情小说"甚嚣尘上"的背景之下问世的。该小说以一般书写青年知识分子婚姻爱情小说习惯性的结尾,即青年男女经过"斗争"(包括反封建的斗争)、经过对"个性解放"的不懈追求最终有情人终成眷属的结局,作为自己书写的起点,即涓生与子君经过"斗争"、经过对"个性解放"的追求走到了一起,开始了"两情相悦"的生活。接着小说以主要篇幅继续书写这对"有情人"通过斗争、经过"个性解放"的追求走到一起的生活状况。子君养动物"竟胖了起来,脸色也红活了",并也如一般的村妇与小市民一样,为了所喂养的小油鸡而与邻居的小官太太"暗斗";涓生,则"每星期中的六天,是由家到局,又由局到家"。两人在热恋时"谈家庭专制,谈打破旧习惯,谈男女平等,谈伊孛生、谈泰戈尔、谈雪莱"的话题没有了,"高雅"的精神交流也似乎中断了,取而代之的是谈狗、谈油鸡。什么人生的理想,什么"我是我自己的"个性解放的追求,都被平凡的生活事件所取代。更为雪上加霜的是,正当两人的生活情趣被日常的生活琐事替代的时候,涓生又遭遇了失业的打击,面对这一最现实的打击,子君的脸立刻"变了色",涓生起初还信心满满,以为凭自己的知识和抄写、教读和译书能力,一定能找到新的生活的道路。但他太低估了社会对小人物的无情,终于在一次次投稿失败、寻求工作失败的打击之下,两个曾经两情相悦的人分道扬镳,终于结束了他们恋爱自由、婚姻自主的个性解放的追求。

当《伤逝》问世后,此类书写青年知识分子婚姻爱情的小说则销声匿迹了,因

---

① 谭邦和.明清小说史[M].武汉:湖北人民出版社,2002:158.

为《伤逝》不仅书写了两个有情人经过"斗争"、经过对"个性解放"的追求最终获得爱情后的种种遭遇，也不仅在书写这对有情人遭遇的过程中深刻地揭示了两个人的精神与思想的弱点，而且将有情人从"成眷属"到最终"婚变"的完整过程以及"婚变"的内在与外在原因，都一并展示出来了。将之前书写青年知识分子婚姻爱情小说"结局"的"结局"也都书写殆尽了，将恋爱自由、婚姻自主的思想基础——个性解放的脆弱性弊端也一并进行了直观、深刻的展示，这等于是全面地解构了此类小说书写的情节模式与思想基础。在鲁迅小说《伤逝》的示范下，如果有人还要继续基于个性解放的思想基础并按照如此的情节模式来书写青年知识分子的婚姻爱情事件，那么除了造出一堆语言的垃圾之外，这样的作品将不可能获得任何思想与艺术的价值，至少这样的作品也难以企及鲁迅《伤逝》的艺术与思想的境界。所以在鲁迅的《伤逝》问世后，此类作品销声匿迹，自在情理之中。如果从文学思潮的角度看，《伤逝》这篇书写青年男女从"成眷属"到"婚变"全过程的小说，正是对中国现代五四时期一种文学倾向，尤其是小说创作的一种倾向做总结和进行反省的小说，具有重要的文学史的意义。《伤逝》的成功及所表现出来的文学史的意义，正从一个方面反映了鲁迅小说书写人物婚变事件的意义与杰出的价值。

鲁迅不仅在现代小说，如《伤逝》《离婚》等中对人物婚变的事件进行了详细的书写，而且在历史小说，如《奔月》中也展开了情趣盎然的书写。在这些小说中，鲁迅书写人物婚变事件时所采用的手法、修辞，也是丰富多彩的，但其中最有意味也最值得关注的，则是白描以及放重拿轻的低调修辞。这是鲁迅《伤逝》《离婚》《奔月》三篇小说中书写人物"婚变事件"最终结局的语段：

> 正在错愕中，官太太便到窗外来叫我出去。
> "今天子君的父亲来到这里，将她接回去了。"她很简单地说。（《伤逝》）
> 庄木三正在数洋钱。慰老爷从那没有数过的一叠里取出一点来，交还了"老畜生"；又将两份红绿帖子互换了地方，推给两面，嘴里说道：
> "你们都收好。老木，你要点清数目呀。这不是好玩意儿的，银钱事情……"（《离婚》）
> 羿又在房里转了几个圈子，走到堂前，坐下，仰头看着对面壁上彤弓，彤矢，卢弓，卢矢，弩机，长剑，短剑，想了些时，才问那呆立在下面的使女们道——
> "太太是什么时候不见的？"
> "掌灯时候就不看见了，"女乙说，"可是谁也没见她走出去。"

"你们可见太太吃了那箱子里的药没有？"

羿急得站了起来，他似乎觉得，自己一个人被留在地上了。(《奔月》)

这里引述的三群语段，第一群语段书写的是子君与涓生这对有情人的最终分手；第二群语段书写的是爱姑与"小畜生"的最终离婚；第三群语段书写的是嫦娥对丈夫后羿的不辞而别。

毫无疑问，这些婚变事件的结局，对于小说中的人物来说，都是十分重要的事件。《伤逝》中的婚变事件的结局，对两个主要人物来说，都是致命的事件，子君不仅因"婚变"而不得不回到自己曾经激烈而决绝反抗过的家中，而且最终还付出了生命的代价；涓生不仅因"婚变"使自己的人生轨迹犹如苍蝇在空中转了一个圈又回到了"原点"，而且使自己的心理与生命都刻下了一辈子都无法抚平的创伤。爱姑的婚变事件，不仅给她自己带来了巨大的生活痛苦，"打过多少回架，说过多少回和，总是不落局"，而且也使其家人"烦死了"，虽然最后爱姑还是与"小畜生"离了婚，但对爱姑来说离婚的结局也并不是什么"胜利"的事件，而是一种难言的屈辱。《奔月》中的婚变事件的结局，不仅对曾经的英雄后羿是一个直接的打击，而且对嫦娥来说也是一个悲剧的结果，这一结果的直接原因虽然来自嫦娥对昔日英雄后羿在"现实生活"中只能让自己天天吃乌鸦炸酱面的失望，但从深层来看，则应该是嫦娥在情感上与后羿渐行渐远的结果。

同时，这些婚变事件及其结局，对于小说的艺术构造来说，也是重要的事件。《伤逝》中的"婚变"事件及其结局，是整篇小说事件发展的高潮，它直接地串联起了两个人物前后生活的过程，也以最直接的事实最终消解了两个人物全力追求现代的恋爱自由与婚姻自主的行为的意义；《离婚》中的婚变事件及其结局，不仅是贯穿整篇小说的事件，而且这一事件还是一面镜子，直观、形象、生动而深刻地映现出了世人的种种嘴脸，并导引出了一系列具有文化意味的民情风俗；后羿的婚变事件及其结局，不仅从一个特殊的方面还原了"神"的本相，写出了"神"的悲剧与喜剧，而且为全书最为情趣盎然的书写内容提供了直接而重要的铺垫。

这些婚变事件及其结局如此重要，但鲁迅在书写的时候，却主要采用了白描及放重拿轻的低调修辞，而且还表现出了这样的一种书写倾向，即婚变事件及其结局对人物越重要，在小说中的意义越重大，其白描及放重拿轻的低调修辞的特性也就越明显、越纯正、越意味深长。如《伤逝》中的婚变事件的书写就是如此。子君与涓生最终分手的婚变事件，从小说情节发展的作用来看，它是揭示人物"有情"生活最后结局的事件，是轰毁人物精神世界与生命意义的事件；从艺术意义来看，它是彻底解构"有情人终成眷属"书写模式的事件；从思想意义来看，这一事件也是对狭隘的个性解放思想深度批判与最后解构的事件。所以,完全可以说这一事件在小说中具有"最重要"的意义,它高度地凝聚了小说最重要的艺术意图与最深沉的思想意图。也正因为这一事件在小说具有"最重要的意义",所以对这样具有最重要意义的事件,鲁迅在小说中的书写也是"最"彻底的白描,"最"彻底的放重拿轻。小说别具匠心地通过与子君曾经明争暗斗的"官太太"的口转述子君与涓生的婚变结局,不仅使对婚变事件的白描成为不带任何倾向的纯粹的白描,使放重拿轻的低调修辞成为名副其实的放重拿轻的低调修辞,而且使这种纯粹的白描以及放重拿轻的低调修辞具有了完全的合理性,经受得起事实与逻辑的严格检验与推敲。官太太之所以用平淡得不能再平淡的口吻以及"简单"得不能再简单的语句陈述"子君走了"的事实,一方面,由于子君与涓生的事,包括两人"婚变"的事本来就与她无关;另一方面,即使她良知未泯或出于什么别的考虑想对涓生表达一点同情或者别的什么意思,但由于她曾经与子君为一些鸡毛蒜皮的小事明争暗斗过,她与子君之间曾经有过的矛盾冲突所积累的"不合",使她无论用什么词语表达有善意的同情,也难保涓生的解读不会"出格"。因此,作为一个颇具城府的小市民(她与子君为一些鸡毛蒜皮的小事的明争暗斗,就已经表明了她的身份),她使用如此的口吻、如此的语句也就完全符合她的身份、她的心理、她的处境。

《离婚》使用的白描及放重拿轻的低调修辞,之所以不像《伤逝》那样的"纯粹",也没有通过第三者"转述"来尽情地彰显白描之"白"和放重拿轻之"轻"以及低调之"低",而是直接写出了婚变的结果:"慰老爷""将两份红绿帖子互换了地方,推给两面",也是因为婚变事件,特别是婚变事件的结果,尽管对人物及小说的艺术构造来说是重要的,但却不是最重要的内容,最重要的内容是婚变事件发生、发展的"过程",特别是最后离婚的判决"过程"。小说正是在人物婚变事件的过程及离婚判决过程的书写中,揭示了主要人物爱姑的思想、心理以及性格的变化,揭示了"作为女性言说的主体是缺席"[①]的深沉内容,展示了周围人的复杂心理,揭示了所谓七大人等乡村脸面人物庸俗不堪的言语、心理,丑陋病态的行为举止,并在这种展示与揭示的过程中,完成了小说社会批评与文明批评的思想表达。至于《奔月》中对后羿与嫦娥婚变事件的书写,特别是对结果的书写,尽管对人物与小说的艺术结构来说是重要的,但很明显却同样也不是小说的主要内容,更不是

---

① 罗宗宇."她"言说的虚妄——关于《离婚》中爱姑突变的一种解读[C]//谭桂林,朱晓进,杨洪承.文化经典和精神象征——"鲁迅与20世纪中国"国际学术研讨会论文集.南京:南京师范大学出版社,2013:612.

小说情节发展的高潮。小说的主要内容是书写后羿在日常生活中的种种所为及所遭遇的不适、孤独，小说情节发展的高潮是后羿在"悟"到嫦娥不辞而别后愤怒地"弯弓射月"，小说书写得最有意味的也是后羿"弯弓射月"的情景及其结果。小说对昔日英雄后羿"神"的形象的解构，也是在这最后的"弯弓射月"的情景及结果的书写中完成的。也就是说，在《离婚》和《奔月》中，人物的婚变事件及其结果的思想与艺术的功能，与《药》和《明天》中人物生病事件及其结果的思想与艺术功能一样，都是为引出小说中所要表达的更为重要的思想内容及所要书写得更为精彩的艺术内容而服务的"引子"。所以在白描爱姑婚变事件的结果时，小说采用了直接书写的方式，而没有采用如《伤逝》中一样更为纯粹白描的间接的方式；在白描后羿与嫦娥婚变事件结果的时候，还使用了非白描性的、既不"轻"也不"低调"的词语"急"。小说如此处理，不仅直接地表明了鲁迅书写人物婚变事件及其结果的艺术和思想意图，而且也直接地表明了人物婚变事件在小说中的作用与功能。

②鲁迅小说书写人物婚变事件的传统性及特有魅力。

那么，鲁迅在小说中为什么采用白描及放重拿轻的低调修辞呢？白描这种艺术手法及放重拿轻的低调修辞手段，又有什么特殊的魅力呢？从"传统"的角度进行一下对比，首先看看鲁迅小说对人物婚变事件，特别是婚变事件的结局书写的传统性，然后再来分析在书写人物婚变事件及其结局时，鲁迅小说采用的白描及放重拿轻的低调修辞的特有魅力。

下面是《杜十娘怒沉百宝箱》中对人物婚变事件结局的书写：

> 公子又羞又苦，且悔且泣。方欲向十娘谢罪，十娘抱持宝匣，向江心一跳。

小说对杜十娘面对婚变事件的书写虽然笔调老到，情趣盎然；对杜十娘处理婚变事件的态度、行为的书写缤纷灿烂，角度多样且荡气回肠；对过程的叙述详尽细致，描写生动沉著且意味深长，但在书写杜十娘最后决绝地跳江自绝这一婚变事件的结果时，其手法却是显然的白描，其基本的修辞也是放重拿轻的低调修辞，没有任何的形容，更没有刻意的渲染。对杜十娘动作的"规范"描写与叙述，只用了一个动词词组"抱持"，描写了杜十娘对"百宝箱"的处理；只用了一个动词"跳"，叙述了杜十娘决然的行动，对杜十娘婚变事件最后结局的全部书写也只用了九个字："抱持宝匣，向江心一跳。"可是，就是如此的白描及放重拿轻的低调修辞，却写出了杜十娘苦、悲、恨种种情怀以及决绝、毅然的刚烈性格。就是如此平和的笔调和简洁的叙述，却让悲剧的种种意味通过传统的白描手法与放重拿轻的低调修辞力透纸背地放射出来,充分地彰显了中国传统的白描以及放重拿轻的低调修辞的"白"中寓意——而且是丰富的意味,"轻"中显"重"——而且是悲剧性的"重"的艺术神采。同时,也以这样的手法及修辞,完成了一出纯粹悲剧的最后书写,彻底地打破了中国传统文学"大团圆"的书写格局。

对照鲁迅小说书写人物婚变事件及其结局的文句,不仅手法与《杜十娘怒沉百宝箱》相似,也是白描以及放重拿轻的低调修辞,而且其艺术特点及效果也十分一致,都具有使用白描以及放重拿轻的低调修辞书写人物悲剧的特点,都达到了通过白描以及放重拿轻的低调修辞让悲剧意味力透纸背地发散出来的效果。

当然,鲁迅的书写也自有其特有的魅力。这种魅力表现在多个方面,其中一个最显然的方面是,鲁迅小说采用白描及放重拿轻的低调修辞书写此类事件,有时候不仅写出了人物的悲剧,具有悲剧性,而且也匠心别具地写出了人物的喜剧,具有喜剧性。如《奔月》中采用白描及放重拿轻的低调修辞书写后羿与嫦娥婚变事件及其结果,就是如此。而这种喜剧性不仅是鲁迅小说的一个显然特点,而且这个特点中还包含了可资分析的丰富内容。由于鲁迅小说以婚变这一悲剧事件写喜剧的特点与《杜十娘怒沉百宝箱》以悲剧事件写悲剧的特点不具有可比性,更何况以鲁迅的三篇小说中的此类书写与一篇传统小说中的此类书写进行比较,本身也不具有对等性,因此,对鲁迅小说采用白描及放重拿轻的低调修辞书写的此类婚变事件及结局的特点与魅力,这里也就存而不论了。下面所要比较的是两类小说在使用白描及放重拿轻的低调修辞书写人物的悲剧及所显示的悲剧意味,这样的比较,不仅具有对等性与可比性,而且更可以有效地彰显鲁迅小说在继承传统中的创造性以及这种创造性的可贵性。

《杜十娘怒沉百宝箱》对杜十娘悲剧性结局的书写,如果从艺术效果上看,作者采用的虽然是白描及放重拿轻的低调修辞,但所产生的艺术效果则是震撼人心的。这种震撼人心的艺术效果,小说不仅通过杜十娘跳江后"众人急呼捞救"的直接描写和"但见云暗江心,波涛滚滚"的景象描写以及作者直接的议论"可惜一个如花似玉的名姬,一旦葬于江鱼之腹"等,从多方面显示出来,而且还直接通过"十娘抱持宝匣,向江心一跳"的白描显示出来。杜十娘没有任何犹豫地"抱持宝匣,向江心一跳"的决死举动,无论是从行为本身的结果来看,还是从杜十娘的态度来看,都是震撼人心的。从行为本身的结果看,杜十娘毁灭了自己只有一次而绝对不可能再生的美好生命,这对任何明了生命只有一次的人来说,都不能不被震撼,除非是根本不懂生命意义的傻子或既不珍惜别人的生命,也不珍惜自己生命的暴君、恶人;从杜十娘的态度来看,她的"一跳"显得如此决绝而毫无留恋之意,其对死亡的无畏态度,不仅震撼昔日和今日的人心,而且,可以预料的是,只要人类还珍惜生命，《杜十娘怒沉百宝箱》采用白描及放重拿轻的低调修辞书写人物婚变事件结果所产生的这种震撼人心的效果将不会随着社会历史的发展而衰退，将来的人阅读这样的书写，也会被震撼。

与之相比，鲁迅小说采用的白描及放重拿轻的低调修辞对人物婚变事件结局的悲剧性书写，则不具有《杜十娘怒沉百宝箱》这种"直接"震撼人心的效果。不仅不具有"直接"震撼人心的艺术效果，而且从鲁迅小说对人物婚变事件结果的书写中，我们甚至连悲剧的意味都难以一下咀嚼出来。这是因为，鲁迅小说对人物婚变事件结果的书写本身并没有"直接"地透露出任何悲剧的内容。《伤逝》中"子君被她父亲接回去了"的书写是如此；《离婚》中"将两份红绿帖子互换了地方，推给两面"的书写更是如此。《奔月》中虽然书写了"羿急得站了起来，他似乎觉得，自己一个人被留在地上了"，但后羿的"觉得"本身也没有直接透射出悲剧意味。仿佛小说采用白描及放重拿轻的低调修辞，仅仅是为了呈现人物婚变事件的结局这种事实，而无意展示事件本身的悲剧性。其实，这只是一种表面的现象，如果我们细读其白描的文字，在放重拿轻的低调修辞中，其悲剧的意味则同样力透纸背。不仅力透纸背，而且其"力透纸背"的方式还是别具匠心的，这种别具匠心地书写婚变事件及其结果的悲剧性还直接地体现了鲁迅小说的创造性。

③鲁迅小说书写人物婚变事件的创造性。

我们都知道，鲁迅十分青睐"近乎没有事的悲剧"。这种类型的悲剧，不仅是鲁迅最青睐的悲剧，也不仅是鲁迅小说书写得最多的悲剧，而且是鲁迅小说书写得最精彩的悲剧。其精彩性之一就是在小说中，鲁迅常常采用与"近乎没有事的悲剧"类型相一致的艺术手法与修辞，白描及放重拿轻的低调修辞就是其最常用的艺术手法与修辞。

所谓"近乎没有事的悲剧"，按照鲁迅自己的解说也就是日常生活中的不具有轰动效应的"悲剧"，这种类型的悲剧不仅绝对不具有《杜十娘怒沉百宝箱》所呈现的"壮烈的悲剧美"①，而且读者也难以有"悲剧美"的阅读感受。因为鲁迅对人物婚变或分手事件及其结果的书写太平淡，其平淡的文句所呈现的事实，既无法在审美的过程中导引出亚里士多德所认可的悲剧必须具备的恐惧的感觉效果，也难以形成亚里士多德所特别指出的悲剧必须具备的怜悯的情感效果，所以读者在阅读的时候，不仅读不出美，形成不了悲剧所带来的"积极的快感"，甚至连悲剧性的感觉也难以生成。但正如朱光潜指出的一样："悲剧是具体事物而不是一个抽

---

① 谭邦和．明清小说史［M］．武汉：湖北人民出版社，2002：158.

象概念"①,在社会现实中,悲剧的具体事物就是一件件具体的事件,包括日常生活中的具体事件。尽管并非所有的日常生活事件都是悲剧事件,但男女离婚或分手事件,作为日常生活中的一类事件,无论从本质上讲,还是从实际结果上看,都不是"喜事",不具有"喜事"与生俱来的快乐性。不仅不具有任何快乐性,相反,男女离婚或分手事件只要发生,都必然地要连累家人(在中国传统社会尤其如此),更为重要的是,无论是从传统的意义上讲,还是从现代的意义上看,这类事件都不可避免地会从不同的方面——精神的、物质的方面,在不同的层面上——情感的、理智的层面伤害到当事的双方,使当事双方在诸多有形的方面遭受相应的损害。而更为重要的是,还将在当事双方的生活上、心理上留下难以抹去的伤痕,甚至直接影响当事双方未来的人生道路选择,以及当事双方的人生观、价值观等的构建。因此,尽管鲁迅在小说中书写人物婚变事件结果的时候,并没有直接使用相应的手法与修辞揭示事件本身的悲剧性,而是采用了白描及放重拿轻的低调修辞的方式尽力地淡化了事件本身的悲剧性,但人物婚变事件与生俱来的悲剧性质则力透纸背地将悲剧的意味通过平淡的文句发散出来。

同时,从鲁迅小说中直接承担这类事件及其结果的当事者的感觉来看,不管离婚或分手对具体的人来说会形成怎样具体的感觉,例如,对爱姑的配偶"小畜生"来说,离婚给予他的也许只是"烦"的感觉;对爱姑来说,离婚对于她也许只是"不如意"的感觉;对子君和涓生来说,也许只有痛苦的感觉;对后羿来说,也许只有孤独的感觉。不管事件的直接承担者具有怎样的感觉,但从绝对的意义上讲,这些感觉都绝对不是愉快的喜剧感觉,也不可能是其他具有"良好"意义的感觉,而只能是悲剧的感觉。这种悲剧的感觉犹如空气一样弥漫在小说中,即使书写人物离婚或分手的文句不带任何情感与思想倾向,悲剧的意味也无法被淡化,更无法被驱散。

不仅如此,从小说情节结构的角度看,三篇小说对三件婚变事件结果的书写,其实质也就是对三场悲剧结局的书写,因为离婚或分手本身就是悲剧;当三篇小说完成了对三件婚变事件结果的书写后,也就意味着完成了对三场悲剧的最后书写。作为完成书写三场悲剧的文句,尽管其手法是白描,其修辞是放重拿轻的低调修辞,其风格是平和冲淡的风格,但由于文句本身呈现的是悲剧的结果,因此,这些文句本身也就凝聚了悲剧的意味,并且不是局部的悲剧意味,而是整个事件悲剧的"全部"意味。

---

① 朱光潜.悲剧心理学——各种悲剧快感理论的批判研究[M].北京:人民文学出版社,1983:7.

　　这就是鲁迅小说在书写人物婚变事件及其结果时,采用白描及放重拿轻的低调修辞的艺术匠心之所在。这种艺术的匠心所产生的审美效果虽然不具有《杜十娘怒沉百宝箱》那样的"壮烈的悲剧美",完全是"近乎没有事的悲剧"的平和冲淡的"美",但其悲剧的意味则更为悠长和丰富多彩。这些悠长而丰富多彩的悲剧意味,正是鲁迅小说书写人物婚变事件及其结果的杰出的审美价值之所在,也是鲁迅小说采用白描及放重拿轻的低调修辞书写本身具有悲剧性的人物婚变事件及其结果的个性特征之所在。它不仅突破了以《杜十娘怒沉百宝箱》为代表的传统小说书写此类悲剧的格局,而且拓展了"近乎没有事的悲剧"的内涵。

　　就书写人物婚变事件及其结局的悲剧格局来看,《杜十娘怒沉百宝箱》主要基于"悲剧的产生是由于两种互不相容的伦理力量的冲突"①。从小说中看,杜十娘最后跳江自尽的悲剧的发生,其直接的诱因就是杜十娘所保有的情爱至上的理想伦理,与李公子金钱至上的市侩伦理尖锐冲突的结果。当然,也有研究者认为,杜十娘悲剧的发生固然是两种不相容的伦理冲突的结果,但这种冲突的背后也有社会因素在其中起重要的作用,如李公子之所以对将杜十娘带回家有顾虑,是因为李公子已有"贱室",而"老父性严""未必相容"。其实,这仅仅是一种虚伪的托词,这种虚伪的托词不仅经受不起社会历史事实的检验,也经受不起小说自身艺术逻辑的推敲。从事实来看,在杜十娘生活的时代,男人三妻四妾本就是一种正常的现象,而且是被社会认可的现象,不仅不会受到舆论的指责,还会受到法律(如果那个时代有婚姻法)的保护。从小说情节展开的逻辑来看,既然李公子有这样的"顾虑",那么他又为什么要带杜十娘回家呢? 即使不从社会背景的角度来看这种托词的虚伪性,也不从情节展开的逻辑来看小说作者如此设计的生硬性、勉强性,仅仅从小说书写的内容看我们也可发现,杜十娘悲剧的发生主要就是情爱至上伦理与金钱至上的市侩伦理冲突的结果。李公子之所以最终同意将杜十娘"转让"给孙富,其主要的原因就是孙富答应用一千金子与李公子交换杜十娘,也就是说,在李公子的眼中,一千金子比杜十娘重要;而对怀抱着情爱至上理想的杜十娘来说,将自己当作商品一样进行交换,并且是金钱的交换,这是绝对不可以接受的。所以,杜十娘最后选择跳江自尽,与其说是由于社会环境压迫的结果,不如说是两种水火不相容的伦理冲突的结果。整篇小说的悲剧格局就是两种伦理尖锐冲突的格局,小说最后对人物婚变事件结果的书写所呈现的壮烈的悲剧之美,体现的也正是这种悲剧格局之美,显示的也正是这种悲剧格局的审美价值与艺术

────────────

　　① 朱光潜.悲剧心理学——各种悲剧快感理论的批判研究[M].北京:人民文学出版社,
　　1983:114.

的魅力。

与《杜十娘怒沉百宝箱》书写悲剧的格局相比,鲁迅小说书写人物婚变事件及其结局的悲剧格局不仅很不相同,而且更为丰富。鲁迅小说或基于人物自身的思想、性格的片面性来书写人物婚变事件及其结局的悲剧性,如《伤逝》;或基于人物与环境的矛盾冲突书写人物婚变事件及其结局的悲剧性,如《离婚》;或基于人物与人物之间的思想、情感等的隔膜书写人物婚变事件及其结局的悲剧性,如《奔月》。鲁迅三篇书写人物婚变事件及其结果的小说,书写悲剧事件的格局,各有特点,也各不相同。这些特点及各不相同的书写格局,都直观地体现了与《杜十娘怒沉百宝箱》书写悲剧的格局的不同。与此同时,在鲁迅小说这些各不相同的书写人物婚变事件的悲剧格局中,又往往并存着几种相互联系的悲剧格局:既有"两种伦理冲突"的悲剧格局,更有"历史的必然要求和这个要求的实际上不可能实现之间的悲剧性冲突"①的格局;既有人物与人物之间的思想、情感、价值观相互冲突的悲剧格局,又有主要人物与社会环境无法调和的矛盾冲突的悲剧格局。这些悲剧格局不仅同时存在于三篇小说的整体艺术世界之中,而且也同时显示于对三类人物的婚变事件及其结局的书写之中。

爱姑的离婚,就不仅是两种不同伦理冲突的悲剧性结果,也不仅是她与"小畜生"之间思想、情感、价值观冲突的悲剧性结果,而且也是她的合理要求,即她认为"小畜生"不应该有了姘头就不要她,与这种合理要求在当时的社会环境下不可能实现之间冲突的悲剧性结果。子君与涓生的最终分手,也是多种矛盾冲突导致的结果。两人追求个性解放的要求是合理的,但在当时的社会这种合理的要求又是不被接受的;子君与涓生结合后就回到了传统妇女人生的轨道上,其思想、情感、价值观、伦理观与涓生渐行渐远,其冲突也就不可避免,其分手也是必然的。同样,嫦娥之所以与后羿不辞而别,不仅是因为后羿喜欢提当年之勇,而嫦娥更重视现实之事,从而两人在思想情感及价值观上产生了隔膜的结果,也不仅是因为后羿每天只能给嫦娥提供乌鸦炸酱面让嫦娥厌烦到不能忍受,深感到"竟嫁到这里来"的委屈的结果,而且更是嫦娥希望能吃点别的东西这一合理的愿望与这一愿望在小说所书写的"现实环境"中无法实现之间的矛盾冲突的结果。后羿由于射击技术太高,以至于将别的动物都猎杀完了,他再难以找到除了乌鸦之外的其他动物了,所以他只能猎杀乌鸦,给嫦娥吃乌鸦炸酱面,因此,无法满足嫦娥"能吃点别的东西"的合理要求。可见,不管是对普通人婚变事件及其结果的书写,还是对

---

① 恩格斯. 致斐·拉萨尔[M]//北京师范大学中文系文艺理论教研室. 文学理论学习参考资料(下). 沈阳:春风文艺出版社,1982:109.

"神"们的婚变事件及其结果的书写，鲁迅小说的悲剧格局都是丰富多彩的。正是这些丰富多彩的悲剧格局的有机使用，在赋予鲁迅小说深邃、广博的意义内涵的同时，也彰显了鲁迅小说书写人物婚变事件及其结果时采用白描及放重拿轻的低调修辞的特有魅力，而这些丰富多彩的悲剧格局及所形成的特有魅力，正是鲁迅小说对以《杜十娘怒沉百宝箱》为代表的中国传统小说书写人物婚变事件超越的具体表现。

同时，鲁迅小说书写人物婚变事件及其结果所形成的悲剧意味的内涵与《杜十娘怒沉百宝箱》的悲剧意味的内涵也不相同。鲁迅小说的悲剧意味的内涵虽然不像《杜十娘怒沉百宝箱》中的悲剧意味一样凝练、浓烈，但却有着砭人身心、深入人的骨髓的凉意；它虽然不能直接地震撼人心，引发人建立在恐惧或怜悯基础上的"积极的快感"，却能引人深思，发人深省。因为这种悲剧意味，不是单一的意味，而是多样的意味，它凝聚了丰富的悲剧性内容。在这些悲剧性内容中，不仅具有人物婚变事件本身的悲剧内容，而且还具有身处事件中心的人物自身的悲剧内容；不仅具有人物自身的这种生活方面的悲剧内容，而且具有人物对待婚变这种事件的悲剧性毫无察觉的精神悲剧的内容；等等。

毫无疑问，《杜十娘怒沉百宝箱》对人物婚变事件的悲剧性书写与鲁迅小说的此类书写的格局各有特点，其艺术效果也各有千秋。其所采用的白描及放重拿轻的低调修辞，也取得了完美的成功，很有效地显示了小说不可忽视的审美价值与社会历史的价值。但鲁迅小说对人物婚变事件的悲剧性书写以及所采用的白描和放重拿轻的低调修辞的艺术功能则更具有艺术辩证法的功能。如果说《杜十娘怒沉百宝箱》的悲剧性书写所采用的白描及放重拿轻的低调修辞的艺术功能主要是直接呈现人物婚变事件的悲剧性，那么鲁迅小说则恰恰相反，其白描与放重拿轻的低调修辞的艺术功能则是竭力地隐蔽人物婚变事件及其结果的悲剧性。但艺术的辩证法却也正在这一方面显示了自己的功能：鲁迅越有意识地要隐蔽或者淡化人物婚变事件及其结果的悲剧性，越让人无法立即从其所采用的手法及修辞中咀嚼出悲剧的意味，则越有效地显示了"近乎没有事的悲剧"的特点（因为，所谓近乎没有事的悲剧，本来就是人们没有感觉，也当然没有清醒认识的悲剧，能让人感觉到并清醒地认识到的悲剧那就只能是如《杜十娘怒沉百宝箱》所书写的"有事的悲剧"），也越有效地凸显了这类"近乎没有事的悲剧"的审美意义与社会价值，不仅有助于我们认识小说中人物自己的这些"近乎没有事的悲剧"的特征及意义，而且也有助于我们认识自己及其身边的近乎没有事的悲剧，从而使小说使用白描及放重拿轻的低调修辞书写的人物婚变事件及其结果的悲剧的意义从艺术的世界，拓展到我们所生活的现实世界，这种悲剧的意义"不仅适用于悲剧主体，也适用于更广大的悲剧情绪感受者"①。不仅适用于我们认识生活世界里的"近乎没有事的悲剧"的基本表现形式及特点,而且也适用于我们认识精神世界里的"近乎没有事的悲剧"的沉重性与危害性。这也许就是鲁迅小说采用白描及放重拿轻的低调修辞书写人物婚变事件及其结果的悲剧的杰出意义。

### (二)少做作的自然修辞——风物书写

"少做作"是鲁迅所认可的白描的一个方面的特点。白描的这个特点落实在修辞上就是根据对象的本真状态遣词造句,最大限度地叙述和描摹出对象的原样,尽可能地摒弃主观性的评判语汇以及"掉书袋"似的叙述与描绘,让呈现于作品中的对象有"自然"之气,形成一种"自然修辞"。这种"自然修辞"与中国传统文论,特别是从道家思想出发所推崇的"文"与"质"的天然之美的文论,一脉相承。例如,西汉时期成书的《淮南子》,在继承道家"道法自然"的思想的同时,"从道家思想出发来解释'质',认为'质'就是事物不假文饰;天然的美已经表现出了良好的'质'"②。如果白描是中国传统文学与文论曾经青睐的艺术手法,那么,与"自然之美"密切相关的"少做作"的"自然修辞",则更是中国传统文学与文论早就关注的具有本质性的问题。

在鲁迅的小说中,采用白描手法所形成的少做作的自然修辞事例比比皆是。其中,对风物的白描所形成的少做作的自然修辞事例,又是鲁迅小说中最集中的事例。它们以最显然的存在及特有的魅力,较为集中地体现了鲁迅小说采用白描手法形成的少做作的自然修辞的神采,也直接地体现了鲁迅小说的修辞在继承传统基础上的创造性。

#### 1. 书写风物的传统性

"风物"是自然之风景与人为之物景的总称。风物虽有自然与人为之别,但对文学创作者来说,它们都是客观存在的对象,具有同质性。用什么样的手法及修辞来叙述与描写这些客观对象,对于作者来说是千人有千法,对鲁迅来说也是如此。在鲁迅的小说中不仅叙述与描写风物的手法多种多样,修辞方式丰富多彩,而且即使采用白描手法及少做作的自然修辞书写风物的例证也屡见不鲜,所以,我这里只能列举几个事例:

> 今天晚上,很好的月光。(《狂人日记》)
> 鲁镇的酒店的格局,是和别处不同的,都是当街一个曲尺形的大柜台。

---

① 朱寿桐. 孤绝的旗帜——论鲁迅传统及其资源意义[M]. 北京:文化艺术出版社,2005:164.

② 易蒲,李金苓. 汉语修辞学史纲[M]. 长春:吉林教育出版社,1989:84.

(《孔乙己》)

秋天的后半夜,月亮下去了,太阳还没有出,只剩下一片乌蓝的天;除了夜游的东西,什么都睡着。(《药》)

这时候是"汤汤洪水方割,荡荡怀山襄陵"。(《理水》)

这些例子,并非是刻意选择的,而仅仅是依据鲁迅小说的排列顺序,将几篇小说开头对风物的叙述与描写罗列出来的。这些例子既有选自现代小说的,也有选自历史小说的;既有选自典范的现实主义小说的,如《孔乙己》《药》中的例子,也有选自具有象征主义色彩的小说的,如《狂人日记》中的例子,还有选自具有"后现代主义"色彩的小说的,如《理水》中的例子。但不管是从鲁迅创作的什么类型的小说中选择出来的,也不管这些小说的艺术规范具有怎样泾渭分明的差异,这些书写风物的文字,从手法上都具有鲁迅对白描特征的基本要求——少做作;在修辞方面,无论是词语的使用,还是句子的修饰,可以说都有"自然之气",是自然修辞。这种手法与修辞,与中国传统小说对风物的书写十分一致。由于"风物"意指"自然风景"与人为景物,因此,我这里分开论述,先论述中国传统小说对自然风景的书写。

提到中国传统小说的自然风景书写,知名度最高的恐怕要数《水浒传》中的一句"那雪正下得紧"[1]。鲁迅自己还专门写过一篇杂文,高度地赞赏《水浒传》描写雪景的这句话,"倘要'对证古本',则《水浒传》里的一句'那雪正下得紧',就是接近现代的大众语的说法,比'大雪纷飞'多两个字,但那'神韵'却好得远了"[2]。《水浒传》这句书写下雪情景的文字的确很有"神韵",这种神韵不仅比"大雪纷飞"这句话的神韵"好得远",具有一种感觉上的"压迫感",能唤起阅读者的情景想象与多样联想,而且一个"紧"字还直接地写出了雪下得既密又大的景象,进一步地强化了小说前面所写的"那雪早下得密"的情景。将小说前面"密"字所书写出的大雪存在的"静态"状况"动态化"了,写出了大雪"生成"的基本状况和主要特征,为读者提供了可以想象的引导,并凝聚了可资分析的审美内容。所以,鲁迅才高度赞赏"那雪正下得紧"这句话很有神韵,一般的人们也才更记住了《水浒传》书写自然风景的这句话,并将这段描写自然风景的文字作为中国传统小说采用白描手法书写风景的经典例子来提及,而对《水浒传》前面一段同样是书写自然风景的"那雪早下得密"的文字视而不见了。因为,从修辞效果上讲,虽然两句书写雪景的文字都采用了白描的手法,其修辞也都具有少做作的自然修辞的特点,

---

① 施耐庵,罗贯中.水浒传(上)[M].长春:时代文艺出版社,2003:127.

② 鲁迅."大雪纷飞"[M]//鲁迅全集:第五卷.北京:人民文学出版社,2005:582.

但"紧"字的使用的确比"密"字的使用更有"神韵","紧"字的使用不仅将"密"字所要表达的内容表达出来了,而且将"密"字所呈现的空间静止状态进一步地动态化了。

提到中国传统小说对人为物景的描绘,其精彩绝伦当首推《红楼梦》对"大观园"的书写。在书写"大观园"的景象中,小说呈现了诸多精彩的段落,也采用了诸多漂亮的手法及修辞,甚至以诗词的形式,在亦歌亦咏中展示了"大观园"的美景、美态。白描的艺术手法及不做作的自然修辞也是小说在书写"大观园"的过程中经常采用的手法与修辞,并取得了美轮美奂的审美效果。这是《红楼梦》对"大观园"正门景观的书写:

> 贾政先秉正看门,只见正门五间,上面桶瓦泥鳅脊;那门栏窗槅,皆是细雕新鲜花样,并无朱粉涂饰;一色水磨群墙,下面白石台矶,凿成西番草花样。左右一望,皆雪白粉墙,下面虎皮石,果然不落俗套,自是欢喜。①

此类对"大观园"物景的书写还有很多。小说不仅采用白描及与景观一致的自然修辞有效地呈现了"大观园"美不胜收的自然美,而且匠心别具地通过观看者的"题对额"展示了"大观园"的人文美;不仅直接书写了"大观园"的静态美,而且通过人们的边走边看展示了"大观园"的动态美。"大观园是以楼、亭、阁、院、馆、斋等建筑为主景,与山、水、花、石和谐地结合在一起,形成了自然景观美;它还通过'试才题对额'这一情节线索,以匾额、对联的应景点题,融历史文化于自然景物之中,形成人文景观美,使自然景观呈现出文采风流。②"这里所说的"自然景观"的山、水、花、石等,其材质虽然是自然的,但由于是人按照自己的审美理想安排在"大观园"中的,因此,这里的自然景观本质上就是人为的景观,"自然景观美"其实质也是人为的景观美。这段评说《红楼梦》对"大观园"景象书写特点的文字,虽然在概念的使用上存在不周密的情况,特别是将"大观园"建筑的景观美划入"自然景观美"之中,混淆了自然景观与人为景观的区别,具有明显的误解性,但这段评说,还是很好地剖析了《红楼梦》对人为景观书写的特点与神采的。

对照上述所引鲁迅小说白描风物的文字,其传统性是显而易见的。就书写自然风景的文字来看,鲁迅小说中三段书写自然风景的文字与《水浒传》中书写雪景的文字,不仅手法一致,都采用了白描的手法,而且修辞也一致,都采用了不做作的自然修辞。同时,其艺术效果也都具有相似的"神韵"。这种"神韵"如果进行

---

① 曹雪芹. 红楼梦[M]. 郑州:中州古籍出版社,2001:100.
② 黄清泉. 红楼梦·前言[M]//曹雪芹. 红楼梦. 郑州:中州古籍出版社,2001:1.

概括就是用最简短的文字写出对象最主要的特征,呈现对象最真实的自然状况,达到"形似"基础上的"神似",并给读者留下充分想象的引线。《水浒传》中的一个"紧"字的使用就具有这样的艺术功能,而鲁迅小说书写自然景物的文字,也同样具有这样的艺术功能,如《药》的开首所书写的自然之景的文字就是如此。陈鸣树先生曾经指出,这段文字"简到无可再简了。因此,'什么都睡着了'也就更得到了强调"①。在陈鸣树先生看来,这段文字中最出彩的文句是"什么都睡着",而这段文句所使用的艺术手法恰恰是最典型的白描,既没有使用任何表达主观评判的文词,更没有任何"做作"的书写,完全是如实地叙述与自然的修辞。但就是这样的白描及完全自然的修辞却写出了万籁俱寂的情景,构成了与自然之景相一致的"形似";同时,这种形似中又分明地具有"神似"的内容。正如陈鸣树先生所说的"然而也正是在这样的黑夜里,却正在演出夏瑜英勇就义和华老栓去买'人血馒头'的悲剧"。② 陈鸣树先生概括的是这段使用自然修辞白描风景文字的一层"神似"的内容,而且是基于"共时性"的视野概括的。这段文字中更为直接的"神似"的内容,不仅直观地写出了自然之景下正在"演出"的社会悲剧,而且象征地写出了大众的灵魂悲剧,即沉睡在鲁迅所认为的"铁屋子"里的大众不觉悟的精神状况,他们的愚昧、麻木的精神状况也如这自然之景一样地"都睡着"了。

鲁迅小说不仅书写自然风景的文字具有这种形似基础上的"神似"的神韵,其书写人为物景的文字则更具有这样的神韵。这种神韵与《红楼梦》对"大观园"大门的书写也十分相似:不仅直接地采用白描及不做作的自然修辞写出了对象的"美",而且更在这种"美"中灌注了人文的内容。如《孔乙己》中对咸亨酒店柜台的书写,有研究者就认为,这样的书写表面上看似乎很平常,虽然使用的是白描及没有做作的自然修辞,但却不仅书写出来了一种物质文化(酒店文化)在一个特殊地方存在的状况,而且还反映出了一种精神文化的内容,这种精神文化的内容就是一种"格局"似的内容。这种格局似的内容的基本规范,虽然具有地方性,也就是鲁迅在小说中所说的"鲁镇的酒店的格局,是和别处不同的"。但是,这种规范反映的不仅是鲁镇人的"集体无意识",而且也直接地反映了中国传统的伦理文化的规范,这种规范不仅在人与人之间的尊卑贵贱的关系中体现出来(如短衣帮与长衫帮),而且在建筑的室内布局中也体现出来。鲁镇酒店"当街一个曲尺形的大柜台",而不是当街一排屏风或如"衙门"一样的当街几块"回避""肃静"的牌子的布局,就是这种规范的直接体现。这样的布局虽然在显然的形态上体现的是酒店

---

① 陈鸣树.鲁迅小说论稿[M].上海:上海文艺出版社,1981:234.

② 陈鸣树.鲁迅小说论稿[M].上海:上海文艺出版社,1981:235.

的特性与功能,但在观念上所体现的则是社会建筑"各司其职"的伦理规范。同时,这样的大柜台主要是为"短衣帮"服务的,"穿长衫"的有钱人则是"踱进店面隔壁的房子里,要酒要菜,慢慢地坐喝"。所以,鲁迅书写酒店格局的文字虽然很短,采用的基本的手法是白描,也没有任何具有主观评判的修辞,但其中却不仅包含当地风俗及当地民众心理的内容,而且还包含了由建筑的室内布局所体现的伦理规范,其书写的意义也就自然非同一般。

2. 书写自然风景的创造性

鲁迅小说书写自然风景与人为物景都显示了很强的创造性。人为物景的创造性我们姑且不论,因为鲁迅小说书写的人为物景,其对象本身就与中国传统小说书写的人为物景有很明显的不同,这里只着重从书写自然风景的角度来论述其创造性。其中,主要以《狂人日记》与《理水》两篇小说中书写的自然风景为例。

《狂人日记》中的自然风景书写虽然是从文内叙事者"狂人"的视角展开的书写,但不仅所采用的白描手法与不做作的自然修辞与《药》一样,而且同样在"形似"的基础上显示了深刻的"神似"。从"形似"来看,小说对"今晚月光"的书写只有九个字,也是简短得不能再简短了,但也就是这九个字却准确地白描出了月光出现的时间——今晚,以及月光的状况——"很好"。从"神似"来看,如此简洁的自然风景书写,不仅为后面揭示狂人面对"今晚月光""精神分外爽快"的欣喜和对三十多年"全是发昏"的人生反思以及对今天人生的重新认识等复杂情怀提供了依据,而且其所构造的意境之美,由于与整篇小说的恐怖气氛及书写的从历史到现实的各种"吃人"事件、各种想吃人的心态的不协调,而在鲜明的对比中构成了一种力透纸背的反讽:自然风景的美一方面烘托了吃人事件及想吃人的心态的丑,不仅使吃人事件及想吃人的心态的丑显得"更丑",而且也直接地否定了吃人事件及想吃人心态丑的价值;另一方面也直接地解构了"自然风景美"自身的价值。

为什么说《狂人日记》这段书写自然风景美的文字在与吃人事件及想吃人的心态构成的反讽中,不仅具有否定吃人事件及想吃人心态的合理性的功能,而且具有自我解构的功能呢?对吃人事件及想吃人心态合理性否定的功能由于外在形态美的自然风景与本质上丑的"事件""心态"的对比十分鲜明,具备了"不言自明"的特性,不需要过多阐释。这里需要重点分析的是这段书写自然风景美的文字的自我解构功能。

这段书写月光之美的文字的自我解构,首先,就是从很好的月光出现的时间及对月光的"很好"下判断的人物——狂人开始的。月光虽然表面"很好",其实这种"很好"是缺乏有力依据支撑的,即支撑"很好的月光"的依据在逻辑上不严密,在事实上不真切。从逻辑上看,这所谓"很好的月光"出现的时间——三十年后经不起推敲和质疑,三十年后才有这"很好的月光",那么三十年前这"很好的月光"又到哪里去了呢? 从事实上看,这所谓"很好的月光"并非客观存在的现象,而是由精神不正常的狂人自己做出的判断。事实上"狂人"本就是精神不正常的人,其思维不仅紊乱,而且常常充满幻觉,"他"认为"今天晚上,很好的月光"也未必不是"他"自己对"今晚""月光"的一种幻觉,也未必不是在"胡言乱语"。所以,小说通过这个本来就思维紊乱且充满幻觉的狂人之"眼"来书写月光,其可靠性、真实性本身就不能不让人怀疑。其次,这段书写月光之美文字的自我解构,更因为所书写的"很好的月光"笼罩的是一件件吃人的丑事或一个个"想吃人"的丑恶心态,即"很好的月光"在小说中的功能不过是丑事、恶事的遮羞布。它越好,能量越大,其负价值则越明显,它自身的正价值也就越被消解,"很好的月光"自身的价值逻辑就是如此。随着小说情节的展开,"从开篇'月光''赵家的狗'所渲染的抑郁、恐怖的氛围,到赵太翁、路人、小孩子等社会成员的接连出场、对狂人的联手排斥,再到大哥、母亲、仆人、医生等家族力量合谋迫害狂人,不仅为狂人铺就了一个密不透风的网罗,而且在小说文本世界中弥散着一种无边的压抑感①。而小说开头出现的"很好的月光"也就如泥牛入海一样地消失在了整篇小说恐怖、压抑的气氛中,再也没有出现过。这种再也没有出现的结局,正是这"很好的月光"自我消解的结果。因此,整段关于月光的书写,虽然没有一个字词直接地表露作者的情感与思想倾向,相反,小说完全采用白描和不做作的自然修辞,但很好的月光所呈现的风景之美与吃人事件及想吃人的心态之丑的不协调,以及很好的月光之景自身不可靠、经受不起质疑的存在,却通过反讽使作者"意在暴露家族制度及礼教弊害"的思想倾向及激烈的反封建的批判意识,还有"狂人"身上所体现出来的深刻的自我反省的意识,在简短的自然风景的书写中也得到了机智的显现。这正是《狂人日记》这篇小说书写自然风景的一种深沉的匠心和杰出的"神似"。

　　至于《理水》中采用"打引号"的文句对自然风景的书写,也具有同样的神韵。如果进行细读,《理水》中采用"打引号"的文句对自然风景的书写,不仅符合白描的规范,其修辞也是不做作的自然修辞,而且其对风景书写形成的形似及神似还更有深意,其艺术的匠心更为显著。

　　之所以说《理水》中书写自然风景的文句是"打引号"的文句,而不说这两句书写自然风景的文句是"引用"的文句,是因为这两段文字既有所本,但又与原文

---

　　① 刘孟达. 经典与现实——纪念鲁迅诞辰130周年国际学术研讨会论文集[C]. 杭州:西泠印社出版社,2012:121-122.

有差异。这两段文字,据《鲁迅全集》中的注释云,是鲁迅根据《尚书·尧典》中"汤汤洪水方割,荡荡怀山襄陵,浩浩滔天"①改造而成的。如果按照陈望道先生在《修辞学发凡》中对"引用"这种修辞格的界定,小说中这两个使用了引号的句子,从形式上看应该属于"明引法",因为"明引法"的基本规则就是使用引号将引用的原文"标示"出来。但是从这两个使用了引号文句的实际情况看,这两段文字又与"原文"有差异,没有完整地实行"明引法"所要求的"语意并取"②的规定。虽然两个书写自然风景的文句在"略语取意"③方面符合"暗用法",但这两个句子又使用了"暗用法"不需要使用的引号。因此,从修辞的角度看,《理水》这篇小说书写风景的这两句话,既不符合"明引法",又不符合"暗用法",真可以说是"不伦不类"了。不过,尽管这两段使用"引号"书写自然风景的文字在形式上显得不伦不类,其修辞的方式也难以归于一般修辞学的"格"中,但从艺术手法上看,这两句"打引号"的话,其手法也是白描,它们如实地呈现了洪水滔滔的自然景观;从修辞学上看,这两句话所使用的修辞,也是不带任何主观情感的自然修辞。同时,由于这两句书写自然风景的话,并非是真的"引用",而是被鲁迅改造了的古文,所以,这两句书写自然风景的话,也就因为并非是完整意义上的"引经据典"而消除了"掉书袋""做作"的嫌疑,呈现的是"不做作"、自由的书写姿态。

同时,当我们进一步结合整篇小说展开分析,我们发现,这两句不伦不类的"引用"语,不仅具有如实地书写出客观自然景象的功能,达到了对自然景象书写的"形似",而且其"神似"则更为引人注目。因为,也就是这两句不伦不类的"引用"却为整篇小说定下了艺术书写的基本规范,显示了这种"不伦不类"书写规范的"神采"。这种不伦不类的书写规范可以从两个方面看:首先,如果从艺术原则上看,这种不伦不类的规范就是解构神圣、崇高,回归俗人俗事情怀的具有"后现代主义"色彩的规范。正因为它是"不伦不类"的规范,在中外文学的经验世界和文学理论世界中无法归于任何一种书写类型的规范,所以它也当然是一个完全反传统、消解传统的规范,也是一个具有"先锋性"而且过于超前的书写历史、神话、传说的新规范,当然也是鲁迅在创作历史小说中首创的规范。它彻底地革新了中国传统的历史小说严肃地书写历史事件尤其是重大的历史事件的基本原则,解构了采用"宏大叙事"书写重大历史事件,采用类型化的方式塑造著名的历史人物或伟大的历史人物的基本规范,并由此而创建了一种崭新的"故事新编"体的规范,

---

① 鲁迅.理水[M]//鲁迅全集:第二卷.北京:人民文学出版社,2005:401.
② 陈望道.修辞学发凡[M].上海:上海教育出版社,2006:101.
③ 陈望道.修辞学发凡[M].上海:上海教育出版社,2006:101.

一种前不见古人,后启来者的书写历史故事和人物的新规范。这种"故事新编"体的规范与古今中外一般历史小说规范的最大不同就是:"它可以尊重'历史真实',也可以阳奉阴违;可以初步消解,也可以彻底颠覆;可以修正,也可以更大程度上地重构,等等。"①也许正是因为这个"故事新编"体的规范太超前了,没有任何文学作品的经验范式或文学理论的历史资源可以解说它,所以在后现代主义理论还没产生之前,在我们还没有知晓后现代主义为何物之前,我们面对《理水》这样的历史小说不知道如何言说。即使勉强按照经典现实主义或浪漫主义的规范,甚至时髦的现代主义理论规范展开言说,也总觉得难以自圆其说。其次,这一规范如果从艺术手法上讲,那就是"只取一点因由,随意点染"②,不拘泥于古法,也不拘泥于古人,也就是像《理水》中"打引号"的书写一样,根据自己的需要自由地书写。这一手法既承续了鲁迅创作第一篇历史小说《补天》时的"油滑"手法,又在新的历史时期,即1935年深化了"油滑"手法的艺术意蕴。如果《补天》中的油滑(包括《奔月》中的油滑)很明显的是采用现代话语将现代事件直接写进历史小说中,那么《理水》则已经逐步地抹去了这种过于"现代性油滑"③的痕迹,"而将第一篇实验之作(即《补天》——引者注)的包容可能性放大,直到确认它能脱离既有的创作规则、取得自足"④。也就是说,鲁迅所独创的"故事新编"体作为一种"自足"的文体,是到了《理水》才最终完成的。而在这种具有自足性的小说文体的完善过程中,《理水》所采用的引用古文写古事的白描手法,及引用古文但又不全照搬古文,既保留了古文的大致意思,又没有"死"抄古文的"不做作"的自然修辞,也是功不可没的。这也许就是《理水》书写自然风景时鲁迅将这两句话"打引号"的杰出的艺术意义。

## 3. 书写自然风景的象征性神采

上面的这些分析不能说都没有道理,也不能说都没有价值。但是我们也要正视这样一种情况,那就是风物的书写不管多么详尽、独到、精彩,也难以形成"重大"的内容,尤其是对纯粹的自然风景的书写来说更是如此。无论在什么类型的小说中,关于自然风景的叙述与描写虽然也很重要,尤其从构成人物活动的背景

① 朱崇科. 张力的狂欢——论鲁迅及其来者之故事新编小说中的主体介入[M]. 上海:上海三联书店,2006:9.
② 鲁迅. 补天[M]//鲁迅全集:第二卷. 北京:人民文学出版社,2005:354.
③ 刘孟达. 经典与现实——纪念鲁迅诞辰130周年国际学术研讨会论文集[C]. 杭州:西泠印社出版社,2012:227.
④ 刘孟达. 经典与现实——纪念鲁迅诞辰130周年国际学术研讨会论文集[C]. 杭州:西泠印社出版社,2012:227.

及情节展开的角度考虑,自然风景的书写的重要性是不言而喻的。但就书写的自然风景本身而言,却难以形成独立的具有"重大"思想价值的内容,如前面已经简要地分析过了的"那雪正下得紧"就是如此。虽然这句对自然风景书写的审美价值和艺术价值是不容置疑的,但其中却也难以剔析出有什么重要的思想内容,包含了什么重要的具有社会意义的价值判断。如果我们硬性地非要说,"那雪正下得紧"一句是暗指社会形势"紧张",暗示身处这种雪景中的林冲的处境"紧张",虽然也能差强人意,但终不免有牵强附会之嫌或过度阐释之弊。

无法形成重大的思想价值,这是自然风景书写在小说中的局限。在古今中外的小说作品中,我们固然可以寻索到大量书写自然风景的杰出事例,固然可以对这些杰出的书写事例展开审美的言说与分析,但我们却实在无法从这些杰出的书写自然风景的文句中剔析其"本身"所包含的重要的思想内容。

也许正是因为洞察到了自然风景书写的这种局限,所以,鲁迅不仅在小说中大量采用白描与自然修辞的方式书写自然风景,而且在理论上,鲁迅也明确地表达了这样的观点:"我力避行文的唠叨,只要觉得够将意思传给别人,就宁可什么陪衬拖带也没有。中国旧戏上,没有背景,新年卖给孩子看的花纸上,只有主要的几个人(但现在的花纸却多有背景了),我深信对于我的目的,这方法是适宜的,所以我不去描写风月,对话也决不说到一大篇。"①这一观点,不仅是鲁迅对自己的小说"描写风月"特点的概括,也是鲁迅对自己的小说之所以采用"力避行文的唠叨"的方式与小说创作的思想目的关系的阐述。因为他创作小说的目的是要"揭出病苦,引起疗救的注意",而风月的描绘,恰恰与这样的目的离得太远,风月描绘得再杰出,也无法有效而直接地表达小说的创作主旨,所以鲁迅在创作小说的时候,才"力避行文的唠叨",在描写风月时尽量采用白描及不做作的自然修辞。鲁迅对自己在创作小说时"不去描写风月"的艺术追求的表述,也从一个方面说明了"风月描写"的局限性及风月表达意义的有限性。

那么,陈鸣树先生以及其他人和我对鲁迅小说自然风景书写的分析,难道没有这种过度解读的弊病吗?当然,这样的解读虽然有点"过度",虽然也有牵强附会之嫌,但不可否认也有一定的合理性,这个合理性的依据就是修辞。因为在修辞中本来就有一种使用较为频繁的"格",即"象征格",尤其在文学作品中,这种修辞格不仅使用频繁,而且其良好的思想与艺术的效果还十分显著,例如,在中国传统小说的自然风景书写中,前面已经引用过的《杜十娘怒沉百宝箱》,当杜十娘跳江自尽的悲剧发生时,作者写道:"但见云暗江心,波涛滚滚。"这种自然风景的

---

① 鲁迅. 我怎么做起小说来[M]//鲁迅全集:第四卷. 北京:人民文学出版社,2005:526.

书写,就具有象征的意味。至于小说对人为物景的书写的象征意味就更为明显了,如《红楼梦》中对花园环境的描写,"再迟钝的读者也能感觉到《红楼梦》中每个人物的性格及命运与他的居住环境之间的那种象征性联系"①。其题目"红楼梦"本身就具有象征性。而象征这种修辞格与白描手法及不做作的自然修辞又是不矛盾的,也就是说,采用白描及不做作的自然修辞同样可以构成"象征"修辞,尤其在对人为景物的书写中更是如此。王富仁先生在论鲁迅小说时曾经指出,《祝福》中鲁四老爷书房的陈设,是鲁四老爷陈腐的旧观念的象征,而这种象征效果的获得,正是鲁迅小说所采用的白描及不做作的自然修辞。这是《祝福》对鲁四老爷书房书写的文字:

> 我回到四叔的书房里时,瓦楞上已经雪白,房里也映得较为光明,极分明的显出壁上挂着的朱拓的大"寿"字,陈抟老祖写的;一边的对联已经脱落,松松的卷了放在长桌上,一边的还在,道是"事理通达心平气和"。②

现在关键的问题是,在什么情况下,本来不具有构成重大意义和价值内容的风物能具有象征性? 或者说,作者如何书写风物才能构成象征? 弄清了这个基本的问题,我们才可以解说为什么"那雪正下得紧"的自然风景描写不具有象征性,而鲁迅小说的风物书写具有象征性的问题。

象征具有什么规范呢? 黑格尔曾经指出:"象征一般是直接呈现于感性观照的一种现成的外在事物,这种外在事物并不直接就它本身来看,而是就它所暗示的一种较广泛较普遍的意义来看。"③小说中的象征,尤其是现实主义小说中的象征具有什么特点呢? "具体到小说中的象征这一修辞问题,传统小说的经验就是:只有当象征是形象的、并且作为一个有机的部分依附于以塑造人物为中心的叙事主体的时候,它才有可能与小说内部各种因素建立起和谐而均衡的辩证关系,才能更好地服务于塑造人物、喻示主题等修辞目的,最终有助于实现作者与读者之间的修辞交流目的。"④(这里所说的"传统小说"不是我们所理解的古典小说,而是相对于现代主义小说而言的一个概念——引者注。)中外人士对象征规范及特点的解说,虽然层次不同(黑格尔更多的是从哲学层次的解说,李建军则是从小说创作实际层面的解说),却从两个主要的方面揭示了"象征"得以形成的两个基本条件。第一个条件是,无论象征由什么感性事物构成,这些感性事物本身不仅应

① 李建军. 小说修辞研究[M]. 北京:中国人民大学出版社,2003:250.
② 鲁迅. 祝福[M]//鲁迅全集:第二卷. 北京:人民文学出版社,2005:6.
③ 黑格尔. 美学:第二卷[M]. 北京:商务印书馆,1981:10.
④ 李建军. 小说修辞研究[M]. 北京:中国人民大学出版社,2003:261.

具有某种特性,如松树的坚挺、柳条的柔韧,并且它们自身的这些特性,还积淀了一定历史的认知内涵,与一定的思想"意义"或价值取向建立了相应的联系,只有与一定的思想意义或价值取向相关联的感性事物,才可能构成象征。在现实生活中,正如黑格尔所指出的一样,如狮子、狐狸等这些可见可感的动物,圆形、三角形这些图形,都有一定的象征性。"狮子象征刚强,狐狸象征狡猾,圆形象征永恒,三角形象征神的三神一体。"①这些感性的事物之所以能构成象征,具有象征性,是因为"在这些符合例子里,现成的感性事物本身就已具有它们所要表达的那种意义。在这个意义上象征就不只是一种本身无足轻重的符号,而是一种在外表形状上就已可暗示要表达的那种思想内容的符号"②。第二个条件是,感性事物的象征性往往与作品,尤其是叙事作品中所要塑造的人物及所要表达的思想有内在的联系,直接或间接地参与了人物形象的塑造,显在或隐蔽地帮助了作品主旨的表达。

　　以此来看《水浒传》中著名的自然风景描写,虽然鲁迅高度赞赏了其"神韵",但很明显的是,鲁迅主要赞赏的是这句书写风物的文句本身的神韵,尤其是赞赏用一个"紧"字形象、生动地写出了雪花从天空中飘洒下来的状况的"神韵"。鲁迅并没有赞赏,也没有指出这句书写自然风景本身的文句具有什么"微言大义",其在表达思想或塑造人物方面如何有"神韵"。即使联系小说后面所书写的林冲看管的草料场被人为纵火的内容来看,这句关于自然风景的描写似乎具有暗示林冲处境"紧张"的作用,但就这段描写自然风景的文句中的"感性事物"——雪来看,无论从实际的意义上,还是从象征的意义上,都不具有黑格尔所认可的"感性事物本身就已具有它们所要表达的那种意义",即雪这种感性事物本身就不具有表达"紧"或"紧张"的意义。一般来说,雪作为感性事物,由于它自身的颜色是透明的"白色"。因此,在现实生活中,雪所具有的象征意义是纯洁、安宁的意义。在文学作品中,雪也基本上是作为纯洁、白净、美好的意象来使用的。如唐诗中描写雪景的著名诗句"忽如一夜春风来,千树万树梨花开"等,就是最好的例子,与文学作品所要表达的"紧张"等思想意义没有任何关系,也与作品所要表达的对社会、人生批判的价值取向没有任何关联性。即使是关汉卿的名作《窦娥冤》中所书写的"雪景"也是如此。这部杰出的戏剧所书写的下雪情景的象征性,也不是由"感性事物"雪本身所具有的意义决定的,而是由"时间"决定的,戏剧所要表达的"窦娥的冤"和所要控诉专制制度"把人不当人"的思想意义,是通过对"六月飞雪"这

---

① 黑格尔. 美学:第二卷[M]. 北京:商务印书馆,1981:11.
② 黑格尔. 美学:第二卷[M]. 北京:商务印书馆,1981:11.

一违反自然规律景象的想象性书写完成,而不是通过雪本身所具有的意义完成的。

同时,从"那雪正下得紧"这句关于风景书写的文句存在的具体情况看,这段文字书写的是林冲所面对的自然风景。但林冲所面对的这种风景对塑造林冲的形象来说,除了具有交代林冲所处的自然环境的意义之外,既没有暗示或烘托林冲这个人物性格、思想、情感的作用(如《红楼梦》中对人物生活的大观园等物景的书写一样),也没有象征性地揭示人物悲剧命运的作用(如《杜十娘怒沉百宝箱》中所书写的风景一样),对作品主旨的表达也不起直接或间接的作用。所以,如果硬性要将《水浒传》中这句精彩的书写风物的文句进行拓展似的解说,甚至将其引申到社会领域,认为其中所书写的自然风景有暗示社会环境"紧张"的意义,这样的解说姑且不说是一种牵强附会,也起码是一种溢出感性事物本身意义及感性事物与小说人物关系意义的过度性的解读。

与之相比,鲁迅小说的风物书写的象征性则是十分显然的。这种风物书写的象征性,也正是鲁迅小说在继承传统小说风物书写神韵方面的创造性的一个方面的内容。姑且不谈鲁迅小说对人为景物书写的象征性,即使是纯粹的自然风景的书写也是如此。《药》的开头所书写的夜景,是纯粹的自然风景的书写。陈鸣树先生从"夜"这种自然风景中解读出社会性的悲剧,并非是空穴来风,因为"夜"这种"感性事物"本身就具有"黑暗""恐怖"的意义,具有象征悲剧的意义,而革命者夏瑜被杀头正是恐怖的事件、黑暗的事件、悲剧的事件;愚昧、麻木的华老栓对这件恐怖、黑暗、悲剧的事件不仅没有任何"感觉",相反,还听信别人的劝告,去购买由夏瑜的血所浸染的馒头为自己的儿子治病,其行为本身也是让人感到恐怖的。更何况,在鲁迅的小说中,不仅黑夜是小说中常常书写的对象,而且与黑夜如影随形的色彩"黑色"也是。在鲁迅的一系列小说中,如《狂人日记》中的"黑漆漆的,不知是日是夜"、《明天》中的"黑沉沉的灯光"等,还常常"被鲁迅赋予以强劲的力度"[1],而鲁迅本人"是深通艺术的巨匠。他在少年时代便与绘画结下了缘分。在鲁迅的一生中,对于绘画、木刻以及色彩学,有着精辟的见地。在小说创作中,他是重于白描手笔的,他极力用节省的笔墨勾勒自己的人物,因此,在设色润墨上,自然十分考究"[2]。从而使鲁迅在创作小说的时候形成了这样一种倾向:"色彩一

---

[1]　孙中田.色彩的意蕴与鲁迅小说[M]//孙中田.色彩的诗学.北京:经济日报出版社,2002:107.

[2]　孙中田.色彩的意蕴与鲁迅小说[M]//孙中田.色彩的诗学.北京:经济日报出版社,2002:107.

且形诸文字,便满蕴着情思,并不断地深化着它的意味。"①所以,陈鸣树先生的解读是有依据的。同样,本书的解读也是依据"一切都睡着"的白描展开的,因为"睡着"作为一种自然的状态,其本身就有"不清醒"的意思,而人的精神状态的愚昧、麻木,也正有精神不清醒的意思,所以,对感性对象本身就具有的"不清醒"意义进行社会性、人性的解读也是完全符合"象征"修辞的规范的。

由此我们可以发现,在白描风物的时候,鲁迅小说所采用的不做作的自然修辞,虽然与中国传统小说,尤其是《水浒传》这部杰出的小说白描风物的修辞"神韵"有很明显的一致性,都用最少的文词,生动、形象地书写出了风物的本来面貌,具有以一当十的艺术效果。但鲁迅小说在白描风物时,由于很好地注意了小说的思想意图的表达及其他意义表达与所白描风物的"象征"性关系,因此,鲁迅小说所采用的不做作的自然修辞,不仅出色地完成了对风物"简略得不能再简略"的书写,而且充分地显示了不做作的自然修辞的特有神采,这种特有神采就是"言简意丰"。作为典范的现实主义小说的《药》的风景书写是如此,作为具有象征主义色彩的《狂人日记》的开头的风景书写也是如此,即使是具有"后现代主义"色彩《理水》中采用"引用"的形式对风景的书写也是如此。这正是鲁迅小说采用白描及不做作的自然修辞书写风物最值得我们关注的内容,也是鲁迅小说在书写风物方面继承传统而又全力创新的一个重要内容。

(三)去粉饰的净化修辞——人物外在特征的书写

"去粉饰"也是鲁迅所认可的白描的一个方面的特征。白描的这种特征如果落实在修辞上也可以用一个词来形容,即"净化"所形成的修辞,也完全可以称为"净化修辞"。

鲁迅小说采用白描的艺术手法所形成的去粉饰的净化修辞的例子也很多,前面已经分析过的鲁迅小说对事件书写、对风物书写的例子,几乎都可以纳入其中。这些例子中所采用的放重拿轻的低调修辞及不做作的自然修辞,与去粉饰的净化修辞一样都具有尽可能隐蔽创作主体的主观因素,客观地书写对象的特征,在最基本的方面体现了白描这种中国传统艺术手法的特点与神采。不过,这三种修辞手段虽然有着十分一致的特征,也都从不同方面体现了中国传统的白描手法的特点与神采,但由于所书写的对象各有侧重,因此,对白描这种传统的艺术手法神采的体现也各不相同。如果放重拿轻的低调修辞主要体现的是白描手法在书写"事件"方面的神采,不做作的自然修辞主要体现的是白描在书写"风物"方面的神采,

---

① 孙中田.色彩的意蕴与鲁迅小说[M]//孙中田.色彩的诗学.北京:经济日报出版社,2002:107.

那么鲁迅小说去粉饰的净化修辞则主要表现的是白描在塑造人物形象、描写人物的外在与内在特征方面的神采。它们各司其职，较为完整地体现了鲁迅采用白描手法书写小说的三大因素——事件、环境、人物过程中的传统性及创造性的神采，并各自提供了可资分析的丰富内容，彰显了鲁迅小说采用白描手法所形成的修辞特点。

1. 鲁迅小说描写人物外在特征的传统性

去粉饰的净化修辞具有什么特点呢？对鲁迅小说的修辞来说，这种去粉饰的净化修辞的直接表现是什么呢？冯文炳先生有一段话可以用来回答这些问题，他说："鲁迅在五四新文学运动开始时，他的语言的特点，同古代陶渊明有相似的情况。陶渊明写诗的语言去掉了陶渊明以前以及与他同时的作者们写诗的繁琐，人们都认为陶渊明善于炼字，不知道陶渊明的特点就在他能够白描。鲁迅的小说，比起中国近代的戏曲以及章回小说来，其特点也正是白描，选词造句去掉了一切不需要的东西。"①冯文炳先生的这段话不仅直接地点明了鲁迅小说采用白描在修辞方面所表现的"净化修辞"的特点，即"选词造句去掉了一切不需要的东西"（这也是一般"净化修辞"的特点），而且也直接点明了鲁迅创作中使用语言的特点与中国传统文人，尤其是杰出的诗人使用语言特点的关联性，即从一个最直接的层面揭示了鲁迅的创作在使用语言方面（修辞）的传统性。冯文炳先生的这种判断，虽然是从鲁迅的全部创作出发得出的结论，但对于我们研究鲁迅小说采用白描在塑造人物方面所形成的去粉饰的净化修辞的传统性以及在这种继承传统的过程中杰出的创造性，也有相应的参考性。

鲁迅在自己的小说中塑造了一大批杰出的人物形象，这些形象的思想含量与艺术造诣至今依然彪炳史册，即使位列世界文学之林也光芒闪烁。这些形象个性鲜明，含蕴深厚，其言语、行为、心理、性格等都是充分个性化的。即使是外在的相貌、穿着打扮等也是各具特色并与其思想、性格、命运密切相关的，而且都饱含着丰富、深邃的社会、历史、文化以及人性的内容，具有十分厚重的思想价值与杰出的审美价值。

鲁迅在塑造这些人物形象的时候，不仅每一篇小说有每一篇小说的"新形式"，而且所采用的方式也是多种多样的。这些塑造人物形象的方式如果要进行抽象的概括，则可以说是一篇小说有一篇小说的主导性塑造人物的方式，一个人物的塑造则有一个人物塑造的方式。现代小说有现代小说塑造人物的方式，历史小说有历史小说塑造人物的方式，真正达到了"各篇不同面，各人不同法，现代小

---

① 冯文炳. 跟青年谈鲁迅[M]. 北京：中国青年出版社，1956：96.

说与历史小说不同样"的塑造人物的程度。如果要进行稍微具体一点的概括,则可以说,鲁迅小说在塑造人物形象的过程中,尤其是在揭示具有丰厚内涵与杰出意义的人物个性时,所采用的手法既有传统的白描,也有现代的刻画;既有平淡直接的叙述,也有从内到外或从外到内的描绘;既有平面的展示,也有立体的塑造。所采用的修辞也丰富繁多。不仅采用了修辞学上罗列了的修辞手法,如比喻、象征、反讽、夸张、比拟、借代、引用、省略、婉转等,而且鲁迅还通过语言的"变异"创造了很多修辞书上没有罗列的,但却神采飞扬且颇具慧心的修辞手法。即使在同一篇小说中,鲁迅小说所采用的手法也是丰富多彩的,而且还呈现出这样一种十分显然的倾向:越是鲁迅自己或学界认可的优秀的小说,越是内涵深刻的小说,越是风格独到的小说,越是人物形象美轮美奂的小说,越是影响巨大的小说作品,如《狂人日记》《孔乙己》《药》《阿Q正传》《祝福》《孤独者》《伤逝》《奔月》《铸剑》《理水》等,这些作品中所采用的手法、修辞也越丰富、越多彩、越美不胜收、越让人眼花缭乱,甚至出人意料。不过,在对人物展开描写的过程中,鲁迅小说最常使用的艺术手法是白描,最常用的修辞则是去粉饰的净化修辞。这种白描的手法及去粉饰的净化修辞,不仅是鲁迅小说使用得最为频繁的手法与修辞,而且在对人物外在特征的描写中,这种手法及修辞所构成的审美意味,也是最耐人寻味的。所以,本处准备从鲁迅小说对人物外在特征的书写入手,探讨鲁迅小说采用白描及去粉饰的净化修辞的传统性及在继承传统的基础上的创造性,从一个具体的方面来剔析鲁迅小说塑造人物的杰出性及特有的魅力。

纵观整个鲁迅小说的艺术世界,在书写人物外在特征的过程中,鲁迅小说虽然也同样采用了多样的方式,但其中使用最多,也最为突出的方式主要有两种。一种是通过文内叙事者,静态地描绘人物的外在特征。这种方式,主要在鲁迅所创作的现代小说中使用,而且还往往只在有文内叙事者的现代小说中使用,这是鲁迅小说呈现的一个重要现象;而鲁迅所创作的历史小说,由于其叙事者都是"全知全能的叙事者",没有设置文内叙事者,因此,这种书写人物外在特征的方式,鲁迅在历史小说中一般不采用。另一种是如中国传统小说在塑造人物形象时所采用的方式一样,通过人物的言语、行为一方面揭示人物的心理,一方面展示人物的性格以及相应的思想特点、情感倾向甚至价值观念,不大段地,甚至也不直接地描绘人物的肖像及外在特征,而是在人物的行动中或从介绍人物的角度适时地点明人物主要的外在特征。这种方式,在鲁迅所创作的现代小说和历史小说中都经常使用。但不管是采用哪种方式,白描都是其描写人物的主要手法,去粉饰的净化修辞都是这些描写人物文句的主要修辞手段。

先看鲁迅小说静态地描绘人物外在特征的例子:

孔乙己是站着喝酒而穿长衫的唯一的人。他身材很高大；青白脸色，皱纹间时常夹些伤痕；一部乱蓬蓬的花白的胡子。穿的虽然是长衫，可是又脏又破，似乎十多年没有补，也没有洗。他对人说话，总是满口之乎者也，教人半懂不懂的。(《孔乙己》)

我这回在鲁镇所见的人们中，改变之大，可以说无过于她(祥林嫂)的了：五年前的花白的头发，即今已经全白，全不像四十上下的人；脸上瘦削不堪，黄中带黑，而且消尽了先前悲哀的神色，仿佛是木刻似的；只有那眼珠间或一轮，还可以表示她是一个活物。(《祝福》)

那上来的分明是我的旧同窗，也是做教员时代的旧同事，面貌虽然颇有些改变，但一见也就认识，独有行动却变得格外迂缓，很不像当年敏捷精悍的吕纬甫了。(《在酒楼上》)

原来他(魏连殳)是一个短小瘦削的人，长方脸，蓬松的头发和浓黑的须眉占了一脸的小半，只见两眼在黑气里发光。(《孤独者》)

她(子君)脸色陡然变成灰黄，死了似的；瞬间便又苏生，眼里也发了稚气的闪闪的光泽。(《伤逝》)

以上所录，几乎是鲁迅小说通过文内叙事者静态地描写小说中的"主要人物"外在特征的全部例子。在这些例子中，鲁迅小说对人物外在特征的描绘主要侧重于三个方面，一个是人物的形态，一个是人物的脸面，一个是人物的眼神。其中对人物脸面的描绘最普遍，以上所引的五段例子无一例外地都描绘了人物脸面的状况，而描绘得最有力度、最为精彩的则是人物的眼睛及眼神。但无论是对人物外在特征的哪一方面的描绘，其所采用的手法都"主要"是白描的手法，其修辞也"主要"是"选词造句去掉了一切不需要的东西"的去粉饰的净化修辞(之所以如此强调，"主要"是因为在描写祥林嫂的外在特征时，鲁迅用了一个比喻句，这是这五个例子中的仅有的一个比喻句)。比照中国传统小说，尤其是优秀的长篇白话小说，鲁迅小说对人物外在特征的描述所使用的手法及修辞的传统性可谓一目了然。先看例子：

那官人生的豹头环眼，燕颔虎须，八尺长短身材，三十四五年纪。[1]

众人见黛玉年貌虽小，其举止言谈不俗，身体面庞虽怯弱不胜，却有一段自然的风流态度。[2]

---

[1]　施耐庵,罗贯中．水浒传(上)[M]．长春:时代文艺出版社,2003:92.

[2]　曹雪芹．红楼梦[M]．郑州:中州古籍出版社,2001:16.

这两段描写人物外在特征的文字分别引自《水浒传》与《红楼梦》,前者是对林冲这个人物外在特征的描写;后者是对林黛玉这个人物外在特征的描写。虽然两段对人物外在特征的描写不是从文内叙事者的角度展开的,而分别是从鲁智深和"众人"的视角展开的描写。但由于这样的视角与文内叙事者的视角有相似性,都是非作者的"他人"的视角,因此,对人物外在特征的描写都带着非作者的"他人"观察的特征,与上面所引鲁迅小说对人物外在特征的描写有异曲同工性,也当然有着在同一层面的可比性。同时,更为重要的是,这里所引用的中国传统的优秀小说对人物外在特征的描写不仅所采用白描手法及去粉饰的净化修辞与鲁迅小说的手法、修辞有可比性,而且对人物外在特征描写的内容,如身材、面庞也有可比性。比较的结果我们首先会发现,两类小说无论在手法上还是修辞方面都有一致性,而这种一致性正说明了鲁迅小说对人物外在特征描写的传统性。

当然,《水浒传》与《红楼梦》描写人物外在特征的手法也是多种多样的,尤其是《红楼梦》,即使是从"他人"的角度对同一人物外在特征的描写,也是"仁者见仁,智者见智",如对林黛玉外在特征的描写就是如此。如果说在贾府"众人"的眼中林黛玉外在特征是上面所引的样子的话,那么,在同样是"他人"的贾宝玉的眼中的林黛玉的外在特征则是另一番景象:"两弯似蹙非蹙胃烟眉,一双似喜非喜含情目。态生两靥之愁,娇袭一身之病。泪光点点,娇喘微微。闲静时如姣花照水,行动处似弱柳扶风。心较比干多一窍,病如西子胜三分。"①为什么同一个林黛玉在不同人的眼中其外在特征如此迥异呢? 这主要因为"众人"不带主观情感,他们看林黛玉的视角比较客观。相反,贾宝玉的视角是"情人眼中出西施"的视角,所以,在贾宝玉的眼中林黛玉的外在特征,即使是"病"的特征,也是美的特征、好的特征。这些美好的特征都打上了贾宝玉的主观情感,具有明显的主观性,其视角也不似作为非作者的"他人"的"众人"视角那么客观。作者的书写文字,也当然就不是白描,其修辞也不是去粉饰的净化修辞,而是浓墨重彩的手法,繁复多样的修辞。

毫无疑问,这种描写人物外在特征的手法与修辞不仅是很有价值的手法与修辞,而且其审美的意蕴也美轮美奂,与鲁迅小说描写人物外在特征的手法与修辞也有可比性。如鲁迅小说《伤逝》中描写热恋中的子君在涓生眼中的外在特征的例子,(子君)"脸上带着微笑的酒窝","两眼里弥漫着稚气的好奇的光泽"②等。不仅视角也是"情人眼里出西施"的视角,而且其手法、其修辞、其审美的意蕴也与

---

① 曹雪芹. 红楼梦[M]. 郑州:中州古籍出版社,2001:20.
② 鲁迅. 伤逝[M]//鲁迅全集:第二卷. 北京:人民文学出版社,2005:114.

《红楼梦》中的这一例子十分近似,也能直观地说明鲁迅小说描写人物外在特征所采用的手法、修辞的传统性。不过,一方面,这毕竟是另外一个问题,一个与这里所要论述的白描手法及去粉饰的净化修辞差异十分明显的问题;另一方面,更为重要的是,虽然在描写人物外在特征的时候,鲁迅小说与《红楼梦》一样采用了"情人眼里出西施"的视角,但是两者的艺术品性及成就也是很不一样的。鲁迅小说从这一视角描写人物的外在特征,艺术的品性是现代的品性,其描写的成就完全经受得起事实与艺术逻辑的推敲;而《红楼梦》从这一视角描写人物的外在特征,如果当作"诗歌"来读,还差强人意,但如果按照小说的标准,则经受不起推敲。老舍当年在评价《红楼梦》这段从贾宝玉的视角描写林黛玉外在特征的文字时,曾对这段描写文字提出了尖锐的批评,"这段形容犯了两个毛病:第一是用诗语破坏了描写的能力,念起来确有些诗意,但到底有肯定的描写没有?在诗中,像'泪光点点',与'娴静似娇花照水',一路的句子是有效力的,因为诗中可以抽出一时间的印象为长时间的形容:有的时候她泪光点点,便可以用之来表现她一生的状态。在小说中,这种办法似欠妥,因为我们要真实地表现,便非从一个人的各方面与各种情态下表现不可,她没有不泪光点点的时候么?她没有闹气而不娴静的时候么?第二,这一段全是修辞,未能由现成的言语中找出恰能形容黛玉的字来。一个字只有一个形容词,我们应再补上:找不到这个形容词便不用也好。假若不适当的形容词应当省去,比喻就更不用说了"①。这虽然是老舍的一家之言,但这一家之言却以"真实地表现"为尺度,衡量出了《红楼梦》这段描写林黛玉外在特征的根本弊端:经受不起推敲,即有的描写和形容不合事理。正是因为中国传统小说如此描写人物外在特征存在着这样一些既是特点,也是问题的内容,所以出于论述策略的考虑只能存而不论了。

更能直接体现鲁迅小说在描写人物外在特征方面的传统性的例子,是第二个方面的例子。这些例子,在鲁迅的小说中较之第一个方面的例子要多得多。其多的程度完全可以这么说,在描写人物的外在特征方面,鲁迅的每一篇小说几乎都存在着第二个方面的例子,有的小说,特别是那些没有文内叙事者的小说,也许难以找出第一个方面的例子,但却绝对不会找不出第二个方面的例子,如鲁迅小说中关注度最高的作品《阿Q正传》就是如此。这篇小说中主要人物阿Q,曾被学术界称为"世界四大典型"之一,与哈姆雷特、堂吉诃德、浮士德并列。在塑造这个人物形象时,鲁迅虽然没有对人物的外在特征作较为详细的描绘(也许是因为小说中没有像《孔乙己》《祝福》中那样的文内叙事者),读者对阿Q这一人物的外在相

---

①　吴福辉.二十世纪中国小说理论资料:第三卷[M].北京:北京大学出版社,1997:451.

貌特征的主要方面,如身材、眼神、脸面等也如鲁迅在小说中叙述阿 Q 的姓氏、"行状"一样的"竟也茫然"(这也是很有匠心的,从逻辑上讲,既然鲁迅在小说中自述对阿 Q 的"行状"、姓氏是茫然的,作者不描写阿 Q 的身材、长相等外在特征,也就顺理成章),但鲁迅还是出于特殊的创作意图,富有匠心地在小说的叙事和情节的展开中巧妙地交代了阿 Q 头上留下的癞疮疤和一条常常被别人揪住"在壁上碰响头"的"黄辫子"这两个重要的外在特征。当然,这样的交代是十分简略的,完全是白描及去粉饰的净化修辞。

中国传统小说中这样的例子也十分普遍,如《水浒传》中对史进和鲁智深两个人物外在特征的描述:"史进长大魁梧,像条好汉"①;鲁智深"形容丑恶,貌相凶顽"②。正是由于鲁迅小说描写人物外在特征的第二个方面的例子太多,也正是由于如此的描写人物外在特征的方式是中国传统小说最常见的方式,如果列举鲁迅小说在描写人物外在特征的第二个方面的例子,同时也列举中国传统小说这方面的例子来说明鲁迅小说在描写人物外在特征方面所使用的手法、修辞的传统性,不仅意义不大,而且也增加了不必要的文字负荷,因此这里也就省略了。更何况,已经列举出来的例子不仅能直观地说明鲁迅小说在描写人物外在特征方面的传统性,而且对于论述这种手法及修辞的传统性的魅力也足矣。

2. 传统性的魅力及鲁迅小说对传统的突破

中国传统小说及鲁迅小说采用白描手法及去粉饰的净化修辞描写人物外在特征的魅力何在呢? 如果要进行概括,则可以用两个词语:得心应手和言简意丰。

中国传统小说与鲁迅小说采用白描及去粉饰的净化修辞描写人物外在特征的得心应手,主要就表现在白描手法及去粉饰的净化修辞很好地吻合了文内叙事者视角及小说中其他人物视角的客观性特征,很得体地显示了文内叙事者及小说中其他人物与小说中所要描写的人物之间的客观关系,恰到好处地满足了文内叙事者及小说中其他人物客观叙说人物外在特征的需要。从上面所引的所有例子来看,不管是对哪一类人物的描写,其文内的叙事者的视角和小说中其他人物的视角,都具有客观性。因为,这些"叙事者"大多与所要描写的人物之间有一种距离。这种距离,或者是与小说中所要描写的人物没有什么利益关系形成的距离,如《红楼梦》中的"众人",《孔乙己》《祥林嫂》《孤独者》《在酒楼上》中的"我"以及《阿 Q 正传》中的叙事者。或者是与小说中要描写的人物只是初次见面,完全不认识而形成的距离,如《水浒传》中对林冲外在特征的描写就是通过鲁智深的视角

---

① 施耐庵,罗贯中. 水浒传(上)[M]. 长春:时代文艺出版社,2003:39.
② 施耐庵,罗贯中. 水浒传(上)[M]. 长春:时代文艺出版社,2003:54.

展开的,而之前鲁智深与林冲完全不认识;同样,对史进外在特征的描写也是通过鲁智深的视角展开的,而鲁智深与史进之前也完全不认识;至于寺庙中的人在描绘鲁智深的外在形象特征时,与鲁智深也是完全不认识。正因为这些小说中的叙事者或其他人物与小说所描写的对象之间天然地保有这样一种距离,所以这些叙事者在叙述或描写人物的外在特征时,往往不需要掺杂或隐或显的主观情感,更不需要将人物故意美化或丑化,"他们"所要做的就是较为客观地反映人物外在特征的真实面貌。即使是那些与所描写的人物之间有密切关系的文内叙事者,如鲁迅小说《伤逝》中的文内叙事者,也有这种较为客观地呈现人物外在特征的需求。因为,当小说第三次描写子君的外在特征的时候,此时的文内叙事者——涓生与子君已经没有了情感联系的纽带,两人已经形同陌路了。既然文内的叙事者及小说中的其他人物与小说中所要描写的人物之间存在着这样一种客观的距离,要满足这种客观距离的叙事需求,当然也就只能采用与这种客观的距离及其叙事要求相一致的艺术手法与修辞。而白描及去粉饰的净化修辞正是契合这种艺术需求的手法与修辞,因为白描这种手法及去粉饰的净化修辞,正具有一种客观地呈现对象原貌的功能,它们既剔除了各种主观性的情感因素,也去除了各种形容、比喻、夸张等非客观的修辞法,是最接近客观性描写对象的手法与修辞。其他的艺术手法和修辞,都不具有这种品质,只有它们能大显身手,也只有它们能得心应手地满足创作者从特殊的角度(与所描写的人物有距离的文内叙事者和其他人物)描写人物的需要。这也就能够理解,为什么中国传统小说及鲁迅的小说在描写人物外在特征的时候,要采用白描以及去粉饰的净化修辞手段了。这也当然是白描以及去粉饰的净化修辞的特有魅力。

同时,中国传统小说及鲁迅小说采用白描及去粉饰的净化修辞描写人物的外在特征,虽然话语简洁,但意味却很丰盈,描写的虽然是人物的外在特征,却也有效地体现了人物的性格特征以及与性格特征密切相关的思想、情感的特征;语词虽然有意识地要拉开与所描写的对象的情感联系,但描写内容的选择仍然表明了与对象的亲疏远近。这在以上所引的所有例子中都存在。不过,中国传统小说与鲁迅小说作为不同时代、不同风格、不同面貌的两类小说,这种言简意丰的内容又是各不相同的,其神采也是各异的,它们从不同的方面彰显了白描及去粉饰的净化修辞在描写人物外在特征方面的功能与特有魅力。

就中国传统小说来看,《水浒传》与《红楼梦》采用白描及去粉饰的净化修辞从非作者的"他人"的视角描写人物外在特征所形成的意味,主要是一种"画意"。因为从上面所引的例子来看,这两部小说在描写人物外在特征的时候,主要选择了人物的相貌、身体、年纪三个大的方面,而对于一个人物来说,这三个方面正是人物的大致轮廓,所以描写出了人物这三个方面的特点,也就犹如画出了人物的大致形象,而且是具有白描特点的形象。这样的人物"画"虽然简洁,但却画出了人物的主要特征,如林冲的"豹子头"正是林冲最引人注目的外在特征;史进的"魁梧"正是史进最明显的外在特征;鲁智深的"凶"正是鲁智深给人的第一印象;林黛玉的"怯弱不胜"正是林黛玉最显然的外在特征。人物的这些外在特征虽然是白描出来的简要的特征,却不仅栩栩如生,而且由于留存了大量的空白而让读者能从这些"空白"中展开想象,这正是"白描艺术"的长处。"白描勾挑,为什么比工笔重彩的详尽的描绘更能入骨,更能入化,更有意趣,更有魅力呢?白描艺术,用少数最能表现事物的生命和内在性格的动态特征(包括人物的语言、动作、神态等等),来引发和规定读者的想象和联想活动,使读者通过自己的想象和联想活动,感受和把握事物的全貌和生命,感受和把握事物内在的性格和神韵,从而获得美感享受。"①

　　《水浒传》与《红楼梦》对人物外在特征描写的这种"画意"呈现的总特点是"无变化"。这种"无变化"的画意又主要表现为两种相互关联的形态:一个是时间性的"现在时态";一个是空间性的静止状态。从时间性的现在时态来看,《水浒传》与《红楼梦》所描绘的人物的外在特征,都是"他人"在"当时"所见的人物的外在特征,既不是"他人"通过"回忆"描绘出来的特征,也不是作者通过间接转述描绘出来的特征,而是如画家拿着画纸面对人物直接描绘出来的。从空间性的静止状态看,对人物外在特征的描绘,既不是在人物的行动中描绘的,也不是在事件中描绘的,而是通过"他人"在与人物的面对面的空间中描绘出来的。而且,这些人物的外在特征从第一次出现在小说中之后,无论时光怎么流失,无论空间如何转换,无论人物的处境怎么变化,这些人物的外在特征也没有任何变化。或者说,作者在第一次描写出了人物的外在特征后,就再也没有对人物外在特征的变化进行描绘,甚至连暗示性的描绘也没有。史进第一次出现的外在特征是"魁梧",到这个人物最后一次出场的特征还是"魁梧";鲁智深第一次出现的外在特征是"形容丑恶,貌相凶顽",到他"大闹五台山""大闹野猪林",一直到他上梁山与众好汉一起对抗官府,再到受招安去打方腊等,其外在特征还是"形容丑恶,貌相凶顽";林冲的外在特征从前到后也是一以贯之;林黛玉的外在特征从她出现在"众人"面前到她最终含恨离开这个世界,也相承不变。这种"画意"的确很符合画的特点,人物的相貌一旦物态化在纸上就随"纸"而生,随"纸"而亡,"自身"既没有变化的可能,也没有选择的余地,永远地凝固在特定时间与特定空间构成的存在形式中。

---

① 叶朗. 中国小说美学 [M]. 北京:北京大学出版社,1982:189.

　　毫无疑问,这些描写人物外在特征所呈现的"画意",不仅完全吻合小说所要侧重书写的目的,而且也完全符合所写人物自己的特点及作者所选择描绘的人物外在特征的身材、相貌等的规定性,经受得起事实与艺术逻辑的检验,哪怕是十分苛刻的检验。既具有无法否定的历史的真实性与艺术的真实性,也具有不可忽视的审美价值与意义。也就是说,这种"画意"所呈现的"不变"特征,既内在地与小说所要侧重书写的目的相吻合,又外在地与小说所描写的对象的基本规定性相一致,正是这种内在与外在的一致性,决定了小说在描写人物外在特征方面这种"画意"的构成特征,也直接地决定了小说如此描写人物外在特征的审美特性。从小说所要侧重书写的目的来看,作为经典的现实主义小说,《水浒传》与《红楼梦》虽然书写的内容迥异,价值追求也各不相同,甚至艺术成就也存在相对的高低之分,但有两点却是一致的,这就是写"故事"(英雄们的故事与大家族的故事)和塑造个性鲜明的人物形象。小说的这两个目的都十分圆满地实现了。《水浒传》所书写的"英雄们"的传奇故事不仅荡气回肠,而且一个个"英雄"形象还个性鲜明,跃然纸上,即使是外在特征相似的人物,即使是性格特征相近的人物形象也泾渭分明,如鲁智深与李逵;《红楼梦》所书写的大家族的故事不仅丰富多彩、美不胜收,而且一大批彪炳史册的人物形象,更让这部旷世杰作熠熠生辉。也许正是因为中国这两部杰出的现实主义小说着力于"故事"的叙述与"人物"形象的塑造,而且在塑造人物形象的过程中特别注意人物的"个性"的完整性、一致性,所以,人物外在特征是否有什么变化也就被忽略了。更何况,从小说中所描写的人物的外在特征来看,人物身材的魁梧或矮小,本身就没有变化的可能;人物相貌的丑恶与俊美、是"豹子头"还是"猫头"、是小鸟依人还是亭亭玉立等,没有办法自我改变。至于《红楼梦》一开始所描写的林黛玉病弱的外在特征,不仅很有效地揭示了人物出现在"众人"面前之前的不幸的遭遇,还为后面关于人物悲剧的书写以及人物最后的病故提供了艺术的铺垫,完全符合生活的逻辑与艺术的逻辑。不仅体现了作者的艺术匠心,而且具有很杰出的审美价值。这也许就是中国传统小说采用白描及去粉饰的净化修辞描写人物"不变"的外在特征所形成的"画意"的意义之所在。

　　鲁迅小说对人物外在特征的描写也具有这种"画意"。不过,鲁迅小说采用白描及去粉饰的净化修辞描写出的人物外在特征的"画意",一方面,固然与中国传统小说一样,既简洁地勾画出了人物某些方面的特征,又让人物身上所保有的某些特征相承不变,如《阿Q正传》中对阿Q头上的癞疮疤和"黄辫子"的勾勒就是如此。阿Q头上的癞疮疤和"黄辫子"作为小说特意强调的人物身上显然的特征,几乎成了阿Q这个人物"借代"性的名词(还有《故乡》中的"豆腐西施""圆规"一样的外在特征也是如此），是阿 Q 这个人物与别的人物，如假洋鬼子、赵太爷甚至吴妈、小 D 等区别的外在性标志，并且阿 Q 身上的这两个方面的显然特征，从第一次出现在小说中，直到人物最后灭亡始终没有任何变化。另一方面，鲁迅十分注意勾画出人物外在特征的变化与动态，如《祝福》《在酒楼上》《伤逝》中对人物外在特征变化的勾勒就是如此。而且即使描写人物外在特征的变化，鲁迅小说也各篇小说有各篇小说的描写特点，每个外在特征有变化的人也都有自己变化的特有方面、特有方式。仅就上面所引的鲁迅小说描写人物外在特征变化的几则例子来看，尽管所采用的都是白描及去粉饰的净化修辞，但是，不仅所选择描写的人物外在特征的部位不同，而且描写人物外在特征变化的方式、角度也不一样。同时，这种对人物外在特征变化的描写，还包含了浓厚的社会、历史、人性的内容。

鲁迅小说对人物外在特征变化的描写所采用的第一种方式是"对比"。即通过人物今日呈现在文内叙事者面前的外在特征与文内叙事者记忆中的人物昔日的外在特征进行对比，在对比中直接勾画出人物外在特征的变化。这种描写人物外在特征变化的方式，主要使用于对人物身体部位方面变化的描写中，如《祝福》《在酒楼上》这两篇小说对主要人物外在特征的勾勒就是如此。并且，即使同为"今昔"框架构成的对比性描写，这两篇小说还根据文内叙事者与所要描写的人物之间的实际距离，采用了不同的书写方式。《祝福》对祥林嫂外在特征的对比较为详细，采用的书写方式是较为具体的方式。在书写祥林嫂"今日"外在特征变化的时候，文内叙事者"我"与祥林嫂是面对面的，不仅距离很近，而且是静态的对视。所以小说不仅描写了祥林嫂"五年前的花白的头发，即今已经全白，脸上瘦削不堪，黄中带黑"的生理状况的"巨大"变化，而且描写了祥林嫂"消尽了先前悲哀的神色"的精神状况的明显变化，还细致地描写了祥林嫂"只有那眼珠间或一轮，还可以表示她是一个活物"的生命体征的本质性变化，暗示着"现在"的祥林嫂虽然还"活着"，但实质上生命对她已经完全没有了意义。而《在酒楼上》对"我的旧同窗"外在特征变化的书写，由于文内叙事者第一眼看到人物时的距离较远，无法看清人物其他方面的情况，加上此时的人物正处在上楼的"动态"中，所以小说采用粗线条勾勒的方式，大概地勾勒了人物"面貌颇有些改变"的状况，主要描写了人物"独有行动却变得格外迂缓，很不像当年敏捷精悍的吕纬甫了"的情况。小说正是恰如其分地根据实际情况采用或具体、或抽象的书写方式，不仅完好地实现了在对比中描写出人物外在特征变化的艺术意图，而且使用白描手法以及去粉饰的修辞所勾勒的这种具有"动态性"的人物画像。在自然地勾连起人物外在特征存在的"现在"与"过去"的时间链条的同时，也将人物外在特征现在变化的意义，从现在引向了昔日，拓展和丰富了这种人物画像"画意"的内涵。这可以说是鲁迅小说采用白描及去粉饰的修辞描写人物外在特征所构造的"画意"与中国传统小说构造的"画意"的一个不同方面。

鲁迅小说对人物外在特征变化的描写采用的第二种方式是"同时性勾勒"的方式。这种描写方式，主要集中于对人物神情变化的描写方面，即在同一个时间段，依据人物不同神情出现的先后顺序勾画出人物外在神情的变化，如《伤逝》对子君神情的勾勒就是如此。人物神情变化的时间虽然很短，几乎是在瞬间发生的，如子君"脸色陡然变成灰黄，死了似的；瞬间便又苏生，眼里也发了稚气的闪闪的光泽"，但是，却也就是在人物神情变化的瞬间，凝练地反映了人物内心波澜起伏的情感变化，以及这种情感变化中所包含的种种复杂的酸甜苦辣咸的生命感觉，还有很多说不出来的生命感觉。这些感觉，如果细细地叙说，则不可避免地需要较多的文字，这样不仅会增加小说文字的负荷，而且更为重要的是会肢解这些复杂感觉的整体性，斩断这些感觉的连续性，冲淡这些感觉的浓度。因为，即使是用最简洁文字叙说、描写，也需要时间的长度和空间的容量。这段描绘人物外在神情变化文字的审美价值，也就当然会遭到损毁，其"画意"的意味，也就不会是现在这样沁入心脾的浓烈。

鲁迅小说描写人物外在特征变化的第三种方式是"追溯性"的方式，即从人物"当下"呈现的外在特征中进行历史性的追溯，将人物当下的特征与人物的历史联系起来，从而更深化了对人物外在特征的描写。其所构成的画面，不仅能引导读者关注人物的现在形态，而且能直接引导读者想象人物过去的样子，如《孔乙己》中对孔乙己外在特征的勾画就是如此。小说在描写了孔乙己"身材很高大；青白脸色，皱纹间时常夹些伤痕；一部乱蓬蓬的花白的胡子"的外在特征之后，则进一步对孔乙己身上穿的破烂不堪的长衫进行追溯，"似乎十多年没有补，也没有洗"。如此的追溯，虽然只是文内叙事者的判断，缺乏有力的依据，但却由此而将人物现在穷困潦倒的处境的时间推向了更早之前，机巧地表明了孔乙己现在这种穷困的外在特征，实际上早就存在，他现在的穷困潦倒不过是之前穷困潦倒处境的继续，并由此揭示了人物命运发展的一种必然逻辑：孔乙己现在这种"穷斯滥矣"的外在特征之所以没能改观，是因为他之前就既在思想上没有任何认识，也没有采取过任何相应的行动来改观，而如果他现在仍然不力图让自己现在的这种外观得到改观，那么他也就必然地不会有什么好的命运。民间所谓看一个人的过去就能预测他的将来的逻辑，鲁迅小说却用更为坚实的书写提供了。小说对人物外在特征的这种"动态"的勾勒，不仅继承了中国小说采用白描手法在故事情节的展开中书写人物外在特征的传统，而且更将白描这种手法的多种功能给予了最为充分的发挥。因此，鲁迅小说在描写人物外在特征的时候，虽然采用的手法及修辞与中国传统小说有十分的一致性,但所勾勒出的人物外在形象的审美"画意"则较传统中国小说要丰富、深厚许多。

3. 鲁迅小说描写人物外在特征的创造性

当然,鲁迅的小说毕竟是具有鲜明而强烈的现代的思想意识与艺术意识的小说。具有这样思想意识与艺术意识的小说,即使采用中国传统的白描手法描写人物的外在特征,即使采用与中国传统小说规范一致地去粉饰的净化修辞手段实现白描人物外在特征的目的,也在现代意识的作用下自然地与中国传统小说区别开来。更何况鲁迅作为一位具有非凡的创新意识与创新能力的作家,他当然不可能墨守成规。所以,即使在这一具体的方面,鲁迅小说也表现出了强劲的创造性,其创造性的一个最显然的方面就是,鲁迅小说在采用白描以及去粉饰的净化修辞描写人物外在特征的时候,固然遵循了白描简洁勾勒人物形象的规范,但在遵循这种基本规范的同时,鲁迅则革新了采用白描描写人物外在特征的规范,这就是着力于"画眼睛"。这种革新,是一种自觉的革新,这种自觉的革新,既表现在理论上,更表现在创作上。正是这种理论上的自觉与创作上的自律,赋予鲁迅小说采用白描及去粉饰的净化修辞描写人物外在特征方面所具有的创造性的深而且厚的意味。

就理论上讲,鲁迅曾提出过一个著名的观点:"画眼睛"。对于鲁迅这一著名的观点,学界曾有人进行过"泛化"解说,认为这是鲁迅对文学描写的一种普遍要求,即要求无论描写什么对象、什么事物,都要抓住对象或事物的主要特征甚至根本特征来写,从而收获由表及里、由现象到本质的描写效果。这种解释虽然也有一定的道理,也能自圆其说,但却与鲁迅的愿意不能十分吻合。鲁迅所说的"画眼睛"其实就是一种"实指",即指在描写人物的时候描绘人物的"眼睛"以及与眼睛相关的东西。鲁迅的原话是:"忘了是谁说的了,总之是,要极省俭的画出一个人的特点,最好是画他的眼睛。我以为这话是极对的,倘若画了全副的头发,即使细得逼真,也毫无意思。我常在学学这一种方法,可惜学不好。"①这是鲁迅全面阐述自己"画眼睛"主张的"全文"。在描写人物的时候最好是"画眼睛"的观点不是鲁迅最早提出的,并且这一观点最早也不是针对文学创作提出的,最早提出这一观点的人是中国东晋时期的大画家顾恺之,他的这一观点主要针对的是绘画中描摹人物的情况而言的。他认为,在描摹人物的时候,"四体妍媸,本无关于妙处;传神写照,正在阿堵中"②。但是,将顾恺之的这种观点从绘画领域移植到文学领

① 鲁迅.我怎么做起小说来[M]//鲁迅全集:第四卷.北京:人民文学出版社,2005:527.
② 刘义庆.世说新语·巧艺[M]//鲁迅全集:第四卷.北京:人民文学出版社,2005:530.

域,尤其是小说创作领域,则是鲁迅。并且"画眼睛"这一概念也是鲁迅根据顾恺之的观点提炼出来的。更何况,鲁迅在上述言论中,对顾恺之的这一观点表示了极大的赞赏,并将描写人物时"画眼睛"的好处概括为能"极省俭的画出一个人的特点"。由此可见,鲁迅自己对在描写人物外在特征的时候,描写人物的眼睛在理论上是多么重视,又有多么清醒的认识。所以,当他进行创作实践的时候,尤其是从事小说创作的时候,在描写人物外在特征的过程中,注重描写人物的眼睛、眼神以及与眼睛相关的其他对象,也就不奇怪了。

眼睛,作为人的身体的一个特殊器官,它本身就是人的外在特征的一个部分,而且,是一个十分显眼而重要的部分。在人类文明发展的过程中,人类不仅很早就从生理的角度对眼睛存在的价值与意义展开了研究,而且还从道德、伦理、心理的角度对眼睛的价值与意义进行了阐述。中国早期的典籍《孟子·离娄》中即出现了如此深刻的论述眼睛的道德、人性价值的观点:"存乎人者,莫良于眸子,眸子不能掩其恶。"随着人类对人自身认识的不断深化,特别是随着心理学等研究人的内在活动规律的科学的兴起,人们对人身上的这一器官的作用有了更为丰富、也更为诗意的认识,"眼睛是灵魂的窗户"就是这种认识的杰出成果之一。这一成果不仅深化了人对人自身"眼睛"功能的认识,具有深厚的理论意义与实践意义,而且也直接地影响了文学创作对人的眼睛描绘的意义,使文学作品对人物眼睛的描写不仅具有描绘出人物外在特征的意义,更具有了通过对人物眼睛的描绘透视人物灵魂的意义。正如印度诗人泰戈尔在小说《素芭》中所书写的一样:"在眼睛里,思想敞开或是关闭,发出光芒或是没入黑暗,静悬着如同落月,或者像急闪电光照亮了广阔的天空。那些自有生以来除了嘴唇的颤动之外没有语言的人,学会了眼睛的语言。"①如此一来,描绘人物的眼睛,也就成为中外叙事作品,尤其是中外现代叙事作品特别重视的一个方面的内容。

当然,中国传统的叙事文学,尤其是中国传统小说,呈现的则是另外一种境况,也许是因为没有现代心理学的理论支撑,也许是因为对中国亚圣孟子"眸子不能掩其恶"的深刻观点和别的理论家"眼睛是灵魂的窗户"的精辟观点有意或无意地忽视了,也许更为重要的是因为小说家们对"故事"的青睐甚于对人本身的青睐,所以中国传统小说在描写人物的时候,最热衷描写的内容不是人物的眼睛,而是人物的言语与行为。因为人物的言语与行为中有"故事",甚至行为本身就是故事,如"鲁智深拳打镇关西""武松打虎";言语本身也出故事,如"诸葛亮舌战群儒"。同时,人物的言行还直接反映人物的性格。即使从"故事"的需要出发描写

---

① 辽宁大学中文系 77 年级 . 文学描写辞典(下)[M]. 北京:中国青年出版社,1982:529.

人物的外在特征,人物的眼睛也不是小说所要描写的重点,小说描写的重点是人物的体态。因为人物的体态往往与故事相关,鲁智深、武松如果不是体态高大,也就难以演义出"打人""打虎"的故事。而眼睛则难以出故事,即使人物的眼睛再亮、再大、再有特点,也只与人物自己有关,而与故事无关。这一点从我上面所引的《水浒传》与《红楼梦》中的例子可以得到一定的证实。如此,尽管人物的眼睛及眼神不是中国传统小说描写人物的重点,也鲜有对人物眼睛及与眼睛相关的眼神等"白描"得出类拔萃的例子,但中国传统小说却也从来就没有拒绝过描写人物的眼睛及与眼睛相关的其他东西,如眼神。相反,中国传统小说对人物眼睛及相关东西的描绘,还很有特点,这个特点就是从人物的"面相"的特点中凸显人物眼睛及眼神的特点,如对鲁智深"凶"的面相特征的描绘,其中主要包括"眼神"的"凶",只是小说没有使用"眼睛"或"眼神"这样的词语。

作为具有现代性的鲁迅小说,在描写人物外在特征的时候,与中国传统小说描写人物外在特征的一个方面的显然不同就是,中国传统小说往往不是很重视描写人物的眼睛及眼神,尤其不重视用白描的手法和去粉饰的净化修辞描绘人物的眼睛及眼神。尽管也有这样一些描写人物眼睛及眼神的例子,如《水浒传》对武松"一双眼光射寒星"的描写,《红楼梦》对林黛玉"一双似喜非喜含情目"的描写,但是这些描写所使用的都已经不是"白描",而是对仗工整的诗歌,其修辞也不是去粉饰的修辞,而是特意"粉饰"的修辞。所以,与采用白描及去粉饰的修辞描写人物眼睛的鲁迅小说不具有可比性。更何况,此类描写人物眼睛及眼神的方法及例子,还成为中国传统小说描写人物眼睛及眼神的"俗套",放在性格相近的人身上都可以,不具有唯一性及个性。如描写林黛玉的话"一双似喜非喜含情目",不仅用来描写与林黛玉同时代的某类大家族的青年女性很适合,即使用来描写与林黛玉相隔千年的汉代人物"王昭君"的眼睛及眼神,也没有什么不妥。张卫中在《汉语与汉语文学》一书中曾经指出:"中国旧白话小说的肖像描写经历了一个发展过程。稍早的作品采用夸张、写意的手法,有很强的程式化、脸谱化倾向。"①如《三国演义》对刘备、关公肖像的描写就是如此。他又进一步指出:"到了《儒林外史》《红楼梦》,肖像描写的水平有所提高,但是与现代小说相比,仍然存在一些问题,就是语言过分的修辞化、描写的程式化和类型化。例如《红楼梦》写宝玉'面若中秋之月,色如春晓之花,鬓若刀裁,眉如墨画,面如桃瓣,目若秋波。'在这个句段中,前两句对仗工整,后面又是四个整齐的四字句……另外,在这个句段中,以'中秋之月''春晓之花'比面容等几个比喻,在古代小说中也相当常见,是程式化和类

---

① 张卫中.汉语与汉语文学[M].北京:文化艺术出版社,2006:37.

型化的。"①中国传统小说描写人物肖像所采用的修辞的"程式化和类型化"，在描写人物眼睛及眼神中也是普遍存在的，如在《三国演义》中描写关公的眼睛是"丹凤眼"，在《水浒传》中描写宋江的眼睛也是"眼如丹凤"。正因为此类关于人物眼睛及眼神的描绘是"程式化与类型化"的，所描写的人物的眼睛及眼神的状况不具有唯一性，也不具有充分的个性，甚至不具有"时代性""历史性"的限制，几乎达到了"放之四海而皆准"的地步，所以这些对人物眼睛及眼神的描写，当然也就失去了描写的生动性与意味的深刻性。这也许就是中国传统小说不重视人物眼睛及眼神描写的结果。或者反过来说，正是由于中国传统小说不重视人物眼睛及眼神的描写，即使伟大如《红楼梦》这样彪炳史册的小说巨著中，也难觅意味深长、精美绝伦、个性卓越的关于人物眼睛及眼神的描写。

与之相比，鲁迅小说不仅往往主要采用白描的手法及去粉饰的修辞直接描写人物的眼睛及眼神，而且相对于对人物外在的其他特征的白描来看，鲁迅小说对人物眼睛及眼神的白描更为精彩、更为生动也更为深刻。这从上面所引的例子中可以看得很清楚。如果进一步与中国传统小说采用白描及去粉饰的净化修辞对人物眼睛的描写进行比较，则能看得更为鲜明。在中国第一部杰出的长篇小说《三国演义》中对刘备、关公的眼睛是如此描写的：刘备"目能自顾其耳"（第 1回）；关公"丹凤眼"（第 1 回）。很明显，这些描写仅仅写出了人物眼睛的"形"及一般特点，却没有写出人物眼睛的"神"及意味。与之相比，鲁迅小说对人物眼睛及眼神的描写，所采用的手法及修辞与中国传统小说《三国演义》中描写刘备、关公眼睛的手法及修辞十分一致，都是白描的手法以及去粉饰的净化修辞。但鲁迅的小说不仅描写出了人物眼睛的"形"，更刻画出了人物眼睛的"神"；不仅静态地描写出了人物眼睛的"形"与"神"的特点，而且动态地展示了人物眼睛及眼神的"形"与"神"的变化。同时将人物眼睛的"形"与"神"的变化放到特定的环境与背景中进行展示，从而不仅使所描写的人物眼睛及眼神的审美意味更丰富、厚实了，也不仅更凸显了人物眼睛及眼神的个性特征及唯一性特征，而且使人物的眼神具有了时间与空间的规定性，不仅使特定人物的眼神无法与别人的眼神重合或相似，而且使特定人物的眼神无法逾越这种眼神出现的特定时间与空间。如祥林嫂"间或一轮"的眼神，就不仅是她特有的眼神，无法安放于其他人物身上，而且这种眼神还是她"现在"才有的眼神，与她之前的眼神没有关系；魏连殳的眼神，绝对不会与其他人的眼神混淆，也绝对无法安放于其他人物身上，即使这些人物与魏连殳在思想、性格方面相近。同是鲁迅小说塑造的狂人、疯子这些与魏连殳一样具

---

① 张卫中．汉语与汉语文学［M］．北京：文化艺术出版社，2006：37.

有叛逆性格的人物,魏连殳的眼神却与他们完全不同。不仅魏连殳的眼神不能安放于别人身上,他第一次出现在小说中的这种眼神,甚至也不会与他自己在"得意时期"的眼神相混淆。同样,子君眼中发出的"稚气的光泽"也绝对无法安放在其他人物身上,而且,她眼中第三次出现的"稚气的光泽"与她第一次、第二次出现的"稚气的光泽"还大不相同(这一点下面将分析)。这正是鲁迅小说采用白描以及去粉饰的净化修辞描写人物外在特征,特别是描写人物眼睛特征所呈现出来的一个具体方面的创造性以及这种创造性的一个方面的神采。

那么,鲁迅小说对人物眼睛及眼神描写的意义何在呢?这种对人物眼睛及眼神形神兼备的描写对提升白描手法以及去粉饰的净化修辞的艺术意义及艺术功能又有什么作用呢?这才是鲁迅小说"画眼睛"的创造性的最主要问题。

谈到鲁迅小说对人物眼睛及眼神形神兼备描写的意义,首要的意义当然就是艺术上的意义。这种艺术上的意义可以从三个方面看,首先,凸显人物的生命状况,具有写实的艺术意义。如对祥林嫂"只有那眼珠间或一轮"的描写,不仅形象地写出了祥林嫂在向"我"咨询问题时候的复杂心理活动,而且更通过对人物眼睛动态的生动而具体的描绘真实地再现了人物生命体征已"生气全无"的现状。而人物这种生命体征"生气全无"的现状正是人物悲惨遭遇的直接体现,也当然是人物悲惨遭遇的结果。其次,揭示人物的精神状况,具有象征性的艺术意义。如对魏连殳"两眼在黑气里发光"的描写,不仅如实地写出了人物眼睛的"黑亮",更写出了"孤独者"孤独地对抗社会黑暗的精神状态,象征性地揭示了孤独者在一片"黑气"中力图竭力抗争的勇气以及这种抗争实际不可能取得胜利的悲剧性本质。最后是揭示人物的情感状况,具有复调的艺术意义。如对子君"眼里也发了稚气的闪闪的光泽"的描写就是如此。子君眼里的这种"稚气"的光泽,在这里是第三次出现,第一次是涓生与子君热恋时,当他们"谈男女平等"等现代话题时,子君"两眼里弥漫着稚气的好奇的光泽";第二次是两人的生活陷入困境时,"子君的眼里忽而又发出久已不见的稚气的光"。第一次眼里所发出的"稚气"的光,无论从其情景还是从其主体的感受来说,都充满了生气和情感的温热;第二次眼里所发出的"稚气"的光,无论从其背景还是从小说具体的描写来看,都是强颜的欢笑的"光",满蓄着无奈与恐惧;第三次稚气的光,则是绝望的稚气之光,充满了冷气和刻骨铭心的寒意。小说对人物眼里的稚气光泽的这三次描写,有如音乐对同一曲调的三次重复的演奏,这三次"重复"演奏的虽是同样的"曲调",但这同一曲调由于其"调性"、音高等的差异而形成了十分鲜明的对比。对比的结果是,第三次眼里稚气光泽的冷气、寒意完全消解了之前眼里稚气光泽的各种"有价值"的意味,只留下了一丝丝沉重而悠然的、充满悲剧的"颤音"。

由此可见,鲁迅小说描写人物眼睛、眼神的这三个方面的艺术意义,不仅从一个具体的方面彰显了鲁迅小说描写人物外在特征的艺术神采,而且由于这种艺术的神采得以直接彰显的手法是白描的手法,修辞是去粉饰的净化修辞。因此,这三方面的艺术意义,也当然具有体现白描及去粉饰的净化修辞的艺术意义的功能。甚至可以说,鲁迅小说对人物眼睛、眼神描写的杰出的艺术意义,正是鲁迅创造性地发挥中国传统文学的白描以及去粉饰的净化修辞的结果,这种结果在体现了白描及去粉饰的净化修辞特有功能与魅力的同时,也直接地提升了这种手法与修辞的艺术境界。

同时,鲁迅小说采用白描及去粉饰的修辞展示人物外在特征的时候,不仅具有"画意",而且具有"诗意"。毫无疑问,前面所引的《红楼梦》对林黛玉外在特征的描写也具有诗意。其中最有诗意的是对林黛玉"风流态度"的描写。不过,这种诗意,是人物本身的诗意,小说即使不描写林黛玉的"风流态度",也遮蔽不住林黛玉的诗才、诗性、诗美、诗意。因为林黛玉这个人物不仅本来就会作诗,也不仅很善于品诗,其所作之诗,所品之诗的品位还非同一般,而且她本身就是一首诗,一首美轮美奂的青春的诗,一首圆润丰满的生命的诗,一首婀娜多姿的悲剧诗。她的外在美,她的内在秀,无时无刻不力透出动人心魄的诗意;她对美好情爱和人生价值的执着追求,无时无刻不是在用生命、青春书写诗情、书写诗篇;她的一言一行无处不是诗的表达;她的历史、她的现在、她的命运本身就是由诗构成的。描写这种本身就是诗的人物,就如描写本来就是美的事物的代表,如风花雪月一样,即使不用一个诗的字眼,也会诗意盎然,暗香浮动。而鲁迅小说所塑造的人物,要么是"被损害与被侮辱的"下层不幸的人物,这些下层人物多为目不识丁的劳动者,或者是"愚笨的"人,他们既不写诗,实际上也根本不会写诗,也根本不懂诗。他们本身都是些既无诗才,也不具有诗情、诗意的人物;要么是落拓的文人,虽然是文人,他们也没有条件和心情写诗,如孔乙己、陈士诚,因为他们每天都要为生计奔波,其自身早已褪去了文人所有的诗情、诗意;要么是假道学似的人物,如《肥皂》中的四铭,《高老夫子》中的高尔础,这些人即使写诗,也写不出什么好诗,即使写的是诗,如《孝女》之类,其诗味也多为怪味、臭味、淫邪之味,其自身更是没有一点健康的生活情趣,除了看女学生、打麻将等的"邪趣"之外,更不要说诗情、诗意了;要么是狂人、疯子这样一些离经叛道的人物,他们虽有叛逆的勇气与敏锐的思想意识,但他们也既不写诗,浑身也没有诗气。即使如子君这样本来应该具有诗意的现代青年女性,小说虽然在开始的时候书写了她充满诗意的宣言:"我是我自己的,他们谁也没有干涉我的权利!"但随后,小说却逐步并最终彻底地消解了子君的言语行为、精神气质甚至外在身体形态上的所有诗情与诗意,到小说采用白描及去粉饰的修辞展示她的外在特征的时候,她的身体除了较之以前"胖"了一些之外,她的眼神、气质除了惊讶之色、惶惑之气外,再也没有一丝一毫的诗意。

相反,在鲁迅的小说中还存在这样一种情况:如果一个人物被其他人物或者被作者赋予了诗情画意,甚或是富有诗意的称谓,那么这个人物要么是丑恶的、被讽刺、被否定的人物,如《高老夫子》中的"高尔础",《肥皂》中的四铭,《理水》中聚集在"文化山"的学者、文人之类;要么这种富有诗意的称谓是作者鲁迅用来讽刺创造这个称谓的人的"工具",如《奔月》中侍女们对后羿说:"有人说老爷看起来简直就是一个艺术家",就是鲁迅对有人称鲁迅是艺术家的讽刺。而鲁迅在小说中肯定的人物,尤其是高度肯定的人物,则不仅没有诗情画意,相反还都是些非正常的人物,如《狂人日记》中的"狂人",《长明灯》中的"疯子";或者是冷气森森的人物,如《铸剑》中的"黑衣人";或者是满脚老茧的人物,如《理水》中黑不溜秋的大禹等。这种倾向不仅直接地表明了鲁迅小说的反传统性,而且也直接地表现了鲁迅小说的创造性。

既然鲁迅小说描写的人物都不具有诗意,其外在特征,甚至内在的灵魂及内外结合所显示出来的人物身上的气质也自然透射不出任何诗意,那么鲁迅小说采用白描及去粉饰的修辞展示人物外在特征的诗意从何而来呢?如果进行简要的概况,就从所使用的修辞中来,就从白描人物外在特征的整体效果中来。

请看祥林嫂"那眼珠间或一轮"。这是对祥林嫂眼神的描写,这种描写所采用的手法虽然是白描,采用的修辞虽然是去粉饰的净化修辞,但在这种描写中,不仅有诗歌的节奏与韵律——间或一轮,而且有诗的意象,并且是特殊的诗的意象,即"眼珠"。魏连殳"两眼在黑气里发光"本身就是一句诗,是一句既"沉郁顿挫",又空灵峭拔的诗;一句有色彩、有动感的诗;一句"气""光"交融的诗。子君"眼里也发了稚气的闪闪的光泽"不仅是一句诗,而且是形神兼备的诗句,一句有质感的诗,一句充满了辩证意味的诗,一句字面上"稚气闪闪",内质中苍凉满溢、悲情四射的诗。也许正是发现了鲁迅小说无处不在的诗意,有学者认为,鲁迅的小说除了描写假道学家的那几篇小说外,其他的小说都可以当作诗来读。鲁迅的小说中不仅有充沛的诗情、诗意,而且使用的文字也是诗的文字,使用文字的方法也是诗的方法,诗歌所追求的文字的凝练,鲁迅小说的文字则无处不凝练;诗歌使用的净化修辞的方法,鲁迅小说不仅使用,而且是大量地使用并达到了冯文炳先生所概括的剔除了一切不需要字句的程度,达到了陈鸣树先生所概括的"简略到不能再简略"的程度;诗歌所追求的意象及意象构成的方式,鲁迅小说中不仅各类意象比比皆是,而且其构成的方式还丰富多彩。我们在《鲁迅小说的跨艺术研究》一书中也如此认为:不仅鲁迅本人当之无愧地可以被称为是"诗人",他留存下来的几十首意味隽永、意境深邃、脍炙人口的旧体诗和十几首风格独到、自成一体的自由诗就是他作为诗人的直接证据，而且鲁迅创作的小说也是诗，或者说鲁迅在创作小说的时候，是将小说当作诗来创作的。"换句话说，鲁迅是以写诗的态度来写他的小说、散文的，套用古人'以文为诗'的说法，可以叫作'以诗为文'。"①

至于从鲁迅小说白描人物外在特征的整体效果来看，鲁迅小说的诗意不仅更为力透纸背，而且还有诗歌——当然是现代自由诗——的形式。如果将鲁迅小说对人物外在特征书写的文句分行排列起来，可以说就是一首首写人的自由诗，与中国传统小说常用来写人的对仗工整的非自由诗（如前面所谈到的《红楼梦》从贾宝玉的角度对林黛玉外在特征的描写的例子）异曲同工。所谓"同工"，一是指从形式上看，鲁迅小说这些白描人物外在特征的文句本身就可以通过形式的变化——分行排列——转化为"诗"；二是指这种转化为"诗"的诗句不仅很有效地完成了描写人物外在特征的艺术任务，而且各种意象的选择，如"头发""脸""眼睛"与"眼神"等，以及对这些"意象"的描写，其本身还透射出十分浓厚的诗的意味。所谓"异曲"，是指鲁迅小说描写人物外在特征的文句构成的"诗"，不仅在形式上是诗句长短不一的自由诗，与中国传统小说对仗较为工整的"格律诗""异曲"，而且，其诗的意味所具有的个性化特征及构成方式，还完全突破了中国传统小说用诗歌的形式描写人物外在特征所形成的"程式化与类型化"的窠臼。

正因为用诗的形式描写人物是中国传统小说的一种方式，又因为鲁迅小说描写人物外在特征的文句能够自然地转化为"诗"，而这种"诗"不仅在形式上与中国传统小说描写人物的格律诗不同，而且其艺术品性也不似中国传统小说"为诗而诗"的"掉书袋"的品性。它们自然天成，是小说描写人物形象的有机组成部分，顺向排列是小说特有的描写，分行排列则是"诗"，是鲁迅创造的一种"诗"。所以，也就让我用中国传统小说常用的诗的形式，来结束关于鲁迅小说修辞传统性与创造性的论述（限于篇幅，这里只排列鲁迅小说描写人物外在特征的一段）：

> 《祥林嫂》
>
> 我这回在鲁镇所见的人们中，
>
> 改变之大，
>
> 可以说无过于她的了：
>
> 五年前的花白的头发，
>
> 即今已经全白，
>
> 全不像四十上下的人；

---

① 许祖华，余新明，孙淑芳. 鲁迅小说的跨艺术研究[M]. 合肥：安徽大学出版社，2012：173.

脸上瘦削不堪,黄中带黑,
而且消尽了先前悲哀的神色,
仿佛是木刻似的;
只有那眼珠间或一轮,
还可以表示她是一个活物。

# 第二章

# 鲁迅的思想与鲁迅小说修辞的关系

　　鲁迅的思想睿智、明达,其中所包含的对中国现实、历史、人的认识,对中外文化、文学、艺术的主张,迄今仍然发人深省,启人智慧。全面地论述鲁迅睿智、明达的思想,不是本章的目的,也不是本书的目的。本章所要论述的是鲁迅影响巨大而又直接影响了鲁迅小说修辞的反传统的思想,其目的是追溯鲁迅小说修辞的特有面貌及杰出成就后面的主体性因素及两者之间的互为因果性,即鲁迅的反传统的思想怎样内在地规约了鲁迅小说的修辞以及鲁迅小说修辞的个性特征及特有神采又凸显了鲁迅怎样的反传统的思想特征。

　　鲁迅反传统的思想是鲁迅睿智而丰富的思想的有机组成部分,也是鲁迅作为新文化先驱的思想特征之一。这些反传统的思想不仅最直接地表现了鲁迅的个性及在整个新文化与新文学运动中所做出的贡献,也最直接地影响了鲁迅的艺术创造及小说修辞的风格。因此,在探讨鲁迅思想与鲁迅小说修辞关系的过程中,首先从鲁迅反传统的思想入手展开论述,既有利于我们更有效地认识鲁迅从旧营垒中来而成为新文化与新文学的创造者的特征以及为新文化与新文学的发展做出的杰出贡献,也更有利于我们直观地透视鲁迅小说修辞的个性风貌及这种个性风貌中所包含的时代风采。

　　鲁迅反传统的思想包含多样的内容,既有反以典籍形式负载的各种传统观念的思想内容,也有反以常识、常理、常情形式流传下来的传统观念的思想内容;既有反在中国社会发展中一直占据正统、主流地位的各种观念的思想内容,也有反在中国社会发展中没有占据正统、主流地位却影响巨大的各种观念(如道家的各种观念)的思想内容;既有反政治、哲学、社会层面的反传统的思想内容,也有反文化、文学、艺术层面反传统的思想内容。就其与小说修辞的关系来看,鲁迅反传统的思想内容中所包含的反正统的圣贤之道的社会思想、重估价值的文化思想以及反瞒与骗和反大团圆的文艺思想,则是鲁迅反传统思想中最值得关注的内容。鲁迅这些方面的反传统的思想不仅直接构成了鲁迅小说深刻的思想内容,而且也是鲁迅小说修辞个性特色形成的直接的"反作用力"。通过对这些反传统思想与鲁迅小说修辞关系的分析,不仅有助于我们更直观地认识鲁迅反传统思想与鲁迅小说修辞特色形成的内在联系及由此形成的鲁迅小说修辞的个性特色,也不仅有助于我们从一个具体的角度透视鲁迅小说中所包含的各种反传统思想的巨大意义和所达到的思想深度,而且更有助于我们明了这样一个问题,即为什么具有特异性的鲁迅小说的杰出修辞,既不可重复也无法模仿?

## 第一节　鲁迅反正统的圣贤之道的思想与小说的"特异修辞"

正统的圣贤之道,其通俗的解说就是孔孟之道,即儒家学说。本来,儒家学说或孔孟之道在其生成之初不过是诸子百家中的一家,与法家学说、道家学说及墨家学说齐头并进。不仅没有取得"正统"的地位,相反,孔子及其门徒在周游列国推销自己学说的过程中还屡屡碰壁,以至于在《论语》中还记载了这样一件让儒家学者和孔门弟子们颇感尴尬的事。孔子的学生子路随孔子出行落在了后面,遇到一个用拐杖挑着除草工具的老人。子路问:"你看到我老师了吗?"老人回答:"四体不勤,五谷不分,孰为夫子?"尽管老人还热情地款待了子路,但子路在后来回去寻找老者不遇后,不禁发出了这样悲观的感慨:"道之不行,已知之矣"。① 孔子自己也曾如此说:"道不行,乘桴浮于海。"鲁迅也曾经指出:"孔夫子的做定了'摩登圣人'是死了以后的事,活着的时候却是颇吃苦头的。跑来跑去,虽然曾经贵为鲁国的警视总监,而又立刻下野,失业了;并且为权臣所轻蔑,为野人所嘲弄,甚至于为暴民所包围,饿扁了肚子。"② 不过,孔子生前虽然不得志,但是在孔子死后,汉高祖为巩固自己的统治确立名教纲常,并在经过鲁地的时候还特地以太牢祭祀孔子。于是,"孔二先生背时多年,自高帝用太牢加礼以后,后世祀孔的典礼,便成了极重大的定例。武帝以后,用他传下这个方法,越发尊崇孔学,罢黜百家,儒教遂统一中国"③。而孔子也就逐步被奉为了中国的"至圣先师",儒家学说也就由春秋战国时期诸子百家中的一家而成为中国封建宗法社会的立国之本、牧民之术,甚至还成为中国国民的精神信仰,成为中国传统社会得以建构与发展的最牢固的思想支柱及正统学说。从绝对的意义上讲,中国几千年的封建社会之所以能如不

---

① 孔子. 论语·微子[M]//四书五经. 北京:中国纺织出版社,2012:72.
② 鲁迅. 在现代中国的孔夫子[M]//鲁迅全集:第六卷. 北京:人民文学出版社,2005:326.
③ 吴虞. 吃人与孔教[M]//李宗英,张梦阳. 六十年来鲁迅研究论文选(上). 北京:中国社会科学出版社,1981:3.

倒翁一样地屹立,虽历经各类农民起义的摧毁而改朝换代,但万变不离其宗,其政治体制始终相承不变,除了最根本的小农经济的生产力与生产关系的基础性作用外,正统的圣贤之道,即孔孟之道的强力辅佐作用自然"功不可没"。

作为正统的圣贤之道的孔孟之道,之所以能具有如此的伟力和维护几千年中国封建社会发展的巨大功能,固然得益于其学说中优良或合理的人生哲学、伦理规范及教育思想,如具有人道主义精神的"仁者爱人"的哲学思想及"己所不欲,勿施于人"的伦理规范;具有普及教育的"有教无类"的教育观;还有许多意味深长、耐人寻味,概括了丰富的社会现象与可贵的学习及生活经验且具有普世意义的名言、警句,如"三人行,必有我师焉""学而不思则罔,思而不学则殆""岁寒,然后知松柏之后凋也"等。但更为直接的原因则在于其中条理化的专制等级制度的规范及"劳心者治人,劳力者治于人"的信条,切合了历代封建统治者规约大众行为,奴役大众为自己服务的政治、经济及文化等方面的需求,为历代封建统治者维护自己统治地位提供了思想与"法理性"的依据。从而使孔孟之道不仅最终成为中国传统社会唯一正统的学说,而且成为中国传统社会不是宗教却具有宗教功能,甚至远远超过宗教功能的精神信仰和衡量一切人的言语行为的价值意义的唯一标准。如此的结果,则使儒家学说不仅逐步地背离了创造者孔子和后继者孟子创造孔孟之道的初衷,而且也逐步地销蚀掉了其合理的内核,最终成为一种压抑人的各种合理欲望、窒息人的各种自然生命追求,"培养奴隶道德,鼓吹苟活,抹杀个性,甚至灭绝人性"①的学说,成为一种既依靠制度"吃人"的文化,更依靠礼教的"软刀子"杀人的文化。正如王富仁在《中国文化的守夜人——鲁迅》一书中曾经尖锐地指出过的一样:"中国传统的儒法合流后的儒家文化实际上是一个吃人的文化,它的吃人性不是孔子开创儒家文化的动机和企图,但却是它成为政治统治文化之后的必然结果。"②正因为如此,所以在新文化运动和新文学运动兴起之时,"鲁迅猛烈地抨击了儒家文化的残酷性和虚伪性,揭露了它的吃人本质"③,并在之后的文化与文学活动中,尤其在小说与杂文中始终如一地对儒家文化展开了多方面地批判,直到生命的结束,"其火力之猛烈、其剖析之深刻、其用语之尖锐、其持续时间之长,几乎在现代文学史上无与伦比"④。

---

① 林贤治. 孔子、鲁迅、传统与反传统[J]. 读书,2010(9):118-122.

② 王富仁. 中国文化的守夜人——鲁迅[M]. 北京:人民文学出版社,2010:123.

③ 王富仁. 中国文化的守夜人——鲁迅[M]. 北京:人民文学出版社,2010:123.

④ 谭桂林. 论鲁迅与五四时期的倒孔运动[C]//谭桂林,朱晓进,杨洪承. 文化经典和精神象征——"鲁迅与20世纪中国"国际学术研讨会论文集. 南京:南京师范大学出版社,2013:103.

鲁迅曾说:"孔孟的书我读得最早,最熟,然而倒似乎和我不相干。"①正是因为鲁迅对孔孟的学说最为熟悉,对孔孟学说与自己的思想追求的"不相干"有着清醒的理性认识,所以这也就直接地导致了鲁迅对正统的圣贤之道的抨击与否定的决绝性,对其弊端批判的深刻性与振聋发聩性。他不仅从本质上否定了正统的圣贤之道的合理性,而且也有意识地对正统的圣贤之道的一些看起来还是合理的学说及观点给了否定;他不仅在一系列杂文中对孔孟之道给予了深刻的批判,而且在小说的修辞中也有意识地显示了其否定的思想倾向。从一定的意义上讲,鲁迅小说的一些个性鲜明的修辞特色的形成,除了别的原因之外,其中一个十分重要的原因就来自鲁迅反正统的圣贤之道的意识目的。正是这些思想目的的内在制约,不仅支撑了鲁迅小说的修辞,而且使其小说的修辞,尤其是那些具有特殊规范的修辞,具有了非凡的魅力。

**一、鲁迅对儒家文化本质性否定的针对性**

鲁迅对儒家文化的否定并不是"全面"的,在鲁迅留存下来的各类文字中,他虽然没有对儒家文化发表过什么"肯定性"的言论,但对儒家文化中一些合理的内容,如前面所提及的那些内容,他也没有发表过任何否定性的言论。那么鲁迅对儒家文化本质性否定的对象主要有哪些呢? 如果要进行概括则主要包括仁义道德在内的礼教观念及所谓"王道"理想。儒家的礼教观念及理想,正是儒家文化中最具代表性的内容,它们以严谨的逻辑及漂亮的修辞勾画出了社会正常发展的秩序和人与人之间的显然关系以及遵循"王道"所带来的社会的和谐美满,如《论语》中的"博施于民,而能济众""君君臣臣父父子子"的学说;《孟子》中的"以力假仁者霸,霸必有大国;以德行仁者王,王不待大……以力服人者,非心服也,力不赡也;以德服人者,中心悦而诚服也"②等学说。正因为儒家学说中的这些观点不仅"文质彬彬"具有极强的说服力和魅惑性,而且条理清晰具有可操作性;不仅论说得充分、严谨而"漂亮",而且实践起来也得心应手,所以它们也就自然地被历朝历代的统治者当作奴化大众、统治大众的思想"律条",也自然地受到了各类为统治者帮忙、帮闲文人的青睐并大力宣传。正是在这样的历史和社会背景下,儒家的这些观点与学说,也就深深地影响了中国国民精神的构造与国民性的养育,尤其对中国国民愚昧、麻木的精神状态及"非礼勿视、非礼勿言、非礼勿动"的"诚服"的国民性的培育更是"善莫大焉"。诚然,儒家的这些学说及观点,对于大一统的

① 鲁迅. 写在《坟》后面[M]//鲁迅全集:第十七卷. 北京:人民文学出版社,2005:301.
② 孟子. 孟子·公孙丑(上)[M]//四书五经. 北京:中国纺织出版社,2012:96.

中国社会的发展有过不可忽视的积极作用,但同样不可否认的是,中国传统社会的"专制"本质与中国人的"存天理,灭人欲"的畸形价值追求和整个"无声的中国"的历史状况的形成,也都得益于儒家的这些学说。而儒家的这些学说不仅与民主、科学的学说相冲突,而且是十分尖锐的冲突,更与中国社会的现代化建设背道而驰。因此,当20世纪中国社会开始现代化历程,当新文化与新文学兴起之时,对儒家文化的批判也就自然地成为包括鲁迅在内的现代中国的知识分子们所承担的一个重要的历史任务,儒家文化也就自然地成为批判的对象。

不过,鲁迅对儒家文化的批判,特别是对儒家文化中的核心观念与所谓"王道"理想的批判,主要不是在纯理论的层面展开的批判。对儒家文化特别是其核心观念的否定也不是一种基于本体的逻辑性的否定,而是从实践的层面展开的批判,其否定也主要是对儒家学说的核心观念的功能及王道理想的非现实性的否定。

对儒家核心观念的功能的否定,鲁迅主要是从这些观念所产生的直接的社会的负面效果的层面展开的否定,如鲁迅对儒家"礼"的否定就是如此。礼的核心规范就是严明的等级,基本内容就是"三纲五常"。"儒家学说严等级、分尊卑,君君臣臣父父子子,夫唱妇随婆慈媳顺,一切恪守本分。"[1]鲁迅在批判儒家"礼"的学说的过程,没有从这种学说本身的合理性与否展开,而是从这种学说所带来的结果,即这一学说在统治中国人的过程中所发挥的功能展开的批判。他在谈自己的小说《阿Q正传》的创作过程时曾说:"我虽然已经试过,但终于自己还不能很有把握,我是否真能够写出一个现代的我们国人的魂灵来。别人我不得而知,在我自己,总仿佛觉得我们人人之间各有一道高墙,将各个分离,使大家的心无从相印。这就是我们古代的聪明人,即所谓圣贤,将人们分为十等,说是高下各不相同。其名目现在虽然不用了,但那鬼魂却依然存在,并且,变本加厉,连一个人的身体也有了等差,使手对于足也不免视为下等的异类。造化生人,已经非常巧妙,使一个人不会感到别人的肉体上的痛苦了,我们的圣人和圣人之徒又补了造化之缺,并且使人们不再会感到别人的精神上的痛苦。"[2]鲁迅这里所说的"所谓圣贤,将人们分为十等",引用的是《左传》中的观点(有关材料,鲁迅在《灯下漫笔》中直接引用过),但由于《左传》这本书"相传这是春秋末年鲁人左丘明根据孔子的《春

① 谭桂林. 论鲁迅与五四时期的倒孔运动[C]//谭桂林,朱晓进,杨洪承. 文化经典和精神象征——"鲁迅与20世纪中国"国际学术研讨会论文集. 南京:南京师范大学出版社,2013:114.

② 鲁迅. 俄文译本《阿Q正传》序及著者自叙传略[M]//鲁迅全集:第七卷. 北京:人民文学出版社,2005:83.

秋》加以阐明的著作"①,"《左传》是以《春秋》记事大纲为线索写成的我国第一部编年史"②。这不仅与儒家学说的创始人孔子有直接的关系,如汉代的司马迁及班固在谈及《左传》的作者时总将左丘明与孔子相提并论,这一点后来学者也有论述:"《左传》的作者,司马迁及班固都认为是与孔子同时的鲁人左丘明。"③也不仅仅与孔子编订的《春秋》有直接的师承关系,而且其基本观点与记录孔子言行的《论语》中的观点完全一致,尤其是基于"礼"的规范对社会中人的等级划分的观念,更是如出一辙。如《左传》昭公七年中所直接表达的"天有十日,人有十等。下所以事上,上所以共神也。故王臣公,公臣大夫,大夫臣士,士臣皂,皂臣舆,舆臣隶,隶臣仆,仆臣台"④的观点,与作为儒家重要学说的"三纲五常"中的"君君臣臣父父子子"的观点完全一致。因此,也完全可以认为是儒家的学说。很明显,鲁迅对"礼"中所包含的这种等级观念的否定,主要不是从这种观念本身是否合理展开的,而是从这种观念的功能展开的。他认为,中国人"连一个人的身体也有了等差,使手对于足也不免视为下等的异类","使一个人不会感到别人的肉体上的痛苦"等的"隔膜",就是"礼"的"功劳"。他不仅直接地否定了"礼"所具有的这种使人与人直接隔膜、使人自己的身体也相互隔膜的负面功能,而且否定了"礼"这种学说对中国人生命与精神的双重毒害的功能。

鲁迅对儒家的核心观念"仁义道德"的否定也是如此。在鲁迅看来,儒家"仁义道德"的观念虽然漂亮而诱人,却不过是"吃人"的遮羞布。他在自己创作的第一篇奠定中国现代文学发展基础的小说《狂人日记》中的这段描写就直接地表明了他的这种思想:"我翻开历史一查,这历史没有年代,歪歪斜斜的每页上都写着'仁义道德'几个字。我横竖睡不着,仔细看了半夜,才从字缝里看出字来,满本都写着两个字是'吃人'!"⑤也就是说,在鲁迅看来,漂亮而诱人的儒家的"仁义道德"论,它们的功能不过是帮助历来统治者掩饰自己残暴的吃人的漂亮言辞。在这里,鲁迅也没有对仁义道德本身所指的是什么等本体内容进行解说,而是直接地揭示了它们所具有的功能,而这种功能也正是儒家文化之所以受到历来的统治者青睐的最重要的原因。最早发现并披露鲁迅在否定仁义道德的过程中所呈现的这一特点的人是五四时期"四川省只手打孔家店的老英雄"⑥吴虞。1919 年,当

---

① 朱东润. 中国历代文学作品选上编第一册[M]. 上海:上海古籍出版社,1979:57.
② 八校合编. 中国文学史(先秦汉魏六朝时期)[M]. 武汉:华中师范大学出版社,1987:40.
③ 八校合编. 中国文学史(先秦汉魏六朝时期)[M]. 武汉:华中师范大学出版社,1987:40.
④ 鲁迅. 鲁迅全集:第一卷[M]. 北京:人民文学出版社,2005:227.
⑤ 鲁迅. 狂人日记[M]//鲁迅全集:第一卷. 北京:人民文学出版社,2005:447.
⑥ 易竹贤. 胡适传[M]. 武汉:湖北人民出版社,1994:131.

鲁迅的小说《狂人日记》发表不久,吴虞就撰写了《吃人与礼教》一文给予评说。在这篇文章中,吴虞特别指出:"我觉得他(鲁迅)这日记,把吃人的内容,和仁义道德的表面,看得清清楚楚。那些戴着礼教假面具吃人的滑头伎俩,都被他把黑幕揭破了。"①吴虞这里所指出的鲁迅将"吃人的内容,和仁义道德的表面,看得清清楚楚",正是鲁迅反儒家"仁义道德"观的特点,即揭示了仁义道德的功能就是掩盖"吃人的内容"。

鲁迅对儒家"王道"理想的否定也不是从理论上展开的,而是基于历史和现实的事实展开的。他认为:"儒士和方士,是中国特产的名称。方士的最高理想是仙道,儒士的便是王道。但可惜的是这两件在中国终于都没有。据长久的历史上的事实所证明,则倘说先前曾有真的王道者,是妄说,说现在还有者,是新药。孟子生于周季,所以以谈霸道为羞,倘使生于今日,则跟着人类的智识范围的展开,怕要羞谈王道的罢。"②正是因为在中国的历史和现实中从来就没有过什么"王道",所以,这王道理想的可信性也就不攻自破了。

鲁迅采用如此的策略批判与否定儒家文化,不仅反映了他作为一个新文化与新文学先驱的杰出智慧,而且反映了他特有的批判的出发点,这个出发点就是他自己的"生命体验"。"在'五四'新文化倒孔者的知识共同体中,似乎只有鲁迅的生命感受超越了一般性的新知层面,直接连接上了自我生命深层结构中的灵魂创伤、情绪纠缠、性格阴影与无意识固结所凝聚起来的生命能量。""鲁迅的伟大就在于,他将自己这种独一无二的生命能量贯注在对现实与历史的洞察中,从而为'五四'新文化运动'打倒孔家店'这一战役提供了一种在这一知识共同体中无与伦比的思想深度。"③正是因为鲁迅在反正统的圣贤之道的过程中不仅与同时代的思想家(如陈独秀)、学者(如吴虞)、文学家(如胡适、周作人等)相比更为深刻、尖锐,而且独立特行,具有自己独特的出发点,所以在创作小说的时候,在表达自己反传统的思想的过程中,其修辞也是"特异"的、与众不同的。

## 二、何谓"特异修辞"

"特异修辞"是本书生造出来的一个概念。之所以用"特异"这个概念,是因

---

① 吴虞.吃人与孔教[M]//李宗英,张梦阳.六十年来鲁迅研究论文选(上).北京:中国社会科学出版社,1981:2.

② 鲁迅.关于中国的二三事[M]//鲁迅全集:第六卷.北京:人民文学出版社,2005:11.

③ 谭桂林.论鲁迅与五四时期的倒孔运动[C]//谭桂林,朱晓进,杨洪承.文化经典和精神象征——"鲁迅与20世纪中国"国际学术研讨会论文集.南京:南京师范大学出版社,2013:112.

为鲁迅基于对儒家文化本质性的否定所采用的修辞手法,在古今中外的各类修辞学著作及论文中都找不到与之相匹配的概念或类别。新加坡的林万菁曾使用了一个解说鲁迅在创作中所采用的"特异"修辞的概念,这个概念就是"曲逆"。林万菁不仅认为"曲逆"是鲁迅常常使用的修辞方法,而且认为"曲逆"还是鲁迅在创作中使用修辞的"规律",即在林万菁看来,鲁迅创作中与众不同的修辞的基本规律就是"曲逆律"。林万菁从四个方面对"曲逆律"这一概念进行了解说。兹摘录如下:

> 关于"曲逆律",我的阐释是:
>
> 语言既有表层结构与深层结构,我们在研究修辞时,绝不会满足于对深层结构的个别了解。我们要探究的,是表层结构与深层结构如何相互影响,亦即修辞如何牵动语意。
>
> 修辞要牵动语意,所仰仗的是各种特殊的技巧。如果从语言形式着眼,可分为词汇与句法两个层次。它们任何一方面都可以"曲",可以"逆"。换言之,"曲逆"是与"直顺"相对的一个概念……
>
> 语意其实也能牵动修辞……
>
> "曲逆"的目的是使本意转向,转为表面意……

林万菁从鲁迅的各类作品中列举了很多实例来说明"曲逆律",不仅在鲁迅所创作的各类作品的修辞中存在,而且也是鲁迅个性化的修辞的内在依据。林万菁的解说尽管复杂,其实如果从概念本身来看就是"曲"与"逆",曲的所指是"曲折",即曲折地表达各种意思;逆则是违反语言,包括词语使用与语法使用的一般规则。这一概念虽然能有效地说明鲁迅各种作品中修辞的一个共同特征,但从这位学者所列举的鲁迅作品中"曲逆"的实例来看,却不尽合适。如"词汇曲逆,则语意亦随之曲逆,如鲁迅用倒词,不说'命运'而说'运命',不说'灵魂'而说'魂灵',不说'诅咒'而说'咒诅',词形异乎直顺,语意自然为之一转。句法曲逆,语意亦曲逆,如鲁迅故用反复,可简处故繁,不避复沓"①等。其实,鲁迅作品中使用的这些"倒词"并不是"曲逆"的词语,它们或者是古词,如"运命",《南史·羊玄保传》中即有这样的例子:"人仕宦,非唯须才,亦须运命"②;如"咒诅",《易林·噬嗑之未济》中即有"夫妇咒诅,太上颠覆"③等。或者是口语,如"魂灵"等。鲁迅使用古语是鲁迅在创作文学作品时找不到相应的白话而"宁可用古语"的具体表现之一。

---

① 林万菁. 论鲁迅修辞:从技巧到规律[M]. 新加坡:万里书局,1986:359.

② 夏征农. 辞海(语词分册)[M]. 上海:上海辞书出版社,1987:927.

③ 夏征农. 辞海(语词分册)[M]. 上海:上海辞书出版社,1987:277.

鲁迅使用口语化的词语,则正反映了鲁迅创作白话文自觉地从口语中汲取营养的自觉追求,鲁迅的作品作为"典范的白话文",除了别的决定性因素之外,汲取口语也是一个重要的因素。鲁迅自己也曾经如是说:"我以为我倘十分努力,大概也还能博采口语,来改造我的文章。"①至于林万菁将鲁迅的作品中"可简处故繁"称为是"曲逆"的结果,则既不符合鲁迅用语的实际(鲁迅自己就说过,自己创作作品往往"力避行文的唠叨",实际情况也是鲁迅的作品都以简洁而闻名),也有悖于修辞的本意,修辞就是为了使该"简单"的简单,该繁复的繁复。所以,这里没有借用林万菁的"曲逆"概念,而生造了"特异"这个概念。

尽管我这里所使用的"特异"修辞的概念,在古今中外的修辞学著作及论文中找不到与之相应或相关的概念,但是,却不仅符合文学使用语言建构艺术世界的规律,也有修辞学的依据。从文学使用语言的规律来看,我们都知道,文学使用语言与哲学、经济学、法学、新闻学、科学等使用语言最大的不同就是文学使用的语言常常具有"变异"性,即常常突破语言的基本单位——词语的所指形成的固定意和表面意。美国新批评派理论家布鲁克斯在引用了著名诗人艾略特认为诗的"语言永远作微小变动,词永远并置于新的突兀的结合之中"这句话后十分中肯地指出:"科学的趋势必须是使其用语稳定,把它们冻结在严格的外延之中;诗人的趋势恰好相反,是破坏性的,他的词不断地在互相修饰,从而互相破坏彼此的词典意义。"②文学在使用语言的时候不仅常常要求突破甚至破坏词典意义,而且这种"破坏"得越自觉、越频繁,"变异"得越突出、鲜明,其艺术性则越充分,审美性也越丰富、越杰出。如杜甫的诗句"风起春灯乱,江鸣夜雨悬","按常规,这两句应写为:'风起春灯晃,江鸣夜雨降。'但诗人因'雨湿不得上岸',与朋友在那种情况下告别,所以看到春灯晃来晃去,心情更加繁乱,一个'乱'字,看起来是写'春灯',其实是表现自己的心境。'悬'字用得更为奇特,夜雨怎么会悬在空际? 而这正是诗人的直觉感受"。这"就是出色地运用语言变异艺术的结果"③。从修辞学上讲,文学的修辞更多的是"积极修辞",积极修辞所追求的生动、传神固然有多种方式,也有多种"格",如比喻、拟人、借代、象征等,但词语所指的"变异"则是这些修辞"格"的基本形态。如"孔子这人,其实是从死了以后,也总是当着'敲门砖'的

---

① 　鲁迅.写在《坟》后面[M]//鲁迅全集:第十七卷.北京:人民文学出版社,2005:302.
② 　克林斯·布鲁克斯.悖论语言[M]//"新批评"文集.北京:中国社会科学出版社,1988:319.
③ 　叶国泉,罗康宁.语言变异艺术[M].广州:广东教育出版社,1992:12-13.

差使的"①;"然而圆规很不平,显出鄙夷的神色"②。这里的"敲门砖"就是比喻的用法,是词语"敲门砖"的所指的"变异";而"圆规"则是借代的用法,用人物的特性指代人物,也是"圆规"这个名词词语所指的变异。

鲁迅小说的"特异"修辞表现在哪里呢?这种特异的修辞又是如何被鲁迅对儒家文化的本质性否定所决定的呢?毫无疑问,在鲁迅所创作的三十三篇小说中,"特异"修辞并不仅仅在鲁迅那些具有明显地从本质上反儒家文化的小说中存在,在包含了其他思想内容的小说中也存在。但同样毫无疑问的是,鲁迅那些具有明显地从本质上反儒家文化的小说,却最充分地显示了"特异"修辞的思想力度,如《狂人日记》《孔乙己》《白光》《阿Q正传》《祝福》《孤独者》《在酒楼上》《出关》等。所以,从最鲜明的包含了反儒家文化的鲁迅小说入手来透视鲁迅小说"特异"性的修辞效果及这种修辞效果的艺术神采,不仅对全面透视鲁迅小说特异性修辞具有代表性,而且也能帮助我们更好地认识这些小说本身的思想特点与艺术成就。

鲁迅小说的"特异"修辞主要表现在两个方面:一个方面是词语使用的特异性;一个方面是语言结构格式的特异性。这两个方面的特异性都直接地被鲁迅从本质上反儒家文化的思想意图所决定,其决定的基本方式就是词语与语法修辞的特异性由思想表达的需要而来,而且是由鲁迅极为个性化的思想的表达的需要而来。正是这些具有特异性的修辞,不仅完好地契合了鲁迅对儒家文化本质的独特认识的表达需求,而且直接地彰显了鲁迅小说与众不同的特有风格,具有思想与艺术的双重价值。

鲁迅小说采用"特异"修辞对儒家文化的两个主要方面的否定,在各篇小说中都有表现,尤其是在《呐喊》与《彷徨》这两本现代小说集中表现得更为充分,但最具有代表性的小说,则应首推《狂人日记》与《祝福》。因为这两篇小说中最集中地代表了鲁迅小说对儒家文化本质性否定的两个主要方面:《狂人日记》主要否定了儒家的仁义道德的合理性;《祝福》则通过对"被损害与被侮辱"的下层人不幸命运的描写,直接地否定了"王道"的现实性。当然,鲁迅这两篇小说对儒家文化本质性的否定,并不是标语口号似的,而且与小说的人物塑造及情境构造血肉一体的,否定性的倾向是通过生动、深刻的人物形象和丰满的情节自然而然地流露出来的。而这种否定性的倾向能顺畅地得以流泻,又与鲁迅所采用的特异的词语修辞与特殊的语言结构格式密不可分。以下为论述的方便,分别展开。

---

① 鲁迅.在现代中国的孔夫子[M]//鲁迅全集:第六卷.北京:人民文学出版社,2005:328.

② 鲁迅.故乡[M]//鲁迅全集:第一卷.北京:人民文学出版社,2005:506.

### 三、词语修辞的特异性

鲁迅小说中词语修辞的特异性,主要表现在违反语义搭配的常规,采用语言变异的手法表情达意、叙事写人。如《狂人日记》中这样的一些词语及语义的搭配:"歪歪斜斜的每页上都写着'仁义道德'几个字";"书上写着这许多字,佃户说了这许多话,却都笑吟吟的睁着怪眼睛看我"。有专门研究语言变异艺术的两位学者认为:"'仁义道德'几个字歪歪斜斜,'从字缝里看出字',满本书都写着'吃人'两个字,字和话'笑吟吟地睁着怪眼睛看我'等,都是违反语义搭配常规的,作者运用这种语言变异手法,不仅出色地表现了狂人那奇特的心境,也表现了作者对将中国人毒害得麻木变态的封建礼教的憎恶之情。"①纯粹从词语修辞的特异性来看,这两位学者的观点是经受得起推敲的。但也许是这两位学者主要是为了研究"语言变异的艺术"的特点,因此,他们仅仅点到《狂人日记》中的这些话语构成的词语搭配的一般性艺术效果,没有进一步对鲁迅在《狂人日记》这篇小说中采用这样的特异修辞的思想与艺术匠心展开分析,也当然没有从更为深层的方面论述鲁迅运用语言变异的艺术技巧的杰出意义。事实上,鲁迅采用如此的语言变异的手法,如果说从修辞的角度看是违背词语及语义搭配规律的话,那么如果从思想目的与艺术匠心的角度来看,则又是与鲁迅反儒家正统观念,揭示礼教及仁义道德吃人本质的思想意识以及创造性的艺术匠心完全一致的,是顺理成章的,也是魅力非凡的。

从思想意识的角度看,原始的儒家创始人所阐述的仁义道德,应该说是并不具有"吃人"性的,仁义道德的吃人性是在其被统治者定为"正统"之后才衍生出来的,其衍生的基本路径就是借仁义道德之名来行吃人之实。"我们中国人,最妙是一面会吃人,一面又能够讲礼教。吃人与礼教,本来是极相矛盾的事,然而他们在当时历史上,却认为并行不悖的。"②如此一来,仁义道德与吃人之间就构成了一种表里不一的关系:浮现在表面的是漂亮的"仁者爱人"的仁义道德,潜藏在内里的则是残酷的吃人行为与事实,有时甚至是一边讲仁义道德,一边却直接吃人。《管子》所记载的齐侯之事,就是一个十分典型的例子:"《管子》说道,'易牙以调和事公'。公曰,'惟蒸婴儿之未尝。'于是蒸其首子,而献之公⋯⋯你看齐侯一面讲礼教,尊周室,九合诸侯,不以兵车,蔡丘大会,说了多少'诛不孝,无以妾为妻,

---

① 叶国泉,罗康宁. 语言变异艺术[M]. 广州:广东教育出版社,1992:12.

② 吴虞. 吃人与孔教[M]//李宗英,张梦阳. 六十年来鲁迅研究论文选(上). 北京:中国社会科学出版社,1982:2.

敬老,慈幼'等等道德仁义的门面话;却是他不但是姑姊妹不嫁的就有七个人,而且是一位吃人肉的。"①而吃人,对于统治者和各类权力拥有者来说,又是不愿承认并总要设法遮蔽的。正如鲁迅在小说《狂人日记》中所描写的一样:"他们这群人,又想吃人,又是鬼鬼祟祟,想法子遮掩,不敢直捷下手",而遮蔽的最好理论就是光鲜的"仁义道德"。也正是由于仁义道德在"被接受"的过程中逐步地演化出了这样的功能,加上统治者自己的"示范","所以奖励得历史上和社会上表面讲礼教,内容吃人肉的,一天比一天越发多了"②。从而使本来不具有吃人性的仁义道德也彻底地褪去了漂亮的色彩,蜕变成了吃人的工具,具有了吃人的本质性。而鲁迅,也正是清醒地认识到了仁义道德的这种本质,同时又揣摩透了那些既要吃人,又要面子;既要当婊子,又要立牌坊;既要做强盗,又要装正经的封建统治者和权力拥有者的肮脏、丑陋、邪恶的心思,看穿了那些人"静默十分钟,各自想拳经"③的卫道者面目。所以,在小说《狂人日记》中揭露封建礼教,特别是仁义道德的吃人本性时,使用了违背词语及语义搭配规律的特异修辞手段。这种特异修辞手段的使用,并不是为了"特异"而特异,更不是为了猎奇或所谓艺术的"独创"而"特异",而是有思想作为依据的特异,是由特异的思想导致的特异的词语修辞及语义搭配。作为这种"违背词语及语义搭配规律"的内在思想依据,正是鲁迅对统治者及各类权力拥有者"违背"仁义道德本意并利用仁义道德的光鲜学说作掩护而实行吃人目的的清醒认识,正是这种清醒的认识导致了修辞上的特异性,而正是这种特异的修辞,形象而深刻地揭示了仁义道德吃人的本质及封建统治者与各类权力拥有者吃人的"神态"。这种神态就是用被他们弄得"歪歪斜斜"的仁义道德作掩护,用"犹抱琵琶半遮面"的扭捏姿态掩盖凶残的吃人的心思与行为,用"墨写的谎言"掩盖吃人的历史与事实的神态。

从艺术匠心的角度看,《狂人日记》对仁义道德吃人本质的揭露,主要是通过两个途径完成的,一个途径是"诸多揭示,就在小说的字里行间"④;另一个途径则是通过塑造性格鲜明的人物形象完成的。在这两个途径中,前一个途径统一于后

① 吴虞. 吃人与孔教[M]//李宗英,张梦阳. 六十年来鲁迅研究论文选(上). 北京:中国社会科学出版社,1982:3.
② 吴虞. 吃人与孔教[M]//李宗英,张梦阳. 六十年来鲁迅研究论文选(上). 北京:中国社会科学出版社,1982:3.
③ 鲁迅. 南京民谣[M]//鲁迅全集:第七卷. 北京:人民文学出版社,2005:400.
④ 汪卫东. 何谓"吃人"?——《狂人日记》新读[C]//田建民,赵京华,黄乔生. "鲁迅精神价值与作品重读"学术研讨会论文集. 保定:河北大学出版社,2014:291.

一个途径,因为整篇小说就是"借一个狂人的狂言狂语来表达作者的思想认识"①的。整篇小说"意在暴露家族制度与礼教弊害"的思想意图,也是通过对人物思想、言行的刻画实现的。而在塑造与刻画人物的过程中,小说之所以采用违背词语及语义搭配常规的特异修辞,是与人物的特异性密切相关的。小说所塑造的主要人物狂人,本来就是一个"特异"的人物形象,这个特异的人物不仅"特"在他作为一个狂人的特有的敏感性格方面,也不仅"特"在他病态的幻觉、奇怪的联想方面,而且"特"在他具有其他人所不具备的看问题的特异角度方面。如果说,狂人敏感的性格特征及病态的幻觉、奇怪的联想使他总喜欢将一切自然的事物和别人的言语、行为等与伤害自己联系起来的话,那么他看问题的特异角度就使他凡事喜欢从反面来看,喜欢"从字缝里看出字来",从表面的文字中看出"言外之意"来。所以,当小说描写狂人面对自己所见的人和事看不明白也想不透的时候,他感到"凡事须得研究,才会明白",于是去"翻开历史一查"的时候,鲁迅没有采用"正统"的修辞手法,而是采用了违背词语及语义搭配的特异的修辞手法,让"正统"的仁义道德呈现的是"歪歪斜斜"的"非正统"状况,让"非正统"的"吃人"字眼从"字缝里"鲜活地蹦跳出来。这种特异的修辞不仅完好地吻合了狂人的思想与性格特点,完好地凸显了狂人与众不同的思维特点及看问题的特异角度,使所塑造的人物自身的思想与行为在逻辑上得到了严谨的统一,完成了对一个具有新的时代特点又具有鲜明个性的人物形象的出色塑造,而且让小说揭示仁义道德吃人本质的思想倾向,到了自然而然的流露,最终实现了整篇小说思想、人物形象及艺术书写的完美统一。《狂人日记》这篇小说之所以能当之无愧地成为奠定中国现代文学发展的基石,成为一篇一问世就受到关注与好评的小说,除了思想的深刻性与新颖性之外,其艺术手法,包括特异修辞手法的成功使用也功不可没。

与《狂人日记》一样,鲁迅在否定儒家的王道理想的思想表达中,也采用了违背词语及语义的常规的特异的词语修辞,《祝福》就是如此。

关于鲁迅的小说《祝福》的思想倾向,既往的研究者早就从小说中解读出了一个较为"正统"的结论,就是认为小说的思想倾向就是批判封建的政权、族权、夫权、神权对下层人的迫害即"吃人"。这也是能在小说中寻索到切实的事例的,因此,这种观点虽然"老旧",但却是经受得起推敲的,也当然是能够成立的。同时,这个结论与我所认为的该篇小说的主旨是对"王道"理想的否定也是一致的。因为封建的政权、族权、夫权、神权,实际都是支撑"王道"的具体支柱,鲁迅在小说中

① 丸尾常喜. 阿Q人名考——"鬼"的影像[M]//伊藤虎丸,刘柏青,金训敏. 日本学者研究中国现代文学论文选粹. 长春:吉林大学出版社,1987:143.

否定了这些权力的合理性,揭示了它们吃人的本质,实际上也就等于否定了"王道"的现实性。同时,在鲁迅的小说中,反封建,暴露封建礼教及制度吃人的主题,是屡见不鲜的,而唯有《祝福》在这方面表达得最全面。如果封建的政权、族权、夫权、神权是正统的"王道"社会的四大支柱,那么只有《祝福》直接对这四大"权力"展开了全面的批判。而鲁迅的其他小说则往往只关涉了对这四大权力中的几个权力的批判,如《狂人日记》"意在暴露家族制度和礼教的弊害",直接批判了封建的政权与族权,但是"对于神权、夫权问题,因题材所限,没有触及";又如《阿Q正传》"从农民阶级与地主阶级的尖锐对立,农民阶级与民主革命的联系和矛盾中,来反映旧中国的农民问题,它所达到的思想高度,显然是鲁迅其他作品所难企及的。但它侧重写的是农民与地主的关系,是封建阶级以政权为中心的统治。对于神权、夫权等方面,同样没有触及"。① 这种观点虽然存在一些可以商榷的内容,但其对鲁迅最优秀的两篇小说因其题材所限"没有触及"封建的神权与夫权问题并展开集中批判的概括,还是经受得起事实的检验的。因此,本处在探讨鲁迅反正统的儒家文化的思想与小说修辞之间的关系时,尤其是鲁迅对"王道"否定的思想与小说修辞关系时,选择《祝福》这篇全面关涉并深刻地批判了封建的"四权"的小说,的确是具有代表性的。

与《狂人日记》相比,《祝福》中虽然也采用了违背词语及词语常规搭配的特异修辞,但由于两篇小说的思想倾向各有侧重,因此,其特异修辞也各不相同。先看事例:

> 天色愈阴暗了,下午竟下起雪来,雪花大的有梅花那么大,满天飞舞,夹着烟霭和忙碌的气色,将鲁镇乱成一团糟。
>
> 鲁镇永远是过新年,腊月二十以后就忙起来了。
>
> 他(鲁四老爷)比先前并没有什么大变化,单是老了些。
>
> 他们也都没有什么大改变,但是老了些。
>
> 她(祥林嫂)分明已经纯乎是一个乞丐了。

在这里所选择的五个例子中,小说所使用的有些词语很明显是违背词语词性的,而有些词语之间的搭配所构成的语义则是很特别甚至是无法按常规解说的。如鲁镇"忙碌的气色",按常规,"气色"是与人的外在特征搭配的,不是与人的行为"忙碌"搭配的,如果形容"忙碌",我们一般说"忙碌的景象"或"情景"等。又

---

① 林志浩. 论《祝福》思想的深刻性和艺术的独创性——鲁迅小说的分析和研究之一[M]//李宗英,张梦阳. 六十年来鲁迅研究论文选(下). 北京:中国社会科学出版社,1982:488.

如，"将鲁镇乱成一团糟"这句判断性语句中，很明显，"乱"从词性上讲是形容词，从语法上讲，"乱"字后面一般应该接补语，如"乱得很""乱糟糟"等，但这里却将这个形容词作动词用，后面直接带上了宾语，这很明显是违背词语词性的。"鲁镇永远是过新年"这一句中所使用的词语"永远"虽然在语法上没有什么"语病"，但却似乎不恰当，因为"永远是过新年"有悖常理与常情。又如，描写主要人物祥林嫂的三个词"分明已经纯乎"中，"分明""已经"很明显是白话词语，"纯乎"则很明显是文言词语。我们知道，无论是五四时期还是现在，文言词语与白话词语搭配都是十分普遍而常见的，但不管是在什么情况下的搭配，都以能"更好地"表情达意、叙事写人为基本要求。在鲁迅写祥林嫂此时的身份时"分明已经"两个白话词语已准确地从形态——分明、从时间——已经上揭示了祥林嫂此时的身份，完全没有必要再加一个文言词语，可鲁迅却偏偏加了一个文言词语，不仅加了一个文言词语，并且所加的文言词语"纯乎"，本身也是违背词语常规搭配的。因为"纯"一般与"粹"搭配，也就是与实词搭配，而"乎"很明显是一个虚词，而当"纯"与"乎"搭配后，不仅词性模糊了（是副词，还是什么词？），其"乎"的作用也没有办法解释（是表示疑问还是表示什么？）。总之，如果按照"正常"词语的使用来分析鲁迅小说所使用的这样一些词语及鲁迅对这些词语的使用、修辞，真的就如鲁迅描绘鲁镇的情景时所写的"乱成一团糟"了。

在这些例子中，词语如此的搭配已经是出人意料的了，但更出人意料的则是语义的所指。如果我们按照词语本身的所指来解释句子或词语的意思，则完全可以说，没有一个词语在句子中的使用是顺畅的，也没有一句话是经得起推敲的，如"鲁镇永远是过新年"这句话及其所使用的词语"永远"。我们都知道，新年，无论在中国还是在外国，不仅有特定的时间范围，而且一年中也只有一个时间段属于"新年"，鲁镇的人不仅不可能"永远过着新年"，而且即使是一年中也不可能总有新年过。至于写人物时一边说"没有什么大变化"，一边又说"老了些"，不仅词语之间的搭配有些相互冲突，而且语义之间也是矛盾的。既然"老了些"，那肯定就表示与之前相比"有了变化"，怎么又说"没有什么大变化"，难道生命的"老"不算是"大变化"？的确，如果我们按照语言使用的常规来理解这些词语在句子中的语义，是很难得出合理的解释的，因为在使用这些词语的时候，鲁迅既没有按照词语约定俗成的习惯来使用，也没有按照"正统"的现代汉语词语使用的规范来使用，完全是"反传统"地使用这些词语，完全是不拘一格地使用了这些词语。而正是这种使用词语及词语搭配的特异性及反正统、反习惯的特征，在直接地反映了鲁迅使用词语风格的同时，表达了鲁迅对正统的圣贤之道，特别是对"王道"否定的思想与情感。或者说，正是鲁迅思想上反正统的圣贤之道的价值追求，内在地规约了小说词语的超常规使用，从而形成了以上的特异修辞。

前面已经提到过，鲁迅一向是否定在中国有什么"王道"的，鲁迅这样的思想根深蒂固，他不仅在一系列杂文中直接地抨击了中国的所谓"王道"，强力地反驳了卫道者和帮忙、帮闲的文人们对"王道"的粉饰，而且在小说中也通过生动的描写否定了在中国曾经和现在有什么"王道"的事实。这里所选择的例子也包含了对所谓"王道"否定的思想。在这些例子中，第一例是对鲁镇景物的描写，第二例是对鲁镇事件的叙述；后三例则是对生活在鲁镇的人物的叙写。如果将这些叙述与描写的语段综合起来，则可以说就是对"鲁镇"社会的速写。鲁镇这个社会是一个什么性质的社会呢？从这些例子中我们看不出也得不出"是什么"的肯定性判断，即鲁镇这个社会是"王道"的社会还是"霸道"的社会（当然，从整篇小说中我们可以大致看出，这是一个借王道之名行霸道之实的社会）。但是，从这些例子中我们却可以看出并得出否定性的判断，即鲁镇这个社会绝对"不是"一个以仁义礼智信为基础的理想的"王道"统治的社会，因为这个社会没有任何"王道"的"气色"。从秩序来看，"鲁镇乱成一团糟"表明了这是一个秩序混乱的社会，而且是一个"永远"自我陶醉在"新年"氛围中，既没有任何危机意识，也没有任何进取行动的社会，一个表面上热热闹闹，本质上停滞不前、死气沉沉的社会。鲁镇在鲁迅的心目中是这样一个"非王道"的社会，一个"非正常"而又"乱七八糟"的社会，总之，是一个被鲁迅否定的社会（而鲁迅对这个社会的否定倾向，我们即使不顾及全篇小说的人物、情节、主旨，仅仅从以上所举例句所使用的词语及所采用的修辞中就可以读出鲁迅对这个社会否定的意思），既然面对一个被否定而本身又"乱成一团糟"的社会，那么鲁迅用同样"乱七八糟"而又"非正常"的词语来描写它，不是顺理成章吗？也是因为如此，鲁迅在《祝福》中使用的那些违背常规的词语，从规范的文字学和现代汉语学上虽然是解释不通的，但从思想表达的功能上却是顺理成章的，不仅顺理成章，而且是深刻的、匠心别具的；这些词语虽然其形式的规范是不合逻辑与常理的，但在思想上却是完全合乎逻辑的，与鲁迅所要否定的社会的性质也是完全吻合的，它们都以自己违背常规的形式，映现出了鲁迅对封建社会（也就是所谓的"王道"社会）的彻底否定的思想意识。

从鲁镇的大多数人的状况来看，这些人虽然生理上是"老了些"，但其他方面似乎并没有什么变化，所以鲁迅说他们"没有什么大变化"。鲁迅这里所指的"大变化"的内容，从上下文来看，很明显不是指他们生理上的内容，而是指精神上的内容，是指他们在价值观、人生观等精神的方面"并没有什么大变化"，仍然停留在过去的境界上。正如我在拙著《鲁迅小说的跨艺术研究》中所说："就现实的情况而言，小说这里对鲁四老爷与'他们'的'没有什么大变化'的叙述与判断，其潜在的指向是人物的本质没有变化;而'单是老了些'的叙述,虽然指向人物的形态,但潜在的含义则是对时间的客观属性的认可。"①如果我们作如是的理解,那么我们就会发现,鲁迅采用这样一些违反常规的词语搭配及语义搭配,不仅具有艺术上的独创性——用人之未用——用特异修辞有效地表达了对国民精神状态的深层认识,而且还能发现鲁迅思想的独创性——发人之未发;鲁迅不仅发现了国民麻木、愚昧、守旧的精神状态,而且还发现了国民的这种精神状态是如何形成的,即是被统治者,还有帮忙、帮闲的所谓"知识阶级"等"治"成的,是统治者及所谓的"圣贤"根据自己建立"王道"社会的理想,"霸道"地将国民的精神"治"成这样的。鲁迅在杂文《春末闲谈》中曾经一针见血地指出:"殊不知我国的圣君,贤臣,圣贤之徒,却早已有过这一种黄金世界的理想了。不是'唯辟作福,唯辟作威,唯辟玉食'么? 不是'君子劳心,小人劳力'么? 不是'治于人者食(去声)人,治人者食于人'么? 可惜理论虽已卓然,而终于没有发明十全的好方法。"②于是,为了平衡民众"要服从作威就须不活,要贡献玉食就须不死;要被治就须不活,要供养治人者又须不死"的状况,统治者及圣贤们就学"细腰蜂","尽力施行过各种麻醉术"来麻醉国民。如此的结果,对国民来说,则使国民身体始终是鲜活的(尽管不可避免地总会"老了些"),但精神则麻木了;而对统治者来说,国民身体的这种"不死"而仅仅会"老了些"的状况与精神的这种愚昧、麻木的"不变"状况,则既有利于统治者从国民的劳作中获取玉帛美食,又有利于统治者按照自己的理想随心所欲地统治国民,而国民虽然被统治,甚至深受压迫,但却因为精神的麻木与愚昧而不会反抗。也许正是基于对统治者及诸多"圣贤"建构所谓王道理想的这种阴险伎俩的清醒而深刻的思想认识,所以鲁迅在小说中使用了违反常规的一边说那些人物"没有什么大变化",一边又说单是"老了些"这样的词语搭配。

至于对祥林嫂从一般的劳动者沦为了纯粹的乞丐的描写,鲁迅违背常规地接连使用三个词语,也同样反映了鲁迅对所谓"王道"社会否定的思想倾向。

按照孟子关于"王道"社会的描绘,王道社会的第一个条件"是使民养生丧死无憾也。"在孟子看来,只有在民众的"养生丧死无憾"的情况下,才是"王道之始也"③。孟子还从历史的事实出发如是说:"老者衣帛食肉,黎民不饥不寒,然而不王者,未之有也。"④王道社会的第二个条件是,统治者施行仁政,让黎民百姓"心服"。孟子也从历史的正反经验方面论述了自己的主张:"桀纣之失天下也,失其

---

① 　许祖华,余新明,孙淑芳. 鲁迅小说的跨艺术研究[M]. 合肥:安徽大学出版社,2012:56.
② 　鲁迅. 春末闲谈[M]//鲁迅全集:第十七卷. 北京:人民文学出版社,2005:215.
③ 　孟子. 孟子·梁惠王章句上[M]//四书五经. 北京:中国纺织出版社,2012:79.
④ 　孟子. 孟子·梁惠王章句上[M]//四书五经. 北京:中国纺织出版社,2012:82.

民也。失其民者,失其心也。得天下有道:得其民,斯得天下矣;得其民有道:得其心,斯得民矣。"①也就是说,在孟子的"王道"理想中,民众的生存条件与精神条件缺一不可,只有两者都具备了,才可能建构王道社会。

比照孟子的学说,再看"鲁镇"的现实,在"心服"方面,鲁镇的黎民百姓也许是已经"心服"于王道了,因为他们总是按圣经贤传在待人处事,不仅作为上层人的鲁四老爷之流是如此,下层的黎民百姓也几乎都是如此,"他们都没有什么大变化"就已经说明了这一点。但是,下层的黎民百姓作为支撑所谓"王道"社会的基础,他们的基本生存状况怎样呢? 鲁迅在小说中没有具体描写,更没有具体描写"他们"生存的艰难性,不仅没有描写他们生存的种种艰难,反而在小说的开篇即用浓墨重彩描写了他们"祝福"的盛况:"村镇上不必说,就在天空中也显出将到新年的气象来。灰白色的沉重的晚云中间时时发出闪光,接着是一声钝响,是送灶的爆竹;近处燃放的可就更强烈了,震耳的大音还没有息,空气里已经散满了幽微的火药香。"随后又描写了"他们也都没有什么大改变"的状况以及人们"杀鸡,宰鹅,买猪肉,用心细细的洗"的情景。上面已经分析了,在对这种祝福盛况的描写中,小说通过词语超寻常的搭配及所构成的修辞,已经以其特异性的语义勾连,表达了鲁迅否定所谓王道社会的思想倾向,但鲁迅似乎对上面那样较为笼统、一般性的否定还不满意,于是,又选取了更为具体的事例,即下层人不幸遭遇的事例。虽然这个事例中的人物祥林嫂与"我"的相遇,不仅是在鲁镇人正准备"祝福"的背景下,而且还是在"我"完全没有预料的情况下不期而遇的。但就是这次与祥林嫂的不期而遇,使"我"仿佛找到了表达对政权、族权、夫权和神权这支撑所谓王道社会的四大支柱彻底否定的思想倾向的具体突破口一样,"我"也立刻用白描的手法描摹了祥林嫂这个下层人的典型代表的外在生命的特征,这个特征所表现出的人物的生存状况可以用一个字概括,就是"穷"。这个人物穷到了一种什么地步呢? 小说中不仅进行了具体的描绘,如"她一手提着竹篮,内中一个破碗,空的;一手拄着一支比她更长的竹竿,下端开了裂",而且下了一个判断:"她分明已经纯乎是一个乞丐了。"通过小说的具体描绘及所得出的判断我们发现,作为下层人的祥林嫂的这种"穷"的生存状况,不仅与鲁镇热热闹闹的"祝福"氛围格格不入,而且也与孟子所描绘的"王道"社会的基本要求背道而驰。也就是说,小说所书写的祥林嫂这个人物生存的不幸状况及"乞丐"身份,在表达思想方面具有两个功能,一个功能是对"祝福"这种"豫备给鲁镇的人们以无限的幸福"的行为的讽刺;另一个功能则是对所谓王道社会现实性的否定。孟子曾经说过,"天下之本在国,国之

① 孟子. 孟子·离娄章句上[M]//四书五经. 北京:中国纺织出版社,2012:108.

本在家,家之本在身"①。按照孟子的逻辑,王道社会的最基础是在"身",即"个人"。从小说看,既然作为王道社会最基础的"个人",如祥林嫂,其生存得是如此的穷困潦倒,完全不能满足王道社会必须具备的、民众丰衣足食的条件,那么鲁镇社会还能被称为是王道社会吗? 所以,鲁迅在给祥林嫂"乞丐"身份下判断时超乎寻常地"一气"使用了三个词语:分明已经纯乎。用这连贯成"一气"的三个词语表达了自己对祥林嫂此时"乞丐"身份的深信不疑及对所谓王道理想的彻底否定的思想,尤其是其中使用的"纯乎"一词,如果从鲁迅"彻底"否定王道理想的角度来理解,不仅显得很有分量,而且还十分恰当。因为这个词语虽然从常理上看有点别扭,但也正是这个词语,不仅描绘出了祥林嫂处在社会最底层的、"纯粹"的"乞丐"身份,而且通过其对祥林嫂这样"纯粹"乞丐存在的事实的描写,在现实的层面"粉碎"性地解构了遮掩在所谓"王道"社会上面的漂亮面纱,让所谓的王道社会露出了"吃人"的本相。这个本相就是:所谓的王道社会,不过是一个借助冠冕堂皇的理由吃人的社会,这个社会不仅用正统的圣贤之道让人"心服",而且轻而易举地就可以通过政权、族权、夫权和神权,将一个"食物不论,力气是不惜的""安分耐劳的人"祥林嫂迫害成了一个"纯乎"的乞丐。

### 四、特殊的语言结构格式

《狂人日记》和《祝福》这两篇小说中存在着很多特殊的语言结构格式,不过,从研究鲁迅反正统的圣贤之道的思想倾向与小说修辞的关系出发,值得我们特别关注的是这样一些具有"特殊的语言结构格式"的例子。

> 狮子似的凶心,兔子的怯弱,狐狸的狡猾……(《狂人日记》)
> 旧历的年底毕竟最像年底(《祝福》)
> 一见面是寒暄,寒暄之后说我"胖了",说我"胖了"之后即大骂新党。
(《祝福》)

以上三个例子都采用的是特殊的语言及语义结构格式。"什么叫作'特殊的语言结构格式'? 语言结构格式是一个比较广泛的概念,是多种多样的,它既指单句中各个成分相互配合而产生的多种多样的句子格式,又指复句中各分句次序变化的格式以及语气上各种不同类型而言的。"②如果按照这一理论来看我上面所列举的例子,应该说,这些例子都符合"特殊的语言结构格式"的规范,但是鲁迅小

---

① 孟子.孟子·离娄章句上[M]//四书五经.北京:中国纺织出版社,2012:107.
② 叶国泉,罗康宁.语言变异艺术[M].广州:广东教育出版社,1992:22.

说中的这些例子在符合这种规范中又有自己的特殊性,不仅存在着与这种规范不符合的特殊性,而且三个例子还各有各的特殊性。

先看第一例《狂人日记》中的例子。这个例子没有问题,是最典型的"特殊语言结构格式"的例子。这种特殊的语言结构格式,最显然的特征就是三个短语罗列在一起,而三个短语之间又找不到任何语法逻辑上的联系,似乎是随意或硬性地将三个短语放在一起的,如果我们按照常规的语言分析方法对之进行分析,实在只能说"爱莫能助"。不仅如此,就鲁迅《狂人日记》中的这种特殊语言结构格式来看,一方面,它符合研究语言变异艺术的学者们所认可的语言结构的"特殊"性;另一方面,它又突破了这种"特殊"格式,具有了自己的"特殊"性。这种特殊中的特殊性表现在两个方面:一是在这三个并列的短语中,它们既不是名词短语与名词短语的并列。也不是动词短语或其他同词性的短语的并列,而是名词短语与形容词短语的并列。其中,"狮子似的凶心"是名词短语,后两个中心词为"怯弱""狡猾"的短语,很明显是形容词短语。二是在"狮子似的凶心"这个短语中,还直接地使用了比喻的"修辞格",而后两个短语却没有直接使用这种修辞格。也正因为如此,所以这也就使我们对《狂人日记》这种"特殊"中的"特殊"的语言结构格式的分析,不仅按照常规语言使用的规范难以顺畅地展开,即使按照"变异语言学"的规范也难以持之有据地展开。这的确是鲁迅使用特殊的语言结构格式方面的独创,也是鲁迅小说修辞的独创。

第二例"旧历的年底毕竟最像年底"的特殊的语言结构,不仅在句法形式上很特殊,而且语义之间的关系也很特殊,如果将这句话的修辞性成分去掉,只保留做主语的词语和做宾语的词语,那么,这句话的意思就是"年底像年底"。而从表意的角度看,这句话不仅近乎"废话",而且还不通;不仅完全不符合语言使用的一般原则,也完全不符合修辞的原理,更不符合日常生活的情理。按照一般语言使用的习惯,"年底"就"是"年底,而不是"像"年底。"像"是修辞学上表示比喻的词语,而如果按"像"的修辞功能来看,它所比喻的"本体"与"喻体"又是完全一样的,无法构成"比喻";如果按生活情理来看,就完全不知所云了。因为"年底"就是指一年最后一个月或最后几天、十几天,它本是客观的时间"刻度",完全不存在"像"还是"不像"的问题。而鲁迅不仅在小说中使用了这么一个特异的语言结构格式,还偏偏将这个按照语言和修辞使用常规无法解说的句子,放在了小说的开头,仿佛就是想要一开头就留下一个"病句"似的。

第三例不仅采用了特殊语言结构格式中的"特殊"结构格式,也不仅直接地采用了语言修辞中"顶针"的手法,而且语义之间还莫名其妙地具有"跳跃性"。本段话由三个语义群构成,如果说第一个语义群与第二个语义群之间还存在着"情理"上的逻辑关系的话,那么最后一个语义群中的两个语义句之间,呈现的则是十分特殊的语义结构。这两个语义结构之间不仅没有任何语法逻辑的线索可循,而且也没有任何"情理"逻辑的线索可循。而鲁迅在小说中又没有特意交代为什么"鲁四老爷在说'我''胖了'之后就'大骂新党'","我""胖了"与"新党"之间究竟有什么关系? 等等。所以,面对这样有点"莫名其妙"的特殊语言结构格式中特殊的语言结构及修辞方式,我们除了"束手无策"之外,似乎真的就没有什么办法给予合理的解说。

　　尽管如此,但我们却不能否认,这种特殊的语言结构及语义结构的格式,虽然"与众不同",但却实实在在地能给予我们一种特异的审美感受。不仅给予我们不可否认的特异审美感受,还给予我们一种力透纸背的新颖意味;不仅给予我们一种修辞学上找不到依据,却又不可否认的是具有修辞性的艺术范式,而且,这种范式,包括使用的各种词语及句子结构,在鲁迅的小说中还无法置换或修改。它们不仅与小说的人物、主旨甚至整体的艺术构造血肉相连、声气想通,而且它们自身也有着密切的内在关系。如上面所列举的第一例,虽然表面上看,三个词组之间没有语法逻辑关系,但实际上三个词组之间却有着"各司其职"的内在的思想联系,这种内在的思想联系就是,三种动物形象而得体地比喻性地彰显了具体的"吃人者"及精神的吃人者的三种特征。"狮子似的凶心",比喻的是吃人者的"本性";兔子的怯弱,比喻的是吃人者的内心及表象;狐狸的狡猾,比喻的则是吃人者的方式。如果将狮子、兔子、狐狸这三个"比喻体"置换成"老虎""老鼠""麻雀",则意味顿失;而如果按照修辞学上的"排比句"的规范,将三个词组的结构修改得一致,固然在表意上不会有什么大的妨碍,但却与写出这三个词组的人物——狂人的心理状况及思维方式(因为狂人的思维大多数时刻是混乱的)相左了,也与整篇小说的语言风格不一致了。又如第二例,如果将"旧历的年底毕竟最像年底"中的"像"改为"是",按照我上面所说,固然形式上和情理上是合逻辑了,也顺畅了,但其中所包含的意味,尤其是反传统的意味(包括对年底"祝福"的反讽意味),也在这种"合逻辑"的顺畅中流失殆尽了。至于第三例采用"顶针"的修辞手法对鲁四老爷谈话内容"跳跃似的"转换的紧凑罗列,如果打破这种"紧凑"的句式结构,在其中加入表示转换的词语及标示出鲁四老爷为什么在"说我'胖了'之后就'大骂新党'"的"原因",意思也许是更清楚了。但同样,艺术的意味却大不相同了,甚至完全变了味。不仅与鲁迅在小说中讽刺这位"理学监生"的书写目的相悖,而且也完全"粉饰"了这个人物不讲"道理"的德性,破坏了对人物塑造的完整性,甚至可以说是解构了这个具有深刻代表性人物的本质。

　　那么,我们应该如何来分析这些具有"特异修辞"性的语句及话语呢? 很明显,按照常规语言使用的结构格式,我们是难取鲁迅此类特异修辞之"真经"的,不仅难以取得真经,甚至还会如文学批评史上的一些批评家一样,得出完全否定性的结论,以至于严重地亵渎鲁迅的艺术匠心。其实,我们之所以无法透视与解说鲁迅小说中的这些特异修辞的语言结构格式及语义结构方式,主要是我们总是遵循"正统"的修辞法及正宗的语言使用规范,既忽视了语言本身是不断发展、不断变化的规律,将语言的法则当成一成不变的僵硬的教条,更忽视了语言与人的关系及语言的存在是为人表情达意服务的基本价值。而鲁迅之所以能成为中国现代文学的奠基者,鲁迅的小说之所以能成为中国现代文学的经典,除了别的原因之外,一个很重要的原因就是在语言的使用,即修辞方面。鲁迅没有将语言的法则和修辞的法则当作教条,而是完全根据自己表情达意的需要来灵活地使用语言及其修辞。有学者在研究鲁迅为什么在自己的文章中总是反传统地一直使用"记念"一词而不使用常见的"纪念"一词时曾经指出:"艺术创作固然需要'内容的充实',但文章修辞这样的'技巧修养'也同样为鲁迅看重,这从他致青年木刻家李桦的信中可以看出'正如作文的人,因为不能修辞,于是也就不能达意。'鲁迅以为修辞应在于'达意'"①。又说:"鲁迅的'记念'是由'心'而生的一种情感,真诚而深挚。"②在这位学者看来,鲁迅使用什么个性化的词语及修辞,不仅是从"达意"的基本目的出发的,更是从"心"出发的;鲁迅固然重视文章的修辞,但鲁迅在语言修辞方面却不是从"教条"出发的,更没有将什么语法、修辞的规范框架化;鲁迅在自己的文章中使用了各种约定俗成的修辞手段,但作为一位具有非凡创造力的作家,他更"从心所欲"地创造性地使用了诸多修辞技巧。我们理解鲁迅小说中那些特异的修辞及特殊的语言结构格式和语义连接方式,也应该从鲁迅的"心"出发,只有这样,我们也许才能取得鲁迅小说修辞的"真经"。而对于以上所列举的特殊语言及语义结构格式例子的分析,我们不需要从鲁迅的"全心"出发,只需要从鲁迅反正统的圣贤之道的思想出发,也能进行合理的解说。因为,鲁迅这里所使用的特殊的语言及语义结构格式的思想基础与内在依据,正是鲁迅反正统的圣贤之道的深刻思想以及情感倾向。

---

① 符杰祥.“记念”的修辞术——鲁迅的纪念文字与文章的辨读[C]//刘孟达.经典与现实——纪念鲁迅诞辰130周年国际学术研讨会论文集.杭州:西泠印社出版社,2012:271 -272.

② 符杰祥.“记念”的修辞术——鲁迅的纪念文字与文章的辨读[C]//刘孟达.经典与现实——纪念鲁迅诞辰130周年国际学术研讨会论文集.杭州:西泠印社出版社,2012: 275.

## 第二节　鲁迅对儒家良莠混合学说的否定与
## 小说的"反讽"修辞

儒家学说是一个庞大的理论体系,其中固然有很多在今天看来是糟粕的东西,但不可否认,儒家学说中也有一些迄今仍然是合理,甚至是十分精辟的学说。进入20世纪以后,中国社会在追求现代化的过程中,虽然对儒家学说展开了较之以前任何一个时代都要全面、深刻的批判,但是进入21世纪以后,不仅中国人以孔子之名开办的"孔子学院"遍及世界,而且孔子的很多学说还被当作民族文化的"精华"得到了来自官方与民间的认可。儒家学说之所以受到这样完全不同的对待,除了别的原因之外,最重要的就是因为儒家学说中的确存在合理的内容。同时,在儒家学说中,也存在一些良莠混合的学说,其中,儒家关于"名"与"实"的学说,"不孝有三,无后为大""斯亦不足畏也已"等学说,就是这种典型的良莠混合的学说。对于这些学说,鲁迅也以自己特有的方式,在小说中以鲜明的反讽修辞,对其展开了批判。不过,鲁迅的批判是有选择的,正是这种选择,不仅使鲁迅对儒家此类学说的批判具有了鲜明的针对性及相应的科学性,而且也为小说中反讽修辞的大行其道,提供了顺畅的渠道。

鲁迅小说对儒家这样一些良莠混合学说的批判的例子,虽然说不上是比比皆是,但也不乏典型的例子,其中,《阿Q正传》中的例子不仅最典型,而且最集中。所以,本处准备以这篇小说中的例子为主要对象展开论述。

### 一、鲁迅对儒家名实之辨学说的否定与小说的反讽修辞

名与实,不仅是中国传统哲学的重要范畴,也是儒家学说中的重要范畴。"先秦时期的儒、道、墨、名、法等诸家学说,均对'名'与'实'的关系进行过深入论述,而其中孔子的论述对后世影响至深且巨。"①也许正是因为儒家关于名与实关系的论述最为深入,对后世的影响也最大,所以鲁迅在小说《阿Q正传》的开头就引用了孔子在《论语》中提出的关于"名"与"言"的观点。"然而要做这一篇速朽的文章,才下笔,便感到万分的困难了。第一是文章的名目。孔子曰,'名不正则言

---

① 张全之.《阿Q正传》:"文不对题"与"名实之辨"[C]//田建民,赵京华,黄乔生."鲁迅精神价值与作品重读"学术研讨会论文集.保定:河北大学出版社,2014:272.

不顺'。这原是应该极注意的。"①

不过，尽管鲁迅在引用了孔子的这一学说后，很诚恳地写道"这原是应该极注意的"，在小说实际创作的过程中也的确"极注意"了"正名"，不仅"极注意"了为自己小说的题名"正名"，也"极注意"了为自己小说中的主要人物"正名"。但是，所谓"正名"的展开，不仅没有达到"名"与"实"的相统一，反而分道扬镳越来越远；不仅名、实最终没有统一，而且名、实之间还构成了尖锐的"反讽"，并通过这种尖锐的"反讽"修辞，综合体现鲁迅在本质层面的反儒家学说的思想和在具体层面的反儒家学说思想的修辞手法。《阿Q正传》这篇小说，也就成为最集中的体现鲁迅小说反讽修辞的神采及鲁迅小说通过反讽修辞表达反儒家名、实之辨学说思想的代表。

反讽，作为一种修辞手段，也可以说就是"用反语"，这是古已有之的一种修辞手段。虽然，作为一个中文概念，反讽是从英语 Irony 这个词翻译过来的，而英语的 Irony 这个词直到1502年才在英语中出现，直到18世纪初叶才被欧洲学术界较为广泛地使用②。尽管古今中外的理论家们关于反讽的性质、功能及构成要素的论述众说纷纭，甚至基于不同的理论体系对反讽存在的基本条件、构成方式的论述也多种多样，但反讽的基本规范如果上升到哲学的层面，从"名"与"实"的关系上讲，那就是"名"与"实"不符。也就是布鲁克斯与沃伦在《现代修辞学》中所明确地指出的："反讽总是涉及字面所讲与陈述的实际意思之间的不一致。表面上看，反讽性陈述讲的是一件事，但实际的意思则大为不同。"③但在鲁迅的小说中，反讽这种修辞手段的使用由于是直接与其思想上的反传统，尤其是与反儒家学说直接联系着的。因此，鲁迅小说中的反讽就不仅仅具有丰富的审美内容，而且也直接地彰显了鲁迅的思想特点。在鲁迅的《阿Q正传》中，最直接体现鲁迅反儒家名实之辩的思想与其反讽修辞关系的内容，是小说的题名及小说各章的章名与小说所塑造的人物及书写的人物"行状"的不协调。

小说的题名，不仅是一部小说展示自己所要书写的内容的重要引线，而且也是展示自己风格甚至是创作意图的重要依凭。因此，在小说中，题名的功能是十分重要的。"题目是一部小说的名字，它往往包含着对小说来讲最为重要的信息，并以最凝练的形式把这些信息传达给读者，引领读者准确地理解作品、正确地评

---

① 鲁迅. 阿Q正传[M]//鲁迅全集：第十七卷. 北京：人民文学出版社，2005：512.

② D. C. 米克. 论反讽[M]. 周发祥，译. 北京：北京昆仑出版社，1992：22.

③ 李建军. 小说修辞学[M]. 北京：中国人民大学出版社，2003：215.

价人物。"①这的确是一部小说题名的重要功能与价值,但小说的题名除了这些功能之外,其实还有一个十分重要的功能:彰显作者思想倾向的功能,如《战争与和平》《复活》《围城》等。

对于鲁迅《阿 Q 正传》这篇小说的反讽性特征,早在鲁迅第一部小说集《呐喊》出版不久即受到了人们的关注。1922 年 3 月,周作人在论《阿 Q 正传》这篇小说的艺术特征时就曾经指出:"《阿 Q 正传》是一篇讽刺小说……因为他多为反语(Irony),便是所谓冷的讽刺——'冷嘲'。"②(不知是什么原因,李宗英、张梦阳所编的《六十年来鲁迅研究论文选》(上)中国社会科学出版社 1982 年版中,在收录周作人这篇文章时,将英语 Irony 删除了。但人民文学出版社 2005 年出版的《鲁迅全集》第七卷在引用周作人对《阿 Q 正传》的评说时则没有删除英语 Irony③。)不过,尽管人们很早就注意到了《阿 Q 正传》基本的艺术特色就是反讽,即"用反语",并随着研究的深入,也关注到了这篇小说题名及章名的反讽性,但却并没有对题名及章名的这种反讽性与鲁迅反传统,尤其是反儒家学说的思想的关系进行较为深入的探讨。而对这个问题的探讨又是深入探讨鲁迅小说反讽特色的一个重要途径,它不仅能让我们从一个具体的方面来透视鲁迅对儒家学说批判的特殊性,更能帮助我们深入地认识鲁迅小说反讽修辞的个性特征及杰出意义。

不过,学术总是发展的,关于《阿 Q 正传》这部小说题名及小说各章名的反讽性及与鲁迅反传统和反儒家学说思想的关系,今天终于有了一篇署名张全之的论文,论文的题名就是《〈阿 Q 正传〉:"文不对题"与"名实之辨"》。在这篇论文中,作者不仅对小说题名及章名的反讽性进行了较为详细的分析,而且对题名及章名的这种反讽性与鲁迅反儒家的名实之辨的关系也给予了相当精彩的分析。十分中肯地指出:"鲁迅不是一个'为艺术而艺术的'唯美主义者,而是一位思想家,他的任何艺术上的创新尝试,都有着深刻的思想动因和丰厚的思想底蕴。就《阿 Q 正传》来说,鲁迅有意布置的'文不对题'的叙事方式,有着多方面的用心。一方面,是为了颠覆中国传统陈陈相因的艺术俗套,如史传文学中人物传记的模式化、叙事类文学中毫无新意的风月故事以及'大团圆'的结局。鲁迅在其杂文中,将中国传统的'大团圆'斥之为'瞒和骗'的文艺,就充分表达了这一想法;另一方面,无论鲁迅是否有意,小说极为瞩目的'文不对题'现象,对中国传统哲学中的'名实

---

① 李建军. 小说修辞学[M]. 北京:中国人民大学出版社,2003:243.

② 周作人. 阿 Q 正传[M]//李宗英,张梦阳. 六十年来鲁迅研究论文选(上). 北京:中国社会科学出版社,1982:8.

③ 鲁迅. 鲁迅全集:第七卷[M]. 北京:人民文学出版社,2005:87.

之辨'也是一次极为深刻的反省。"①这段论述可以说是既揭示了鲁迅小说"文不对题"的思想根源,也论述了这种"文不对题"所表现出的鲁迅在艺术创造方面的杰出性以及鲁迅小说的艺术创造与反儒家学说的内在联系。

当然,这篇论文虽然不乏精彩,但也有缺憾,即作者没有辨析鲁迅对儒家"名"与"言"关系批判和否定的具体针对性。因此,作者也就没有论述为什么鲁迅反对"正名"却还是在小说中为自己小说的"题名"正了名,也为自己小说中一个名不见经传的人物"正了名"?由此,也就直接引出了第二个问题,即如果说这篇小说"文不对题"的状况显示的是一种反讽,那么这种反讽是怎么形成的?鲁迅这种对儒家名、实之辨的颠覆,为什么就必然地会使小说形成鲜明的反讽修辞特征呢?

事实上,鲁迅固然反传统,对儒家学说的批判尤为深刻,但是,鲁迅对儒家学说中的好的东西,终其一生也没有提出过否定的主张,对儒家关于"名"与"言"的学说,也是如此。如果说鲁迅反对儒家的"正名"学说,那么鲁迅在小说中又的确进行了"正名",这岂不是"言行不一"的自相矛盾?由此可见,鲁迅对儒家学说中的一些合理因素,他虽然从来没有公开地肯定过,但却在实际的文学创作中很好地遵循了。他对自己小说的"正名",对自己所要塑造的人物的"正名",就证明了这一点。如此一来,又一个问题出现了,如果说鲁迅对孔子"名不正则言不顺"的学说没有否定,不仅没有否定,而且还按照其学说进行了相应的实践,那么整篇小说的反讽,包括整篇小说的题名、章名与小说内容所构成的反讽,也就失去了创作主体的思想依托。因为反讽修辞构成的先决条件和"主体性"依据就是作者对对象的否定性思想,而反讽这种修辞本身也是一种表达作者"否定"性思想倾向的修辞手段。有学者就曾十分肯定地指出:"它(即反讽——引者注)是作者由于洞察了表现对象在内容和形式、现象与本质等方面复杂因素的悖立状态,并为了维持这些复杂的对立因素的平衡,而选择的一种暗含嘲讽、否定意味和揭蔽性质的委婉幽隐的修辞策略。"②如果说在小说中,鲁迅对孔子的"名不正则言不顺"的学说并没有否定,那么,小说的反讽修辞,又是如何形成的呢?其思想的依据又是什么呢?可见,我们需要进一步弄清两个相互联系的问题,即鲁迅在反对儒家关于"名"与"言"的学说时他反对的究竟是什么?而他用实际的行为认可"名"与"言"的关系,又是在什么层面上的认可?要回答这两个问题,我们首先就应该对孔子"名"与"言"学说本身进行一些必要的辨析。

---

① 张全之.《阿Q正传》:"文不对题"与"名实之辨"[C]//田建民,赵京华,黄乔生."鲁迅精神价值与作品重读"学术研讨会论文集.保定:河北大学出版社,2014:272.

② 李建军. 小说修辞学[M]. 北京:中国人民大学出版社,2003:217.

孔子提出这一学说的具体状况及表达这一学说的具体话语在《论语》中有较为翔实的记载。我们要回答上面的那些问题,最可靠的方法是回到原文的现场,通过原文的记载来看孔子这一学说的原意。《论语》中是如此记载的:子路曰:"卫君待子而为政,子将奚先?"子曰:"必也正名乎!"子路曰:"有是哉,子之迂也!奚其正?"子曰:"野哉,由也!君子于其所不知,盖阙如也。名不正,则言不顺;言不顺,则事不成;事不成,则礼乐不兴;礼乐不兴,则刑罚不中;刑罚不中,则民无所措手足。故君子名之必可言也,言之必可行也。君子于其言,无所苟而已矣。"①很明显,孔子关于"名"与"言"的学说,包含了两层意思,一层意思是"为政"必须首先确立"名分",如果名分没有确立,那么说话就不顺畅,事情也就办不成;另一层意思是从"立言"的角度谈的"名"与"言"的关系,即在孔子看来,要使发表的意见行得通,首先就要让意见与名分一致。第一层意思,有着很明显的"等级"意识,是孔子的等级伦理观念在孔子"名"与"言"学说中的具体化;第二层意思,谈的是"立言"的内在规律,即"名"与"言"必须统一的规律。如果说孔子这里所表达的第一层意思由于等级意识的渗入而显示了其腐朽性的话,那么孔子关于立言先必正名,即"名"与"言"、"名"与"实"的逻辑关系则是合理的,也是能被经验和实践所证明的。辨析了孔子《论语》中所提出的"名"与"实"的关系,我们再来看鲁迅在小说中的作为就会发现,鲁迅之所以认为孔子所说的"名不正言不顺"是十分重要的,很显然不是针对孔子"为政"的观点而说的。因为作为一个反儒家学说的先驱,鲁迅不可能认可孔子立言首先必须确立人的身份的观点,而是针对立言,必须首先将"题名"弄清楚而言的。这也就可以解释,为什么鲁迅不惜花费篇幅为自己的小说的题名"正名"了,也就能理解为什么鲁迅要为自己所要塑造的名不见经传的人物"正名"了,因为这些"正名"的话语,不是为了别的,而是为了后面言说的"顺利"展开。同样,也就可以解释为什么"正名"的结果是"文不对题"了,因为这正是鲁迅反正统的儒家学说,尤其是等级学说思想制约的自然结果。也就是说,这篇小说的反讽修辞得以形成的思想依据,表面看是鲁迅反儒家"名实之辩"思想制导的结果,其实质仍然是鲁迅反儒家陈腐的等级学说的结果。也正是因为鲁迅反对的是儒家学说中的腐朽的东西,这也就直接地保证了小说反讽修辞的实现。《阿Q正传》这篇小说的反讽修辞,与鲁迅反儒家"名实之辨"的思想逻辑就是如此。

其实,鲁迅不仅在《阿Q正传》这部小说中集中地表现了自己对儒家名实之辩学说的批判及由此形成的小说反讽的修辞,而且在《祝福》这部小说中也存在着

---

① 孔子. 论语·子路篇第十三[M]//四书五经. 北京:中国纺织出版社,2012:53.

这种情况。《祝福》对儒家名实之辩的批判及所形成的反讽,主要表现在两个方面:一个方面是通过"题名"与小说所写内容的"名不副实"性表达了鲁迅对儒家学说的批判思想,其基本的修辞也是反讽;另一个方面是通过恪守"理学"者的思想、行为与"理学"的矛盾表达了对儒家学说的批判,其批判的基本修辞,也是反讽。关于第一点,林志浩先生有一段论述:"祥林嫂默默地死去了,死在年终祝福、烟气缭绕的街头上。这环境,这气氛,在鲁迅的艺术构思中,是对祥林嫂悲剧的一种强烈的对照。特别是用'祝福'作为小说的题目,更是强化了这种对照作用。通过这种对照,有力地表达出作者对于封建神权,对于那些剥夺别人的幸福而永不满足、还在贪婪地祝福的人们,如鲁四之流的无比憎恨。"①在这里,论述者虽然没有使用"反讽"一词,但这里所指出的小说的题名"祝福"与祥林嫂悲剧的"对照",正是一种修辞性的反讽。因为,反讽构成的一个基本条件就是"对照",而且是名不副实、性质相反的对照。关于第二点,林志浩先生也有一段论述:小说写鲁四老爷,"几次皱眉,一次'可恶,然而……'一次破口大骂,就写活了一个地主老爷的形象,而且充分鞭挞了他的自私、冷酷的阶级本质,深刻揭露了他的真面目是杀人不见血的刽子手。他在这件血案中,既不留下血迹,也不让人闻到血腥气,而且还居然顶着'事理通达心平气和'的幌子。思想挖掘的深刻性和艺术描写的独创性,在这个人物身上确乎取得了相当完美的结合"②。这里所说的鲁迅对鲁四老爷这个人物"艺术描写的独创性"之一,就是指鲁迅在塑造鲁四老爷这个形象时,采用了反讽修辞的手法。

### 二、鲁迅对儒家"不孝有三无后为大"学说的批判与小说的反讽修辞

在《阿Q正传》中,鲁迅也有意识地对儒家"不孝有三无后为大"的学说进行了反讽性的批判。不过,鲁迅的批判不仅具有思想的针对性,而且更具有艺术的合理性,正是这种思想的针对性与艺术的合理性的有机统一,既为小说的反讽修辞提供了坚实的依据,又使小说的反讽修辞具有了厚重的魅力。

儒家的这一观点是儒家的"亚圣"孟子提出的。《孟子》中的原文是"孟子曰:

---

① 林志浩. 论《祝福》思想的深刻性和艺术的独创性——鲁迅小说的分析和研究之一[M]//李宗英,张梦阳. 六十年来鲁迅研究论文选(下). 北京:中国社会科学出版社,1982:481.

② 林志浩. 论《祝福》思想的深刻性和艺术的独创性——鲁迅小说的分析和研究之一[M]//李宗英,张梦阳. 六十年来鲁迅研究论文选(下). 北京:中国社会科学出版社,1982:487.

不孝有三,无后为大。舜不告而娶,为无后也,君子以为犹告也。"①这一观点应该说也是儒家学说中的一个良莠混合的观点,它既具有一定的合理性内容,又包含了显然不合理的内容。正是这种合理与不合理内容的混合,构成了儒家这一学说的复杂性。

儒家这一学说的合理性表现在哪里呢? 在笔者看来,儒家这一学说的合理性主要表现在对生命发展规律的一种"无意识"的肯定。从人的生命本身发展的角度看,"后"所意指的"后代",是人生命发展的承续者,人发展到今天,就是一个"后代"接续一个"后代"不间断出现的结果,而人的发展历史,也就是一个又一个"后代"发展的历史。而如果出现了"无后"的情况,对人自己的发展来说,无论从历史来看,还是从现实来讲,都肯定是灾难,是巨大的威胁。儒家特意强调生活在现实中的人"无后"的危害性,虽然不是自觉地从生命的基本意义出发提出的,更不是在鲁迅所认可的,"一要保存生命,二要延续这生命,三要发展这生命(就是进化)"②的生命本体意义的层面提出的,但是,儒家这一学说中对"无后"危害性的强调,还是切合了人的基本生命意义的。或者说,儒家的这一观点中是包含了关于人的生命意义的合理因素的。

儒家这一学说的不合理性表现在哪里呢? 在笔者看来,主要表现在这一观点提出的基本立场及伦理意识方面。从基本立场来看,儒家提出这一观点,主要是从家族伦理,即"孝道"的立场提出的,其基本的意识是将现实中生活的人的"无后"当作了一种严重违反伦理规范的行为,而将"有后"当作了人存在和生活的全部意义,并且无限地夸大了这种意义。其基本的理论逻辑是,只要是为了"有后",人的一切行为以及所采取的一切手段都是正当的、合理的。孟子在论述中专门列举的"舜的例子",就说明了儒家的这一基本理论逻辑。"舜"在娶妻的时候是没有经过父母同意的,但由于他娶妻的目的是"为无后"(即,翻译成白话就是"怕没有后代"),因此,"君子以为犹告也"。很显然,这样的理论及其逻辑不仅完全颠倒了人存在的基本意义,而且,也正是在这样一种家族伦理观念及其理论逻辑的作用下,人类为繁衍后代的基本行为,特别是中国人繁衍后代的行为——"结婚",也完全成为一种与结婚当事人无关,而只与家族有关的家族行为。两性结合的基础"爱情"也完全被"父母之命,媒妁之言"所替代了,由此也就在中国人的生命繁衍行为中,制造了众多的悲剧,如中国文学中所描写的那些男女之间有情人"难

---

① 孟子. 孟子·离娄章句上[M]//四书五经. 北京:中国纺织出版社,2012:112.
② 鲁迅. 我们现在怎样做父亲[M]//鲁迅全集:第十七卷. 北京:人民文学出版社,2005:135.

成"眷属的悲剧就是代表。同时,也正是在这种学说和理论逻辑的指导下,男性在两性结合中的权力得到了绝对的强化,男权主义也因此而获得了大行其道的理由。男子的"三妻四妾"这种本是摧残女性人格的不合理行为,不仅在道德的层面受到了社会及大众的普遍认可,而且在法律的层面还得到了历来统治者的坚定维护。而统治者自己,更是"三妻四妾"的带头人,中国皇帝的"三宫六院七十二妃"的现象,最集中地表现了这一点。而这些行为之所以会得到社会及最广大民众的普遍认可,而统治者更是身体力行,固然有多种理由,但其中一种最冠冕堂皇的理由就是,这些行为,包括"三妻四妾"的行为,都是为了家族(统治者当然更冠冕堂皇,是为了"天下",为了"国家")"有后",都是为了避免作为人,尤其是男人对祖宗和长辈的最大不孝——无后。

正是因为儒家的这一学说具有如此不合理的内容,其所产生的影响又如此恶劣,所以鲁迅在新文化运动与新文学运动兴起之初即对儒家的这一学说及其所产生的恶劣影响,展开了猛烈的批判:"既如上言,生物为要进化,应该继续生命,那便'不孝有三无后为大',三妻四妾,也极合理了。这事也很容易解答。人类因为无后,绝了将来的生命,虽然不幸,但若用不正当的方法手段,苟延生命而害及人群,便该比一人无后,尤其'不孝'。因为现在的社会,一夫一妻制最为合理,而多妻主义,实能使人群堕落。堕落近于退化,与继续生命的目的,恰恰完全相反。无后只是灭绝了自己,退化状态的有后,便会毁灭到他人。人类总有些为他人牺牲自己的精神,而况生物自发生以来,交互关联,一人的血统,大抵总与他人有多少关系,不会完全灭绝。所以生物学的真理,决非多妻主义的护符。"①鲁迅不仅在杂文中借助先进的进化论的学说对儒家的这一学说及其恶劣的影响展开了批判,而且在小说《阿Q正传》中也有意识地引用了儒家的这一学说,并用反讽修辞的手法在塑造阿Q这个人物形象的过程中,表达了自己对这一学说的批判思想。

对于鲁迅引用儒家的这一学说来表达自己反儒家学说的思想及塑造小说中的人物阿Q这一形象,当年曾有人认为,鲁迅如此引用不仅与小说中的人物不吻合,而且还使小说呈现了不应该呈现的"丑角的色彩"与"杂要的成分",并将这些都当作了小说的"缺憾"。"我感觉阿Q,孔乙己,木叔和爱姑等等都似乎是旧戏里的角色,丑角的色彩尤其浓厚。鲁迅的讽刺作品(这里只限于他的短篇小说)还有一点缺憾,就是,杂要的成分太多,如孔乙己的'不多不多,多乎哉,不多也'和阿Q

---

① 鲁迅. 我们现在怎样做父亲[M]//鲁迅全集:第十七卷. 北京:人民文学出版社,2005:144-145.

的'夫不孝有三,无后为大……'等等。"①这样的批评即使不是有意的攻击或刻意地否定,但也很显然是没能洞察鲁迅的思想与艺术匠心所得出的结论。当这种观点发表后,鲁迅研究专家李何林先生当时就撰文反驳说:"'夫不孝有三,无后为大……'等等,也是为证明阿Q'他那思想其实是样样合于圣经贤传的'才引用的,有什么'杂耍的成分'可言呢!"②李何林先生的反驳,主要是从小说前后文的关系展开的,其反驳也是很有说服力的。当然,无论是对鲁迅在小说中引用儒家这一学说的做法是否定还是肯定,他们都忽视了将鲁迅反儒家学说的思想作为立论的依据,也忽视了鲁迅引用儒家这一学说与小说反讽性修辞的关系。

对于孟子的这一观点,鲁迅虽然在小说《阿Q正传》中和在杂文《我们现在怎样做父亲》中都进行了引用,其基本的倾向也都是批判与否定,但其批判与否定是有很明显的区别的,其区别既表现在批判的内容方面,也表现在所采用的修辞手法方面。鲁迅在杂文中引用儒家的这一观点虽是批判,但重心主要不是批判这个观点本身,而是批判借这个观点而重提"三妻四妾"和"多妻主义"的谬论及违背现代道德的行为。也就是说,主要是批判儒家的这种学说所产生的恶劣影响,即为了"有后"而不择手段地"三妻四妾"及可能带来的恶劣后果,即"无后只是灭绝了自己,退化状态的有后,便会毁灭到他人"。至于修辞,很显然不是反讽修辞。而在小说中则完全不同,不仅批判的矛头直接对准"不孝有三无后为大",而且还采用了生动的反讽修辞,揭示了这种思想对人物的残害以及所导致的喜剧性与悲剧性后果。也就是说,在小说中鲁迅之所以采用反讽的手法来描写这种观点的后果,是因为鲁迅对这种观点持否定的态度,而很明显,鲁迅所否定的并不是这种观点中所包含的与人的生命发展相关的内容,而是这个观点中所包含的"孝道"内容以及这些内容所带来的喜剧效果。小说中阿Q所闹出的震动整个未庄的"恋爱风波"的喜剧性,正是鲁迅表达自己否定性思想倾向的直接载体,因为阿Q闹出"恋爱风波"的直接起源虽然是小尼姑的一句"断子绝孙的阿Q",但这场风波的根源却不在别处,就在阿Q所信奉的"不孝有三无后为大"这一儒家的学说。而阿Q所闹出的这场"恋爱风波",不仅没有任何正向、积极的价值,与传统社会及现代社会那些为冲破封建礼教的束缚,包括冲破"父母之命、媒妁之言"的婚姻或两性结合规范的男男女女,如传统文学作品中的杜十娘、卓文君,鲁迅自己后来创作的小

---

① 叶公超. 鲁迅［M］//李宗英,张梦阳. 六十年来鲁迅研究论文选(上). 北京:中国社会科学出版社,1982:169.

② 李何林. 叶公超教授对鲁迅的谩骂［M］//李宗英,张梦阳. 六十年来鲁迅研究论文选(上). 北京:中国社会科学出版社,1982:169.

说《伤逝》中的子君等所闹出的"恋爱风波"风马牛不相及,而且本身就是一场闹剧,一场仅仅出于"我和你困觉"目的的闹剧,一场仅仅是为了想使自己避免"无后"的闹剧。这场闹剧最根本的性质不是别的,正是喜剧性。而按照鲁迅的观点,喜剧,是将人生没有价值的东西撕开给人看的。阿 Q 所闹出的这场"恋爱风波"正是"无价值"的。因为他向吴妈求爱,不仅没有达到目的,实现自己"要一个女人"的价值追求,而且还让他自己因此遭遇了来自秀才的一顿"暴打",还因此失去了自己仅有的一点"财物",并由此而产生了直接的"生计问题"。鲁迅"撕开"了阿 Q 所闹出来的这场"恋爱风波"的"无价值"性并对这场"恋爱风波"的合理性及其价值给予了相应的否定,从小说所描写的内在及外在的逻辑来看,也就当然等于否定了导致和支撑这场无价值风波的儒家学说。而小说的反讽修辞,也正是从鲁迅反儒家这一学说的这一方面"反弹"出来的,并且"反弹"得十分巧妙,完全是"不著一字",而"尽得风流"。小说没有使用任何表示否定的词语及话语,也没有对阿 Q 的恋爱风波做任何否定的暗示,更没有对儒家"不孝有三无后为大"的学说进行任何的指斥,反而模仿文言文的笔法写道:"夫'不孝有三无后为大',而'若敖之鬼馁而',也是一件人生的大哀。"不仅极力书写了儒家的这一学说对阿 Q 这个已经到了"而立"之年的人的"巨大"影响,以至于使阿 Q 这个对"男女之大防"、对女人十分严格的"正人"也不禁"飘飘然"了,而且还貌似认可了这一学说所揭示的"无后"的确是人生的一件不应该忽视的"大事"。而小说的反讽,包括对儒家这一学说的反讽,也就恰恰在这种"表里不一"且字面意义与小说内容意义的不相符合中反弹出来了。

### 三、鲁迅对儒家"斯亦不足畏也矣"学说的批判与小说的反讽修辞

"斯亦不足畏也矣"这句话出自《论语・子罕》,其全文为:"子曰:后生可畏,焉知来者之不如今也? 四十五十而不闻焉,斯亦不足畏也已。"(鲁迅在引用的时候,将其"已"改为"矣")儒家的这个学说,也是一个良莠混合的学说。不过,这一学说的良莠混合状态与前面已经分析过了的"不孝有三无后为大"学说的良莠混合状态是完全不一样的。"不孝有三无后为大"中"良"性内容和"莠"性内容都直接包含在这句话中,而"斯亦不足畏也已"的"良"性的内容,则不是包含在鲁迅所引用的这句话中,而是包含在这个学说前面所表达的"后生可畏"的观点;而其不合理的内容,则就是鲁迅这里所引用的这句话。之所以说"后生可畏"的观点具有合理性,是因为其中不仅包含了"厚今"不"唯今"的合理意识,而且包含了很强烈的从发展的角度看问题的意识,即"焉知来者之不如今也?"而这种从发展的角度看问题的意识,不仅意识本身具有合理性,其思想方法则更具有合理性。而这

个观点后面所表达的"四十五十而不闻焉,斯亦不足畏也已",虽然表面上看不出有什么不妥,实际上如果仔细分析,就会发现其中所包含的十分沉重的"杂质"。这个杂质就是,这一观点所反映的正是儒家"礼不下庶人"的等级观念,或者说是儒家"礼不下庶人"这种等级观念在谈论关于人的问题上的具体表现。

为什么如此说呢?这是因为,"斯亦不足畏也已"所针对的很显然不是有身份的上层人或"士大夫"阶层的"不足畏",而是指一般的平民,即没有什么地位的人的"不足畏"。如果将这段话的意思翻译成白话就是说,一个人,如果到了四十、五十岁还默默无闻,那么这个人就没有什么值得敬畏的。而一个人到了"不惑"(四十岁)或者"知天命"(五十岁)的年龄,还默默无闻,这个人只能是一个"庶人",一个平平常常的人,而不可能是一位"士大夫"或其他有身份、有地位的人。正因为这样的人不属于士大夫或其他有地位的阶层,那么对于这样的人也就没有关注的必要,更不必对其表示敬畏。儒家的经典之一《礼记》中曾说:"国君抚式,大夫下之。大夫抚式,士下之。礼不下庶人。刑不上大夫。刑人不在君侧。"①这里所说的"礼不下庶人"的观点,虽然是在国君、士人、大夫、庶人这四者的关系中阐述的,而《论语》中所说的"斯亦不足畏也已"的观点,是在泛指的意义上阐述的,但是两种观点中所包含的等级意识,却是完全一致的,都强调的是"礼"或"敬畏"与一般人,特别是下层人无关。鲁迅在杂文《礼》中曾经针对现实中有人抱怨民众对"国耻"等纪念日淡漠的情况,以讽刺性的笔调指出:"古时候,或以黄老治天下,或以孝治天下。现在呢,恐怕是入于以礼治天下的时期了,明乎此,就知道责备民众的对于纪念日的淡漠是错的,'礼'曰:'礼不下庶人。'"②可见,在鲁迅看来,并非是民众对国耻等纪念日淡漠,而是因为统治者本来就以儒家"礼不下庶人"的学说为依据,将民众排斥在"礼"的规范之外了。而现在又正是"以礼治天下的时期",所谓纪念日也不过是一种礼仪的形式,既然民众早就被排斥在"礼"之外了,那么他们对于与"礼"相关的事情,包括纪念日这种直接地表示"礼"的形式的淡漠,也就错不在他们,而在统治者及统治者所坚守的儒家的"礼不下庶人"的学说。

也正是因为孔子的"斯亦不足畏也已"这句话包含了这样的等级意识,所以它也就与"礼不下庶人"的观点一样,自然地受到了鲁迅的否定与批判(关于鲁迅对儒家等级学说的批判上面已有论述)。鲁迅在小说中引用孔子的这句话,也正是从这个意义上引用的,其批判也主要是针对儒家这种学说中所包含的等级意识展开的。关于这一点,我们只要从鲁迅引用儒家这一学说的具体语境及所要表达的

---

① 礼记[M]//四书五经.北京:中国纺织出版社,2012:206.
② 鲁迅.礼[M]//鲁迅全集:第五卷.北京:人民文学出版社,2005:323.

意思中，就可以看得很清楚。鲁迅用这句话表达的意思主要就是未庄的民众，包括赵太爷等"上层人"在弄清楚了阿Q的"底细"后对阿Q"前恭后倨"的态度，其具体语境是："村人对于阿Q的'敬而远之'者，本因为怕结怨，谁料他不过是一个不敢再偷的偷儿呢？这实在是'斯亦不足畏也矣'。"如果再结合鲁迅引用这句话之前未庄人对阿Q的态度，我们就会发现，未庄人无论对阿Q是"前倨后恭"还是"前恭后倨"，其思想行为都是符合"圣经贤传"的，或者说未庄人对阿Q的态度，本身就是按照"圣贤之道"行事的结果。未庄人之所以在阿Q从城里回来后对阿Q很"恭敬"（不仅那些下层人对阿Q很恭敬，甚至连未庄的上层人赵太爷也对阿Q表现出了前所未有的"在意"，以至于在等阿Q送东西来家看看的时候，还破例地"点了灯"），不仅是因为这个时候的阿Q有了几个钱，也有了一点"财物"，更是因为这个时候的阿Q已经达到了儒家学说所认为的"有闻"的地步，而不是"默默无闻"，不仅"有闻"，而且这种"闻"还从"浅闺"传入了"深闺"。也就是说，这个时候的阿Q已经突破了"默默无闻"的境界，其身份在未庄人看来也已经不是一个庶人了，而是一个有"身份"的人了。正如鲁迅在小说中用调侃的笔调所描写的一样："阿Q这时在未庄人眼睛里的地位，虽不敢说超过了赵太爷，但谓之差不多，大约也就没有什么语病的了。"之后，未庄人之所以对阿Q又不恭敬了，也不仅是因为这个时候的阿Q已经没有什么钱，也没有什么"财物"了，更是因为他们发现阿Q仍然不过是一个"庶人"，不仅是一个"庶人"，而且是一个"不敢再偷的偷儿"，一个较之儒家认为的"无闻"的人更差劲、更无地位的人。既然阿Q不过是一个这样的人，那么按照儒家的"礼不下庶人"的观点，阿Q也就当然"斯亦不足畏也矣"了。小说的反讽修辞正是在这样的语境中使用的。小说中引用的这句圣经贤传的语录的反讽意味，也正是从这里直接透射出来的，其透射的基本路径是：小说引用儒家的"斯亦不足畏也矣"来形容此时的阿Q在未庄人心目中的地位。从阿Q自身的状况来看，似乎的确是很恰当的，因为这个时候的阿Q无论是经济地位还是社会地位，都不仅与他上城之前一样无足轻重，而且更由于人们知道了他的"底细"后，使他的地位更不值一提了。但就是这种看似恰当的形容，却十分深刻地揭示了未庄人势利的心理，而"势利"的心理，无论是在理论上，还是在实践上，也不管是从传统的意义上，还是从现代的意义上讲，都是"损人利己"的不良心理，都是应该否定的心理。而未庄人这种应该否定的势利心理及其价值意识又不是从天上掉下来的，而是被统治者用儒家的学说"治"成的。可见，儒家的学说虽然"恰当"，但这"恰当"的学说却没有产生积极的价值，相反却带来了消极的影响。小说引用儒家学说的反讽意味，也就这样透射出来了。

很显然，这里的反讽修辞，虽然针对的主要是"村人"，也就是一般大众，当然也包括未庄的上层人,但是由于这种反讽修辞是通过引用孔子的话所构成的,因此,这也就使这种反讽修辞的功能具有了双重性:一重是指向孔子的这一学说本身,对这一学说本身构成了讽刺;一重则指向了大众,表明大众已经在思想观念上深受了孔孟之道的影响。由此,也就使得这种反讽,既具有历史与文化的深度,更具有了现实的意义。这也正是鲁迅对儒家这种良莠混合学说批判的特点及意义之所在,也是鲁迅小说反讽修辞的双重意义之所在。

## 第三节 鲁迅重估价值的文化思想与小说的"油滑"修辞

鲁迅重估价值的文化思想与鲁迅对正统的圣贤之道的深刻批判的基本思路是完全一致的,都侧重对既有知识进行"再认识",不过,其目的则是不相同的。如果说反正统的圣贤之道是一种否定性的工作,其目的是揭示"家族制度与礼教的不合理性"的话,那么重估价值的文化思想则是一种建设性的工作,其目的是要建设一种新的、具有现代意义,同时具有"鲁迅性"的新的价值标准。这种新的、具有现代意义的价值标准的基本尺度是人,其目的就是"立人"。不过,由于鲁迅的"立人"的思想只具有思想性的内容,不具有实践性的内容。因此,这种立人的思想虽然是从建设合理的新社会出发提出的,即鲁迅所说"首在立人,人立而后凡事举"①,但由于只关注了人的精神内容,没有涉及立人得以实现的社会基础。因此,鲁迅的立人思想只能是一种文化思想,而且是呈现于精神层面的文化思想。同时,由于这种局限于精神层面的文化思想不仅没有涉及立人所需要的社会基础,而且更没有进行相应的实践,或者更为客观地说是没有进行相应实践的条件,因此,鲁迅在对价值进行重估的过程中所做的更多工作仍是反省与否定性的工作,具有建设性的立人思想仅仅是以"可能"或"应该"的形式包裹在其反省与否定性的判断与结论之中。但也正是这种有缺憾的重估价值的文化思想,却给鲁迅小说的修辞带来了具有鲜明的"鲁迅性"的特点,这个特点的一个方面就是"油滑"。

### 一、作为修辞概念的"油滑"

"油滑"是鲁迅在谈自己的小说《故事新编》时使用和创造的一个概念。这个概念,之前的研究者都是将其作为一个艺术方法、艺术风格或文体特征的概念来

---

① 鲁迅. 文化偏至论[M]//鲁迅全集:第十七卷. 北京:人民文学出版社,2005:58.

诠释的,其诠释也是很切中肯綮的,对于研究鲁迅的小说《故事新编》也是很有裨益的。其实,"油滑"这个概念不仅是一个关乎艺术方法、艺术风格乃至于艺术文体的概念,它也是一个文学修辞的概念。而且这个文学修辞的概念,不仅是鲁迅率先使用并创造的概念,而且从一定的意义上讲,这个修辞概念还是鲁迅对自己的历史小说《故事新编》的修辞特点的精确概括。从鲁迅《故事新编》的修辞特点来看,正是鲁迅得心应手地使用了油滑这种修辞手段,并以自己出众的艺术智慧充分地彰显了这种修辞手段的特点及魅力,从而在艺术实践的层面奠定了这种油滑修辞的价值。因此,尽管这种修辞手段不入流,在古今中外的文学创作中没有先例;尽管这一修辞的概念在各类修辞学著作中都寻索不到,具有十分明显的"生造性",但是当我们面对鲁迅小说修辞的时候,我们就会发现,这个生造出来的概念,不仅具有事实的依据,而且也具有学理的依据。就事实的依据来看,一方面是鲁迅自己对"油滑"的解说;另一方面则是鲁迅小说的修辞实践,而且是成功的实践。其学理的依据则是修辞的所指。

　　关于"油滑",鲁迅在两个地方特别谈到,第一个地方是《故事新编·序言》里,鲁迅曾如是说:"第一篇《补天》——原题作《不周山》——还是一九二二年的冬天写成的。那时的意见,是想从古代和现代都采取题材,来做短篇小说,《不周山》便是取了'女娲炼石补天'的神话,动手试作的第一篇。首先,是很认真的,虽然也不过取了茀罗特说,来解释创造——人和文学的——的缘起。不记得怎么一来,中途停了笔,去看日报了,不幸正看见了谁——现在忘记了名字——的对于汪静之君的《蕙的风》的批评,他说要含泪哀求,请青年不要再写这样的文字。这可怜的阴险使我感到滑稽,当再写小说时,就无论如何,止不住有一个古衣冠的小丈夫,在女娲的两腿之间出现了。这就是从认真陷入了油滑的开端。油滑是创作的大敌,我对于自己很不满。"①第二个地方是在给友人的信中,鲁迅也如是说:"《故事新编》真是'塞责'的东西,除《铸剑》外,都不免油滑。"②很显然,在谈到自己所创作的小说《故事新编》时,鲁迅是用检讨甚至是否定的口吻来谈自己小说中所表现出的"油滑"的。不过,正如日本学者木山英雄曾经指出的一样:"关于此书,作者在书信中除说'油滑'之外,还多次自我批评说是'玩笑''稍许游戏''游戏之作'等等。令人感到,这与其说是作者表示谦虚,毋庸说是在提醒人们对这一点引起注意。其中也许还包含着鲁迅在创作方法上的自负。"③尽管木山英雄的论述

①　鲁迅.故事新编·序言[M]//鲁迅全集:第二卷.北京:人民文学出版社,2005:353.
②　鲁迅.致黎烈文[M]//鲁迅全集:第十四卷.北京:人民文学出版社,2005:17.
③　木山英雄.《故事新编》译后解说[J].鲁迅研究动态,1988(11):19-24.

带有显然的推论与臆测性,但有一点却是很明确的,那就是鲁迅在创作《故事新编》中的各篇小说时,所采用的油滑手法虽然是前不见古人的,但却不仅是独创性的,而且是成功性的。而这种"油滑"的手法之所以能获得独创性和成功性,从大的方面来看当然得益于鲁迅超拔的艺术修养以及与之密切相关的深邃的思想,而从具体艺术技巧的层面看,则得益于鲁迅遵循了修辞,尤其是文学修辞的规律,在小说中创造性地采用了"油滑"的修辞手法。陈望道先生曾经指出:"修辞原是达意传情的手段。主要为着意和情,修辞不过是调整语辞使达意传情能够适切的一种努力。既不一定是修饰,更一定不是离了意和情的修饰。"①可见,修辞作为手段,它本身是没有什么好坏之分的,它好或坏的价值标准就是能否"使达意传情能够适切"。这就是修辞的规律。鲁迅在《故事新编》中之所以采用"油滑"修辞的手段,很显然并不是为了修辞而修辞,更不是为了哗众取宠而修辞,恰恰就是为了最有效地"达意传情"。"晚年的鲁迅乃是借用十三年前自己籍由'油滑'的偶然(当然也可以说,这'油滑'实际是作者创造性的、自觉的尝试)建构起的叙述范式,来做这同一小说类型的复沓。不能不说,一九三四年底重新提笔时,作者是在这种叙述中找到了最契合于自我思考与表达需求的姿态,也即:价值呈现与其呈现自反消解的对立。"②正是由于《故事新编》所采用的这种"油滑"修辞手段完全是依据表情达意的实际需要所采用的,因此,这种修辞手段不仅很有效地完成了自己的使命,而且也使自己本身的审美意义得到了凸显。

　　鲁迅小说中的"油滑"主要表现在哪些方面呢? 总的来说就是"古今杂糅"。具体来说主要表现在两个方面:一个方面是将今事写入古事之中;一个方面是让古人说今话。而这两个方面的油滑,都是直接通过修辞来体现与实现的。如在小说《补天》中,鲁迅曾自述他加入了一个"古衣冠的小丈夫",这一人物是没有文献根据的,而是由于现实的刺激鲁迅"忍不住"加入的,这也是鲁迅认为最明显地具有"油滑"的内容。而这个"油滑"的内容之所以能成功地与小说的整体内容有机地融合在一起,并构成小说中一个意趣盎然的片段,除了别的原因之外,一个十分重要的原因就在于小说采用了与这个"油滑"的内容相一致的"油滑"的修辞手法。这种"油滑"的修辞手法主要表现在两个方面:首先,小说一方面用古语写小丈夫的言语,另一方面又用现代汉语写小丈夫"却偏站在女娲的两腿之间向上看"的行为。不仅在小丈夫的言语与行为之间构成了讽刺,而且其用语本身也构成了

---

① 陈望道. 修辞学发凡[M]. 上海:上海世纪出版集团,上海外语教育出版社,2006:3.
② 徐钺. 新编与新诠——对《故事新编》的结构性解读[C]//刘孟达. 经典与现实——纪念鲁迅诞辰130周年国际学术研讨会论文集. 杭州:西泠印社出版社,2012:227-228.

对比性的滑稽讽刺。其次,小丈夫的言语本身也是"油滑"的,他背诵如流地指斥女娲的那些话,不仅在任何文献资料中都不存在,而且在小说的具体语境中也是不可能成立的。因为,在这个小丈夫被女娲创造出来之时,不仅没有"德""礼"等条律,而且也没有所谓的"国",所以,小丈夫指斥女娲"失德蔑礼败度,禽兽行。国有常刑,惟禁!"由于其过于"超前",而显得十分滑稽。至于在《奔月》和《理水》中让古人说今话、讲现代英语等,更是直接采用了"油滑"的修辞手段。而鲁迅采用这种"油滑"的修辞手段,又是完全符合修辞的本意的。因为,从修辞学,尤其是现代修辞学的角度看,修辞学"它要做的就是分析和鉴赏演说者将他的观点传递给听众的方式"①。也就是说,修辞的本意就是用最适当的词语与方式将演说者、书写者的观点、意思传递给读者或听众。从效果的角度讲,世界上没有固定的、不可更改的最好的修辞手段,只有最好地传递自己思想观点的修辞手段,只有能最有效地传递自己的思想观点的修辞手段,才能称为是最好的修辞手段。而鲁迅在《故事新编》中采用的这种"油滑"的修辞手段,虽然在古今中外的修辞书中都找不到相应的解说,但对鲁迅来说,这种修辞手段却是他最充分地在"历史小说"中传递自己思想观点的手段。由此,这种修辞手段不仅是最好的,也是完全符合修辞的本意的。

油滑修辞不仅是鲁迅首创的,而且还是直接体现鲁迅重估价值的文化思想的修辞手段,或者说,这种修辞手段正是从重估价值的文化思想中导引出来的。

日本学者伊藤虎丸在考察鲁迅《故事新编》的编辑体例后曾经指出:"鲁迅别的创作集、杂文集,均按作者执笔的年月排列,而该集子则是按作品题材(或者说主人公)的历史年序的",其意图正在于"由此对承担四千年之重负的中国传统文明整体,作了一番回顾"②。伊藤虎丸从一个很具体的"编辑体例"的层面所剖析出的鲁迅的匠心,与鲁迅的创作《故事新编》的意图及小说中所表达的思想观点,是经受得起检验的。当然,他仅仅认为鲁迅的《故事新编》是对四千年中国传统文明的"回顾",很显然是怠慢了鲁迅的思想意图与艺术意图的。事实上,从鲁迅创作历史小说的目的及在小说中所表达的思想倾向来看,鲁迅不仅"回顾"了中国四千年的文明,更对这伟大的文明的价值进行了重新的估定;不仅对四千年的中国文明的价值进行了重估,而且还以充分的哲理对人的价值进行了重估。正如有学者曾经指出过的一样:"这本小说集的内容,从某种程度来说是与鲁迅各个时期的

---

① 常昌富. 导论:20世纪修辞学概述[M]//肯尼斯·博克,等. 当代西方修辞学:演讲与话语批评. 常昌富,顾宝桐,译. 北京:中国社会科学出版社,1998:7-8.
② 伊藤虎丸.《故事新编》之哲学·序[J]. 鲁迅研究月刊,1993(5):42-49.

世界观互为映衬的,它用具象的历史图解了作者抽象的哲学思考,在探讨世界的荒诞性的同时,也对人(尤其是文人)及其创造物文化在乱世之中的地位问题有着深入的思考,在辛辣的笔调下透出了哲学思辨的幽深。"①并在重新估定中国文明和人的价值的过程中,表达了很多深刻的崭新见解,而这些崭新的见解又直接地支配了小说所采用的"油滑"修辞的方式及其相应的艺术魅力,这正是鲁迅小说修辞,特别是作为历史小说的《故事新编》最可宝贵的艺术遗产。

### 二、重估人的价值的文化思想与"油滑"修辞

鲁迅在《故事新编》中对价值的重估具有丰富的内容,其中最具有形而上意义的内容则是对人的价值重估的内容,这些内容是鲁迅深刻的文化思想的重要组成部分,也是鲁迅深刻的文化思想中熠熠闪光的内容。它们的存在不仅赋予了《故事新编》这部小说集厚实的思想内容,而且也直接地左右了《故事新编》这部小说集所采用的独特的"油滑"修辞手法妙趣横生、魅力无穷的艺术意味。

在《故事新编》中,鲁迅对人的价值的重估主要是在两个层面上展开的:一个是抽象的层面,或者说是总的层面,即从总体上重估作为"万物之灵长"的人的价值;一个是历史的层面,或者说是历史或传说中的人(包括神)的层面,即具体的层面重估人的价值。鲁迅对人的价值总的重估的文化思想最集中地表现于《补天》这篇小说中;鲁迅在历史层面对人的价值具体重估的文化思想主要表现在《奔月》《采薇》《理水》《出关》等小说中。鲁迅在这两个层面对人的价值的重估,由于是在不同的历史时期展开的,同时,又是鲁迅在不同的历史时期对人的问题思考的不同结晶。因此,这些对人的价值重估所形成的文化思想,不仅与时代的发展密切相关,而且也与鲁迅自己思想的发展紧密相联。正是在时代发展和个人思想发展的双重作用下,鲁迅对人的价值重估很鲜明地呈现出时代与个体的双重特点,当然也就使小说中所采用的"油滑"修辞在具有时代特点的同时,更具有了鲁迅自己的特点以及与自己的思想特点一致,又与小说的风格相吻合的特点。

(一)对人的价值总的重估的文化思想与"油滑"修辞

对于人的价值,尽管古今中外的学者、文人及凡夫俗子们基于对人的本质的不同理解形成了不同的看法与界定。例如,有的认为,人的价值就在于能认识世界并按照自己的目的改造世界;有的则认为,人的价值就在于能与自然和谐相处等。无论人们对人的价值的看法怎么不同,有一点却是十分一致的,即都认为人

---

①　倪坦. 鲁迅《故事新编》中历史人物形象流变分析[C]//田建民,赵京华,黄乔生."鲁迅精神价值与作品重读"学术研讨会论文集. 保定:河北大学出版社,2014:413.

是我们所生活的这个星球上的最高贵的动物,西方人所提出的"人是万物之灵长"的判断,可以说是这种观点最集中的代表。不错,无论是从智力水准还是从创造能力来看,我们所生活的这个星球上没有哪一种动物是能与人媲美的。就鲁迅来说,他也认可这种观点,在五四新文化与新文学运动还没有兴起的时候,他在自己的文言论文中就从价值论的角度提出了"人立而凡事举"的观点,从正面充分地肯定了人在改造自然、促进社会发展中的伟大作用。之后,当新文化与新文学运动兴起之初,他在自己所创作的第一篇优秀的白话小说《狂人日记》中,一方面,猛烈地批判"吃人的人";另一方面,满怀深情地呼唤"真的人",进一步从本质的层面揭示了人之为人的基本规范,即"真"的规范,并在这种对人的本质的基本认识的基础上,首肯了人的这种"真"的规范的意义与价值。从小说的上下文来看,人的这种"真"的本性,最直观的表现就是"不吃人",不仅珍惜自己不可再生的生命个体,而且也珍惜别人只有一次的生命存在。"真的人"的价值就在"除灭""吃人的人","同猎人打完了狼子一样!"从文化史的意义上讲,鲁迅基于人的"真"的本质层面对人的价值的首肯,不仅历史地构成了五四新文化"人的发现"的重要内容,而且还可以说是五四"人的发现"最早,也是最为深刻的思想成果。但是,当鲁迅在五四新文化运动高潮过后的 1922 年创作历史小说《补天》的时候,不仅对人的价值进行了质疑,而且也对人的本质进行了重新的认识,并在这一时期对自己曾经认可的人的本质与人的价值的文化思想进行了颠覆性的反省。

毫无疑问,鲁迅在《补天》中不仅对人的本质与人的价值进行了深刻的反省,同时也"借女娲形象,表现了'人'的意识的觉醒,歌颂了'人'的自由创作精神"[1],表现了五四人的发现的文化精神,使作品"显出了若干的亮色",直接地反映了鲁迅"立人"和"立"什么样的人的思想。但诚如鲁迅自述,他取女娲补天的故事作题材,其基本的用意是"来解释创造——人和文学的——的缘起",即其中的用意之一就是要解释"人"是怎么样来的,女娲"炼五彩石补天"的故事不过是解释人是怎么来的一个依托、一个题材,一个表达小说最重要主旨的"缘由"。更何况,对女娲及其创造精神歌颂的主旨,早已存在于中国古代神话之中,对女娲的价值判断也早已定形,毋须鲁迅重复。而对于像鲁迅这样注重原创的作家来说,他也当然不愿意重复已有的主旨,更不愿意使自己"新编"的故事仅仅成为一种对既往神话的简单"重写"。如果他仅仅是重复了中国神话中已有的主旨,或者将小说的重心放在"前文本"早已包含了的这一主旨之上,那么这篇小说的意义与价值

---

① 顾琅川.《补天》试论［M］//寿永明,刘家思. 历史的回望. 合肥:安徽文艺出版社,2013:260.

就会大打折扣,不可能成为今天仍然被学界高度重视的对象;如果鲁迅仅仅是"重写"(或者更确切地说是"复制")了一个在中国家喻户晓的关于女娲的故事,而没有在主题上提供新的、与"前文本"不同的内容,那么这篇小说也就谈不上是"新编"。因为,正如佛克马所说:"重写一般比潜文体的复制要复杂一点,任何重写都必须在主题上具有创造性。"①所以,我们说,在《补天》这篇小说中虽然包含了"歌颂"的内容,但这些内容不是小说原创的内容,也不是小说中最有深意的内容,更不是鲁迅所要重点书写的内容,小说中具有原创性和深意的内容应该是对人的本质与价值反省的内容。鲁迅"重写"女娲故事的本意之一也主要在表达这些反省的内容。这些反省的内容,不仅在当时如空谷足音具有先锋性,也不仅在今天看来仍然是独到而深刻的,而且这些反省的内容,还是鲁迅创作小说一贯的意义追求的内容。鲁迅在谈自己创作小说的取材及目的的时候曾说:"我的取材,多采自病态社会的不幸的人们中,意思是在揭出病苦,引起疗救的注意。"②诚如有学者所指出的一样:"某种程度上讲,《不周山》(《补天》)也是鲁迅实现这一目标的双驾马车中的一驾。"③也正因为如此,所以对人的价值的反省,不仅构成了《补天》这篇小说最重要、最值得关注的内容,也是导致整篇小说中"油滑"特征的基本内容,当然也是支配小说"油滑"修辞的思想根底。同时,这里特别要强调的一点是,《补天》中即使包含了"歌颂"的内容,这种歌颂的内容也主要限定于对女娲"补天"行为的歌颂,对于女娲"造人"的行为及其结果,小说通篇都是戏谑的,这将在后面论述。

对人的本质的颠覆性反省是鲁迅对人的价值重估的基础,如果说在《狂人日记》中鲁迅还只是认为"难见真的人",并没有否定还有"真的人"存在的话,那么在《补天》中则通过女娲所造的那些"小东西",也就是"人"的所作所为,决绝地表达了"没有什么真的人"存在的思想与观点;如果说在《狂人日记》中鲁迅还犹豫地认为,作为"真的人"可能存在的群体——孩子,"或者还有?"还值得"救",那么在《补天》中鲁迅则认为那些"小东西"一个都不值得救。通过小说所展开的描写我们会发现,不仅被"德""礼"驯化了的"小东西",如古衣冠的小丈夫这样的人不是什么"真的人",而且被女娲自己一手造出来的、赤条条地来到这个世界上的那些小东西——人,也不是什么"真的人"。他们不仅面目可憎,"大半呆头呆脑,獐头鼠目的有些讨厌",而且似乎无师自通地就被驯化了,开口就是"呜呼,天降丧",

---

①　佛克马. 中国与欧洲传统中的重写方式[J]. 文学评论,1999(6):144-149.

②　鲁迅. 我怎么做起小说来[M]//鲁迅全集:第四卷. 北京:人民文学出版社,2005:526

③　朱崇科. 张力的狂欢——论鲁迅及其来者之故事新编小说中的主体介入[M]. 上海:上海三联书店,2006:237.

"人心不古",等等。也正因为如此,所以辛苦地造人的女娲,对这些被自己造出来而捶胸顿足发议论的小东西们,也禁不住地"气得从两颊立刻红到耳根"。女娲对这些小东西的失望以至于厌恶,正表明了鲁迅对被称为是"万物之灵长"的人的本质的否定。同时,这里不仅没有"真的人",相反还有如《狂人日记》中所提到的"吃人的人"。有学者就曾指出:"作品《补天》中我们看到,类似'吃人'的现象,这里也在发生。而且(吃的——引者加)不是别人,恰是创造了人类,又修补了坍塌的天穹使之得以安居的女娲。她在天穹补成之后劳瘁过度而吐出了最后一口气。可是她的子孙却在她'死尸的肚皮上扎了寨,因为这一处最膏腴。'"①

从对人的价值的颠覆性反省来看,如果说之前鲁迅认为"人立而后凡事举",充分地肯定了人的伟大作用的话,那么在《补天》中则完全地否定了人的作用,尤其是芸芸众生的作用,也就是被女娲造出的那些所谓的人的作用。那些被女娲造出的所谓人,要么是一些遇到了危险就只知道叫喊"上真救命"并祈求女娲赏赐"仙药"的人,要么是一问三不知,呆若木鸡的人,更有如古衣冠的小丈夫一样的表面道貌岸然,一肚子男盗女娼的人……总之,无论是面对自然,还是面对社会,这些所谓的人,既没有显示出哪怕是丁点的"灵气",更没有表现出哪怕是细微的作为;既无力主宰自己的命运,只是如蝼蚁一样地偷生,又呆头呆脑,对女娲的询问茫然无知;既不做什么有益的事,反而对什么男女之大防津津乐道。他们的所作所为完全解构了他们作为人的一切正面价值,留存下来的只有龌龊、肮脏、卑劣的面孔和应该被否定的负面价值。诸如大言空谈世道、无端指责造物主、呜呜地苦诉不幸等,以至于造出他们的女娲也真切地感到"和这类东西扳谈,照例是说不通的",世界上有了这些东西,也"没有一些可以赏心悦目的"。至于最后写到"一批禁军"选取女娲的肚皮安营扎寨并声称"唯有他们是女娲的嫡派","这一情节暗示着愚昧、懦弱而自命不凡的民族性格最终取代了超人,民族的生命力没有得到保持,反而走向败坏与衰退"②。更将对人的负面价值的否定来了一个总结。

正因为在《补天》这篇历史小说中鲁迅对人的本质与价值都进行了否定,所以,整篇小说呈现出来的是浓厚的喜剧色彩,而这种喜剧色彩的凸显则直接得益于小说所采用的"油滑"修辞。这种"油滑"修辞呈现出两个相互联系的明显特点,这两个相互联系的明显特点,分别从不同的方面显示了鲁迅对人的价值以及与人的价值密切相关的人的本质否定的思想倾向。

---

① 顾琅川.《补天》试论[M]//寿永明,刘家思.历史的回望.合肥:安徽文艺出版社,2013:259.

② 倪坦.鲁迅《故事新编》中历史人物形象流变分析[C]//田建民,赵京华,黄乔生."鲁迅精神价值与作品重读"学术研讨会论文集.保定:河北大学出版社,2014:416.

　　首先,文白相间,富有张力的"油滑"修辞。在《补天》这篇小说中,文言与白话的相间,是其突出的用语特点之一,也是这篇小说"古今杂糅"的所指之一。这种文言与白话的杂糅具有两种形态:一种形态是"小东西"们的文言话语与女娲的白话话语的杂糅;一种是"小东西"们的文言话语与作者的叙述性及描写性白话话语的杂糅。这两种文白相间话语在小说中频繁出现,具有三个方面的显然作用:第一,拓展了小说意旨的表达,在客观上突破了鲁迅创作该小说时所抱定的根据弗洛伊德的学说来解释人与文学缘起的立意。这种突破表现在,小说不仅运用白话出色地完成了对女娲造人缘起的表达,更通过"古衣冠的小丈夫"满嘴的文言,如镜子一般地映照出了伪道学家的"阴暗心理";不仅通过叙事类与描写类的白话刻画了女娲的形象,表达了对人类始祖补天、造人伟业的赞扬之情,而且也通过女娲所操之白话有效地揭示了女娲的性格特征并生动而真切地揭示了女娲丰富的心理活动;不仅用白话表达了对以"古衣冠的小丈夫"为代表的"小东西"人格、智力、能力的否定,而且通过"小东西"们所操之文言揭示了"小东西"们的可鄙的心理,可恶的作为。也就是说,两种不同的话语,分别寄予鲁迅对女娲和"小东西"们这两种人的不同看法及"为人生",并且要改造人生,特别是改造现实人生的责任情怀。第二,从小说的具体描写来看,对于始终讲白话的女娲,鲁迅虽然对其在造人中的行为时有揶揄,但对其付出了生命代价的补天行为则始终是赞赏的。鲁迅不仅用充满诗意的白话书写了女娲补天的创造性活动,而且用浓墨重彩描写了女娲眼见的辉煌、灿烂、壮阔的自然风光,女娲所讲的白话不仅文理顺畅,而且简洁明了。但是,对于讲文言的"小东西"们,不仅直接书写了他们讲文言时的种种丑态,而且直接书写了他们所讲文言的滑稽可笑,甚至文不对题,如"人心不古"之类。第三,小说中文白相间话语的频繁出现,除了以上的作用之外,还有一个重要的艺术方面的作用,即在显然的层面生动地彰显了小说在叙述方式、文体创新等方面的匠心独运,从而不仅使小说所书写的内容及所表达的意旨具有了古今相容的丰满性,又使小说的艺术风貌具有了与众不同的新颖性,最终的结果是既体现了"油滑"修辞的基本特点与规范,又使"油滑"修辞具有了艺术的张力,丰富了小说的审美意味。

　　文白相间作为《补天》中"油滑"修辞的基本特点与规范,其艺术的张力在两种形态中是各不相同的,其审美的魅力也是各有千秋的。就"小东西"们的文言话语与女娲的白话话语的杂糅所构成的"油滑"修辞的张力来看,这种张力主要由女娲所操之白话与"小东西"们所操之文言在交流中的"隔膜"所构成。即"小东西"们用文言念叨的话语,如"臣等……是学仙的。谁料坏劫到来,天地分崩了"等,女娲感到"莫名其妙"而一脸"茫然",女娲用白话的质询,如"什么?"等,讲文言的

"小东西"又似乎不懂,从而使"小东西"们与女娲之间无法构成顺畅的交流,也当然无法构成应有的相互应答,由此形成了自说自话的滑稽局面。这种滑稽局面的主导者很显然不是女娲,而是"小东西"们。因为,就女娲与"小东西"的"交流"来看,或者是"小东西"们向女娲求救;或者是"小东西"指斥女娲"裸裎淫佚",但由于他们的求救也好,指斥也罢,都得不到女娲的回应而无法达到目的,所以,这种滑稽局面所具有的讽刺性意味所针对的也就当然是这些"小东西"们了。即使就女娲面对山崩水溢的情景询问"小东西"们"是怎么一回事"的过程来看,也是如此。女娲的本意很清楚,就是想弄清楚山崩水溢的原因是什么,可是"小东西"们在回答的时候却有的赞扬颛顼指斥共工,有的则赞扬共工指斥颛顼,就是不直接回答女娲最想知道的问题。加之他们在陈述自己观点的时候,使用的都是文言,让女娲听得一头雾水,完全无法形成有效的交流,使人感到他们只是在自说自话,十分滑稽。而"小东西"们,包括"古衣冠的小丈夫",在用文言表达自己思想与意识的时候又是十分认真的,不仅表面的态度是认真的,遣词造句也是很规范的,但由于他们使用文言所表达的思想意识,无法与谈话的对象女娲形成有效的交流,无法实现交流的目的。因此,不仅他们念叨的那些规范的文言话语失去了存在的价值与意义,而且他们念叨那些文言话语的时候,态度越认真,遣词造句越规范,其自我否定与自我嘲讽的意味也越明显,鲁迅在小说中采用的文白相间的"油滑"修辞的意义与价值也越得到了凸显。

就"小东西"们的文言话语与鲁迅采用的白话的叙述和描写的话语所构成的"油滑"修辞的张力来看,这种张力既包含了由善与恶、美与丑等内容因素对比所构成的张力,也包含了由戏谑与严肃等审美因素的同存所构成的张力。"小东西"们用文言话语表情达意的时候,不仅都是十分严肃的,如"古衣冠的小丈夫"在指斥女娲时就是如此,或者是十分诚恳的,如"小东西"们向女娲求救时就是如此,而且所要传达的信息在他们的心里或潜在的意识中似乎都是善的、美的,如古衣冠的小丈夫对女娲指斥的内容,至少是不缺乏真意的。然而,鲁迅在用白话叙述和描写他们的时候,使用的又恰恰是戏谑的口吻,所揭示的又恰恰是他们的丑态与可鄙的嘴脸。例如,"小东西"们用满嘴的文言表达了向女娲求救的意思后,鲁迅用白话写道:"他于是将头一起一落的做出异样的举动",揭示了这些满嘴文言的"小东西"的丑态;又如,在"古衣冠的小丈夫"用文言指斥女娲之前,鲁迅用白话写道:"那顶着长方板的却偏站在女娲的两腿之间向上看,见伊一顺眼,便仓皇的将那小片递上来了。"鲁迅这里特意用"偏站在女娲的两腿之间向上看",将一个伪道学家的可鄙嘴脸活生生地写出来了。在这些文言与白话相间的话语中,虽然前一例白话与文言的对照采用的是先严肃后戏谑的组合方式,后一例则采用的是先戏谑后严肃的组合方式,但它们都在修辞学上构成了一种张力,一种由严肃的文言话语与戏谑的白话话语所构成的否定性张力。同时,也在小说的内容方面构成了所谓美的、善的内容与丑的、恶的内容相互否定的张力。这种张力虽然很"油滑",但是,不仅审美的意味独特丰富,而且其对丑与恶的否定的力度也十分强劲,真正达到了水涨船高及不着一否定词语却尽得风流的境地。即"小东西"的文言话语越规范,所要表达的意思越"严肃",鲁迅采用的叙述性与描写性的戏谑白话揭示的他们可鄙、丑陋的行为对"小东西"们用规范的文言所表达的"严肃"意思的否定性意味就越强烈而鲜明;"小东西"们用文言所表达的内容在他们自己看来是善的、美的,鲁迅用白话所揭示的他们丑的、恶的行为对这些所谓善的、美的内容的解构也就越强烈,讽刺性也就越鲜明。

其次,辞趣戏谑,具有包晕性的"油滑"修辞。这里的"包晕"性借用的是陈望道先生在《修辞学发凡》中所使用的概念,其意是指"语言文字的上下左右包晕而来的势力"①,用现在时髦的话来讲就是指一个词语在上下文中所起的作用。鲁迅小说《补天》的"辞趣戏谑,具有包晕性的"油滑"修辞"最突出地表现在用古今通用的多音节词语写古人、古事方面。作为白话小说的《补天》虽然与古今的其他白话小说一样使用古今通用的多音节词语是一种常态,但鲁迅在使用一些古今通用的多音节词语时却不仅赋予其辞趣以戏谑的意味,而且使这些似乎"随意点染"在小说中的多音节词语成为具体语境中的扭结点。不仅或隐晦曲折,或直白地表达了自己所要表达的思想情感,而且也由此在"油滑"中显出一种丰富的审美意味。如下面两个例子:

> 然而这诧异使伊喜欢,以未曾有的勇往和愉快继续着伊的事业……
> 然而伊不暇理会这等事了,单是有趣而且烦躁,夹着恶作剧的将手只是抢……

在这两个句子中,第一个句子里的"事业"和第二个句子里的"恶作剧"都是古今通用的多音节词语。这两个多音节词语在小说中所指的都是同一件事:女娲造人。其作用也十分相近,它们不仅在具体语境中出色地完成了表达鲁迅对所描写事件的思想与情感倾向的任务,显示了鲁迅的现代价值意识,而且在彰显了鲁迅"没有将古人写得更死"的艺术意图的同时,赋予了这些词语由鲁迅以特有的眼光看待神话事件、神话人物的思想意图所导致的、具有"包晕性"的艺术效果的"油滑"修辞特有的魅力。不过,由于这些古今通用的词语所处的具体语境的不同,因

---

① 陈望道.修辞学发凡[M].上海:上海教育出版社,2006:227.

此,这些词语所共有的戏谑的辞趣的凸显及具有包晕性的"油滑"修辞的审美意味也是各不相同的。

从第一例来看,这一例中词语"事业"是一个古今通用的词语,在古文献中就有这样的例子:《易·坤》有云:"而畅于四支,发于事业。"《荀子·君道》云:"故明主有私人以金石珠玉,无私人以官职事业,是何也?曰:本不利于所私也。"至于在现代文中这样的例子就更多了。这个词语不管是在古文献还是在现代文中,其所指基本没有什么歧义,都是指一种对社会的发展,对人的发展有积极作用的工作,或者说是"重要的工作"。所以,从"事业"这个词语的本意来看,鲁迅用这样一个词语来指称女娲所从事的造人的工作,不仅是恰当的,而且也用简洁的词语揭示了女娲造人这项工作庄严、神圣的性质。不过,以上内容都是我们按常规,即"事业"这个词语本身的所指得到的判断,这些判断从词语本身来讲是不错的,也是符合词语本身的基本属性的。但是,如果我们结合这个词语所处的上下文,我们就会发现,用"事业"这个词语来形容、界定女娲造人的工作,不仅显得有点不伦不类,也由于与小说书写女娲最初造人的语境相悖而显得有点滑稽。从小说的上下文来看,女娲最初的造人并不是一种有明确目的的举动,而是一种偶然的行为,即女娲并不是带着明确的目的开始造人这项神圣、伟大的工作的,她不过是在海水里看到了自己的影子,"不由的跪下一足,伸手掬起带水的软泥来,同时又揉捏几回,便有一个和自己差不多的'小东西'在两手里"。而按照"事业"这一词语的所指来看,一种偶然的行为,即使伟大如女娲造人的行为也是不能被称为"事业"的,因为所谓"事业",是指"人所从事的,具有一定目标、规模和系统而对社会发展有影响的经常活动"①。更何况,女娲在偶然得到了"一个和自己差不多的小东西"的时候,心中还有疑惑,不能肯定是不是自己造出来的,还"疑心这东西就白薯似的原在泥土里"。但鲁迅为什么却将这种不能称为是"事业"的工作非要用这样一个庄严的词语来形容呢?这其中就包含了鲁迅的艺术匠心,这种艺术的匠心包含两个方面:一个方面是通过"庄词谑用"完成了鲁迅表面肯定女娲造人的举动而实则否定其造人举动的意思;另一个方面就是为小说后面对女娲"事业"的结果——人及其价值进行否定做铺垫。或者从小说世界构造的内在理论说,正是出于为后面对人的价值进行反省的需要,鲁迅有意地选择了这样一个在上下文所构造的语境中"不甚恰当"的词语来界定女娲造人的工作。所以,在描写女娲最初造人的时候使用"事业"这个词语,表面看来是"很认真"的,其实这个词语的辞趣是戏谑

---

① 中国社会科学院语言研究所词典编辑室. 现代汉语词典[M]. 北京:商务印书馆,1978:
　　1042.

的,这种戏谑的意味并不是从这个词语本身透射出来的,而且在上下文的包晕中显现出来的。因此,这个词语的使用,也是鲁迅特别采用的一种"油滑"修辞,当然是意味深邃的"油滑"修辞,这种"油滑"修辞正是"将意义或价值呈现复又质疑消解的结构支点"①。

在第二例中,"恶作剧"一词也是一个古今通用的多音节词语。在中国文言小说《聊斋志异·婴宁》中就有这样的用法:"观其孜孜憨笑,似全无心肝者;而墙下恶作剧,其黠孰甚焉!"这个词语在古文和今文中的意思也基本一致,都是指"令人难堪的戏弄"。鲁迅使用这一词语很明显是对女娲造人行为的"直接"否定,如果将这种否定的意思直接翻译出来那就是,如果说女娲先前的造人还让女娲感到愉快的话,那么到女娲大量造人的时候,对女娲来说则不仅经不是一种愉快的工作了,而且完全成了一种戏谑的工作。毫无疑问,鲁迅用"恶作剧"这一现代词语来指称这个时候女娲造人的工作,具有显然的针砭性倾向,而且是一种带有喜剧色彩的针砭倾向。这种带有喜剧色彩的针砭,虽然从词语本身来看不具有"油滑"性,但是在上下文中却也具有"油滑"性特征,或者说是由于上下文的"包晕"而使这个直接表达否定的词语具有了"油滑"性。这是因为从上下文来看,"恶作剧"这个词语的辞趣是戏谑的,这种辞趣的戏谑表现在两个方面,一个方面是"恶作剧"的行为一般是针对别人的行为,也就是让别人难堪,但女娲"恶作剧"地拼命造人的结果却并不能使别人难堪,相反,由于这个时候女娲大量造出的所谓人"大半呆头呆脑,獐头鼠目",不仅无法让"别人"难堪,反而恶心了女娲自己,使她自己感到"有些讨厌",这也就使女娲的这种"恶作剧"犹如自己在给自己找恶心一样地具有了戏谑性;另一个方面是,女娲的"恶作剧"行为既然没有达到"恶作剧"应有的效果,也实在无法达到应有的效果,但女娲却似乎完全意识不到这一点,只是拼命地做这种对别人无用且只对自己有害的"恶作剧",并且直到自己精疲力竭,"困顿不堪似的懒洋洋的躺在地面上"才罢手。这也就使女娲的这种"恶作剧"行为,就犹如堂吉诃德"严肃"地向风车作战一样的滑稽,也如堂吉诃德的行为一样地具有了喜剧性,而这种喜剧性,正是"油滑"的美学属性。王瑶先生在谈鲁迅《故事新编》中的"油滑"时曾经特别指出:"所谓'油滑',即指它具有类似戏剧中丑角那样的插科打诨的性质,也即具有喜剧性。"②当然,虽然王瑶先生认为鲁迅《故事新编》中的这种"油滑"具有戏剧中丑角那样插科打诨的性质,但是从其作用来看,鲁

---

① 徐钺.新编与新诠——对《故事新编》的结构性解读[C]//刘孟达.经典与现实——纪念鲁迅诞辰130周年国际学术研讨会论文集.杭州:西泠印社出版社,2012:228.

② 王瑶.《故事新编》散论[M]//鲁迅作品论集.北京:人民文学出版社,1984:184.

迅小说中的这种具有喜剧性的"油滑",与一般戏剧中丑角的插科打诨是完全不同的。这种不同既表现在思想内容方面,也表现在艺术意味方面。就思想内容方面来看,这种"油滑"性不仅直接地表达了对女娲"大量"造人事件本身的一种嘲弄与批判,而且还具有反思女娲行为及其行为结果的倾向。从艺术意味来看,这种"油滑"的结果并非只具有让人笑的喜剧意味,还具有很浓厚的悲剧意味,或者说,这种"油滑"的结果混杂了喜剧与悲剧的复杂意味。

(二)对具体人的价值重估的文化思想与"油滑"修辞

如果说鲁迅在《补天》中对人的价值进行了总的重估的话,那么在随后的七篇历史小说中则通过对具体人物的塑造,进一步对人的价值,特别是人的历史价值进行了具体的重估。在后七篇历史小说中所塑造的人物,既有在中国家喻户晓的神话传说中的神,如后羿、嫦娥、眉间尺等(这些"神",实际也是人化了的神,其本质上还是人,他们不仅具有人应该具有的感性生命形式,也具有人所具有的理性精神以及丰富的情感内容,如后羿、嫦娥),也有历史文献中记载的名人,如大禹、伯夷、叔齐、老子、庄子等,还有鲁迅自己"随意"加入的人物,如《理水》中聚集在"文化山"上的学者、作家等。在思想理路上,鲁迅对这些具体人物的价值重估,既与对人的价值的总的重估有一致性,即重估的结论是否定的,如对伯夷、叔齐、老子、庄子等人价值的否定,又呈现出肯定、否定等多种思想交叉的倾向。但不管对这些人物价值重估的结论怎样不同,其重估的结论本身都与神话传说或历史文献中对这些人物的评判有十分明显的区别。其对这些人物价值重估所采用的修辞手段(包括最不具有"油滑"色彩的《铸剑》),不仅有别于中国文化典籍对这些人物正统、肃穆的修辞手段,也有别于其他类似的历史小说对这些人物书写的修辞手段,这种手段就是"油滑"修辞的手段。这种"油滑"修辞的手段不仅在艺术的层面保证了鲁迅对神话传说和历史文献中记载的人物价值重估的顺利完成,而且也正是对神话传说中的人物和历史文献中记载的人物价值重估的思想需求,内在地规约了"油滑"修辞手段的艺术风貌。

在《故事新编》中鲁迅对这些人物的塑造主要在两个背景下展开:一个是轰轰烈烈的壮丽生活背景,一个是平平淡淡的日常生活背景。这两个背景有时同时出现于一篇小说之中,如《理水》《非攻》,但在大多数情况下生活背景则是鲁迅塑造这些人物的主要背景,也是小说情节展开的主要背景,如《奔月》《采薇》《出关》《起死》。鲁迅在这两个背景下对人物的塑造,虽然分别采用了不同的书写策略,对人物的价值进行了不同的重估,但却都采用了意味深长的"油滑"修辞。

鲁迅在轰轰烈烈的壮丽的生活背景下对人物的塑造所采用的书写策略主要

是将他们放在重大的矛盾冲突或重大的事件之中,通过他们对矛盾冲突的化解或对重大事件的成功处置,彰显他们的大智慧以及他们所具有的献身精神等优良品质,从而完成对他们历史价值的认可。如大禹成功治水中使用"导"的方式所显示的智慧以及实地考察所表现的求实作风;墨子阻止楚国攻伐宋国过程中所表现的智慧和过人的胆识等。不过,鲁迅固然通过他们的成功揭示了他们为社会的发展所做出的重大贡献以及由此所显示的他们作为伟人、名人的价值,承续了中国历史文献对他们价值肯定的判断。但另一方面则在这个基础之上揭示了他们孤寂的处境,并由此对他们的价值进行了重估。重估的结论则是,他们固然为社会的发展和大众的平安做出了重大的贡献,但大众对他们并不了解,他们也并不是被大众拥戴的英雄,他们仅仅是孤独、寂寞的伟人、名人,扮演的是地地道道的悲剧角色。他们对于大众的价值或者仅仅是茶余饭后的谈资,如大禹辛苦地为大众治水,但大众也只是在路旁和屋檐下谈论他的事情;或者连做谈资的价值都没有,如墨子,虽然成功地阻止了楚国对宋国的攻伐,但宋国的人没有一个人知道,更没有人谈起他的功劳。这正是鲁迅提供的一种有别于中国历史文献对他们的价值判断的崭新的视角,而支撑这种崭新视角价值判断的修辞,正是"油滑"修辞。如《非攻》中,当墨子成功地阻止了楚国准备对宋国的攻伐后途经宋国时,他不仅没有得到宋国民众对他英雄般的迎接,相反,"一进宋国界,就被搜检了两回;走近都城,又遇到募捐救国队,募去了破包袱;到得南关外,又遭着大雨,到城门下想避避雨,被两个执戈的巡兵赶开了,淋得一身湿,从此鼻子塞了十多天"。这段描绘从表达思想的角度看,当然是既揭示了孤寂英雄墨子的遭遇,又直接地表明了墨子在民众眼中的价值,或者更确切地说是在鲁迅心中的另一种价值,也就是鲁迅在散文诗《这样的战士》中所写的那坚韧不拔地向"无物之阵"战斗的战士的价值:"他终于在无物之阵中老衰,寿终。他终于不是战士,但无物之物是胜者。"①从艺术手段来看,采用的是戏谑的"油滑"修辞的手段。在这种"油滑"修辞的手段中,不仅加入了现代事物,如"募捐救国队",而且语句较为短小,语气较为急迫,一气写出了墨子的遭遇及此时墨子狼狈的形象,彻底地褪去了曾经笼罩在墨子身上的神圣光环,在塑造出了墨子另一面的同时,表达了鲁迅对这个"终于不是战士"的孤寂的墨子的由衷同情以及新的价值判断。

在日常生活背景下塑造这些人物并重估其价值,鲁迅也采用了相应的书写策略。这种书写策略就是将这些无论是披着神的外衣,还是顶着伟人、名流桂冠的人物,还原为普通的人。不仅描写他们有血有肉的生命个体样态,也不仅揭示他

---

① 鲁迅 . 这样的战士 [M]//鲁迅全集:第二卷 . 北京:人民文学出版社,2005:220.

们与普通人一样的有维持生命必需的吃喝拉撒、穿衣戴帽的基本需求,甚至书写他们也会偶尔的生病以及与普通人一样面对老婆、面对家庭的种种遭际和喜怒哀乐的情感。也就是说,在《故事新编》中,鲁迅固然根据史料中的相关因由对这些神话人物或历史人物已经呈现在大众面前的神的一面或伟人、名人的一面进行了相应的点染,如羿射九日的壮举,墨子非攻的伟业,大禹治水的功绩等。但更主要的是在日常生活中揭示了这些神、伟人、名人的另一面,如后羿面对妻子埋怨的无奈;墨子被守城士兵拒之城外的尴尬;大禹面对妻子的指责的无言;庄子面对大汉索衣的狡辩等,从而完成了对这些曾被中国文献特别记载的人物价值的重估。重估的基本结论就是:这些神、伟人、名人虽然曾经有过辉煌的历史和彪炳史册的贡献,但当他们回到日常生活中,他们并不比普通人更有智慧、更能干,也当然不比普通人更有价值,甚至在大多数情况下,他们还不如普通人,如后羿、庄子。

毫无疑问,鲁迅书写这些人物的日常生活,大多是没有文献依据的,如后羿只能每天给妻子提供"乌鸦炸酱面",庄子在无法摆脱大汉纠缠的时候吹起哨子叫来"警察"解围等,完全是鲁迅"随意点染"的结果。即使有一点文献上的因由,如大禹治水三过家门而不入,但大禹的太太到"水利局"找大禹并洋洋洒洒地说出一大段话的情节,则完全是鲁迅自己根据表达某种思想的需要杜撰的。也许正是因为关于这些日常生活的情景、情节在历史文献中没有依据,也就不仅为鲁迅重新塑造与重新评价这些人物设置新的背景与条件提供了广阔的空间,而且也为小说"油滑"修辞的大行其道提供了便利的途径。而"油滑"修辞的使用,在艺术创造方面所形成的反作用力,正如郑家建先生曾经指出的一样:"在艺术创造中'油滑'有助于充分发挥虚构的自由,为作家艺术想象力的腾飞制造条件,帮助摆脱各种狭隘正统的审美观点的束缚,为作家用新的眼光观察世界,体会一切现存事物的相对性,并用独特的艺术形象和审美形式表现出来创造条件。"①不仅使小说容纳古事、今事成为可能,而且使小说中的古语、今语的杂糅具有了思想与艺术的合理性,从而既完好地实现了鲁迅创作《故事新编》从古今选取题材的意图,又使鲁迅真正没有将古人写得更死。更为重要的是,这样做的结果,也完好地满足了小说对人物的重新塑造和评价人物的思想需要,也当然有力地凸显了"油滑"修辞的特有风采与特定的魅力,这种特有魅力主要表现在多重否定意味的杂糅或叠加。

诚然,就"油滑"修辞的价值取向来看,这种修辞手段在鲁迅的《故事新编》中主要针对的是否定性的对象,或者如有的研究者曾经较为中肯地指出的一样"'油

---

① 郑家建."油滑"新解——《故事新编》新论(之一)[J].鲁迅研究月刊,1997(1):30-36.

滑'——莫如说这是作者在对事物整体否定性先验判断基础上寻找的一种索解方法"①。"油滑"修辞的基本美学属性是喜剧,但是,鲁迅在《故事新编》中使用"油滑"修辞表达的否定,则常常不是单一的、孤立的,而是多面的、相互联系的。这在鲁迅创作第一篇历史小说《补天》时就已经显示了这种特点。例如,鲁迅用"油滑"修辞手段在小说中加入一个"古衣冠的小丈夫",其所表达的否定就是具有现实针对性的否定,即鲁迅所自叙的是对那些"要含泪哀求,请青年不要再写这样的文字"的伪君子的否定。但在这种具体的否定中又包含了前面已经分析过了的、具有形而上意义的对于人的价值否定的意味。而在以日常生活为主要背景的历史小说中,当鲁迅继续采用这种"油滑"修辞来表达自己的否定性思想的时候,不仅依然充分发挥了"油滑"修辞多面否定的艺术功能,而且否定的层面与对象也更为丰富,否定的意味也更为隽永。既有在历史与现实结合的层面形成的否定,也有针对所塑造的对象本身及环绕在对象周围的看客们的否定,还有由此而延伸出的对人物所处社会的否定,等等。这些多面开花的否定,虽然有时主要集中于一篇小说中,有时则分别存在于不同的小说里,但它们都以自己多面否定的形态及所生成的隽永意味,从不同方面彰显了"油滑"修辞的艺术生命力,并由此生动地表达了鲁迅对人物价值的重新认识。

作为采用"油滑"修辞在历史与现实层面形成否定以及对人物价值重估的代表性小说,当首推《奔月》。这篇小说作为鲁迅继《补天》之后创作的第二篇历史小说,它既在很明显的方面突破了《补天》这篇小说取得的艺术经验,又在描写与叙事展开方面承续了《补天》这篇小说已经成型了的修辞手段。就突破方面来看,在《奔月》中鲁迅没有沿着《补天》在轰轰烈烈的壮丽生活背景下塑造具有强大创造能力的伟人的创作思路展开书写,而是将曾经的伟人从他曾经从事过的伟大事业中剥离出来,将其放入日常生活的背景下进行重新塑造;就承续方面来看,《奔月》不仅直接承续了《补天》中采用"油滑"修辞手段表达否定性思想的传统,而且直接承续了通过"油滑"修辞表达多重否定思想的传统。不过,由于两篇小说塑造人物的背景完全不同,因此,采用"油滑"修辞所表达的多重否定的思想内涵也不相同。如果说《补天》中表达的多重否定性思想主要针对的是现实中的伪道学家和一般人的价值的话,那么很显然《奔月》所表达的多重否定性思想则主要是针对历史中的具体人和现实中的具体人。这也就使两篇小说采用"油滑"修辞手法所表达的否定性意味各不相同,《补天》的否定性意味具有形而上与现实的双重意

---

① 徐钺. 新编与新诠——对《故事新编》的结构性解读[C]//刘孟达. 经典与现实——纪念鲁迅诞辰 130 周年国际学术研讨会论文集. 杭州:西泠印社出版社,2012:230.

味，而《奔月》的否定性意味则具有历史与现实的双重意味。这是《奔月》中鲁迅采用"油滑"修辞的手法集中地构造的具有历史与现实的双重否定意味的例子：

> "唉，"羿坐下，叹一口气，"那么，你们的太太就永远一个人快乐了。她竟忍心撇了我独自飞升？莫非看得我老起来了？但她上月还说：并不算老，若以老人自居，是思想的堕落。"
>
> "这一定不是的。"女乙说，"有人说老爷还是一个战士。"
>
> "有时看去简直好像艺术家。"女辛说。

这些例子所涉及的都是对后羿的评价，这些评价中所使用的概念，如思想、战士、艺术家等很显然是没有任何历史文献依据的，而是鲁迅有意地采用了现实中高长虹在一系列文章中评价鲁迅时所使用的评价用语，鲁迅则用这些现实的评语来评说历史的人物，将高长虹对鲁迅自己的评价几乎是不走样地直接"转嫁"到鲁迅在《奔月》中所塑造的人物后羿身上，这种跨越古今"转嫁"的手法就是具有典型意义的"油滑"修辞手法。这种"油滑"修辞手法所表达的思想意识，虽然表面上是肯定，但内里则完全是否定，是对制造了"思想家""战士""艺术家"这些"桂冠"的现实中的人物高长虹的否定，表达了鲁迅对别人给自己冠以所谓"思想家""战士"等称谓的反感。既具有与现实中的高长虹"开了一些小玩笑"①的意义，又具有显示鲁迅自己主体的情感倾向的意味，而且也是对小说中所塑造的历史人物后羿的反讽性的价值重估。这种价值重估的基本结论均与所谓"战士""艺术家"的称谓相悖，如果进行概括似乎可以如是说：在日常生活中，尤其是在家庭生活中的后羿，既没有战士的风采，也没有艺术家的气质，他不过就是一个普通的"善射者"，一个在家里拥有发号施令的权威，但却连自己的妻子都留不住的无能的"老爷"。这是鲁迅为读者塑造的一个全新的后羿，一个既具有悲剧色彩，又具有喜剧色彩的后羿形象。

在《故事新编》中，作为采用"油滑"修辞的手法既针对所塑造的人物本身进行否定，又对环绕在人物周围的看客们进行否定的小说作品有好几篇，如《理水》《铸剑》《采薇》等。这里主要以《铸剑》为例来展开分析。之所以选择《铸剑》做分析的对象，是因为这篇小说较为特殊，其特殊性不仅表现在这是《故事新编》最少采用"油滑"修辞的一篇小说，而且表现在小说中这极少采用的"油滑"修辞的意义非同一般。所以，从一定意义上讲，分析了这篇小说中"油滑"修辞的特点不仅对理解其他"油滑"修辞采用得较多的小说有直接的帮助，而且更为重要的是从一

① 鲁迅．两地书［M］//鲁迅全集：第十一卷．北京：人民文学出版社,2005:280.

个新的方面对这篇小说进行解读,我们还会发现鲁迅的艺术匠心。

鲁迅曾说《铸剑》这篇小说不具有"油滑"性,他自己在谈论"油滑"问题的时候,也将这篇小说排除在外了。总的看来这篇小说也的确没有明显的"油滑"性,但正如鲁迅自己在《故事新编·序言》中所说的一样,当其在第一篇历史小说《补天》中采用了"油滑"的手法后,虽然在理性认识的层面他认识到了"油滑"是创作的大敌,我对于自己很不满",但在小说叙事实际展开的过程中,他又"因为自己的对于古人,不及对于今人的诚敬,所以仍不免时有'油滑'之处"。即使在最不具有"油滑"色彩的《铸剑》中,也如在其他历史小说中一样地采用了"油滑"的修辞手段,如小说中这一段叙事:

> 路旁的一切人们也都爬起来。干瘪脸的少年却还扭住了眉间尺的衣领,不肯放手,说被他压坏了贵重的丹田,必须保险,倘若不到八十岁便死掉了,就得抵命。闲人们又即可围上来,呆看着,但谁也不开口;后来有人从旁笑骂了几句,却全是附和干瘪少年的。眉间尺遇到了这样的敌人,真是怒不得,笑不得,只觉得无聊,却又脱身不得。这样地经过了煮熟一锅小米的时光,眉间尺早已焦躁得浑身发火,看的人却仍不见减,还是津津有味似的。

在这段叙事中,虽然没有如《故事新编》中的其他小说那样用古今杂糅的用语或现代的情景构成"油滑",但从所书写的内容来看,其"油滑"性还是跃然纸上的。如"干瘪少年"说自己"贵重的丹田"被眉间尺"压坏了","必须保险,倘若不到八十岁便死掉了,就得抵命"等,就明显是采用的"油滑"修辞手法展开的叙事。而且,这一情节也是没有任何文献资料作支撑的,完全是鲁迅根据所要表达的思想杜撰的。在这段叙事中,鲁迅采用"油滑"修辞所要表达的思想很明显都是否定性的思想,其否定的对象主要是一种学说和三类人。一种学说就是道家关于丹田的学说;三种人则包括吵架者"干瘪脸的少年"、围观看热闹者和引起围观事件的主角眉间尺。

对道家丹田学说的否定,是生成"油滑"修辞的主要思想依据。因为从小说这段具有"油滑"性的话语来看,"干瘪少年"拽着眉间尺吵架的主要原因就是认为眉间尺压坏了他的"丹田","干瘪少年"如此重视"丹田"则又是因为他完全信服了道家关于"丹田"的学说。"道家把人身脐下三寸的地方称为丹田,据说这个部位受伤,可以致命。①"而鲁迅对道家的所谓丹田学说,在创作《铸剑》之前的1925年在杂文中就曾经给予过断然的否定:"例如一位大官做的卫生哲学,里面说——

---

① 　鲁迅.鲁迅全集:第二卷[M].北京:人民文学出版社,2005:452.

'吾人初生之一点,实自脐始,故人之根本在脐……故脐下腹部最为重要,道书所以称之曰丹田。'"并将这种引用道家学说的所谓"卫生哲学",称为是"把科学东扯西拉,羼进鬼话,弄得是非不明,连科学也带妖气"①的学说。正是因为如此,所以鲁迅在叙述眉间尺与"干瘪少年"吵架的话语中,不禁对道家的所谓丹田学说又来了一次讽刺,从而赋予了这段叙事的话语以显然的"油滑"性。

在小说采用"油滑"修辞所针对的否定性对象中,最值得分析的否定性对象是眉间尺。这不仅是因为小说采用"油滑"修辞所表达的对"干瘪少年"以及"看客们"否定的思想在字里行间已经显露得十分鲜明了,而且是因为在既往研究《铸剑》这篇小说的研究成果中,还没有一项成果注意到了鲁迅对主人公之一的眉间尺否定的思想倾向。不错,在整篇小说中鲁迅对主人公眉间尺在字里行间没有采用任何否定性的词语,即使在这段具有明显"油滑"性的文字也只写了他在争吵中所表现出的"无聊""焦躁"等情绪,但也正是这种不露否定的书写,以十分隐蔽的方式表达了鲁迅对复仇者眉间尺的价值重估。毫无疑问,作为一个复仇者,在小说中鲁迅对其复仇行为是赞赏的,而且,也尽力描写了在复仇的过程中眉间尺义无反顾的气度:"当眉间尺肿着眼眶,头也不回的跨出门外,穿着青衣,背着青剑,迈开大步,径奔城中的时候,东方还没有露出阳光。杉树林的每一片叶尖,都挂着露珠,其中隐藏着夜气。"所谓"头也不回的跨出门外",所谓"迈开大步""径奔城中"等,几个词语就写出了为了复仇眉间尺所表现出来的刚毅、果敢的神情,并且用清新的写景,给这位义无反顾的复仇者披上了一层诗意的色彩。但是,当鲁迅将这个连生死都置之度外的复仇英雄放入日常生活情景中,这个英雄的弱点也就很快显露出来了:完全没有处置日常生活中人与人的关系的能力。当他面对别人与自己的冲突时,他除了"无聊""焦躁"之外,没有显示任何解决矛盾的能力,如果不是"黑色的人"出面解围,眉间尺还不知道会怎么样。鲁迅如此描写,实际上也从一个方面揭示了眉间尺复仇的不可能性。因为,对一个连日常生活中的矛盾都无法处理的人来说,他的智慧水准也绝对无法解决复仇中必然要关涉的一系列问题,如怎样接近复仇的对象、怎样将复仇之剑带入戒备森严的王宫等。尽管关于眉间尺将头颅和宝剑交与"黑色的人"帮助自己复仇的事件,历史文献中有相关记载,但鲁迅如此书写,则使小说后面书写眉间尺将自己的头颅与宝剑"义无反顾"地交给"黑色的人"让"黑色的人"帮助自己完成复仇大计的行为,更具有了艺术的合理性,使人物的性格也更为鲜明、丰富了。

《故事新编》采用"油滑"修辞既构成对主要人物的否定,又延伸到对人物所

---

① 鲁迅. 热风·三十三[M]//鲁迅全集:第十七卷. 北京:人民文学出版社,2005:314.

处社会的否定的小说,可以《理水》和《起死》为代表。这是《理水》和《起死》中的两个情节:

> 禹太太呆了一会,就把双眉一扬,一面回转身,一面嚷叫道:
>
> "这杀千刀的! 奔什么丧! 走过自家的门口,看也不进来看一下,就奔你的丧! 做官做官,做官有什么好处,仔细像你老子,做到充军,还掉在池子里变大忘八! 这没良心的杀千刀!(《理水》)
>
> 汉子——(揪住他,)你这贼骨头! 你这强盗军师! 我先剥你的道袍,拿你的马,赔我……
>
> (庄子一面支撑着,一面赶紧从道袍的袖子里摸出警笛来,狂吹了三声。汉子愕然,放慢了动作。不多久,从远处跑来一个巡士。)(《起死》)

第一例中禹太太怒气冲冲讲出的一段话,虽然是直接针对大禹的,但又从大禹身上延伸到了社会,所以禹太太的这段话既是对大禹的否定,更是对社会的否定。第二例中庄子在无可奈何的情况下"吹警笛"叫来巡士的描写,一方面当然是在讽刺庄子,但另一方面,结合后面警察对庄子谦恭和对穷汉凶狠的不同态度,我们会发现,这段描写很显然也讽刺了作为国家机器的警察,将讽刺的矛头对准了庄子所生活的社会。在这两例所展开的否定与讽刺中,都采用了"油滑"修辞的手法。禹太太诅咒大禹的一番话,无论是按照历史的语境,还是索诸各类文献资料,都显然不是禹太太本人能说或者会说的话,而是鲁迅"故意""请"禹太太说的话。鲁迅让禹太太说这么一番充斥着"泼妇骂街"似的话,当然不是为了还原所谓历史的场景(事实上,所谓历史的场景也无法还原,更何况是传说的历史场景),而是为了表达自己对大禹这个重要人物价值的重估以及对鲁迅自己所处社会的批判思想。所以,禹太太所列举的事例,如大禹过家门而不入,大禹的老子变成了什么,等等,虽然有一定的文献依据,但禹太太所使用的用语却全是现代人经常使用的用语,甚至是十分口语化的用语,如"杀千刀的""奔什么丧""做官有什么好处"等。这正是这篇小说采用的"油滑"修辞的地方。《起死》中所描写的庄子"吹警笛"的行为,不仅行为本身是现代人才有的,而且所谓"警笛"一类的词语,还是地地道道的现代名词。至于《起死》后面所写的"巡士"对庄子的赞美的话,不仅全使用的是现代人常用的词语,而且还直接将20世纪30年代林语堂称道庄子文章是"上流的文章"的评语直接"搬进"了小说中。不过以上两段文字虽然都采用了"油滑"修辞的手段,但由于所否定及讽刺的直接对象——大禹与庄子——在鲁迅的意识观念中有着完全不同的认识与价值判断,因此,其"油滑"修辞所形成的艺术效果也是不同的。

　　鲁迅对大禹这个与自己的故乡绍兴有密切关系的伟人,在总的倾向上是肯定的,他曾经十分自豪地说:"于越故称无敌于天下,海岳精液,善生俊异,后先络驿,展其殊才;其民复存大禹卓苦勤劳之风,同勾践坚确慷慨之志,力作治生,绰然足以自理。"①大力地赞赏了大禹"卓苦勤劳"的品格。所以,在小说《理水》中即使采用"油滑"修辞对大禹三过家门而不入的行为通过禹太太的口,也站在禹太太的角度进行了否定,但却并没有从根本上否定大禹如此做的可贵性。也就是说,从"铁肩担道义"的角度看,鲁迅并没有否定大禹三过家门而不入的行为,相反,还采用"油滑"的修辞,以喜剧的形式从一个特殊的层面赞赏了大禹如此而为的可贵性。大禹三过家门而不入,虽然受到了禹太太怒气冲冲的指责,却也正是禹太太的这种指责以喜剧的形式揭示了大禹在治水过程中舍小家为大家的崇高品质,而具有如此崇高品质的人,正是伟人。但是,如果站在另一个角度,即禹太太和家庭的角度来看大禹的行为,大禹这个大英雄也的确有应该否定的东西,这就是对家庭没有尽自己应该尽的义务,对老婆孩子没有承担一个丈夫和父亲应该承担的责任。"《理水》中的大禹是鲁迅塑造的最后一位历史英雄,但他的缺陷透过作品已一览无余。他接近草莽,生活简朴,与人民同吃同住;因地制宜,不墨守先人的治水方法,灵活机动,终于治退大水,保卫了百姓。大体看上去这是一个具有现代气质的英雄人物,但小说在讲述其丰功伟绩的同时,也像《奔月》一样,将主人公放入尘世之网,将他还原有烟火气的凡人,这就有了禹太太在禹回家时追至局里,谴责他'过自家门口,看也不进来看一下'。"②这也是鲁迅在日常生活背景下对大禹这个人物的价值进行的重新估定,当然是很新颖、独到的重估,这种重估不仅从一个最世俗、最平常的层面颠覆了中国文化典籍对大禹三过家门而不入行为延续千年的肯定性的价值判断,而且从地地道道的现代家庭观念出发得出了新颖而重要的重新判断。鲁迅曾在《我们现在怎样做父亲》一文中指出,一个好父亲就应该要对孩子负责,不仅要生他们,更要教育他们,即"父母对于子女,应该健全的产生,尽力的教育,完全的解放"③。而按照这个现代性的"做父亲"的标准来衡量大禹,很显然,大禹并不是一个好父亲,至少不是一个合格的父亲,他只"产生"了孩子,但却完全没有"尽力的教育"他们。大禹三次经过自家门前,甚至连看都没有看看孩子,更遑论"尽力的教育"孩子呢? 但由于鲁迅在总体上对大禹还是肯定的,因此,

　　① 鲁迅.《越铎》出世辞[M]//鲁迅全集:第八卷. 北京:人民文学出版社,2005:41.
　　② 倪坦. 鲁迅《故事新编》中历史人物形象流变分析[C]//田建民,赵京华,黄乔生."鲁迅精神价值与作品重读"学术研讨会论文集. 保定:河北大学出版社,2014:420—421.
　　③ 鲁迅. 我们现在怎样做父亲[M]//鲁迅全集:第十七卷. 北京:人民文学出版社,2005:141.

即使是对大禹作为一个丈夫、一个父亲的价值进行重估，也没有将其原有的伟大性抹杀，禹太太上面那段话的否定性重心虽然表面上是针对大禹的，而实质则是针对社会的。小说的"油滑"修辞呈现的虽然是喜剧，但书写出的却是"双重的悲剧"：一重悲剧是大禹作为一个"官"的悲剧，其悲剧就在于，大禹虽然为大众和社会做出了伟大的贡献，但他所做出的伟大贡献是以牺牲自己对家庭的责任为沉重代价的；另一重悲剧是社会的悲剧，这重悲剧既表现在社会对于像大禹这样全心全意为大众、为社会的"官"的不公平性，按照禹太太的说法就是"做官做官，做官有什么好处，仔细像你老子，做到充军，还掉在池子里变大忘八！"又表现在社会对于那些庸官、懒官，如小说中所写的几位"视察大员"们的无限度的容忍，不仅容忍他们的一事不做，而且容忍他们在民不聊生时的花天酒地。

与对大禹的思想及情感态度相比，鲁迅虽然很赞赏庄子文章的汪洋恣肆，但对庄子这个人的思想，却基本是否定的。如在《汉文学史纲要》中，鲁迅曾指出："庄子名周，宋之蒙人，盖稍后于孟子，尝为蒙漆园吏。著书十余万言，大抵寓言，人物土地，皆空言无事实，而其文则汪洋辟阖，仪态万方，晚周诸子之作，莫能先也。"①在这段评说中，鲁迅充分肯定了庄子文章"汪洋辟阖，仪态万方"的气势与特点，也高度评价了其在诸子百家中"莫能先"的崇高地位，但也直接指出了其文章"皆空言无事实"的弊端，这是鲁迅作为文学史家对庄子文章成就与弊端的评价，在这样的评价中已经彰显了鲁迅对庄子"空言"批判的思想倾向。而在其他地方，只要涉及庄子的思想，如"彼亦一是非，此亦一是非"，其判断基本都是否定的，并且曾经很诚恳地检讨自己"就是思想上，也何尝不中些庄周韩非的毒"②。更何况，鲁迅创作《起死》这篇小说，其本意就是为了否定庄子的学说，特别是"彼亦一是非，此亦一是非"等"无是非"的思想与学说，讽刺庄子"空言"的行为。所以，当鲁迅采用"油滑"修辞表达对庄子的否定与讽刺时采用的则是双面开花的方式：既针对庄子，也针对庄子所处的社会。其"油滑"修辞所呈现的完全是喜剧性，将庄子与庄子所处社会的"无价值"性东西一并"撕开给人看"，不具有任何悲剧的意味。

### 三、重估启蒙价值的文化思想与"油滑"修辞

如果说鲁迅在《故事新编》中对人的价值重估是最具有形而上意义的内容的话，那么鲁迅对启蒙价值的重估则是《故事新编》中最具有历史与现实意义的内

① 鲁迅 . 汉文学史纲要[M]//鲁迅全集：第九卷 . 北京：人民文学出版社,2005:375.

② 鲁迅 . 写在《坟》后面[M]//鲁迅全集：第十七卷 . 北京：人民文学出版社,2005:301.

容,这些内容主要包括两个方面,一方面是对大众启蒙价值的重估;另一方面是对启蒙者,也就是知识分子价值的重估。

对大众进行思想启蒙,不仅是鲁迅从"弃医从文"开始就一直思考的问题,也是鲁迅创作自己小说的基本指导思想。鲁迅曾在《我怎么做起小说来》一文中很中肯地指出:"说到'为什么'做小说罢,我仍然抱着十多年前的'启蒙主义',以为必须是'为人生',而且要改良这人生。我深恶先前的称小说为'闲书',而且将'为艺术的艺术',看作不过是'消闲'的新式的别号。所以我的取材,多采自病态社会的不幸的人们中,意思是在揭出病苦,引起疗救的注意"。① 这可以说是鲁迅对自己《呐喊》《彷徨》两本小说集的基本思想意图的总结,如果将鲁迅对自己两本现代小说集的思想意图的总结进行提炼,那么关键词就是"启蒙",即鲁迅自叙的他创作小说的重要目的"是在揭出病苦,引起疗救的注意。"

启蒙作为中国新文化运动的重要主题,曾经是五四时期各类新文学作品争相表达的内容,而鲁迅作为中国新文化与新文学的主将,他最初的文学创作,尤其是小说创作,更是将启蒙的主题作了深刻的演义,并以一个否定性的命题具体化了启蒙的价值指向:改造国民性。他在这一时期所创作的《呐喊》《彷徨》两部小说集,从一定意义上讲,就是鲁迅集中宣扬改造国民性思想的文学成果,是他对改造国民性这一启蒙的中心问题进行深入思考的优秀的艺术结晶。

但是,当五四高潮过后,1926 年,鲁迅孤身一人从新文化与新文学的中心北京来到坐落于东海之滨的厦门大学,在这里他又一次地经历了孤独的生命体验,"对着大海,翻着古书,四近无生人气,心里空空洞洞。而北京的未名社,却不绝的来信,催促杂志的文章。这时我不愿意想到目前;于是回忆在心里出土,写了十篇《朝花夕拾》;并且仍旧拾取古代的传说之类"②,写了《奔月》和《铸剑》两篇历史小说。再后来,当新文学由文学革命向革命文学转变之后,鲁迅又创作了《故事新编》中的另外五篇历史小说。此时的鲁迅,虽然心境和处境都与五四时期完全不同,虽然小说创作的取材从描写"病态社会的不幸的人们"的生活转向了从神话、传说、历史故事取材来描写神与古人的生活,但是对于改造国民性这一启蒙的核心问题,他仍然没有放弃思考。不仅没有放弃思考,而且还对自己在五四时期十分热衷表达的改造国民性的思想主张进行了反省,对启蒙的价值进行了重估。重估的基本结论是:启蒙无效,甚至可以说,对大众的启蒙完全失败了,自己曾经怀抱的"改造国民性"的理想完全落空了。这一时期,鲁迅作为"左翼"文坛的领袖,

---

① 鲁迅. 我怎么做起小说来[M]//鲁迅全集:第四卷. 北京:人民文学出版社,2005:526.
② 鲁迅. 故事新编·序言[M]//鲁迅全集:第二卷. 北京:人民文学出版社,2005:354.

虽然在 1930 年发表的《习惯与改革》中也真诚地认为：“多数的力量是伟大的”①，在 1932 年发表的《二心集·序言》中“以为惟新兴的无产者才有将来”②，但 1934 年当他发表《朋友》一文时又清醒地发现了这样的现象并做出了这样的判断：“暴露者揭发种种隐秘，自以为有益于人们，然而无聊的人，为消遣无聊计，是甘于受欺，并且安于自欺的，否则就更无聊赖。因为这，所以使戏法长存于天地之间，也所以使暴露幽暗不但为欺人者所深恶，亦且为被欺者所深恶。”③对这种现象的发现以及所做出的“暴露幽暗不但为欺人者所深恶，亦且为被欺者所深恶”的判断，实际上表明了鲁迅“对于群众/庸众的态度却又归回到原先的麻木难救了”④。鲁迅对“群众/庸众”的这种态度正反映了鲁迅对自己曾经热心地从事过的启蒙、改造国民性工作一无效果的失望，甚至还可以说是一种“绝望”，一种“叫喊于生人中，而生人并无反应，既非赞同，也无反对，如置身毫无边际的荒原，无可措手”⑤的绝望。

也许正因如此，所以当鲁迅决定“仍旧拾取古代的传说之类，预备促成八则《故事新编》”⑥的时候，尤其是从 1934 年到 1935 年他创作《故事新编》中的后五篇小说的时候，每当涉及关于对大众启蒙的问题时，或者说每当鲁迅希望通过“故事新编”的形式表达自己对启蒙问题的重新思考及价值重估的思想倾向时，鲁迅常常根据现实的需要，采用“以古鉴今”的方式，将自己从神话、传说和历史故事中采用的题材及所塑造的人物进行现代性的处理，或者有意识地将古代的情景与现代中国的情景进行对照似的书写，“把原始时代与民国时代对应”⑦，甚至直接将自己在中国 20 世纪 20 年代末到 30 年代初所见的社会现实、各类人物以及相关思潮“生硬”地纳入小说之中。鲁迅之所以采用如此的方式进行“故事”的“新编”，这是因为“‘历史小说’在鲁迅这里，不是写历史，而是借了历史作框架作背景，借了历史已有‘定论’的人事来重做编排，透出自己的价值观和情感倾向”⑧。鲁迅

① 鲁迅．习惯与改革[M]//鲁迅全集：第四卷．北京：人民文学出版社，2005：228.
② 鲁迅．二心集·序言[M]//鲁迅全集：第四卷．北京：人民文学出版社，2005：195.
③ 鲁迅．朋友[M]//鲁迅全集：第五卷．北京：人民文学出版社，2005：481.
④ 徐钺．新编与新诠——对《故事新编》的结构性解读[C]//刘孟达．经典与现实——纪念鲁迅诞辰 130 周年国际学术研讨会论文集．杭州：西泠印社出版社，2012：256.
⑤ 鲁迅．呐喊·自序[M]//鲁迅全集：第十七卷．北京：人民文学出版社，2005：439.
⑥ 鲁迅．故事新编·序言[M]//鲁迅全集：第二卷．北京：人民文学出版社，2005：354.
⑦ 倪坦．鲁迅《故事新编》中历史人物形象流变分析[C]//田建民，赵京华，黄乔生．“鲁迅精神价值与作品重读”学术研讨会论文集．保定：河北大学出版社，2014：414.
⑧ 徐钺．新编与新诠——对《故事新编》的结构性解读[C]//刘孟达．经典与现实——纪念鲁迅诞辰 130 周年国际学术研讨会论文集．杭州：西泠印社出版社，2012：252.

对历史故事的这种"新编",不仅很有效地完成了自己对启蒙价值重估的思想表达,而且也由此使自己所采用的"油滑"修辞的手段在具有思想表达的合理性的同时,达到了意想不到的艺术效果。请看这些例子:

> 灾荒得久了,大学早已解散,连幼稚园也没有地方开,所以百姓们都有些混混沌沌。(《理水》)
>
> 小穷奇看出了伯夷在发抖,便上前去,恭敬的拍拍他肩膀,说道:
>
> "老先生,请您不要怕。海派会'剥猪猡',我们是文明人,不干这玩意儿的。什么纪念品也没有,只好算我们自己晦气。现在您只要滚您的蛋就是了!"(《采薇》)
>
> 人们却还在外面纷纷议论。过不多久,就有四个代表进来见老子,大意是说他的话讲得太快了,加上国语不大纯粹,所以谁也不能笔记。没有记录,可惜非常,所以要请他补发些讲义。(《出关》)

以上这些例子都选自鲁迅在20世纪30年代创作的历史小说,也就是被学界同人习惯地称为"后期"的历史小说。事实上,鲁迅对启蒙价值的重估,不仅在后五篇历史小说中有直接的表达,即使是习惯上被学界同人归入鲁迅"前期"创作的历史小说《铸剑》中也有鲜明的表达。如在前面引用了的《铸剑》关于眉间尺与"干瘪少年"争吵的场景的描写,就已经表达了鲁迅对"看客"讽刺与批判的思想倾向。这里所表达的对"看客"讽刺与批判的思想倾向,如果与《呐喊》《彷徨》中所表达的思想倾向进行比较就会发现是很不相同的:如果说在《呐喊》《彷徨》中鲁迅着重刻画的是看客们面对所看的对象呈现出的"麻木"的神情,如最具有代表性的现代小说《示众》就是如此,鲁迅对这些麻木神情的"看客"的批判更多的是怀抱着"哀其不幸,怒其不争"的情怀展开的话,那么在《铸剑》中着重刻画的则是看客们面对所看的对象呈现出的"幸灾乐祸"的神情。很明显,鲁迅对这些幸灾乐祸的看客的批判则没有了"哀其不幸,怒其不争"的情怀,而是完全的"失望","失望"于看客们的无是非、无同情心,"失望"于他们对别人(眉间尺)遭遇的"津津有味",这种"失望",正是鲁迅对启蒙"无效"的一种情感表达。

当然,《铸剑》中对启蒙价值重估的表达,虽然也使用了"油滑"修辞的手段,但与后五篇历史小说中对启蒙价值重估的表达所使用的"油滑"修辞手段的方式是不一样的。《铸剑》的"油滑"修辞是基于对道家关于"丹田"学说的讽刺展开的,其"油滑"性的生成主要在于"干瘪少年"基于道家关于"丹田"的学说所展开的推理及提出的"要求"的可笑性,整个叙述与描写没有使用具有明显的现代标志的词语(这也许就是人们认为《铸剑》中没有"油滑"的直接理由),也没有如《补天》中似的插入针对现实的人物与情节，而上面所列举的三个例子中"油滑"性的生成则首先就表现在采用了具有明显的现代标志的词语方面。这些具有明显的现代标志词语的使用，不仅成为这些小说"油滑"修辞手段最显然的特征，而且这些具有明显的现代标志词语的使用，还有效地突破了古代与现代的隔膜，从而使小说所表达的思想在"穿越"了古事、古人的束缚之后，直接呈现出对现实的针砭与批判，而这些现代词语所构成的"油滑"修辞，也通过这些现代词语折射出了现实的意义。当然，在上面所列举的三个例子中，虽然通过使用现代词语所构成的"油滑"修辞及所显现的现实意义是各不相同的，但没有例外的是，它们都从不同的方面表达了鲁迅对启蒙价值重估的思想。

在上面所列举的第一个例子中，鲁迅使用"大学""幼稚园"来指称远古时代的教育机构，很明显是用现代的词语来指称古代的事物。古代虽然也有培养高级学者的学堂，但却没有用"大学"这一名词来称谓，更多地是用"院"来称谓，如湖南的"岳麓书院"；至于"幼稚园"则不仅名称是现代的，而且这种教育机构还是到了现代才有的，是现代教育体制构成的一个部分。鲁迅在这里用这些现代词语来指称远古时代的教育机构，虽然呈现出显然的"油滑"性，但其中所包含的却是对现实的批判性，其批判直接针对现代社会，而落脚点则是启蒙问题。

从小说中的叙述来看，"百姓们"之所以都"混混沌沌"，就是因为"大学早已解散，连幼稚园也没有地方开"。也就是说，正是因为社会没有为老百姓们读书提供场所，将灌输知识的教育机构都关闭了，老百姓们没有机会接受相应的教育，所以，他们才成为不明事理的"混混沌沌"的人；成为只能在"檐前，路旁的树下"谈治水的大禹"怎样夜里化为黄熊，用嘴和爪子，一拱一拱的疏通了九河，以及怎样请了天兵天将，捉住兴风作浪的妖怪无支祁，镇在龟山的脚下"的事情的人；成为无法自己凭借自己的理性来分析问题、解决问题的人。从这个意义上讲，大学的解散，幼稚园的关门，不仅在小说中具有实写洪水滔滔时的社会状况的作用，也不仅具有现实的象征的意味，而且鲁迅实际上是用"油滑"修辞的手段将对大众启蒙失败的原因一并揭示出来了，这个原因之一就在于社会没有为大众提供应有的现代教育。鲁迅在小说中只列举了"大学"与"幼稚园"关门的事实，而没有列举其他教育机构，如一般的"学堂"等，这也是很有匠心的。因为，大学和幼稚园这两个教育机构，正代表着现代教育的两极：幼稚园是现代社会最初级的教育机构；大学则是现代社会最高级的教育机构。从人受教育的过程来看，从幼稚园到大学，正是人接受全面教育的完整过程，而从小说的叙述与描写来看，两极教育机构都已关闭，也就等于是"全面"地堵塞了百姓们接受教育的途径。由此，我们也就可以理解，为什么鲁迅在小说中要用现代词语来指称远古的教育机构了，也可以理解，为什么鲁迅要特意地采用"油滑"修辞的手段了。因为,这种"油滑"修辞的手段所揭示的是重要的、具有现实意义的问题,所表达的是鲁迅对五四以来就沸沸扬扬地倡导的对大众的启蒙为什么会没有任何效果,为什么会失败的思考。

在第二例中,鲁迅同样使用了现代性的词语"海派"。很显然,"海派"无论是作为一种社会事物,还是作为一个指称概念,在伯夷、叔齐的年代都是不存在的,它是在中国最现代化的城市上海出现后才有的事物。所谓"海"指称的就是"上海",而在伯夷、叔齐的年代,上海还没有开埠,更遑论有所谓"海派"呢?"海派"则是20世纪30年代人们对身处上海的一批文人的称谓。鲁迅让自己在历史小说中虚构的人物小穷奇使用这样一个指称现代事物的现代词语,虽然在表面上是以"油滑"修辞的手段在"信口开河"地打趣,但也正是由于采用这种"油滑"修辞手段形成的"信口开河"地打趣,却不仅从一个特殊的方面(即"以古鉴今"的方面)完成了鲁迅对启蒙价值重估的表达,而且也使鲁迅对重估启蒙价值的表达具有了艺术的合理性,这正是鲁迅采用"油滑"修辞的艺术匠心与思想匠心之所在。

从艺术匠心看,鲁迅让自己虚构的一个以拦路抢劫为谋生手段的小穷奇使用指称现代事物的现代词语,虽然表面看来是很"油滑",但是如果我们进行深层的分析则会发现,正是这种有意识的"油滑"却在事理逻辑上将小穷奇这样的下层人与启蒙思潮有机地联系在了一起。小穷奇在穷乡僻壤做拦路打劫的营生却能十分顺溜地使用现代时髦的词语,这只能说明一点,那就是小穷奇也接受或者说接受过包括启蒙在内的新思潮的洗礼或影响,否则他不会如此顺溜地使用时髦的现代词语,他能顺溜地使用时髦的现代词语正表明他接受过或者说至少是还喜欢时髦的现代事物。

从思想匠心来看,鲁迅让身处下层的小穷奇在实行抢劫的时候使用现代词语来表情达意,实际上是以"油滑"的修辞手段呈现了这样一个现实的事实,即经过了几十年的启蒙,像小穷奇这样拦路打劫的强盗也不过是学会了使用时髦的现代词语。他一如既往地仍然进行"拦路打劫"的行为则表明,他虽然能熟练地操持现代时髦的词语为自己进行冠冕堂皇的辩护,但却并没有改邪归正。而小穷奇这种并没有改邪归正的结果,则以最现实的事实说明像小穷奇这样的下层人,在精神上并没有得到改变,而小穷奇精神上并没有得到改变的事实又可以说明启蒙的无效性,特别是对大众启蒙的无效性。正是从这一方面我们完全可以说,小说虽然写的是"古事",甚至是无稽可考的古事,但映照出的却是现实的景况,而现实的景况之所以能得到映现的艺术上的直接依据又正是小穷奇使用现代词语这一"油滑"修辞。所以,"海派"这一个现代词语在小说中的使用,虽然表面上似乎是"信口开河",但深入地透视则可以发现鲁迅思想与艺术的匠心。

　　最有意味,也是最充分地表达了鲁迅对启蒙价值重估结论的是第三例。在这一例中鲁迅也使用了一个现代词语"国语",这个词语也是到了现代才出现的,它指称的是以北方方言为基础的现代汉语。小说中那些听老子讲学的人将自己没有听清楚老子所讲授的内容的原因之一归结为老子的"国语不大纯粹",这陈述的似乎确然是事实。因为鲁迅在小说的前面已经交代了,给大家讲学的老子"没有牙齿,发音不清",又加上"打着陕西腔,夹上湖南音",没有使用纯粹的"国语",所以,大家自然听不懂老子讲学的内容。但也正是在这种似乎确然的陈述中,一种"油滑"的意味也力透纸背地发散出来,或者说鲁迅是采用了一种"油滑"修辞的手段在陈述一种事实。而从"油滑"修辞的基本价值指向,即否定性价值指向来看,鲁迅采用"油滑"修辞其意当然是在否定老子的学说,这可以说是鲁迅使用现代词语构成"油滑"修辞的直接的思想目的。但同时我们也可以发现,这一现代词语的使用并不仅仅具有否定老子学说的思想意义,它同时也具有否定老子"讲学"过程的艺术目的。在老子要开始讲学的时候,听众们是如此的踊跃,"于是轰轰了一阵,屋子逐渐坐满了听讲的人们。"但当老子侃侃而谈之后,大家一会"彼此面面相觑",一会"显出苦脸来了,有些人还似乎手足失措","为面子起见,人们只好敷着,但后来总不免七倒八歪斜,各人想着自己的事"。人们之所以会如此,一方面,当然是老子的学说太"玄",人们实在听不懂,鲁迅曾经指出:"有志于改革者倘不深知民众的心,设法利导,改进,则无论怎样的高文宏论,浪漫古典,都和他们无干,仅止于几个人在书房中相互叹赏,得些自己满足。"①另一方面,其直接原因则是老子的"国语不大纯粹"。由此可见,老子讲学的效果是完全没有达到的。而老子因为国语不大纯粹所导致的讲学的失败,不仅以隐喻的形式,或者说是"以古鉴今"的方式表达了鲁迅对启蒙大众失败的结论,而且也由此凸显了"国语"的重要意义,而"国语"的重要意义的凸显又以功能的形式表达了鲁迅对大众启蒙失败原因的认可。因为启蒙作为一种思想文化的工作,它要达到自己的目的必须借助语言文字,而如果传道者连国语都说不好,自然无法将所谓新颖或者高深的学问传递给大众,当大众无法接受或者了解传道者的学问,不仅传道者的学问自身的价值无法得到实现,而且大众也就等于是什么都没有接收到,更遑论得到什么启蒙呢? 所以在这一语段中,鲁迅使用一个现代性词语"国语"。不仅将古事——老子讲学与今事——启蒙以"借古鉴今"的方式联系了起来,风趣地表达了自己对现实启蒙问题的思考及对启蒙价值重估的否定性结论,而且还从逻辑上揭示了语言(国语)与启蒙的必然关系。这也许就是鲁迅采用"油滑"修辞——用现代词语写

———————————
　　① 　鲁迅.习惯与改革[M]//鲁迅全集:第四卷.北京:人民文学出版社,2005:228.

古事的一种良好的艺术报偿吧。

对大众的启蒙为什么会是这样一种不堪咀嚼的结果呢？除了别的原因之外，最重要的原因不在别处，而在那些曾经以启蒙者自居的知识分子。于是我们看到，在《故事新编》中，鲁迅为我们塑造了一批知识分子，这些知识分子既有现代的，更多的是古代的。鲁迅在《故事新编》中塑造这些知识分子形象的价值，一方面当然具有审美价值，因为鲁迅在《故事新编》中所塑造的这些知识分子形象，尤其是主要形象，如老子、庄子、墨子、鸟头先生等，都是既具有鲜明的个性特色，又具有一定共性特殊的典型人物。但另一方面更为重要的价值则是，在鲁迅所塑造的这些古代与现代知识分子形象身上，不仅含纳了鲁迅对中国文明、中国文化，对中国人的深刻认知或重新认知，而且也含纳了鲁迅对一些现实问题的思考。其中，对启蒙问题的重新思考及价值重估，又是鲁迅所塑造的这些知识分子形象身上所含纳的十分重要的内容，也当然是最值得分析的内容。

如果我们也按照鲁迅的方法用现代的眼光，即从现代启蒙的角度来看待鲁迅在《故事新编》中所塑造的这些知识分子形象。我们就会发现，这些所谓的启蒙精英的知识分子，或者自身也没有启蒙，如《出关》中所描写的"知识分子"；或者自命不凡固执己见，如《理水》中所描写的现代知识分子。即使是那些有清醒的理性并有坚韧意志的知识分子，其处境也十分尴尬，如《非攻》中的墨子，他运用自己的智慧并以非凡的勇气阻止了楚国对宋国的攻伐，但当他再次经过宋国的时候却不仅没有受到大众的迎接，反而被收去或募捐走了身上仅有的一点财物。在塑造这些具有启蒙责任的知识分子形象的时候，鲁迅既采用了将古人，如老子、庄子等当作现代人来塑造的方式，又采用了直接将现代知识分子，如鸟头先生等直接"放入"古代情景中来塑造的方式。不过，无论在塑造这些知识分子形象的时候鲁迅采用了什么特殊的方式，而所采用的修辞则没有例外的是"油滑"修辞，这种"油滑"修辞的直接表现也是使用现代词语，如《出关》中的例子：

> "哈哈哈！……我真只好打盹了。老实说，我是猜他要讲自己的恋爱故事，这才去听的。要是早知道他不过这么胡说八道，我就压根儿不去坐这么大半天受罪……"（《出关》）

在这一例中，鲁迅采用"油滑"修辞的直接体现仍然是使用现代词语"写"古事，如"恋爱"这一词语就是代表。"恋爱"这一词语也是到了现代才出现的一个专门指称男女之间两情相悦行为的词语，而用这样一个现代词语来指称古代人的行为，并让古人，即小说中所塑造的人物——书记先生、关尹喜等用这个词语来谈论老子与账房先生等人的"故事"，这当然也是典型的"油滑"修辞。这种"油滑"

修辞所具有的艺术功能首先是对主要人物老子及大众的代表书记先生等知识分子的尖刻讽刺。如果结合鲁迅的现代小说《伤逝》来分析，我们则可以说，鲁迅在这里使用这一词语的现实意义是表达了对五四时期启蒙价值追求的重要内容之一恋爱自由、婚姻自主的反思甚至否定的思想。我们知道，启蒙最终的价值追求是人的解放，不仅是人的思想的解放，更是人的命运的解放，也就是人能自己主宰自己的命运，而恋爱自由与婚姻自主又是人主宰自己命运的直接行为。在五四启蒙时期，对启蒙的这种价值追求，不仅是大多数现代知识分子心以为然的，而且也是大多数现代文学作家在自己的作品中所特别表达过的。甚至可以说，在当时大多数知识分子，包括作家们看来，启蒙的直接成果和可以操作的内容就是恋爱自由、婚姻自主。似乎中国人，尤其是年轻人恋爱自由了，婚姻自主了，就在一定的意义上表明了中国人已经从封建礼教的束缚中得到了解放。对于这样的观点与认识，鲁迅不仅在现代小说《伤逝》中给予了否定，而且也在历史小说中又一次地给予了否定，这两次否定由于所采用的修辞手段完全不同，因此，不仅其思想倾向不同，而且其艺术意味更是泾渭分明。

从思想倾向来看，虽然《伤逝》与《出关》对与启蒙密切相关的恋爱自由的否定都直接地针对行为主体，但两者的重心是不一样的。《伤逝》对行为主体恋爱自由的否定重点针对的是行为主体精神解放的不彻底性，即主人公子君与涓生在自由的结合后就停止了追求，也停止了对自己思想的进一步充实。而《出关》对行为主体与恋爱相关事件的否定的重点则是行为主体的学说，例如，正是基于老子"无为而无不为"的学说，书记先生说出了这样一段话："这也只能怪您自己打了瞌睡，没有听到他说'无为而无不为'。这家伙真是'心高于天，命薄如纸'，想'无不为'，就只好'无为'。一有所爱，就不能无不爱，那里还能恋爱，敢恋爱？"这段话虽然充满了"油滑"，但由于在老子学说的逻辑框架中是经受得起推敲的，因此，这段话就不仅是否定了"老子恋爱的可能性"，而且也等于是否定了老子重要的学说"无为而无不为"。同时，两篇小说中所塑造的人物虽然都是知识分子，但两篇小说中他们的身份是不一样的，从启蒙的层面上讲，子君与涓生并不是启蒙者，而是被启蒙者，他们能冲破家族成员的阻挠，正是受了启蒙思潮影响的结果；而老子则不同，他不是"被启蒙"者，而是启蒙者，他能坐在讲台上为大家侃侃布道，正以显然的事实证实了他作为启蒙者的身份。也正是因为两者的身份是不一样的，所以《伤逝》对与启蒙密切相关的恋爱自由的否定是直接针对启蒙结果的否定，而《出关》则不仅通过老子讲学的失败"以古鉴今"地说明了对大众启蒙的无效性，而且通过老子自己本身"不能恋爱"的逻辑揭示了启蒙者自身的矛盾并通过启蒙者自身的这种矛盾性表达了对启蒙者资格的否定，至少是对启蒙者资格的质疑。因为对于自身都充满了矛盾且自身的学说都直接导致自身不能恋爱的人来说，他即使有机会对人侃侃而谈与启蒙密切相关的恋爱问题，但由于自身无法克服的矛盾，也必然会让他的侃侃而谈成为一种具有反讽意味的言说。就艺术意味来看，《伤逝》采用的是如实描写的修辞手法，其思想上的否定性意味则具有直接呈现的特点；而《出关》采用的是"油滑"的修辞手法，其否定性的意味是通过"以古鉴今"的方式表达出来的。这也就使得两篇小说虽然对与启蒙密切相关的恋爱问题的否定具有思想倾向上的一致性，但由于两篇小说修辞手法的差异性而导致了两篇小说美学特征的泾渭分明：《伤逝》如实描写的是"有价值的东西"被毁灭的过程，其基本的美学特征是悲剧；而《出关》采用"油滑"修辞的手法撕开的是"无价值东西"的本相，其基本的美学特征则是具有尖刻讽刺意味的喜剧。

如果说在《出关》中鲁迅是通过"以古鉴今"的曲折方式对知识分子作为启蒙者的资格进行了否定的话，那么在《理水》中则直接通过将现代知识分子放入古代的环境中进行刻画的"油滑"手法，完成了对这些知识分子作为启蒙者资格的否定。"《理水》里描写'文化山'上学者的生活，堪称是写尽了30年代上海文化界知识分子的众生相。"[①]这些知识分子的众生相虽然各不相同——有的拄拐杖，有的不拄拐杖；有的研究《神农本草》，有的研究"家谱"；有的研究苗民的言语学，有的研究"伏羲朝小品文学"，但都毫无例外地具有高高在上的姿态，具有掌握了某种专门知识的优越感，且满口英文。小说不仅直接地叙述与描写了他们对大众基于经验知识所提出的问题所做的虽然"苍白"但却"振振有词"的反驳，如鸟头先生对"乡下人"关于"禹不是虫"的观点的反驳就是如此，而且也叙述和描写了他们基于自己的认知对大众的生存状况及精神状况做出的自认为是"精辟"的判断，如研究《神农本草》的学者对遭受水灾的乡下人吃的榆叶的判断，研究"伏羲朝小品文学"的学者对乡下人"失其性灵"的判断等。这些叙述与描写，一方面，都从直接的层面展示了这些知识分子作为"启蒙者"（或者更为确切地说是他们认为自己是高于民众的"启蒙者"）的身份及特点；另一方面，则以显然的讽刺否定了他们作为知识分子、启蒙者的资格。因为从这些所谓的知识分子的所作所为及所说所论来看，他们不仅在论理方面逻辑混乱，如鸟头先生对自己认为禹是一条虫的论述，而且在认知方面也无处不教条，无时不片面，如"拿拐杖的学者"对所谓"遗传"的论述及所谓"阔人的子孙都是阔人，坏人的子孙都是坏人"的认知等。而作为小说对这些所谓的现代知识分子进行讽刺性否定的基本手法就是"油滑"修辞，而这种

---

① 倪坦．鲁迅《故事新编》中历史人物形象流变分析［C］//田建民，赵京华，黄乔生．"鲁迅精神价值与作品重读"学术研讨会论文集．保定：河北大学出版社，2014:422.

"油滑"修辞的基本特征也是采用现代词语,不仅采用了现代汉语的词语,而且还采用了现代英语的词语,如 O. K 等。这些词语在小说中的使用虽然有着显而易见的"油滑"性,但由于这种"油滑"性是建立在深刻的对知识分子作为启蒙者角色的反省与批判的基点之上的,因此,这些词语的使用不仅直接与思想的表达密切相关,而且更具有妙趣横生的艺术意味。鲁迅在小说中对一般现代词语的使用的艺术意味这里姑且不论,仅以鲁迅在小说第一节中让知识分子们使用英语打招呼这一例子来看,我们也能从一个微观的层面发现这种"油滑"修辞的魅力。这是小说中知识分子们打招呼所使用的英语:

　　"古貌林!"
　　"好杜有图!"
　　"古鲁几哩……"
　　"O. K!"

　　对于鲁迅在小说中使用英文,新加坡学者曾经指出:"在《故事新编》的《理水》中,鲁迅以'古貌林'音译英语'Good morning',以'好杜有图'音译另一句英语'How do you do!'可谓神来之笔,妙趣横生,引入发噱。这是他活用外来词的典例。虽然其他作家也使用外来词,但鲁迅以不瘟不火,轻点慢然的笔调,使外来词适得其所,读者又不觉其烦琐。这层功夫,始终是其他作家难以望其项背的。"①这位学者不仅高度赞赏了鲁迅在小说《理水》中对英文使用的"神"性,也不仅从读者的角度指出了鲁迅如此使用英文所给予读者的审美感受,而且还从比较的角度凸显了鲁迅如此使用外来词语的成功性及不可企及性。但是,这位学者却没有具体分析《理水》中这些英语词语的使用为何是"神来之笔"? 其"横生"的"妙趣"又是什么? 这也正是本书下面要分析的。

　　鲁迅在小说中让知识分子们讲英文之所以是"神来之笔",首先就"神"在通过人物自己的言语习惯,不仅凸显了人物的身份,更凸显了人物的精神面貌以及相应的心理内容。就身份来看,这些人能使用英文打招呼并几乎是常常习惯性地使用英文,特别是英文的 O. K 来表达自己赞同某种意见的意思,正以显然的事实说明了他们不仅是知识分子,而且是高级知识分子。因为,在中国能习惯性地操持英语来表情达意的人,即使不是喝过"洋墨水"的知识分子,起码也是受过西方文化熏陶过的人。而这样的人,不仅在鲁迅所处的 20 世纪 30 年代是少数,即使在今天也绝对不是多数。他们这样的身份正表明了,他们不仅是中国人中的精

---

① 林万菁. 论鲁迅修辞从技巧到规律[M]. 新加坡:万里书局,1986:195.

英,而且也是知识分子中的精英。从这些人的精神状况和心理状况来看,他们之所以喜欢操持英文来打招呼或表情达意,正是要显摆他们不仅具有了中国文化的知识,而且也具有了西方文化的知识。由此也以显然的事实证明他们不仅比一般民众高贵,也不仅比中国一般的读书人更有学问,而且即使与一般官员相比也更为优越。

其次是"神"在"微妙"的"打趣"和不著一贬词而情伪毕现的"妙趣",以及由此而表达的对中国知识分子,尤其是那些接受过西方文化教育或受到过西方文化影响的中国知识分子的一个深刻的价值判断。

从小说的实际描写来看,这些知识分子虽然能流利地操持英文打招呼并以此表明了他们与西方文明的关系,但是他们不仅所研究的学问都是中国的,而且也是传统的;他们在对问题进行判断的时候所依据的理论不仅似乎与西方理论不沾边,而且从其理论本身来看,则可以说完全依据的是中国传统的观念。如研究"家谱"的所谓"学者"虽然知道"遗传"这一术语(这一术语本身也是从西方传入中国的),也使用了这一术语,并且据他自己的表述来看,他还似乎研究过"遗传学"的问题,但当他得出"鲧不成功,他的儿子禹一定也不会成功"这一结论的时候,他所依据的"愚人是生不出聪明人来的"的理论,恰恰不是西方现代"遗传学"的理论,而是中国传统的"血统论"理论和"上智下愚"的儒家学说。之所以如此说,是因为西方现代的"遗传学"研究的主要是生命的自然现象,所关注的是生命在发展、传承中的规律、特点等自然问题,它涉及的不是生命的社会问题,更不关注社会科学所关注的"聪明人"与"愚人"等智力问题、情商问题以及社会等级问题;而中国的"血统论"恰恰相反,它关注的不是人作为自然生命现象的问题,而是人作为社会关系的总和的本质问题,其中尤其关注的是人的社会地位问题,特别是人的等级关系问题,其理论的基本价值追求就是为儒家的等级观念作论证,证明等级观念的合理性及社会实践的有效性。即使退一步说,在西方的"遗传学"学说中,也存在"庸俗的遗传学"理论,这些理论也关注社会中的"聪明人"与"愚人"的问题,并认为聪明人生的儿子一定聪明,愚人生的儿子一定愚蠢,但这些理论的科学性早已被众多的学者所质疑并受到了来自各个方面的批评;同样,即使退一步说,研究"家谱"学者是从西方学术文库中借鉴来的"遗传"学理论,我们也可以发现,他借鉴的恰恰是西方遗传学理论中的"糟粕",并未得到西方现代遗传学理论的精髓。更何况,不管是中国的"血统"论学说,还是西方的庸俗遗传学理论所得出的"聪明人生的儿子一定聪明,愚人生的儿子一定愚蠢"的结论,都在社会实践中无法得到有力的事实证据,相反,还必然和已经被大量的事实所解构。西方的例子我们姑且不论,即使在中国我们也可以列举出很多例子来证明"愚人"的儿子也可以成为"聪明人",例如,明朝开国皇帝朱元璋,并非出生于帝王之家,恰恰出生于一个普通的家庭,而就是这样一个没有"帝王血统"的人却成了帝王。也许正是因为对中国的历史与现状进行过深入的研究并有着清醒的认识,所以鲁迅说出了这样一段话:"世界却正由愚人造成,聪明人决不能支持世界,尤其是中国的聪明人。"①也正是因为如此,所以鲁迅在《理水》这篇小说中叙述与描写这些所谓的知识精英们操持英文的情景时,虽然没有对他们的行为使用任何具有明显贬义的词语,但如果顾及小说的上下文我们则可以发现,小说具体的叙述与描写无处不力透纸背地放射着对这些所谓学者的讽刺和否定,这些讽刺与否定,不仅具有讽刺与否定这些所谓学者们"不学无术"的功能,更具有讽刺与否定他们作为知识分子,作为启蒙者角色的功能。

不仅如此,如果深入一步地进行分析,我们还会发现,或者说我们从鲁迅使用"油滑"修辞的手段的艺术匠心中,还可以解读出这样一种结论,即鲁迅采用这样一种"油滑"修辞的手段,实际上是表达了自己这一时期对中国知识分子的一个深刻的价值判断:中国的知识分子,如果旧根未除,如果没有与中国传统文化,尤其是封建的正统文化彻底实现决裂,他们即使经受了以西方文明为代表的现代文明的洗礼,也不可能形成具有现代性的价值观以及与之相关的现代意识。他们虽然能操持英文进行相应的交流,但对于西方现代文化来说,他们也只获得了西方现代文化的皮毛,并没有获得西方现代文化的精髓,更没有将西方的各种现代理论、学说当作自己看待问题、分析问题、解决问题的思想与方法。因此,也就历史和现实地决定了他们不仅不可能承担对大众启蒙的历史责任,而且他们自身也需要启蒙。从这里我们可以看出,在鲁迅对启蒙问题进行重新思考,对启蒙的价值进行重估的时候,不仅深化了自己对这些问题的思考,而且也拓展了启蒙问题所包含的外延与内涵。即如果说五四时期的鲁迅在倡导启蒙和改造国民性的时候,其思想倾向还主要是针对大众的话,那么这一时期,也就是他创作《故事新编》的后五篇小说的时候,不仅思想倾向仍然针对大众,而且其思想倾向也直接地针对了担任启蒙和改造国民性任务的现代知识分子,当然也包括他本人。他曾说:"我的确时时解剖别人,然而更多的是更无情面地解剖我自己。"并坦诚地如此解剖自己说:"倘说为别人引路,那就更不容易了,因为连我自己还不明白应该怎么走。"②他在《故事新编》中对中国现代知识分子作为启蒙者的反省,正是进一步地既解剖别人,也解剖他自己的直接表现。

---

① 鲁迅. 写在《坟》后面[M]//鲁迅全集:第十七卷. 北京:人民文学出版社,2005:302.
② 鲁迅. 写在《坟》后面[M]//鲁迅全集:第十七卷. 北京:人民文学出版社,2005:300.

　　这正是鲁迅小说中使用包括英文在内的现代词语构成的"油滑"修辞的艺术魅力之所在。当鲁迅采用这种古今中外、人、事杂糅和词语杂糅的方式创作的小说发表后,其"油滑"修辞所呈现的别具一格的新颖与新奇性,不仅在当时的文坛引起了巨大的反响,而且还引来了众多年轻学者的纷纷仿效。但正如茅盾所说:"就现在所见的成绩而言,终未免进退失据,于'古'既不尽信,于'今'亦失其攻刺之。"①终于没有成功之作,于此,茅盾诚恳地告诫大家,鲁迅《故事新编》中的"油滑","我们虽能理会,能吟味,却未能学而几及"②的。鲁迅《故事新编》中的"油滑"为什么不能学呢? 为什么即使勉强学也完全无法达到鲁迅"油滑"的艺术境界呢? 除了别的原因之外,一个最根本的原因,就是因为学习者的思想境界达不到鲁迅已经达到的境界,学习者的胸怀,实在无法达到鲁迅"更无情地解剖我自己"的境界。

---

① 茅盾.《玄武门之变》序[M]//中国现代文学馆.茅盾(下卷).北京:华夏出版社,1997:407.
② 茅盾.《玄武门之变》序[M]//中国现代文学馆.茅盾(下卷).北京:华夏出版社,1997:407.

# 第三章

## 鲁迅小说的话语修辞

　　话语作为语言学的术语,它指的"就是语义上有联系、有完整话题、结构上相衔接的一连串语句①"。话语修辞则是指"一连串语句"之间使用的规则、方法及效果,它是现代修辞学研究言语规律的重要对象,也是我们研究鲁迅小说修辞的重要对象。对这一对象的研究不仅有助于我们更好地透视鲁迅小说修辞的特征,也有助于我们更好地领会鲁迅小说风格的本体性存在。因为,鲁迅小说的话语修辞及语用修辞不仅直接与小说所要表达的思想、情感及鲁迅创作小说的目的密切相关,而且也与鲁迅小说采用的言说方式、艺术技巧甚至语用修辞、语体修辞等血肉相连,具有综合地体现小说内容与形式特点,即风格特点的功能。所以,本章以鲁迅小说的话语修辞为主要研究对象,并适当地结合鲁迅小说的语用修辞及语体修辞展开论述。

## 第一节　鲁迅小说两类基本的言语体裁与话语修辞

　　"言语体裁"是俄国 20 世纪杰出的哲学家、语言学家、文学批评家巴赫金提出的一个概念。他曾在《言语体裁》一文中如此解说这一概念的所指:"每一单个的表述,无疑是个人的,但使用语言的每一领域却锤炼出相对稳定的表述类型,我们称之为言语体裁。"②而巴赫金所使用的概念"表述"在一般的情况下又是可以翻译成"话语"的③,所以,巴赫金所说的"表述类型"也可以翻译为"话语类型"。从巴赫金对言语体裁所指的解说来看,所谓言语体裁,也主要就是指"相对稳定的话

---

① 王德春,陈晨. 现代修辞学[M]. 上海:上海外语教育出版社,2001:389.

② 巴赫金. 言语体裁问题[M]//钱中文. 巴赫金全集(4). 石家庄:河北教育出版社,1998:140.

③ 巴赫金. 言语体裁问题[M]//钱中文. 巴赫金全集(4). 石家庄:河北教育出版社,1998:191.

215

语类型"。

　　巴赫金不仅创造性地提出了"言语体裁"的概念并展开了相应的研究,而且还十分明快地指出了研究言语体裁与研究修辞学的关系:"较为深入而广泛地研究言语体裁,对卓有成效地探讨一切修辞学问题,都是不可或缺的。"①同样的道理,我们研究鲁迅小说的话语修辞,从研究鲁迅小说的言语体裁入手,不仅可以对鲁迅小说的话语修辞进行"卓有成效"的探讨,而且还可以通过研究鲁迅小说使用言语体裁的特征,从一个较为新颖的角度来透视鲁迅小说的语言艺术的个性以及其中所包含的鲁迅卓越的诗性智慧。

　　由于人类使用语言的领域是多种多样的,如日常生活领域、科学研究领域、宗教领域、军事领域、文学创作领域等。因此,与之如影随形的言语体裁也是丰富多彩的。但在人类使用语言的所有领域中,无论其领域有着怎样的多样性,也不管各个领域所使用的语言本身有着怎样的专门性以及语境的规定性,却都不可避免地要使用两种基本的言语体裁,这就是对话的言语体裁与独白的言语体裁。这两种言语体裁虽然自身存在着简单类型与复杂类型的区别,在不同的言语交际领域被不同程度地使用,如有的言语交际领域主要使用对话这种言语体裁,有的言语交际领域主要使用独白这种言语体裁,但只要人们使用言语形式进行交际或表情达意,都不可避免地需要使用对话或独白这两种基本的言语体裁。因此,对话与独白也就成为人们进行言语交际或表情达意的"共同的体裁"②。

　　作为言语形式的共同体裁的对话与独白,虽然在言语交际活动中无处不在,但其存在形态也是多种多样的,如果进行概括则可以将它们分为广义的形态与狭义的形态两大类。广义的对话形态是指一切具有说者或写者以及听者或读者的言语交际活动,其基本的构成是言语对信息的发出与通过言语对信息的反馈这种双向互动的过程。在形式上就是既有通过言语发出的信息,也有通过言语对所接收到的信息的"回应"或"应答",不管这种回应或应答是肯定的,还是否定的,或者是质疑的;也不管这种回应或应答是一个词、一组句子还是长篇大论,也不管是以口头的形式,还是以书面的形式,总之,只要有回应或应答,即使这种回应或应答是含含糊糊、模棱两可的,甚至没有回答只有行动(如在军事领域,当指挥员发出"开炮"的指令,士兵即刻发射大炮),也在绝对的意义上属于具有"回应"性的"对话",其言语形式就是"对话体裁"。广义的独白形态既指一个人的自言自语,

---

① 巴赫金. 言语体裁问题[M]//钱中文. 巴赫金全集(4). 石家庄:河北教育出版社,1998:148.

② 巴赫金. 言语体裁问题[M]//钱中文. 巴赫金全集(4). 石家庄:河北教育出版社,1998:189.

也指以书面语的形式撰写的、旨在阐释一己之见或一家之言的科学著作、文学作品、新闻通讯、时势政论，甚至也指那些旨在维护社会秩序、具有强制性的法律条文、政策策略和具有尺度性的科学标准（如物理学的标准、化学、生物学的标准等）以及各类行为标准（如从事体操、足球、篮球等活动的标准）。狭义的对话形态则主要指在一定的时间人与人之间面对面地就某个话题进行的言语交流，或者通过书信、著作、论文等形式"回应"或者反驳甚至直接批判别人的问询、观点、思想等的活动。狭义的独白则主要指一个人的自言自语。

言语体裁中的对话与独白的广义形态或狭义形态虽然在各种言语交际活动中都存在，但最为集中存在的领域则是文学领域，尤其是叙事文学领域。这不仅因为文学本来就是生活的反映，其"反映"性的本质天然地使之要含纳人类的言语交际活动，要书写人与人直接的对话，人与人的思想、情感等的交流，要刻画或展示某个人物采用不同的言语形式（如口头的、书面的）自言自语，而且因为文学活动的主要成果——文学作品中本来就包含了创作者本人与别人、与创作前文本的人等进行对话的意图以及表达自己对人、事、物等的一家之言。也正因为如此，所以巴赫金的"言语体裁"理论不仅对我们分析人类一般性的言语交际活动具有直接的指导性意义，而且对于我们分析包括鲁迅小说在内的文学作品的言语体裁及与之相关的话语修辞也有相应的指导性意义。

鲁迅的小说作为杰出的叙事性文学作品，没有例外，其中也主要采用了对话与独白这两种基本的言语体裁。当然，鲁迅小说虽然采用了这两种基本的言语体裁，但在这两类言语体裁中的话语修辞，却不仅充分彰显了对话与独白这两种基本的言语体裁的规范与魅力，也不仅充分显示了文学话语修辞与其他领域话语修辞的区别性及特殊性，而且个性鲜明、新意迭出，具有非凡的艺术的创造性，充分地显示了鲁迅杰出的诗性智慧，具有丰富的意味与可资分析的内容。

人物之间的对话或人物自己的独白，很明显是言语体裁中最为常见，也最为典型的狭义的对话与狭义的独白形态，它们也当然是言语活动中最大众化的话语形态。正因为如此，所以它们也就成了文学作品，尤其是叙事文学作品经常使用的言语体裁。考察古今中外的文学作品我们会发现这样一种十分明显的现象：不管这些作品有着怎样的古今、中外之别，也不管这些作品具有怎样不同的人物、不同的故事、不同的风格，甚至不同的体裁，如小说、戏剧等，但是凡是叙事文学作品，特别是那些优秀的叙事文学作品，都写了人物的对话与独白（有的叙事文学作品甚至主要就以人物之间的对话或者人物自己的独白构成自己的艺术世界，这不仅在戏剧文学中是如此，在小说中也是如此。如鲁迅的小说《起死》就主要通过人物之间对话的言语体裁构成自己的艺术世界；鲁迅的小说《狂人日记》则主要用独白的言语体裁构成自己的艺术世界),而且留存了俯拾即是的众多意味深长的优秀话语。同时,进一步地观察我们还会发现这样一种现象:在优秀的叙事文学作品中,作者写一千个人物对话或独白,就有绝不相同的一千种意味,甚至一千种对话或独白远远超过一千种意味或意义。

如果说叙事文学作品的第一种现象直接地凸显了对话与独白这两种最基本的言语体裁存在的普遍性的话,那么叙事文学作品的第二种现象则不仅直接地反映了文学作品中的对话与独白两种基本的言语体裁的艺术性规范,而且也在艺术的范围内彰显了对话与独白这两种基本的言语体裁强大的表情达意、叙事写人的功能。而对话与独白这两种基本言语体裁在文学领域所显示的这种强大的功能并非是与生俱来的,在绝对的意义上,它们的这种强大的功能的发挥需要依靠话语的修辞,因为"表述(话语)是言语的基础单位"①,话语修辞不仅是保证言语交际顺利展开的前提,而且是直接决定对话与独白这两种基本言语体裁能否发挥自己的功能或能将自己的功能发挥到什么样的程度的重要因素。从这个意义上讲,没有话语修辞的对话是不存在的,没有话语修辞的独白也是不存在的,特别是在文学作品中。即使是胡言乱语的对话与独白,也是一种话语修辞,有时甚至是文学创作者匠心别具的话语修辞,如鲁迅小说《狂人日记》中的对话与独白就是如此。所以,在古今中外文学史上,采用同样的对话或独白这两种言语体裁形成的审美对象所具有的丰富多彩的审美意味的原因。虽然与作者的创作思想、艺术目的以及人物本身质的规定性的制约有直接和重要的关系,但更为直接,也更为重要的一个原因就是这些作品采用了不同的话语修辞。正是这种不同的话语修辞,在最直接的意义上保证了采用共同的对话与独白这两种基本言语体裁的文学作品,能够以不同的方式写出人物对话与独白的千种甚至万种滋味。

那么,鲁迅小说在使用对话与独白这两种基本的言语体裁塑造人物、展开情节的过程中采用了样的话语修辞呢? 更为重要的是,这些人物之间的对话或人物自己的独白所使用的话语修辞的艺术价值与艺术魅力何在呢? 这正是本书所要分析与回答的问题。

## 一、人物对话中的话语修辞

鲁迅曾说自己当初创作小说的时候为了"力避行文的唠叨","所以我不去描

---

① 巴赫金.《言语体裁问题》相关笔记存稿[M]//钱中文.巴赫金全集(4).石家庄:河北教育出版社,1998:191.

写风月,对话也决不说到一大篇"①。这的确是事实。考察鲁迅的小说,人物的对话的确很少有"说到一大篇"的,大多短小精悍,但鲁迅在自己的小说中只要写到人物的对话,那么,这些对话不仅直接反映出人物的身份、思想及情感倾向,具有艺术的合理性及可资分析的丰富内容,而且具有表达自己的创作意图及推动情节发展的艺术功能。而鲁迅的小说写人物的对话之所以能产生如此良好的思想与艺术的效果,除了别的因素所发挥的重要作用之外,丰富多彩而深邃隽永的话语修辞所发挥的作用自然也功不可没。

鲁迅小说书写人物对话的话语修辞虽然丰富多彩,但基本的构成模式则是三位一体的模式,即指物意义、人物性格和艺术规范三者统一的模式。并在这三者统一的基础上充分发挥话语修辞的积极功能,形成发散性的意义裂变,让话语所负载的内容,尤其是鲁迅创作小说的基本意图,即"为人生并要改造这人生"的思想意图,通过语义的所指和话语中句子的各种连接发散出来,形成可资多方解读的所指和丰富的内容。请看两个例子:

> "包好,包好!"康大叔瞥了小栓一眼,仍然回过脸,对众人说,"夏三爷真是乖角儿,要是他不先告官,连他满门抄斩。现在怎样?银子!——这小东西也真不成东西!关在牢里,还要劝牢头造反。"
>
> "阿呀,那还了得。"坐在后排的一个二十多岁的人,很现出气愤模样。(《药》)
>
> "好香的干菜,——听到风声了么?"赵七爷站在七斤的后面七斤嫂的对面说。
>
> "皇帝坐了龙庭了。"七斤说。(《风波》)

这两个"人物对话"的例子反映的是鲁迅小说书写人物对话的一种类型,这种类型的人物对话在话语修辞的规范上有三个方面的明显特征:首先,两段对话至少包含了两个完全不一样的对话主题,如前一例中就既包含了康大叔与华老栓夫妇关于"药"(人血馒头)功能的对话主题,又包含了康大叔与二十多岁的青年人关于夏瑜在牢房中的所作所为及其遭遇的对话主题;后一例中则既包含了赵七爷与七斤及七斤嫂关于"干菜"的对话主题,又包含了赵七爷与七斤及七斤嫂关于"风声"对话的主题。其次,两个例子中对话的主题并不是顺延展开的,而是都发生了生硬的转换,从而使两个对话的主题成为各自独立的对话主题。第三,在以上两个"对话"的例子中虽然都包含了两个对话的主题。但在两个对话主题中,第

---

① 鲁迅.我怎么做起小说来[M]//鲁迅全集:第四卷.北京:人民文学出版社,2005:526.

一个对话的主题往往没有述题,也没有应答,如"包好,包好""好香的干菜",所以第一个对话的主题往往不是中心主题;第二个对话的主题则不仅有述题,而且也有应答,所以第二个对话的主题往往成为对话的中心主题,如《药》中对话的中心主题就是关于夏瑜在牢房中"劝牢头造反"的所作所为及其遭遇,《风波》中对话的中心主题就是关于"风声",即"皇帝坐了龙庭"的事件。尽管两个对话的主题有显然的主、次之分,并且在两个对话的主题中从第一个对话的主题转向第二个对话的主题具有明显的"生硬"性。但从功能的角度看,两个对话主题所采用的话语修辞都没有例外地具有"三位一体"性。这种三位一体的话语修辞,不仅其本身经受得起话语逻辑与艺术逻辑的检验,而且还包含了鲁迅如此操作的艺术匠心以及由这种艺术匠心所提供的丰厚的艺术意味与思想意味。

从指物意义的角度看,两组对话者所谈论的"四个主题",其话语所包含的语义明确地指示了对话涉及的人与事等基本内容,不仅明确地指示了对话所关涉的基本内容,而且这些对话的基本内容还具有严谨、充分的规定性和不容易混淆性,以及不会被误解的指物性。姑且不说包含"药"的功效的"包好,包好"的谈话主题和关于夏瑜在牢房中的所作所为及其遭遇的谈话主题以及关于"好香的干菜"的谈话主题不会被误解或混淆,即使是赵七爷与七斤夫妇关于"风声"对话的主题,虽然使用了一个借代性的词语"风声",但由于其相应对话语境的天然限制,这样一个对话的主题也不会被混淆或误解成自然的"风声"或社会的其他什么"风声",而只能是关于"皇帝坐了龙庭"以及皇帝坐了龙庭后的"大赦""辫子"等问题的"风声"。正是这种指物意义的明确性与规范性,不仅有效地保证了小说情节的顺畅展开,而且也有效地保证了小说表情达意的顺次进行。

从塑造人物形象、揭示人物性格以及相应的艺术规范的角度看,两组对话者的话语构成,如使用的词语、句式、语调等,又无一不直接地反映出人物的身份、地位以及相应的性格特征和思想特征。如康大叔在谈话中使用的词语大多粗蛮、市侩,如"满门抄斩""乖角儿"等,采用的句式也都较为短小、简单,说话的语调十分急促、快速等,都直接地反映出这个刽子手凶恶、残暴的性格特征及肮脏、市侩的心理与思想特征;而赵七爷使用词语的隐讳曲折(如用"风声"代指事件)、句式的严谨规范以及语调的平静中带威胁的意味等,则恰到好处地揭示了一个封建卫道者的阴险嘴脸以及他此时此刻那种兴奋与幸灾乐祸的心理特征。正是这些与所写人物身份、地位及性格一致的话语特征,不仅在艺术上有效地保证了小说所塑造的人物的真切性、生动性,使审美者能直观地获得如闻其声、如见其人的审美效果,而且在绝对的意义上直接地保证了小说对人物刻画的艺术的合理性。同时,人物的对话,还直接而有效地推动了小说情节的发展或为小说后面的情节发展做了应有的铺垫,如赵七爷与七斤夫妇的对话,正是搅动乡村,特别是七斤家的"风波"的源头,成为推动后面一系列情节发展的动力;康大叔们的对话则为后面两个母亲一起上坟的情节作了应有的铺垫。

当然,如果仅仅说鲁迅小说如此的话语修辞具有三位一体的特征,虽然也能从一个方面凸显鲁迅小说如此的话语修辞的特征,但是,很明显这是不足以凸显鲁迅小说此类话语修辞的个性特色与独特意味的。因为,在人类文学史上,采用如此的话语修辞,并非是鲁迅的首创,通过人物之间对话的话语明确地指事以及有效而充分地揭示人物的性格特征、心理活动以及思想动向等,这在文学史上是早已有过众多成功事例的。鲁迅自己就曾经说过:"高尔基很惊服巴尔扎克小说里写对话的巧妙,以为并不描写人物的模样,却能使读者看了对话,便好像目睹了说话的那些人。""中国还没有那样好手段的小说家,但《水浒》和《红楼梦》的有些地方,是能使读者由说话看出人来的。"①巴赫金也曾指出:"人物的对语(对话语——引者注)能够刻画他们的性格,表现他们的风格,展示他们社会的和个人的面目。"②虽然鲁迅自己的小说在这一方面表现得也十分出色,甚至有过之而无不及,但这毕竟不是鲁迅的原创。那么鲁迅小说的此类话语修辞的原创性在哪里呢?如果要进行概括,我认为主要表现在两个方面:一个方面是有意识地通过谈话(对话)主题的"生硬"转换在短小的篇幅中提供了尽可能丰富的信息使小说所要叙述与描写的内容更为丰富;另一个方面是在十分有效地凸显人物的性格、思想的过程中深沉地表达了"为人生并要改良这人生"的小说创作意图的多样内容。

对话主题的转换,本是日常生活中常见的现象,作为以描写日常生活见长的鲁迅的现代小说书写如此的景观这并没有什么稀罕。但正如理论家和小说创作家们所说的一样,日常生活一旦进入文学或艺术的世界,即一旦被艺术化,其意义就会超越原有现象的意义。不仅使原有现象的偶然性、零散性的基本存在形态成为更为集中、更具代表性且艺术化了的审美形态,而且使原有对象所具有的表层意义或一般的社会性意义成为凸显这种现象的某种本质的深层意义甚至某种哲理的意义的形态。这正是文学艺术的价值之所在,至少是来自生活而又高于生活的文学艺术的重要价值之一。鲁迅小说对人物对话主题转移这种日常生活中常见现象的书写,也具有这样的特点和价值。不过,由于鲁迅小说所书写的人物之间的这种对话主题转移的现象不仅具有生活的依据,是从生活的日常现象中概

---

① 鲁迅.看书琐记[M]//鲁迅全集:第五卷.北京:人民文学出版社,2005:559.
② 巴赫金.《言语体裁问题》相关笔记存稿[M]//钱中文.巴赫金全集(4).石家庄:河北教育出版社,1998:197.

括、提炼出来并艺术化的,更是依据鲁迅创作小说的思想意图选择与设置的。因此,在鲁迅的小说中,人物之间对话主题的转移,不仅具有艺术的意义。而且也具有直接为小说创作的思想目的服务的意义。其话语修辞的选择,不仅直接受到鲁迅创作小说的艺术目的的制约,而且也内在地受到鲁迅创作小说的思想意图的左右。正是艺术目的与创作的思想意图的双重作用,规约了鲁迅小说在书写人物对话时的话语修辞的选择,也规约了话语修辞的内在结构。巴赫金在谈"表述(话语)的内在结构"时曾经指出:"是什么决定着语言手段和修辞手段的选择:①指物内容(针对言语所指的内容);②情态,换言之,是说话主体表达他的情感、他对所讲事物的态度;③对听者和对他人言语(第三者)的态度。"①巴赫金的这段话以及所提出的观点虽然是针对一般的言语交际中的话语内在结构而言的,其所指较为宽泛,但对于分析上述鲁迅小说中的人物对话话语修辞的特点,同样不无参考的价值。

就上面所引的鲁迅小说中的两段人物对话的例子来看,小说之所以采用对话主题转移的话语修辞的手法,从艺术目的来看,不过是为了从更多样的方面塑造人物形象,尤其是小说中那些具有一定典型意义的人物形象,如康大叔、赵七爷等,这些人物虽然不是小说中最主要的人物形象,但他们却绝对是某种思想倾向与性格特征的典型。而要达到从"多方面"塑造人物、揭示人物思想与性格的多方面特征的艺术目的,最简便也是最有实效的方法就是在小说有限的篇幅中尽可能地容纳更为丰富的事件,通过这些事件以及人物在这些事件中的表现、态度等从外到内地揭示人物的性格、思想和情感倾向,从而使对话主题转移的话语修辞手段,则恰好能满足这样的艺术需求。因为,对话主题的转移往往至少能提供两个话题,而两个话题中所包含的信息,包括关于事件的信息,往往较之一个话题来说,其"指物"方面的内容要丰富得多。从小说的实际情况看,这样的艺术目的也的确达到了。康大叔从关于"药"(人血馒头)能"包好"的治病功能的话题转移到革命者夏瑜在牢房中的所作所为及其遭遇的话题,不仅为读者提供了关于这个"药"的构成的多样信息,让读者了解了这种"药"所具有的自然本质——是由人的鲜血染红的馒头,以及这种"药"后面隐藏的社会本质——是被统治阶级杀害的革命者的鲜血染红的馒头,而且通过康大叔谈论这两个话题时构成话语的词语、语气等,直接地揭示了作为刽子手的康大叔多面的性格特征及思想与情感特征:对革命者,康大叔充满了仇恨;对封建的秩序,有着本能的维护性;对金钱,则有着

---

① 巴赫金.《言语体裁问题》相关笔记存稿[M]//钱中文.巴赫金全集(4).石家庄:河北教育出版社,1998:213.

嗜血般的爱好,并且,为了金钱他不仅可以借杀人的"工作"来敛财,而且也完全可以泯灭一切道德感而用"包好,包好"这样不具有任何科学根据的承诺来欺骗如华老栓这样的下层人敛财。

同样,《风波》中采用对话主题转移的话语修辞,让赵七爷从"好香的干菜"的谈话主题转移到他所要谈论的关于"皇帝坐了龙庭"的中心主题,也不仅提供了多样的信息(如,赵七爷"好香的干菜"一句话,就至少可以解读出这样一些信息:乡村有泡制"干菜"的习俗;这种被泡制出的干菜味道很香;这一天晚饭时七斤家饭桌上摆放的菜肴中有干菜;赵七爷自己也喜好干菜这种食物等),而且也由此十分有效地完成了对赵七爷这个人物性格及思想、情感倾向的多面揭示。如果说小说通过赵七爷谈论"皇帝坐了龙庭"的话题,从外到内地揭示了赵七爷这个封建卫道者具有本质性的思想、情感以及相应的性格特征的话,那么赵七爷从日常生活的话题,即关于"干菜"的话题入手展开对话的主题然后转向自己要与七斤夫妇对话的真正主题的谈话过程以及关于日常生活话题的内容,则揭示了赵七爷性格的另一方面的特征,这就是与人对话很有"技巧",也很讲究对话技巧的性格特征。尽管这种性格特征是赵七爷狡诈心机的一种巧妙镜映,但在与七斤夫妇的对话中赵七爷通过这种富有心机的对话技巧毕竟有效地达到了自己的目的。赵七爷来找七斤谈话,其本意显然不是为了谈关于"干菜"如何这样的日常小事,而是为了谈"皇帝坐了龙庭"这件"大事",可是在进入这个谈话主题之前,赵七爷却首先谈"干菜"问题,这不仅使赵七爷能通过这个话题缓解七斤的紧张情绪甚至抵触情绪,而且也使自己借助这个轻松的话题能很快进入与七斤夫妇对话的情景从而达到谈论后面话题的目的。更何况,即使在与七斤夫妇谈论后面的中心话题时,赵七爷也没有单刀直入,而是采用了借代的修辞手法和询问的语句,并通过这种借代的修辞手法和询问的语句引导出了七斤的回答从而进入了对话的真正主题。所以小说采用对话主题转移的话语修辞,不仅第二个对话主题本身就具有揭示赵七爷思想与性格特征的功能,而且赵七爷在与七斤夫妇进行中心主题对话之前所谈论的第一个主题,即似乎是无关痛痒,又似乎是赵七爷随意引入的关于日常生活的主题,也同样具有揭示赵七爷精明、狡诈性格特征的功能。这也正是小说采用对话主题转移的话语修辞的艺术魅力之一。

从小说创作的思想目的来看,鲁迅曾说,他创作小说就是为了"为人生""而且要改良这人生""意思是在揭出病苦,引起疗救的注意"①。那么,鲁迅所要为的人生是谁的人生呢? 要改良和疗救的人生又是谁的人生呢? 关于这一点,学术界普

①　鲁迅 . 我怎么做起小说来[M]//鲁迅全集:第四卷 . 北京:人民文学出版社,2005:526.

遍的看法是"为"的是大众的人生,要改良和疗救的也是大众的人生,这种判断是不错的,也能在鲁迅小说,特别是《呐喊》《彷徨》这两本现代小说中寻索到大量的证据。但是,除了为大众的人生和改良大众的人生之外,我认为鲁迅所要"为"和要"改良""疗救"的"人生"至少还有一层所指,这就是"为"并"改良"先驱者,即革命者的人生(之所以说"至少",是因为除了大众与革命者的人生之外,实际上还有那些落后的知识分子的人生等)。关于这一点,并非是我的任意猜测,而是鲁迅的自叙。鲁迅曾在《呐喊·自序》中说过一段话:"所以有时候仍不免呐喊几声,聊以慰藉那在寂寞里奔驰的猛士,使他不惮于前驱。"①如果将鲁迅的这段话分开来进行细读并作一定的修辞性分析,即使不顾及构成鲁迅这段话的两个语句的言内之意,而仅仅从两个语句的言表之意入手,我们也能轻易地剖析出鲁迅创作小说要"为"前驱、猛士的人生并改良他们人生的意图。从"使他不惮于前驱"这个语句的言表之意来看,如果将这个语句中的主语成分补充完整,并将这个语句中使用的人称代词"他"具体化,那么整个句子的言表之意就是"我创作小说的目的(之一)就是为了使革命者不怕做时代的前驱",这正是鲁迅创作小说要"为"前驱、猛士的人生的直接证据。同样,从"聊以慰藉那在寂寞里奔驰的猛士"的言表之意来看,所谓"慰藉""猛士"的语义所指,不仅分明地表达了"我"创作小说的重要目的之一就是要"为""猛士"的人生的意图,而且其"言内"还包含了猛士那"在寂寞里奔驰"的人生也需要"慰藉",需要"改良",需要"疗救"之意。或者换一种包含了因果关系的说法就是:正是因为"猛士"的人生也需要"慰藉",所以"我"才"听将令"地开始了我的小说创作。

而关于鲁迅创作小说的如此意图,我们在鲁迅所创作的小说中也同样可以找到相应的根据,这就是前面所引的《药》中的例子。在这个例子中,作为讲述人的康大叔特别讲述了革命者夏瑜在牢房中"劝人造反"的故事。关于夏瑜的这个"故事"在小说中的意义,既往的研究者更多地是从夏瑜的角度进行的积极解说,认为这个"故事"揭示的是作为革命者夏瑜的革命行为,所以这个"故事"在小说中的主要意义就是凸显了夏瑜的革命性格,这样的解说是有根据且说得通的。但如果我们不从夏瑜的角度,而是从鲁迅的角度来解释康大叔关于夏瑜的谈话,那么我们就会发现,这个"故事"的意义并不像既往的研究者所解说的那么单纯,也不像既往的研究者所认为的那样只有"积极"的意义,这个故事实际上包含了多样的内容,具有多样的意义。鲁迅如此书写夏瑜的这个故事,不仅仅是为了表达对革命者的赞赏之意或赞美之情,这个故事也不仅仅具有"歌颂"的意义,它同时也包含

---

① 鲁迅.呐喊·自序[M]//鲁迅全集:第十七卷.北京:人民文学出版社,2005:441.

了鲁迅对革命者"哀其不幸"的情感倾向以及与此密切相关的"批判"的思想倾向,具有"非歌颂"的意义。因为,鲁迅通过一个刽子手康大叔来讲述夏瑜的这个故事,并引入了另一个二十多岁年轻人对康大叔讲述事件的回应,这并非是随意为之的,也并非仅仅是出于艺术目的而采用的"讲述""回应"的叙事手法,而是出于表达情感与思想的目的需要特意选择的"讲述者"与"回应者"以及相应的言语体裁的。从小说的实际情况来看,夏瑜的革命性行为由康大叔这个反对夏瑜的革命并"代表"统治者亲手杀害夏瑜的刽子手来讲述,这本身就具有双重的讽刺与批判的意味:既具有直接地讽刺与批判了刽子手的大言不惭(在大庭广众之下谈论银子、谈论从夏瑜身上"榨不出一点油水"等肮脏的事情)和残忍、暴力本性的意味,又具有讽刺与批判夏瑜这位"在寂寞里奔驰的猛士"与民众隔膜的意味,同时也隐含了鲁迅对这位"在寂寞里奔驰的猛士""哀其不幸"的情感倾向。而夏瑜"劝牢头造反"的主张及其行为不仅被牢头否定并拒斥甚至还招致了一顿"暴打",而且也被刽子手康大叔与二十多岁的年轻人否定并拒斥,则正以显然的事实说明了夏瑜"劝牢头造反"的革命性行为对于大众的无效性及伴随着这种无效性而来的无价值性。而夏瑜这种革命行为的无效性,则不仅证明了夏瑜在"劝牢头造反"时候的失误,既没有找准启蒙的对象,更没有采用恰当的方式让被启蒙的对象理解为什么要造反的道理,而且从一个特殊的角度、以一种特殊的方式凸显了夏瑜这个"在寂寞里奔驰的猛士"的思想局限与性格弱点。而鲁迅对夏瑜这个革命者的思想局限与性格弱点批判的思想,也正是从这样一个特殊的角度、以这样一种特殊的方式表达出来的,尽管表达得十分隐晦曲折,即使在话语构成与词语的选择方面也没有显在的标志,但正是这种隐晦曲折,甚至含而不露的批判思想赋予了这段对话强劲的思想之力。所以,小说采用如此的话语修辞,在表层上虽然具有"歌颂"革命者的意味与意义,但深层中却包含了"为革命者"的人生并要改良革命者这种"寂寞"的人生,甚至批判这种"寂寞"人生的价值取向,这才是鲁迅在这篇小说中采用对话"主题"转移的话语修辞的深层匠心,也是这段对话主题转移的话语修辞最有深意的内容。

**二、《起死》书写人物对话的话语修辞**

鲁迅小说在书写人物对话中的话语修辞类型除了上面已经分析过的一种之外,还有很多种类型,它们如繁星一样点缀在鲁迅的小说之中,以各自特有的韵味,从不同的方面彰显了鲁迅小说的艺术神采。其中,最集中地含纳了鲁迅小说书写人物对话的话语修辞类型的小说,是鲁迅小说中唯一一篇以戏剧的形式创作的小说《起死》。

《起死》这篇小说书写人物对话的话语修辞类型,如果按对话的"主题"进行概括,则大致可以分为五类:第一类是庄子与鬼魂及司命关于"生与死"的对话;第二类是庄子与汉子关于衣物的对话;第三类是庄子与汉子关于村庄里"出了什么故事"的对话;第四类是庄子与巡士"抓人"的对话;第五类是巡士与庄子关于庄子的"影响"的对话。这五类对话的主题不同,其话语修辞也各具特色,它们比较全面地体现了鲁迅小说书写人物对话所采用的话语修辞的多样风采。其中,第一类对话的主题与第二类对话的主题是小说中主要的对话主题,这两类对话的主题不仅在小说中占有的篇幅最多,而且也是小说中最具有意味的对话主题,其话语修辞也最有特点、最为丰富,当然也最有代表性、最值得分析。因此,通过对这两种对话类型及话语修辞进行分析,我们不仅可以较为全面地透视鲁迅小说书写人物对话的话语修辞类型的丰富多彩性,而且也能由此而深入地分析、探讨此类话语修辞的杰出意义。这里主要从构成对话话语的句子的主题推进的方式展开探讨,同时结合对话的交际状态与句子主题的扩展状况以及话语在语义上和结构上相互联系的句子的关系,即句际关系,展开探讨,力求较为集中地分析《起死》这篇小说书写人物对话的话语修辞的特点及艺术效果。

构成话语的主题推进的方式多种多样,就《起死》中第一类关于生与死的对话主题的推进方式来看,主要有"变异"推进式与顺延推进式两种。在对话主题"变异"推进式中又有对话主题随意引申的推进式与对话主题的概念被偷换的推进式,而无论是哪种对话主题的"变异"推进,都最集中地表现在庄子的话语中,或者说,鲁迅主要就是书写了庄子话语对谈话主题的"变异"推进。如下面两个例子:

> 鬼魂——庄周,你这糊涂虫!花白了胡子,还是想不通。死了没有四季,也没有主人公。天地就是春秋,做皇帝也没有这么轻松。还是莫管闲事罢,快到楚国去干你自家的运动。
>
> 庄子——你们才是糊涂鬼,死了也还是想不通。要知道活就是死,死就是活,奴才也就是主人公。我是达性命之源的,可不受你们小鬼的运动。(第一例)
>
> ……
>
> 司命——哈哈!这也不是真心话,你是肚子还没有饱就找闲事做。认真不像认真,玩耍又不像玩耍。还是走你的路罢,不要和我来打岔。要知道"死生有命",我也碍难随便安排。
>
> 庄子——大神措矣。其实那里有什么死生。我庄周曾经做梦变了蝴蝶,是一只飘飘荡荡的蝴蝶,醒来成了庄周,是一个忙忙碌碌的庄周。究竟是庄

周做梦变了蝴蝶呢,还是蝴蝶做梦变了庄周呢,可是到现在还没有弄明白。这样看来,又安知这骷髅不是现在正活着,所谓活了转来之后,倒是死掉了呢?(第二例)

这两个例子中围绕"生与死"的对话所使用的话语都推进了对话主题的发展。不过,第一个例子中,鬼魂关于生死主题的话语虽然也推进了对话主题的发展,但其对话主题的发展不是"变异"的发展,而是同一主题的顺向发展,所采用的是"同主题推进"的话语修辞。即由"没有四季,也没有主人公"这两个句子构成的两个述题,同以"死了"为主题,只是由于后句"也没有主人公"的主题"死了"与前句"死了没有四季"相同而省略了。整个围绕"死"的主题所呈现的话语及话语的展开,不仅合乎逻辑,也合乎修辞学家们所认可的话语展开中主题推进的语义规范与形式规范:"在话语展开时,后句的主题重复前句的某部分,使之发展,被重复的部分相当于前句的主题或述题的一部分。这种句子主题在话语中的展开方式,叫作主题推进。"①而庄子在回应鬼魂关于"死"的话题的时候,则是另一番景象,他不仅接过了鬼魂关于死的话题,并将死的话题与生的话题联系起来,借此阐述了自己关于生与死无差别的哲学思想,而且也截去了鬼魂"也没有主人公"这个句子的主题(主语)"死了",只断章取义地从"述题"中的关键词"主人公"出发,按照自己"活就是死,死就是活"的话语结构模式,炮制出了"奴才也就是主人公"的判断。这个判断的话语构成,虽然在形式上与"活就是死,死就是活"的结构形式一样,在功能上也具有将对话主题推进的功能(即将生死的对话主题推进到了"奴才与主人公"的对话主题),在形式上也具有"主题扩展"的形式。但由于其话语不仅将"鬼魂"话语所包含的"述题"的本意完全"肢解"并曲解了,而且也完全脱离了庄子自己前面话语的主题"死"与"活",使句子与句子之间的"句际关系"出现了语义上的断裂。因此,这样的话语对谈话主题推进的方式,就不是符合话语推进对话主题规范的方式,而是"变异"的方式。

同样,第二个例子中司命有关生死的话语也存在话语主题推进的情况,其话语主题的推进虽然与鬼魂的话语主题的推进方式不同,不是采用的同主题推进的方式,而是采用的"线性主题推进"的形式,即后句主题"我也碍难随意安排",是前句"死生有命"的"述题"。在语法修辞手段上是以"死生有命"为原因而推出"我也碍难随意安排"的述题,句子之间的句际关系的构成虽然没有使用"因为""所以"这样的连接词语,但由于两个句子之间的语义具有内在的联系性,因此,这样的话语构成不仅同样符合逻辑,而且也同样符合话语对谈话主题推进的修辞规

① 　王德春,陈晨. 现代修辞学[M]. 上海:上海外语教育出版社,2001:393.

范。而庄子关于生死问题的回答所使用的话语虽然也具有对话主题推进的话语形式，但这种推进同样不是符合话语修辞规范的对话主题的推进，而是"变异"的推进，并且这种对话主题"变异"的推进还与第一例的"变异"推进不同。庄子没有采用断章取义的话语来完成自己对生死对话主题的推进，而是通过偷换"死生"概念的话语方式完成了自己的话语对谈话主题的推进，或者说是通过偷换概念完成了自己关于"那里有什么死生"观点的论证。之所以说庄子对自己"那里有什么死生"的观点的论证是通过偷换概念的话语方式展开的论证，是因为在论证的过程中，庄子通过话语所列举的例证不是"生"或"死"的例证，而是自己梦蝴蝶的例证。在这个例证中，不管是庄子变成了蝴蝶，还是蝴蝶变成了庄子的话语，都与生死没有必然的联系，其话语的语义既不是顺着"死与生"的主题展开的有序论证，也与"死与生"的问题在逻辑上构不成论点与论据的关系，完全是提出了另外的一个问题，所谈的是另外一个事件。也就是说，庄子实际是将"生与死"的概念，偷换成了"我做梦"还是"它（蝴蝶）做梦"的概念，将生与死的话语主题，换成了"梦"的话语主题。而"梦"的话语主题无论在现实性上，还是在语义上，都显然与生和死的主题无法构成观点与论据的关系，也当然不具有证明生与死为什么是无区别的功能。而十分具有讽刺意味的是，庄子不仅在论证"那里有什么死生"的观点时，采用了偷梁换柱的方式，而且还将这种被偷换了概念的话语内容作为依据来具体地说明"又安知这骷髅不是现在正活着，所谓活了转来之后，倒是死掉了呢？"

在这两个例子中，庄子作为对话·方的应答者，他的话语中所包含的对话主题"变异"的样式虽然有着明显的不同，但话语修辞却有着惊人的一致性，这种一致性的基本模式是主题与述题分离。述题不仅不具有为主题服务的功能，而且还从原来的主题中被生硬地剥离出来，成为新的对话主题，而这些新的对话主题又与对话的中心主题"死与生"的问题完全不搭边。其构成话语的句际之间，无论在形式上，还是在语义上都没有相应的联系。在第一例中，庄子后面的应答"活就是死，死就是活，奴才也就是主人公"则完全是两个并列的对话主题，"奴才也就是主人公"既不具有回答为什么说"活就是死，死就是活"这两个句子所包含的观点的功能，其语义所负载的内容也与这两个句子中的观点风马牛不相及，自身不仅是一个完整而独立的句子，而且也具有自身明确的指意性，表达的是庄子自己关于奴才与主人公关系的看法，是完成了观点表述且不会产生歧义的话语。同样，第二例中的话语修辞的基本模式也是主题与述题不仅没有形式上的联系，而且更没有语义逻辑上的关联，完全是各自独立，各为一个独立的话语单元和具有话题性质的单元，如"那里有什么死生"，是一个独立的话语单元，其话语的主题——话题是关于生与死的问题；而庄子梦蝴蝶和蝴蝶梦庄子则又是一个独立的话语单元，其话语的主题——话题是关于"梦"的问题。

鲁迅为什么要采用如此不合话语修辞规范和目的的话语修辞来书写庄子的话语呢？这样书写有什么好处呢？如果要进行概括，笔者认为有两个直接的好处：一是在有限的篇幅中尽可能地展示庄子的各种思想观点，为塑造庄子这个人物形象，而且是鲁迅重新认识的一个"全新的庄子"形象打下了良好的基础；二是含蓄地表达了鲁迅自己对庄子的讽刺与否定的思想倾向，不仅讽刺与否定了庄子观点本身的不合理性，也不仅讽刺与否定了庄子这个人说话的不合逻辑性，而且更以具体的事实讽刺与否定了庄子的智慧水平，讽刺与否定了这个连基本的修辞素养都不具备的庄子本人。

事实上，鲁迅不仅通过书写庄子在对话主题"变异"中的话语修辞讽刺与否定了庄子的修辞素养，而且在书写庄子在对话主题的顺延式的推进中的话语修辞，也从另一个方面，即对话的对象把握的方面讽刺与否定了庄子的修辞素养。

所谓对话主题的"顺延推进"，在《起死》中主要指庄子与汉子关于汉子原本是死了还是睡着了的对话主题。这一对话主题虽然仍然是与生死相关的对话主题，但由于不是抽象地关于生与死的主题，而是具体的关于"汉子"这个"人"在现实中的存在方式，即是死了被复活了，还是仅仅睡着了的问题，所以这个具体的问题也就是抽象的关于生与死的问题的顺延，而且是被庄子顺延的。不过，在这种对话主题顺延式的推进中，由于庄子的角色与对话主题"变异"推进中的角色发生了改变，由与鬼魂、司命对话中的"应答"角色，变为了提问的角色，所以，庄子在对话主题顺延推进中的话语，虽然仍然常常呈现的是话语之间的跳跃的形式，一个话语与另一个话语的主题（话题）随意转换的情况，但是单个句子或复句所构成的话语，仍然有其相应的意义。如"庄子——啧啧，你这人真是糊涂得要死的角儿——专管自己的衣服，真是一个彻底的利己主义者。你这'人'尚且没有弄明白，那里谈得到你的衣服呢？所以我首先要问你：你是什么时候的人？唉唉，你不懂……那么，（想了一想）我且问你：你先前活着的时候，村子里出了什么故事？"这个语段由四组话语构成，每组话语各涉及一个主题（话题），虽然话语与话语之间所关涉的主题都具有独立性，各个话语的述题的所指有各自的规定性，但是单个句子或复句所构成的话语，其所指意义仍然是很清楚的，主题（句子中的主语成分）和述题（句子中的谓语及宾语等成分构成的内容）之间的搭配也是适应的，如"你这人真是糊涂得要死的角儿——专管自己的衣服，真是一个彻底的利己主义者"。在这里，庄子用了一个复句表达了对汉子的评价，虽然其评价有着鲁迅似的"油滑"性，但庄子评价汉子所使用的复句中的两个述题"糊涂得要死的角儿"与"彻底的利己主义者"，与主题（主语）"你"即汉子的搭配却是十分得体的，其话语的修辞是符合规范而又严谨的,其话语语义的所指是清楚明了的。

不过,尽管这些由单个句子或一个句群构成的话语本身不仅句式严谨而且意义明了,但是由于庄子忽视了对话的基本前提,即对话的对象的背景与处境,从而使他自己提出的问题不仅没有能够难倒对话的对象,而且还常常让自己陷入十分被动的境地(如庄子问汉子你先前活着的时候,村子里出了什么故事、你是怎么睡着的等,汉子不仅一一做了回答,而且回答得十分详尽,从而使庄子不能不绞尽脑汁地再想出别的问题)。其负载着众多问题的话语,如"你是什么时候的人""你已经死了五百多年了"等,虽然自成体系并且其话语语义的指向也较为明确,但却无法达到对话的目的,甚至连庄子希图的最起码的目的——让汉子承认自己早就死了,是庄子将其复活的——也终于没有达到,最后则使庄子自己与汉子的对话成为"对牛弹琴"似的独白。

庄子与汉子这种对话所形成的对牛弹琴似的独白结果,不仅具有讽刺与否定庄子话语修辞智慧的艺术功能,而且也具有讽刺与否定庄子思想观点的功能,因为,"修辞还有一个目的是'更好地澄清认识'"①。就庄子与汉子的对话来看,庄子的话语修辞本意是为了"更好地澄清"自己的"认识",特别是庄子自己恪守并坚信的"死就是活、活就是死"的认识并践行自己的认识。也就是说,在庄子的思想观念上,既然死就是活,活就是死,生命的两种形态没有本质性区别,那么按照庄子思想观点的逻辑,对死人讲话与对活人(汉子)讲话也当然应该没有什么区别。对死人讲话可以独白:自己想怎么讲话就怎么讲话,自己想讲什么话就讲什么话,对活人讲话也应当如此。可是,当庄子按照自己的思想逻辑如此进行实践的时候,却完全而彻底地失败了,他本想按照自己的意图对被自己复活的汉子讲话,而且所讲的话在规范上也都是符合话语修辞规范的,但是汉子不仅完全不理解,而且也彻底地不相信。因此,汉子对庄子话语意思的不接受,也就不仅在事实上否定了庄子与汉子对话所采用的话语修辞的意义与价值,而且也在观念上否定了庄子所谓的生死无区别、死人与活人作为对话的对象是一样的思想。这正是鲁迅书写庄子与汉子对话的艺术匠心之一,也是鲁迅书写庄子如此的话语修辞的艺术价值与思想价值的一个重要方面。

鲁迅小说所具有的如此的思想价值与艺术价值,不仅在上面已经分析过的书写庄子关于生与死的问题的对话及其话语修辞中有充分的表现,而且在书写庄子与汉子关于衣物对话的话语修辞中也有如此的表现,甚至表现得更为直接,也更

---

① 肯尼斯·博克. 当代西方修辞学:演讲与话语批评[M]. 常昌富,顾宝桐,译. 北京:中国社会科学出版社,1998:99.

为多样。不仅通过庄子与汉子对话中的话语修辞表达了对庄子的思想观点以及话语修辞的否定,而且也通过汉子的话语修辞的特点表达了对庄子思想行为以及话语修辞的否定。

庄子与汉子关于衣物的对话不仅在小说中所占据的篇幅最多,而且也最有情趣。从总体上看,汉子的对话始终围绕现实的问题展开,即要庄子还他的衣物,而庄子的对话则不仅话题常常跳跃,而且有时也总不免虚玄,其话语修辞也往往呈现出庄子的特点甚至庄子常用的话语方式。请看这段对话:

> 汉子——我不知道。就是你真有这本领,又值什么鸟? 你把我弄得精赤条条的,活转来又有什么用? 叫我怎么去探亲? 包裹也没有了……(有些要哭,跑开来拉住了庄子的袖子,)我不相信你的胡说。这里只有你,我当然问你要! 我扭你见保甲去!

> 庄子——慢慢的,慢慢的,我的衣服旧了,很脆,拉不得。你且听我几句话:你先不要专想衣服罢,衣服是可有可无的,也许是有衣服对,也许是没有衣服对。鸟有羽,兽有毛,然而王瓜茄子赤条条。此所谓"彼亦—是非,此亦—是非",你固然不能说没有衣服对,然而你又怎么能说有衣服对呢?

在这段对话中,汉子的话语具有直白、朴素的修辞特点,且目的明确、指向清楚,各种否定性的话语都指向"没有用"的事物与事件,包括庄子将汉子"活转"过来的事件;所有肯定性的话语都指向一个现实的主旨:要衣服与包裹,解决自己"精赤条条"的问题和"探亲"的问题。与之相比,庄子的话语不仅虚玄难以把握,其话语的风格具有显然的书面语的文绉绉的特点,而且所采用的话语方式还是庄子表述自己的重要观点"彼亦—是非,此亦—是非"的经典方式①,并且以这种经典性的话语方式所导引出的思想观点,如"也许是有衣服对,也许是没有衣服对"等。无论在形式逻辑上,还是在话语修辞上都是合乎规范的。鲁迅之所以如此规范汉子与庄子两个人各自话语修辞的特点,从目的与效果的角度看,至少有两个方面的目的与效果。首先,是艺术目的,鲁迅如此规范两个不同身份、不同修养、不同观念人物的话语修辞的特点,首先是为了有效地通过人物的话语特点来塑造人物形象,揭示人物作为一定阶级、一定阶层的代表所应该具有的思想特征与性格特征,在最基本的意义上达到创作小说的艺术目的和艺术效果。而且,从实际情况来看,这样的艺术目的与艺术效果也的确达到了:汉子话语的修辞特点因为

---

① 鲁迅对庄子这一观点本身也是否定的。如在《"中国文坛的悲观"》(《准风月谈》)中,鲁迅就曾如是说:"增加混乱的倒是有些悲观论者,不施考察,不加批判,但用'彼亦一是非,此亦一是非'的论调,将一切作者,诋为'一丘之貉'。这样子,扰乱是永远不会收场的。"

很有效地与人物的身份——庄稼汉吻合了,而使这个人物形象真正地成为"庄稼汉"的代表;庄子文绉绉的话语修辞特点也因为与庄子作为一个读书人,作为一个哲学家的固有身份契合了,而使这个人物鲜活地站立在了小说之中。其次,是思想目的,这个思想目的就是对庄子的否定。从实际效果来看,这样的目的也的确实现了,而且还是通过两条途径实现的,这就是汉子的话语修辞与庄子文绉绉的话语修辞。当然,由于两种话语修辞的风格不一样,因此,这两种话语修辞的风格,不仅所包含的意味不一样,而且对庄子否定的方式也不一样。

从汉子的话语修辞来看,汉子的话语修辞具有质朴的特点,这种质朴的话语修辞的特点所表达的汉子对庄子行为与思想观念否定的方式是直接的。因此,汉子的话语作为彰显鲁迅对庄子的否定性思想倾向的载体,其意味是畅快淋漓的。或者说,鲁迅就是通过汉子质朴的话语修辞,畅快淋漓地表达了自己对庄子否定的思想倾向。而庄子文绉绉的话语修辞,虽然形式上没有什么不符合规范的,但由于其文绉绉的话语修辞所表达的思想意识,完全不能被"听话者"汉子所理解,相反,还引起了汉子的反感甚至让汉子怒不可遏地用粗话骂道:"放你妈的屁!"而使得这文绉绉的话语修辞因无法达到修辞的基本目的——更有效地传递思想和最终目的——更好地说服听者——而成为没有任何价值与意义的形式。因此,庄子这文绉绉的话语修辞的合理性与实际修辞效果的无意义性之间的矛盾性,并且是无法调和的矛盾性,也就使这种话语修辞的意味具有了浓厚的讽刺性。这也许就是鲁迅小说书写人物对话的话语修辞的诗性智慧的一个重要的方面。

### 三、人物独白中的话语修辞

鲁迅小说中的人物常常会自言自语,鲁迅也往往根据塑造人物、表情达意的需要十分得体地书写他们的自言自语,如《药》中夏大妈"自言自语的说:'这没有根,不像自己开的。这地方有谁来呢? 孩子不会来玩;亲戚本家早不来了。这是怎么一回事呢?'";又如《阿Q正传》中"'秃儿。驴······'阿Q历来本只在肚子里骂,没有出过声,这回因为正气忿,因为要报仇,便不由的轻轻的说出来了";还有《长明灯》中"疯子"在非对话的情景下所发出的"我放火"等。

人物的这些自言自语,虽然有的由几个句子构成,有的只由一个句子构成,有的甚至只用一个词构成,但在属性上,它们都是"话语"。这可以从两个方面来看,首先,从形式上看,修辞学家曾经指出:"各种话语单位之间没有绝对的数量界限,有时独句可以成段,独段可以成篇。"①也就是说,话语的构成是不受"单位数量"

---

① 　王德春,陈晨. 现代修辞学[M]. 上海:上海外语教育出版社,2001:389.

限制的。其次,从功能上看,以上所列举的例子中虽然"单位"的数量有区别,但它们都完成了对意义的表达,而且是有十分明显的规定性的意义表达。巴赫金曾经指出,"任何一个句子,都可以称为一个完成了的表述(话语)"①,而衡量一个句子或者一个词语是否是话语的基本标准就是这个句子或者词语是否具有话语应该具有的"完成性"②。也就是说,一个语言或言语单位,只要其完成了对某个或某类意义的表达,那么他在属性上就应该是话语。正是以此来衡量上面我所列举的鲁迅小说中人物自言自语的语言单位构成,所以我认为它们无论长短都是话语。

鲁迅小说中这些人物的自言自语,不仅所表达的内容丰富多彩且情态各异,而且其话语修辞的方式也多种多样,意味也多种多样。这里所列举的三个例子就代表了三种完全不同的话语修辞形式。

第一种以夏大妈的自言自语的话语修辞为代表。这种话语修辞,在鲁迅的《药》这篇小说中虽然仅此一例,但却不仅代表了鲁迅小说中话语修辞的一种类型,而且具有非凡的意义与作用,所以特别值得关注与分析。

夏大妈自言自语的话语所采用的话语修辞的基本模式是由几个具有实际意义的句子构成一段话语的模式。在夏大妈这段自言自语的话语中,共有六个完整的单句,即"这没有根""不像自己开的""这地方有谁来呢?""孩子不会来玩""亲戚本家早不来了""这是怎么一回事呢?"这六个完整的单句构成的话语主要包含了两个话语主题:一个是关于"花"的话语主题;一个是关于"谁"的话语主题。两个话语主题呈现的是顺向推进的态势,并在话语主题推进的过程中形成新的话题。即从"这(花)没有根,不像自己开的"关于"花"的话语主题,推向关于是"谁"来这里放这些花的话语主题;从原有的关于"花"的话语主题,引出了是"谁"的新的话语主题。话题的这种推进,不仅仅具有丰富了话语所包含的内容的作用,而且具有巧妙地交代人物的遭遇,表达启蒙主旨的重要作用。

就小说中的人物,特别是小说中的主要人物夏瑜那"寂寞"的遭遇来看,虽然小说通过康大叔与二十多岁的年轻人的对话进行了一定程度的交代,但那仅仅是从夏瑜与一般大众的关系所做的交代,揭示的主要是夏瑜与一般大众隔膜的关系,并通过这种隔膜关系的揭示显示夏瑜"寂寞"、孤独的处境,而夏瑜与"亲戚本家"的关系以及被"亲戚本家"所抛弃的遭遇,则没有交代。鲁迅之所以在小说的主体部分不交代这一方面的内容,并非是不需要这一方面的内容,也并不是夏家

① 巴赫金. 言语体裁问题[M]//钱中文. 巴赫金全集(4). 石家庄:河北教育出版社,1998:166.

② 巴赫金. 言语体裁问题[M]//钱中文. 巴赫金全集(4). 石家庄:河北教育出版社,1998:159.

被亲戚及本家抛弃的遭遇与小说的主旨无关，恰恰相反，夏家这一遭遇不仅与小说启蒙与改造国民性的主旨相关，而且具有从另一个角度，即血缘关系的角度进一步揭示革命者夏瑜"孤寂"处境的意义。"亲戚本家"断绝与革命者夏瑜及其家属的来往，一方面，正表明他们与社会上的其他大众一样愚昧、麻木、不觉悟，需要启蒙，需要进行精神的改造；另一方面，他们断绝与夏家关系的结果，则使夏瑜更深一步地陷入到了孤独、寂寞的境地。可见，鲁迅之所以在小说的主体部分不交代夏家被亲戚本家抛弃的遭遇，并非是不需要，而是另有原因，这个原因就是情节的发展不允许。因为小说的主要情节是华家"买药"治病，夏瑜的故事主要是作为"暗线"存在的，如果生硬地插入关于夏家被"亲戚本家"所抛弃的信息内容，将本来包含于"暗线"中的内容"明线"化，势必要破坏情节的完整性、流畅性以及"明线""暗线"布局的规定性。也就是说，鲁迅在小说的主体部分不交代这一方面的内容，主要是时机不成熟，一旦时机成熟，特别是当整篇小说的故事情节发展到最后，当作为"暗线"的夏瑜的故事以及夏瑜的遭遇等情节完全浮出了水面之后，鲁迅立即不失时机地通过夏大妈的自言自语恰到好处地做了关于夏家"亲戚本家"与夏家断绝了来往的交代。这样的交代，不仅自然得体，而且严丝合缝；既经受得起艺术逻辑的审视，也经受得起生活逻辑的检验，更构成了情节自然发展的一个有机环节。并通过这一看似不经意的交代，匠心别具地让小说中改造国民性的启蒙主旨，包括"为""寂寞"的革命者人生的思想意图又一次地得到了点染，又一次地得到了提示和强固，从而更有效地彰显了小说深邃的思想内容，有力地提升了整篇小说的艺术意境。这正是鲁迅在这篇篇幅十分有限的小说中对一个并非十分重要的人物——夏大妈独白话语采用如此修辞的"神来"之笔。

第二种话语修辞的方式以"疯子"的"我放火"为代表。"我放火"虽然只是一个独立的句子，但这个独立的句子由于既有主题(我)，又有述题(放火)，意思的表达完善而清晰，因此也是一段完整的话语。这段完整而简单的话语所采用的话语修辞与这段话语的构成一样"简单"，即以单一的主题和述题构成话题，完成对意义的表达。以如此的修辞方式构成的人物的独白话语，在鲁迅的小说中还有一些，如《风波》中九斤老太的"一代不如一代"；《补天》中女娲的"唉唉，我从来没有这样的无聊过！"等。这些由人物的自言自语所构成的话语也有很多可资分析的内容，其在小说中的作用也十分重要，但在最基本，也是最一般的意义上与"我放火"这个由一个独立的句子构成的话语的作用异曲同工，所以这里只分析"我放火"这个例子。

在小说中，"疯子"的这段自言自语的话语构成虽然简单，但塑造人物、揭示人物的思想性格的作用却并不简单；"疯子"的这段话语虽然只是由三个字构成的一个句子,简练得不能再简练了,但其中所蕴含的意味却并不简练。从塑造人物、揭示人物的思想性格的作用来看,"疯子"这段自言自语的话语虽然简单,但由于所表达的反抗意识十分清楚、明了且语调急促、铿锵,因此,这种明确的反抗意识与急促、铿锵的语调相结合的话语,不仅以"言为心声"的法则直接地凸显了"疯子"决绝的反传统、反世俗、反封建、反强权的思想与性格,而且也以"言语是心灵的镜子"的信条直接地反映了"疯子"义无反顾的坚定意志和磊落的襟怀,从而达到了用最少的话语最充分地揭示人物思想与性格的艺术效果。从意味来看,"疯子"表达自己反抗的思想与意志的话语构成虽然是简练得不能再简练了,但是由于话语的主题——我与话语的述题——放火之间的关系表达得分明、确切,尤其是"我"作为行为主体的地位凸显得十分鲜明。因此,我们从这段简练的话语中,至少可以解读出三重意味:一重意味是,"我"要放火(不是别人要放火),"我"对自己的行为负责,"我"敢作敢当,决不遮掩;第二重意味是,"我"知道自己要做什么,即知道自己"放火"要烧掉的是什么,我不仅知道自己要放火烧掉什么,而且我对自己要做的事的后果、意义与价值都有清醒的理性认识,我绝对不是随意而为的人,而是有清醒的理性认识的人。也就是说,"疯子"所使用的词语"放火"虽是大众化的词语,但现在这个词语,正如巴赫金所说,它已经成为"疯子"的"我的词","已经渗透着我的情态"①及"疯子"的理性认识与情感倾向,而具有"清醒理性"的人。按照康德的话来说,正是"成熟"的人,按照鲁迅的话来说,正是精神界的"战士"。由此,我们也就可以解读出这段简练话语的第三重意味,即象征意味。"我放火"要烧掉的对象虽然是具体的,但这个我要烧掉的具体对象实际上是整个旧制度、旧的习俗、旧的传统的象征性对象。这就是"疯子"这段简练的自言自语的话语及其修辞的艺术价值与思想价值之所在。

第三种话语修辞的方式则以阿Q的"秃儿、驴"的自言自语为代表。这种话语修辞的方式特别值得关注,也特别值得分析。因为其构成话语的词语虽少,但所包含的意味却特别深邃,尤其是在鲁迅这篇最杰出的小说《阿Q正传》中更是如此。

这种话语修辞是使用少得不能再少的词语构成话语,即一个词语构成一段话语,两个词语构成两段话语。在以这种方式构成的话语中,除了述题之外,连构成独立句子的主题都省略了。当然,构成独立句子的主题虽然省略了,但是话语的主题(话题)仍然存在,这就是关于"假洋鬼子"是"秃儿"、是"驴"的话题。阿Q

---

① 巴赫金. 言语体裁问题[M]//钱中文. 巴赫金全集(4). 石家庄:河北教育出版社,1998:174.

之所以只用如此少的词语构成自己自言自语的话语来表达自己的话题,当然不是他不想用更多的词语来构成自己的独白的话语,更不是他不想充分地表达自己的思想意识,从小说的整体语境来看,主要是两个方面的因素限制了他的所作所为与所思所想以及相应的"表达"。一个因素是他本来就拙于言辞,他所掌握的词语实在有限(在整篇小说中,阿Q无论是与人对话还是自言自语,其话语构成的样态都很短小,正说明了他的这一方面的"有限");另一个因素是环境使然,因为他是与"假洋鬼子"不期而遇,他既没有时间想什么,也没有时间想说什么,所以他只能几乎是出于本能的在自言自语中用最少的词语,而且是自己十分熟悉且经常使用的民间俗语表达自己心里所想的内容,表达自己对假洋鬼子的基本判断。

阿Q这种自言自语的话语的构成方式虽然在话语修辞中是最简单的修辞方式,但由于这种最简单的话语修辞方式不仅与人物使用这种话语方式表情达意的具体环境相吻合,更与阿Q这个人物自身的知识背景与生存背景相一致。因此,这种最简单的话语修辞方式也就具有了两个方面的修辞性功能,一个方面,是凸显人物的身份(下层人),并进而凸显人物的性格,并且是有严谨的背景和具体的故事情节作支撑的人物的性格;另一个方面,是为深入一层地揭示人物的思想倾向与情感倾向提供了一条由人物自己的话语特点开辟出的便捷途径。该话语这种最简单的修辞方式所具有的第一个方面的功能十分明显,这里姑且不论。该话语这种最简单的修辞方式所具有的第二个方面的功能,不仅因为同样具有揭示人物性格特征的功能,而且更具有从一个新的角度揭示被鲁迅深深地隐藏在人物话语中的人物的思想与情感倾向的功能,所以更值得我们关注,也更值得展开分析。

当我们依循着这种最简单的修辞方式所提供的话语并进入话语的情景,我们所能直观地发现的是,阿Q这段用最简单修辞方式构成的话语虽然只有两个词语,但就是这用两个词语构成的话语却至少反映出了阿Q两个方面的思想与情感特征以及相应的倾向:第一,阿Q对任何新事物都具有本能般拒斥的思想与情感倾向,而对传统和既有状况则具有本能般维护的思想观念与情感倾向。阿Q之所以咒骂假洋鬼子是"秃儿"、是"驴",不仅因为假洋鬼子是"他的对头"并总是欺辱他,阿Q对"假洋鬼子"有着出于本能的仇恨,而且更为重要的原因是假洋鬼子"剪了辫子",现在头上是一条假辫子,这是尤其让阿Q"深恶而痛绝之"的。阿Q用"秃儿""驴"这样的词语咒骂"假洋鬼子",也主要是针对"假洋鬼子"的这种状况而言的。而在辛亥革命前后所兴起的"剪辫子"风潮,虽然在当时就有很多争论,假洋鬼子剪辫子也许还有不可告人的目的或肮脏的企图,但是"剪辫子"这种行为本身的确是一种反传统的革命行为,当年众多的反清人士,如"革命军中马前卒"邹容就曾带头剪掉了自己的辫子,并通过剪辫子表达了自己与封建制度、封建规范彻底决裂的态度。因此,"剪辫子"这种行为作为一种反封建的行为,尽管意义较为浮浅,其反封建的作用也十分有限,但它毕竟是触动了封建统治者和传统神经的一种革命的行为,是一种"新的事物"。而阿 Q 恰恰在反假洋鬼子的时候,连这种新生事物也一起"恨屋及乌"地反了,这种"反"固然是直接针对"假洋鬼子"的,但却曲折地反映出了他对新生事物,包括一切与传统、与习俗不一致的行为、言论等强烈排斥的思想与情感倾向,也反映了阿 Q 要维护传统的、既有状况的根深蒂固的思想观念与情感倾向。

　　第二,阿 Q 的思想极度贫乏,情感极为世俗。这是鲁迅揭示的阿 Q 更为深刻也更有意义的思想与情感的特征,也是隐藏在阿 Q 使用最简单的修辞手段构造的话语中的最为深沉的内容。为什么说我们从阿 Q 用最简单的修辞方式所构成的话语中能发现阿 Q 的思想极度贫乏,而情感又极为世俗呢? 这是因为从人的思想、情感与语言的绝对关系来看,"词汇贫乏也就意味着观念的贫乏,没有口才,也就没有高尚的情感"①。西方现代语言哲学家与修辞学家的这一观点虽然不无偏颇,但也的确深刻地揭示了"语言是存在之家"的本质特征及"人诗意地栖居在语言之中"②的历史与现实的状况,揭示了语言与人的深刻的内在关系。马克思和恩格斯也曾指出:"语言是思想的直接现实"③,他们从历史唯物主义与辩证唯物主义的层面所揭示的语言与思想的关系,与当代哲学家从语言思想本体论的层面所揭示的语言与思想的关系的理论也是十分一致的。语言学家索绪尔也说:"从心理方面看,思想离开了词的表达,只是一团没有定形、模糊不清的浑然之物。"④他也从人与语言关系的角度,指出了人的思想对语言的绝对依赖关系。阿 Q 不能用更多的词语和更复杂的话语表达自己的想法与情感倾向,这不仅表明了他的思想是贫乏的,而且也表明了他的思想是"模糊不清"的;他只使用民间最通俗的词语"秃儿""驴"来表达自己对所要否定的对象的憎恨之情,这固然很充分地表现了他特有的生存状况与知识背景,但同时也表现了他基于世俗的情感内容。而阿 Q 这种极度贫乏的思想与极为世俗的情感,正是鲁迅创作这篇小说所要画出的"国人"的一个方面的"魂灵",也当然是要改造的"国民性"中的一个内容,这也正是鲁迅用这种最简单的话语修辞方式书写阿 Q 的自言自语的匠心所在。

---

①　肯尼斯·博克,等. 当代西方修辞学:演讲与话语批评[M]. 常昌富,顾宝桐,译. 北京:中国社会科学出版社,1998:6.

②　海德格尔. 语言的本质[M]//海德格尔选集:下集. 上海:上海三联书店,1996:1068.

③　马克思,恩格斯. 德意志意识形态[M]//北京师范大学中文系文艺理论教研室. 文学理论学习参考资料(上). 沈阳:春风文艺出版社,1982:1167.

④　索绪尔. 普通语言学教程[M]. 北京:商务印书馆,1980:157.

巴赫金曾特别提到"对话与独白区别的相对性"①问题,在他看来,不存在绝对的独白,也不存在绝对的对话,在一定的条件或语境下,对话也能成为独白,独白也具有潜在的对话性,"即使是内心的言语",也"期待着回答,期待着反应"。而对于文学作品来说更是如此。因为文学作品可以使用各种体裁来表情达意或塑造人物、描写事件,而有些体裁本来是具有独白性质与功能的体裁,如日记就是典型的独白体裁,但当它在小说或其他叙事作品中使用后,由于各种目的的制约,因此,其形式虽然是独白的形式,但却也会被作者根据"潜在读者"的设置或作者自己塑造人物、表情达意的需要进行对话化的处理。正是从这个意义上,巴赫金认为:"言语本质上具有对话性"②。鲁迅小说也不例外。在鲁迅的小说中,人物的独白话语的"独自性"固然十分显然,但这些具有独自性的话语其实也有内在,或者说是虚拟的对话对象的。同时,鲁迅小说也采用了特别的文体,即日记体,鲁迅也对这种独白的言语体裁——日记进行了对话化的处理。如《狂人日记》这篇小说中的话语,就不仅仅是"狂人"的独白话语,而是作者与人物对话的话语,是人物狂人与历史、现实、既往观点、既往文明对话的话语,狂人所发现的仁义道德的吃人本质,正是在与历史、现实和传统观点的对话中发现的。而那些判断仁义道德吃人本性的话语,也就不仅是独白的话语,它们更是对话的话语,因为在本质上这些话语是狂人与"过去"对话的结论。又如《伤逝》这篇"手记"体小说中涓生的反省与悔恨的一系列话语,与其说是涓生的自言自语,不如说是涓生在与既往的自己以及社会、人生对话中形成的话语,其中的"人必生活着,爱才有所附丽"等这样的判断性与哲理性一体的话语,就是代表。

### 四、对话的独白化的话语修辞及语用修辞

在鲁迅小说所采用的言语体裁中,不仅存在着独白的对话化的现象,而且也存在着对话的独白化的现象。这种现象在各篇小说,尤其是现代小说中都有不同程度的表现,如《孤独者》中的主人公魏连殳给作品中另一个人物"我"的书信就是一个代表。书信本是信息的发出载体,是一种与小说中的"我"对话的言语体裁,但却没有得到另一个人物"我"的回应,由此使这些发出的信息成为主人公的自言自语,成为主人公展示自我的思想、情感、性格的独白。又如《祝福》中祥林嫂

---

① 巴赫金.《言语体裁问题》相关笔记存稿[M]//钱中文.巴赫金全集(4).石家庄:河北教育出版社,1998:194.
② 巴赫金.《言语体裁问题》相关笔记存稿[M]//钱中文.巴赫金全集(4).石家庄:河北教育出版社,1998:194.

"我真傻"的表述,本是有对象的一种倾诉,使用的也是一种较为典型的对话的言语体裁。但由于祥林嫂的倾诉到了后来成为没有人要听的言说,因此,也就使祥林嫂"我真傻"的表述从对话蜕变成了自言自语的独白。而最典型地代表了鲁迅小说对话话语独白化倾向的作品,当首推《头发的故事》。在这篇小说中,鲁迅不仅让小说的主要人物在对话的场合自言自语,甚至让人物的自言自语成为这篇小说的主要内容,而且也借助人物的独白展开了对人物的塑造并借以表情达意,并且也有意识地让人物采用了各种各样的话语修辞方式并充分有力地发挥了这些话语修辞的特点与魅力。

李长之当年在论鲁迅小说时,将《头发的故事》这篇小说归入"写得特别坏,坏到不可原谅的地步"的行列中,他的理由是:"故事太简单,称之为小说呢,当然看着空洞;散文吧,又并不美,也不亲切,即使派作是杂感,也觉得松弛不紧凑,结果就成了'嘛也不是'的光景。①"如此的指责虽然有过于简单之嫌,而且也未得这篇小说的"真经",具有明显的偏颇性,但却于无意中揭示了鲁迅这篇小说的文体特点——"嘛也不是"。这种"嘛也不是"的特点之一就是人物在本属于是"对话"的场合,鲁迅却让其"自言自语",并且从开头一直"自言自语"到结束。

《头发的故事》这篇小说所设置或存在的人物主要有两位,一位是"我",一位是"我的一位前辈先生 N"。小说中两个人物的设置或存在本来是构成"对话"的基本条件,更何况从小说中的相关交代来看,这两个人物不仅似乎有一定的血缘关系(即使没有血缘关系,至少也是关系较为密切、来往较为频繁的朋友关系),而且这两个人物在思想上对同一个问题,即辛亥革命的问题以及纪念辛亥革命的问题,还有"头发"的问题等,也似乎有着相近的看法甚至情感倾向,但鲁迅却没有让两个人物在作品中展开对话,也当然没有让本来就具有对话性的话题展开。如小说中的两个主要话题:纪念的话题与头发的话题,而是如小说中所交代的一样,当N先生发议论甚至"生些无谓的气"的时候,"我大抵任他自言自语,不赞一词"。因此,这篇小说虽然有两个人物,却并没有形成对话,而是名副其实地成为一个人物的自言自语。鲁迅也就在小说中主要书写了这一个人的自言自语,并展示了其自言自语时所采用的话语修辞。

《头发的故事》中这个自言自语的人物采用了哪些话语修辞的方式呢?如果依然按照话语主题即"话题"推进的方式来归纳(这种归纳最集中、最好操作,也最能便捷地把握话语的"话语性"并进而分析话语的修辞特征,因为"话语是围绕话

---

① 李长之. 鲁迅批判[M]. 北京:北京出版社,2003:93.

题展开的。若干句子按话题衔接成句际关系就具有话语性"①），则主要有两种：一种是话语主题的顺向推进的修辞法，一种是话语主题转折的修辞法。鲁迅在小说中让人物主要采用这两种话语的修辞法，除了很有效地塑造了人物形象，也很有效地完成了表情达意的任务之外，最值得分析的是两个问题，一个是人物的独白话语中普通词语的修辞意义及与鲁迅使用词语的个性问题；另一个是这些独白的话语修辞的"语境性"问题。请看下面的例子：

"他们忘却了纪念，纪念也忘却了他们！"

"我也是忘却了纪念的一个人。倘使纪念起来，那第一个双十节前后的事，便都上我的心头，使我坐立不稳了。

"多少故人的脸，都浮现在我眼前。几个少年辛苦奔走了十多年，暗地里一颗弹丸要了他的性命；几个少年一击不中，在监牢里身受一个多月的苦刑；几个少年怀着远志，忽然踪影全无，连尸首也不知那里去了。

"他们都在社会的冷笑恶骂迫害倾陷里过了一生；现在他们的坟墓也早在忘却里渐渐平塌下去了。

"我不堪纪念这些事。

"我们还是记起一点得意的事来谈谈罢。"

这段话语，是一段完整的独白话语，不仅在表意方面完整而清晰，而且在形式方面也采用了标示一段话语完成的正、反引号。同时，这段独白在话语修辞方面也综合地采用了"话题"推进的两种话语修辞的方式，话语的最后一句"我们还是记起一点得意的事来谈谈罢"，采用的是话题转折推进的话语修辞的方式，即从前面关于"纪念"的话题转向后面关于"辫子"、头发的话题。之前围绕"纪念"话题的自言自语，则很明显采用的是话题顺向推进的话语修辞方式，从总的一句"纪念也忘却了他们"的主题，推向对"故人"的历史遭遇与现实遭遇的回忆。正因为这段话语综合地采用了话题推进的两种话语修辞方式，所以这段独白在话语修辞方面不仅具有相当的代表性，也当然具有相当的可分析性。我的分析主要从我上面所提出的两个问题展开。当然，由于文学作品中的任何话语的修辞都不仅与艺术的效果有密切关系，而且也与作品表达思想情感的效果血肉相连。因此，我在分析 N 先生这段独白话语修辞的时候，虽然主要是从上面两个方面展开，但也在具体分析的过程中适当地联系这段独白话语的艺术效果与表达思想情感的效果，如此，也许会使我的分析显得更为丰满些，也更有说服力些。

---

① 王德春，陈晨．现代修辞学［M］．上海：上海外语教育出版社，2001：423．

　　我们知道,鲁迅在文学创作中遣词造句(语用修辞)是十分讲究的,也是十分具有个人性的。语言学家刘兴策先生在分析鲁迅的小说《孔乙己》的用词特点时曾经指出,《孔乙己》"在运用词语方面,是颇费匠心和十分精确的"①。并特别列举与分析了小说"恰当的选用同义词语",如"偷"和"窃"的艺术匠心。事实上,如果说鲁迅在《孔乙己》中选用恰当的"同义词"具有刻画人物的"准确"性的话,那么鲁迅在自己的一系列文学作品中对"纪念"与"记念"这两个同义词的使用,则具有与其创作个性密切相关的复杂性。例如,在被鲁迅自己编入杂文集中的两篇著名的文章《记念刘和珍君》和《为了忘却的记念》中,鲁迅不仅在文章的标题中直接使用了"记念"一词作为文章的标题——这种特殊的话语修辞——的一个单元来标示文章的中心主题,而且在文章中也几乎全是用"记念"一词来表达自己对这些年轻人的"纪念"之情与之意。而在小说《头发的故事》中,他又使用了"纪念"一词作为话语修辞的一个单元来书写人物的话语并通过人物的话语表达了对"他们忘却了纪念,纪念也忘却了他们"这些与"纪念"密切相关问题的看法。本来,"纪念"与"记念"在表达纪念的意义上,其语义是没有什么区别的,如《现代汉语词典》在解释"纪"的所指时就如是说:"义同'记',主要用于'纪念、纪年、纪元、纪传'等",纪念"也作记念。②"

　　那么,鲁迅在不同的文体中,甚至在同一文体、同一篇文章中使用两个几乎是同义的词语作为话语修辞的手段究竟是为什么呢? 有研究者曾经指出,"细读文本可以看出:鲁迅虽也遵循约定俗成的'纪念',但在最需要表达个人的内心情感时,他还是倾向使用自家独特的'记念'"。并举例说,"《忆韦素园君》一文第二段写道:'现在有几个人要纪念韦素园君,我也须说几句话。'这是就'有几个人'而言。而文末则动情地写道:'我不知道以后是否还有记念的时候,倘止于这一次,那么,素园,从此别了。'两年之后,鲁迅也不幸而殁,这篇纪念文字遂成绝响,也的确应了'止于这一次','从此别了'。这里的'记念',正是在鲁迅之'我'无比哀痛、抒发内心的时刻"③。此说虽为一家之言,但也能够自圆其说,且也经受得起推敲。不过,这位研究者只以鲁迅的杂文为例来论述鲁迅使用"纪念"与"记

①　刘兴策.千锤百炼　一字不易——学习鲁迅《孔乙己》的用词[M]//刘兴策文集.武汉:武汉大学出版社,2010:359.

②　中国社会科学院语言研究所词典编辑室.现代汉语词典[M].北京:商务印书馆,1978:528.

③　符杰祥."记念"的修辞术——鲁迅的纪念文字与文章的辨读[C]//刘孟达.经典与现实——纪念鲁迅诞辰130周年国际学术研讨会论文集.杭州:西泠印社出版社,2012:269.

念"这两个同义词的具体规定性,虽然也很有道理,但他却没有研究鲁迅在小说中往往只使用"纪念"这个词,尤其是在书写人物的独白话语时,更没有研究这样的词语在话语修辞中的意义以及与鲁迅使用词语的个性问题。而这也正是我这里要分析的。

如果从"纪念"这个词语的指物的逻辑意义来看,它表明的就是一种活动、一种表达某种情感的方式,其意义明确清晰,没有太多可资分析的,但在上面 N 先生的独白话语中却有了可资分析的内容,仅就上面引述的 N 先生的第一段话语"他们忘却了纪念,纪念也忘却了他们"来看,就能发现很多可资分析的内容。这段话语采用的是"线性主题"推进的修辞形式,句子之间的主题与述题首尾相连,第一个句子的述题"纪念",成为第二个句子的主题,从而不仅以"顶接"的修辞形式保证了话语展开的连贯性、发展的变化性,而且也使话语从已知的信息引导出了新的信息,丰富了话语负载的指物内容和思想与情感的内容。也就是说,"纪念"这个词语作为这段话语的"中介",随着位置的变化,不仅功能发生了变化(做述题或做主题),而且"情态"(所负载的使用这个词语的作者的思想倾向与情感倾向)也发生了变化,从而使"纪念"这个一般性的指物的词语,不仅在话语修辞中的意义具有了多重性,而且也从一个十分特殊的方面体现了鲁迅使用词语的个性特色。

如果对"纪念"一词在此段话语中的修辞意义从不同的层面进行概括,那么这一词语至少具有三个方面的意义:首先,是"语法"修辞的意义,即它既在这段话语中作宾语,又以"顶接"的修辞形式在这段话语的后一个句子中做了主语成分;其次,是话语修辞的意义,即它在前一个句子中做述题,在后一个句子中做主题的意义;最后,是"语义"连接的意义,即它作为连接上一个句子所表达的内容与下一个句子所表达的内容的"中介"意义。其中,第一个方面的意义可以排除在我的分析之外,因为这个词语的语法修辞的意义属于纯语言学的意义,对我们理解鲁迅小说不具有思想与艺术方面的意义,只具有证明语言学的某种定理或规则的意义,而我们分析鲁迅小说的修辞,又并不是为了证明语言学的某种语法的原理与规则,而是为了分析鲁迅小说的思想与艺术的匠心。同样,第二个方面的意义也可以排除,因为关于这个方面的意义,我已经在上面有所提及,而这些提及亦足以显示这个词语在这方面的意义。第三个方面的意义,才是我主要分析的意义,因为这个词语这一方面的意义,不仅是这个词语在话语中最重要的意义,而且也正是有了这个词语作为连接话语的两个句子语义的中介意义,也才有了"话题推进"的话语修辞,并随着话题的推进,使构成话语的主题成分与述题成分完成了对已知信息与新信息的连接,并同时为话语负载更多的信息提供了可能。

在话语展开的过程中,一般说来,"句子中的述题总是比主题承载更多的信息负荷,对话语发展起重要作用"①。在上面引用的由两个句子组成的话语中,"纪念"一词在第一个句子中就是构成这个句子述题的核心成分,从话语修辞的角度讲,作为述题的重要成分,"纪念"一词不仅承担了构成述题的任务,而且也揭示了句子所要表达的基本内容。其所表达的基本内容,从语义含量上讲,的确较之作为句子主题的"他们"要丰富得多,所承载的信息量也要大得多。"他们"作为句子的主题成分,其语义的所指仅仅包含"某些人"这一内容,而"纪念"作为构成述题的成分,其语义含量就不仅包含了这个词语所指的"悼念""怀念"等情感方面的内容,而且也包含了其他内容。从上下文即语境来看,这些内容起码还包括纪念的对象与纪念的形式两方面的内容。就纪念的对象来看,当然主要是指创造了"双十节"的人们,也就是那些革命党人;就纪念的形式来看,那就是通过庆祝"双十节"来表达纪念,具体的形式就是"挂旗"。也就是 N 先生描述的:"我最佩服北京双十节的情形。早晨,警察到门,吩咐道'挂旗!''是,挂旗!'各家大半懒洋洋的踱出一个国民来,撅起一块斑驳陆离的洋布。"可见,处于"述题"地位的纪念一词所承载的信息量的确是较为丰富的,而这种承载了较为丰富的信息量的状况,不仅证明了这个词语在话语构成中的本体性意义,而且也在一定的意义上显示了鲁迅如此使用这一词语的思想与艺术的匠心,具有彰显创作主体的智慧的意义。

在第二个句子中作主题的纪念一词,虽然扮演的是主题的角色,但由于这个词语做第二个句子的主题,是从第一个句子的"述题"来的,是将第一个句子的述题转换成了主题,从而推进了话语主题的发展,也为话语积累了新的信息。因此,这个词语也就成为两个句子之间语义的联系点,成为两层话语内容的"中介"。这个"中介"具有两方面的作用与意义:一个作用与意义是,使两个句子各自表达的内容区别开来(这一点很显然,毋须赘述),也让使用这个词语构成一段话语的 N 先生不同的思想与感情因素区别开来(即批判否定与哀婉、可惜等。这一点下面要分析),当然也使创作小说的作者鲁迅对这段话语所指的两个方面内容的不同思想与情感倾向区别开来(如对"他们忘却了纪念"的"怒其不争"的思想情感与对"纪念也忘却了他们"的"哀其不幸"的思想情感等);另一个作用与意义是,使两个各自表达了不同内容的句子,不仅在形式上统一了起来(通过"顶接"的形式有机而有形地统一了起来),更重要的是在内容上统一了起来,即将"他们"与"纪念"的相互关系统一了起来,并通过句子的构成揭示了"他们"与"纪念"之间密切的依承关系:当他们忘却了纪念之后,被"他们"所忘却的"纪念"也毫不客气地以同样的"忘却"回敬了"他们"(当然,第二个句子中的"他们"在小说中应该有至少

---

① 王德春,陈晨. 现代修辞学[M]. 上海:上海外语教育出版社,2001:423.

两个方面的所指,一个方面指参与纪念的人们,即大众还有政府,一个方面是指"被纪念者"。这在下面要分析),从而使小说以最简洁的话语完成了对丰富多样的内容的表达,从而也使这段简洁而结构特异的话语。不仅成为一种表情达意的修辞样态,而且也成为小说一个方面的艺术特色,并且是非常"鲁迅化"的特色。这就是鲁迅在小说中使用"纪念"一词的匠心,至少是匠心的一个方面,而且是十分重要的方面。这个匠心所反映的不仅是鲁迅驾驭语言的强大实力和杰出的智慧,而且也从一个微小的方面反映了鲁迅创作小说的个性,特别是词语修辞方面的个性。如果按照有学者提出的观点,鲁迅在表达别人即他人与纪念有关的提议、作为时,鲁迅常常使用大众化的"纪念"一词,而在表达自己个人与"纪念"有关的思想、情感甚至作为的时候,常常使用他喜欢的"记念"一词这种现象,直接地表现了鲁迅"个性化的修辞方式"①与习惯的话,那么从我上面的分析中可以发现,事实上,鲁迅不仅将两个表述纪念意思的词语交替使用体现了鲁迅使用词语的个性,并且是十分特殊,也十分可贵的个性。即使使用大众化的"纪念"一词来表情达意、叙事写人,其所采用的修辞的方式以及所取得的修辞效果,也同样体现了鲁迅的创作个性与修辞个性。而这种修辞个性所表现的还不仅是鲁迅创作小说遣词造句的个性和话语修辞方面的个性,而且更是鲁迅创作小说的一种具有原则性的个性,一种基于良知与强烈的社会责任感所形成的神圣的个性。这就是鲁迅所说的,为了凸显自己创作小说"为人生"并要"改良这人生"的目的,为了在最显然的意义上与"消遣的""娱乐的""为艺术而艺术"的创作倾向划清界限,"所以我力避行文的唠叨"②的个性,这种个性反映的不仅是鲁迅创作能力与修辞技巧的个性,更是具有人格意义的个性。

在这由两个句子所构成的话语中,不仅"纪念"这个词语的修辞结果具有连接语义的"中介"意义,并显示了强大的艺术功能与表达思想和情感的功能,而且即使是同样既作"主题"也作"述题"的人称代词"他们"的修辞结果,也具有连接句子语义的"中介"意义并同样显示了巨大的思想与艺术的功能。"他们"这个人称代词,在实际的语境中,它的"中介"性主要表现在:一方面,随着线性主题的推进其功能发生了变化,在第一个句子中作"主题",在第二个句子中作"述题",成为连接第一个句子的主题与第二个句子的述题的"中介";另一方面,其指物的意义也发生了变化,第一个句子中作主题的"他们"指的是那些"忘却了纪念"的人们

---

① 符杰祥."记念"的修辞术——鲁迅的纪念文字与文章的辨读[C]//刘孟达.经典与现实——纪念鲁迅诞辰130周年国际学术研讨会论文集.杭州:西泠印社出版社,2012:271.

② 鲁迅.我怎么做起小说来[M]//鲁迅全集:第四卷.北京:人民文学出版社,2005:525.

以及政府,具有特指性,其负载的信息也很固定。第二个句子中作述题的"他们"则既指"参加纪念活动",如"挂旗"的人,也指要求大众"挂旗"的对象,即政府,同时还指那些为辛亥革命献出了年轻生命的"几个少年",这个人称代词"他们"也就成为从第一句的指称到第二句的指出内容的"中介"。虽然作为"主题"成分的"他们"与作为"述题"成分的"他们"其指物(指人)的信息都有限,但是,由于两个"他们"在话语中所处的位置不同,不仅所指称的对象有单一与多样的不同,而且所负载的思想、情感内容也有多与少的不同。就独白者 N 先生使用这两个人称代词所构成的句子来看,对"忘却了纪念"的"他们"及政府,N 先生在思想上是否定的,在情感上是愤愤;而对被纪念忘却了的"他们",在思想上主要是肯定的,在情感上主要是哀痛的。这也就导致了两个"他们"所负载的思想情感的信息量,是不一样的:作"主题"的他们所负载的信息量要明显少于作"述题"成分的他们所负载的信息量。因为作为主题成分的他们是 N 先生要否定的对象,所以其思想与情感内容主要就是否定性的内容;而作为述题成分的"他们"由于既包含了参与纪念的人即大众和政府,又包含了"被纪念的人"即革命党人,因此,其中也就不仅包含了 N 先生的否定性的思想与情感,而且也包含了 N 先生要"纪念"的思想与情感。并且,在这种"纪念"性的思想与情感中,除了主要的肯定与哀痛的思想与情感的内容之外,其中也还包含了哀婉与可惜等复杂的内容,甚至是很难拆分开的内容。

如此的分析是否经受得起推敲呢?而推敲的依据又是什么呢?宽泛地说,对以上我的解说推敲的依据可以是多种多样的,既可以借用鲁迅的有关资料,也可以借助别人的研究成果,还可以依据相关的旁证、佐证资料等。但最直接,也是最有效、最能形成说服力的依据,在我看来,还是话语构成的语境,因为"只有依赖于言语环境"①,包含在话语中的各个构成成分的所指及能指,以及相关词语的言表之意、言内之意及言外之意,才能得到最为合理的解说,否则,误读、误解就在所难免。更何况,"修辞材料本身就是修辞情景的组成部分,虽然'修辞情景'这一概念不能限于这些因素"②。我之所以认为第一个句子中作"主题"的"他们"是指"纪念者"即大众和政府,是因为从上下文来看,在 N 先生说"他们忘却了纪念"之前,N 先生专门描述了一个情景,这就是"警察"让家家户户"挂旗"的情景,这实际上表明了"纪念"的行为,并不是个人的行为,也不仅仅是大众的行为,而是政府的行

---

① 王德春,陈晨. 现代修辞学[M]. 上海:上海外语教育出版社,2001:424.

② 肯尼斯·博克. 修辞情景[M]//常昌富,顾宝桐,译. 当代修辞修辞学:演讲与话语批评. 北京:中国社会科学出版社,1998:156.

为,所以,这里的"他们"当然是指称大众与政府。而在 N 先生说完了这个句子与下一个句子之后,N 先生接着说:"我也是忘却了纪念的一个人。"这句话很显然是承续着前一句"他们忘却了纪念"而来的。这句话不仅在结构上与"他们忘却了纪念"完全一样,其所使用的人称代词"我"在句子中的"主题"性与"他们"在句子中的"主题"性完全一致,而且所表达的意思也是完全一致的:"他们忘却了纪念",而"我"也"忘却了纪念","我"不过是"他们"中的一员,是一个应该对那些革命者表示纪念而却同样"忘却了纪念"的人。

我之所以认为第二个句子中作为"述题"成分的"他们"既指应该参加纪念的人即大众和政府,也指应该"被纪念"的人即革命党人,也是根据其所存在的具体语境得出的。并且,当根据具体的语境对这个复合型的人称代词进行解说的时候,不仅能读出很多隐藏在话语中的深层内容,也能更好地理解鲁迅如此结构话语的艺术匠心。

从"上文"的语境来看,"纪念也忘却了他们",很明显是承续着"他们忘却了纪念"一句的意思而来的,所以将作为"述题"成分的他们解释为参加纪念的人即大众和政府,是顺理成章的,也是解释得通的。而如果结合"下文"的语境来看,我们则会发现,N 先生在说完了"纪念也忘却了他们"一句后,接着讲述了"几个少年"的遭遇:他们或者被罪恶的子弹夺取了生命,或者"在监牢里身受一个多月的苦刑",现在"他们都在社会的冷笑恶骂迫害倾陷里过了一生",特别是那些被罪恶的子弹或者苦刑夺取了生命的少年们,"现在他们的坟墓也早在忘却里渐渐平塌下去了"。N 先生在这里特别指出"现在他们的坟墓也早在忘却里渐渐平塌下去了",则很显然是用具体的事例解说了"纪念也忘却了他们"。所以,将"纪念也忘却了他们"中的"他们"解释为"几个少年"即革命党人,也同样是解释得通的,也是符合我上面所列举出的 N 先生的一整段话语所包含的意思的。

正因为这里的"他们"包含了多样的所指,那么,我们也就当然可以从这句话中解读出更多的内容,其中的内容之一就是我上面在分析《药》的话语修辞特点时特别提到的"为"革命者的人生的内容。

如果说在《药》中鲁迅要"为"革命者的人生,主要是从"改良""慰藉"层面所表达的"为"的话,那么《头发的故事》中这段话语所包含的为革命者的人生的内容,显然不是从"改良""慰藉"的层面展开的,也不是针对革命者本人的所作所为甚至所思所想展开的,而是针对"纪念者"的"忘却"展开的,是从"为"被大众与政府怠慢了的革命者"呐喊"的层面展开的。即为这些遭遇了不平对待的"少年"们呐喊,向那些怠慢甚至忘却了这些少年的大众呐喊,向一个只知道享受这些少年们用生命换来的"革命成果"而忘却了这些少年们的政府呐喊。这种呐喊,既表现了鲁迅"独战多数"、挑战自己所深恶痛绝的大众习惯意识与社会常规的勇气与智慧,又表达了自己对那些为革命而献出了自己的幸福、安康甚至生命的"少年"的敬仰,同时也表达了自己对这些寂寞的"少年"们的哀悼与扼腕。

　　为什么说这其中也包含了鲁迅这样的思想情感呢? 那些批判大众与政府的思想感情姑且不论,即使是赞赏革命者的思想与感情,也同样是有根据的。这个根据就是鲁迅的言论以及这些言论中所表达的鲁迅对辛亥革命的革命者由衷而高度的赞赏。鲁迅在创作了《头发的故事》这篇小说之后的 1925 年,曾经发表过一篇杂文《杂记》,在这篇文章中鲁迅专门谈到了清朝末年的"革命思潮"和辛亥革命的壮举"武昌起义",并特意写下了这么一段话:"不独英雄式的名号而已,便是悲壮淋漓的诗文,也不过是纸上的东西,于后来的武昌起义怕没有什么大关系。倘说影响,则别的千言万语,大概都抵不过浅近直截的'革命军马前卒邹容'所做的《革命军》。"①在这里,鲁迅高度赞扬了"革命军马前卒邹容"和他所作的《革命军》,而邹容所投入的革命正是中国近代完整意义上的资产阶级革命——辛亥革命,邹容也正是在这场革命中成了"马前卒",并为了这场革命用自己的生命践行了自己的信仰。而邹容 1903 年参加反清斗争被上海英租界当局逮捕,1905 年客死狱中的遭遇,如果我们与《头发的故事》中 N 先生讲述的"几个少年""在监牢里身受一个多月的苦刑"以及"踪影全无,连尸首也不知那里去了"的遭遇对照,我们会发现,二者何其相似,而这种相似并非巧合,应该是鲁迅的有意为之。虽然我们找不出证据来证明小说中 N 先生的叙述是鲁迅根据邹容的遭遇进行的艺术加工,但如果说鲁迅对邹容赞赏的态度与在小说中对"几个少年"的态度相似,应该是经受得起推敲的。更何况,就在《头发的故事》这篇小说中,鲁迅还直接借 N 先生之口讲述了邹容"剪辫子"的往事和从日本回到上海后"死在西牢里"的遭遇,并也借 N 先生之口表达了对"你也早已忘却了"邹容的往事与遭遇的质问,这种质问所要表达的意思很明了:你不应该忘却。为什么不应该忘却他们呢? 因为,正是他们的革命才最终结束了中国几千年的封建王朝,没有他们的革命,也就不会有今天的"双十节",也就不会让延续了几千年的中国封建王朝寿终正寝。所以,尽管鲁迅在一系列文章中,包括在小说中都对辛亥革命的不彻底性进行了深刻的反省甚至尖锐的批判,其反省与批判还达到了同时代人无法企及的思想高度,但是鲁迅对辛亥革命的这些"少年"们的革命行为及其革命的思想,如邹容的著作《革命军》还是发自内心的赞赏。当然,与鲁迅在杂文中对这些革命"少年"的赞赏相比,鲁迅在小说中对这些革命"少年"的赞赏,就不像在杂文中表达得如此直接,

---

①　鲁迅. 杂记[M]//鲁迅全集:第十七卷. 北京:人民文学出版社,2005:234.

而是以十分隐蔽的方式表达的。这种隐蔽性不仅表现在鲁迅没有自己出面,而是将自己的思想情感隐蔽在 N 先生的独白话语中,而且表现在鲁迅在书写 N 先生的话语时,采用了特殊的话语修辞。这样的话语修辞,如果按照一般言语修辞学或语言修辞学的理论、规则、特征进行解说,我们得到的只能是浮现在话语表面的意思(既往的很多研究者就是如此做的)。这些意思虽然没有脱离这些话语应有的意思,也能剔析出与这些意思相吻合的内容,包括思想与情感的内容,但是却由于没有从"全人""全文"的层面进行分析,更没有从鲁迅小说话语修辞的特殊性进行考察,因此,鲁迅小说中所隐藏的更多思想与情感的内容,包括我这里分析的这段话语中所隐藏的内容,也就自然地成为"漏网之鱼",也成为极具价值与意义却未被人发现的"遗珠"。今天,当我们顾及全人与全文,并顾及鲁迅小说话语修辞的特殊性再来分析鲁迅小说的话语修辞及这些特殊修辞后面所包含的思想与情感内容,尽管不能就说"完整"地发掘出了鲁迅对辛亥革命的"少年"们的所有思想与情感的内容,但起码可以说发掘出了其中被深深地隐蔽着的一部分思想与情感的内容,特别是具有"赞赏"性质的内容。这也许就是我们从微观的角度,从鲁迅小说采用的话语修辞的角度分析鲁迅的小说所得到的一种虽然有限但却是良好的学术报偿吧。

## 第二节　叙述与描写中的话语修辞

在文学作品中,叙述、描写可以称为广义的独白性的言语体裁,因为它们所承载的都是作者的"自言自语"。巴赫金曾经指出:"在长篇小说这样的独白整体中,可以区分出作者(或讲述人)的独语和人物的对话。"①巴赫金虽然是就长篇小说这种独白的言语体裁的典型形式而言的,但对于分析像鲁迅所创作的短篇小说同样适应。因为,在鲁迅所创作的短篇小说中,我们同样也可以很容易地区分作者的独语和人物的对话甚至人物的独语,而作者在小说中独语的基本形式就是对事物、事件或人物的叙述与描写。

### 一、叙述的话语修辞及语用修辞

叙述是叙事性文学作品最常用的一种艺术方式,也是形成作品的艺术风格并

---

① 巴赫金.《言语体裁问题》相关笔记存稿[M]//钱中文.巴赫金全集(4).石家庄:河北教育出版社,1998:196.

较为集中体现作者的创作风格的一种方式,而作者对这种艺术方式的具体操作就是话语修辞。话语修辞、艺术方式、艺术风格及作者这四者之间的基本关系是:话语修辞的好与坏、妙与拙,直接决定叙述这种艺术方式的价值,也直接决定艺术风格的特点与优劣;不同的话语修辞不仅直接体现叙述的技巧,也直接体现叙述的价值,更体现作者的艺术智慧与思想境界。由此可见,研究叙述的话语修辞不仅是研究小说风格的一条重要途径,也是研究或透视作者文学修养的一扇窗户。这也正是我研究鲁迅小说中的叙述的话语修辞的目的与意图。

鲁迅小说中有众多的叙述性话语,但能够较为集中地体现鲁迅小说叙述性话语修辞特点的话语主要有两大类:一类是关于人物的"行状"的叙述性话语;一类是关于情景的叙述性话语。这两类叙述性话语,虽然是鲁迅所有小说中都存在的话语,而且每篇小说中的此类话语的特点、意味、方式也千差万别,但没有差别的是,在功能方面,它们都从不同的方面保证了鲁迅小说创作的成功,也显示了鲁迅及其小说创作的个性特色与智慧水准。而且在鲁迅的小说中,尤其在那些特别引人关注的小说中,有些叙述性的话语及所采用的修辞方式,不仅很好地完成了对小说主旨的强化、对人物行状的叙述、对小说风格和作者智慧的彰显,而且一些镶嵌在话语中的词语,包括一些最平常的词语,还被艺术化与思想化了。如下面这两段叙述人物"行状"的话语:

> 但他立刻转败为胜了。他擎起右手,用力的在自己脸上连打了两个嘴巴,热刺刺的有些痛;打完之后,便心平气和起来,似乎打的是自己,被打的是别一个自己,不久也就仿佛是自己打了别个一般,——虽然还有些热刺刺,——心满意足的得胜的躺下了。

> 他睡着了。(《阿Q正传》第二章优胜记略)

> 他第二次进了栅栏,倒也并不十分懊恼。他以为人生天地之间,大约本来有时要抓进抓出,有时要在纸上画圆圈的,惟有圈而不圆,却是他"行状"上的一个污点。但不多时也就释然了,他想:孙子才画得很圆的圆圈呢。于是他睡着了。(《阿Q正传》第九章大团圆)

这两段叙述阿Q两次"行状"的话语,不仅将阿Q的两次"行状"的过程、结果以至于心理活动都活脱脱地展示出来了,而且风趣幽默,散发着浓厚的喜剧意味。两段叙述话语虽然是围绕着阿Q的"行状"展开的,但却处处揭示的是人物不觉悟的精神状态。呈现在叙述话语表层的是人物"行状"顺次展开的情景,但思想的锋芒却穿透了话语的表层意味,直指隐藏在人物灵魂深处的病症,即不觉悟的精神状况。所以,这段话语的语义不仅与人物的"行状"密切相关,而且更与人物的精神状态休戚与共,不仅生动地呈现了人物的所作所为及所思所想,而且对人物不觉悟的精神状态进行了由表及里、层层深入的揭示。两段叙述话语之所以能取得如此良好的艺术效果,除了别的原因之外(如情节的精巧设置,情景的生动展示,心理的细微刻画等),很重要的原因是这两段话语都采用了十分恰当的修辞方式。甚至可以说,正是这种恰当的话语修辞方式的采用,直接地保证了这两段话语良好的艺术效果的获得,也为小说精巧的情节设置等提供了基础。

这两段话语的构成虽然句式多样,有单句也有复句,有独立单句,也有插入单句,有并列复句也有转折复句等,但两段话语的基本修辞方式却是基本一致的。这就是同主题推进的话语修辞方式,这种话语修辞的基本特点是"话语展开时,后句的主题和前句主题相同,复句的主题有时被省略"①。这种话语修辞的优势在于,能够从多个方面或多个层次展示主题所关涉的内容,在形式上就是让不同的述题与同一个主题搭配构成意义关系,而由于述题所包含的内容与信息不仅是不断变化的,同时也是不断积累的,因此,随着述题数量的增加,关于主题的信息也就不断增加和丰富。

鲁迅叙述阿Q"行状"的这两段话语,就充分地彰显了这种话语修辞的优长。这两段话语的主题都是"他",即阿Q,所有的述题都依据主题向前推进,而且是跌宕起伏地推进。如第一段话语,由阿Q自己打自己,推进到打完后的"热剌剌"的感觉,又推进到阿Q"心平气和"的心理状况。话题到了这里,似乎完全可以终结了,但鲁迅却继续通过述题将主题的信息进行推进,推向此段话语所包含的艺术的高潮部分。这次推进不仅在信息内容上与上面的所有述题所负载的信息内容不同,而且层次也发生了根本性的转移:从现实的层次,转移到了虚幻的层次,即从阿Q对"打"的真切感觉到的"热剌剌"的层次,转移到了阿Q对"打的人"与"被打的人"的虚幻构想,"似乎打的是自己,被打的是别一个自己,不久也就仿佛是自己打了别个一般"。随着话语所包含的艺术高潮的完结,在此段话语的最后部分,鲁迅又一次通过述题揭示了阿Q最终的状况:"心满意足的得胜的躺下了",不仅"躺下了",而且"他睡着了"。第二段叙述阿Q行状的话语采用的也是同样的修辞方式。正是在话语这种同主题的不断推进中,不仅关于主题,即阿Q行状的信息不断被增加了,而且阿Q的思想、心理与精神状态也渐次地被揭示了出来。最终的结果是人物的性格被丰满而具有立体感地塑造出来了,特别是话语主题"他",即阿Q思想中最为根深蒂固、也最具有危害性的"精神胜利法",被形象、生动而又深刻地揭示出来了。由此,小说改造国民性的主旨,也不仅水到渠成

---

① 王德春,陈晨. 现代修辞学[M]. 上海:上海外语教育出版社,2001:393.

地通过如此的话语修辞被顺畅地导引出来了,而且还分两次(通过这两段话语)集中地进行了强化。同时,由于这两段叙述人物行状的话语分别出现在小说的开头(第二章与结尾第九章),因此,这两段叙述人物行状的话语也就不仅具有塑造人物形象、揭示人物性格及思想的意义,也不仅具有分别在"开头"与"结尾"强调小说改造国民性主旨的意义和作用,而且在小说的结构上起到了前后呼应的作用。这也许就是鲁迅为什么要在小说情节展开不久的"开头"和人物命运的最后时刻采用同样的话语修辞的方式叙述阿 Q 这个主要人物行状的艺术匠心之所在吧,这也当然是这两段叙述阿 Q 行状的话语所采用的修辞方法的艺术魅力之所在。

不仅如此,这两段叙述阿 Q 行状的话语采用同主题推进的修辞方式还有一个现象值得我们注意,这就是同主题推进的最后一句话都是"他睡着了"。这句话作为两段话语结束的标志,在形式上的功能主要有两个:一个是框定话语的"边界",即框定出了两段话语各自的范围;一个是框定两段话语的主题"他"即主人公阿Q。但话语的范围与主题被框定了,述题的意味却并没有被框定,即"睡着了"的意味并没有随着话语的结束而结束。相反,更多的意味还随着词语"睡"的所指意义留存在了其中,并不断地膨胀开来,逐渐地突破了这个词语原有的所指范围,从一般性地指人的生活与生命状态的常规范围,扩展到了指人的心理与精神的状态的深层范围。从语用修辞的角度来说,"睡"这个词语在"他睡着了"这个句子中的言内之意是实指阿 Q 做完了自己打自己的事情和自己安慰自己之后的一种生命存在的状况,即"睡着了"的状况。而其言外之意则是指阿 Q 的精神状态是一种"死灭"的状态,一种与"睡着了"一样迷糊、不觉醒的状况。"睡着了"的言内之意,是"睡"这个词语的本来之意,而其言外之意,则是"睡"这个平常词语的"隐喻"之意,正是这种"隐喻"之意的存在,使得"他睡着了"这句话中的"睡"这个平常的词语,不仅实现了自己的艺术化,而且还实现了其思想化。这正是鲁迅小说中话语构成的一种十分杰出而又十分显然和重要的特色。

那么,如此解释是否有根据呢? 回答是肯定的! 不仅有根据,而且根据还十分充分。的确,从两段话语实际所叙述的内容及"睡着了"所处的位置来看,"睡着了"作为主题(阿 Q)的述题,是对主题状况的叙述,提供的是主题怎么样了的内容。这是"睡着了"在这两段话语中的真实意义和所指,且恰到好处,经受得起推敲和分析,其写实的艺术意味也分明而强烈。但是,如果仅仅这样解释,在我看来是太怠慢了这一述题的意义,也完全怠慢了鲁迅的艺术智慧与思想力度。这样的解释之所以具有"怠慢"性,是因为这样的解释只从艺术写实的角度解释"睡"这个平常词语的所指,而没有从语用修辞的角度进一步地解释这个词语的所指,更没有从"语境"的角度对"睡"这个词语进行整体性的观照。巴赫金曾经说过:"言语体裁是布局结构的整体、修辞的整体。"①又说:"句子作为语言单位同样是中性的,它本身不具有表情的方面;它只能在具体的话语中获得情态"并参与到"情态中。"②而鲁迅自己也是很重视句子所处的话语语境的,如在《阿Q正传》中,他在叙述人们对阿Q的评说时也这样写道:"只是有一回,有一个老头子颂扬说:'阿Q真能做!'这时阿Q赤着膊,懒洋洋的瘦伶仃的正在他面前,别人也摸不着这话是真心还是讥笑。"鲁迅之所以说"一个老头子"说的"阿Q真能做"这句话让在场的人们分别不出褒贬之意,是因为这句话虽然有情景,也有针对的对象,但却是一句孤零零的话,没有话语语境作参照,自然也就难以准确地解读出这孤零零的一句"是真心还是讥笑"的价值取向。同样,如果孤立地解读"他睡着了"这个句子,也的确难以剔析出其中所包含的"情态"(作者的思想与感情倾向)。因为,这个句子所使用的关键词语"睡"本身就只具有"状态"性而不具有任何"情态"性,是一个地地道道的"中性"词。但如果我们将"他睡着了"放入这两段叙述阿Q行状的话语整体中,那么我们就会发现,述题所陈述的阿Q"睡着了"的状况,不仅具有实指性,更具有隐喻性,即隐喻了阿Q的精神状况;不仅隐含了鲁迅对阿Q"睡着了"的否定性"情态",而且表现了鲁迅通过语用修辞实现平常词语"睡"的艺术化与思想化的杰出智慧。

两段叙述阿Q"行状"的话语,虽然主体部分都是在陈述阿Q的所作所为或所思所想,并且是充满了喜剧性的所作所为或所思所想,其话语所包含的"情态"是十分明显的具有否定性的喜剧情态。但是,这些作为述题的话语所陈述的内容的喜剧性,都不仅直接指向阿Q的行为本身,更深沉地指向阿Q思想中最顽固的"精神胜利法"。或者说,呈现在话语表面的喜剧性,与阿Q思想中最顽固的"精神胜利法"密切相关,甚至直接来源于"精神胜利法"。从人物自身的思想与行为的逻辑关系来说,阿Q正是因为有根深蒂固的"精神胜利法",所以才可能采用这种"奇葩"得不能再"奇葩"的"自己打自己"或自己安慰自己的行动(不信奉"精神胜利法"的人是不会如此做的,即使如此做了也不会产生像阿Q"睡着了"这样的"良好"结果)。阿Q如此作为的思想基础就是他所信奉的"精神胜利法",鲁迅设置这两个情节并展开如此叙述的艺术依据也在这里,小说这样两个情景和情节的合理性也在这里。也就是说,阿Q在他人生的两个重要阶段,即小说所叙述的两个情节,一个是阿Q唯一一次与人赌博赢了钱又失去的痛苦不堪的情节,一个是

① 巴赫金.《言语体裁问题》相关笔记存稿[M]//钱中文.巴赫金全集(4).石家庄:河北教育出版社,1998:221.
② 巴赫金.言语体裁问题[M]//钱中文.巴赫金全集(4).石家庄:河北教育出版社,1998:170.

阿 Q 被抓进监狱审讯失却自由的情节。在这两个情节中能安然入睡,在绝对的意义上都得益于他所信奉的"精神胜利法":正是"精神胜利法"的强大而有效的作用,才使阿 Q 身处"难境"而能采用"奇特"的自己打自己的方式进行自我排遣并让自己得到解脱;也正是以"精神胜利法"为依托,身陷图圄的阿 Q 也才能借助"孙子才画得很圆的圆圈"的想法将自己从困境中解放出来。正是因为"精神胜利法"具有解决阿 Q 的现实问题及由现实问题所带来的心理问题的功效,阿 Q 在危难之中还能安然地"睡着了"也应该归功于阿 Q 所信奉的"精神胜利法",所以"他睡着了",与其说是阿 Q 自然地睡着了,还不如说是阿 Q "被""精神胜利法""催眠"了;"他睡着了",与其说是阿 Q 生命存在的一种状况,不如说是隐喻着阿 Q 精神的死灭与精神的麻木、不觉悟的一种状况。由此可见,"睡"这个词语虽然指的是生命的一种自然状况,但在这两段话语中,它不仅具有指称生命的一种自然状况的言表与言内之意,更具有深刻的言外之意;不仅具有写实性与隐喻性,而且具有用自己的言表、言内和言外之意的所指凸显鲁迅创作《阿 Q 正传》这篇小说"要画出这样沉默的国民的魂灵来"①意图的直接作用。因为"睡着"的状态,正是阿 Q 灵魂"沉默"的状态,也是我们国民"沉默"的灵魂状态。所以从语用修辞的角度讲,"睡"这个词语在整段话语中,不仅具有思想化的特征,更具有鲜明的艺术化特征并显示了自己强大的艺术功能,这个功能就是借助"隐喻"这种语用修辞的基本规范,即"隐喻在形式上相合的"②的规范,有机地将阿 Q 身体"睡着了"的"本体"状况与精神的死灭、麻木及不觉悟的"隐喻"状况"相合"在一起。

事实上,在鲁迅小说叙述人物"行状"的话语中,像这样一些构成一段话语的某些成分,包括这些成分中词语的所指具有艺术性与思想性的双重意味的例子还有很多,如前面的一些章节中已经分析过了的《狂人日记》中的"吃人"的所指就是如此。毫无疑问,"吃人"是小说《狂人日记》的"关键词"。李东木指出:"《狂人日记》全篇 4870 字,'吃人'一词出现 28 次,平均 170 字出现一次,其作为核心语词支撑和统领了全篇,成为表达作品主题的关键。"③这个 28 次出现在小说中的词语,大多数情况下是实指现实中或历史上的"吃人",即杀人、剥夺人的生命、吃人肉的事件,如"狼子村的吃人事件""徐锡麟被杀、被吃事件",还有"狂人"认为自己也吃人等,但在小说书写的最为重要的一段关于"吃人"的话语中,则很明显,

① 鲁迅. 俄文译本《阿 Q 正传》序及著者自叙传略[M]//鲁迅全集:第七卷. 北京:人民文学出版社,2005:84.

② 陈望道. 修辞学发凡[M]. 上海:上海教育出版社,2007:73.

③ 李东木. 明治时代《吃人》言说与鲁迅的《狂人日记》[C]//刘孟达. 经典与现实——纪念鲁迅诞辰 130 周年国际学术研讨会论文集. 杭州:西泠印社出版社,2012:157.

就不能如此来理解"吃人"一词的所指了。这段话语是:"我翻开历史一查,这历史没有年代,歪歪斜斜的每页上都写着'仁义道德'几个字。我横竖睡不着,仔细看了半夜,才从字缝里看出字来,满本都写着两个字是'吃人'!"这段话语,也是叙述人物(狂人)"行状"——查历史的话语。当我们从"吃人"这个词语所处的这段具体话语展开修辞分析,我们就会发现,作为话语"述题"的"吃人",它的所指当然不是实际意义上的"吃"人的肉的所指,而是指对人的精神与灵魂的麻醉、毒害。因为,作为"吃人"这个述题的主题是"仁义道德"这种作为封建制度精神支柱的观念与信条,而不是整个"封建制度"或某个团体,也不是哪个具体的人,如小说中所说的"大哥"等。而精神支柱,如观念与信条,尽管对于封建制度来说是十分重要的,但是它的重要性也只体现在对人的精神作用方面,而不是体现在对人的肉体作用方面,它既无法对人的肉体产生作用,更无法真正"吃人"、剥夺人的感性生命形式。所以,这里的"吃人"实际也是艺术化与思想化了的所指,或者说,鲁迅是在艺术化与思想化的基础上使用"吃人"这个词语构成这段话语的。其中"吃"这个词语在整个话语系统中,已经超越了它原来的所指及言表与言内之意,即"吃东西"的物质层面的意义,而升华为了"吞噬"人的灵魂与精神的意义,成为既具有艺术性,也具有思想性的一个词语。这正是鲁迅如此使用词语构成话语的特点,也是鲁迅使用词语构成话语及使用语用修辞的杰出之处。这种杰出之处就在于突破了词语搭配的语法规则,使用了语用修辞中的"超常搭配"方式,通过关联规则,使无关联的事物,即构成话语句子的主题"仁义道德"与述题"吃人"建立联系。这种联系虽然不符合事物之间的逻辑关系与现实或历史的关系,但却符合艺术的逻辑,是艺术创造中"拟人化"规则的灵活而成功的使用,形象生动并且富有创造性地表达了鲁迅对中国传统文化,尤其是"仁义道德"弊端的深刻的思想认识与激烈批判的情感倾向。

这样的例子不仅在鲁迅创作的现代小说中较为常见,即使在鲁迅创作的历史小说中也不乏精彩的代表,如《理水》中的这段话语:

> 飞车向奇肱国疾飞而去,天空中不再留下微声,学者们也静悄悄,这是大家在吃饭。独有山周围的水波,撞着石头,不住的澎湃的在发响。午觉醒来,精神百倍,于是学说也就压倒了涛声了。(《理水》)

这段话语也是叙述小说中人物的"行状"的话语,主要叙述的是在"文化山"上的学者们的两个方面的"行状":一是吃饭,一是做学问。因此,这段话语实际包含了一个"中心的主题"——学者们(之所以说"中心主题",是因为这段话语中作句子主题的还有"飞车""天空""水波"),两个中心述题——吃饭与做学问,这里就有两个问题可以分析,一个是关于"学说压倒了涛声"的问题,一个是关于"吃饭"的问题。两个问题涉及的词语不同,出现的背景也不同,自然,意义也当然不同。但是,关涉两个问题的话语所采用的话语修辞方式却是十分一致的,都采用了话语"主题"推进的方式,而且所采用的还都是"综合主题推进"的方式。如"学者们也静悄悄,这是大家在吃饭",作为后一个句子"主题"的"这"就是对前一个句子的主题——学者们和述题——也静悄悄进行了"综合"替换,推进了主题的发展。又如"午觉醒来,精神百倍,于是学说也就压倒了涛声了",虽然是省略了主题"学者们"的句式,但后一个句子"学说也就压倒了涛声了"则正是前一个句子的结果。其形式上的关系就是:正因为学者们"午觉醒来精神百倍"了,所以他们"学说"的声势连洪水的"涛声"都"压倒了"。不仅如此,更值得我们关注的是,其中的"于是学说也就压倒了涛声了"一句,也使用了语用修辞中的"超常搭配"的方式,实现了词语使用的艺术化与思想化的价值追求,所以,我这里放弃"吃饭"的问题,只谈"学说也就压倒了涛声"的问题。

"学说也就压倒了涛声"这一句子,作为这篇小说中这段叙述话语的有机组成部分和最后一个句子,它的形式与作用与前面所引用的鲁迅《阿Q正传》中的第二段话语中的最后一个句子的形式与作用是完全一样的。在形式上,这个句子也是一个表示总结性的句子,其作用就是对之前话语中所叙述的事情的结果进行交代,使主题得到推进。同时,更为一致的是,作为述题的"压倒了涛声"中"压倒"一词的使用,与上面作为述题的"睡着了"中"睡着"这一词语的使用一样,都具有艺术化与思想化的双重意味。所谓"学说也就压倒了涛声",这不仅在现实生活中不存在,而且即使在艺术的世界里也不具有写实性。因为"学说"与"涛声"分属于性质完全不同的两种事物,学说属于精神性的事物,涛声则属于物质性的事物,两者之间既无性质上的联系关系,也无现实意义上的存在关系,完全风马牛不相及,更谈不上谁能压倒谁的问题,所以说小说采用如此的词语搭配方法,是一种超常的搭配方法。但是,这种超常的搭配方法,又是有修辞学的依据的,这个依据就是"摹状"修辞格。所谓"摹状"修辞格,并不是"实写"对象"状态"的修辞格,"摹状是摹写对于事物情状的感觉的辞格"①。以此来理解"学说也就压倒了涛声"这一句子,我们发现,虽然这一句子并不具有真实的叙述说学者们的"学说""压倒"了洪水的"涛声"的艺术功能,但却具有"摹状"的表现,甚至是"夸张"性表现"学者们"的"学说"甚嚣尘上,以至于"压倒"了洪水的"涛声"的艺术功能。它是鲁迅对这些学者们的学说的一种"感觉",而且是具有明显的调侃、否定性的"感觉"的

---

① 陈望道. 修辞学发凡[M]. 上海:上海教育出版社,2007:90.

表达。从小说后面对学者们谈"学说"的那种语气、格调甚至风格来看,他们那自信满满的神情、不容别人反驳的语气、武断的判断等,也的确具有压倒大众,也压倒浩浩洪水涛声的声势。由此可见,在这句话中,词语的搭配虽然不符合生活的逻辑,也不符合事物的关系逻辑,但是由于完全符合艺术和修辞的逻辑,尤其是符合"摹状"所具有的艺术与修辞的逻辑,即书写"感觉"而不是书写"实情"的逻辑,因此,如此的词语搭配不仅是十分新颖的,具有审美性的,而且也是合理的,经受得起推敲的。又因为学说在现实中是不可能"压倒"涛声的,而鲁迅又"硬性"地要叙述如此不可能的事并采用如此的叙述方式和侧重于书写"感觉"的"摹状"修辞方式,这似乎是有意识地要抬举学者们的"学说"的地位。但是,由于这种"抬举"得以建立的基础是"虚幻"的,是不真实的,不具有任何实指的意义,只具有"夸张"的"摹状"的意义,包含着"摹状"者鲁迅对学者们学说的"感觉"以及与这种感觉相伴的看法和评价。因此,这就使得这种建立在虚幻基础上的"抬举"似的叙述违背了字面意义的"抬举"性而走向了其"抬举"的反面,并构成了一种"水涨船高"的反讽:对学者们的学说抬举得越高,其对学者们学说的否定性思想与情感的表达也就越强烈、越鲜明。所以,在这句具有新颖性的句子中,"压倒"一词的使用,不仅被艺术化了,而且也被思想化了。

鲁迅小说中关于情景的叙述性话语虽然所叙述的内容与叙述人物行状话语的内容有很明显的不同,但是在话语修辞及语用修辞方面却仍有类似的特点,如下面的话语:

> 刹时间,也就围满了大半圈的看客。待到增加了秃头的老头子之后,空缺已经不多,而立刻又被一个赤膊的红鼻子胖大汉补满了。这胖子过于横阔,占了两人的地位,所以续道的便只能屈在第二层,从前面的两个脖子之间伸进脑袋去。(《示众》)

这是一段典型的具有"鲁迅特点"的叙述情景的话语。这样的话语,在鲁迅其他的一些小说中也同样存在。如《药》中的这段话语:"老栓也向那边看,却只见一堆人的后背,颈项都伸得很长,仿佛许多鸭,被无形的手捏住了的,向上提着。静了一会,似乎有点声音,便又动摇起来,轰的一声,都向后退,一直散到老栓立着的地方,几乎将他挤倒了。"这类叙述情景话语的"鲁迅特点"之一是叙述的虽然是情景,但话语本体中,却并不包含任何与"风月"等自然存在物相关的事物,完全是一群无名无姓的人为着"看"的目的所构成的社会性情景。在这一特殊的社会性情景中,"看"是构成情景的基本要素,而无名无姓之"人"身体之间的"挤"和脖子的"伸"等,则是情景之内的主要景象。特点之二是这类叙述情景话语所勾勒的情景,大都具有"画意",完全可以作为一幅画来欣赏,本身就具有审美性,也具有展示社会某类众生相的意义。所以,从这些特点来看,此类叙述情景的话语所包含的内容与鲁迅叙述小说中有名有姓的人物"行状"的话语所包含的内容具有明显的不同。这种不同从总体上看就是:叙述人物"行状"的话语本体的内容主要关涉身份明确的人物的"行"与"思",而叙述情景的话语本体的内容则主要关涉身份模糊的人物所构成的"景",而且是具有明显社会与文化特征,包括中国国民性特征的"风景"。但是,两类话语也有一致之处,这种一致之处除了两类叙述性话语中都"见人不见物",也都较为生动地叙述了"人"的行为,如阿 Q 的"打"与"睡","看客"们的"围""补""占"等之外,更为重要的是两类叙述性话语的修辞十分一致,这种十分一致的话语修辞主要表现在三个方面。

第一,话语构成的基本方式完全一致,即整段话语都围绕一个主题构成。叙述人物"行状"的话语围绕的一个主题是阿 Q;这段叙述情景的话语围绕的主题也是一个,即"看客"和其中的两个具体的"看客":秃头的老头子和红鼻子胖大汉。同时,在一个主题的统摄下,两类叙述话语也都排列了几个述题,这几个述题也都从不同的方面推进了主题的发展,在不同的层次上展示了主题(人物)的所作所为,从而促使话语主题的推进。从空间上看,有鲜明的层次感;从时间上看,有明确的先后顺序性。同时,还有伴随着空间与时间的变化所形成的动感。如叙述阿 Q 行状的两段话语,从第一句开始,经过中间的几个句子的陈述,到最后的"他睡着了"的结果就是如此。这里所引用的两段叙述情景的话语也是如此,如《示众》中的这段叙述情景的话语,从第一句话总叙挤满了"看客"起头,然后几个作为述题的句子叙述看客的"你挤""他占"行为,最后一个句子则揭示看客们"你挤""他占"的结果——来迟了的人连位置都没有。又如《药》中这段叙述情景的话语,从"老栓也向那边看"起头,然后用几个句子叙述老栓看到的情景,再叙述"静了一会"的情景,接着叙述"又动摇起来"的情景,最后叙述"动摇"的结果——几乎将老栓"挤"倒。这些层次感、顺序性及动感,依据不同的句式,如长句、短句、复句等可以被轻易地把握,并可以结合话语存在的上下文进行相应的解读及读出很多生动、形象而风趣非凡的内容(包括思想方面的内容,如启蒙、改造国民性等思想内容)。而且,这种层次感、顺序性及动感本身就具有杰出的审美意义,可以单独作用一个审美对象来欣赏与评价。如上面所引用的《阿 Q 正传》中两段叙述人物"行状"话语,就可以作为关于阿 Q"行状"的"特写"来欣赏与解读;这里所引用的《示众》与《药》中是两段叙述情景的话语,则可以当作两幅具有"中国特色"的"看客图画"来欣赏与解读。这正是鲁迅小说中这两类叙述话语的特点与意义之一。

第二,话语展开的方式也完全一致。从这段叙述情景的话语展开的方式来看,基本的方式是述题依据主题清晰有序,且层次分明地展开,宛如一幅画卷被渐次地打开一样,直到一个完整的情景呈现出来。这种方式与叙述人物"行状"话语展开的方式也完全一样——渐次展示,其结果也完全一样——完整呈现。并且,也都采用了"总起"分述的呈现方面。如"围满了大半圈的看客"一句,就是"总起"句,其作用与叙述人物"行状"的总起句"但他立刻转败为胜了"和"他并不十分懊恼"一样,为后面话语的展开提供了依据。后面话语的展开就都围绕这个"总起"句进行,并不断地丰富"总起"句的内容,不断地将"总起"所概括的内容,如"围满了大半圈的看客""单他立刻转败为胜了"等具体化,具体地展示"他"如何"转败为胜"的过程及采用的行为方式等,具体地展示"看客"们"围满"的状况到了一种什么程度。

第三,在语用修辞方面,也都有效地实现了平常词语的艺术化与思想化。如这段话语中所使用的平常词语"看""满"等,与上面已经分析过了的"睡"一样,都是日常言语交际中最常见的动词,但也都被鲁迅艺术化并思想化了。巴赫金曾经指出,"任何一个词对说者来讲,都存在于三个层面上:一是中态的而不属于任何个人的语言之词;二是其他人的他人之词,它充满他人表述(话语)的回声;三是我的词,因为既然我同它在一定情景中打交道,并有特定的言语意图,它就已经渗透着我的情态"①。"看""满"这样的词语也具有这三个方面的特征。第一个方面的特征不需要论述,因为这一特征是词语的基本特征,是词语"全民性"的直接反映。第二个方面的特征也不需要论述。因为这里的叙述性话语,属于"独白"的话语而不是"对话"的话语,自然不具有"回应""他人"话语的"直接"功能。第三个方面才是应该分析,也值得分析的。因为词语的这一特点不仅渗透了叙述者(作者)的"情态",而且也直接地反映出作者的艺术与思想的智慧。

一般说来,平常词语的艺术化与思想化主要依据"这个词语的语用功能",而语用功能的充分发挥,则有赖于具体的语用环境。因为"离开了语用环境,就不会产生语用功能,那么,它仍是一个寻常词语"②。鲁迅小说中叙述情景话语所使用的这些平常词语之所以能实现艺术化与思想化,也是因为充分地利用了"语用环境";在话语中,就是充分地利用了话语所构造的"语境"。

那么,这两段叙述情景的话语的语境是什么呢?如果进行概括可以用一句话归总:"看热闹。"这是"看"这个词语所处的具体语境,这个具体语境的基本特征

---

① 巴赫金.言语体裁问题[M]//钱中文.巴赫金全集(4).石家庄:河北教育出版社,1998:174.

② 王德春,陈晨.现代修辞学[M].上海:上海外语教育出版社,2001:538-539.

是"热闹"，并且是由两类对象所构成的"热闹"情景，一类是"被看"的对象，一类是"看客"。而无论是"被看"的对象还是"看客"，他们在小说中都具有一个同一的特点，那就是身份的模糊性（《药》中"被看"的对象虽然有名有姓，也有身份——革命者，但在这段叙述情景的话语中则没有任何交代，所以，也可以说身份模糊）。如此一来，在这种热闹的情景所构成的语境中，"看"的所指，就具有了双重性，即"看客"们表面上是在看别人，而实际上也等于是在看自己。因为，"被看"的对象与"看客"一样都是身份模糊的人，都是名不见经传的人，具有"同质性"。"看"这个词语所指的人的一般性的行为的语义也就从单纯的一维，即"看别人"在无形中被扩展为了二维，即看客看别人的同时，也等于在看自己。如此的效果，当然不是"看"这个词语的本义所导致的，而是在具体的艺术语境（不是现实的环境）中形成的，是"看"这个平常的词语艺术化的结果。同时，正因为"看"这个词语具有了这种"双重"的所指，所以这个词语也就不仅像物质的"镜子"所具有的功能一样，映照出了"看客"们自己的神情，而且也像精神的镜子一样映照出了"看客"们愚昧、麻木的精神状况。而看客们这种愚昧麻木的精神状态，正是小说所要批判的对象，这也就使鲁迅对"看客""怒其不争"的"情态"通过"看"这个词语"渗透"出来了，"看"这个词语也就这样被"思想化"了。"满"这个词语也是如此。在话语所构成的语境中，"满"不仅具有这个词语语义所指的状态意义——表示一定的空间被充塞尽了，也不仅具有直接的艺术意义——表示"看热闹"的人很多，而且具有了性质的意义。因为看热闹的人很多，即表明看热闹并不是个别人或少数人的行为，而是中国国民的一种普遍的心理状况与精神状况的反映，"看"具有普遍的性质，是中国国民性的一种类型。

在鲁迅的小说中，此类具有艺术化与思想化的平常词语，还有很多。即使在叙述人物行状与叙述情景的话语中还有很多，如《故乡》中"我的母亲很高兴，但也藏着许多凄凉的神情，教我坐下，歇息，喝茶，且不谈搬家的事"。正如有学者分析的一样，"一个藏字，普普通通，平淡无奇，但用在这里却极有分量，包含言外之意。本来母子阔别二十年，久别重逢是件喜事，但儿子的归来是为了永别故乡，俗话'破家难舍，故土难离'，不禁悲从中来。怕勾起儿子的悲哀，只好暗藏悲戚，这一'藏'反更露出了那藏不住的断肠事。这个平凡的字因使用恰当而耐人寻味，放出了光彩。真是'看似寻常最奇崛，成如容易却艰辛'（王安石语）"①。又如《孤独者》中叙述主人公魏连殳的"行状"，即"哭"的话语："忽然，他流下泪来了，接着就

---

① 徐丹晖．略论鲁迅小说语言的民族风格［M］//鲁迅研究论文集．成都：四川人民出版社，1982：166．

失声,立刻又变成了嗥,像一匹受伤的狼,当深夜在旷野中嗥叫,惨伤里夹杂着愤怒和悲哀。这模样,是老例上所没有的。"这里所使用的关于哭的词语,所谓"失声""长嗥""嗥叫",也都不过是寻常词语,但这些寻常词语所构成的话语,却音乐化地叙述出了魏连殳"哭"的几种形态。既具有艺术的动感与节奏感,又深沉地写出了魏连殳连自己孤独的命运"预先一起哭了"的内心的无比悲伤,揭示了人物灵魂深处的"孤独"本质。至于叙述情景的话语更采用了奇特而超常的词语搭配,更将其词语的艺术化与思想化做了"此处无声胜有声"的处理,彰显了鲁迅小说在语用修辞方面新颖、峭拔的特点。如《孤独者》中这段叙述情景的话语:"下了一天雪,到夜还没有止,屋外一切静极,静到要听出静的声音来。"在这段话语中,"静到要听出静的声音来"这个句子,完全是用平常的词语采用非常的搭配(在修辞学上,也有人称这样的非常搭配是"矛盾组合"①)构成的句子。一般说来,"静"这个词语与"声音"这个词语的所指是相反的,"静"指没有声音,而"声音"一词恰恰是指有声音。鲁迅在这里让两个所指意义相反的词语搭配在一起叙述情景,其所叙述的情景不仅不符合生活的常理,也不符合词语"静"与"声音"这两个词语的本义,这是很明显的。但就是这种超常并偏离关联规则的搭配,其产生了意想不到的艺术效果,这就是极为别致地诠释了前一个句子所叙述的"静极"了的情景是一种什么样的情景,以字面意义的矛盾性,揭示了"静"与"声音"的辩证关系,具有的辩证法艺术效果。同时,也正是通过词语的这种超常搭配,将人物"孤独"的境界从感觉的层面做了思想化的处理,也就是用"静"的字面意义与"声音"字面意义的奇妙组合,依据言语环境形成言外之意,凸显人物精神的死寂与社会环境的死寂。

像这样的超常搭配所构成的句子,在鲁迅小说中还有一些,如《长明灯》中的"沉静像一声清磬,摇曳着尾声,周围的活物都在其中凝结了";《伤逝》中的"然而子君的葬式却又在我的眼前,是独负着虚空的重担"等。其中,《长明灯》中的例子也是叙述情景的例子,而且也同样表达了孤独、寂寞的感觉,所采用的修辞手段也同样是"矛盾组合"的修辞手段。

当然,这段叙述情景的话语虽然与前面叙述人物"行状"的话语有显然的一致性,但由于两类叙述话语的艺术目的及话语所涉及的对象不同,也使得两类叙述话语在各个层面呈现出不同的特征。概括起来说,主要有三个方面明显的不同:一个是语用风格不同;一个是功能不同;一个是表达小说主旨的方式不同。

就语用风格来看,叙述人物"行状"的话语中的词语语调平和,其语用功能呈

---

① 叶国泉,罗康宁. 语言变异艺术[M]. 广州:广东教育出版社,1992:178.

现的是强烈的"感觉性"与写意性,如"热刺刺""似乎打的是自己,被打的是别一个自己""仿佛""他以为""他想"等,叙述的是人物真实的感觉与虚幻的感觉,表达的是人物感觉的变化和意识的奇妙活动。句式以主动句为主,各句子之间的衔接顺畅而舒缓,宛如一条小溪在涓涓流淌,自然而惬意,述题之间的关系呈现了"总""分"推进的关系。即以"他立刻转败为胜了"和"倒也并不十分懊恼"为两段叙述人物"行状"的总起句,然后具体叙述阿Q怎样"转败为胜"以及为什么"并不十分懊恼",整个"言语场"透射出的是一种轻松的氛围(当然,深藏在这种轻松氛围下的意味并不轻松),具有明显的戏谑性和深刻的讽刺性。而此处叙述情景话语中的词语的语调则较为急促,其语用功能虽然具有很明显的写实性,但所呈现的是"刹时间"的急迫性和压抑性。如这段话语:"刹时间,也就围满了大半圈的看客。待到增加了秃头的老头子之后,空缺已经不多,而立刻又被一个赤膊的红鼻子胖大汉补满了。"很显然叙述的是情景存在的状况,即由词语"围满了""补满了"所叙述的状况,以及情景状况的静态与动态,如"静了一会,似乎有点声音,便又动摇起来,轰的一声,都向后退"等。句式不仅有主动句,而且有被动句,各个句子之间的衔接紧迫而快速,宛如商场里抢购商品一样争先恐后,忙乱而敏捷,述题之间的关系呈现的是"总""分""总"的推进关系,即从"围满了"起头,结尾仍是"围满"的情景展示,"言语场"透射出的是一种压抑、紧张的氛围,充塞的是一种如所叙述的情景一样让人"透不过气"来的感觉,具有深沉的悲凉性。

就功能来看,叙述人物"行状"话语的主要功能是塑造人物形象,无论话语所包含的内容怎么多样和丰富,也不管话语表面的意义指向何处,但万变不离其宗,其基本的功能或者展示人物的行为,抑或揭示人物的思想与精神状况,从而最终完成对具有典型意义、代表某种倾向或某类人群的人物形象的塑造。话语修辞的基本倾向就是用具有"行为"性的词语构成"动宾"搭配的句子,凸显人物的外在行为和内在心理活动的内容与特征,最大限度地揭示人物的个性。如阿Q的"自己打自己"的外在行为和"似乎打的是自己,被打的是别一个自己"的奇妙的心理活动与感觉,都是具有"阿Q性"的行为与心理特征,彰显的是阿Q的个性。而此处叙述情景的话语,则不具有塑造典型人物形象的功能。虽然这些叙述性的话语也展示了"看客"们的行为并通过他们的行为揭示了他们的思想与精神的特质,但是,由于这些"看客"都无名也无姓,不仅作为个体的属性模糊,而且其社会身份也是模糊的,完全无法满足典型人物既是"这一个"的个性要求,也无法满足典型人物同时也是一定阶层或一定倾向代表的共性要求。即使有了"典型环境",这些人物也无法成为"典型人物",只能是一种类型化的群象。因此,这段叙述情景的话语也就当然无法发挥为塑造人物提供典型环境或具体环境的外在功能,其叙述话语的主要功能仅仅是展现一种情景，一种由无名无姓的人"看"所形成的充满了情趣与意味的情景。话语修辞的基本倾向虽然也是采用具有"动词性"的词语构成"动宾"搭配的句子，但这些句子的主要功能和倾向不是通过展示人物外在行为与内在心理活动的内容与特征，从而揭示人物所特有的个性以及与个性密切相关的、具有一定代表性的共性等本质性内容，而是显示由"人"的具体活动——看、挤、占、停、动等所构成的情景，以及这种情景所呈现的静止状况与发展状况，当然是充满了情趣、意味的情景与状况。

从小说主旨表达的方式来看，两者也有明显的不同。毫无疑问，《阿Q正传》《药》《示众》这三篇重要的小说的主旨是完全一致的，即"改造国民性"。但在这三篇小说中的两类叙述性话语表达这一主旨的方式是很不一样的。叙述人物"行状"的话语表达这一主旨的途径是"间接"的途径。这种间接的途径还经过了两次转折，第一次转折是通过对人物行为的展示和对人物精神状态的揭示来显示自身（话语）所包含的作者的"情态"（感情倾向与思想倾向），然后再通过所透射出的作者的"情态"来凸显主旨的，也就是经过了人物—作者—主旨这样一个转折的过程才完成了对小说改造国民性的主旨的凸显；第二次转折是以"代表"的形式，即一个典型人物（如阿Q）的精神状态来代表"国民的精神状态"从而完成对"改造国民性"主旨的表达。与之相比，叙述情景的话语对改造国民性主旨的表达则没有中间环节，更没有经过"转折"，而是"直接"通过情景——主旨一体的形式"直接"地完成了对主旨的表达。

为什么说叙述情景的话语对主旨的表达是"直接"的呢？这可以从两个方面看，一个方面是从叙述情景的话语生成的机制来看，叙述情景话语的生成，本来就是由思想催生出来的。鲁迅曾经说："倘其无思，即无美术"①，反过来说，只有有了"思"才可能有"美术"。所以，从"思"与"美术"的这样一种关系来看，叙述情景的话语，本来就是"思理以美化天物"②的话语，是承载了作家鲁迅改造国民性"思理"的话语，是灌注了改造国民性的创作主旨的话语，或者说是由鲁迅改造国民性的创作主旨直接催生出来的话语。鲁迅采用如此的话语叙述这种情景，不过就是要"借助"叙述这种情景，让自己酝酿已久的改造国民性的思理自然而然地流露出来罢了。另一方面是从叙述情景的话语所包含的思想内容来看，这段叙述情景的话语所包含的思想内容主要就是麻木、愚昧的"群体的精神状态"。而这也就"是"我们"国民的精神状态"，而不是如叙述人物行状的话语通过"个别"人物的

---

① 鲁迅．儗播布美术意见书[M]//鲁迅全集：第八卷．北京：人民文学出版社，2005：50.
② 鲁迅．儗播布美术意见书[M]//鲁迅全集：第八卷．北京：人民文学出版社，2005：50.

精神状态所"代表"的具有普遍性的国民精神状态。而鲁迅对这段话语所叙述的群体的精神状态的"情态",即改造国民性的思想倾向,就直接包含在这段话语之中。所以,从关系的角度看,在这类叙述情景的话语中,情景、情态、主旨是三位一体的,这也就决定了叙述情景的话语不是也不需要通过各种"中介"因素来完成对小说主旨的表达,而是直接通过自己所构造并完成的,具有社会意义与文化意义的情景完成对小说主旨的表达。这正是鲁迅小说中叙述情景的话语特有的优势与魅力,也正是如《示众》这样不以塑造典型环境中的典型人物为主,而以叙述情景为主的小说特有的意义与价值之所在,当然也是这篇离经叛道、别具一格,无论按照经典的小说理论规范,还是按照现代的小说理论规范都难以入流的小说特有的魅力之所在。

### 二、描写的话语修辞

"描写"作为叙事文学的又一重要艺术手段,是古今中外理论家和作家们都特别重视的一种艺术手段。高尔基就曾经说过:"应当描绘,应当用形象来影响读者的想象力。"[1]中国的理论家也曾说:"盖诗文所以足贵者,贵其善写情状。"[2]这种重要的艺术手段,不仅受到了作家与理论家的重视,而且这种艺术手段在古今中外文学作品中的使用也是十分普遍的,其取得的成果更是丰富多彩的。这些丰富多彩的成果,不仅以自己巨大的成功具体地彰显了描写这种手法的强大生命力和杰出的魅力,而且也显示了描写话语丰富多彩的面貌。因此,对"描写的话语"进行修辞学的分析,不仅具有修辞学的意义,更具有艺术的意义,也当然是我们透视鲁迅小说杰出的艺术造诣的一个具体而敞亮的窗口。

在小说中,描写的对象主要有两个:一个是人物,一个是景物。描写的话语也就主要存在于对人物和景物的描写语段中。因此,对鲁迅小说中描写的话语修辞的分析,我也将主要从这两个方面展开。

（一）描写人物心理的话语修辞

对人物的描写一般包括四个方面:一是人物外貌的描写,二是人物行为的描写,三是人物言语的描写,四是人物心理的描写。这里主要分析鲁迅小说描写人物心理的话语修辞主要是基于两个原因:第一,在前面第一章中已经分析了鲁迅

---

① 高尔基．致瓦·吉·李亚浩夫斯基[M]//文学书简:下卷．北京:人民文学出版社,1955:122.

② 许印芳．与李生论诗书[M]//北京师范大学中文系文艺理论教研室．文学理论学习参考资料(上)．沈阳:春风文艺出版社,1981:689.

小说对人物外貌描写的修辞特点,并较为详细地分析了其所具有的传统性与创造性的魅力,在本章中又已经分析了人物的对话与独白的话语修辞的特点;第二,固然,描写人物的行为与心理是中国现代小说,包括鲁迅小说塑造人物形象的两个重要途径,但更能较为具体和有效地体现鲁迅小说现代特征的人物描写,是对人物心理的描写。因为,对人物心理的描写,不是中国小说的传统强项,中国小说的传统强项是描写人物的行为并通过人物的行为来反映人物的心理。具体入微地描写人物的心理是西方小说的强项,并且是西方现代小说发展的重要趋势。沃伦·贝克在分析美国现代小说家福克纳小说的时候曾经指出:"现代小说的两个趋势,一是倾向于采用越来越有形的戏剧描述,直截了当地依靠列举物件和行为的名称,报导人物所说的话;另一个方面,是倾向于对不受阻碍的意识之流作表面完整的、连贯的复制。"①在沃伦·贝克所描述的西方现代小说的这两个趋势中,前一个趋势,即对人物行为与言语的描写,不过是西方现代小说对西方古典小说传统的一种技术上"革新"的举动,但这种对传统的革新并没有产生超越古典小说的丰硕成果,更没有产生如巴尔扎克、托尔斯泰、雨果等世界级的文学巨匠,也未能形成相应的流派并产生巨大的影响。与之相比,后一个趋势,不仅成为西方现代小说发展的崭新趋势,而且也形成了影响巨大的流派并产生了一批优秀的小说成果和小说大师,从而给世界文坛带来了革命性的冲击,直接影响了整个 20 世纪世界文坛的发展方向。而中国现代小说在自己艺术世界的建构过程中,也都或隐或显地受到了这种趋势的影响。并在一个最显然的技术层面,即对人物心理描写的层面革新并丰富了中国小说的传统,直接地显现了自己艺术世界的"现代"性特征。所以,茅盾在谈中国现代小说的时候曾经很肯定地说,中国现代小说与中国传统小说一个最明显的区别就是对人物心理描绘的"精微"。正是从这个意义上来说,分析鲁迅小说描写人物心理的话语修辞,就不仅具有修辞学与美学的意义,而且还具有透视鲁迅小说"现代性"特征的意义。这正是我只分析鲁迅小说描写人物心理的话语修辞的原因。

1. 描写人物心理的话语与人物形象的塑造

鲁迅小说描写人物心理活动与一般优秀小说一样,都十分重视人物的知识背景、性格特征及所处的具体环境。所使用的话语,也都具有凸显人物的性格及精神特质的直接的功能。因此,这些描写人物心理活动的话语,虽然在本质上也是作者的"独白",但却成了人物自身的有机组成部分,是作者从另一个角度对人物形象的塑造,具有显然的思想意义与审美价值。如《一件小事》中对"我"的心理

---

① 李文俊. 福克纳评论集[M]. 北京:中国社会科学出版社,1980:96.

活动的描写:"我想,我眼见你慢慢倒地,怎么会摔坏呢,装腔作势罢了,这真可憎恶。车夫多事,也正是自讨苦吃,现在你自己想法去。"这段关于"我"的心理活动的描写,是完全符合人物作为一个现代知识分子的身份与知识背景的,并突出了作为一个现代知识分子心理活动的基本理路,即"我想"。并不是胡思乱想,而是基于理性的"想",基于在现场对刚刚发生的事情观察的"想",加之"我"对自己观察的事实及所得出的结论又很确定和自信,因此,"我想"这段话语之间的逻辑关系很清晰,语句完整且语法规范,并使用了"装腔作势""憎恶"等书面词语,符合一个知识分子的特征,同时,整段话语的语气急促,透出不耐烦的味道,符合"我"急于要"走"的心理特征和在特定环境下的思想与情感倾向:责备车夫多事,"憎恶"老妇人多怪。这样的例子还有很多。有的例子不仅有效地凸显了作为知识分子这一类人物的用语特点及话语构成的特点并与话语出现的环境相吻合,而且从心理活动的层面揭示了作为启蒙者的现代知识分子思考问题的思想特点及情感倾向。如《故乡》中描写人物心理活动的这段话语:"我想:我竟与闰土隔绝到这地步了,但我们的后辈还是一气,宏儿不是正在想念水生么。"这是一段由一个转折复句构成的话语。这段话语使用一个转折复句,不仅体现了"我"作为现代知识分子的身份,而且也体现了作为现代知识分子的"我"思考问题时的特点及情感倾向。就"我"思考问题的特点来看,这个特点就是"我想"问题不是跟着感觉走,而是依据理性进行判断,从各种现象来把握其本质,"我"之所以认为我与闰土是"隔绝"的,是因为闰土叫我"老爷"的现象提供的依据,"我"也正是从这种现象中发现了一个深层次的问题,那就是"我"与闰土的"隔绝",并不仅仅是身份的隔绝,更是精神与价值观的隔绝;同样,"我"之所以认为"宏儿"想念"水生"表明了他们并不"隔绝",也是从现象发现的本质。而我之所以能如此思考问题,是因为"我"是一个现代知识分子,有着现代知识分子清醒的理性意识。从情感倾向上看,"我"对与闰土的"隔绝"是悲哀的,也是绝望的,而对我们的后辈的并不"隔绝"却是十分欣慰的,也是十分乐观的。不仅如此,使用这样一个转折复句描写"我"的心理活动,在话语构成方面也很有效地揭示了"我"的思想与情感变化的过程,这个过程就是从"绝望"(第一个句子所寄予的"我"对与闰土"隔绝"的绝望)到"希望"(第二句所表达的"我"对后辈的希望)。同时,这段由一个转折复句构成的话语,还直接地揭示了作为现代知识分子的"我"的"反省"。

同样写现代知识分子,对于那些表面道貌岸然,却满腹男盗女娼的所谓现代知识分子,鲁迅小说在描写这些人的心理活动时虽然所采用的话语修辞是暗藏"机锋",即讽刺性"情态"的话语修辞,但其话语构成也同样符合人物的性格特征与知识背景。如《高老夫子》中描写高老夫子的心理活动的这段话语:"他烦躁愁苦着,从繁乱的心绪中,又涌出许多片断的思想来;上堂的姿势应该威严,额角的疤痕总该遮住,教科书要读得慢,看学生要大方……"这段话语不仅尖刻地讽刺了"这个宵小无赖的虚伪性"①,也完全符合这个人物的性格特征与知识背景。正因为他"虚伪",他"想"而且是很想看女学生,但又要在表面上显得"威严"、正经,所以整段话语的内容都直呈他的虚伪。但构成整段话语的语句,尤其是描写"这个宵小无赖"想要的、应该的三个句子,却与"这个宵小无赖""想"要的"表面"一样规整、均匀、正经。正因为他也是一个现代知识分子但又是一个好"国粹"的文人,所以整段话语中所使用的词语完全是书面语,尽管描写的是他"繁乱的心绪",但语势却平缓、从容。这样的话语修辞完全符合他的知识结构——懂一点外国文学(不然他何以依据俄国大文豪高尔基的名字为自己改名为"高尔础"),又倾心"国粹"。

与之相比,在《明天》这篇小说中对单四嫂子的心理刻画,则使用的是另一类话语:"单四嫂子知道不妙,暗暗叫一声'阿呀!'心里计算:怎么好? 只有去诊何小仙这一条路了。"在这段描写人物心理活动的话语中,不仅语句短小、充满了"感觉"性、不带任何理性色彩,而且还使用了口头语。不仅描写人物心理活动的话语中使用了口头语,如"诊何小仙"(相当于现在我们常说的"看医生"),而且作者的描写性话语中也使用了口头语,如"心里计算"等。如此的话语修辞,也就直接切合了人物的身份,也与小说中反复交代的单四嫂子是一个"粗笨女人"的叙述相吻合。同时,也与单四嫂子因儿子病状越来越严重的现实状况相吻合,或者说,正是因为儿子的病状越来越严重,所以作为一个"粗笨女人"的单四嫂子她只能慌不择词地如此"想"。

2. 描写人物"意识流"话语的现代特征

最能体现鲁迅小说描写人物心理的现代特征的话语,是那些具有十分明显的"意识流"特点的话语。这类话语,不限于人物的身份,但同样切合人物的知识背景与心理活动的环境,并也从一个具体的层面彰显了鲁迅小说的现代特征,如下面两段话语:

"女人,女人……"他想。

"……和尚动得……女人,女人! ……女人!"他又想。(《阿Q正传》)

隽了秀才,上省去乡试,一径联捷上去……绅士们既然千方百计的来攀亲,人们又都像看见神明似的敬畏,深悔先前的轻薄,发昏……赶走了租住在自己破宅门里的杂姓——那是不劳说赶,自己就搬的——屋宇全新了,门口

---

① 许怀中. 鲁迅与中国古典小说[M]. 西安:陕西人民出版社,1982:304.

是旗杆和匾额……要清高可以做京官,否则不如谋外放。(《白光》)

这两段话语,一段是描写打工者阿Q这个人物心理活动的话语,一段是描写旧式读书人陈士成心理活动的话语。这两段话语虽然与前面所分析过的鲁迅小说中描写人物心理的话语修辞在塑造人物形象、揭示人物的精神状态等功能方面有十分一致的地方,但也存在着明显的不同。这种不同主要表现在两个方面:一个方面的不同是,由于这两段话语所描写的人物不同,心理活动的内容不同,话语修辞的方式也不同。因此,其意味也不相同。如描写阿Q心理活动的话语,就与描写同属于下层人的单四嫂子心理活动的话语完全不同。同样,描写陈士成的心理活动的话语,也与描写同属于是知识分子的“我”的话语也不同。另一个方面的不同则是,前面两段描写现代知识分子“我”及下层劳动者单四嫂子心理活动的话语,具有传统的西方现实主义小说的特点,而这两段描写人物心理活动的话语,则具有明显的现代西方“意识流”的特征。

就描写阿Q心理活动的话语来看,阿Q虽然与单四嫂子一样是一个目不识丁的打工者,完全没有读过书,但是描写阿Q心理活动的话语却与描写单四嫂子的话语完全不同。描写单四嫂子心理活动的话语虽然很短,但语句却还完整,并一气呵成;描写阿Q心理活动的话语不仅很短,甚至短到了不能再短,只有一个词语,而且语句也不完整,并时断时续。同样,就描写陈士成的心理活动的话语来看,陈士成虽然也是读书人,但他毕竟不是现代知识分子,所以描写陈士成的话语较之前面描写“我”的心理活动的话语也完全不一样。就句式来看,描写现代知识分子“我”的话语的句式完整且语法规范,单句与单句之间的逻辑关系很清晰,采用的完全是现代汉语的句式构成,有的还使用了转折复句,并充分地发挥了这种转折复句的功能。如《故乡》中描写“我”的心理活动的话语,就使用了转折复句。从句子转折的功能来看,第二个句子的转折不仅具有引导思想与情绪发展的功能,还有将“我”留存于第一句中的绝望心绪。在第二句所寄予的“希望”中进行一定程度化解的功能,有力地显示了现代汉语这种转折句式的艺术活力。而描写陈士成这个旧式读书人心理话语的句式,就不仅时断时续,留存了好几个省略号,而且还使用了“骈体文”常用的句式结构,如“绅士们既然千方百计的来攀亲,人们又都像看见神明似的敬畏”等。就词语使用来看,描写现代知识分子心理活动的话语,虽然也使用了如“装腔作势”“憎恶”“隔绝”等书面词语,但这些书面语也是现代人常常通用的词语。而描写陈士成这个旧式读书人的心理活动的话语,则不仅使用了很多旧式的“专有词语”和书面词语,如“隽”“乡试”“京官”“外放”等,而且还使用了一些文言词语,如“一径联捷”等。

当然,这里所引用的描写阿 Q 及陈士成心理活动的话语与前面描写单四嫂子及"我"的心理活动的话语最具意味的不同,则是基于不同的创作原则所表现出来的不同。就描写"我"及单四嫂子的话语修辞的特点来看,这类话语修辞基本上是依据现实主义文学原则展开的修辞,完全符合现实主义文学"真善美"统一的话语修辞原则;就描写阿 Q 与陈士成心理活动的话语修辞来看,这类话语修辞则主要依据的是"意识流"文学(主要是小说)的特点展开的话语修辞。尽管两种话语修辞,都具有从描写人物心理的角度凸显鲁迅小说艺术方法的现代性特征的功能,但这种功能是不一样的,这种不一样主要表现在参照的尺度不同。就符合现实主义文学原则的话语修辞来看,它的现代性主要是在一维的比较中,即与中国传统小说相比较中得到凸显的。"这种凸显"具有文学史的意义,是展示中国现代小说,包括鲁迅小说如何丰富和发展了中国小说艺术传统的一种重要方法;就符合意识流小说特点的话语修辞来看,它的现代性则是在两维的比较中得到显示的。这个两维就是,一维是中国传统小说,另一维则是外国小说,尤其是西方小说。"这种显示",不仅具有文学史的意义,而且也具有比较文学的意义。由此也就可以说,后一个方面的话语修辞不仅包容度更大、涉及的问题更多,而且意义也更为深远,所以当然也更值得分析。

要对这种具有"意识流"小说特点的话语修辞进行分析,我们当然首先要弄清楚"意识流"小说具有哪些现代特点。

意识流小说不是源发于中国文坛的一股小说流派,而是兴起并盛行于西方文坛(主要是英国、法国、美国文坛)的一股小说流派,它于 20 世纪初首先出现于英国文坛,随后在 20 世纪 30 和 40 年代广泛流行于西方文坛。它是西方现代派文学中的一个重要而影响巨大的小说流派。西方"重要的文学流派如超现实主义、存在主义、荒诞派、新小说派等,虽然各有自己的特点和发展历史,但在它们的表现手法中都可以明显地看出潜意识的作用,有的作家(如萨特)对这种写作技巧并有新的发挥①"。这一小说流派的理论基础主要来自美国心理学家威廉·詹姆斯在 19 世纪后期发表的论文《论内省心理学所忽略的几个问题》中提出的关于人类思维活动是一股流水的观念。威廉·詹姆斯在论文中所提出的"思想流,意识流或主观生活之流"的概念,也就成了这股小说流派的标志——意识流小说。后来这股小说流派又接受了弗洛伊德的潜意识学说和柏格森的生命哲学及非理性主义学说的影响,由此而形成了自己的思想价值取向与艺术追求。这股小说流派的基

---

① 冯汉津. 法国意识流小说作家普鲁斯特及其《追忆往昔》[J]. 外国文学报导,1982(5):56-58.

本的理论主张是"强调用内心独白、自由联想和种种象征手段来真实地显示人物意识流动的轨迹①"。也就是强调侧重描绘人物的精神活动,即心理活动,由此而打破了西方小说,尤其是现实主义小说注重故事、注重人物生存的外在环境及行为特征描绘的传统。与此同时,这种小说还有一些打破传统小说艺术规范的追求,如在小说中采用不同的文体(如科学文体、散文文体、政论文体等),詹姆士·乔伊斯的著名小说《尤利西斯》在这方面做得最自觉,也最突出。如小说的第八章中就使用了科学文体,用模仿肠胃蠕动的节奏来描写人物在饭店吃午餐的情节;在第十四章中又使用了英国历代的散文文体来描写人物在医院生产的经过等,完全打破了有小说以来结构情节、描写事件的基本艺术方式,以一种"跨"文体的最新的描写方式,表现了最新的艺术追求,呈现出最新的艺术范式,当然也引来了最多的争议,形成了最为对立的价值判断。有的人认为这不仅是一种崭新的文体构造,而且是成功的文体构造,因为它丰富了小说这种叙事文体的范式;有的人则认为这完全消解了小说文体应有的艺术规范,也当然是消解了小说文体特有的价值与意义;还有的人则认为,这样的艺术追求的价值与意义还需要时间的陶冶与检验,因此,对这种未定形的艺术范式进行价值评判还为时过早等。

意识流小说如此的思想追求与艺术追求,当然也必然要影响到话语的修辞,这不仅在事实上是如此,即使从艺术追求与话语修辞的直接关系上来讲也是如此。从事实上看,如詹姆士·乔伊斯的小说《尤利西斯》作为较为综合地体现了西方意识流小说思想追求与艺术追求特征的小说,在描写人物心理活动的时候,出于意识流小说全新的艺术追求,在话语修辞方面,也采用了全新的话语修辞方式,这种全新的话语修辞就是使用不加任何标点符号的句子来构成话语。如小说的最后一章就以只分段落不加任何标点符号的话语构成方式描写人物的内心独白,即意识流,并且用了四十余页的篇幅,完全打破了有小说以来描写人物心理活动的话语修辞方式,以一种最新的方式,表现了最新的艺术追求(这种最新艺术追求的价值我们姑且悬置)。从艺术技巧与话语修辞的关系来看,"由于这种方法(意识流的方式——引者注)得到了广泛的运用,'意识流'已成为一种写作技巧的名称"②。既然意识流已经成为一种写作技巧的名称,那么充实这种写作技巧名称的内容,或者说体现这种技巧的特殊性与创造性的方法不是别的,正是话语的修辞。

---

① 袁可嘉. 象征派诗歌·意识流小说·荒诞派戏剧[J]. 文艺研究,1979(1)132–138.
② 袁可嘉. 现代派文学的思想特征和艺术特征[M]//西方现代派文学问题论争集(上). 北京:人民文学出版社,1984:7.

那么意识流小说的话语修辞的特点是什么呢？概括起来就是讲究"词语联想"及摒弃任何直接或间接、隐蔽或显然的评议性词语。而鲁迅小说描写人物心理活动的话语修辞正具有这样的特点。

鲁迅的《阿Q正传》和《白光》在基本属性上当然不是意识流小说，但说其中有符合意识流小说艺术追求的内容却是完全经受得起检验的，特别是在描写人物心理活动方面，其意识流的特点更为明显。就我上面所引用的描写阿Q与陈士成的心理活动的两段话语的特点来看就是如此。这可以从两个方面来分析：一方面，从"词语联想"的层面分析，这两段描写人物心理活动的词语无论是从人物本身还是从阅读的审美效果上讲，都具有"联想"性，与"意识流的手法中特别强调联想"①的词语使用特点十分吻合。从人物本身来讲，所使用的词语虽然都是较为平常的词语，但这些词语不仅是人物心理活动的直接呈现，而且还具有显然的"联想"性。如描写阿Q心理活动的词语"女人"，这个词语作为一个名词，它主要是指称一个对象，但是在阿Q心里，这个名词就不仅是指对象，也不仅是指具体的对象——吴妈这个女人，而且是指要与这个对象"做什么"，用阿Q的话来说就是"困觉"。所以，这样一个词语也就通过这种具有"联想"性的作用，很生动地揭示了阿Q的意识活动，而且是深藏于阿Q意识中的性意识的流动。从其效果来看，这个词语的使用，不仅在话语修辞的层面具有了意识流小说话语修辞的特点，而且在描写内容方面也具有了与意识流小说一样的内容。描写陈士成心理活动的词语"一径联捷"，虽然不具有描写人物的潜意识，特别是性意识的作用和功能，但其"词语联想"的功能仍然十分明显。这个词语是人物从"隽了秀才，上省去乡试"联想而来的，所谓"一径联捷"是陈士成联想到"乡试"的结果，联想到"中举人"甚至"中进士"的词语，很恰当地揭示了人物幻想的内容，而描写人物的幻想，正是意识流小说着力追求的内容之一。从审美效果上讲，这两个词语的后面虽然都使用了省略号，但是读者在阅读的过程中根据上下文，还是能读出这两个词语后面指的是什么。而绝对不会将描写阿Q心理活动的"女人"一词仅仅作字面意义的理解，也不会将陈士成的"一径联捷"解读为"旅途顺利"。另一方面，从词语的客观性层面来看，这些描写人物心理活动的词语，都不带作者的任何情感或思想倾向，完全是根据人物自身意识流动的规律、特点采用的。鲁迅不仅在这些词语中完全隐蔽了自己的思想与情感倾向，如鲁迅对人物讽刺与批判的思想倾向以及"哀其不幸，怒其不争"的情感倾向，而且也隐蔽了自己的语言风格特点，如鲁迅一贯而突出的"峭拔、幽默"的语言风格，在这两段描写人物心理活动的话语中没

---

① 王蒙．关于"意识流"的通信[J]．鸭绿江，1980(2)：70-72.

有丝毫的显露,真正做到了意识流小说家乔伊斯所说的:"艺术家就像创造万物的上帝一样留在他的作品之中、之后、之前、之上,他是无形的,仿佛并不存在于作品之中,而是满不在乎地在一旁修指甲。"①将自己对人物褒贬的倾向通过中性的词语所构成的话语隐藏于"无形"。

鲁迅小说体现的这种意识流话语修辞的特点,不仅与中国传统小说相异,而且也与西方小说不同。中国传统小说最擅长的是人物行为与言语的描写,即使要揭示人物的心理及其心理活动,也是通过人物的行为与言语来"反映",绝对不采用大段话语作静态的描写;即使在最可以,也最应该对人物的心理活动进行详细描写的情景之下,也往往放弃这样的描写仍一如既往地采用中国小说最经典的方式,如中国传统小说最高成就的代表《红楼梦》对林黛玉临终前的描写就是如此。按说,这个时候的林黛玉得知了贾宝玉成亲的消息,心里一定是五味杂陈、翻江倒海的,从艺术表现的角度说,此时此刻、此情此景也是最适宜对林黛玉的心理活动展开洋洋洒洒描写的机遇,但是,小说却只写了林黛玉的一个动作,黛玉直声叫道:"宝玉,宝玉,你好……"

西方小说虽然有描写人物心理及其活动的传统,这种传统从文艺复兴时期开始积淀,到了19世纪更是发展到了一个十分完备的程度,特别是在批判现实主义小说与浪漫主义小说中,杰出地描写人物心理及其活动的话语,更是俯拾即是,"极大地丰富和发展了文学中的心理描写"②。但这些话语在构成的过程中,所遵循的是理性原则,人物心理的活动无论多么丰富、奇特,变化、发展无论多么跌宕起伏,都有相应的逻辑线索可循。同时,也都十分注重作者的介入与评说等。但是,意识流小说却完全颠覆了这种理性原则,而主要遵循非理性的原则。同时,力图避免作者在小说中直接出面对人物的精神活动品头论足或说教,放手让人物的意识自动地、真实地展现。如此的原则及其做法,当然存在偏颇,但也为现代小说的发展做出了新的贡献。这种贡献主要表现在两个方面:一方面,这类小说强调描写人物的下意识或潜意识,拓展了描写人物心理活动的广度与深度,也拓展了西方传统小说描写人物心理的艺术技巧与手法。"现代派创作一般都比较重视人的内心世界的研究与探索,对人的梦幻、潜意识等复杂的心理活动,兴味尤浓。它们常常一反传统的描写手法,大量采用幻想、夸张、隐喻、象征和'意识流'等艺术手段,将思想、情感等等化为某种形象而展现在读者面前。"③如被西方公认为是

①　樵杉. 乔伊斯与《尤利西斯》[J]. 外国文学,1982(8):22-24.
②　郑伯农. 心理描写和意识流的引进[J]. 文学评论,1981(3):52-59.
③　嵇山. 关于现代派和现实主义[M].//西方现代派文学问题论争集:上. 北京:人民文学出版社,1984:261.

意识流小说大师的英国作家詹姆士·乔伊斯的著名小说《尤利西斯》就是此类小说的代表。另一方面,这类小说注重或以时间为依凭,截取一个横切面描写不同人物在同一时间内的思想与心理活动,或以人物为中心,截取纵切面描写一个人物在不同时间里的思想意识的流动,如英国女作家吉尼亚·沃尔夫的著名小说《达罗卫太太》;或者采用时序颠来倒去的方法描写人物的意识流,如美国著名小说家威廉·福克纳的著名小说《喧哗与骚动》。如此的艺术追求,则不仅拓展了小说描写人物心理活动的包容度,而且也创造了一种新的描写人物心理活动的艺术范式——打破现实的时空限制,过去与现在同存、东西南北一体的艺术范式。这也正是意识流小说对西方小说的发展所做出的重要贡献,也是意识流小说在 20 世纪作为一股现代小说思潮的现代特征之所在。

鲁迅小说对人物心理的描写也正具有如此的现代意义。其描写人物心理活动的话语无论多或少(少的如描写阿 Q 心理活动的话语只有一个词,多的如描写陈士成的心理活动的话语),都在客观上不仅拓展了描写这两个人物心理的深度与广度,直观地展示了被两个人物隐蔽在心理深处的欲望,而且也打破了时空的限制,让两个人物超越了自己所处的时间与空间,在自己心以为然的幻想中尽情地披露了自己心中最向往和最希望得到的东西。从而完成了对人物形象的"立体"塑造,显示了意识流小说特有的艺术优势及描写人物心理活动"不著一字"而作者情态毕现的特点。阿 Q 心理深处的欲望就是与女人"困觉",而这种欲望在平时都被阿 Q 保有且根深蒂固的意识——男女之大防深深地压抑在了他的内心深处。不仅被他的意识压抑在了自己心灵的深处,而且他的"意识"还扭曲了这种欲望的合理性,使阿 Q 不仅在行动上很排斥如小尼姑一类的女人,而且还形成了阿 Q 似的关于男女关系的"学说"。"他的学说是:凡尼姑,一定与和尚私通;一个女人在外面走,一定想引诱野男人;一男一女在那里讲话,一定要有勾当了。"可是,就是保有这样"学说"的阿 Q,在内心深处也仍然无法消除自己要与女人"困觉"的欲望。这一方面当然说明了这种欲望的合理性(不然对男女之大防"历来非常严"的阿 Q 也会萌生这种欲望?),另一方面也讽刺了中国传统的"男女之大防"观念的虚伪性以及阿 Q"学说"的可笑性。所以,鲁迅描写阿 Q 潜意识活动的话语虽然很少,少到了不能再少的程度,但在艺术效果和表情达意上却不仅使阿 Q 被自己的意识所压抑在内心深处的欲望得到了充分的展示,而且也使伴随着这种欲望的阿 Q 的思想及情感倾向得到了更为生动的显示,从而立体地完成了对阿 Q 这个典型人物形象的塑造,也不露痕迹地表露了鲁迅对中国传统文化观念批判的情态。陈士成心灵深处的欲望就是金榜题名。这种欲望虽然一直存在于他的意识之中,但是却由于说不清也道不明的原因始终未能实现。因此,小说的开头就描写了陈士成看榜后的失魂落魄的状况,接着就描写了陈士成在心中对"中第"后的幻想。而这种心理活动的描写,在艺术上不仅完全符合人物的现实处境,而且也生动地揭示了人物灵魂深处的精神状况。作为一个旧式读书人,陈士成皓首穷经力图中第,可是,经历了十六次科举考试却都名落孙山。如此的结局,使他不仅在社会上没有任何地位,而且其生存都成了问题。在这种情况之下,他太想成功了,太希望如愿以偿了,正是如饥的渴望与这种渴望在现实中没能实现的遭遇,才促使他展开了这些虽不着边际,却能安慰他郁郁寡欢心境的幻想。而鲁迅如此描写人物的心理,让陈士成幻想他"中第"的"得意",其话语不仅因为与人物的处境相吻合而从心理的层面揭示了人物的性格特征,而且也活画出了一个读书人,尤其是旧式读书人的人生轨迹与精神特质。既有效地完成了对人物形象的立体塑造,也以这种"立体塑造"的成果,显示了借鉴意识流小说描写人物心理的话语的优势,即描写人物心理的话语往往能直接呈现人物灵魂深处核心的价值意识,也就是话语本身就是"思想意识本身",而且是思想意识本身的"流动状态",不是"静止的状态"。同时,这段话语由于呈现的不是真的存在的事情,而是人物的幻想,对幻想描写的话语,在修辞学上"是把想象的事情说得真在眼前一般,同时间的过去未来全然没有关系"①。因此,这段抹平了时间的区别与突破了空间束缚的描写人物心理活动的话语,也体现了意识流小说打破时空束缚的话语修辞的特点。这种特点,也正是现代意识流小说描写人物心理活动话语修辞与传统西方小说描写人物心理活动话语修辞的一个最显然的区别,也是其现代性的一个重要方面。

当然,鲁迅小说的这种符合意识流小说描写人物心理活动特点的话语修辞,也有自己的个性特征。这种个性特征就是摈弃了意识流小说"非理性"的话语构造原则。也摈弃了意识流小说反现实主义的话语构造原则,话语所凸显的不仅是意识流小说所青睐的"思想意识本身",而且有力地揭示了促使人物如此"想"、如此"做"的精神来源,这正是鲁迅小说话语修辞的现代性的个性特点之一。

我们知道,西方的意识流小说的艺术原则,是直接针对现实主义小说的艺术范式而提出的,"意识流小说家认为现实主义小说只注重对外界环境、人物行为的描写和故事情节的安排,而忽略对人物的感性和内心生活的描绘;在手法上,现实主义小说往往采取由作者(或叙述者)出面介绍、评论和说教的方法"②。由此形成了这股小说流派力图避免作者在小说中直接出面对人物的精神活动品头论足或说教,放手让人物的意识自动地、真实地展现的"非理性"的艺术原则和反理性

---

① 陈望道. 修辞学发凡[M]. 上海:上海教育出版社,2006:119.

② 袁可嘉. 象征派诗歌·意识流小说·荒诞派戏剧[J]. 文艺研究,1979(1):132-138.

的艺术原则,"反理性主义是西方意识流创作中一种相当普遍的特色"①。这种原则及其范式虽然也很有价值(已在上面论述过了),但也留存了一个致命的弱点:"现代派(包括意识流小说——引者注)创作的一个主要特征,它在表现方法上的总原则,就是主观随意性,藐视艺术形象自身的内在逻辑。因此,在他们的作品中,人物的思想行动往往为突发的、盲目冲动所左右和推动。"②在描写人物心理活动的时候,其话语构成基本不顾及人物形象质的规定性和知识背景。通俗地讲,就是描写读书人心理活动的话语与描写目不识丁的人心理活动的话语基本一样,从而使得这些话语基本丧失了从心理层面凸显人物性格及其社会身份、知识背景等的作用。而鲁迅小说描写人物心理活动的话语则恰恰与西方意识流小说在这方面不同,这种不同的基本特点就是鲁迅是在现实主义原则基础上借鉴的意识流小说描写人物心理的方法的。所以,鲁迅小说描写阿Q与陈士成这两个人物心理的两段话语虽然具有意识流小说的特点,但却由于人物的身份与知识背景不同,因此,话语修辞也泾渭分明,充分体现了人物心理是人物思想、性格、身份乃至知识背景的直接反映的现实主义美学原则。

阿Q作为一位目不识丁的打工者,由于完全没有接受过教育的背景,所以呈现阿Q心理活动的话语不仅很短,甚至短到了不能再短的程度,只有一个词语,而且语句也不完整,并时断时续。但话题集中,那就是阿Q想"女人"。这样的话语构成就很符合阿Q"目不识丁"的知识背景和"打工者"的身份,而话题集中,则更进一步地显示了阿Q作为一个目不识丁的打工者的身份及阿Q"心想"的特点。从小说的描写与展示来看,阿Q不仅是一个没有受过任何学堂教育的下层劳动者,而且还是一个没有情趣的人。"他的学说"和他在遇到一男一女在那里讲话,他"为惩治他们起见,所以他往往怒目而视,或者大声说几句'诛心'话,或者在冷僻处,便从后面掷一块石头"的行为,就直接地表现了他的"没有情趣"。正因为他目不识丁且没有情趣,所以当他自己"想""女人"的时候,也就不可能像那些知识者一样条分缕析、情意绵绵,使用完整的、逻辑顺畅的,甚至饱含情意的话语来"想"自己的"心事",也不可能像那些知识分子一样展开丰富的联想:从女人想到爱情,从爱情想到家庭,从家庭再想到未来的幸福、快乐等。而他只能是用不完整且时断时续的话语"想"自己的"心事",只能是局限于要一个女人与他"困觉"的"想",只能是直奔主题的"想"。鲁迅描写阿Q心理活动的时候,只用一个词"女

---

① 郑伯农.心理描写和意识流的引进[J].文学评论,1981(3):52-59.
② 嵇山.关于现代派和现实主义[M]//西方现代派文学问题论争集:上.北京:人民文学出版社,1984:264.

人"来描写他的"想",则正是扣住了阿Q"心想"的命脉,也同时扣住了阿Q在这个时候将整个心思都放在女人身上"想"的支配性意识——不孝有三无后为大(这一点与意识流小说描写人物心理活动基于非理性的意识刚好相反)。阿Q本来是对女人有很深的偏见的,他不仅对"男女之大防""历来非常严",而且排斥如小尼姑一样的女人。但是,由于受了小尼姑的"影响",特别是他无师自通地得来的中国传统的"不孝有三无后为大"观念的作用,所以这个时候他才感到了女人的重要,也才在这个时候一门心思地"想"女人,让潜意识中的性意识在"不孝有三无后为大"意识的作用下浮出了"男女之大防"意识的外表,也彻底地突破了"男女之大防"意识的束缚。所以,鲁迅虽然只用了一个词语来描写阿Q的心理活动,但就是一个普通的名词词语,却不仅匠心别具地构成了一段话语,而且还有效地从一个特殊的层面——性意识的层面,进一步地强化了关于人物性格及精神特质的描写,在一定意义上丰富了现实主义小说塑造人物形象的方法,充分显示了鲁迅在话语修辞方面炉火纯青的修养与杰出的艺术智慧。

与之相比,描写陈士成的心理活动的话语较长,有的语句也不完整且时断时续,但却全是"联想",或者更确切地说全是"幻想"。而这些话语及其构成也同样符合人物的身份并同时合乎逻辑地深刻地揭示了人物的精神状态。从人物的身份来看,陈士成虽然落拓潦倒,但他毕竟还是一个教书人,又加上他有着强烈的功名心(他十六次参加科举考试就已经说明了这一点),所以他的心理活动自然就不会像阿Q那样单纯地只将自己的所思所想局限于一个对象、一个固定而现实的层面,而是想到了很多人(对象),如绅士们、房东等,并超越了自己残酷的现实遭遇——科举不第、穷困潦倒,对自己科举中第后的"得意"展开了丰富而具体的联想。不仅想到了自己如何一路顺畅地科举中第,而且也想到了自己中第后各类人等对自己的"攀亲""敬畏"等。陈士成之所以有如此的心理活动,皆因为其身份使然。就身份来说,他是一个读书人,而且是地地道道的旧式读书人,而对旧式文人来说,科举中第是读书的唯一目的,陈士成如此幻想自己科举中第的"盛况",完全符合人物的身份及与这种身份密切相关的价值观。鲁迅在小说中运用如此的话语描写人物的心理活动,充分显示了遵循现实主义原则描写人物心理的话语的优势,即这些话语在揭示人物行为的精神依据的同时,也直接彰显了人物的性格、身份与知识背景,符合"真实地再现典型环境中的典型人物"的现实主义原则。

其实,鲁迅小说描写人物心理活动的话语,即使遵循了经典现实主义的原则,仍然表现了自己现代性的特征。这种现代性的最直观的特征就是在构成话语的句式上与中国传统小说不同,中国传统小说描写人物最常用的句式是单句,而鲁迅小说描写人物,无论是描写人物的心理活动还是描写人物的形象特征,都大量地使用了复句的形式,如上面所列举的鲁迅小说描写陈士成心理活动的话语就是如此。整段话语,由十一个句子构成,这些句子按意义划分则可以分为四个层次。在这四个层次中,既有由几个并列的单句构成的复句,也有使用"既然""又"这样的连词构成的复句,而且还在复句中又套单句(如破折号后面的句子都是单句,这些单句是用来解释前面句子所涉及的内容的)。如此复杂而又"一波三折"的句式,不仅充分地满足了按意识流的自然状态刻画人物心理活动的需求,而且也为中国小说描写人物心理活动提供了新的话语构成方式。这正如一位研究鲁迅《阿Q正传》的句子结构的学者指出的一样:"一段话语中,层次如此复杂,但表意却又如此明晰与深刻,是汉语文学语言传统中绝对见不到的。"①鲁迅小说中描写人物心理活动(实际上还应该包括描写人物形象、叙述人物的行状)所采用的这样复杂的句式之所以在"传统中绝对见不到",是因为鲁迅小说描写人物,包括描写人物心理活动的句式,是具有现代性的句式。这种现代性的句式不仅在性质上与中国传统文学惯常使用的句式区别开来,而且即使在时间上也与中国传统文学拉开了距离而凸显了自己的"现在"时。正是因为鲁迅小说在描写人物心理活动方面所采用的句式具有如此显然的现代性,所以,即使是鲁迅的宿敌也不能不承认:"这种心理描写,便不是旧小说笔法所能胜任的了。"②

(二)描写自然景色的话语修辞

鲁迅固然说过"我不去描写风月"③,但有时却也在小说中浓墨重彩地描写自然景色。如果说鲁迅小说不描写或用很少的话语描写自然风物,体现了鲁迅小说及其话语修辞的民族性特色及其艺术效果的话,那么鲁迅小说采用浓墨重彩的话语描写自然景色,则主要体现了鲁迅小说及其话语修辞的现代性特色及其艺术效果。因此,对鲁迅小说这两个方面话语修辞的分析都有必要,也都有相应的意义。由于在第一章中已经分析过了鲁迅小说用很少的话语描写自然景物在修辞方面的民族性特色及其艺术效果,因此,这里主要分析鲁迅小说用浓墨重彩的话语描写自然景色在修辞方面的现代性特色及其艺术效果。

这是鲁迅小说浓墨重彩地描写的自然景色的几个语段:

> 几株老梅竟斗雪开着满树的繁花,仿佛毫不以深冬为意;倒塌的亭子边

① 魏志成.翻译语言与民族语言——论汉语文学语言中的翻译语言成分[J].鹭江大学学报,1996(3):84-90.

② 苏雪林.《阿Q正传》及鲁迅创作的艺术[M]//李宗英,张梦阳.六十年来鲁迅研究论文集(上).北京:中国社会科学出版社,1982:142.

③ 鲁迅.我怎么做起小说来[M]//鲁迅全集:第四卷.北京:人民文学出版社,2005:526.

还有一株山茶树,从暗绿色的密叶里显出十几朵红花来,赫赫的在雪中明得如火,愤怒而且傲慢,如藐视游人的甘心远行。(《在酒楼上》)

粉红的天空中,曲曲折折的漂着许多条石绿色的浮云,星便在那后面忽明忽灭的睒眼。天边的血红的云彩里有一个光芒四射的太阳,如流动的金球包在荒古的熔岩中;那一边,却是一个生铁一般的冷而且白的月亮。

地上都嫩绿了,便是不很换叶的松柏也显得格外的娇嫩。桃红和青白色的斗大的杂花,在眼前还分明,到远处可就成为斑斓的烟霭了。(《补天》)

两岸的豆麦和河底的水草所发散出来的清香,夹杂在水气中扑面的吹来;月色便朦胧在这水气里。淡黑的起伏的连山,仿佛是踊跃的铁的兽脊似的,都远远地向船尾跑去了……

月还没有落,仿佛看戏也并不很久似的,而一离赵庄,月光又显得格外的皎洁。回望戏台在灯光火光中,却又如初来未到时候一般,又漂渺得像一座仙山楼阁,满被红霞罩着了。吹到耳边来的又是横笛,很悠扬……(《社戏》)

这几个语段对自然景色浓墨重彩的描绘本身,就与中国传统小说对自然景色的描绘大相径庭,不仅在艺术手法上与中国传统小说描写自然景色的手法很不一样,而且其话语修辞更具体地体现了其不一样。从手法来看,中国传统小说描写自然景色的手法主要是"白描",如中国的山水画一样简略而具有神采;而这里所引用的鲁迅小说描写自然景色的手法则是浓墨重彩,如西方的油画一样形神毕现。从话语修辞来看,中国传统小说用白描手法描写自然景色,其话语修辞正如第一章中已经论述过了的,是一种尽力隐蔽或者不带作者的任何主观情感的"少做作的自然修辞",其话语方式主要是一种"叙述"的方式;而这里引用的鲁迅小说描写自然景色的话语修辞则恰恰相反,是满蓄鲁迅似的情感特色,并尽力地表现鲁迅"观山则情满于山,观海则意溢于海"的丰富情感的"艺术性"修辞,其话语方式主要是一种与叙述相对的"描写"的方式。正是因为鲁迅如此描写自然景色的这样一类话语迥异于中国传统小说,所以从其属性上讲,这样的话语修辞不仅是鲁迅小说突破中国传统小说描写自然景物话语修辞的基本规范的一种创造,而且是一种具有现代意义的创造。它们与鲁迅小说描写人物心理活动的话语修辞一样,也从一个特殊的层面凸显了鲁迅小说的现代神采。

那么,这种现代的神采表现在哪些方面呢? 更为重要的是,这种具有现代神采的话语修辞的艺术性魅力又何在呢? 如果对此类话语修辞的现代神采进行概括,则主要可以概括为话语修辞建构的艺术境界的现代感觉——孤独的感觉、回归自然的感觉与陌生化的感觉。其话语修辞的艺术魅力则主要表现在两个方面:

一方面是话语建构中语用修辞的色彩及色调的艺术魅力;另一方面是组成话语句子使用的辞格的艺术魅力。

孤独的感觉和回归自然的感觉都是一种精神的感觉,而陌生化的感觉则是一种艺术的感觉。前一种感觉是现代人在工业文明社会具有的强烈感觉,而在农业文明的社会中,这种感觉虽然也有,但不强烈。更为重要的是,这种孤独的感觉和回归自然的感觉不是来自人与人之间的隔膜和"无家"、无归宿的精神需求,也不是来自抵抗工业文明导致的人的"异化"的精神感觉,而主要是来自与亲人团聚的情感需求和独善其身的"桃花源"情结。在这种情感需求与情结的作用下,中国古代文学作品虽然也表现了一种孤独感,其价值取向也给人一种回归自然的感觉,但所表达的孤独感主要是情感层面的孤独感,其回归自然的感觉中所包裹的主要是对外在的既有秩序的不满,而主要不是人的一种具有形而上意义的孤独感。如唐代诗人王维的诗《九月九日忆山东兄弟》:"独在异乡为异客,每逢佳节倍思亲。遥知兄弟登高处,遍插茱萸少一人。"写的就是一种典型的农业文明背景下的孤独感,"在修辞学界,历来称赞这首诗第一句的一个'独'字和两个'异'字。认为它们形象地描绘了人生地疏的孤独感①"。这也的确是一种孤独感,但这种孤独感是"思亲"引发的,而不是现代人与人之间的精神"隔膜"带来的。晋人陶渊明享誉中外的作品《桃花源记》,其中虽然也给人一种回归自然的感觉。但这种回归自然的感觉,不过是由一种农业文明形态,即封建统治下的农业文明形态,向另一种农业文明形态,即"桃花源"似的农业文明形态转移所带来的感觉,不是从工业文明形态回归无文明形态的自然的感觉。为什么会如此呢? 这是由于农业文明本来就是一种"田园文明",不存在回归自然的问题。而农业文明社会是一种以家族为主的社会,这种社会天然就保有以血缘关系为连接纽带组成的人与人之间关系的温情。而工业文明本身就是一种造成人"异化"的文明,一种将人与自然隔绝的文明,这种文明在给人带来丰富的物质享受的同时,也使人成为如海德格尔所说的"无家可归"的人,失却了精神家园的人。所以,身处工业文明背景下的人为了避免被"异化",为了"回家",为了自由,就产生了强烈的回归自然的精神诉求,将这种诉求表达于作品中,就给人一种回归自然的感觉。同时,工业文明的社会则是以契约为连接纽带的社会,契约的冷冰冰,天然地决定了身处这样的社会中的人与人之间关系的冰冷性及精神的孤独性,将如此的状况与感觉表现于作品中,也就自然给人一种孤独感。后一种感觉,即陌生化的感觉,主要是构成话语的词语及语法规则与词语的常态及语法的语言规则相悖或者相偏离所形成的一种感

① 王德春,陈晨. 现代修辞学[M]. 上海:上海外语教育出版社,2001:549.

觉,这种陌生化的感觉,是现代文学特异追求新奇的结果。

但不管是前一种感觉,还是后一种感觉,这些感觉都是具有"现代"意味的感觉,虽然一个是精神层面的感觉,一个是艺术层面的感觉。同样,这些感觉也都是从对对象的审美中获得的感觉。如果对以上所引用的鲁迅小说浓墨重彩的描写自然景色的话语进行修辞分析,就更为具体了,也能从这种具体的分析中得到更多的关于鲁迅及其小说研究的新收获或解说一些一直存在却没有被我们充分分析的问题,如鲁迅一面说自己不描写风月,一面又在小说中如此浓墨重彩地描写自然景色等问题。

1. 孤独感与话语修辞

《在酒楼上》和《补天》中描写自然景色的话语所构成的艺术境界,就是具有孤独感的艺术境界。这些话语构成的艺术境界是红火、灿烂的艺术境界,描写的视角是以空间的转移来刻画各种景物呈现的状况,话语建构采用的都是主题不断转移的修辞方式,即梅花怎么样,倒塌的亭子边的一株山茶树怎么样;粉红的天空怎么样,星星怎么样,血红的云彩和光芒四射的太阳怎么样,月亮怎么样,不很换叶的松柏怎么样,斗大的杂花怎么样等。随着主题的不断转换,述题所呈现的内容也不断被丰富,自然景色的状况也不断被展现,最后构成了一幅幅浓墨重彩的画。这一幅幅浓墨重彩的画,虽然画面热闹非凡,色彩浓郁,且形神毕现,生机盎然,但是由于存在的语境却与之完全相反,如《在酒楼上》这段浓墨重彩描写景色的话语出现前后的语境,呈现的就是灰颓、阴暗、凄清、冷寂的景况,不仅"风景凄清""狭小阴湿的店面和破旧的招牌都依旧",而且出现的人物也都没有生气,特别是随后出现的主要人物"我"的"旧同窗""旧同事"吕纬甫,也已经行动"变得格外迂缓","很不像当年敏捷精悍的吕纬甫了"。同样,《补天》中这段浓墨重彩描写景色的话语,也是在女娲"我从来没有这样的无聊过"的语境中出现的。因此,这一幅幅浓墨重彩的画,就犹如鹤立鸡群一样,显得孤零零,当人的审美触角伸进这种景色之中,所获得的恰恰不是热闹感,而是一种孤独感,一种因为话语所描绘的景色与周围的人、景及"无聊"的心态的巨大反差所构成的"孤独感"。这种孤独感虽然只是一种艺术效果的感觉,但这种感觉由于与现代人在现代社会的感觉吻合了。因此,这种孤独感也就从审美的层面进入到了思想与情感的层面。或者说,鲁迅用浓墨重彩的话语修辞描绘出这样的自然景色,本身就不是为了写景而写景,也不仅仅是为了艺术的目的而写景,而更重要的是为了表达自己在现实中所感受到的"孤独"的写景,是要通过写景来表达孤独感。鲁迅曾在《故乡》中从闰土"他的态度终于恭敬起来了,分明的叫道:'老爷'"的表现与话语中写过这种感受:"我似乎打了一个寒噤;我知道,我们之间已经隔了一层可悲的厚障壁了。"

这写的虽然是"我"的感受，却也正是鲁迅的感受，这种感受的实质就是人与人之间的隔膜所形成的孤独感，而这种孤独感是现代人的孤独感，不是古代人的孤独感。因为，如果"我"不是一个现代知识分子并具有现代意识，那么我对闰土"叫我老爷"也就不会有如此强烈而鲜明的隔膜感，也就当然不会有孤独感，而只能是感到这是理所当然，"我"按身份、年龄也可以说就是闰土的"老爷"。事实上，鲁迅创作小说，本来就是为了抒发他自己所体验的孤独的人生感受。他曾说："我虽然竭力想摸索人们的魂灵，但时时总自感有些隔膜。在将来，围在高墙里面的一切人众，该会自己觉醒，走出，都来开口的罢，而现在还少见，所以我也只得依了自己的觉察，孤寂地姑且将这些写出，作为在我的眼里所经过的中国的人生。"①所以，他在自己的小说中用如此浓墨重彩的话语来描写风景，实际上也是为了抒发自己的孤独之感。

由此，我们也就能够理解鲁迅言与行的矛盾了，即鲁迅一方面说自己不描写风月，一方面又在小说中如此浓墨重彩地写自然景物的"矛盾"。

关于鲁迅这种言与行的矛盾，学界早有关注，也都进行了相应的解说，如"先生说他不'写风月'，那是指孤立地写风月，实际上他已把深沉浓厚的情与景融为一体了"②。有人解说得更为详细："鲁迅并不是一概不写背景或环境；也不是绝不描写自然景物。他所说的不去描写风月，是指不为写景而写景，或静止的、孤立的写景。他的景物描写笔墨精练，它和表现人物在特定情景下的具体感受、心情、情节的发展、气氛的渲染有机融合，成为整个艺术形象的有机体。"③这些解释虽然都有一定的道理，也能自圆其说，但都仅是"点"到为止，语焉不详，而且更为重要的是都并未能触及鲁迅违背自己的主观意图"不写风月"而在作品中写风月，并且浓墨重彩地写风月的匠心以及这种匠心中所包含的深沉的生命感受以及这些感受特有的魅力。如果将鲁迅这种不惜违背自己的主观意图而浓墨重彩地在小说中描写风月所表现出的言与行的矛盾，从文本与主体两个方面进行分析，我们则不仅能发现这种"矛盾"所产生的良好艺术效果，而且更能透视鲁迅如此"矛盾"的必然性以及其中所包含的重要艺术意图。

从文本来看，如此矛盾的结果，首先，带来了文本良好的修辞效果。这种良好的修辞效果就是"映衬"的修辞效果，其"作用都在将相反的两件事物彼此相形，使

---

① 鲁迅. 俄文译本《阿Q正传》序及著者自叙传略[M]//鲁迅全集:第七卷. 北京:人民文学出版社,2005:84.

② 徐丹晖. 略论鲁迅小说语言的民族风格[M]//鲁迅研究论文集. 成都:四川人民出版社,1982:174.

③ 许怀中. 鲁迅与中国古典小说[M]. 西安:陕西人民出版社,1982:307.

所说的一面分外鲜明,或所说的两面交相映发"①。也就是在一遍灰颓、冷清、无聊的背景下用浓墨重彩的话语描写自然景色,让两种"景象"相互映衬,既更有力地凸显了灰颓、冷清、无聊背景的无价值性,又彰显了浓墨重彩的自然景色的有价值性。陈鸣树先生分析《在酒楼上》的这段浓墨重彩的风景描写的效果时曾经指出:"待到'我'到了酒楼以后,眺望楼下废园里的景色,却只见几株老梅斗雪开放,繁花似锦;十几朵大红的山茶花,也从暗绿的密叶里探出脸来,在雪中照得如火,都毫不以深冬为意,自然界的旺盛的生命力,反衬了'我'的落魄的心情,暗示地给'我'增添了进取的力量。""在这篇小说开场时,环境和风景的情调对'我'一正一反的衬托,反映出'我'的心情的变化,因而实际上也是对吕纬甫的衬托。"②陈先生的此说虽然不无过度解读之嫌(如认为此类风景描写"暗示地给'我'增添了进取的力量"云云),但对鲁迅小说这段浓墨重彩的风景描绘对人物心境及与之相关的情调的"映衬"作用的解读,却是切中肯綮且具有说服力的。我们可以设想,如果鲁迅坚持"不描写风月"的观念,那么他的小说,至少这两篇小说也就必然会因失去了这两段浓墨重彩的风景描绘而同时失去了如此良好的"映衬"的修辞效果。这也许就是鲁迅如此矛盾的宝贵之处吧。其次,有效地构筑了小说的艺术意境。鲁迅在小说中不惜违背自己的主观意愿浓墨重彩地描写风景,的确不是为写风景而写风景,而是艺术构造的必然需求。这种艺术构造的必然需求,不仅是塑造人物形象的需求,更重要的是凸显小说艺术意境的需求。这是因为,诚如李长之所说:"倘若诗人的意义,是指在从事于文艺者之性格上偏于主观的,情绪的,而离庸常人所应付的实生活相远的话,则无疑地,鲁迅在文艺上乃是一个诗人。"③作为一个诗人,在鲁迅所创作的小说中就形成了这样一种十分明显的倾向:"故事不是最重要的,它们往往人物、情节都很简单",鲁迅小说巨大艺术魅力也主要不是来自于这些"故事"和故事展开的情节,而来自"鲁迅讲述这些毫不起眼的故事的方式"④,用鲁迅评价古希腊哲学家柏拉图的话说,就是"以诗人的感情来叙述的"⑤方式,以写诗的方式来描写的方式。所以,鲁迅违背自己"不描写风月"的意图而在小说《在酒楼上》和《补天》这样的小说中浓墨重彩地描写自然景色,其重要的原因就是为了构造小说的意境,而且是具有艺术辩证法的意境。是在一遍凄冷、无聊的氛围中加入热闹、红火的景色形成的对比鲜明的意境;是以"热"的景象衬

---

① 陈望道. 修辞学发凡[M]. 上海:上海外语教育出版社,2007:87.

② 陈鸣树. 鲁迅小说论稿[M]. 上海:上海文艺出版社,1981:199.

③ 李长之. 鲁迅批判[M]. 北京:北京出版社,2003:136.

④ 许祖华,余新明,孙淑芳. 鲁迅小说的跨艺术研究[M]. 合肥:安徽大学出版社,2012:174.

⑤ 鲁迅. 诗歌之敌[M]//鲁迅全集:第七卷. 北京:人民文学出版社,2005:247.

托"冷"的情调并使"冷"更"冷"的意境;是以自然景物蓬蓬勃勃且充满生命活力的暖色调——红色消解全篇死气沉沉、了无生趣的灰暗、无聊的冷色调构成的意境。这样的意境正是诗的意境,也正是鲁迅小说重要的艺术特色与艺术价值的具体表现。

从鲁迅本人来说,鲁迅如此的言与行的矛盾,并不是随便导致的,而是从表达鲁迅自己深切的生命感受,即孤独感受的需要出发而导致的矛盾。因为鲁迅在心灵深处就始终保有一种孤独情怀,这种孤独的情怀不仅是鲁迅性格的一个有机组成部分,而且还完全化为了鲁迅的一种心理倾向甚至在现实中生存的基本方式。"鲁迅在性格上是内倾的,他不善于如通常人之处理生活。他宁愿孤独,而不欢喜'群'。"①所以,当鲁迅意识到在小说中如此描写自然景物,能够更有效地表达自己孤独的生命感受甚至是自己一种基本的心理倾向之后,他也就放弃了自己在观念上恪守的"不描写风月"的信念,不仅描写了风景,而且还赋予了这些风景以浓墨重彩。如果更深入一层来分析鲁迅在描写风月问题上呈现的观念与行为的矛盾,应该说这种矛盾正是源于鲁迅人生观的一种具有必然性的矛盾,而这种矛盾体现的正是鲁迅人生观的积极价值。鲁迅一向认为,"'行'比'言'(想)更要紧"②。鲁迅自己曾经十分决绝地说:"现在的青年最要紧的是'行',不是'言'。"③也就是说,在观念与行为之间,鲁迅更重视的是"行"而不是观念。这样的一种人生观落实在小说创作中,自然也就以"行"——小说创作的实际情况为依据选择是否描写风月,而不是以自己的观念——不描写风月为准则来限制自己描写风月。所以,鲁迅在创作小说的过程中出现这种"行"与"言"的矛盾也就不奇怪了。不仅不奇怪,而且正是这种矛盾,在从一个特殊方面显示了鲁迅这位现实主义者可贵品质的同时,也在直接的意义上保证了鲁迅小说创作的成功,当然也成为赋予鲁迅小说中这样一些描写自然景色并具有浓墨重彩特征的话语及其修辞的特有魅力的深沉源泉之一。

2. 回归自然的感觉与话语修辞

如果说《在酒楼上》和《补天》这两篇小说中浓墨重彩地描写自然景色的话语修辞,所构造的艺术境界具有强烈而鲜明的"孤独感"的话,那么《社戏》中描写自然景物的话语修辞所构成的艺术境界则具有回归自然的感觉。

《社戏》中这两段描写自然景色话语修辞所采用的方式,也是主题不断转换的

---

① 李长之. 鲁迅批判[M]. 北京:北京出版社,2003:139.
② 王乾坤. 鲁迅的生命哲学[M]. 北京:人民文学出版社,1999:86.
③ 鲁迅. 青年必读书[M]//鲁迅全集:第三卷. 北京:人民文学出版社,2005:12.

方式。两段话语通过主题的不断转换形成新的述题,新的述题负载新的信息推动话语的展开,让话语的内容不断丰富、不断发展。在话语内容不断丰富与发展的过程中,构成话语的各个句子之间的语义虽然不同,指向也泾渭分明。或者指向"两岸""河底""群山",或者指向"月亮"与"月光",但句际的语义关系则是"平行"的关系。这些语义平行的句子分别完成对夜空中一种景色的描绘,并呈现出由近及远的描绘格局,不仅描绘出了两岸、河底、远处群山的样态,而且也描绘出了夜空中高悬的月亮的景象。所以,随着整个话语的完成,各个句子所呈现的自然之景也就组合在了一起,最终完整地呈现了具有浓墨重彩特色的自然风景,当然也将鲁迅回归自然的情态较为得体而清晰地表达出来了,从而使人阅读这些话语所呈现的自然风景时,也能触摸到其中回归自然的强烈感觉。

为什么说这些话语修辞呈现的自然风景给予人很浓厚的回归自然的感觉呢?这仍然可以从这些被话语呈现的风景的出现或存在的语境中得到说明。这两段浓墨重彩地描写自然景色话语的出现,有两大语境:一是"我"在戏院看戏的现实遭遇;一是"我"童年时代看戏的情景。在这两大语境中,第一大语境不仅是直接导致"我"回忆昔日在乡村野外看戏的诱因,而且也正是这样的遭遇,使我深切地感受到了自然环境的清新与惬意。这个语境构成的基本因素是混乱、肮脏的环境和无奈、尴尬的处境,以及最后的结局——"我后无回路,自然挤而又挤,终于出了大门。""这一夜,就是我对于中国戏告了别的一夜,此后再没有想到他,即使偶而经过戏园,我们也漠不相关,精神上早已一在天之南一在地之北了。"正是因为"我"在戏院看戏的遭遇是如此不堪,不仅看戏本身的遭遇如此不堪,而且更为重要的是在精神上"我"已经与在戏园里看的"中国戏","一在天之南一在地之北了"。所以"我"逃离"戏园",来到外面呼吸"沁入心脾"的空气这一行为本身及与在戏园看的中国戏在精神上的"决裂",即使不说具有象征着我回归自然的意味,在实际上也表明了我对回归自然的向往,不然,为什么当我从戏园——这种人为的公共空间出来后,我感觉那么惬意?不仅感觉"夜气很清爽",而且感觉空气"沁入心脾"。也正因为如此,所以当"我"再描写"我"在乡村中所看到的自然景色时,才用了浓墨重彩的话语,而这些话语与其说是在描写自然的景色,不如说是在表达"我"回归到自然中的"惬意"。

从第二个语境中,我们也同样能感受这种回归自然的"惬意"感。这一语境构成的基本因素是童年时代小伙伴们带我去赵庄看露天舞台表演的戏剧的情景。从小说的具体描写来看,"我"看了什么戏不重要——因为所看的戏也很乏味,"我最愿意看的是一个人蒙了白布,两手在手头上捧着一支棒似的蛇头的蛇精,其次是套了黄布衣跳老虎。但是等了许多时都不见",而且由于距离太远也没有看清楚表演者的具体情况,但重要的是去看戏的过程及回家的过程。这两个"过程"也正是"我"与自然亲密接触的过程,是去除了生活中的所有俗累,忘却了白天因不能与小伙伴们一同看戏的懊恼、失望与自然融为一体的过程。而这两段浓墨重彩的描写自然风景的话语,就正出现在"我"与小伙伴们"去看戏"的过程中和"回家"的过程中,所以这两段浓墨重彩的描写自然景色的话语,固然呈现了自然的美,但又何尝没有表达"我"回归自然的审美感受,而且是充满诗情画意的审美感受呢?

正是因为这种回归自然的惬意感觉是在这样的语境中生成的,所以它与中国传统文学中所表现的回归自然的感觉也就有了显然的区别。这种区别主要就在于,传统中国文学所表现的回归自然的感觉,是在同一种文明——农业文明的背景下生成与表达的,而鲁迅这里的回归自然的感觉是在"城市"—"乡村"的背景下生成与表达的,是作为一个现代人的鲁迅在经历了污浊的城市生存体验后所生发出来的。从一定的意义上讲,是在批判城市文明的某种弊端中反弹出来的。这种回归自然的感觉虽然充斥着乡土的意味,但这种意味中所具有的对城市文明弊端批判的心绪,却是现代的。是现代人对现代文明的一种理性认识的结晶,也是支撑这种回归自然感觉的骨架,当然也是与传统的回归自然的感觉区分的重要标志。

3. 话语构成的"陌生化"

在鲁迅小说中,无论是具有孤独感的描写自然景色的话语还是具有回归自然的感觉的描写自然景色的话语,它们都具有"陌生化"的特点。所谓"陌生化",自从俄国形式主义批评家们提出这一概念后,虽然各类人士进行了多样的解说与论证,也在多种理论中形成了不同的规范,但如果通俗地解说,实际上这一概念的所指可以概括为与熟悉和惯常相对的一种感受,在文学艺术创作和欣赏中就是与习见及既有知识不吻合的一种存在与感受。从一定的意义上讲,具有陌生化的审美对象,无论是人物、事物还是表述方式,都是具有新意的对象。尽管具有新意不等于就具有价值,更不等于创造的成功,但成功并具有价值的创造,却一定是具有"陌生化"的创造,这却是经受得起事实检验的判断。

通过上面的分析,我们这样的认定同样也应该是经受得起检验的,即鲁迅小说中浓墨重彩地描绘风景的话语的使用是成功的,也是很有匠心与魅力的。而这些话语的使用之所以能成功并生成无穷的魅力,除了别的原因(如与作品的人物塑造、情感表达等完好契合等)之外,也不能不说得益于这些话语构成的"陌生化"品性。正是这种陌生化,既以有形的存在显示了鲁迅小说在一个具体方面的创造性,也以其与众不同的面貌彰显了鲁迅小说描绘风景的新颖性。同时也因为这种陌生化的话语与生俱来的"理解"上的难度,有效地延长了审美的时间,使人在审美的过程中,随着推敲的展开与时间的延长而能品尝出更多丰富的意味。

那么,这些浓墨重彩的描写自然风景的话语的陌生化主要"陌生"在哪里呢?在我看来主要就陌生在语用修辞方面,即陌生在鲁迅小说虽然使用的是平常词语,但构成话语的词语及语法规则,却与词语的常态及语法的语言规则相悖或者相偏离,正是这些相悖和偏离,使鲁迅小说这些描写自然风景的话语在最显然的层面构成了一种与众不同的陌生化的感觉,当然是意味深长的陌生化的感觉,而不是为了猎奇而陌生化,也不是为了陌生化而陌生化的感觉。

就构成这些浓墨重彩地描写自然风景的话语的词语来看,毫无疑问,这些词语也绝对不是鲁迅生造的词语,而是普通的词语。如描写色彩的词语:暗绿色、红、粉红、血红、斑斓、皎洁等;描写感觉的词语:清香、朦胧、飘渺等,描写状态的词语:满树、繁花、娇嫩等。但是,当将这些普通的词语在句子中进行使用之后,则显得很不普通了。这种不普通,也就是一种陌生化,而且是一种充分艺术性的陌生化,如《补天》中描写月亮的这一句:"那一边,却是一个生铁一般的冷而且白的月亮。"其中的生铁、冷、白、月亮等都是普通的词语,当这些普通词语组成一个描写"月亮"的句子后,虽然词义本身没有任何变化,词性也没有发生任何改变,名词仍具有名词性,形容词仍然具有自己的词性,但词语的功能却发生了转变。转变的结果是具有感觉性的事物——生铁,成为形容具有视觉性的事物——月亮的修饰成分,具有感觉性的词语——冷,与具有视觉性的词语——白,一起构成了月亮的修饰语,从而使视觉性的对象感觉化了。在这句话中,指物名词"生铁"和形容词"冷"都是具有感觉性的词语,生铁作为一种物资,其形态具有空间性,其质地则具有感觉或触觉性,用"冷"这个词语来形容它十分恰当。因为"生铁"虽然也具有视觉性,但也同时具有感觉性,我们能通过感觉器官,如手、身体等来感觉其冷。而指物名词"月亮"和表示色彩的词语"白"都是具有视觉性的词语,因为"白"作为色彩,我们只能用眼睛观察到,却无法用手等身体器官去感知。同样,月亮虽然是一种由物质构成的星体,但我们在地球上的人是无法用身体的器官去感觉的,也只能用眼睛观看它,所以也是具有视觉性的对象。但在描写自然景物"月亮"的时候,鲁迅却通过具有感觉性的词语"生铁""冷"来形容"月亮"这个不具有感觉性,只具有"视觉"性的对象,通过对"生铁""冷"这两个词语功能的偏离,富有创意地将"视觉"性的对象月亮感觉化,这不仅很有新意,而且也实现了描写自然景物月亮的陌生化。

当然,鲁迅小说使用浓墨重彩的话语描写自然景物所形成的陌生化又不是随意的陌生化,其将视觉形象的感觉化也不是随意而来地跟着感觉走的结果,其创造更不是天马行空的我行我素,而是合乎视觉与感觉融通规律的创造,也就是合乎一般的修辞手段的规律的创造。在这个描写月亮的句子中,鲁迅主要采用了两种修辞手法,一种是隐喻的修辞手法,即"是一个生铁一般"的月亮,将生铁隐喻为月亮;一种是"通感"的修辞手法。这两种修辞的手法是古已有之的手法,尽管"通感"的修辞手法在中国古代文论中没有作为一个概念提出,但这种修辞手法在中国古代诗文中的使用却是屡见不鲜的,如韩愈的"香随翠笼擎初到,色映银盘写未停"。最典型的当数宋祁《玉楼春》中的诗句"红杏枝头春意闹",王国维认为,这一诗句"著一'闹'字,而境界全出"①。而一个"闹"字之所以能让"境界全出",不仅是因为这个字用得好,而且是因为这个字的使用切合了"通感"这种修辞手法,将视觉性的对象转换成感觉性对象的基本规范,切合了这种修辞手法沟通人的各种感官的基本理路。这种基本规范与基本理路就是要充分照应对象所具有的本体规范与人的心理感受的一般倾向,如此才可能形成"通感",否则就只能是"随感",无法构成"连通"与互感。而鲁迅小说对自然风景的描写正切合了通感的这种基本规范与基本理路。如月亮,其本体在视觉上的基本规范是"白色",而"白色"这种自然的颜色,在人的心理感受上是具有"冷色调"的颜色,所以,在这个描写月亮的句子中,鲁迅用"生铁"的"冷"来形容月亮的"冷"。这不仅合乎月亮本身视觉的规范性,而且也符合"白"色的色调的"冷"性,如此描写月亮也是恰如其分且合乎"通感"原则的,是新颖的、成功的。虽然词语的使用偏离了它本来的功能,但这种偏离的结果却是经受得起推敲的。这也正是鲁迅如此描写自然景物能获得陌生化的理论,也是这种陌生化能够成立的修辞学的基本依据。

其实,在鲁迅的小说中,尤其在浓墨重彩地描写由月亮这种自然景物构成的自然景象的时候,鲁迅常常喜欢用具有感觉性的对象与词语来形容月亮的状况,特别是用"铁"这样的对象与"冷"这样的词语来形容月亮,如在小说《白光》中就是如此。"空中青碧到如一片海,略有些浮云,仿佛有谁将粉笔洗在笔洗里似的摇曳。月亮对着陈士成注下寒冷的光波来,当初也不过像是一面新磨的铁镜罢了,而这镜却诡秘的照透了陈士成的全身,就在他身上映出铁的月亮的影。"在这段描写自然景色的话语中,不仅直接用"冷"这个表示感觉的词语来形容月亮的"光波",而且也直接用"铁"这个指物的名词来形容"月亮"本身。由此可见,将具有视觉性的描写对象感觉化,在鲁迅的小说中并非个案,而是一种较为普遍的修辞倾向。而这种修辞倾向不仅具有陌生化的特点,而且也具有现代化的特点。虽然其陌生化在词语使用方面不像现代主义诗歌或现代主义小说那样怪怪奇奇、晦涩

---

① 王国维. 人间词话[M]. 北京:人民文学出版社,1960:193.

难懂,但在将视觉性对象感觉化或感觉性对象视觉化等方面,则与它们有异曲同工之妙。如西方意象派诗人庞德的代表作《在一个地铁车站》:"人群中这些面孔幽灵一般呈现,湿漉漉黑色枝条上的许多的花瓣。"这首仅由这两个句子组成的诗,在词语的使用方面就是将视觉对象——幽灵一般的面孔用"湿漉漉"将其感觉化了。这种将视觉对象感觉化的结果,是创造了与传统文学,包括西方与东方的传统文学中所描写的对象不一样的形象或者意象,如月亮。中国传统文学,尤其是诗歌不知道写了多少月亮,但却没有一首诗用"生铁"这种冷冰冰的对象来形容月亮的"冷",更没有一首写月亮的诗用了"生铁"这样的词语,而只有鲁迅在小说中使用了这样的对象和这样的词语来描写和形容月亮。苏雪林曾说:"鲁迅文字新颖独创的优点,正立在这'于词必己出','重加铸造一样言语'上。"①用"生铁"这样的词语来描写和修饰月亮,的确是鲁迅"词必己出"的创造。如此创造的结果,不仅使所描写的月亮与中国传统文学中所描写的月亮明显地区别开来,也不仅达到了刘勰在论作品使用语言时所认可的"善敷者辞殊而意显"②的修辞效果。而且这种带着"生铁"面孔与感觉的诡异月亮的形象,还与西方现代派文学以丑为美的审美追求具有形态与理念上的一致性。所以说,鲁迅小说在描写自然风景的时候将视觉性的对象感觉化,不仅是陌生化的,而且是现代化的。

鲁迅小说在描写自然风景的过程中,不仅在词语的使用方面具有陌生化的特点,而且通过句子语法结构方面的特异安排创造了陌生化的审美对象。正是这种使审美对象陌生化的语法结构的特异安排,在增加了我们理解的困难的同时,也使我们能通过克服这种"困难"而获得更为丰富的审美感受。

俄国形式主义批评家施克洛夫斯基在谈"陌生化"问题时曾经指出:"艺术的技巧就是使对象陌生,使形式变得困难,增加感觉的难度和时间的长度。因为感觉过程本身就是审美的目的,必须设法延长。艺术是体验对象的艺术构成的一种方式,而对象本身并不重要。"③此说虽然也有明显的偏颇,特别是认为艺术要体验的对象"本身并不重要",这无疑是抽空了艺术体验的基础与来源,但其对艺术的"陌生化"在审美过程中的作用、特点的论述还是十分精辟的,以此来观照鲁迅小说描写自然风景的话语的陌生化,也十分明快。

这是《社戏》中描写自然景色的一段话语:"淡黑的起伏的连山,仿佛是踊跃的铁的兽脊似的,都远远地向船尾跑去了。"这段话语由一个复句构成,在这个复句

① 苏雪林.《阿 Q 正传》及鲁迅创作的艺术[M]//李宗英,张梦阳. 六十年来鲁迅研究论文集(上). 北京:中国社会科学出版社,1982:141.
② 刘勰. 文心雕龙·熔裁[M]. 北京:人民文学出版社,1958:544.
③ 张隆溪. 艺术旗帜上的颜色[J]. 读书,1983(8):84-93.

中,用"踊跃的铁的兽脊"来比喻"起伏的连山"完全符合比喻这种修辞手段的法则。因为本体与喻体存在相同或相通之处,所以理解或接受起来很顺畅,但后面的一句"都远远地向船尾跑去了"则不好理解,也不好接受。如果说这一句是描写"起伏的连山"向前进的船后面跑去,这无论从事理逻辑还是从艺术逻辑上都还可以理解。从事理逻辑上讲,虽然"山"不能跑,但船却可以跑;从艺术逻辑上讲,这一句采用的是拟人的手法,也完全讲得通。但如果说是"兽脊"向船尾跑去,那么理解起来就困难了,因为这里的"兽脊"一词的所指,既不具有用局部代替全体的"借代"的修辞功能,又不具有本身所指的语义功能。如果说这个词语是一种借代似的修辞或实际的所指,那么它只能是指"野兽"这类动物。但如果这样理解,则又与整段话语前面所要比喻的本体——连山不相吻合了,因为连山不是指一座山,而是指几个相连的山。如果说这个词语指的就是野兽的脊背,这虽然符合这个词语的本义,但又与后面"向船尾跑去了"的描写搭配不当,因为"脊背"作为野兽身体的一个部分,自己是不能跑的,如果说它在跑,那只能表明是野兽在跑。

不过,我们之所以难以接受和理解鲁迅小说这个描写自然景物的复句,是因为我们仅仅是按一般语法的搭配规则进行的接受与理解,而忽视了从这个复句"整体"性采用的修辞手法方面进行接受与理解,也忽视了将组成这个复句的所有要素结合起来进行接受与理解。事实上,这个描写自然景物的复句,在修辞手法上总体采用的是拟人的手法。而这种拟人手法能够得到顺畅的使用。则离不开具体词语的使用,尤其是指物名词"铁"这个词语的使用。这个词语很显然是修饰与限定"兽脊"的,如此修辞与限定的结果,就使本来是生命体的"兽脊"非生命化了,而与"连山"一样成为无生命的事物,即"铁"的事物,或者说是用生铁铸造成的"兽脊"而不是真的野兽的"脊背"。这样一来,我前面所说的不好理解也就好理解了,不仅好理解了,而且从无生命的铁的"兽脊"被拟人化中,我们还能解读出多样的意味。这种意味之一就是铁的"兽脊"虽然与连山一样没有生命,但它们都在"我"的眼中"踊跃"了起来,可见身处自然之景中的"我"的心绪是多么快乐;意味之二是,我们的船在小伙伴们的操作下不仅快而稳,而且还具有了灵性,不然怎么能让没有生命的连山和铁的"兽脊"都踊跃了起来呢? 不然当我们的船经过那些天天与船打交道的"夜渔"的老渔夫们面前时,也让他们"也停了艇子看着喝彩起来"了呢? 意味之三,无生命的连山与铁的"兽脊"的踊跃和有生命的老渔夫们的"喝彩",与其说是为我们跑得快而稳的船踊跃与喝彩,不如说是为这些赋予了船以灵性的小伙伴们而踊跃与喝彩。这也正是这一描写自然景色的复句中所包含的鲁迅的艺术匠心之所在,也当然是鲁迅描写自然景色采用如此修辞的杰出意义之所在。

# 第三节 议论与抒情的话语修辞

在文学作品中,除了叙述与描写的话语可以称为广义的独白性的言语体裁之外,议论与抒情的话语也可以称为广义的独白性的言语体裁。因为从叙事学的角度看,它们与叙述和描写的话语一样,都是作者在作品中"自言自语"的话语。不过,它们的话语虽然与叙述和描写的话语一样属于作者"自言自语"的话语,但这种自言自语的话语负载作者"情态"的方式却与叙述和描写的话语很不相同。一般说来,叙述与描写的话语主要通过"间接"的方式表达作者的情态,即通过话语修辞或语用修辞的技巧"含蓄"地显示或反映作者的"情态"。而议论与抒情的话语本身就是作者情态的"直接"表达,这些话语所采用的修辞手段就是作者对小说中的事件、人物、景物等情态的表白方式。也许正因为议论与抒情话语这种独白性的言语体裁具有如此"直接"的功能,它们与作家主体的关系如此密切,其主观性的因素及印迹又如此明显,所以历来的小说家和理论家们对小说中的议论与抒情话语常常持谨慎的态度,有的作家甚至直接否定小说中议论话语和抒情话语存在的意义与价值。果戈理就曾经指出,"我的职责是用生动的形象,而不是用议论来说明事物"①。列夫·托尔斯泰则更为明确和断然地说,"福音书里的不要议论一语在艺术中是十分正确的:你叙述,描写,可不要议论"②。这两位俄罗斯文学史上的小说大师都对文学作品,尤其是小说中的"议论"进行了否定,而且否定得如此决绝,以至于列夫·托尔斯泰这位世界文学巨匠,还在"不要议论"下面打上了着重号。法国杰出的小说家福楼拜在写给自己的女友路易斯·科莱的信中曾经十分激烈地说:"激情成不了诗。你越突出个人,你越没有说服力。"③鲁迅自己也曾如是说:"我以为感情正烈的时候,不宜作诗,否则锋芒太露,能将'诗美'杀掉。"④福楼拜与鲁迅两位中外小说大家,虽然都是从创作主体,即诗人的角度谈的激情与诗的关系,否定的是激情对诗的积极作用,但很明显,他们对"激情"积极作用的否定与对"个人"介入的否定,实际上也是对小说中"抒情"话语存在的价值的否定。因为,小说中的抒情话语本身就是作家"激情"的表达,是"个人"即作

---

① 果戈里. 作者自白[M]//布罗茨基. 俄国文学史(中卷). 北京:作家出版社,1957:515.

② 北京师范大学中文系文艺理论教研室. 文学理论学习参考资料(上)[M]. 沈阳:春风文艺出版社,1981:706.

③ 福楼拜. 福楼拜小说全集(下册)[M]. 北京:人民文学出版社,2002:441.

④ 鲁迅. 两地书·三二[M]//鲁迅全集:第十一卷. 北京:人民文学出版社,2005:99.

者介入小说世界的标志性话语之一。

其实,在我看来,小说中是否有议论与抒情的话语并不重要。重要的是,这些话语本身是否具有审美的魅力;是否是小说塑造人物、叙述事件、描写事件或表情达意的有机组成部分,甚至是不可或缺的一个部分;是否具有提升小说思想与艺术境界的作用和功能。如果本身既具有丰富的审美性,而又对小说的思想与艺术境界的完善与提升具有积极的作用,那么这些议论与抒情话语的存在就是有价值的,也当然是应该分析并值得分析的。鲁迅小说中的议论与抒情的话语,就正是具有这种良好的艺术价值的话语,所以它们都值得分析。

**一、议论的话语修辞**

在鲁迅的小说中,议论性话语不仅普遍存在,而且它们还具有十分明显的积极功能。这种积极功能,主要表现在三个方面:首先,这些话语不仅是小说艺术世界的有机组成部分,而且本身就具有审美意义;其次,这些话语具有提升小说艺术境界的功能;第三,这些话语还具有丰富小说这种文体的功能。

(一)议论性话语及修辞的审美意义

鲁迅小说中的议论性话语较为丰富,无论是在现代小说中,还是在历史小说中,鲁迅常常借助这些话语一方面直率地表达自己对人、对事的思想与情感倾向,另一方面为塑造人物或揭示小说的主旨服务,使这些议论性的话语成为小说艺术世界构成的有机组成部分。而这些议论性的话语正是在出色地完成自己的思想与艺术使命的过程中,不仅彰显了自己为小说思想与艺术服务的积极功能,而且也使自己获得了独立的审美意义,即使这些话语本身无论从修辞手段还是从语用特点来看都十分平常,但却蕴含了丰富而深远的意味,可以从多方面进行解读。如下面这两段话语:

> 我从乡下跑到京城,一转眼已经六年了。其间耳闻目睹的所谓国家大事,算起来也很不少;但在我心里都不留下什么痕迹,倘要我寻出这些事的影响来说,便只是增长了我的坏脾气——老实说,便是教我一天比一天的看不起人。(《一件小事》)

> 我要给阿 Q 做正传,已经不止一两年了。但一面要做,一面又往回想,这足见我不是一个"立言"的人,因为从来不朽之笔,须传不朽之人,于是人以文传,文以人传——究竟谁靠谁传,渐渐的不甚了然起来,而终于归结到传阿 Q,仿佛思想里有鬼似的。(《阿 Q 正传》)

这两段议论性的话语,都是鲁迅两篇小说开头的话语。苏雪林在评论鲁迅小说的话语时曾说过这么一段简洁的话:"我常说句法单纯不要紧,要紧的里面含蕴'阴影'丰富,即此之谓。"①她这里说的"即此之谓"是针对她引用的鲁迅小说《社戏》和《白光》中的两段话语,即"一段是写儿童恋着看戏的情景"的话语,也就是前面已经分析过的《社戏》中浓墨重彩地描写自然景物的话语,"一段写落第秀才神志昏乱的情景",即陈士成看过县考的榜回到"自己的房门口"的话语而做出的判断与评价。实际上,如此的评价也仍然适用于鲁迅小说中的议论性话语,因为从以上所引的鲁迅小说中的两段议论性的话语来看,虽然有的"句法单纯",有的句法却并不单纯,但不管句法是否单纯,其"阴影"的确都很"丰富"。它们不仅都匠心别具地表达了鲁迅在小说中要表达的思想与情感倾向,而且其自身还具有直接的审美价值与意义。

两段话语的构成十分相似,都只采用了两个复句,第一个复句由两个单句构成,第二个复句分别采用了转折或因果的句式。第一个复句的句法构造十分单纯,都由两个单句构成,第一个单句陈述状况或目的,第二个单句则补充状况或目的存在的时间。其功能主要是陈述一种客观的事实,即"我"到京城多少年了和我想为阿 Q 做传多少年了。第二个复句由相互联系的几个句子构成,其功能主要是对"我"的状况与"我"的目的的议论,它们是两段议论性话语的核心。从修辞上看,两段议论性的话语既没有使用典雅、峭拔或奇崛、冷峻的词语,也没有采用一般艺术语体较为常用的各种修辞格,如比喻、拟人、夸张等,但是整个话语的修辞却主题鲜明,省略得当,述题的展开层层推进。不仅逐步、有序地表达了句子本身通过词语所包含的显在的意义,而且也同时将这些句子所包含的"阴影"一并展示出来了,从而形成了表面意义与内在意义甚至言外之意的三重叠加。当我们从话语语义的不同层面进行解读,不仅能获得"阴影"中的内容,而且也能获得"正身"中的内容,也当然能由此领略与透视鲁迅小说中的议论性话语的艺术魅力与艺术匠心。

就《一件小事》中的议论性话语来看,话语的表面意义十分明确,那就是对所谓"国家大事"的否定。而这种否定所采用的并非是一般政论性话语通常采用的直接针对所谓"国家大事"的价值进行的否定,甚至也没有提及这些国家大事对大众、对社会产生的任何影响,而是曲折地通过否定"我"对所谓"国家大事"的不上心,即"我"虽然耳闻目睹了不少的国家大事,但这些国家大事"在我心里都不留下什么痕迹"巧妙地否定了这些国家大事的价值。其巧妙性就表现在,话语表面意

---

①　苏雪林.《阿 Q 正传》及鲁迅创作的艺术[M]//李宗英,张梦阳.六十年来鲁迅研究论文集(上).北京:中国社会科学出版社,1982:139.

义的表达是相互矛盾的,即一边说自己耳闻目睹的所谓"国家大事""在我心里,都不留下什么痕迹";一边又说这些事对我还是有"影响"的,这就是"增长了我的坏脾气",很显然,这里的"影响"就是这些所谓国家大事在我心里留下的"痕迹"。而话语表面语义的这种矛盾,揭示的恰恰是话语内在的意义,即这些所谓的国家大事本身都不是什么具有积极意义的大事。因为它们都只增长了我的坏脾气,并未能给予"我"什么好的影响或者说增长我的好脾气并减少我的坏脾气,其对所谓"国家大事"的否定"阴影"(意味)就这样在这种似乎"我"言说的自相矛盾中表达出来了。也正是在这段议论性话语语义表面的矛盾中,话语的言外之意也被逻辑地导引出来了,这就是"我一天比一天的看不起人"这种坏脾气,并不是"我"的罪过,而恰恰是社会的罪过。因为从"我"自己来讲,"我"本来是不愿意让所谓的国家大事在我心里留下什么痕迹的(因为它们都似乎与我无关),但这些所谓的国家大事却犹如排遣不开的毒气一样侵入我的肺腑和心灵,让我不能自拔,也使我难以独善其身,以至于最后养成了"我一天比一天的看不起人"的坏脾气。所以,整段话语都似乎在检讨自己并重重地在"责备"自己,并显得似乎有点"自相矛盾"。但检讨责备也好,自相矛盾也罢,语义的表面虽然指向的是"我"这个"正身",其话语的内在与言外的"阴影"都映现出的是"国家大事"的弊端,而且是这些国家大事对人的心灵"坏"的影响的弊端。

就修辞上看,这段话语采用的是"倒反"的修辞,所谓"倒反",是"说者口头的意思和心里的意思完全相反"①。倒反的修辞,在语用修辞方面主要表现为使用词语的意思与所要表达的意思相反,如鲁迅《无题》诗中的诗句"英雄多故谋夫病,泪洒崇陵噪暮鸦"中的"英雄"一词就是反语;而在话语修辞中则是主要指言外之意。这种修辞手法"在文章和说话中都比较用得多而且容易用得有味②"。鲁迅在小说《一件小事》中的这段议论性话语采用这种修辞手法,不仅"用得有味",而且还构成了多重的"意味"(阴影)。所以,这段话语不仅在小说的开头就匠心别具地表达了小说中的"我"(也包括小说的创作者鲁迅)进行"社会批评与文明批评"的思想,也不仅为小说后面描写"一件小事"以及议论这件小事对"我"的巨大而良好的影响奠定了基础,而且其本身就很具有审美的价值。这正是鲁迅小说中此类议论性话语及其修辞的思想与艺术匠心之所在。

就第二段议论性话语来看,话语语义表面的意义是自我否定,即"这足见我不是一个'立言'的人"。围绕着话语语义的这一表面意义,这段议论性的话语又从

---

① 陈望道. 修辞学发凡[M]. 上海:上海教育出版社,2007:127.

② 陈望道. 修辞学发凡[M]. 上海:上海教育出版社,2007:129.

两个方面很诚恳地表达了自我检讨的意义：另一个方面是检讨"我"的"笔"不是
"不朽之笔"，因为我要传的这个人阿Q是名不见经传的人物，违背了"从来不朽
之笔，须传不朽之人"的古例或惯例；一个方面是自我检讨"仿佛思想里有鬼似
的"，总想为一个名不见经传的人物阿Q做正传的艺术意图。这两个方面的检讨
意义，正是这段议论性的话语所要表达的内在意义，因为这两个方面的检讨揭示
的正是"我"的"正传"的创造性与"我"要为这个人做传的艺术的合理性。从"我"
所要做的"正传"的创造性来看，"我"虽然对自己所要写的"正传"违背了古例进
行了检讨。而这种对古例的违背又正说明了"我"的"笔"与传统的写传记的笔不
同，凸显了"我"的"笔"的个性和"我"的创造性。这种个性与创造性表现为，"我"
并没有按照别人的路子走，更没有遵循所谓的古例或惯例，而是前不见古人地别
出心裁要为一个连姓名、籍贯都不清楚的人做传。从艺术的合理性来看，"我"虽
然用十分诚恳的自我埋怨的语气检讨了"我"执着地要为一个名不见经传的人做
传的行为，但也恰恰揭示了"我"为什么要为一个名不见经传的人物做传的内在依
据和思想的原因，即"仿佛思想里有鬼似的"。而这种内在的思想依据正说明
"我"要给一个名不见经传的人做传，并非是为了猎奇或哗众取宠，也不是为了反
传统而反传统，而是"我"的确有思想要表达。这是我自己内在的思想需要使我选
择了这样一个对象，也由此催生了我为这个对象写正传的艺术构思，所以具有艺
术的合理性。不仅如此，在这种自我检讨的话语中，还包含了至少三层言外之意：
一层是讽刺性的意义，既讽刺了中国传统传记文体的"不朽之笔"，又讽刺了中国
传统传记文体所传的"不朽之人"；一层是反叛的意义，即"我"要传的这个人绝对
不是"不朽"的人，而是一个完全名不见经传的人，"我"的这个"传"的文体，与中
国传统的文体是不相干的，传统的"传"的文体是"不朽"的，而"我"的传的"文体
卑下"，是"引车卖浆者流"所用的话语；一层是"我""终于归结到传阿Q"，是因为
"我"的思想里的确有"鬼"而不是"仿佛"有鬼。之所以说"我"的思想里"的确"
有鬼，是因为"我"写这篇关于阿Q的"传"的目的就是要"写出一个现代的我们国
人的魂灵来"①，这种意识是十分明确而坚定的，不存在"仿佛"的问题。

　　就修辞上看，这段话语在总体上采用的是反讽与隐喻的修辞手法。反讽的手
法主要使用在言外之意的第一层意义中。在这一层意义中，虽然关涉这一层意义
的话语，没有一个词语的表面语义具有否定中国传统的传记"传"不朽之人倾向的
功能，也没有一个词语的表面语义揭示了"文以人传，人以文传"有什么违背规律

---

① 鲁迅. 俄文译本《阿Q正传》序及著者自叙传略［M］//鲁迅全集：第七卷. 北京：人民文
　　学出版社，2005：84.

或道德的情况。但是"不朽之笔"在实践中是不存在的（如果将"笔"理解为是对人的评价，那么则可以说，即使是对公认的"不朽之人"的评价，如三皇五帝，也会随着时代的发展而发展。既然对人的评价（笔）是发展的，那么也就不存在所谓的"不朽之笔"，西方历史学家所说的一切历史都是当代史，正是对这种"不朽之笔"存在的一种否定）。如果说真有所谓的"不朽之笔"，那么这也不过是由自认为自己的笔是"不朽"的人心造的幻影，或者说是鲁迅故意制造的一种"幻影"，他先悬定有"不朽之笔"，然后认定只有这样的"笔"能传"不朽之人"。因此，当鲁迅按照自己的逻辑将本不具有实践性的"不朽之笔"与"不朽之人"的关系硬拉扯到一起，那么讽刺的意味也就油然而生了。隐喻的手法主要使用在言外之意的第三层中，即"思想里有鬼"。这里的"鬼"隐喻的就是"现代国人的魂灵"，即"国民性"。冯雪峰曾经指出："在我们民族中就有许多的魂，无论白天黑夜，和我们接触着，这些啊官府，在民间，在学界，在洋场……所有可以生息得意的角落里都存在着的黑暗的鬼魂，鲁迅先生用了'勾魂摄魄'的笔就给勾画了出来一大半，其中已经最为大家所熟悉的是阿Q。"①这自是中肯之论，其中肯性就在于指出了阿Q这个形象与"现代国人的魂灵"，即"国民性"的密切关系，也指出了鲁迅塑造阿Q这个形象的目的之一，这就是勾画出"黑暗的鬼魂"。正是因为这段议论性的话语包含了如许丰富的"阴影"，所以这些话语本身就很有意味，很值得分析。它们有如鲁迅杂文中的很多议论性话语一样，不仅意味深长，而且修辞技巧的使用也十分得体。从而，使这段话语不仅成为整篇小说不可分割的一个组成部分，当之无愧地成为小说开篇的"开头语"，成为巧妙交代小说主旨——写出一个现代我们国人的魂灵的一段话语，而且本身也很有审美的价值。

其实，这两段议论性话语不仅整体具有审美性，而且语用修辞也意味十足，具有审美性，如《一件小事》这段议论性话语中的"我从乡下跑到京城"一句中的一个"跑"字，就很值得玩味。这个词语也不过是一个普通的动词，其语义本身不带任何情态，但用这样一个词语来修饰"我"从乡下来到京城的状况，则不仅具有了情态性，而且具有了画龙点睛的语用修辞的良好效果。

从情态来看，一个"跑"字不仅准确地写出了鲁迅当年"走异路，逃异地，去寻求别样的人们"②的人生经历，而且也写出了在这个过程中鲁迅五味杂陈的生命感受与情感内涵。虽然小说中的"我"并不等于就是鲁迅，但鲁迅用一个"跑"字来形容"我"从乡下到京城的状况，则无疑是鲁迅人生经验与体验的一种形象、生

① 冯雪峰.鲁迅的文学道路论文集[M].长沙:湖南人民出版社,1980:17.
② 鲁迅.《呐喊》自序[M]//鲁迅全集:第十七卷.北京:人民文学出版社,2005:437.

动而又深刻的表达,凝聚了鲁迅深切的生命感受与心灵感受。如果我们对照鲁迅的自叙,也许能看得更清楚,也能体验得更真切。鲁迅曾说,当年"我要到 N 进 K 学堂去了,仿佛是想走异路,逃异地,却寻求别样的人们。我的母亲没有法,办了八元的川资,说是由我的自便;然而伊哭了,这正是情理中的事,因为那时读书应试是正路,所谓学洋务,社会上便以为是一种走投无路的人,只得将灵魂卖给鬼子,要加倍的奚落而且排斥的"①。正是因为鲁迅有这种切身的"走异路,逃异地"的人生体验与心灵感受,所以在小说中叙述"我"的经历时,才使用了这样一个传神的词语。或者说,这个词语是鲁迅从自己的人生遭遇中挑选出来形容小说中"我"的遭遇的,而不是仅仅从词语本身考虑的结果。

从画龙点睛的语用修辞的效果来看,这个词语虽然普通,但是在话语所构造的语境中,却不仅十分巧妙而形象地写出了"我"的多重生活处境,而且也写出了"我"复杂的心灵感受与情感体验,达到了这个词语在具体语境中能够达到的最佳表达效果,彰显了鲁迅非凡的语用修辞的能力。从"我"的处境来看,首先,我并不是地地道道的京城人,而是一个乡下人。因为"我"不是在京城出生,也不是在京城长大的人,而是从乡下"跑"到京城并寄寓在京城的人。其次,"我"在乡下的生活曾经十分糟糕,甚至达到了"走投无路"的地步,否则"我"也不会躲避灾祸一样地"跑"离乡村的故土。最后,"我"与京城是隔膜的。因为"我"并不是受邀请或者因为什么必然的原因来到京城的,而仅仅是不请自来的,是迫不得已很狼狈地"跑"来的一个外人,一个像流浪者一样跑来"乞食"的人。从心灵感受来看,一个"跑"字可以说是写尽了"我"的无奈。这种无奈既指向"我"曾生活的乡村,是"我"对乡下生活无奈的写照;又指向京城,是对京城生活无奈的表达,而双重的无奈,正揭示了"我"对中国社会整体的无奈。因为,乡村与京城代表了中国社会的两极:一极乡村,它是中国社会构成的基础;一极京城,它是中国社会的统治中心和最高权力的象征。所以说,"跑"这个词语运用在一个简单的陈述性的句子中,可谓是具有画龙点睛的功能,这个词语不仅直接为后面"我"议论甚至否定国家大事的句子提供了前提,点明了"我"为什么在京城生活了六年,耳闻目睹了不少的所谓国家大事却都记不清的主体原因,而且本身就包含了众多可资分析的审美内容。

苏雪林当年在论鲁迅小说时曾经说:"鲁迅作品用字造句都经过千锤百炼,故具有简洁短峭的优点……他文字的简洁真个做到了'增之一分则太长,减之一分

---

① 鲁迅.《呐喊》自序[M]//鲁迅全集:第十七卷.北京:人民文学出版社,2005:437-438.

则太短,施粉则太白,施朱则太赤'的地步。"①这的确是精当之论。如果我们将这段议论性话语中的这个"跑"字换成另外一个指称动作的词语,如"来""走""溜"甚至"串""跳"等,虽然在语义上没有什么问题,也都能够描摹出与"跑"所指称的"迁移"的意思,但在审美效果上则都不可避免地会陷入"施粉""施朱"的地步,在语用修辞上则无法达到"修辞学考虑的是在各种语境条件下的最高表达效果"②的目的。所以,茅盾在鲁迅的小说《呐喊》刚刚面世的时候曾经在《读〈呐喊〉》这篇最早综合地评说《呐喊》的论文中很"无奈"地说:"除了欣赏惊叹而外,我们对于鲁迅的作品,还有什么可说呢?"③这也是精当之论,这种精当之论虽然在事实上是"无语之论",但也正是这种"无语"却以一种特殊的方式说明了鲁迅小说无论在格式上还是在最为基础的用语上的新颖性、独创性和无法置换性、更改性。

(二)议论性话语及修辞与小说境界的提升

"小说境界"作为从中国诗词美学中移入的一个文学批评的术语,它不仅是中国文论中含义丰富的特有术语,而且从其最初使用的情况来看,它本身就是一个具有价值评价的概念。"自明中叶汤显祖首次将诗词美学中'境界'概念移入戏剧美学,到王国维在《宋元戏曲考》中确立'意境'为戏曲文学之最高审美层次。境界(意境)作为叙事文学之主要审美形态的地位是毋庸置疑的。"④由此可见,小说境界这一概念不仅是一个对小说具有价值评价的概念,而且在本体的层面指称的还是小说这种叙事文学的"最高审美层次"。这种小说的最高审美层次,不仅是小说这种叙事文学价值与意义的直接体现,也不仅是直接影响审美者与批评者对小说审美判断得好与不好的重要依据,而且也是综合地反映小说创作者的思想与智慧水平的最高层次。因为就境界生成的过程来看,它本来就是出于作者的"心"与情而成之为小说的形与意的一种结果,所以"境由情生,境从心生,实为明清叙事文学境界说中铁定的公理⑤"。

那么,这种最高的审美层次是一种什么层次呢? 在我看来,这种层次绝不是一般艺术技巧或情景交融所构成的艺术境界的层次。这个层次是一般文学作品的基本层次不是最高层次,也不是一般社会学或心理学等所指称的层面。因为这

① 苏雪林.《阿Q正传》及鲁迅创作的艺术[M]//李宗英,张梦阳.六十年来鲁迅研究论文集(上).北京:中国社会科学出版社,1982:138.
② 王德春,陈晨.现代修辞学[M].上海:上海外语教育出版社,2001:537.
③ 雁冰(茅盾).读《呐喊》[M]//李宗英,张梦阳.六十年来鲁迅研究论文集(上).北京:中国社会科学出版社,1982:16.
④ 陈竹,曾祖荫.中国古代艺术范畴体系[M].武汉:华中师范大学出版社,2003:669.
⑤ 陈竹,曾祖荫.中国古代艺术范畴体系[M].武汉:华中师范大学出版社,2003:675.

样的层次只具有局部的意义与价值,即社会学的价值与心理学的价值,而不是文学最高的审美价值,所以这种"最高的审美层次"应该是歌德在论"风格"这种"艺术所能企及的最高境界"时所指出的境界。歌德认为:"作风是用灵巧而精力充沛的气质去攫取现象,风格则奠定于最深刻的知识原则上面,奠基在事物的本性上面。"①这种最高的审美层次,就是哲学的层次,就是揭示了宇宙与人生道理的哲理的层次。因为从中国批评家的论述来看,"中国的艺术意境理论是一种东方超象审美理论。其哲学根基,则是一种中国古代天人合一的大宇宙生命理论"②。也就是说,在中国的批评家们看来,艺术的意境(境界)中,包括小说的境界中不仅包含了美,也包含了中国哲学的最高范畴"道"的内容,甚至完全可以如是说:"境界(意境)是道的最高之典型形态。"③从西方诗人及理论家的观点来看,如歌德所认为的"风格则奠定于最深刻的知识原则上面,奠基在事物的本性上面",指出的也是哲理的层次,因为哲理就是最深刻的知识原则,它揭示的就是"事物的本性"。

那么,如何来把握和分析小说的这种最高的审美层次呢?毫无疑问,把握与分析的途径是多种多样的,如整体审美效果的途径,人物塑造是否具有独创性与立体感的途径,生活图画的描摹是否丰富而呈现有序的途径等。除了这些途径,还有一个更为直接的途径,这就是对小说中各类话语,如作者的叙述性话语、描写性话语、议论性的话语及人物的话语等的感受与分析的途径。其中,对作者的议论性话语的把握与分析则是最为直接的途径,也是十分重要的途径之一。因为,议论性的话语不仅直接表露作者的情态,而且往往能直通小说最高审美层次中的哲理。虽然古今中外的理论家和小说家对小说中的议论性话语存在的价值有过否定,但是从小说的思想效果与艺术效果的角度来说,议论性的话语并非只有消极的作用,它也有积极的作用,甚至是十分积极的作用。拉法格曾经发表过如此肯定的观点:"不发表哲学议论的作家只不过是个工匠而已。"他不仅如此肯定作家应该发表"哲学议论",而且他还高度赞赏巴尔扎克在小说中随时发议论的做法,认为:"巴尔扎克随时发议论,对于任何事物都发议论,他有时在这方面跑得这样远,以致用一般性的见解充塞了他的作品,使作品成为不易消化的东西。他是个深刻的思想家,他把自己的机智和思想财富赋予他笔下的人物。虽然不能算在他的最好的作品之列的《驴皮记》,包括一连串的,在记者、政客、艺术家以及妓女之间进行的滔滔不绝的会话,在那些谈话中,他发表关于社会、风俗和政治方面的

①　歌德. 自然的单纯模仿·作风·风格[M]//王元化,译. 文学风格论. 上海:上海译文出版社,1982:3.
②　蒲震元. 中国艺术意境论[M]. 北京:北京大学出版社,1999:1.
③　陈竹,曾祖荫. 中国古代艺术范畴体系[M]. 武汉:华中师范大学出版社,2003:668.

意见,比整个我们现代的报界所包含的意见更为深刻。"①拉法格的这种观点虽然有点绝对化,但也不无道理。因为,在小说中能够直接表达哲理的话语,恰恰不是别的话语,而是议论性的话语,而议论性的话语不仅能直接地表达哲理,并且也具有直接体现作者的思想水平与智慧水准的功能。由此,我们也就可以理解为什么像托尔斯泰这样十分决绝地否定议论而强调描写的伟大小说家,却不惜违背自己的主张而在自己的伟大小说《战争与和平》中用大量的篇幅来议论关于战争与和平的关系,用大量的议论性话语"充塞了他的作品"。

在鲁迅的小说中也有一些这样的议论性话语,它们富有哲理并对提升小说的艺术与思想境界具有画龙点睛的作用,且本身情态丰富,其微观修辞也精当而深刻。如:

> 我想:希望是本无所谓有,无所谓无的。这正如地上的路;其实地上本没有路,走的人多了,也便成了路。(《故乡》)

> 这百无聊赖的祥林嫂,被人们弃在尘芥堆中的,看得厌倦了的陈旧的玩物,先前还将形骸露在尘芥里,从活得有趣的人们看来,恐怕要怪讶她何以还要存在,现在总算被无常打扫得干干净净了。魂灵的有无,我不知道;然而在现世,则无聊生者不生,即使厌见者不见,也还都不错。(《祝福》)

从两段话语议论的主题来看是泾渭分明而各有专属的,前一段话语议论的主题是"希望"的有与无,后一段话语议论的主题是"生者"与"见者"的关系,其述题也都各自围绕各自的主题展开,赋予主题以丰富的内容。但是,两段议论性的话语至少有三个方面的相同:首先,在属性上,两段话语都既是描写"我"的心理活动的话语,也是议论性的话语;既具有描写小说中人物"我"的心理活动及所思所想的客观性,也具有表白与显露创作者鲁迅的思想与情感的主观性。正是由于这两段话语的客观属性,使这两段话语成为小说艺术世界不可分割的有机组成部分,成为揭示小说中的人物"我"的性格特征及思想与情感倾向的有机内容;也正是由于这两段话语的主观属性,使这两段话语成为饱含鲁迅情态的话语,成为点明小说主旨和基本的思想与情感倾向的话语。其次,在内容上,两段话语所议论的都是与人生密切相关的问题,所揭示的都是人生的重要哲理,是小说中思想分量最重的话语,当然也是小说中不可缺少的重要话语。最后,在修辞手法上,两段话语都采用了微观修辞中的"比喻"手法,如第一段话语中的"这正如"和第二段话语

---

① 北京大学中文系文艺理论教研室. 文学理论学习资料(下)[M]. 北京:北京大学出版社,1981:316.

中的"玩物"。而不管这两段话语具有怎样的不同和相同,在功能上,这两段议论性的话语都具有提升小说思想与艺术境界的积极功能,这种积极功能正是这两段议论性的话语作为小说艺术世界不可或缺内容的直接依据,也是体现鲁迅小说中此类议论性话语价值的最重要的一个方面,它们是鲁迅杰出的思想与艺术智慧凝聚成的诗性话语。

《故乡》与《祝福》这两篇小说的基本境界是一种什么境界呢?"古代剧论中祁彪佳二《品》(即《远山堂曲品》和《远山堂剧品》)用'境'一词最为频繁,诸如'苦境''佳境''俗境''情境''恶境''顺境'庸俗之境''悲欢两境'等等,都是指的以人物形象为中轴的不同的生活图画……小说美学之'境'的基本含义亦如此。"①如果使用中国传统文论关于小说境界的概念来规范鲁迅这两篇小说的境界,那么,显而易见,这两篇小说的基本境界是"苦境"或"悲境",而且也都是以具体的人物形象为中心,在展示具体的生活图画的过程中构造的苦涩之境或悲剧之境。这种悲苦之境既是两个个性鲜明的人物——闰土与祥林嫂自身生活遭遇的基本属性,也是这两个人物精神境界的基本构成要素,同时也是这两个人物生活的社会环境的基本特征,它们共同构成了这两篇小说基本的美学性质。与这两篇小说的这种基本境界相一致,这两段议论性的话语也都充满了悲剧性的意味,是两篇小说悲剧境界的有机构成成分。不过,这两段议论性话语的悲剧性,虽然与两篇小说的悲剧境界具有密切的依附性和无法分离性,但更具有提升两篇小说悲剧境界的特有功能。这种提升的功能主要表现在两个方面:一方面,它们具有将具体的、个人的悲剧提升到了大众的、具有普遍性的层面的功能;另一方面,它们具有将形而下的悲剧,提升到了形而上的悲剧之境的功能。前者主要以《祝福》中的这段议论性话语为代表;后者以《故乡》中的议论性话语为代表。正是这种对小说境界提升的功能,使这两段议论性的话语不仅成为小说艺术世界构成的必要因素,而且成为这两篇小说的画龙点睛之笔,本身就具有极为重要的思想意义与审美意义。

《祝福》中的这段话语,主要是一段围绕小说主人公祥林嫂的生存与死亡展开议论的话语。这段议论性的话语包含了四层意思:第一层意思是对祥林嫂这个人是一个什么样的人的基本界定;第二层意思是对祥林嫂的结局,即"现在总算被无常打扫得干干净净了"的感叹;第三层意思是对人们对祥林嫂的态度的议论;第四层意思是对"现世"中的"生者"与"见者"的议论与评说。这四层意思虽然各有所属,但它们却是以浑然一体的状态含纳在整段话语之中的,其丰富的意味也都是

---

① 陈竹,曾祖荫.中国古代艺术范畴体系[M].武汉:华中师范大学出版社,2003:671.

通过话语修辞与语用修辞散发出来的,所以,我的把握与分析也自然顺应着这些议论性话语的修辞及语用修辞来展开。

第一层与第二层意思所揭示的都是祥林嫂这个具体人物的悲剧性身份与最终的命运,其语用修辞使用的都是硬邦邦、冷冰冰,甚至是贬义十足的词语,如"百无聊赖""陈旧的玩物"等。其话语修辞采用的主要是"被动句式",话语的主题虽然是祥林嫂,但述题都是对主题的否定性陈述,提供的信息都是主题(祥林嫂)可鄙、可悲的信息,如"被人们弃在尘芥堆中的,看得厌倦了的陈旧的玩物""先前还将形骸露在尘芥里""现在总算被无常打扫得干干净净了"等。其中包含的则不仅是小说中的人物"我"对祥林嫂悲剧身份与身世的"哀其不幸"的"情态",而且是鲁迅对像祥林嫂这样的下层人深切同情的"情态"。关于这一点,李长之有十分精当的论述:"鲁迅那种冷冷的,漠不关心的,从容的笔,却是传达了他那最热烈,最愤慨,最激昂,而同情心到了极点的感情。"①所以,在包含了两层意思的这些话语中,鲁迅所使用的词语虽然是冷冰冰的,其话语修辞所呈现的判断甚至是否定性的,但潜藏在词语之中的则恰恰是"到了极点的感情"。

第三层意思则揭示了导致祥林嫂悲剧的社会环境,这个社会环境就是围绕在祥林嫂身边的各类人,也就是这段话语中所指称的"活得有趣的人"。表达这层意思所使用的语句"从活得有趣的人们看来,恐怕要怪讶她何以还要存在",虽然也是"冷冷的""从容"的,但字里行间却分明透射着激愤与否定的意味。这种激愤与否定的意味主要指向这些"活得有趣的"的人们的两个方面:一个方面是他们的心理层面,即激愤并否定了这些人的"活得有趣"的心理,因为他们的"活得有趣",是建立在欣赏别人的痛苦基础之上的,他们作为"活得有趣的人"其心理与德行与鲁迅在杂文中曾经批判过了的"暴君的臣民"完全一样:"暴君的臣民,只愿暴政暴在他人的头上,他却看着高兴,拿'残酷'做娱乐,拿'他人的苦'做赏玩,做慰安。"②所以鲁迅在小说中称这些人是"活得有趣的人"。虽然词语本身的表层语义不具有什么激愤与否定的意味,但其语句及称谓中却包含了几乎是怒不可遏的激愤与否定的"言外之意",这种言外之意所激愤与否定的虽然是围绕在祥林嫂身边的这些"活得有趣的人"的心理,但所揭露的却是具有普遍的国民的劣根性;另一个方面是"活得有趣"的人们的态度层面,即激愤并否定了"活得有趣"的这些人对处于社会最底层的祥林嫂"还要存在"的"惊讶"的态度。这一层面的激愤与否定是更接近鲁迅思想的根本点的激愤与否定,因为"人先得活着,这是鲁迅的思

---

① 李长之. 鲁迅批判[M]. 北京:北京出版社,2003:68.

② 鲁迅. 暴君的臣民[M]//鲁迅全集:第十七卷. 北京:人民文学出版社,2005:384.

想的根本点。"①很显然,这些"活得有趣的人"对祥林嫂还要存在的"惊讶"态度,正与鲁迅这种一贯的根本思想背道而驰,而对于一切否定"人先得活着"的理论、学说和态度,鲁迅又是一向深恶痛绝的,他曾在《忽然想到》一文中如此决绝地说:"我们目下的当务之急,是:一要生存,二要温饱,三要发展。苟有阻碍这前途者,无论是古是今,是人是鬼,是《三坟》《五典》,百宋千元,天球河图,金人玉佛,祖传丸散,秘制膏丹,全都踏倒他。"②所以,在这段议论性的话语中,鲁迅虽然没有使用任何具有感情色彩和否定性的词语与句子,但整个话语的骨子里却无不填满了鲁迅几乎不可遏制的激愤与否定的情态。这种激愤与否定的情态,不仅在小说正文展开之前就点明了小说批判国民性的主旨,而且也为后面具体讲述祥林嫂的悲惨遭遇提供了一种暗示,即既然那些"活得有趣的人"对祥林嫂的存在是这么一种"惊讶"的态度。那么,祥林嫂的命运自然不会好到哪里去,不管她曾经多么能干,无论她怎样"食物不论,力气是不惜的"地做工,她的命运也只有一个,那就是悲剧。因为她是生活在一个根本没有人希望她"存在"的环境中,她除了"不存在"之外,实际上也没有任何道路可以选择。

第四层意思则将祥林嫂与周围人的关系抽象化并普遍化了。抽象化表现在,将祥林嫂用"生者"的概念进行了置换,将祥林嫂周围的人用"见者"的概念进行了置换,扩大了"被看者"与看者的外延:生者,很显然并不是仅仅指祥林嫂,而是指如祥林嫂一样的所有人;"见者"也不仅仅是指祥林嫂周围的人,而且是指一切看客。普遍化表现在,将祥林嫂与周围人的一个具体的关系,升华到了人与人之间的一种具有普遍性的社会关系,即"在现世,则无聊生者不生,即使厌见者不见,也还都不错"。从而也就揭示了像祥林嫂这样的"无聊生者"的悲剧的普遍性以及与这种普遍性密切相关的"无聊生者"悲剧的必然性。李长之在论《祝福》这篇小说中关于祥林嫂的悲剧时曾经十分中肯地指出:"这故事给人的氛围,又是悲哀而且荒凉的——祥林嫂不能不死。"③这段话语虽然是从整个故事的氛围展开并得出的结论,但这个结论却也正揭示了祥林嫂这个"无聊生者"悲剧的必然性,而祥林嫂这个一般下层人物的悲剧的这种必然性,经过这段议论性话语的普遍化的引申,也就具有了代表性,其意义也就得到了升华。这也正是这段议论性话语对小说境界提升的一个具体方面。

《故乡》中的这段话语虽然只包含了一层意思,那就是关于希望有或无的意

① 李长之. 鲁迅批判[M]. 北京:北京出版社,2003:85.
② 鲁迅. 忽然想到[M]//鲁迅全集:第三卷. 北京:人民文学出版社,2005:47.
③ 李长之. 鲁迅批判[M]. 北京:北京出版社,2003:82-83.

思,但是,由于这层意思的表达,是承续着上面两段话语的意思而来到,因此,这段议论性话语关于希望有或无的议论,就不仅仅具有艺术的合理性,也不仅仅具有深化前两段话语意思的功能,而且更具有将形而下的悲剧,提升到形而上的悲剧之境的功能。关于这段话语的这两个方面的功能,我们同样可以从话语修辞与语用修辞的层面得到说明并也能由此透视这段话语采用相应的修辞手法的艺术特色。

在现代修辞学中,无论是话语修辞还是语用修辞的分析,都不仅重视对话语与词语本身意义的分析,而且更重视话语与词语存在的语境之间关系的分析。从这段话语本身所包含的意义来看,很显然,它所议论的不是具体的某种或某方面的希望,如生活方面的希望、精神方面的希望等,而是抽象的"希望",也就是人类普遍存在的一种对未来的美好向往与愿望,具有显然的形而上的特点。从这段话语出现的语境来看,它是在两段关于"希望"的话语之后出现的:一段是"我希望"我们的后辈"不再像我","他们应该有新的生活,为我们所未经生活过的"的话语;一段是"我想到希望,忽然害怕起来了"的话语。很明显,这两段关于希望的话语,虽然一段话语表达希望,另一段话语则反省与质疑希望,但却都是针对具体的人并依据现实与历史的事实进行的表达或质疑。就第一段话语所谈论的希望来看,"我"希望我们的后辈不再像我一样辛苦,也不再像我和闰土一样隔膜,而是应该有完全崭新的生活,正是从"我"自己谋生的辛苦和我自己与闰土的隔膜中反弹出来的希望,是立足于"我"的现实处境与历史处境以及"我"所亲见的"宏儿不是正在想念水生"的事实所萌生的希望,具有明显的具体针对性;就第二段话语所谈论的希望来看,虽然述题是反省,结论是质疑,但其语义不仅直接承接上一段话语的"希望"主题,而且反省与质疑希望所依据的也是"我""刚才"这一段时间暗地里笑闰土"总是崇拜偶像"的心理与行为,所生发出的"我想到希望,忽然害怕起来了"的意识倾向与情感倾向以及反省与质疑,即"现在我所谓希望,不也是我自己手制的偶像么",也具有现实与具体的针对性,即针对"我""刚才"的"希望"。而小说最后这段关于希望"有""无"的议论性话语,正是在前两段关于希望的话语所营造的语境中出现的,是前两段关于希望话语的进一步展开。不过,这种进一步的展开并非是关于希望内容的平行扩展,更不是作者随意添加的关于希望的议论性尾巴,而是对前面两段关于希望的话语所涉及的内容的抽象化与哲理化。其抽象化表现在,这段话语中的"希望"一词是一个泛指概念,不具有任何实指性与特指性。即这个"希望"既不是指"我"的希望,也不是指"闰土"的希望或者是其他什么人的希望,而是指一切人的一切希望。其抽象化的结果是将一个具体的希望,即"我"希望我们的后辈不要像我一样辛苦,也不要像我与闰土一样的隔膜,抽象为了超越时间与空间限制的"对象性信念"——希望。将对"我"的希望的反省、质疑上升到了对一切人的一切希望的反省与质疑。其哲理化表现在，在这段话语中，鲁迅使用了一个表示属性的词语"本"，而这个词语的所指就是"事物的根本"，所表达的意思如果放入整个句子中就是：希望在"本质"上是"无所谓有，无所谓无的"。其哲理化的结果是对与希望相关的一切美好愿望，包括"我"最切近的希望。从"我"以及一般人的心理的层面，升华到了本质与规律的层面，揭示了希望存在的本质与规律，这就是希望本来只是人（也包括"我"）的一种主观愿望（正是在这个意义上，希望可以被称为是人的"对象性信念"），它的"有"或"无"都在人心，是人自己制造出来的一种幻想，不具有任何客观性。由此，我们也就可以理解，鲁迅何以在散文诗《希望》中不仅引述了匈牙利诗人裴多菲的诗句"绝望之为虚妄，正与希望相同"，而且在文章的结尾还又一次地重复了这句诗。这是因为，这句诗深刻地揭示了"希望"的一个方面的本质。

　　正因为所谓的希望具有这样的本质与规律，而对身处社会中的人（也包括"我"）来说，又离不开这种自己心造的"幻想"。鲁迅就曾很中肯地指出了人对希望的依赖性："我们所可以自慰的，想来想去，也还是所谓对于将来的希望。"[1]更何况，作为社会的人，尽管社会地位有高有低，人生的际遇也有顺有逆，但人人都是为了一个美好的希望而活着的，也是为了一个自己悬定的"对象性信念"而吃苦、奋斗的。所以，在人的必然要求与这种要求的非客观化或难以客观化的矛盾中，一种人的生存的悲剧性，也就在这段议论性的话语中被酝酿并被透射出来了。而这种悲剧性与小说所书写的具体人物命运与精神的悲剧性，无论在层次上还是在属性上都有很大的不同。从层次上看，这种悲剧性已经完全超越了具体人物悲剧的所指，如闰土这个人物的生活悲剧、精神悲剧，揭示的是作为社会的人与生俱来而又无法摆脱的悲剧性，即人的合理要求——希望与这种合理要求实际上的虚幻性之间的矛盾所导致的悲剧。从属性上看，闰土的命运与精神的悲剧具有现实与历史的针对性，即主要是闰土这个人物在特定的历史时期和现实阶段所遭遇的命运与精神的悲剧，是一种以具体性为基本属性的悲剧，具有形而下的特点，可以由经验的事实所证实（在小说《故乡》中已经被闰土的遭遇所证实了）。而这段议论性话语所包含的悲剧性是一种"有"与"无"之间难以协调的悲剧，具有形而上的特点。不具有任何经验性，也无法被经验的事实所证明（因为，希望本来就是人的一种主观愿望，是以观念的形式存在于人的头脑之中的），是"存在"意义上的悲剧。正是从这个意义上，我认为这段议论性的话语具有将形而下的悲剧升华为形

---

[1]　鲁迅. 记谈话［M］//鲁迅全集：第三卷. 北京：人民文学出版社，2005：378.

而上悲剧的功能。

不过,在这段话语中,鲁迅固然将希望抽象化、哲理化,甚至完全否定了希望的存在,并在逻辑上将希望"绝望化"了,但是鲁迅又用一个比喻的修辞,即"这正如地上的路",将这种抽象化甚至否定了的"希望"以及这种抽象化甚至否定了的希望中所蕴含的具有"绝望"意味的悲剧性具体化与现实化了。从而,不仅使整段话语的哲理性更为突出,而且也拓展了这段话语本身所包含的思想内容。如果说"说到底,鲁迅讲绝望,不过是要把人生之足安放在可靠的大地上"①的话,那么鲁迅在《故乡》中用关于"路"的比喻的复句,则正是鲁迅消解"希望"之"虚妄"而将"人生之足安放在可靠的大地上"的具体做法;如果说"当鲁迅用'无所谓有'和'无所谓无'对一切经验性希望进行悬置后,他之所谓希望就是附丽于现实存在的人生意义"②的话,那么这个比喻性的复句则正是这种"现实存在的人生意义"的形象而生动的表达;如果说这段话语中关于希望的有与无的议论揭示的是一种人生的悲剧性处境的话,那么这个比喻性的复句则正好在一定的意义和一定程度上消解了这种悲剧性意味所附着的消极内容。所以,这个采用比喻修辞的复句,也就真正成为这段议论性的话语乃至整篇小说的一个在思想上"深刻地表达了作品中的'我'在分析了当时的社会现实之后,归结出来的对生活的看法"③的复句,一个在艺术上具有画龙点睛功能的重要复句。

这个复句的意思不需要解释,因为它呈现的仅仅是一种既可以被历史,也可以被现在的经验证实的事实:"其实地上本没有路,走的人多了,也便成了路。"但是,这个比喻性的句子所揭示的道理却意味深长,因为它不仅揭示了一种人生的哲理,将一种抽象的哲理具体化与经验化了,也不仅将这段关于希望的话语中所饱含的具有绝望的悲剧性意味积极化了,而且更直接地显示了鲁迅在现实层面与思想层面反抗绝望的价值取向,显示了鲁迅积极进取的人生态度与践行了一生的哲学信念。

诚然,在《故乡》的这段议论性话语的开头,鲁迅以十分肯定的语气说"希望是本无所谓有,无所谓无的",表达的是一种对于希望的客观性的否定判断。但是,当其用"这正如地上的路"来比喻希望之后,则使前面否定希望的客观性的话语,虽然依然保持了其否定的意思,但却去除了这种否定所可能带来的虚无与消极倾向,并由此而将一种积极开拓、前行、进取的意思通过这个比喻性的句子力透纸背

---

① 王乾坤. 鲁迅的生命哲学[M]. 北京:人民文学出版社,1999:184.

② 王乾坤. 鲁迅的生命哲学[M]. 北京:人民文学出版社,1999:290.

③ 朱泳燚. 鲁迅小说中运用比喻的特色[M]//修辞学研究:第一辑. 上海:华东师范大学出版社,1982:302.

地显露出来了。鲁迅曾在杂文《生命的路》中说过这么一段关于路的话："什么是路？就是从没路的地方践踏出来的，从只有荆棘的地方开辟出来的。"①这段话的意思与小说《故乡》中这个句子的意思是完全一样的，都既在现实与逻辑的层面揭示了"路"的形成规律——从没有路的地方走出来或开拓出来的，又在主体的层面揭示了"路"与人的主观能动性的关系——走的人多了也就成了路。从而使希望的"有"与"无"也与人的本质联系起来了——人只要勇于创造，希望就会如地上的路一样，经过人不断地"走"，不断地开拓，就有可能从观念形态的"有"变为存在的、具有历史意义与现实意义的"有"，也就是从"没有路"中走出的"路"这种"有"。并在这种与人的联系之中揭示了希望的"无"与"有"的辩证关系：希望之"无"正如"地上本没有路"一样，不是绝对的"无"，而是尚未被发现或被开拓的"有"；"有"则正是从"无"中来的，是对"无"的突破与消解的结果。这就是《故乡》中这个使用比喻修辞的句子最具有魅力的功能。它不仅用通俗的比喻以及这个比喻中所包含的平常而与人生的经验密切相关的道理，说明了抽象而富有哲理的关于希望的有与无的深奥道理与内容，将一个本来十分复杂的关于希望的问题，特别是"有"与"无"的虚玄的问题通俗化了，而且用一个经验性的意象"路"比喻性地凝练出了小说一个方面的重要思想，极为有效地实现了一个普通词语的艺术化与思想化，也极大地丰富了普通词语"路"的意义容量并充分发挥了其意义容量的巨大功能，实现了对小说境界的提升。有学者在论述鲁迅小说运用比喻的特色时曾经指出，鲁迅小说中的"这些比喻是思想性与艺术性完美统一的结晶"②。这的确是中肯之论，以上的例子即可作为这一结论的例证。

正是因为这个以"路"为喻的复句具有如此的功能，所以这个比喻性的句子也由此而将"希望是本无所谓有，无所谓无的"的判断中包含的悲剧性所可能带来的消极性进行了一定程度的消解，并也由此彰显了一种积极、进取的人生态度。这种积极、进取的人生态度主要表现在两个方面。一个方面是显示了鲁迅反抗绝望的勇气，如"从没路的地方践踏"出路，"从只有荆棘的地方开辟"出路等，就是鲁迅反抗绝望的勇气的直接表达。这种反抗绝望的勇气，就是鲁迅在《过客》这篇散文诗中所塑造的"过客"这个人物明知前面无路却仍然坚定前行的勇气，"'走'意味着探寻，意味着发现，也意味着新的创造、创新，而不单单只是流浪、漂泊、流离，

---

① 鲁迅. 生命的路[M]//鲁迅全集：第十七卷. 北京：人民文学出版社，2005：386.
② 朱泳焱. 鲁迅小说中运用比喻的特色[M]//修辞学研究：第一辑. 上海：华东师范大学出版社，1982：302.

同时'走'也是在漫漫黑夜中找到光明的唯一出路"①。而像"过客"一样地无畏而坚定地前行，从没有路的地方践踏出路来，不仅是鲁迅在社会、人生领域的行为，更是鲁迅的哲学。因为鲁迅就是以"过客"来形容人生的，"以'走路'来指喻其生命哲学"的，所以《过客》是鲁迅的哲学"②。同样，反抗绝望，不仅是鲁迅在一系列文章，包括小说中所表达的极具冲击力的思想，而且也是鲁迅一生从未间断、从未放弃的所为，"怀疑、希望、再怀疑、再希望，而终于无所希望、反抗绝望的情况，贯穿着鲁迅的一生。不只对社会的命运如此，对人生的虚妄、黑暗亦如此观"③。另一个方面是通过"路"的比喻，揭示了作为人的心理倾向的希望与存在（"存在"是形而上的概念，其形而下的概念则是"路"）的密切关系。从而不仅消解了希望的虚幻性，将希望的实现立足在了坚实的大地上，而且展示了希望的一个方面的本质属性，即具有"光明"性的本质属性。鲁迅曾满怀信心地说："希望是附丽于存在的，有存在，便有希望，有希望，便有光明。"④也就是说，在鲁迅看来，只要是"附丽于存在的"希望，就不仅是可以践行的希望，而且是"光明"的希望。虽然这种光明的希望的实现也需要从没有路的地方走出路，从满是荆棘的地方开拓出路一样的毅力与智慧，但希望的光明性本质，则决定了它能给予人一种积极向上的动力，一种有效地克服希望与希望难以轻易实现之间的矛盾导致的悲剧所带来的消极性影响的动力。所以，鲁迅又说："只要不做黑暗的附着物，为光明而灭亡，则我们一定有悠久的将来，而且一定是光明的将来。"⑤比照鲁迅在杂文中所阐述的关于希望的光明性本质属性，我们发现，鲁迅在小说《故乡》中使用的关于希望正如地上的路的比喻性句子虽然没有使用光明这样的词语来揭示希望的本质属性，但这个比喻性的句子所表达的从"没有路"到通过人的"走"而终于"成了路"的意思本身是承续着前面的希望而来的。所以，这个比喻性的复句中的"路"都可以解释为是希望这个本体的喻体。而按照比喻的修辞法则"思想的对象同另外的事物有了类似点"⑥来观察、分析这个比喻性的复句对"路"的解说，则完全可以说，也就是对希望的解说。不仅是对希望"有"与"无"的本质性解说，更是对希望可以实现及如何实现的解说。如果将这种解说同样用比喻性的话语来表述，那就是：只要

① 黄健. 论鲁迅"独异"的文化性格[C]//谭桂林，朱晓进，杨洪承. 文化经典和精神象征——"鲁迅与20世纪中国"国际学术研讨会论文集. 南京：南京师范大学出版社，2013：537.
② 王乾坤. 鲁迅的生命哲学[M]. 北京：人民文学出版社，1999：290，177.
③ 王乾坤. 鲁迅的生命哲学[M]. 北京：人民文学出版社，1999：186.
④ 鲁迅. 记谈话[M]//鲁迅全集：第三卷. 北京：人民文学出版社，2005：378.
⑤ 鲁迅. 记谈话[M]//鲁迅全集：第三卷. 北京：人民文学出版社，2005：378.
⑥ 陈望道. 修辞学发凡[M]. 上海：上海外语教育出版社，2006：68.

脚踏实地如人开辟道路一样地"走",就可以像从没有路的地方走出路来一样达到希望的目标,实现希望的价值。如果我们承认"路"的被开辟是光明的事业,甚至是伟大的业绩,那么也就当然等于是认可了"有希望"就有"光明",希望总是附丽于光明的这一判断,当然也就等于是认可了希望的光明性本质。这个比喻性的句子虽然含蓄却毕竟揭示了希望的光明本质,因此,这种揭示也就在客观上使笼罩在希望上面的悲剧性意味,尤其是非积极性和非光明性的意味得到了一定程度的消解,甚至可以说是最大程度的消解。这正是这个比喻性句子在这段议论性话语中使用的杰出的艺术意义与思想意义之所在,也是这个比喻性的句子提升小说境界的积极作用之所在。

　　当然,对于希望这个幽灵般如影随形地伴随人的这种"对象性信念",鲁迅的思想意识是复杂的。他一方面认为"有希望,便有光明",肯定了希望的光明属性并十分坚定地认为"将来是永远要有的,并且总要光明起来"[1],显示了一种积极而乐观的情绪;但另一方面,在散文诗《希望》中他又认可匈牙利诗人裴多菲的这样的观点,"希望是什么? 是娼妓:她对谁都蛊惑,将一切都献给",并也发表过这样的言论:"这以前,我的心也曾充满过血腥的歌声:血和铁,火焰和毒,恢复和报仇。而忽而这些都空虚了,但有时故意地填以没奈何的自欺的希望。"[2]直接称希望是"自欺"的东西,基本上否定了希望的积极意义而认可了希望"自欺"的消极性,并用这种具有消极性的希望来麻醉自己,来填充自己"空虚"的心灵。同时,终其一生,鲁迅都在反抗绝望,而且是坚定不移地在反抗绝望。他这种坚定并终身反抗绝望的行为既从正面反映了他可贵的品质,甚至是伟大的品质,但也正说明了在他的意识中,希望的悲剧性中的消极性东西始终没有排遣干净过。他曾经十分诚恳地说:"我只觉得'黑暗与虚无',乃是'实有',却偏要向这些作绝望的抗战,所以很多着偏激的声音。其实这或者是年龄和经历的关系,也许未必一定的确的,因为我终于不能证实:惟黑暗与虚无乃是实有。"[3]正因为如此,所以我认为鲁迅《故乡》中的以路为喻的这个复句只具有"一定程度"或"最大程度"地消解希望的悲剧性意味的消极性的作用,而不具备"彻底"的功能。尽管如此,这也丝毫消解不了鲁迅的伟大,甚至相反,这恰恰证明了鲁迅的伟大。因为,终身反抗绝望,不仅需要高超的智慧,而且更需要自我解剖的勇气,更需要如鲁迅所塑造的"过客"一样抵御一切诱惑与赠予坚定前行的坚韧不拔的勇气(而鲁迅恰恰就具有

① 鲁迅. 记谈话[M]//鲁迅全集:第三卷. 北京:人民文学出版社,2005:378.

② 鲁迅. 希望[M]//鲁迅全集:第二卷. 北京:人民文学出版社,2005:181.

③ 鲁迅. 致许广平[M]//鲁迅全集:第十一卷. 北京:人民文学出版社,2005:467.

这样的勇气。他曾经十分坦率地说,"我的确时时解剖别人,然而更多的是更无情地解剖自己",①并承认"我的作品,太黑暗了",也坚定地表示"却偏要向这些作绝望的抗战"②),也当然影响不了鲁迅小说中这些议论性话语的审美价值与意义。

(三)杂文似的议论性话语及修辞

鲁迅在谈自己的小说时曾使用过这样的一些称谓,即"小说模样的文章"③或"小说模样的东西"④,并说"我的小说和艺术的距离之远,也就可想而知了"⑤。如何理解鲁迅对自己小说的这些自述,学界同人曾从不同的方面进行过理解并表达过各种不同的看法。其中一种较有代表性的看法是认为鲁迅的这种自述主要是鲁迅谦虚态度的表现,也是鲁迅有意识地反对"为艺术而艺术"的一种思想和创作倾向的表达。这样的观点是完全可以接受的,也是中肯的,但却不是最贴切的。因为这种观点,不是从鲁迅小说文体本身进行的解说,而是从创作主体鲁迅的思想倾向与情感倾向的层面进行的解说,没有解说"小说模样的文章"或"小说模样的东西"究竟是怎样的文章与东西。事实上,当我们从鲁迅小说文体本身的实际状况进行考察后会发现,鲁迅如此称谓自己的小说,不仅是一种谦虚态度的表现,也不仅具有反为艺术而艺术倾向的作用,而是一种如鱼饮水,冷暖自知地对自己小说文体的界定,而且是十分得体的界定。"'小说模样'就暗含着'非小说'的因素,即鲁迅小说作品中有非常明显的小说文体向其他文体的'越界'现象,比如说对散文、诗歌、戏剧的某些文体特征的吸收和使用。在谈到文学的类型时,美国学者韦勒克和沃伦说:'优秀的作家在一定程度上遵守已有的类型,而在一定程度上又扩张它。'鲁迅是一位天才作家,他正是这样一位文类的'扩张者'。"⑥鲁迅小说文类的"扩张"是多方面的,其中之一就是向杂文文体的扩张,而作为这种扩张的最明显标志,就是鲁迅小说中的议论性话语及这些话语所采用的修辞方法具有杂文语体的特点。这些议论性的话语及修辞不仅有效地凸显了鲁迅小说话语的艺术性和审美性,而且还很有效地凸显了鲁迅小说与众不同的文体特征,即杂文似的文体特征。如下面这样一些议论性的话语:

> 至于错在阿Q,那自然是不必说的。所以者何?就因为赵太爷是不会错的。

① 鲁迅. 写在《坟》后面[M]//鲁迅全集:第十七卷. 北京:人民文学出版社,2005:300.
② 鲁迅. 致许广平[M]//鲁迅全集:第十一卷. 北京:人民文学出版社,2005:466-467.
③ 鲁迅. 呐喊·自序[M]//鲁迅全集:第十七卷. 北京:人民文学出版社,2005:441.
④ 鲁迅. 我怎么做起小说来[M]//鲁迅全集:第四卷. 北京:人民文学出版社,2005:526.
⑤ 鲁迅. 呐喊·自序[M]//鲁迅全集:第十七卷. 北京:人民文学出版社,2005:442.
⑥ 许祖华,余新明,孙淑芳. 鲁迅小说的跨艺术研究[M]. 合肥:安徽大学出版社,2012:191.

有人说:有些胜利者,愿意敌手如虎,如鹰,他才感到胜利的欢喜;假使如羊,如小鸡,他便反觉得胜利的无聊。又有些胜利者,当克服一切之后,看见死的死了,降的降了,"臣诚惶诚恐死罪死罪",他于是没有了敌人,没有了对手,没有了朋友,只有自己在上,一个,孤另另,凄凉,寂寞,便反而感到了胜利的悲哀。然而我们的阿Q却没有这样乏,他是永远得意的:这或者也是中国精神文明冠于全球的一个证据了。(《阿Q正传》)

几年来的文治武力,在我早如幼小时候所读过的"子曰诗云"一般,背不上半句了。独有这一件小事,却总是浮现在我眼前,有时反更分明,教我惭愧,催我自新,并且增长我的勇气和希望。(《一件小事》)

这些议论性的话语,虽然采用的修辞手段各不相同,句式的构造中西合璧、古今并存且曲折多变,词语的使用也丰富多彩、美轮美奂且精确周全,意味更是多种多样而悠远深长,言内之意显豁,却含不尽之意于言外,但有一点则十分相近,就是都采用了鲁迅杂文的话语表述方式,具有杂文语体修辞的特点。

鲁迅的杂文语体修辞具有什么特点呢?有学者从鲁迅杂文语言的使用方面认为:"鲁迅先生杂文中的语言则不但做到了准确、鲜明、生动,而且还非常简练隽永,充满着机智与幽默。"[1]这种观点不仅在之前研究鲁迅杂文语体修辞方面归纳得较为全面,而且也具有一定的代表性。但这种观点还不能让人满足,因为这种观点更主要的思路是从"风格"的角度展开的,所总结出的鲁迅杂文语言方面的"准确、鲜明、生动"和"简练隽永""机智与幽默"的特点,都是鲁迅杂文通过语言所表现出的风格特点。这些特点虽然很准确地概括了鲁迅杂文的语言特点,但与"语体修辞"还有一定的距离,这个距离主要就是没有更自觉地关注鲁迅杂文这种特殊文体的语体特点以及这种语体特点"杂"的规定性。有的学者虽然也涉及了鲁迅杂文的语体修辞,但或者语焉不详,或者更多地是从语用修辞的角度展开的。如"鲁迅更加注重选词用字,或大词小用,或庄词谐用,或俚词庄用,或古词新用,或外词中用。这一切词语的转用、借用,实质上,形成不同程度和不同意味的夸张,有时溶入反语、揶揄、热讽的句式结构中,有时又跟舒徐的白描或峻急的抒情句式相结合,大大强化了喜剧语言的讽刺性"[2]。这些概括虽然同样精彩,但也同样有一定的缺憾。其缺憾主要表现在两个方面:一个方面是语用(词语使用)的分

① 钱谷融.鲁迅杂文的艺术特色[M]//李宗英,张梦阳.六十年来鲁迅研究论文集(下).北京:中国社会科学出版社,1982:368.
② 朱彤.鲁迅杂文独创的艺术[M]//李宗英,张梦阳.六十年来鲁迅研究论文集(下).北京:中国社会科学出版社,1982:384.

析往往只注意了词语本身所表达的意义,却没有自觉的语境意识,也没有较有说服力地从词语所处的语境入手揭示鲁迅杂文词语使用的艺术匠心与思想匠心;一个方面是没有更多地从话语修辞的层面来论述鲁迅杂文的语体修辞的特点,尽管提及了鲁迅杂文话语的某些"句式"特点,却也仅仅点到即止,未能展开。较为得体地从话语修辞的角度剖析鲁迅杂文语体修辞的特点的人物是徐懋庸,他在《鲁迅的杂文》一文中,曾很中肯地总结出了鲁迅杂文语体修辞的两个方面的特点,即造句灵活与修辞特别。关于鲁迅杂文修辞的这两个方面的特点,徐懋庸是如此论述的:"造句的灵活。这是古文的影响和外国文的影响融合的结果。用文言句而使人不觉其陈腐,用欧化句而使人不觉其生硬,新鲜而圆熟,并且音调流畅,可以朗读,所以特别有味,但跟口语相差很远。"关于鲁迅杂文修辞的特别,徐懋庸如是说:"因为目的是战斗,所以鲁迅竭力要使他的文章的效果增强,而在修辞上特别用功夫。'然而呀,这里用得着然而了''又要然而了,然而……''铺张'或'扬厉'竟做到这样;特别善于利用'引用',对于别人的文章只要用""一勾,再轻轻一戳,就给暴露出破绽;至于常用'死话''冷话''倒反''暗示'之处,竟被人们认作是'绍兴师爷'的特色。""还有是行文的曲折之多。"①徐懋庸这些关于鲁迅杂文修辞特点的论述虽然有的是从审美感受上展开的,有的是从遣词造句的修辞方面展开的,有的还是从鲁迅创作杂文的思想与艺术意图展开的,整个论述也呈现出"杂文"杂的特点,但却较为得体地剖析了鲁迅杂文在话语修辞方面的特点与魅力,尤其是"造句灵活"与"修辞特别"的特色与魅力。

以此来观照上面所引用的鲁迅小说中议论性的话语的修辞,的确可以找到很多与鲁迅杂文的话语修辞相同的内容。如鲁迅杂文"特别善于利用'引用'"的修辞手法,在上面鲁迅小说的议论性话语构成中,同样也采用了如"臣诚惶诚恐死罪死罪""子曰诗云"等。同样,在这里鲁迅也使用了"然而"的句式,也进行了铺张与扬厉,如"然而我们的阿Q却没有这样乏,他是永远得意的:这或者也是中国精神文明冠于全球的一个证据了"。这种铺张与扬厉还直接表达了鲁迅改造国民性、批判中国固有文明的思想,并在这种铺张与扬厉中使用了鲁迅在后来的杂文中"画龙点睛"一样使用的一个词语"乏"。凡此种种,都说明了一个问题:鲁迅小说中的议论性话语,无论是从表达思想的角度来看,还是从修辞的角度来看,都具有鲁迅"杂文"的特点与神采。也许正因为鲁迅小说中有这样一些与杂文中的议论性话语一样的话语存在,所以有研究者不仅认为鲁迅的小说具有杂文的特点,

---

① 徐懋庸.鲁迅的杂文[M]//李宗英,张梦阳.六十年来鲁迅研究论文集(上).北京:中国社会科学出版社,1982:209—210.

甚至认为鲁迅的有些小说,如《故事新编》本身就是杂文。如这样的观点:"在我看来,后期的《故事新编》并非是传统意义上的小说,而是杂文,是以某种类小说形式写作的杂文。"①

那么,鲁迅小说的杂文似的神采何在呢?神采就在于将杂文语体的修辞运用于小说的议论性话语修辞之中,或者说直接采用杂文的手法展开议论,使这些议论性的话语因为融合了杂文语体的修辞特点,而呈现出多样的审美性。这些多样的审美性借用郭沫若论鲁迅诗稿的评语来说就是"或则犀角烛怪,或则肝胆照人""听任心腕之交应,朴质而不拘挛,洒脱而有法度。远逾宋唐,直攀魏晋"②。

鲁迅在论杂文的时候曾经说:"其实,'杂文'也不是现在的新货色,是'古已有之'的,凡文章,倘若分类,都有类可归,如果编年,那就只按作成的年月,不管文体,各种都夹在一处,于是成了'杂'。"③鲁迅的论述正指出了杂文在文体方面"杂"的特点,而他自己的杂文在文体方面也的确很杂,举凡论文、随感录、抒情文(如《记念刘和珍君》《为了忘却的记念》等)、随笔、通讯、短评、短论、序、传、书信、启事、答记者问、谈话、讲演、童话、寓言,甚至"青年必读书目"、考据、诗歌,"有的类似小说(《阿金》),有的类似日记(《马上支日记》),有的熔杂文小说于一炉(《写于深夜里》)"④,等等,无所不包。可以这么说,古今中外已有的"言语形式",书面的也好,口头的也罢,日常的也好,正式的也罢,我们在鲁迅杂文中几乎都可以找到。也正是因为鲁迅杂文文体本身就具有"杂"的特点,所以也就带来了其杂文语体修辞"跨语体"的特点,也就是"杂"的特点。这种"杂"的特点的基本表现是:无论是政论语体的修辞特点,还是文艺语体的修辞特点;无论是科学论文语体的修辞特点,还是公文语体的修辞特点;无论是谈话语体的修辞特点,还是书卷语体的修辞特点;无论是书信语体的修辞特点,还是一般文学语体的修辞特点,鲁迅杂文不仅几乎都无限制地采用过,而且还常常是具有创意地使用,并在"论时事不留面子,砭痼弊常取类型"⑤的过程中,收获了虽然"所写的常是一鼻,一嘴,一毛,但合起来,已几乎是或一形象的全体"⑥的艺术效果。

---

① 刘春勇. 鲁迅:留白与虚妄[C]//谭桂林,朱晓进,杨洪承. 文化经典和精神象征——"鲁迅与20世纪中国"国际学术研讨会论文集. 南京:南京师范大学出版社,2013:610.

② 郭沫若.《鲁迅诗稿》序[M]//李宗英,张梦阳. 六十年来鲁迅研究论文集(下). 北京:中国社会科学出版社,1982:380.

③ 鲁迅. 且介亭杂文·序言[M]//鲁迅全集:第六卷. 北京:人民文学出版社,2005:3.

④ 刘泮溪,孙昌熙,韩长经. 鲁迅杂文的政治意义与艺术价值[M]//李宗英,张梦阳. 六十年来鲁迅研究论文集(下). 北京:中国社会科学出版社,1982:33.

⑤ 鲁迅. 伪自由书·前记[M]//鲁迅全集:第四卷. 北京:人民文学出版社,2005:4.

⑥ 鲁迅. 准风月谈·后记[M]//鲁迅全集:第四卷. 北京:人民文学出版社,2005:402.

不过,鲁迅杂文的语体修辞尽管杂,但这种"杂"也是有规律可循的。这个规律主要有两点:第一点,鲁迅杂文在运用其他语体用语手段时,往往根据所谈对象与所论问题及相关语境,经过对其他语体用语功能上的变异形成自己表情达意的用语。对于鲁迅杂文的这样一种修辞性规律,修辞学家看得最为清楚:"鲁迅杂文中谈古论今,涉及广泛,其中的政治术语、新闻术语,往往根据不同的语境而呈现为或辛辣,或诙谐,或幽默的语言风格,这些术语原有的功能已被鲁迅改造。"①这虽然只是一种概述,却也剖析出了鲁迅杂文语体修辞的一种基本规律。第二点,鲁迅杂文在句式构造上,往往是中外一体,文言句式与白话句式杂糅,既遵循了"消极修辞的基本要求是明确、通顺、简洁、平允"②的原则,又充分利用了各种积极修辞的手段并对这些积极修辞的手段进行了创造性地使用。但鲁迅杂文的语体修辞不管具有怎样的规律,这些规律都指向杂文生成的思想与艺术的目的,也内在地由杂文的思想与艺术的需要所规约,这正是鲁迅杂文语体修辞获得成功的内在与外在的保证,也是鲁迅杂文语体修辞的魅力之所在。

与鲁迅杂文语体修辞相一致,鲁迅小说中这些议论性话语的修辞也是如此。不用再列举别的例子,仅从上面所列举的几个例子中也能以一斑而窥全豹。

在上面所列举的三段议论性话语中,仅从词语的使用来看就很"杂"。虽然这些词语主要以日常口语和一般书面语为主,如"只有自己在上",每个词语都是纯粹的口语词语,"冠于全球""乏"等则是较为典型的书面语的词语,但也同时使用了"文治武力""精神文明"等这样一些经常在政论文或公文中使用的词语。这些词语在词性方面,或者是中性的词语,如"在上",或者是具有否定意义的词语,如"乏",或者是具有积极意义的词语,如"冠于全球""文治武力""精神文明"等,但在这些议论性的话语中,却由于所指称的对象及语境的有力限制,使这些词语原来的功能都发生了变异。变异的基本倾向是:无论是具有中性特征的词语,还是具有表现积极意义的功能的词语,都被贬义化了,而且在这些议论性的话语中还呈现出这样的特点,即越是表现积极意义的词语,其被贬义化的倾向越明显,如"文治武功""中国的精神文明冠于全球"就是最显然的例子。这些词语本来是表现积极意义的词语。而且是表现国家、民族、社会的积极意义的词语,可是,在鲁迅小说的这些议论性话语中,不仅其积极意味变成了具有讽刺意味的词语,而且功能也变异为了它们原有功能的反面——表现消极意义。因为,从整个话语的语境来看,所谓"文治武功"对应的是"在我早如幼小时候所读过的'子曰诗云'一

---

① 李贵如.现代修辞学[M].北京:经济科学出版社,1995:279,311.

② 李贵如.现代修辞学[M].北京:经济科学出版社,1995:311.

般,背不上半句了";所谓"中国的精神文明"对应的不过是阿 Q 的"永远得意",都是在讽刺与否定。即使是"乏"这个词语也不例外。本来"乏"这个词语是表示"缺少""不中用"等否定性意义的词语,如我们经常说的"乏味""乏货"等,但是这个词语在议论性话语中由于是与表示否定的词语"没有"搭配的,因此,这个词语本身虽然是否定性的,但却在这种否定之否定的搭配中,组成了一个肯定性的词组"没有这样乏",并由这个词组为中心组成了一个表示肯定的句子。从而不仅使词组"没有这样乏"具有了表示积极意义的功能,也使由这个词组构成的句子"我们的阿 Q 却没有这样乏"在语义表层具有了表示肯定的意义。不过,由"乏"为主体所组成的句子"我们的阿 Q 却没有这样乏",虽然表示的是积极意义,其词组"没有这样乏"也具有了表现积极意义的功能,但由于语境的作用(因为整段议论性话语都饱含了讽刺与否定的意味,这正是使词语功能发生转变的环境因素),却也使这个句子的功能发生了变异——从表示积极意义的句子变异为了表示消极意义的句子(因为这个句子揭示的不是什么具有正价值的内容,而是具有负价值的内容,即阿 Q 身上根深蒂固的精神胜利法的具体表现之一的"永远得意")。句子的表层意义虽然是"否定之否定"的肯定,但由于话语构成的语境的作用,不仅使这个句子成为了一句典型的"反话正说"的句子,而且也使讽刺与否定的意味从句子的深层中散发出来。同时,也自然地使"没有这样乏"这个具有表现积极意义的词组的功能也发生的根本性的变异,成为了一个表示消极意义并饱含了尖锐、深刻、精巧的讽刺意味的词组。

当然,这些词语在话语中的功能变异,并不是随意的,更不是鲁迅为了展示自己的艺术智慧的"掉书袋",它们的变异与鲁迅杂文中词语功能的变异一样,都受制于鲁迅思想表达的需要与艺术构造的目的。语言学家们在谈作家运用语言的变异时曾经指出:"作家笔下的变异,是他们在运用语言时,出于表达的需要,故意并且在一定限度上突破语音、词汇、语法等种种常规而采取的一种变通用法,它不是一种自然现象而是一种艺术手段。"[①]鲁迅小说中这些议论性话语中的词语功能的变异正是如此。也正因为这些词语在话语中的功能变异是"出于表达的需要",所以,不仅有效地引导了词语功能"变异"的顺利进行,而且也取得了良好的思想表达的效果与艺术构造的效果。如《阿 Q 正传》中"有的胜利者"的议论性话语就是代表。

从思想表达的需要上讲,《阿 Q 正传》中的这段议论性话语所透露的思想,不仅与整篇小说改造国民性的立意完全一致,也不仅是对整篇小说改造国民性内容

---

① 叶国泉,罗康宁. 语言变异艺术[M]. 广州:广东教育出版社,1992:6.

的高度提炼,而且综合了鲁迅所要批判的国民性的主要内容,即自欺与自负。毫无疑问,对于中国的国民性,尤其是具有劣性的中国的国民性,鲁迅在各类文章,包括各类书信中所批判的内容是较为多样的,诸如"听天由命""卑怯""以自己的丑恶骄人"①"小私有者的庸俗,自欺,自私,愚昧,流浪赖皮的冒充虚无主义,无耻,卑劣,虚伪的戏子的把戏"②,以及"每遇外国东西,便觉得仿佛彼来俘我一样,推拒,惶恐,退缩,逃避,抖成一团,又必想一篇道理来掩饰"③。还有"遇见强者,不敢反抗,便以'中庸'这些话来粉饰,聊以自慰。所以中国人倘有权力,看见别人奈何他不得,或者有'多数'作他护符的时候,多是凶残横恣,宛然一个暴君,做事并不中庸;待到满口'中庸'时,乃是势力已失,早非'中庸'不可的时候了。一到全败,则又有'命运'来做话柄,纵为奴隶,也处之泰然,但又无往而不合于圣道"④,等等。但鲁迅在理智与情感方面最为深恶痛绝,并在自己的一系列文章中批判得最为频繁也最为深刻的则是国民劣根性中的两大内容,即自欺与自负以及由自欺与自负所导致的国民的怯弱与爱国的自大。鲁迅曾在他影响巨大的著名杂文《论睁了眼看》一文中一针见血地指出:"中国人的不敢正视各方面,用瞒和骗,造出奇妙的套路,而自以为正路。在这路上,就证明着国民性的怯弱,懒惰,而又巧滑。一天一天的满足着,即一天一天的堕落着,但却又觉得日见其光荣。"⑤深入骨髓地直接地批判了中国人由自欺而导致的国民性的怯弱及"日见其光荣"的病态心理。又在《热风·三十八》中列举了由"爱国的自大"所导致的应该改造的五种国民性,其中的两种,即"中国地大物博,开化最早;道德天下第一"和"外国的物质文明虽高,中国的精神文明更好"⑦都属于是自负于"中国精神文明冠于全球"的国民性内容。而在这段议论性话语中,不仅鲁迅所要批判的这两种国民性都包含在其中了,如阿Q的"永远得意"就正是"自欺"与"自负"的国民性的生动表现,也是由"自欺"与"自负"的国民性导致的。而且,鲁迅对这两种国民性批判的意图也通过充满讽刺与否定的议论性话语得到了表达。所以,这段议论性的话语中所使用的词语变异的方法,不仅是符合跨语体修辞规律的词语功能的变异的方法,更是鲁迅根据思想表达的需要而匠心别具地采用的词语功能变异的方法。这种变异方法采用的结果,不仅使小说"改造国民性"主旨的表达更为直接、鲜明、

① 鲁迅.热风·三十八[M]//鲁迅全集:第十七卷.北京:人民文学出版社,2005:328.
② 瞿秋白.鲁迅杂感选集·序言[M]//李宗英,张梦阳.六十年来鲁迅研究论文集(上).北京:中国社会科学出版社,1982:123.
③ 鲁迅.看镜有感[M]//鲁迅全集:第十七卷.北京:人民文学出版社,2005:209.
④ 鲁迅.通讯[M]//鲁迅全集:第三卷.北京:人民文学出版社,2005:27.
⑤ 鲁迅.论睁了眼看[M]//鲁迅全集:第十七卷.北京:人民文学出版社,2005:254.

充分,而且也使小说的喜剧性审美特色进一步得到了凸显与强化。

从艺术构造的需要来看,这段议论性的话语,是承续着阿Q在欺负了小尼姑后的表现与心理以及阿Q周围人的表现与心理而来的,即阿Q在欺负了小尼姑后,"阿Q十分得意的笑""酒店里的人也九分得意的笑"。不仅词语的使用与上面的话语一样采用了词语功能变异的方法(如在所谓"九分得意的笑"中的"九分"就是从"十分"变异而来。"十分"是副词,"九分"则是数量词,而用数量词"九分"来修饰"得意的笑",则无疑是使数量词的功能发生了变异),而且其议论的内容也是承续着阿Q及周围人的表现与心理展开的,是这些表现与心理描写内容的继续,其讽刺所针对的也是阿Q及周围的人。不过,虽然这段议论性话语以及所饱含的讽刺意味与前面叙述的"得意的笑"都是直接针对着阿Q及其周围的人的,但其艺术构造的分工却十分明确。前面对阿Q及其周围人的"得意"直接通过描写人物自己"哈哈哈"的言语与行为"笑"来显示,并通过这种描写含蓄地显示了对他们行为与心理讽刺的意味。而这段议论性的话语则不仅直接地表达了对他们行为与心理讽刺的意味,而且通过直陈:这或者也是中国精神文明冠于全球的一个证据,更将这种讽刺与小说所要表达的改造国民性的主旨有机地联系起来了。从而,不仅凸显了小说的主旨,也由此彰显了前面对阿Q及周围人们行为与言语描写的意义:原来,阿Q的"十分得意的笑"也好,"酒店里的人"的"九分得意的笑"也罢,虽然都只是他们个人的行为,但这些个人的行为所代表的正是所谓"中国的精神文明冠于全球"的一种病态的国民性,也是应该批判的一种国民性。冯雪峰在论阿Q的这种"得意"的精神状态时曾经指出:"倘将阿Q的自欺欺人办法,仅仅和他自己——一个奴隶,一个做短工的人相联结,这办法就反而教人同情,因为这也是他的一种自卫的战术,否则他就不能生存,而且终于不能生存。然而这是失败后的奴隶,甚至是在做稳了奴隶之后而幸喜着,而得意着的驯服的奴才的意识,而且还说是中国文明的精华!"①冯雪峰的这段论述,正指出了阿Q的"得意"所反映出的"奴才的意识"以及这种意识所代表的"中国文明"的弊端。正是因为这段议论性的话语具有如此的功能,所以如此的结果也就使前面那些具有幽默感的描写阿Q"十分得意"与酒店的人们"九分得意"的句子及所使用的词语,不仅其新颖性获得了思想的支撑而显示了艺术的活力,而且其所包含的对国民性深刻而辛辣的讽刺意味也力透纸背地显示了出来。鲁迅在评论徐懋庸的杂文的艺术作用时曾经指出,这些杂文"生动,泼辣,有益,而且也能够移人情"②。而鲁

---

① 冯雪峰.鲁迅的文学道路论文集[M].长沙:湖南人民出版社,1980:20.
② 鲁迅.徐懋庸作《打杂集》序[M]//鲁迅全集:第六卷.北京:人民文学出版社,2005:301.

迅在小说中的这些议论性话语及所采用的语言功能变异的方法,也正具有这些杂文的这些艺术作用,它们不仅具有审美的生动、泼辣、有益性,也不仅能移人情,而且也很有效并出色地完成了鲁迅曾经说过的"要救正这些(国民性——引者注),也只好先行发露各样的劣点,撕下那好看的假面具来"①的小说创作的任务。

　　鲁迅小说作为典范的白话文之一,不仅在词语功能的变异方面显示了自己的独特性与创造性,而且在句式构造及修辞手段的使用上也表现出了强劲而新颖的创造性。当然,这种创造性的获得,也不是随意而为的,而是遵循了规范的创造,是在规范基础上的创造,是规范性与新颖性有机统一的创造。而这种句式构造及修辞手段使用的规范性与创造性,在这里所引用的这几段议论性的话语中,也有充分的表现。如"至于错在阿Q,那自然是不必说的"使用的是规范的现代白话文的句式,而"所以者何? 就因为赵太爷是不会错的"采用的则是规范的文言与规范的白话杂糅的句式。"有些胜利者"和"又有些胜利者"是并列复句,而"死的死了,降的降了"和"没有了敌人,没有了对手,没有了朋友"以及"教我惭愧,催我自新"等,使用的是排比句式。"如虎""如鹰"和"如羊""如小鸡"既是比喻修辞的句式,也是排比与对比修辞的句式。很明显,这些句式的构成以及所采用的修辞手法,无论从句式上,还是从手法上,也不管是语法形式,还是使用的喻体,等等,都是符合句式构成规范与修辞规范的。而句式构造与修辞手法使用的创造性,也就在遵循规范的这个坚实而可行的基础上形成的,形成的内在机制则是小说的思想表达的需要与艺术构造的需要,不是为创造而创造的结果。

　　有学者在研究鲁迅小说采用比喻的创造性时曾指出:"创新,是自己选择材料,安排情境,设立新喻。鲁迅先生善于广泛而精密地观察周围的事物,因而他所挖掘的比喻材料,数量多,意境新。在先生的笔下,用作喻体的,有人物,有鬼神,有动物,有植物,有无生物,有器具,有时间,有地点,有动作,等等。鲁迅先生善于大量地选择新鲜的喻体,运用自如地创造出各类比喻,使文学语言不落俗套,别具一格,清新隽永,耐人寻味,从而灵活有力地完成表达任务"。② 这虽然是仅就鲁迅小说比喻使用的创新而言的,但也确实揭示了鲁迅小说话语构造及修辞创新的普遍性规律,这就是"自己选择材料,安排情境","灵活有力地完成表达任务。"前者是手段,后者是目的,手段的创新,包括采用什么样具有新意的话语构造及修辞手段,都是为了一个目的——完成表达任务。而在这段议论性话语中所采用的句

---

① 鲁迅. 通讯[M]//鲁迅全集:第三卷. 北京:人民文学出版社,2005:27.
② 朱泳燚. 鲁迅小说中运用比喻的特色[M]//修辞学研究:第一辑. 上海:华东师范大学出版社,1982:297.

式构造及修辞手段,也是为了这个目的。如这样的句式构造:"至于错在阿Q,那自然是不必说的。所以者何? 就因为赵太爷是不会错的。"这是一个典型的因果复句,使用的是现代汉语通常采用的"之所以","是因为"的结构方式,但又创造性地使用了文言句式"者何"的方式。如此文白杂糅的句式构造,并非是随意而为或为了掉一掉"书袋",而是根据"安排的情境""选择"的句式,根据思想的表达与艺术的目的,即揭示"赵太爷是不会错的"这个判断的荒谬性并由此讽刺与否定赵太爷这个人物而创造的这样一个特别的句式。

就"情境"的安排来看,所谓"赵太爷是不会错的"这个判断,并不是根据现在的事实及普世的价值判断或者法律条文作出的。而是根据古旧的法则即"未庄通例"作出的。而这个通例的本身就是荒谬的,其荒谬性就在于,有威风的名人,"如赵太爷者",不仅打人不负任何法律责任,更不会受到舆论的谴责的,而且相反,被打的小人物还会因为被名人打而出名甚至被"载上"人们的"口碑",受到人们"格外尊敬"。依此类推,自然就推出了"通例"的荒谬性,也使"因为赵太爷是不会错的"这句表明肯定的判断露出了否定的"马脚":既然"如赵太爷者"打人不仅是"不会错的",而且似乎还有恩于被打者,如阿Q,那么赵太爷就应该多打阿Q几次。因为按照"通例"的逻辑,赵太爷只打了阿Q一次就已经让人们"格外尊敬"阿Q了,那么如果赵太爷多打阿Q几次,则阿Q肯定会让人们"格外"又"格外"地尊敬了。正因为"通例"是荒谬的,那么建立在这个荒谬的"通例"基础上的所谓"赵太爷是不会错的"这一判断的荒谬性也就不言自明了。同样,既然这个判断是荒谬的,那么作为这个判断以及句子主体的赵太爷的荒谬性也就同样不言而喻了。这也正是这个文白杂糅的创造性句式构造的思想匠心之一。

同时,在艺术上,如此的话语构造也不仅符合其具体的语境,而且也符合赵太爷这个名人的身份。从具体语境来看,既然"未庄通例"是一种"古法",是大众都心以为然且习以为常的规则,那么用一种文言句式"所以者何"就不仅具有"古"意,而且也完全符合"通例""古"的话语规范。从赵太爷的身份来看,他不仅是"文童的爹爹",而且实乃"秀才"者也。小说中有一句话就很含蓄地点明了他的"秀才"身份,即"赵太爷未进秀才的时候,准其点灯读文章"。赵太爷既然是一名秀才,自然也是通晓古文的,所以,以"所以者何"的文言句式来揭示一个判断的荒谬性,不也正是"以其人之道还治其人之身"的恰到好处吗? 更何况,这种"以其人之道还治其人之身"手法还是鲁迅最常使用的杂文手法,尤其在讽刺与否定所涉对象的杂文中,如此的手法鲁迅更是经常使用。如在驳斥新月社文艺理论批评家梁实秋的观点时,鲁迅"就这样,'即以其人之道,还治其人之身',梁实秋的辩解,恰恰成了鲁迅的论据"①。事实上,鲁迅不仅在自己的杂文创作中频繁地采用这种"杂文的手法",而且在观念上他也很提倡采用这样的手法来回击对象的恶意攻击和自我吹捧,揭露对象的"马脚"及社会的假面具,阐释正面的主张。如他曾在《论"费厄泼赖"应该缓行》一文中,一方面有理有据地论证了现在还不能一味地"费厄泼赖"的问题,一方面则不仅对"以其人之道还治其人之身"方式表示了赞同,而且还直接地使用了这种手法:"例如民国的通礼是鞠躬,但若有人以为不对的,就独使他磕头。民国的法律是没有笞刑,倘有人以为肉刑好,则这人犯罪时就特别打屁股。"②所以,鲁迅在小说中采用文白杂糅的句式构造,不仅具有艺术的合理性,也不仅仅彰显了《阿Q正传》中的这段议论性话语的杂文性特点,而且也将鲁迅对这种"通例"及与这种通例密切相关的小说中的重要人物赵太爷的讽刺性思想倾向含蓄地表达出来了。这个具有创造性的文白杂糅句式构造的艺术匠心与思想匠心就在这里,其魅力也表现在这里。

同样,在修辞手法(包括微观修辞手法)的使用方面也是如此。在"有些胜利者"这段话语中,鲁迅既采用了排比的修辞手法,也采用了比喻与对比的修辞手法。这些修辞手法的采用,也是既指向思想表达的目的,也有艺术的合理性与审美性。同时,这些修辞手法的采用也既具有规范性又具有创造性,它们与鲁迅在杂文中使用的修辞手段可以说是异曲同工,或者完全可以说,鲁迅就是根据杂文的语体特点采用的这样一些修辞手段。朱彤先生在论述《阿Q正传》时曾经说:"其实,《阿Q正传》的'序',就是以杂文方法写的",这种"杂文方法"就是"将形象勾描和思辨说理高度统一起来③"。用瞿秋白论鲁迅杂文特征的概念来说,就是"文艺性的论文"④的方法,用当今中国大陆学者的概括来说,就是"诗与政论的结合"的方法。这种方法,正是鲁迅的杂文能够成为一种文学品类的重要因素之一,也是人们理直气壮地为鲁迅杂文是一门艺术辩护并反驳"现代文学史上的某些反动文人一向诬称鲁迅杂文为'骂人文选',咬牙切齿地不许它们'侵入高尚的文学楼台'"的重要依据,当然也是鲁迅杂文的重要艺术魅力之所在。"'诗与政论的结合',这几乎成了杂文(小品文)的公认的定义。但是,在一般的杂文作者笔

---

① 袁良骏.鲁迅杂文的艺术技巧[M]//北京市鲁迅研究学会筹委会.鲁迅研究论文集.成都:四川人民出版社,1982:347.

② 鲁迅.论"费厄泼赖"应该缓行[M]//鲁迅全集:第十七卷.北京:人民文学出版社,2005:292.

③ 朱彤.鲁迅杂文独创的艺术[M]//李宗英,张梦阳.六十年来鲁迅研究论文集(下).北京:中国社会科学出版社,1982:387.

④ 瞿秋白.鲁迅杂感选集·序言[M]//李宗英,张梦阳.六十年来鲁迅研究论文集(上).北京:中国社会科学出版社,1982:105.

下,'诗'的因素往往是十分微弱的。大多只不过是把一个道理讲得委婉生动一些而已。这样的杂文,很难说它是艺术,也谈不到什么艺术技巧。而在鲁迅那里,情况却全然不同。在鲁迅的杂文中,'诗'是因素总是主要的、基本的、起决定作用的。这就使它们有资格'侵入'了'高尚的文学楼台',使它们具有了强烈的感染力量,这也就构成了鲁迅杂文的基本艺术特征。"①正因为鲁迅杂文的这种方法如此重要,又如此具有魅力,所以朱彤先生甚至认为将这种方法"即叫做第四种方法也未尝不可"⑤。朱彤先生之所以称鲁迅杂文的这种方法为第四种方法,就是因为在朱先生看来,"塑造形象只有三种方法:一是抒情诗;二是叙事诗,包括小说、特写和传记文学之类;三是戏剧"⑤。而这种"将形象勾描和思辨说理高度统一起来"的方法,是继已有的抒情诗、叙述文学和戏剧塑造形象的三种方法之外的一种由鲁迅"独创"并由鲁迅完善的方法。而鲁迅所创造的这第四种塑造形象的方法以及这种方法的魅力,我们在小说《阿Q正传》这段议论性的话语中也能轻易地寻索到,也能直观地通过审美把握到,而寻索与把握的基本路径就是鲁迅在这段话语中所采用的微观修辞。

毫无疑问,这段议论性的话语除了上面已经分析过的具有生动地揭示小说主旨与表达鲁迅思想与情感倾向的功能之外,也同样有塑造人物,特别是阿Q这个主要人物形象的作用。而这段话语对阿Q形象的塑造,采用的正是形象的勾勒与思辨说理高度统一的方法,并且,无论是形象的勾勒还是思辨说理,都是对阿Q这个人物形象"深度"的塑造。因为这段议论性话语所揭示的不是阿Q这个形象的外在特征,而是阿Q这个形象特有的重要精神特征——永远得意。整段话语都是在思辨与说理,这是很显而易见的。因为这本来就是一段"议论性的话语",但其思辨与说理却又常常伴随着形象的勾勒。这种形象的勾勒表现在两个方面:第一个方面是对阿Q这个人物形象的勾勒;第二个方面是恰当地采用了各种修辞手法,如排比、对比、比喻等具有形象性的修辞手法。前一个方面的勾勒是这段议论性话语的主要目的与特色之一,即鲁迅书写这段议论性话语的重要目的之一就是为了更有效地塑造阿Q这个人物,而且是"深度"地塑造这个"国人的魂灵";后一个方面的"勾勒"是这段议论性话语构成的艺术特色,即鲁迅的议论。无论是对阿Q这个人物的议论,还是对与小说的主旨密切相关的"改造国民性"的议论,都不是生硬地使用政论话语或公文性的话语展开的议论,而是采用的文学作品中最常用的艺术修辞的话语展开的议论。而这两个方面的"勾勒",又有密切的联系。这

---

① 袁良骏.鲁迅杂文的艺术技巧[M]//北京市鲁迅研究学会筹委会.鲁迅研究论文集.成都:四川人民出版社,1982:331.

种联系就在于,这些修辞手法的采用,不仅使思辨与说理消除了其生硬性,具有了艺术的生动性,而且使所要塑造的人物阿Q的精神特质得到了多方面的凸显。或者说,这些修辞手法,无一不具有揭示阿Q精神特质的作用:不仅所选择的排比的修辞手法揭示了阿Q的精神状态,而且采用的对比的修辞手法也同样揭示了阿Q的精神状态,即使采用的比喻修辞,也紧扣阿Q的精神状态。如这个句群:"愿意敌手如虎,如鹰,他才感到胜利的欢喜;假如如羊,如小鸡,他便反而觉得胜利的无聊。"就综合地采用了排比修辞、对比修辞及比喻修辞的手法。所谓"他才感到""他便反而觉得"两句,就既是排比句,也是对比句,即"欢喜"与"无聊"对比;所谓"如虎,如鹰","如羊,如小鸡",则既是比喻,也是排比,同时还是对比,是强者与弱者的对比。有学者认为,在杂文中"鲁迅善于运用比喻,亦复擅长运用对比"。善于运用比喻的结果,"既为文章增加了瑰奇动人的风采,又给读者以深刻难忘的印象;特别是与论敌斗争的时候,他往往通过巧妙的比喻形象地说明事实的实质,揭露敌人的本相,使他们只是望风披靡,无可争辩。"擅长运用对比的结果"则使文章意义更加深刻有力"①。这些评价,也完全适应对鲁迅小说中这段话语所使用的比喻及对比修辞效果的评价。但鲁迅小说中这段话语所采用的比喻及对比等修辞手法的艺术效果,除了这些以外,还有一个重要的艺术效果,就是这些修辞手法的采用都从不同的方面揭示了阿Q的精神特质。即"他是永远得意"的精神特征,从而塑造出了一个既不是"无聊"的胜利者,也不是战胜了强者的"欢喜"的胜利者形象,而是一位个性独特——"没有这样乏"而又是某些"中国精神文明"的代表者的形象——阿Q。同时,这些修辞手法的采用,也使这段话语最后的总结以及对阿Q"永远得意"的意义说明:"这或者也是中国精神文明冠于全球的一个证据"有了艺术的依据,而也同样消除了这些议论性话语的生硬性以及随意性,而使这最后的总结、议论成为了整段话语,乃至于整篇小说的一个有机的构成部分。同时也使这些修辞手法自己的艺术价值得到了实现。

### 二、抒情的话语修辞及语用修辞

李长之在论鲁迅的创作时曾经指出:"鲁迅的笔根本是长于抒情的,虽然他不专在这方面运用它。"②如果说抒情就是指文字浸泡在情绪里的话,那么李长之的这一判断是很有道理的。仅就鲁迅创作的小说来看,不仅各篇小说的喜怒哀乐、

---

① 刘绶松.鲁迅杂文的艺术特色[M]//李宗英,张梦阳.六十年来鲁迅研究论文集(下).北京:中国社会科学出版社,1982:207—209.

② 李长之.鲁迅批判[M].北京:北京出版社,2003:90.

爱恨情仇的情感表露力透纸背,各类浸泡在情绪里的文字、话语比比皆是,而且有的小说甚至全篇都是"纯粹的抒情文字"①,如《伤逝》。所以,李长之认为:"广泛的讲,鲁迅的作品可说都是抒情的。别人尽管以为他的东西泼辣,刻毒,但我以为这正是浓重的人道主义的别一面,和热泪的一涌而出,只不过隔一层纸。"李长之的观点,实际上揭示了鲁迅作品两个方面的特色,一个方面是人们较为公认的"泼辣""刻毒"的特点,一个方面是他自己坚定认可的"抒情"的特点。而对鲁迅作品抒情特点的认可,也正是李长之在鲁迅研究方面的创意。因为在李长之的《鲁迅批判》成果问世的 20 世纪 30 年代之前,还没有人如此明快地认为"鲁迅的作品可说都是抒情的"。到了 20 世纪 40 年代,另一位研究鲁迅小说的学者也如是说:"鲁迅的小说,一般地说来是散记体的形态,它的结构是直述的散记,它的风格是叙述的诗,含有情感的色彩,跃动着生命的呼吸。"②更干脆地将鲁迅小说的风格与"叙述的诗"画了等号。

（一）小说的言语主体与抒情的话语修辞及语用修辞

一般说来,小说中的抒情有各自形式。既有直接抒情的形式,也有间接抒情的形式。但不管是什么形式的抒情,在小说中都主要是由三类言语主体的话语来体现和完成的:一类是文外叙述者的话语,即作者的话语;一类是小说中人物的话语;一类是文内叙述者的话语,如小说中的特殊人物"我"或其他事件的见证者、其他人物故事的讲述者等的话语。鲁迅小说的抒情也主要由这三类言语主体的话语所体现和完成的。这三类言语主体,由于其身份或所担任的角色不同,对小说艺术世界的构成的作用也不同。因此,其抒情话语的修辞,甚至构成抒情话语的语用修辞也泾渭分明。它们不仅以其深邃、隽永、生动的审美性存在,直接地体现了"鲁迅的笔根本是长于抒情"的特点,而且也充分地彰显了自身话语及语用修辞的特点与魅力。如下面的抒情话语:

> 看哪,他飘飘然的似乎要飞去了!(《阿 Q 正传》)
>
> 舜爷的百姓,倒并不都挤在露出水面的上顶上,有的捆在树顶,有的坐着木排,有些木排上还搭有小小的板棚,从岸上看起来,很富于诗意。(《理水》)
>
> 阿,这不是我二十年来时时记得的故乡?(《故乡》)
>
> 我这时突然感到一种异样的感觉,觉得他满身灰尘的后影,刹时高大了,

① 李长之. 鲁迅批判[M]. 北京:北京出版社,2003:83,76.
② 吕荧. 鲁迅的艺术方法[M]//李宗英,张梦阳. 六十年来鲁迅研究论文集(上). 北京:中国社会科学出版社,1982:465.

而且愈走愈大，须仰视才见。而且他对于我，渐渐的又几乎变成一种威压，甚而至于要榨出皮袍下面藏着的"小"来。(《一件小事》)

我的很重的心忽而轻松了，身体也似乎舒展到说不出的大。(《社戏》)

"我真傻，真的。"(《祝福》)

"我是赌气。你想，'小畜生'姘上了小寡妇，就不要我，事情有这么容易的？'老畜生'只知道帮儿子，也不要我，好容易呀！七大人怎样？难道和知县大老爷换帖，就不说人话了么？"(《离婚》)

"我是我自己的，他们谁也没有干涉我的权利！"(《伤逝》)

八段抒情话语，各由三类言语主体承担，第一例和第二例的言语主体是文外叙述者；第三例至第五例的言语主体是文内叙述者；第六例至第八例的言语主体则是小说中的主要人物。这三类言语主体的话语虽然都具有抒情性，但意味与修辞却有不同的情趣，而这些不同的情趣就导源于言语主体的身份及在小说中所扮演的角色。或者说，鲁迅就是按照这些言语主体的身份及在小说中所扮演的角色，有意识地采用的不同的修辞手法，从而赋予这些言说主体的抒情话语以不同意味的。

就文外叙述者的话语来看，这些话语虽然也具有抒情性，但这种抒情性却明显地具有一种"矫情"的意味，即在不该抒情的地方，偏偏写下了一段抒情话语。而这些抒情话语，不仅不怎么符合情理，而且也与这些抒情话语生成的语境十分地不协调。如第一例的抒情话语就是如此。这段抒情话语是直接针对阿Q欺负小尼姑"胜利"后的行为与心态展开的，而阿Q的这种向更弱者施暴的行为及所表现出的"得意"的神态，无论是从情理上还是从鲁迅的思想与情感倾向上来讲，都是应该批判与否定的。而且，在事实上鲁迅已经在这段抒情性话语出现之前的一段议论性话语中给了了讽刺与否定，认为阿Q的这种"得意"是中国精神文明冠于全球的一种国民病态心理的反映。而不应该、也不值得来一段抒情的，可是作为文外的叙述者的鲁迅却偏偏来了一句抒情。同样，第二例的抒情话语的出现，也是如此。面对滔滔洪水及挣扎在洪水中艰难地生活着的大众所构成的民不聊生的所谓"风景"，即使不表达一下同情、哀叹，至少不应该用"很富于诗意"来抒情，可文外叙事者却也偏偏来了这么一句抒情。所以说，这些文外叙述者的抒情话语充满了"矫情"的意味。

但是，事物的辩证法也在这里表现出了自己的规律，也正是这种"矫揉造作"的抒情，在彻底而有效地消解了这两段抒情话语的所有赞赏性意味的同时，也消解了这两段抒情话语中词语所指的赞赏性意义，而让浓厚、尖锐的讽刺性意味力透纸背地发散出来。并且,这种讽刺性的意味的发散还表现出这样一种倾向,即越是用赞赏性词语修饰的抒情话语,其讽刺意味越浓厚、越尖刻,如"很富于诗意"这段抒情话语就是如此。这是因为这两篇小说中的文外叙述者,即作者,扮演的本来就是一个批判者的角色,一个力图要"改造国民性"的角色。这两段话语的抒情性并不是在文外叙述者"真诚"赞赏的基础上诞生的,而是基于"真诚"的批判与否定的意识,即"改造国民性"的意识生成的。所以,这两段抒情性的话语采用的修辞手段,虽然表面上似乎是"直抒胸臆"的修辞手段,而实际上所采用的则是反讽的修辞手段。而且这种反讽还具有明确的针对性:第一例的反讽针对阿Q,第二例的反讽针对即将出场的那些聚集在"文化山"上看"风景"的文人,这种反讽的修辞手段正是这个文外叙述者作为一个批判者鲜明的角色意识的体现。

就文内叙述者的抒情话语来看,《故乡》与《一件小事》中的抒情话语,充满了质疑和反省的意味,所采用的修辞手法一为"提问"的修辞手法,一为对比的修辞手法。而这些充满了质疑与反省意味的抒情话语及所采用的修辞手法也是符合成年的"我",这种接受过现代教育的知识分子身份及"我"在小说中所扮演的角色的。《故乡》中的"我"作为一个现代知识分子,所扮演的角色主要是"见证者"的角色,即见证了故乡的变化和人的变化的角色。作为一个现代知识分子,从小说的整体来看,对现象的思考是"我"作为一个现代知识分子的特点(小说后面"我"对闰土叫"我""老爷"现象的议论正说明了这一点)。更何况"我此次回乡,本没有什么好心绪",所以面对"苍黄的天底下,远近横着几个萧索的荒村,没有一些活气"的故乡,"我"质疑"这不是我二十年来时时记得的故乡?"自在情理之中。作为一个"见证者",在"我"的记忆中,"我所记得的故乡全不如此。我的故乡好得多了"。但眼见的现在的故乡却一派死气沉沉,所以这段抒情性的话语采用"提问"的修辞手法也与"我"作为一个"见证者"的角色相吻合。《一件小事》中的"我"虽然也是一位现代知识分子,"我"所扮演的角色虽然也是一个"见证者"的角色,但"我"扮演的更为重要的角色则是"对比"的角色,即"我"与车夫的对比的角色。所以,这段抒情性话语也就主要采用了对比的修辞手法,用车夫的"大"来对比"我"的"小"。从语用修辞的角度看,这里所使用的打引号的"小",固然可以从多个角度进行解读,但最为切近的解读,则是"对比"修辞的角度。因为,无论将这个打引号的"小"的所指解读为什么,如"我"的"小心眼","我"的"小九九"等,但在客观效果上都具有"对比"的效果,都指向"我"的人品、精神的"小"与车夫的人品、精神的"大"的对比。《社戏》中的抒情话语,充满了快乐的意味,采用的修辞手法则是"直陈"胸臆的手法。这也是符合"我"的身份及所扮演的角色的。就"我"的身份来看,"我"不过是一个"十一二岁"少不更事的少年;就"我"的角色来看,就是一个喜欢看戏的角色。作为一个少年,"我"既没有什么城府,也不善于压抑自己想看戏的情感倾向,"我"所有的喜怒哀乐都写在脸上并表现在行动上。作为一个"喜欢看戏"的角色,"我""现在"的所有追求都集中在一个事情上,就是想看戏。而由于不能去看戏,"这一天我不钓虾,东西也少吃"。以至于"母亲很为难"。所以这段抒发"我"在得知"我"看戏的愿望可以实现时的情感的话语,也就主要采用了直陈的修辞手法。从语用修辞上看,这里使用了一个"大"来形容"我"的心情,也正与"我"作为一个少年对于词语的直观理解相吻合,也与"我"扮演的一个喜欢看戏的少年的角色相吻合。因为"我在那里所第一盼望的,却在到赵庄去看戏"。也就是说,"看戏"不仅是"我"这个时候的最"大"愿望,而且也是"我"来这里做客"所第一盼望"的。当"我"的这个最"大"和"第一盼望"的愿望就要实现的时候,用"我"的"身体也似乎舒展到说不出的大"来形容,不仅形象、生动、新颖、有趣,而且也符合"我"所扮演的角色。苏雪林当年在评鲁迅小说的用语时曾经指出"鲁迅文字新颖独创的优点,正在这'于词必己出''重加铸造一样言语'上"[1]。这自是中肯之言,而鲁迅文字新颖独创之所以能成功,并非是凭借天马行空似的灵感偶然获得的成功,而是在坚实的基础之上培育的结果。这种坚实的基础就是小说人物外在与内在的规定性和语境的合理性,正是由于有如此坚实基础的保障,才使鲁迅小说中使用的任何"必己出"的词语和"重加铸造一样言语",都能经受得起哪怕是最严格的检验,也就当然获得了良好的艺术效果。

就人物的抒情话语来看,这里引用的三个身份不同,角色也不同的人物的抒情话语,虽然意味也很不相同,采用的修辞手段也各异,但也同样符合人物的身份及所扮演的角色,也同样包含了众多可资分析的内容。

祥林嫂的这段抒情话语充满了悲剧的意味,所采用的修辞手法则是将抒情渗透于叙事的手法里。这种悲剧的意味及所采用的修辞手法,也是符合祥林嫂的身份及在小说中所扮演的角色的。从身份来看,祥林嫂应该是一个质朴而没有受过什么教育的下层劳动者。因为从小说的叙述来看,没有任何地方交代过她曾上过学,也没有任何描写话语或其他话语暗示过她懂"子曰诗云",再加上她本来就少言寡语,即使开口也是"别人问了才回答,答的也不多",所以她的抒情话语完全采用的是下层人的口语,语用修辞上也基本以口语词汇为主,句式基本都是陈述句,且"句子短、语调急促、节奏强烈"[2]。从她所扮演的角色来看,她是小说的主角,

① 苏雪林.《阿Q正传》及鲁迅创作的艺术[M]//李宗英,张梦阳.六十年来鲁迅研究论文集(上).北京:中国社会科学出版社,1982:141.
② 陈鸣树.鲁迅小说论稿[M].上海:上海文艺出版社,1981:251.

而且是一个苦难集于一身的主角,是一个"只有痛苦是家产,别的么,是一无所有的"①不幸遭遇的集合体。而她最大的痛苦和最痛苦的遭遇就是失去了最重要也是最后依靠的儿子这件最悲惨的事件,让她最无法忘却而刻骨铭心的事件也是这一事件;她最想向人讲述的事件,也是这一事件;她的人生和情感所遭受的最重的打击与伤害,也是这一事件,让她最为悔恨的事件,还是这一事件,所以,小说采用将抒情渗透于她的叙事之中的修辞手法,自然也是符合她的身份以及在作品中所扮演的角色的。因为,不仅祥林嫂所叙述的这个事件包含了祥林嫂最直接、最深厚、最悲痛的情感内容,是最能体现她作为一个苦难集于一身的角色的事件,而且祥林嫂饱含血泪地讲述这个事件,也完全符合她作为一个目不识丁的下层劳动者不善于"直抒胸臆"而只会通过讲述自己的故事,尤其是自己亲历的故事来表情达意的身份与特点。

与祥林嫂相比,爱姑虽然也是一个普通农家的女子,但其抒情性话语的意味却充满了"火药"味,所采用的修辞手法既有借代,也有移就。而话语这种意味及所采用的这些修辞手法也同样符合她的身份及所扮演的角色。毫无疑问,爱姑在小说中所扮演的角色不像祥林嫂那么单纯,她是一个较为复杂的角色。从她的言语行为来看,她最初出现在小说中时,是一个具有抗争性,而且是无所顾忌的抗争性的角色。尽管她的抗争所依据的只是传统婚姻赋予她的名分:"我是三茶六礼定来的,花轿抬来的",抗争的勇气来自传统文化赋予她的虚幻的"合法性",但却毕竟表现出了维护自己"名分"的抗争性。而这里引用的她激愤地抒发情感的一段话语,则正反映了她作为一个抗争角色的特点,而所采用的修辞手法,又正切合了她作为一个农家女子和复杂的抗争角色的特点。从身份来看,她虽然是一个农家女子,恪守着封建礼教的种种规范,自从嫁到婆家"真是低头进,低头出,一礼不缺"。可丈夫和公公却"一个个都像个'气杀钟馗'"一样虐待她,从而使她对自己的丈夫与公公又恨之入骨。而小说采用借代的修辞手法,让她用"小畜生"来借指她的丈夫,用"老畜生"来借指她的公公,则正切合了她要表达强烈憎恨的情感需要和她作为一个"没有现代性知识话语"②的农家女子的经验知识素养与身份。从她在整个小说中所扮演的角色来看,一方面,她固然是一个具有抗争性的角色,但另一方面,她的抗争又主要是针对自己的丈夫与公公的,却不敢挑战乡村的大

①　李长之.鲁迅批判[M].北京:北京出版社,2003:83.

②　罗宗宇."她"言说的虚妄——关于《离婚》中爱姑突变的一种解读[C]//谭桂林,朱晓进,杨洪承.文化经典和精神象征——"鲁迅与20世纪中国"国际学术研讨会论文集.南京:南京师范大学出版社,2013:611.

人物"七大人"的权威。再加上这个时候,即她与父亲一起到慰老爷家"会亲"的时候,她又不知道"七大人"在"会亲"的过程中对她的事会如何判决而又要表现出自己的"抗争"是"理直气壮"的,所以在涉及"七大人"的时候,尤其是涉及对"七大人"评价这个十分敏感的问题时,小说没有采用如爱姑对自己的丈夫和公公的评价一样的借代的修辞手法或者其他的修辞手法,而是采用了"移就"的修辞手法,将爱姑前面所指称的"七大人"中的"人""移就"到了后面"就不说人话了么"之中,从而满足了她这个复杂的抗争角色表达"复杂"情感的需要。因为"移就"的修辞手法中使用的"人"不具有挑战性,更不具有显在的谩骂性,只具有"寓情于物物不变"①的特征,但又显示了爱姑的"理直气壮"和爱姑对"七大人"的复杂心态。同时,人物抒情话语的这种十分讲究的修辞,不仅合乎情理,也十分精巧地为后面爱姑面对"七大人"的权威的最终妥协的结局埋下了伏笔、做出了暗示。这正是鲁迅使用这种修辞手法的艺术匠心之一。

与祥林嫂和爱姑相比,《伤逝》中的主要人物子君的抒情话语则是另外一种意味,这就是"自信"而决绝的意味。这种意味所透射出的是对"个性解放"决绝追求的勇气。有学者甚至认为,子君这段抒情性话语本来就是从"个性解放"的思想意识中生发出来的,也是她追求个性解放的行动"宣言"。使用的修辞手法是直抒胸臆的"感叹"手法。这段抒情话语的意味及所采用的修辞手法,不仅同样符合子君这个人物的身份及在小说中所扮演的角色,而且审美意味更为丰富。

子君作为一个经常与"我"谈家庭专制,谈打破旧习惯,谈男女平等的女性,很显然是一个知识分子,而且是一个深受新思潮影响的知识分子。因为"我"与子君谈的这些话题,都是新思潮的话题,所以在争取自己幸福的过程中子君用如此自信、决绝而充满个性解放意味的话语来抒发情感,完全符合她的身份及其知识背景。从子君在小说中所扮演的角色来看,她无疑是一个悲剧性角色,不仅是一个承担着生活悲剧的角色,更是一个承担着精神悲剧的角色。而使她成为这样一个"双重"悲剧角色的思想依据,不是别的,正是由"我是我自己的,他们谁都没有干涉我的权利"这段抒情性话语所表达的"个性解放"的思想。因为这段抒情话语固然昭示了子君决绝、自信的精神风采,但这种似乎具有昂扬特征的精神风采却无法掩盖子君思想的幼稚性。其幼稚性主要表现在两个方面,一是对她自己与"他们"关系的认识太天真,她只知道或者说只认识到了她是她自己的,将自己从"社会关系的总和"中孤立了出来,也只在主观上认为"他们"没有权力干涉她。但却

---

① 袁晖.论修辞中的"移就"辞[M]//修辞学研究:第一辑.上海:华东师范大学出版社,1983:251.

没有认识到即使她的亲朋好友不干涉她,可是,人(包括子君她自己)作为社会关系的总和,虽然人(包括子君)不一定能干涉社会,但是社会却是一定会干涉人的。对于像子君这样的人来说,社会不仅要干涉她,而且对于她的"个性解放"还要予以扼杀。这是因为"旧社会旧势力并不是这样好心肠和大气度的,能容许这对爱人安享他们的幸福。这里还有第二道关口——比第一道关口更困难的、家庭以外的社会旧势力的关口。不用说,当时的封建旧家庭和社会旧势力是一个整体;但社会旧势力究竟比封建旧家庭更复杂,更不容易冲破"。正是因为子君和涓生没有认识到社会的如此强力,也当然没有任何的思想与行为的准备,所以"就在这第二道关口面前,子君却悲惨地失败了,屈服了①"。二是她和涓生一样,对"个性解放"的理解太肤浅,仅仅将"个性解放"的要义狭隘地理解为"爱"。而子君这段自信十足地表现了她的勇敢与无畏的抒情话语,就正是建立在这种"爱"之上的言说,也就是涓生后来的反省所指出的"她当时的勇敢和无畏是因为爱",而涓生所指出的"为了爱——盲目的爱——而将别的人生的要义全盘疏忽了",正揭示了她与他在这个问题上的肤浅性。正因为"她当时所追求的只是爱,超出爱以外的东西,例如打破旧习惯,实现男女平等,彻底解放妇女,以至于完全推翻封建制度等等,她并不十分理解",这也就决定了"子君的悲剧并不因为她信奉了个性解放、自由平等的思想,并不因为她信奉了民主主义,恰恰相反,是因为她缺乏充分的、坚定的个性解放、自由平等的思想,缺乏彻底的革命民主主义"②。由此看来,子君这段抒情话语的"感叹"不仅符合子君的身份及在小说中所扮演的"双重"悲剧角色,而且将这段抒情话语及所采用的修辞手法从审美效果上分析我们还会发现,这段抒情话语的抒情性越强烈、越凸显了子君的身份,子君所扮演的悲剧角色的意义也越鲜明;话语所具有的个性解放的意味越浓厚,则越显示了个性解放的弊端及在当时中国社会的虚幻性。而对个性解放弊端及在当时中国社会的虚幻性的揭示,正是鲁迅深刻的思想之一,也是支撑鲁迅《伤逝》这篇小说的坚实思想基础之一,也当然是小说《伤逝》中子君这段抒情性话语的意义和价值之一。

陈鸣树先生曾经指出:在鲁迅小说中,作者赋予抒情语言的主要有两类人物,"一类是农民或农村劳动妇女,另一类是当时进步或比较进步的知识分子。显然,对这两类人物所赋予的抒情语言,不但要表现他们不同的阶级地位的特点,而且要表现他们在阶级性制约下的个性化的特点,这还不够,还必须表现他们这种阶级性与个性辩证统一的思想情感如何在特定的情势支配下的抒情方式。正是他

---

① 王西彦. 第一块基石[M]. 上海:上海人民出版社,1980:108.
② 陈安湖. 鲁迅研究三十年集[M]. 武汉:华中师范大学出版社,1988:327-328.

们这种抒情方式,决定了他们的抒情语言的特色"①。这种观点虽然是从一般现实主义塑造人物的规范中总结出来的,并带有十分鲜明的阶级论的色彩,也没有从言说主体的角度来分析人物抒情话语与人物在小说中所扮演的角色的关系,但所揭示的人物的"抒情方式"与人物"抒情语言"之间的逻辑关系,以及人物的抒情话语与人物自身的质的规定性———一定阶级与一定倾向的代表和人物自身个性之间的艺术关系,还是十分中肯与精当的。而这也正是鲁迅小说中这些人物抒情话语之所以合理、生动并经受得起生活逻辑与艺术逻辑检验的内在原因。

不过,由于鲁迅小说中的言语主体的设置十分灵活,有时,言语主体的设置十分规范,如在《孔乙己》这篇小说中,文外叙述者、文内叙述者(即咸亨酒店中的小伙计"我")和人物孔乙己,三类言语主体设置齐备。有时又常会发生一些变化,尤其是文外叙述者与文内叙述者这两个言语主体,不仅设置灵活,常常忽隐忽现,而且还常常角色混淆,无法界定,如《明天》这篇小说,言说的主体是文外叙述者与人物,文内叙述者本来是隐身的,但在情节发展到一定阶段的时候这个本来隐身的文内叙述者却突然现身来了一句"我早经说过:他是粗笨女人";还有《阿Q正传》中的第一章的言说主体是文内叙述者"我",而之后各章中这个文内叙述者"我"又隐蔽起来了,将叙述与描写的任务转交给了文外叙事者;还有《出关》这篇小说,全篇本只有文外叙述者与人物这两个言说主体,可在情节发展的中间,却突然出现了这样两句话:"无奈这时鲁般和墨翟还都没有出世"和"那时眼镜还没有发明",这两句话究竟是属于文外叙述者的话语呢,还是属于文内叙述者的话语呢?实在不好界定。

毫无疑问,鲁迅小说中的这些言语主体设置的变化也是鲁迅小说艺术匠心的一个方面。有学者在研究《明天》中文内叙述者突然现身的现象时就曾指出,这是鲁迅采用的一种强行介入小说叙事的修辞方法,其目的是提醒读者注意人物的身份;也有学者认为,无论文外叙事者和文内叙述者是现身还是隐蔽,甚至是混淆,这都是鲁迅反传统小说的范式和突破"文学概论"一类小说理论框架的创新性实践,而且是很新颖、独特的创新性实践。这些观点虽然只是见仁见智的论述,但也的确触及了鲁迅在小说中如此做法的艺术匠心。但也正是由于鲁迅在自己所创作的小说中采用了这样一些独运的匠心,从而也带来了小说抒情话语依附的一个明显现象,即在鲁迅小说中,抒情话语的言语主体。主要不是文外叙述者,也不是小说中有名有姓的人物,而是小说中的"我"这个既是小说中一个独立的人物形象,又常常是小说中典型的文内叙述者。鲁迅小说中的抒情话语,也常常由这个

---

① 陈鸣树. 鲁迅小说论稿[M]. 上海:上海文艺出版社,1981:250.

特殊的角色承担,而这个特殊角色的抒情性话语,不仅意味深长,而且话语修辞与语用修辞的手段也丰富多彩、美不胜收。所以,分析鲁迅小说抒情的话语修辞及语用修辞,最好也是最有效的方法是分析"我"的抒情话语。更何况,在鲁迅的小说中,这些"我"的抒情话语所负载的情感内容,虽然不等于就是鲁迅自己的情感内容,两者之间不能简单地画等号,但两者之间有密切的联系,则应该是不争的事实。有学者就曾指出,"鲁迅主要是个主观作家,他写的东西大抵都跟自己有很深感受的事情有关,感情色彩很重的《伤逝》自然不能例外"①。这虽然是一家之言,其判断也有待商榷,但这种一家之言中所下的两个判断,即鲁迅的小说创作与鲁迅自己"有很深感受的事情"的关系以及鲁迅小说的"感情色彩"与鲁迅这个"主观作家"的密切联系,还是较为中肯和经受得起推敲的。如果基于这种密切的联系对这些"我"的抒情话语展开分析,在我看来,不仅能更好地寻索鲁迅采用各种修辞手段书写这种抒情话语的艺术匠心,也不仅能从这样一个特殊的角度来研究鲁迅小说的审美性,而且也能更清晰地透视鲁迅丰富的情感世界。

(二)意蕴及修辞各异的"我"的抒情话语

在鲁迅创作的三十三篇小说中,有"我"这个人物作为形象或以"我"为文内叙述者的小说就有十二篇,这个比例是很高的,如果除去因取材的特殊性而无法设置或难以设置"我"这个角色的历史小说集《故事新编》中的八篇小说,这个比例则更高,接近百分之五十。这一方面说明了鲁迅喜欢从"我"的视角观察生活、描写人物、叙述事件,也擅长从"我"的角度展开相应的叙述与描写;另一方面则说明了"我"这个角色在鲁迅小说中的地位很重要,是鲁迅小说世界,尤其是相对于历史小说而言的现代小说世界构成的重要因素。

在这十二篇小说中,"我"作为一个独立的角色,除了《孔乙己》中的"我"之外,大多数都是知识者,虽然"我"这个角色大多数都是知识者,但个性却是各不相同的;同样,"我"作为一个文内叙述者,由于所处的情境及所面对的人物、事件都是不同的,因此,不仅叙述或描写对象的话语不同,其抒情的话语也各不相同,不仅其抒情话语所包含的意蕴不相同,而且所采用的修辞手法也是丰富多彩的。但不管意蕴如何不同,修辞手法如何丰富多彩,这些抒情话语都不仅切合了"我"的身份,也不仅切合了各篇小说的具体情境,彰显了鲁迅的艺术匠心,而且具有巨大的冲击力和可以从多个角度进行解读的深厚魅力。

① 张钊贻.《伤逝》是悼念弟兄丧失之作? ——周作人强解的真意揣测[C]//谭桂林,朱晓进,杨洪承.文化经典和精神象征——"鲁迅与20世纪中国"国际学术研讨会论文集.南京:南京师范大学出版社,2013:664.

鲁迅这十二篇有"我"的小说究竟有多少抒情话语？这是自鲁迅小说问世以来从未有人回答过的问题。这当然不是学界同人的无能或畏难，主要是如李长之所说的，鲁迅的作品都是抒情的状况使然。既然鲁迅的作品都是抒情的，那么也就等于说，留存于小说中的所有话语，包括"我"的话语，都是抒情话语，或者较为客观地说，都具有一定的抒情性。所以，有鉴于此，我这里所分析的"我"的抒情话语也只能是鲁迅小说中"我"的部分类型的抒情话语。不过，尽管是"部分"不是全体，但这"部分""我"的抒情话语，无论是从意蕴还是从修辞手法的采用方面来看，都是具有相当代表性的抒情话语，也当然是具有深厚魅力的抒情话语，如"我"的这样一些抒情话语：

> 没有吃过人的孩子，或者还有？
>
> 救救孩子……（《狂人日记》）
>
> 我快步走着，仿佛要从一种沉重的东西中冲出，但是不能够。耳朵中有什么挣扎着，久之，久之，终于挣扎出来了，隐约像是长嗥，像一匹受伤的狼，当深夜在旷野中嗥叫，惨伤里夹杂着愤怒和悲哀。
>
> 我的心地就轻松起来，坦然地在潮湿的石路上走，月光底下。（《孤独者》）
>
> 如果我能够，我要写下我的悔恨和悲哀，为子君，为自己。（《伤逝》）

这些抒情话语分别选自鲁迅的三篇小说，它们分别代表了鲁迅小说中"我"的抒情话语的三种意蕴及表达这三种意蕴的三种修辞手法。

第一段抒情话语，是小说《狂人日记》的结束话语，也是一段具有画龙点睛功能的重要话语。因此，国内外学界同人，在研究《狂人日记》或研究鲁迅与"救救孩子"相关的思想问题时，都往往十分关注这段话语。以至于形成了这样一种强烈而敏感的倾向："说起《狂人日记》中的孩子，人们最先想到的便是以'救救孩子……'为结尾的第 13 章。关于孩子的讨论也往往集中在第 13 章。"①如果对已经问世的研究成果进行考察，我们会发现，这段话语的被关注度与小说中的另外一段关于仁义道德"吃人"的话语几乎相等，特别是在研究《狂人日记》的成果中，对这段话语的关注更为普遍。而凡是关注这段话语的研究成果，又鲜有不论述这段话语意蕴的情况。经过了近百年的研究，在中外学界，关于这段抒情话语的意蕴，主要有两种解说：一种可以称为是"积极意蕴说"，即认为这段话语集中地表达

① 汤山土美子. 通过翻译发现鲁迅五四时期"人"的思想与现代意义[C]//谭桂林，朱晓进，杨洪承. 文化经典和精神象征——"鲁迅与 20 世纪中国"国际学术研讨会论文集. 南京：南京师范大学出版社，2013：354.

了鲁迅积极的情感倾向。宋剑华先生曾经指出,"学界对于《狂人日记》这一结束语的普遍看法,几乎都是从正面意义上去肯定其'救救孩子'的启蒙价值"①的,这是中外学界占主导地位的解说,也是延续时间最长久的一种解说。另一种是宋剑华先生的最新解说,他的解说可以概括为"批判意蕴说"或"否定意蕴说"。

这两种解说所得出的结论虽然不同,但却都有自己的依据,也都能自圆其说。学界同人对这段抒情话语积极意蕴的解说的依据主要有三个:一个是小说的语境;一个则是这段话语本身所使用的句子;一个则是鲁迅创作《狂人日记》这篇小说时对"孩子"的态度。从小说的语境来看,如果小说中仁义道德"吃人"的话语主要是否定性的话语,表达的是鲁迅对封建思想文化批判的思想意识,那么,这段"救救孩子"的话语则正是与否定性话语对立的建设性话语,表达的是鲁迅拯救的呼声。从构成话语本身的句子来看,"救救孩子"这个句子的字面意义没有任何歧义,其动宾词语搭配构成的句子,既标示出了行为的所指,也就是"救",又标示出了"救"的对象,即"孩子"。从鲁迅这一个时期对孩子的态度来看,鲁迅曾饱含感情地如此说:"没有法子,便只能先从觉醒的人开手,各自解放了自己的孩子。自己背着因袭的重担,肩住了黑暗的闸门,放他们到宽阔光明的地方去;此后幸福的度日,合理的做人。"②这段话语正是持"积极意义说"的人们常常引用来解说"救救孩子"这段话语意义的重要话语。而且,这段话语从其发表的时间上看,还正好是鲁迅创作了《狂人日记》之后的第二年写下的话语,以此来证明"救救孩子"话语的积极意义,似乎也的确言之凿凿。日本学者汤山土美子就曾指出:"鲁迅发表《狂人日记》后,为回答《狂人日记》最后一章的末尾一句'救救孩子……',翌年1919年11月发表长篇评论《我们现在怎样做父亲》。这篇评论是五四时期鲁迅思想的代表性著述之一,非常有名。'自己背背着因袭的重担,肩住了黑暗的闸门,放他们到宽阔光明的地方去;此后幸福的度日,合理的做人'这段话与《狂人日记》末尾那句'救救孩子'一同被视为体现了鲁迅所代表的五四时期的时代思潮、新文化运动时期高扬的精神以及对下一代的强烈感情和责任,脍炙人口。"③她的这一观点,不仅代表了中外学者较为一致认同的观点,而且对这一观点论述的方式,即

---

① 宋剑华. 一个真实鲁迅的"悲哀"与"绝望"[C]//谭桂林,朱晓进,杨洪承. 文化经典和精神象征——"鲁迅与20世纪中国"国际学术研讨会论文集. 南京:南京师范大学出版社,2013:621.

② 鲁迅. 我们现在怎样做父亲[M]//鲁迅全集:第十七卷. 北京:人民文学出版社,2005:135.

③ 汤山土美子. 通过翻译发现鲁迅五四时期"人"的思想与现代意义[C]//谭桂林,朱晓进,杨洪承. 文化经典和精神象征——"鲁迅与20世纪中国"国际学术研讨会论文集. 南京:南京师范大学出版社,2013:359.

将《狂人日记》"救救孩子"的话语与鲁迅《我们现在怎样做父亲》一文中的话语联系起来论证,也正是中外学人习用的方式。

不过,学界同人的这种"积极意义说"的解读,虽然也有道理,并也符合鲁迅倡导的要顾及全文和全人的批评原则,但是这样的解读却是一种"不完全"的解读。这种不完全性的主要表现就是忽视了构成这段话语本体的重要因素,即标点符号,也忽视了这段抒情话语采用的修辞手法。宋剑华先生的解说则正是从学界同仁所忽视的本体层面展开的,他说:"但我个人却认为'问号'与'省略号'的连接使用,则是作者寓意着一种质疑启蒙的真实意图——理由十分简单,'没有吃过人的孩子,或许还有?'答案当然是'没有'!因为每一个中国人都是民族文化母体所孕育出来的生命细胞,如果'吃人'已经被确定为是中华民族文化母体的遗传基因,那么中国人从他出生伊始便难逃其传承'吃人'文化的'厄运'!故我们不仅要发问在'救救孩子'的后面,究竟被作者人为地省略掉了些什么?回答自然是'孩子可救吗'的信心丧失!"①

两种解说虽然都有依据,也都从不同的方面揭示了这段话语的意蕴及所指。但相比较而言,宋先生的论述更有说服力,其说服力之一就来自所采用的论证方法。这种论证方法就是:不仅关注这段话语词语的所指意义,更关注这段话语构成的重要本体因素——标点符号,并直接依据构成这段话语所采用的微观修辞手法——标点符号的使用展开论述,剔析标点符号中留存及蕴含的意义。这样的论述虽然不能说是尽善尽美的,所得出的结论也不能说就是完全正确的,更不是我所赞成的,如宋先生认为"没有吃过人的孩子,或许还有"的答案"当然是'没有'";又认为"救救孩子"后面的"省略号"省掉的是"'孩子可救吗'的信心丧失",这两个观点都与我不同。我认为,"没有吃过人的孩子,或许还有"后面的答案应该是"疑惑"而不是肯定的"没有",这也正是鲁迅在这句话的后面用问号而没有用别的标点符号来修饰这句话的匠心之一;同样,我认为"救救孩子"后面的"省略号"省略掉的应该不是"信心的丧失",而是什么样的孩子可以救或应该救,什么样的孩子不可救也不应该救的内容。而这些内容,在创作《狂人日记》时候的鲁迅自己也无法确定,所以就使用了省略号,将这些内容以"留白"的形式进行了"表达"。这种做法,一方面是显示了鲁迅作为一个现实主义者的最朴实的作风:知之为知之,不知为不知,"鲁迅是个严峻的现实主义者,又是个敏锐的现代感知

---

① 宋剑华. 一个真实鲁迅的"悲哀"与"绝望"[C]//谭桂林,朱晓进,杨洪承. 文化经典和精神象征——"鲁迅与20世纪中国"国际学术研讨会论文集. 南京:南京师范大学出版社,2013:621.

者,他不会制作奇异色彩的单程车票在渴望登上未来列车的青年们眼前招摇,更不会把自己仅是愿意相信的东西当作煞有介事的必然现实而矢志追求"①;另一方面也是鲁迅为读者考虑的结果。伽达默尔曾经指出:"不涉及接受者,文学的概念根本就不存在。"②鲁迅在这段话语中使用省略号,除了别的意图之外,在我看来,一个实际的意图就是为读者留下自我补充、自我想象的余地,让读者根据自己阅读小说的感受、体会并结合自己的人生体验进行进一步的补充。这也正是我认为学界同人普遍信奉的"积极意义说"是有道理的"道理"。同时,如果按照宋先生的结论,还有一些问题也不好解释,例如,如果说鲁迅在第一篇小说,并且是奠定中国现代文学发展的第一块基石的小说中,就对救救孩子"丧失了信心",那么鲁迅作为一个启蒙者的身份,难道从他登上文坛之时就不具备了?又如,既然鲁迅在《狂人日记》中就已经否定了孩子可救,那么鲁迅又为什么在翌年洋洋洒洒地写出了《我们现在怎样做父亲》,详尽地阐述了解放孩子和为什么要解放孩子以及如何解放孩子等等问题?尽管我不赞成宋先生的结论,但宋先生论述的方法则是经受得起推敲且十分新颖的,也是让我十分赞赏的。因为这样的论述不仅剖析出了《狂人日记》这段抒情话语的别一种意蕴,一种充满了个性色彩的意蕴,而且也同时剖析了这段抒情话语使用的修辞手段的匠心(尽管整个论述并没有在这方面进行充分展开)。而无论是这段抒情话语的意蕴还是所采用的修辞手法,从鲁迅小说抒情话语来看,都是具有代表性的。

从意蕴看,鲁迅小说通过"我"的抒情话语表达疑虑或否定性意蕴的例子还有一些,如《故乡》中的"我"的抒情话语"阿!这不是我二十年来时时记得的故乡?"《头发的故事》中的"阿,十月十日——今天原来正是双十节。这里却一点没有记载!"等等。《故乡》中的抒情话语,就是一段表达疑虑的话语,也使用了表示疑问的标点符号——问号。尽管这种疑虑由"我"自己进行了解释,"于是我自己解释说:故乡本也如此,——虽然没有进步,也未必如我所感的悲凉",但其疑虑的意蕴却并没有因为"我"的解释而被淡化。相反,随着小说情节的展开,还更为浓厚、更为深入、更为具体,从对故乡衰败景象的疑虑,深入到了对整个社会、对人的疑虑,并通过儿时的伙伴闰土的人生遭遇和"我"的邻居"圆规"杨二嫂的所作所为将这种沉重的疑虑具体化了。《头发的故事》中的这段抒情话语则是一段具有否定性意蕴的话语。这段话语是小说的开头语,不过,这段开头话语与《狂人日记》中的

---

① 朱寿桐.孤绝的旗帜——论鲁迅传统及其资源意义[M].北京:文化艺术出版社,2005:30.

② 伽达默尔.真理与方法[M].沈阳:辽宁人民出版社,1987:237.

结束性话语的待遇截然不同。如果说《狂人日记》中那段话语引起过很多人关注的话，那么这一段话语却是一段少为人所关注的话语，自然也是几乎没有什么学者研究过的话语。学界同人之所以基本不关注这段话语，除了别的原因之外，一个十分重要的原因恐怕是这段话语不像"救救孩子"那段话语那样在小说中具有画龙点睛的功能，在表达情感上其意蕴也不像"救救孩子"话语中的意蕴那么明显、那么具有冲击性。虽然，这段抒情话语在表达情感方面的确没有"救救孩子"的话语那么明显，那么具有审美的冲击性，但是这段抒情话语却也并不缺乏意蕴。而且，其意蕴还通过标点符号的使用，与"救救孩子"的话语一样，留存了诸多可以从不同方面进行解说的内容。《头发的故事》中的这段抒情话语的意蕴是什么？我曾在拙著《鲁迅小说的跨艺术研究》中进行过解读。"小说的主要内容是 N 先生讲述的'双十节'前自己因为剪了辫子的种种无奈、奇特而不幸的遭遇，表露了对现实的愤懑与不平。而'我'则既没有发表'我'的意见，更没有讲述'我'的事情，但因为有了小说开头这一段的抒情，特别是有了自然流露出的，甚至可以说是近乎本能的'阿'的感叹，则'我'对辛亥革命，特别是革命者们既赞赏又遗憾，对社会、政府及民众对辛亥革命的态度既不满又无奈的丰富且复杂的情感倾向，有了实在的依据和表达的渠道。"①毫无疑问，我的这种解读，也只是一家之言，也同样不能说是尽善尽美的，但毕竟也经得起推敲，也毕竟解读出了其中所包含的一种意蕴，这就是"不满又无奈"的情感意蕴。这种意蕴，也正是一种否定性的意蕴，并且是如"救救孩子"的抒情话语一样，不着一个否定词却包含了强烈否定性倾向的意蕴，也就是宋剑华先生对"救救孩子"这段话语所解读出的意蕴。

从修辞手段来看，在构建话语中采用精心使用标点符号这样的修辞手法完成表情达意的任务，既是《狂人日记》这段抒情话语构建的基本特征，也是鲁迅小说中的其他话语，包括抒情话语建构的特征之一，如前面已经引用了的《一件小事》中的"我"的抒情话语就是一个直接的例证。在这个例子中，有一个平常词语"小"被打上了引号，而这个引号的使用就很有匠心。这个匠心表现在两个方面，一方面，充分利用引号所具有的使平常词语变为"具有特殊意义词语"②的修辞功能，将"小"这个仅仅是指示状况的词语变异为了具有表达价值判断功能的词语（从"小"这个词语所处的语境看，这个被打上了引号的小，就可以被解读为"小心眼""小人之腹"、自私欲念、肮脏心理、卑鄙想法等具有价值判断的所指），从而不仅强化了这个词语的所指功能，而且也丰富了这个平常词语的意蕴，极为有效地

① 许祖华，余新明，孙淑芳．鲁迅小说的跨艺术研究[M]．合肥：安徽大学出版社，2012：62.
② 苏培成．标点符号[M]//现代汉语讲座．北京：知识出版社，1983：241.

提升了"小"这个普通词语在"我"的这段抒情话语中的表情达意的功能。另一方面,用引号将这个"小"与小说中所书写的一件小事的"小"区别开来,使两个"小"的所指不仅泾渭分明,而且使"小"与"小"之间也形成了对比。同样,精巧地使用标点符号表达深藏不露的情感,在《头发的故事》的这段抒情话语中也有突出的表现。上面曾提到过,学界同人之所以对这段话语基本不关注的重要原因之一是这段话语的意蕴问题。其实,除了这个问题之外还有一个形式的问题,也就是这段话语所采用的修辞手法的问题。的确,从修辞手法上看,这段话语的修辞手法也似乎不具有特异性或复杂性,从句式看,不过是一个感叹句式,语用修辞也没有任何奇异性或新颖性,但鲁迅艺术造诣的杰出性,就恰恰在这种平常又平常的句式的使用和标点符号的使用中透射了出来,而我这里之所以特意将这段话语列举出来,则不仅是看中了这段话语的意蕴的代表性,而且也是看中了这段话语所采用的修辞手段的匠心,而这段话语所采用的修辞手段的匠心,也是之前的研究者所忽略了的。

这种修辞手段的匠心在哪里呢? 就在一个词语"阿"的使用和一个标点符号感叹号的使用上。"阿"这个词语使用的匠心就在于:"它不仅减少了艺术表现的众多负荷,而且包含了众多的潜台词与隐蔽的意义。从心理学的角度讲,人物'我'如果平时对辛亥革命没有相应的关注,对辛亥革命后的现实没有自己的思考,那么,日历上十月十日的符号,而且是没有标明节日的符合,自然不会让'我'注意,也当然不可能发出感慨。正因为人物'我'平时就关注着辛亥革命并思考了很多相关的问题,所以,日历上的这些没有生命的符号才如火焰一样点燃了'我'内心深处的感慨,使'我'自然而然地'阿'出了声。这个'阿'是人物'我'从内心深处发出的由衷的感慨,是人物真情实感的自然流露。"[①]这段话语最后所使用的感叹号的修辞匠心,就是充分发挥了标点符号的修辞功能,将一个陈述事实的句子,改变成了表达情感的句子。从而,与前面所使用的"阿"这个感叹词语一起,用最短的"我"的抒情话语,完成了对"我"这个人物的塑造。之所以说这个感叹号的使用具有如此的修辞功能,是因为这个感叹号的使用,不仅含蓄地表达了小说中的"我"对"这里却一点没有记载"的态度,以及这种态度中所包含的对辛亥革命,特别是革命者们既赞赏又遗憾,对社会、政府及民众对辛亥革命的态度既不满又无奈的丰富而复杂的情感倾向,而且还由此揭示出了"我"的个性特征,并且是与小说中的主要人物 N 先生的性格特征完全不同的个性特征。这种个性特征就

① 许祖华,余新明,孙淑芳. 鲁迅小说的跨艺术研究[M]. 合肥:安徽大学出版社,2012:61-62.

是,"我"虽然与 N 先生一样也表达了对现实的感慨,甚至对人们几乎忘却了辛亥革命而不满、不平,但'我'的表达却是平和、含蓄的,仅仅使用了一个带感叹号的陈述句,没有 N 先生那么滔滔不绝、慷慨激昂;"我"与 N 先生一样虽然都是现代知识分子,都关注社会的各种现象与问题,并且也都有自己的见解,但我们却是两种不同性格的现代知识分子,如果说 N 先生是一个锋芒毕露的有正义感的、觉醒了的现代知识分子的话,那么"我"则是一个虽然觉醒了但性格内敛的现代知识分子;N 先生代表着激情与反抗,而且是生命勃发的激情与无所顾忌的反抗,"我"则代表着理性与韧性,而且是清醒、深沉的理性与坚定、沉稳的韧性。因此,这段带感叹号的"我"的抒情话语虽然短小,修辞手法也很简单、平常,但能量却巨大。甚至可以说是十分巨大。不仅使小说中的"我"获得了情感内涵与个性特征,而且也使"我"自然地融入了小说中,成为一个独立的人物,甚至是一个不可缺少的人物形象,而不仅仅是一个见证者、一个旁观者。这也正是"我"的这段抒情话语的魅力之所在,也是这段话语标点符号使用的魅力之所在。

第二段《孤独者》中的"我"的抒情话语,与《狂人日记》中的抒情话语所在的位置完全一样,也是小说结束的话语,但意蕴却完全不同,所采用的修辞手段也不相同,它是另外一种类型的抒情话语,这种类型的抒情话语在鲁迅的小说中也是具有代表性的"我"的抒情话语,如《祝福》中的这段话语:"魂灵的有无,我不知道;然而在现世,则无聊生者不生,即使厌见者不见,为人为己,也还都不错。我静听着窗外似乎瑟瑟作响的雪花声,一面想,反而渐渐的舒畅起来。"还有《在酒楼上》中的这段话语:"我独自向着自己的旅馆走,寒风和雪片扑在脸上,倒觉得很爽快。"

这类"我"的抒情话语的意蕴不带价值取向,所谓喜怒哀乐等具有外在指向性的"情态"完全无言语痕迹可循,只有"轻松""舒畅""爽快"等不指向任何外在对象,只指向"我"的感觉状况的词语呈现于话语的表层。从修辞手段来看,主要采用的是将抒情夹杂在叙述与描写之中的修辞手段,使用的句式及语用修辞都很规范,词语的所指明确清晰,言表之意与言内之意十分统一,句子之间的搭配顺畅自然。犹如现在中国的大学或中学的教科书讲现代汉语修辞学所列举的典型例子一样中规中矩,即使使用的标点符号,也没有任何特异之处。也许正因为这类"我"的抒情话语的意蕴是如此淡薄甚至可以说是模糊,其语言的使用又如此没有靓丽的色彩,修辞手法也似乎乏善可陈,无突出的特点,所以历来研究鲁迅小说的成果,无论是论鲁迅小说思想的研究成果,还是谈鲁迅小说艺术特色的研究成果,无论是大部头的研究成果,如专著,还是小规模的成果,如随谈,都基本不涉及这些抒情话语,甚至即使是研究"我"这个人物的成果,也不涉及这些抒情话语。

难道"我"的这些抒情话语的意蕴和修辞真的没有特点吗？很显然，抽象的否定与抽象的肯定都无法说服人。当我面对鲁迅小说中的这些话语的时候，不禁想起了鲁迅说过的两段话，他说："托尔斯泰将要动笔时，是否查了美国的'文学概论'或中国什么大学讲义之后，明白了小说是文学的正宗，这才决心来做《战争与和平》似的伟大创作的呢？我不知道。但我知道中国的这几年的杂文作者，他的作文，却没有一个想到'文学概论'的规定，或者希图文学史上的位置的，他以为非这样写不可，他就这样写，因为他只知道这样地写起来，于大家有益。"①又说："外国的平易地讲述学术文艺的书，往往夹杂些闲话或笑话，使文章增添活气，读者感到格外的兴趣，不易疲倦。但中国的有些译本，却将这些删去，单留下艰难的讲学语，使他复近于教科书。这正如折花者，除尽枝叶，单留花朵，折花固然是折花，然而花枝的活气却灭尽了。"②鲁迅的这两段话虽然谈的主要内容都不是小说创作的问题，但却表达了他心以为然的两个方面的写作原则：一个原则是"他以为非这样写不可，他就这样写"；一个原则是要保持所翻译的作品（包括创作）的"活气"，就应该如保持衬托花的枝叶一样，保留那些看似可有可无的"闲笔"。前者讲的是创作主体在写作过程中应当遵循的"随物赋形"、笔随心动的原则，后者如果引申到审美领域，实际上关涉的是审美的"整体性"问题。也就是，审美者在面对作品，包括翻译的作品时，不能只见"花"不见"枝叶"，更不能主观上认为"花"比"枝叶"更重要，而是要从整体上审视构成文本的每一个因素，包括那些看起来如"闲笔"一样似乎没有作用、没有特点的因素。因为这些因素也是支撑文本"活气"的因素，有时甚至是不可或缺的因素。如果我们遵循这样的原则和思路来解读鲁迅小说中的这些"我"的抒情话语，那么这些话语就不会是意蕴不带倾向，修辞手法没有特点的存在，而是意蕴深沉，修辞手法活力四射的存在。

毫无疑问，鲁迅小说中的这些"我"的抒情话语，正是鲁迅"以为非这样写不可"而"就这样写"出的话语。但这种"以为非这样写不行"的认识及所做出的决定，并非只来自纯主观的意愿或一时的灵感，而"就这样写"出的"我"的这些抒情话语，更不是乱涂鸦的结果，而是都有相应依据做支撑的认识、决定及结果，或者说是根据相应的依据得出的认识、做出的决定并展开实践的结果。

那么，这些依据是什么呢？在我看来，这些依据无非两个：一个是这些话语面世的具体"情境"，也就是语境；一个是创作小说的目的，即创作主体作者的价值追求。语境，不仅是小说文本的构建的基本依据，也不仅是这些"我"的抒情话语诞

---

① 鲁迅.徐懋庸作《打杂集》序[M]//鲁迅全集：第六卷.北京：人民文学出版社，2005：300.
② 鲁迅.忽然想到[M]//鲁迅全集：第三卷.北京：人民文学出版社，2005：16.

生的艺术依据,而且是衡量这些"我"的抒情话语艺术价值的一个重要尺度,甚至是一个具有强制性的、绝对的尺度。这是因为,从发生学的角度来看,"某一特定的言语之所以产生是因为某一特定的条件或情景需要这一言语"①。也就是说,一种言语(话语)只有当它能满足"特定的条件或情景"的时候,它才有价值,也才能实现自己的价值,否则它不仅不会有价值并实现自己的价值,甚至不会产生。从小说文本构建的角度来看,任何一类话语,无论是华丽的抒情或描写的话语,还是朴素的议论或叙述的话语,无论是叙述者的话语,还是人物的话语,都是构建文本的一砖、一石,也就是材料。它们只有彼此相协调,文本才能构建完成,而它们自己也才有价值并能实现自己的价值。如果一种话语不能与其他话语相配合,甚至与其他话语构造的语境相冲突,它就不仅没有价值,甚至还会破坏整个文本的价值。因此,这些"我"的抒情话语出现的"语境",不仅是直接制约这些话语生成的艺术因素,而且也是我们寻索这些"我"的抒情话语出现的必然性的依据,当然也是我们检验这些话语的合理性与不合理性的尺度,是我们衡量这些"我"的抒情话语价值的依据。

创作主体创作小说的目的及价值追求,则不仅规约着小说事件、人物等内容的选择,而且也规约着小说艺术手法及修辞手法的采用。因为,任何艺术的形式,无论其多么具有独立性,多么具有审美性,它们的独立性及审美性价值的获得,都主要或只能在充分满足内容的需要、充分满足创作主体表情达意的需要过程中获得。并在这种满足内容的需要和创作主体需要的同时,使自己独立的、审美的价值得到实现,否则,它们就没有价值,甚至会产生"负价值"。因此,从这方面来看,作者创作小说的价值追求,不仅是我们解读小说意蕴的重要依据,而且其本身也是引导这些"我"的抒情话语意义展开的导引线。它就如希腊神话中的"阿里阿德彩线"一样,引导这些话语达到创作的思想目的。两个依据虽然各司其职,但在绝对的意义上,两者都是制约这些"我"的抒情话语的意蕴内容及修辞手法特点的因素。

从情境(语境)来看,这些话语的意蕴之所以不带任何倾向又采用如此的修辞手法来构建这些话语,是因为这些话语是在这样一种语境下出现的,即"我"面对对象或事件,已经完全"出离于"喜怒哀乐等情感语境状态,即"无语"的语境状态之下出现的。如面对祥林嫂的死亡这件事,"我"先前还有点诧异和惊慌,"然而我的惊惶却不过暂时的事,随着就觉得要来的事,已经过去,并不必仰仗我自己的

---

① 肯尼斯·博克. 修辞情景[M]//肯尼斯·博克,等. 当代西方修辞学:演讲与话语批评. 常昌富,顾宝桐,译. 北京:中国社会科学出版社,1998:122.

'说不清'和他之所谓'穷死的'的宽慰,心地已经渐渐轻松",并也几乎逐渐地麻木,甚至认为,祥林嫂死了"为人为己,都还不错";面对魏连殳的死亡这件事,"我觉得很无聊,怎样的悲哀倒没有";面对昔日的同僚吕纬甫巨大的变化以及他自己对这种变化的清醒认识,"我"已经无言,小说还专门写了一句"我微微的叹息,一时没有话说"以表现"我"的无言之状。所以,在这种"非这样写不可"的语境中写下这些抒情的话语,虽然是抒情,但也就自然难以带上什么有声有色的倾向。不仅不带有声有色的倾向,反而还故作"轻松"状,仿佛"我"从来就没有遭遇过这些人和事一样。或者说,即使遭遇了这些人和事,也因为觉得他们的遭遇并不是"我"造成的,也与"我"无关,而不在"我"心灵中留下任何痕迹。

不过,正如鲁迅所说,"我们听到呻吟,叹息,哭泣,哀求,无须吃惊。见了酷烈的沉默,就应该留心了",因为,"这在豫告'真的愤怒'将要到来"①。依据鲁迅这一观点所提供的思路来解读鲁迅小说中的这些"我"的不带倾向的抒情话语,那么我们就会发现,如果说"无语"这种不用言语表达情感的状况"应该留心"(因为它不像带着倾向的情感倾诉那样,已经直陈了倾诉者的喜怒哀乐,其诉求的指向较为分明,而是像地火一样在地下运行,你无法预测它的真实状况,也无法知道它的真正诉求是什么),那么较之"无语"这种表达情感的状况更为进一步的表达情感的状态,也就是如这些"我"的抒情话语一样的,故意掩盖"真的愤怒"的表达情感的状况,当然更应该关注。因为,这些既无呻吟、哀叹之声,也不见欢喜、怒火之色的话语中所包含的情感,不仅更不容易把握,而且人们面对这些话语,甚至一时还难以判断它们包含的是"我"的真实情感,还是虚假的情感。不过,正如白色也是一种颜色一样,在表达情感的方式中,沉默虽是一种无言的状态,但这种状态也是表达情感的一种方式而"轻松"的状态,尤其是故作轻松的状态,则同样是一种表达情感的方式。并且,是一种如最悲痛的表情不是"哭"而是"笑"一样的表达情感的方式,是一种具有辩证法意义的表达情感的方式,也就是庄子曾经指出过的方式:"真悲无声而哀;真怒未发而威;真亲未笑而和"②的方式。而采用这样的方式所表达的情感,就不是与文辞、话语表面相一致的什么"轻松"的情感,也不是如"酷烈的沉默"所预示的"真的愤怒"的情感,而是一种"出离愤怒"的情感,而"出离愤怒"的情感是一种什么情感呢?按鲁迅的说法,是"最大的哀痛"③的情感,是深味了人生的丑陋、罪恶、悲凉而咀嚼出的情感,是各种激烈的言辞都不足以抒发

---

① 鲁迅. 杂感[M]//鲁迅全集:第三卷. 北京:人民文学出版社,2005:53.

② 庄子. 庄子·渔父[M]//诸子集成:第三册. 北京:中华书局,1960:208.

③ 鲁迅. 记念刘和珍君[M]//鲁迅全集:第三卷. 北京:人民文学出版社,2005:289.

的情感。这正是这些"我"的抒情话语在修辞和意蕴方面的特色。这种特色就是，"最大的哀痛"的情感，不是以"豫告"的形式存在的，而是被压抑在"轻松"的言辞之下，埋藏在故作"爽快""舒畅"的叙述与描写之中的形式存在的。所以，这些不带明显倾向的"我"的抒情话语，虽然呈现于言辞表面的是"轻松"，但正如纸包不住火一样，这些表面轻松的词语与话语，同样也包裹不住被"我"故意压抑住了的情感内容。不仅压抑不住，反而在"语境"的作用下，透射出了一种令人窒息的"出离愤怒"的悲愤感，并在审美效果上形成了这样一种艺术的效应，即这些话语越用"轻松""爽快""舒畅"这些词语来形容、修饰"我"此时此刻的心理并抒发"我"此时此刻的情感，反而更给予人一种欲盖弥彰的悲剧感和"不轻松""不爽快""不舒畅"的压抑感，反而让被"我"故意压抑住了的那种"欲哭无声"也无泪的"悲哀""愤怒"从这些字缝里顽强地透射出来，并以不可遏制的强力，如水银泻地一般地消解着"我"的"终于挣扎出来了"，终于"轻松"了，终于"爽快"了，终于"舒畅"了的表达。让较之"真的愤怒"更为深重的"最大的哀痛"如地火一般突涌而出，灼烤"我"的灵魂，也灼烤他人的灵魂。如《孤独者》中的这段"我"的抒情话语就是如此。

这段话语由两部分构成，前部分话语抒发的是"我"如何"挣扎"，后部分话语则抒发"我"挣扎出来后的如何"轻松"。在整段话语中，后部分话语虽然如此"轻松"地抒发了"我的心底就轻松起来，坦然地在潮湿的石路上走，月光底下"的情感，但由于这段轻松抒情的话语，是承接着前部分话语而来的，即"我快步走着，仿佛要从一种沉重的东西中冲出，但是不能够。耳朵中有什么挣扎着，久之，久之，终于挣扎出来了，隐约像是长嗥，像一匹受伤的狼，当深夜在旷野中嗥叫，惨伤里夹杂着愤怒和悲哀"。所以，"隐约"的意象"狼"的"嗥叫""惨伤""愤怒"和"悲哀"所构成的语境，不仅否定了"我""终于挣扎出来了"的虚幻的感觉，或者说是"我"自己用虚幻强行构造的一种感觉，而且也否定了随后的这段话语所抒发的"轻松"的情感内容，因为在"月光底下"的"我"的所谓"轻松""坦然"只是"我"强行遮蔽了"狼"的意象的表述，用"我"的话语来说，这种轻松不过是"耳朵中有什么挣扎"完成后的轻松，是一种表面的轻松，甚至可以说是"我"装出来的轻松，而不是一种真正的轻松，不是从心灵深处获得的轻松。正是因为"我"的心灵实际上并没有"轻松"，所以当"我"用"轻松"等词语来故作"轻松"地抒发"我"的情感的时候，这种"轻松"不仅显得十分勉强，甚至还显得十分"做作"。而且"我"越显得"轻松"，则使得那种较之"真的愤怒"，较之那种如狼的"嗥叫"一般的愤怒更为愤怒——"出离"的"愤怒"，那种指向"把人不当人的专制制度"的愤怒和那种指向"沉默的国人的魂灵"的"最大哀痛"的情感，越不可阻拦地反弹出来，并绵绵不绝地向整篇小说蔓延,在不断地消解"我"的"轻松"的话语的过程中,升腾起比"真的愤怒"更为强烈的"出离愤怒"的意蕴。这些特色及其审美效果,也是《祝福》和《在酒楼上》这两篇小说中的那些"我"的抒情话语的特色与审美效果。

从鲁迅创作小说的目的来看,鲁迅自己早就明确表达过:为人生,并要改良这人生。鲁迅创作《祝福》《在酒楼上》《孤独者》这三篇小说的目的当然也不会例外。不过,鲁迅所要"为"及所要改良的人生,固然包含了多方面的内容,但最主要的内容就是改造人的精神并通过改造人的精神来改造社会。而要实现改造人的精神的目的,就先要完成一个方面的工作,或者说回答一个问题,即人的精神为什么需要改造? 而要回答这个问题,首先,就要呈现人现在的精神状态是一种什么状态;其次,则需要追溯人如此需要改造的精神状态是怎么形成的。而这些"我"的抒情话语,正具有这样的功能。从意蕴上看,"我"之所以"出离愤怒"了,是因为两个原因,一个原因是,这些人,如祥林嫂、魏连殳、吕纬甫这三个人的精神状态已经愚昧或颓唐到了不可救药的地步。这是"我""出离愤怒"的直接原因。另一个原因是,这些人物的精神状态愚昧、颓唐到这一个地步,不仅是他们自身的思想弱点导致的,更是他们所处的社会带来的,而对于这样的社会"我"又无能为力,因此只能"出离愤怒"。从修辞来看,"我"不对祥林嫂、魏连殳、吕纬甫这三人的精神状态以及导致他们这种不可救药的精神状态的社会表达"我"的"愤怒",是因为任何愤怒都已经无法表达"我"的愤怒了,即使是"无语"也不足以表达"我"的"真的愤怒"。所以,"我"反其道而行之,干脆抒发"我"故作"轻松"的心情,而如此抒发所形成的审美效果,则正如我上面分析过了的,恰恰有如一面镜子,反照出了人的精神的萎靡和社会的极度黑暗。这样的效果,则正契合了改造人的精神并通过改造人的精神来改造社会的创作目的。因为,如此修辞的结果,不仅十分有效地揭示了人萎靡的精神状况,而且也揭示了造成人的这种萎靡的精神状况的社会原因。

这正是"我"的这些不带倾向的抒情话语的构造的思想与艺术的匠心,也是这些话语的构造手段——修辞的魅力。

第三种话语是直抒"我"的胸臆的话语。这些话语的意蕴,既不像《狂人日记》中"救救孩子"的话语的意蕴那么复杂,也不像第二种抒发"我"的情感的话语的意蕴那么隐晦曲折,这类"我"的抒情话语的意蕴可以说是一目了然。就上面所引的《伤逝》中的那段"我"的抒情话语来看,这段话语抒发的就是"我"的"悔恨"与"悲哀"之情,其情感不仅具有明确的指向,而且也具有鲜明的倾向性。这种"悔恨"与"悲哀"之情,不仅是这段"我"的抒情话语的主要意蕴,也是《伤逝》这篇小说所要抒发的主要情感。这类"我"的抒情话语采用的修辞手法也不复杂,就是

"直抒胸臆"的修辞手法,使用的词语,都是规范、明确、朴实的词语,采用的句式,主要是陈述句,话语的构成也完全符合规范并汲取了外国语将状语成分后置的方式。这类"我"的抒情话语,构成了《伤逝》这篇以抒情见长的小说的主导性的抒情话语类型,也直接地显示了鲁迅构造抒情话语的最一般特色及得心应手的抒情技巧。这类抒情话语的一个显在的意义就是,它们以自己的存在及所包含的深厚魅力,具有说服力地证明了鲁迅是一个诗人,而且是一个长于抒情,也善于"直抒胸臆"的诗人。

当然,这类"我"的抒情话语所包含的情感意蕴虽然一目了然,所采用的修辞手法虽然不复杂,无论是语用修辞,还是话语修辞都规范明了,但它们却并不缺乏魅力。

就情感意蕴的魅力来看,这种魅力主要表现在两个方面:一个方面是所抒情感的"真",一个方面是"情感的知性化"。所谓"真"具有两个方面的所指:一是指本体的"真",即抒发的情感本身的"真";一个是指"关系"的"真",即所抒之情及抒发情感的方式符合抒情者"我"的身份的"真"。李长之在论鲁迅小说的抒情时曾经特别指出,鲁迅在小说中所抒发的情感,无论是什么类型的情感,不管是通过什么人、从什么角度抒发的情感,包括那些以"我"为言说主体所抒发的情感,最突出的特点就是一个字"真"。在他看来,鲁迅小说所抒发的情感不仅"真",而且这种"真"甚至达到了"我们找不出任何缺陷与不调和、不满足来",而"文字又那么从容、简洁、一无瑕疵"[1]的地步。这是典型地从鲁迅小说所抒之情的本体上做出的价值评判,而这些评判也是切合事实的。陈鸣树先生在分析《伤逝》中"如果我能够,我要写下我的悔恨和悲哀,为子君,为自己"这段"我"的抒情话语时曾经指出:"这正表现了涓生的千回百转的感情,这种感情便成为'涓生的手记'的主调。凝练的句子结构,延宕的节奏,吸收了一些外国语法的倒装句式,幽婉的语言格调,这一切,不仅表现了涓生的此恨绵绵、无限追悔的感情,也深刻地表现了这感情所烙印着的他所属阶级阶层的特点,包括修辞方式在内的语言风格,都是切合涓生的身份的。"[2]中国古代文论家袁枚在《随园诗话》中早就指出:"凡作诗者,各有身分,亦各有心胸。"[3]与此相一致,他还认为,对作诗的人来说,"身份"是怎样的,"心胸"是怎样的,那么写出的诗句也一定是与其身份与心胸一致的,甚至使用的词语也是一致的。他还列举一些例子,如官宦之人写诗,常用"大臣语",一般人

① 李长之. 鲁迅批判[M]. 北京:北京出版社,2003:92.
② 陈鸣树. 鲁迅小说论稿[M]. 上海:上海文艺出版社,1981:253.
③ 易蒲,李金苓. 汉语修辞学史纲[M]. 长春:吉林教育出版社,1989:532.

写诗,则常用"词客语",妇人写诗,则常用"闺阁语"等。袁枚的这一观点虽然谈的是诗,但用来说明《伤逝》中涓生的抒情话语与涓生的身份及当时的"心胸"的吻合性,还是很恰当的。而陈鸣树先生对《伤逝》中这段"我"的抒情话语的分析,正是从人物,也就是这段抒情话语的言说主体"我",即涓生的身份及心情与这段抒情话语的密切关系的角度展开的,所以这样的论述,虽然不一定是最精彩的,但对"我"的抒情话语的"真"性的分析,无论是角度还是结论,却是经受得起检验的。

所谓"情感的知性化",指的是情感的理性化。这是现代主义文学在抒情方面与传统文学在抒情方面的一种不同的审美追求。在鲁迅的小说中,这些"我"的抒情话语也呈现出这样一种追求。不过,与一般现代主义文学的情感知性化的追求不同的是,一般现代主义文学是将抒情知性化,即抒发的主要不是对审美对象的情感,而是对审美对象的认识,书写的主要不是情感的波澜,而是理性的判断。这无论是在现代派的创作实践中,还是在其理论主张中,都是如此。在创作实践中,如中国现代派诗人穆旦的诗《春》:"蓝天下,为永远的谜惑着的/是我们二十岁的紧闭的肉体,一如那泥土做成的鸟的歌,你的被点燃,卷曲又卷曲,却无所归依。阿,光,影,声,色,都已经赤裸,痛苦着,等待伸入新的组合。"在理论主张中,如西方现代派诗人艾略特曾经指出:"诗不是感情,也不是回忆,也不是宁静。诗是许多经验的集中,集中后所发生的新东西。"①等。鲁迅小说中的这些"我"的抒情话语的知性化,则是在情感自然流淌的过程中导出的具有深邃内涵的人生哲理的知性化,其话语所包含的哲理,不是特别指出的,而是自然导引出的,是"我"的抒情自然发展的结果。这样的"我"的抒情话语虽然没有在上面的举例中列出,但实际上,这样的话语在鲁迅的各类小说中都存在,尤其是在《伤逝》这篇小说中更是比比皆是。它们如天上的星星一样点缀在小说中,既给予小说以厚重的意蕴,也给小说带来了丰富的色彩和多样的审美内容。

不过,尽管这些话语具有情感知性化的特点与魅力,也都往往揭示了某种人生的哲理或者生命的哲理,但在鲁迅的小说中,它们的意蕴同样是通俗显豁、一目了然的。如这样的一些例子:"这是真的,爱情必须时时更新,生长,创造。""回忆从前,这才觉得大半年来,只为了爱,——盲目的爱,——而将别的人生的要义全盘疏忽了。第一,便是生活。人必生活着,爱才有所附丽。世界上并非没有为了奋斗者而开的活路;我也还未忘却翅子的煽动,虽然比先前已经颓唐得多……"这些话语,是较为典型的情感知性化的话语,它们不仅抒发了情感,更表达了某种人

---

① 艾略特. 传统与个人才能[M]//艾略特诗学文集. 北京:国际文化出版公司,1989:8.

生的哲理或对生命意义的哲思。而这些话语并非是独立存在的话语,其所揭示的人生哲理或关于生命意义的哲思,并不是被"我"特别指出的,而是在抒发"我"的"悔恨"之情与"悲哀"之情的过程中自然地导引出来的。它们既是"我"的"悔恨"与"悲哀"之情的有机组成部分,更是对"我"的"悔恨"与"悲哀"之情抒发的一种升华与凝练。因此,这些话语不仅成为《伤逝》这篇小说中一颗颗闪亮的明珠,为小说增添了众多的光彩,灌注了丰厚的意蕴,极大地增强了情感的厚度和感染力,提升了小说的境界,而且也成为中国人耳熟能详的警句、格言。如果说《伤逝》这篇小说所抒发的主要情感"悔恨"与"悲哀"是整篇小说丰满的血肉的话,那么像这样一些揭示了人生哲理的话语,而且是从抒发情感的过程中顺畅地导引出来的话语,则有如小说坚韧的骨架,它们不仅以自己厚实的存在,有力地保证了那些"悔恨"与"悲哀"情感的顺畅流泻,而且也以自己丰厚的意蕴构成了自身的价值。在绝对的意义上,这些情感知性化的话语本身就具有审美性和启迪人思考、开启人智慧的功能。

同时,这些抒发"我"的情感的话语,无论是具有"真"性的抒情话语,还是具有"情感知性化"的抒情话语,无论是以"真"感人的话语,还是以"智"启人的话语,它们所包含的"情"或"理",虽然震撼人心,犹如钟鸣鼎沸,虽然启迪智慧,犹如醍醐灌顶,但构成这些抒情或揭示人生哲理的话语,无论是使用的词语,还是使用的句式,却并不如"佛学"的话语一样"硬语盘空"或晦涩、曲隐,也不像古今中外的哲学用语一样坚硬、玄妙,而是如天上的太阳一样明亮、显豁,可知、可感。从而,不仅直接保证了所抒情感及所揭示的人生哲理的"真"的艺术效果的获得,而且也直接地显示了这些抒情话语采用的这种直抒胸臆的修辞手法的魅力,这个魅力就在于,它有效地,或者说最大限度地摒弃了遮盖在这段"我"的抒情话语和那些"情感知性化"话语上面的所有晦涩、曲折的因素(包括词语因素与句子因素),呈现的是心灵的本真状况。而呈现了心灵的本真状态,正是这些抒情话语重要的价值,也是这些话语所抒之情能够深入人心的直接依据。同样,在心灵这种本真状况中孕育的哲理,也因为其本真性不仅获得了自身的价值,也保证了其能深入人心。德国现代哲学家尼采曾经十分幽默地说:"当艺术穿着破旧衣衫时,最容易使人认出它是艺术。"①这也许就是《伤逝》中的这些"情感知性化"的话语能够成为中国人耳熟能详的格言、警句的一个艺术上的原因,因为这些话语就犹如"破旧衣衫"一样,让人很容易认出"它是艺术",也让人能轻易地记住它的内容甚至话语本身。

---

① 尼采. 悲剧的诞生[M]. 周国平,译. 北京:生活·读书·新知三联书店,1986:192.

唐代诗人王昌龄曾认为,"诗有六贵",其第二贵即"贵直意","这里的所谓的'贵直意'也就是指'言物及意,不相依傍'"①。翻译成现代汉语就是认为不借助其他手段或物象的"直抒胸臆""可贵"。直抒胸臆这种修辞手法之所以可贵,除了上面已经说过的能最大限度地呈现所抒之情的本来面貌之外(因为,这种修辞手法讲究的是有什么情感内容就说什么情感内容,情感内容是怎样的状态就按照这种状态怎样说,完全是"随物赋形",心随情动,也就是我上面已经引用过了的鲁迅心以为然的"以为非这样写不可"就这样写),另一个方面的可贵,或者说魅力,就是"直"本身,包括使用的词语的"直"、句子的"直"以及整个话语构成的"直"。而这种"直"的魅力,主要表现在三个方面,第一个方面,从审美效果上讲,就是唐代大诗人白居易所说的:"其辞质而径,欲见之者易谕;其言直而切,欲闻之者深戒也。"②翻译成现代白话就是说,言辞、话语如果很"直",则能直接发挥文学作品的"谕"或"戒"的教育作用,而能够发挥教育作用,包括与教育作用密切相关的审美作用,也正是鲁迅这些"我"的抒情话语的特点与价值之一。第二个方面,是"辞达"的魅力,即言说的顺畅的魅力。"辞达"这一概念是孔子提出的,是孔子对词语修辞的一个基本要求,即"辞达而已矣"。这个基本要求的内容就是:"语言只要能表达意思就可以了。"③宋代的大诗人苏轼则从表情达意的层面进行了辩证的解说,他认为"辞达"的妙处就在于"辞至于能达,则文不可胜用矣④"。也就是说,词语使用顺畅,不仅能很好地完成表情达意的任务,而且完成了表情达意任务的词语本身还美不胜收,自身就具有了审美性。所以,别林斯基说:"可以算作语言上的优点的,只有正确、简练、流畅。"⑤而鲁迅小说中的这些"我"的抒情话语的语言正具有这样的"优点",不仅词语的使用"正确",而且句式的构成"简练、流畅"。第三个方面,"直"本身还有证明情感"真"的功能。因为,"直抒胸臆"作为一种修辞手段,它不仅仅是纯粹的话语修辞或语用修辞的问题,它直接牵涉着情感的问题,具有反映情感状态的功能。歌德曾经指出:"一个作家的风格是他的内心生活的准确标志。所以一个人如果要想写出明白的风格,他首先就要心里明白。"⑥也就是说,如果情感是真实的,那么话语一定是"明白"的,反过来说也一样,如果话

---

① 易蒲,李金苓.汉语修辞学史纲[M].长春:吉林教育出版社,1989:231.
② 白居易.新乐府序[M]//郭绍虞.中国历代文论选:第二册.上海:上海古籍出版社,1979:108.
③ 四书五经[M].北京:中国纺织出版社,2012:65.
④ 易蒲,李金苓.汉语修辞学史纲[M].长春:吉林教育出版社,1989:270.
⑤ 别林斯基.1843年的俄国文学[M]//别林斯基论文学.北京:新文艺出版社,1958:235.
⑥ 歌德.歌德谈话录[M].北京:人民文学出版社,1978:39.

语是"明白"的,则证明情感是真实。因为,话语不仅是思想的直接现实,也是情感的直接承载体,话语的明白,正反映了心里的明白,心里的明白呈现出来,就具有了"真"性。

由此,我们也就不仅可以理解为什么李长之高度赞赏鲁迅小说抒情的"真",而且也似乎寻索到了李长之如此赞赏的依据,这个依据之一就是鲁迅小说在抒发情感的时候使用的这种直抒胸臆的修辞手法。这也正是这些"我"的抒情话语所采用的这种直抒胸臆的修辞手法,以及所使用的词语、句式等的魅力之所在。

### (三)抒发孤独、寂寞之情的"我"的话语及修辞

在鲁迅的作品中,他固然抒发了众多的情感,而其中抒发得最为深沉、隽永的情感,也是孤独与寂寞的情感,他杰出的散文诗《野草》就是例证。同样,在鲁迅的小说中,他也抒发了很多情感,如学界公认的"哀其不幸""怒其不争"的情感等。但他抒发得最为频繁、最为深沉的情感也当首推孤独与寂寞的情感。他在《呐喊自序》一文中叙述自己创作小说的缘起时,短短的三千多字里,竟然十五次地使用了"寂寞"与"悲哀"这两个词语。这当然不是一种单纯的词语使用的问题,而是鲁迅对自己创作小说的一种情感状态的表达,也是对自己小说所要抒发的情感内容的一种有意识的暗示。正是基于这种暗示,我们在阅读鲁迅小说时可以发现一个很显然的倾向,这就是"即使像《伤逝》这样明显地接近于从个人解放的角度进行艺术操作的作品,也还是致力于突出人物的孤独"①。所以,从一定意义上讲,鲁迅小说中那些以文内叙述者"我"为主体所抒发的情感,大多或隐或显地包含着这种孤独与寂寞的情感内容。尽管这些文内叙述者"我"不一定就是鲁迅,甚至也不能简单地说作品中"我"的情感就等于是鲁迅的情感,但鲁迅在作品中所抒发的孤独、寂寞之情,与鲁迅自己的情感构成有密切关系,这样的判断应该是可以成立的。

鲁迅的情感深厚、丰富而又复杂,而在他深厚、丰富而又复杂的情感构成中,孤独与寂寞的情感不仅是他情感世界中最丰富、最深厚、最复杂的内容,也是意义最为深远并伴随他一生的情感内容。正如当代学者黄健先生指出的一样:"鲁迅始终是孤独的,如同爱因斯坦的自我表白一样,自他从来就是一个'孤独者',一个'陌生人',一生都在'陌生人'中间孤独地旅行,而不属于任何一块土地,也不属

---

① 朱寿桐. 孤绝的旗帜——论鲁迅传统及其资源意义[M]. 北京:文化艺术出版社,2005:9.

于任何一方。"①鲁迅自己也曾引尼采的话以自许:"吾行太远,孑然失其侣……吾见放于父母之邦矣!聊可望者,独苗裔耳。"②也正因为如此,所以在鲁迅的小说中,这些抒发孤独、寂寞之情的话语也就成为最有意味的话语,也是最应该分析的话语。因为对这样一些抒情话语的分析,不仅能让我们直接地领略这些抒情话语本身的意味与魅力,而且也能帮助我们由此来透视鲁迅自身孤独、寂寞情感的特点与意义。

毫无疑问,从鲁迅小说表达孤独与寂寞这些情感内容的途径来看,尽管鲁迅善于通过各种话语,如我在上面已经论述过了的叙述性话语、描写性话语以及议论性话语书写出自己这种最丰富深厚而意义也最深远的情感内容,但与之相比,"在他的抒情的文字中,尤其是长于写寂寞的哀感"③。也就是说,鲁迅小说中的各类话语虽然都负载了其孤独寂寞的情感内容,但却没有哪类话语比抒情性话语更有效、更突出、更集中地表达了鲁迅这种最丰富深厚,意义也最深远的情感内容。因为,抒情性的话语本来就直通叙述者的情感世界,是叙述者情感的直接表达。这也正是鲁迅小说中这些抒情话语的重要价值之一,尤其是言语主体"我"的抒情话语的意义之一。这也就难怪李长之会如是说:"鲁迅的笔是抒情的,大凡他抒情的文章特别好。"并举例说:"不久以前,发表在《文学》上的一篇《忆韦素园君》,再以前,发表在《现代》上一篇《为了忘却的记念》,关于柔石的。"④同样,他也认为鲁迅小说中特别好的小说,也是具有抒情性的小说,如《伤逝》。而导致鲁迅"抒情的文章特别好"的因素是多种多样的,其中一个重要的因素就是这些具有抒情性的文章,包括小说的话语修辞与语用修辞"特别好",也特别具有魅力与个性。如下面的例子:

> 四周是广大的空虚,还有死的寂静。死于无爱的人们的眼前的黑暗,我仿佛一一看见,还听得一切苦闷和绝望的挣扎的声音。
>
> 我比先前已经不大出门,只坐卧在广大的空虚里,一任这死的寂静侵蚀着我的灵魂。死的寂静有时也自己战栗,自己退藏,于是在这绝续之交,便闪出无名的,意外的,新的期待。

---

① 黄健. 论鲁迅"独异"的文化性格[C]//谭桂林,朱晓进,杨洪承. 文化经典和精神象征——"鲁迅与20世纪中国"国际学术研讨会论文集. 南京:南京师范大学出版社,2013:536.
② 鲁迅. 文化偏至论[M]//鲁迅全集:第十七卷. 北京:人民文学出版社,2005:50.
③ 李长之. 鲁迅批判[M]. 北京:北京出版社,2003:90.
④ 李长之. 鲁迅批判[M]. 北京:北京出版社,2003:51.

这两个例子,都是选自鲁迅唯一一篇以青年知识分子的爱情生活为题材的小说《伤逝》中的例子,其话语也都是抒发孤独、寂寞之情的话语,也当然是修辞"特别好"的话语。其无论是话语修辞,还是语用修辞,都最大程度上满足了"我"的抒情需求,具象而深刻地展露了"我"心灵的每一颤动以及那无以言表的孤独与寂寞的生命感受。

孤独与寂寞虽然是客观地存在于人自身的状况,但这种客观地存在于人自身的状况,却由于其仅仅是人的纯粹的心理感觉状况,既不具有空间形态,也不具有色彩与气味。这也就决定了作为心理状态的孤独与寂寞,我们固然可以感觉到,并且是只能通过心灵来感觉到,却无法通过身体的各种器官直观地捕捉到的。因此,对于这种无形、无色、无味,不具有任何感性存在形式,只是纯粹的心理感觉的状态的孤独与寂寞,要将其通过语言文字抒发出来,自然是有很高难度的。而要将这些看不见、摸不着的情感内容书写出来,并且书写得既具有个性又具有代表性,既意味深长又符合艺术的逻辑并具有隽永的审美性,则更是难上加难。可是,审视鲁迅这些抒发"我"的孤独与寂寞之情的话语,我们发现,鲁迅不仅具有个性地写出了具有代表性的孤独与寂寞的情感,而且其审美的意蕴还十分丰富且耐人寻味。而这样的审美效果的获得,在很大的程度上就得益于这些抒发"我"的孤独与寂寞情感话语所采用的修辞手段。

从上面所引的两段抒发"我"的孤独与寂寞的话语来看,鲁迅在这些话语中主要采用了两种修辞手段,一种是比喻的修辞手段,一种是拟人的修辞手段。毫无疑问,这两种修辞手段是一般文学创作中常使用的手段,也是鲁迅在小说中多次使用过的修辞手段。这两种修辞手段的艺术效果,一般说来最主要的就是形象而生动,对于鲁迅小说中的这些抒发"我"的孤独与寂寞情感倾向的话语来说,也有这样的艺术效果。这种艺术效果就是将我们无法通过身体的感官感觉的孤独与寂寞形象化,用"死的寂静"和"我仿佛——看见,还听得一切苦闷和绝望的挣扎的声音"等比喻来具体地形容"我"的孤独与寂寞;用"一任这死的寂静侵蚀着我的灵魂。死的寂静有时也自己战栗,自己退藏"将"我"所感觉到的孤独与寂寞拟人化。如此的比喻与拟人化,不仅形象生动,而且十分符合小说的情境。孤独与寂寞本是无形的,用"死的寂静"来比喻就有了可以通过身体器官,如耳朵、眼睛感觉的对象。因为"死"本身就是一种生命状况,是生命失却了一切活力的状况,用"死"的状况来比喻孤独与寂寞的状况,就不仅形象,而且生动。同样,面对这种状况,即"死的寂静侵蚀着我的灵魂",那么"我"所面对的孤独与寂寞就不仅是可以直观地感觉到的心理的状况,而且还是具有动态性的、可以被"我"的耳朵、眼睛这些身体器官"听到""看到"的对象。正由于孤独与寂寞能够被我的身体器官感觉到了,那么不具有形象的孤独与寂寞也就具有了形象性。而"我"之所以会有这种"死的寂静"的孤独与寂寞的感觉,是因为从小说的情境来看,此时的"我"已经孑然一身,曾经相爱的爱人子君已经"在无爱的人间死灭了"。正是从这个意义上,我认为如此的比喻与拟人化,不仅形象生动,而且十分符合小说的情境。

但是,如果说鲁迅小说中这些"我"的抒情话语所采用的修辞手法仅仅具有这样的艺术效果,那我们是太怠慢了鲁迅小说的艺术匠心,也太肤浅了。我之所以如此说,是基于两个原因,一个原因是,这样的艺术效果,不仅一般的文学创作使用比喻与拟人手法都可以达到,而且即使就鲁迅小说本身来说,前面已经分析过的一些话语也使用了如此的修辞手法,也达到了很好并且也很有特色的艺术效果。如果我这里只是再分析如此的艺术效果,除了仅仅说明鲁迅小说中不仅别的话语使用比喻与拟人手法具有这样良好的艺术效果,而且这些"我"的抒情话语使用比喻与拟人也同样具有这样良好的艺术效果之外,再没有别的研究意义与价值了;另一个原因是,前面曾经提到,鲁迅小说中这些抒发"我"的孤独与寂寞情感的话语修辞"特别好",也就是说,鲁迅小说中的其他话语虽然也采用了比喻与拟人这样的修辞手法,但与之相比,只有这类抒发"我"的孤独与寂寞情感的话语使用得最有神采、"最好"。那么,这种"特别好"表现在哪里呢? 很显然,以上的分析及所得出的结论完全无法体现我所认为的"特别好"。不仅无法体现,相反,如果从纯粹语言使用的语法逻辑上来解读这些抒情话语的结构及词语搭配,也许有人还会认为这些抒发"我"的孤独与寂寞之情的话语的构成与搭配还显得十分别扭,如"死于无爱的人们的眼前的黑暗,我仿佛一一看见,还听得一切苦闷和绝望的挣扎的声音"等。所以,仅仅从这样的层面来论述鲁迅小说采用这样一些修辞手法的匠心及其所取得的艺术效果,不仅会形成一些误判,也不仅凸显不出此类话语所采用的修辞手法的匠心,而且我们根本就没能得其三昧,自然也无法悟透鲁迅使用这些修辞手法构建的话语的意味。

比喻的修辞手段使用固然能达到形象生动的艺术效果,但比喻这种修辞手段还有一个功能,则是之前研究比喻这种修辞手法的专家们都忽视了,也当然是之前研究鲁迅小说采用比喻修辞手法的同人们没有涉及的。这就是,这种修辞手法还具有将人为符号转化为自然符号的功能,从而突破语言文字的局限,达到那些使用自然符号,如音乐、绘画等这些艺术表情达意的效果。而鲁迅小说中的这两段抒发"我"的孤独与寂寞之情的话语,正很有效地发挥了比喻这种修辞手法的这一功能,也有效地突破了语言文字的局限,达到了使用自然符号的音乐、绘画"真"的效果与具象性的审美效果。这也正是这些话语采用修辞手段的匠心与魅力之所在,也是鲁迅小说中其他话语,特别是那些使用了比喻修辞手法的话语,都不具备的魅力,这正是这类抒发"我"的孤独与寂寞之情话语修辞"特别好"的具体表现方面。

18世纪,德国美学家莱辛在关于《拉奥孔》的笔记中曾经指出:"美的艺术一部分用人为的符号而另一部分却用自然的符号。"①所谓"自然符号",按莱辛的认定,就是一些已然存在于自然界中的符号,如点、线、色彩、声音等;所谓"人为符号",则是人根据自己的需要创造的符号,如文字就是最典型的代表。在莱辛看来,绘画、音乐等艺术使用的主要就是自然符号,而以诗歌为代表的文学使用的则主要是人为符号。两类符号因为属性不同而具有不同的艺术优势。"人为的符号正因为它们是人为的,可以用来表达在一切可能的配合中的一切可能的事物";"自然符号的力量在于它们和所指事物的类似"②。也就是说,自然符号的艺术优势就在于能更为客观地呈现对象的原样。"鲁迅的小说主要使用的是人为符号,在自己的小说中鲁迅不仅充分发挥了人为符号的优势与长处,而且以其艺术的慧心构造了自然符号,特别是音乐所使用的自然符号的艺术境界,并在这种境界中生动地表达了自己深沉的思想与情感。"③鲁迅是如何实现了这种用人为符号表情达意而收获了用自然符号表情达意的艺术效果的呢?其手段之一就是采用了比喻的修辞手法,充分发挥了比喻修辞手法的功能。因为,比喻这种修辞手法,正如莱辛所说的一样,它具有将"人为的符号提高到自然符号的价值"④,尤其是提高到音乐所使用的自然符号——声音的价值,也提高到绘画所使用的自然符号——直观形象的价值。而这两段话语也正具有音乐所具有的艺术效果:将本来没有声音的孤独与寂寞如音乐一样"声音"化了;也具有绘画所具有的艺术效果:将本来无法被身体器官所感知的孤独与寂寞空间化与具象化了。所以,这些话语中才有了这样的比喻:我仿佛一一看见,还听得一切苦闷和绝望的挣扎的声音。这正是这些"我"的抒情话语采用比喻修辞手法,并选择如此的词语搭配与句式构成的合理性及独异性之所在。

那么,通过比喻的手法让不具有声音的孤独与寂寞之情音乐化,其艺术的优势在哪里呢?就在于不仅能将无形、无色、无味的孤独与寂寞的心理感觉具象化,而且更"直接化"、更接近"真化"。这是因为音乐本来就与人的情感具有直接的联系性,音乐的结构等形式与人类的情感形式也具有"同构性",所以音乐表达情感具有直观性,这正是音乐的优势。美国美学家苏珊·朗格根据格式塔完形心理

① 陆梅林,李心峰.艺术类型学资料选编[M].武汉:华中师范大学出版社,1997:115.
② 陆梅林,李心峰.艺术类型学资料选编[M].武汉:华中师范大学出版社,1997:115.
③ 许祖华,余新明,孙淑芳.鲁迅小说的跨艺术研究[M].合肥:安徽大学出版社,2012:60.
④ 陆梅林,李心峰.艺术类型学资料选编[M].武汉:华中师范大学出版社,1997:114.

学的"同构"理论,明确地指出:"我们叫作'音乐'的音调结构,与人类的情感形式——增强与减弱、运动与休止、冲突与解决,以及加速、抑制、极度兴奋、平缓和微妙的激发、梦的消失等等形式——在逻辑上有着惊人的一致。"①苏联美学家莫·卡冈也如是说:"人的情感生活本身就是一种精神状态向另一种精神状态的不停流转和闪变",而音乐则能用音响"极其准确地模拟人的情感生活。"②也就是说,音乐通过自然符号所构造的艺术境界,不仅是人情动于中而形于外的一种自然流露的结果,而且在形式上还因为与人的情感形式具有直接"对应"的关系而使其在艺术品性上具有别的艺术,特别是语言艺术无法企及的"真"性。所以,18世纪德国伟大诗人歌德由衷地如此感慨:"音乐里显出最高的精灵","音乐最充分地显示出艺术的价值"③。作为西方音乐之王的贝多芬更是骄傲地向世人宣布:"诗歌和音乐比较之下,也可以说是幸运的了,它的领域不像我们那样受限制;但另一方面,我的领土在旁的境界内扩张得更远,人家不能轻易到达我(音乐)的王国。"④这些论述虽然不一定都是颠扑不破的真理,但也正揭示了各类艺术,包括语言艺术音乐化的良好效果。而鲁迅小说中的这些抒情话语,正具有音乐的这种良好效果,即"真切"的效果。

鲁迅小说中这些抒情话语的这种"真切"的效果,主要来自两个方面,一个方面来自情感的生成,即这些"我"的抒情话语中所包含的孤独与寂寞的情感,都是从"我"那颗真诚的"悔恨"与"悲哀"的心中流露出来的,不具有任何做作或者"矫情"的成分与意味。如果具有矫情或虚伪的成分,那么整篇小说也就不会产生如此大的影响,甚至"我"也根本不会写下"我"的"手记"。这也正是李长之认为鲁迅抒情的文章"特别好"的原因之一。尽管限于分析的角度与理论资源,他并没有特别指出,也是那些即使是恶意攻击鲁迅小说成就的人也无法否认鲁迅小说抒情的价值与意义的原因之一。另一个方面则来自采用比喻修辞手法将抒情音乐化。我们的祖先早在《乐记》中就曾经十分中肯地指出:"唯乐不可以伪"⑤。也就是说,在别的艺术中都可能有"伪"的东西,只有音乐无法装假。因为,音乐是情感最真实流露的艺术。所以,叔本华认为:"能够成为音乐那样,则是一切艺术的目

---

① 苏珊·朗格. 情感与形式[M]. 北京:中国社会科学出版社,1986:36.

② 莫·卡冈. 艺术形态学[M]. 凌继尧,金亚娜,译. 北京:生活·读书·新知三联书店,1986:359.

③ 汪流,等. 艺术特征论[M]. 北京:文化艺术出版社,1986:231.

④ 汪流,等. 艺术特征论[M]. 北京:文化艺术出版社,1986:255.

⑤ 汪流,等. 艺术特征论[M]. 北京:文化艺术出版社,1986:193.

的。"①由此，我们也就可以理解，为什么《伤逝》中的这些"我"的抒发孤独与寂寞之情的话语不仅采用了比喻这种修辞手法，而且还特地使用了"声音"这样的词语。如果说，比喻修辞手法的采用具有将语言的文字这种人为符号的功能提升为自然符号功能的作用的话，那么这些"我"的抒情话语特别使用"声音"这样的词语，则表明了提升的方向——音乐的方面。因为，音乐是声音的艺术，用有序排列的音响(声音)来表情达意是音乐的主要手段与基本途径。所以，在这些"我"的抒情话语中，无论是采用比喻的修辞手法，还是使用"声音"这样词语，都不仅很好地达到了"我"抒发孤独与寂寞之情的目的，而且还在一定意义上表明了"我"的抒情与音乐的抒情一样具有"不可以伪"的特性。也正是在这个意义上，我认为这些"我"的抒情话语所抒发的孤独与寂寞之情，具有如音乐抒发的情感一样的"真切"性。

那么，绘画作为同样使用自然符号的艺术，它的艺术优势又在哪里呢？更为重要的是，它与小说的联系性又在哪里呢？如果要概括，则可以说绘画的艺术优势就在其"空间性"，绘画与小说的联系的纽带则是"空间"。莱辛曾说："绘画运用自然的符号，这就使它比诗占了很大的便宜，因为诗只能运用人为的符号。不过在这方面诗与画的差别也不像一眼乍见的那么大，诗并不只是用人为的符号，它也用自然的符号，而且它还有办法把它的人为符号提高到自然符号的价值和力量。"②他这里所说的诗歌也用的自然符号，主要是指诗歌中使用的感叹词语，即"我们用来表达惊讶、喜悦和苦痛的那些小字，即所谓惊叹词，在各国语言中都相当一致，所以可以看作自然的符号"③。他所说的语言艺术有办法将"人为符号提高到自然符号的价值和力量"的"办法"正是比喻的修辞手法。这里引用的这些"我"的抒情话语不仅采用比喻修辞手法提升了语言文字表情达意的"价值和力量"，而且还充分地照顾到了小说与绘画共同具有的存在方式——空间。从而使所抒发的孤独与寂寞这种情感，不仅具有了由"声音"所形成的音乐性以及与此密切相关的"真切"性，而且也具有了由比喻修辞手法所形成的"空间性"以及由具体的词语，如"四周""空虚"，和句子，如"四周是广大的空虚"所指陈的具象性。所以，这些抒发"我"的孤独与寂寞的话语，使用比喻的修辞手法及相关词语、句子的结果，就犹如描绘出了一幅画，一幅由"死的寂静"这种"无声"和"四周是广大的空虚"这种"有形"构成的画，将本来是我们的感觉器官，如眼睛所无法感觉的孤

---

①　汪流,等.艺术特征论[M].北京:文化艺术出版社,1986:257.

②　陆梅林,李心峰.艺术类型学资料选编[M].武汉:华中师范大学出版社,1997:113.

③　陆梅林,李心峰.艺术类型学资料选编[M].武汉:华中师范大学出版社,1997:114.

独与寂寞这种心理状况具象化了。通过这幅画,我们不仅能"看"到"我"的孤独与寂寞的情感的存在状态——"四周"都是"广大的空虚",而且还能"看"到孤独与寂寞的情感的运动状态——"挣扎"的状态、"侵蚀着我的灵魂"的状态和它们自己"战栗,自己退藏"的状态。

这也正是这些"我"的抒情话语采用比喻的修辞手法,并使用相关词语、句子而艺术效果"特别好"的具体表现:用语言文字这种人为符号的魔方,变幻出了只有使用自然符号的艺术,如音乐、绘画才具有的审美效果。

那么,这些"我"的抒情话语采用拟人的修辞手法的特别好又表现在哪里呢?孤立地看也许看不出特别来,也看不出好来,但如果结合这些话语所采用的比喻修辞手法及所使用的词语、句子来综合考察,则其特点与"特别好"还是能得到显现的。之所以要结合这些话语所采用的比喻修辞手法来透视拟人修辞手法的"特别好",是因为在这些话语中,拟人修辞手法的采用是以比喻修辞手法的采用为前提的,是在比喻修辞的基础上采用的拟人修辞。

拟人这种修辞手法,按照陈望道先生的观点,它本就属于是"意境上的辞格","在描写、抒情的语文中,几乎时常可以见到"[①]。也就是说,按照陈望道先生的观点,一方面,拟人的修辞手法是一种十分常见的修辞手法;另一方面,这种修辞手法不是一般的技巧性的修辞手法,而是"意境"方面的修辞手法。第一个方面的观点没有什么疑议,因为可以被大量的例证所证实;第二个方面的观点也许在学界会有不同的看法,但如此的观点应该是大家都能接受的。因此,无论拟人属于哪种层次的辞格,这种修辞手法对增强作品表情达意效果,提升作品的审美性都有相当重要的作用。当然,前提是拟人手法的使用要得当,否则不仅达不到增强表达效果并提升审美性的目的,还往往会弄巧成拙。反之,在恰当的语境中恰如其分地使用拟人修辞,则不仅能有效而生动地表情达意,而且使用了拟人修辞手法所构成的文句、话语本身也能收获自身的审美性。以此来观照这里引用的这些抒发"我"的孤独与寂寞之情的话语中所采用的拟人修辞手法,我们会发现,其拟人修辞手法不仅使用得自然而顺畅,而且还"特别好",特别具有匠心。

这些抒发"我"的孤独与寂寞之情话语的拟人手法,是在这样的语境下,即使用了比喻修辞手法的语境下采用的。这些话语,不仅通过比喻性的词组"死的寂静"将孤独与寂寞这些无形的心理状况与感觉具象化了,而且通过比喻句式"我仿佛一一看见,还听得"将"我"的感觉虚拟化了。因为所谓"仿佛"本就是一种虚幻的想象,不具有任何实指性,也当然无需由经验的事实来证实。如此一来,也就使

---

① 陈望道. 修辞学发凡[M]. 上海:上海教育出版社,2006:112.

拟人修辞手法的采用具有了合理性,这种合理性就在于,既然"我"是"仿佛"看见和"仿佛"听见的,那么用拟人的修辞手法来描写"苦闷和绝望的挣扎","死的寂静侵蚀着我的灵魂。死的寂静有时也自己战栗,自己退藏",既将孤独与寂寞的孪生兄弟"苦闷和绝望"这两种情绪拟人化,也将"死的寂静"这种孤独与寂寞的存在形态动作化,也就顺理成章了。因为拟人修辞手法所拟人化的苦闷和绝望的"挣扎",死的寂静的侵蚀、战栗、退藏等"动作",虽然在客观存在的状态下或经验的事实中不可能存在,也不可能发生,但在虚拟的状态下却是完全可以想象的,也当然是完全可以如此描写的。如此想象和描写出来的"死的寂静"等的"动作"虽然不符合生活的逻辑与情理,也无法在经验的事实中通过实践进行检验,但却符合主观想象的逻辑与情理,能通过想象本身的逻辑与情理来检验。正因为这些话语所采用的比喻句式为拟人修辞的使用提供了虚拟的语境,所以在这种虚拟的语境中,采用拟人修辞手法将孤独与寂寞的心理感受形象化、动态化也就顺理成章了。

不仅如此,用拟人修辞手法将无形、无色、无味的孤独与寂寞"人化"、动态化,描绘出的虽是孤独与寂寞在"我"眼前、耳中甚至心灵的"虚幻"势头,而不是实际的势头,但揭示出的却是孤独与寂寞这种人的心理状况的本质,即孤独与寂寞的心理状况。并不是一般人的心理状况,更不是像阿 Q 那样精神麻木、愚昧、不觉悟的人所具有的心理状况,而是"觉醒了的人"才具有的一种深沉的心理状况,是"觉醒了的人"的"特殊功能"作用的结果。亚里士多德曾经指出:"人的特殊功能是根据理性原则而具有理性的生活。"①具有理性并根据理性而生活的人,不仅是精神世界丰富的人,也是生命意识强劲的人。并且,这样的人,精神世界越丰富,对生命意义的认识越深刻,那么孤独与寂寞的心理感受也就越强烈、越鲜明,也越生动、越具体。反之,如果像阿 Q 一样精神麻木、愚昧、不觉悟,则绝对不会生成孤独与寂寞的心理感受。这正是孤独与寂寞这种人的心理状况发生与存在的基本逻辑,也是孤独与寂寞的本质。这也正是这些"我"的抒情话语采用拟人修辞手法"特别好"、特别有魅力的一个重要方面,因为采用拟人修辞手法的结果,不仅生动、形象地展示了孤独与寂寞的"有形"的状况,而且揭示了孤独与寂寞的本质。

---

① 亚里士多德. 西方伦理学名著选辑(上卷)[M]. 北京:商务印书馆,1964:280.

# 结　语

　　学界有一个普遍的观点，即说不完的鲁迅。在我匆匆地论述过了自己所悬定的论题"鲁迅小说修辞"之后，我也不能不承认此说中肯而精辟。鲁迅小说的修辞丰富多彩，而所包含的诗性智慧更是厚实而深刻。尽管我竭尽所能在自己所构建的论述框架中对自己的论题进行了阐释，但当这些阐释结束之后我审视自己的阐释，我发现，我在这里的不懈努力所获得的也仅仅是"鲁迅小说修辞"的几片树叶，遗留下的则是大片的绿色。于是，一种复杂的情感就不禁油然而生了，一方面，我宝爱自己所获得的这几片树叶，因为在这几片葱茏绿色的树叶中，不仅包含了我的心血，而且也似乎可以为今后学界同人继续研究这个问题提供相应的参考；另一方面，我又觉得很遗憾，因为还有很多有价值的问题，我这里都没有研究。特别是当我将眼光从鲁迅小说修辞的本体问题转向影响问题的时候，我发现，"影响问题"也是一个很有价值、很值得研究的问题。因为鲁迅小说的杰出修辞，不仅极为有效地提升了鲁迅小说的艺术境界，使鲁迅小说这个海纳百川的艺术世界具有了深刻浑厚的内涵与丰富多彩的面貌，而且深刻地影响了后来中国文学，尤其是小说的语言表达及艺术世界的构建。比如：

　　在语体修辞方面，作为开创中国现代小说先河的《呐喊》《彷徨》的现代语体修辞不仅是现代小说的楷范，也是当代小说重要的艺术资源；《故事新编》历史小说语体修辞不仅影响了郁达夫、茅盾、施蛰存等现代作家的历史小说创作，而且还影响到了以莫言为代表的当今一批作家的"新历史小说"的创作。

　　在话语修辞及言语风格方面，正如有学者指出的一样，鲁迅小说"故乡叙事的话语修辞"，不仅影响了萧红、沈从文、汪曾祺等，而且影响到了"新生代"作家。即使是人物姓名修辞的影响，也意味深长。如鲁迅小说中的孔乙己、阿Q、豆腐西施、九斤老太等，不仅是文学画廊中深刻独特的人物形象，而且他们的名字也成为后起的文学作品（包括人们口头交流）中具有文化符号意义及修辞意义的"名词"，被用来比喻或象征某种精神、观念或生存方式。

　　当然，小说语言与言语是永远在流淌的活水，其踪迹因其变动不居性而变得难以把握。要考察鲁迅小说修辞对后起小说修辞的影响，不仅涉及面广（涉及各个时期的各类小说作品），而且十分复杂。要证明后起小说的修辞与鲁迅小说修辞的关联，必须拿证据来，而这些证据的获得并非易事。但也正因为研究这个问题有困难，而且十分困难，所以在我看来其价值也自然水涨船高。

# 后　记

　　这是我专门研究鲁迅小说的第二部拙著。2012 年,当我完成了国家社科基金项目"鲁迅小说的跨艺术研究",其成果顺利出版后,就萌生了研究鲁迅小说修辞的念头。因为,在研究鲁迅小说"跨艺术"的相关问题时,我发现,鲁迅小说之所以能有效而杰出地实现其"跨艺术",很大程度上得益于鲁迅在小说中所采用的丰富多彩而个性卓著的修辞手段。而这些修辞手段不仅本身丰富多彩,而且十分杰出地保证了鲁迅小说深厚思想与丰富情感的顺畅散发,保证了人物形象的杰出塑造,保证了鲁迅小说艺术世界的完美建构。

　　2013 年的 6 月,我申报的教育部人文社科基金项目"鲁迅小说修辞的三维透视与现代阐释"获得立项,于是,我开始了关于鲁迅小说修辞的正式研究。但开始得并不十分顺利。这种不顺利主要不是资料问题,也不是理论问题,更不是研究的框架问题,而是一个最基本的问题,即时间问题。

　　哲学家告诉我们,事物存在的基本形式有两个:一个是空间,一个是时间。之前,我在接受哲学家们的这一观点时,完全是从学理上理解的,也是从学理上接受的。我似乎从来就没有意识到,哲学家们所揭示的世界构成的这种基本形式的形而下意义。而在我开始研究自己感兴趣的学术问题的时候,我却深切地感受到了事物存在的两个基本形式,尤其是"时间"这一基本形式的重要性以及时间对于我的意义与价值,因为,我没有时间。当然,我的这一说法是不准确的。从客观上讲,时间对每个人都是公平的,时间对我也不存在任何例外,我也不是没有时间,而是完全没有整块的时间读书、思考、写作,尤其是当对一个问题思考到一定程度,要将其书写下来的时候,"整块的时间"对于我来说,更是一种奢望。有时,正当对一个问题的思考有了一点收获要写下来的时候,却不能不放下。因为,要去课堂讲课的时间到了,或者是非做不可的家务来了,或者是学生来谈论文了,或者是要去开什么会了,或者是又有什么别的事情来了……总之,一天 24 小时,除去睡觉的时间 8 小时外,在剩下的 16 个小时中,我的时间完全被切割得七零八落了。自然,生活本来就是"七零八落"的,时间被切割得七零八落也本不应该有什么抱怨，但当对一个问题的思考正好有了一点眉目，却因为这种七零八落的切割不能不终止的时候，心里总不免很郁闷，尤其是再重新捡起被放下的思考线索继续思考的时候，更是郁闷。因为，这个时候常常找不到原来的那种感觉了，先前似乎是灵光四射的想法，这个时候完全不见了踪影，一切都要重新开始。

该如何解决这一问题呢？经过一段时间的折磨，我终于领悟到了我们老祖宗的伟大，也完全地接受了它们的观点：随物赋形。既然时间是七零八落的，那么我也就七零八落地来安排自己的研究。于是，在将整体研究的框架和所要研究的问题确定后，我也根据时间的七零八落将一个一个的问题分解成七零八落的对象，然后在有限的时间集中对一个问题思考、写作。就像蚂蚁搬家一样，一个又一个问题被思考成熟了，也被记载下来了，并也陆续地在各类学术刊物上登载了。经过近一年半的思考、写作，今天，我终于完成了这部四十余万字的书稿。

这部书稿能够完成并出版，我要感谢的人很多，他们或者是我的老师，如刘中树先生；或者是我的同学；或者是我的朋友；或者是未得谋面的学术刊物或出版社的编辑。如果没有他们，特别是他们的帮助与督促，也许即使我自己有兴趣研究鲁迅小说修辞这个问题，而也不可能在时间被切割得七零八落的情况下如此快速地完成这项研究工作并使其顺利面世。